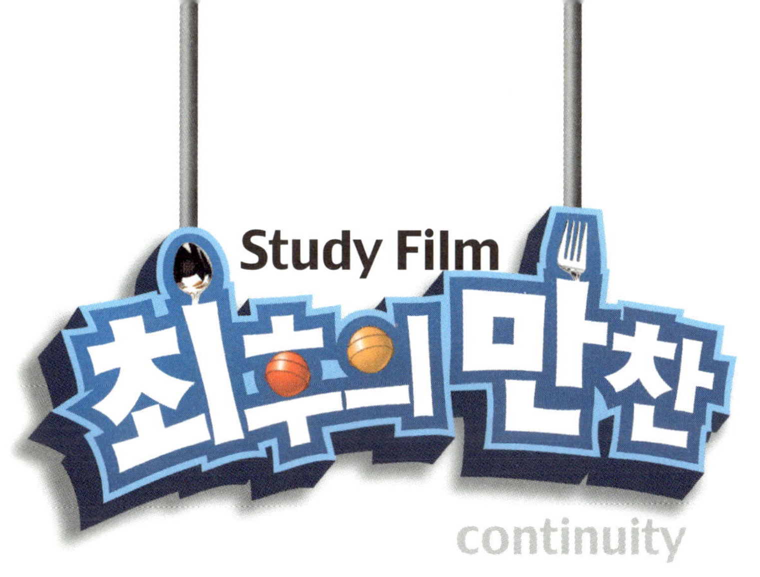

영화읽기

손영국 편저

청어

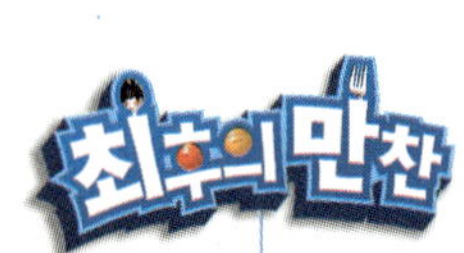

손영국 편저

발행처 · 도서출판 청어
발행인 · 이영철
편 집 · 임진희
디자인 · 오주연
영 업 · 정수완
기 획 · 이진수 | 이동호

등 록 · 1999년 5월 3일(제22-1541호)

1판 1쇄 발행 · 2003년 10월 25일
1판 1쇄 인쇄 · 2003년 10월 30일

주소 · 서울시 서초구 서초동 1588-1 신성빌딩 A동 412호
대표전화 · 586-0477
팩시밀리 · 586-0478

E-mail · ppi20@hanmail.net
ISBN · 89-89232-48-1 (03810)

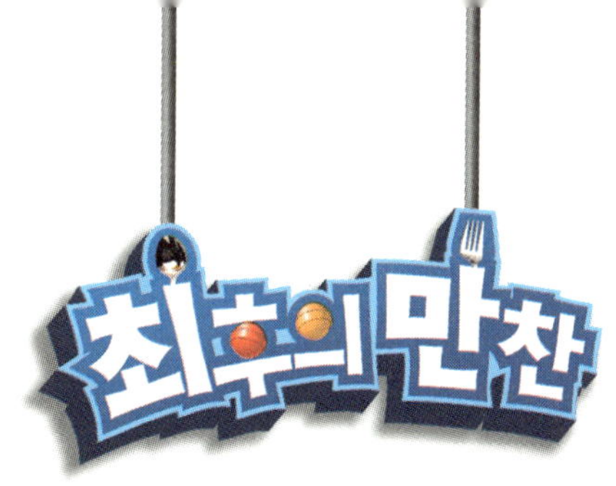

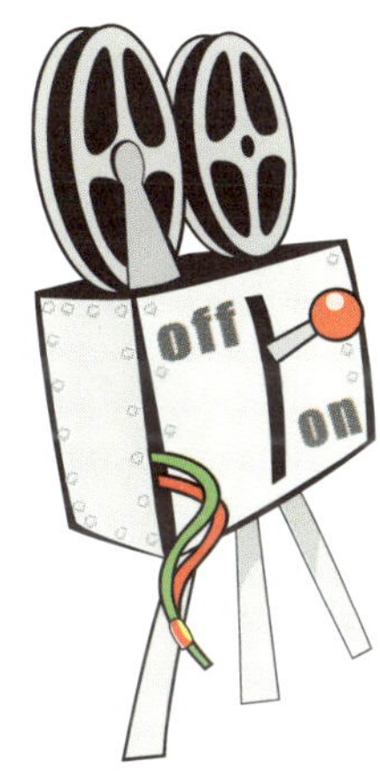

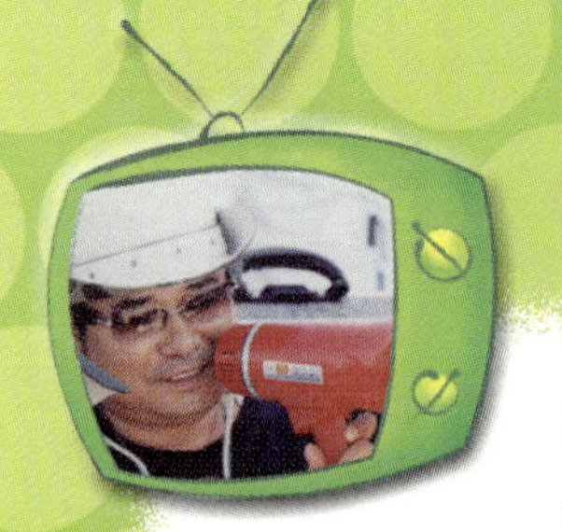

동시대를 살아가는 사람들에게 특히 서민 대중들에게 필요한 영화는 무엇일까요? 또는 요즘 말로 진정 재밌는 영화, 죽이는 영화는 무엇일까요?

우리들은 살면서 한숨 섞인 절망감에 빠져보고 힘들어하지만 그래도 여전히 한줄기 희망의 빛을 원하고 있는 게 아닌가 싶습니다. 많은 서민 대중들이 경제적으로 또는 인간관계 속에서 괴로워하고 아파하고 또한 소수의 무명씨들은 자신의 인생을 처절하게 자살로 마감하면서 이 사회와 이 시대를 원망하며 저승길로 떠납니다. 참으로 참담한 이 땅에서 남북한 이데올로기 문제를 드라마로 할 것인가? 아니면 삶에 지치고 힘들어하는 서민 대중들에게 어떤 비전이나 이야기를 들려줄 수 있을 것인가 고민하던 2002년에 〈최후의 만찬〉은 운명처럼 다가왔습니다.

〈최후의 만찬〉은 2002년 첩보액션물 〈코드 블루〉와 사회적 멜로드라마 〈해바라기〉를 영화로 만들 준비를 하면서 묘하게 만난 인연이었습니다. 그 내러티브는 신선한 자극을 줬지만 대니 보일의 〈쉘로우 그레이브〉와 김지운 감독의 〈조용한 가족〉 그리고 몇몇 현대영화의 이미지나 스토리가 혼합된 묘한 튀김 음식같이 느껴졌습니다. 도전해보고 싶은 시추에이션과 드라마, 블랙 코미디 그리고 느와르 액션까지 고루 갖춘 괜찮은 스토리였습니다. 투자자 또한 〈최후의 만찬〉에 호의를 보여 본격적인 영화 연출 작업에 돌입했고, 각색이 이루어지고 촬영준비에 가속이 붙으면서 김보성, 이종원 그리고 조윤희를 차례로 캐스팅 했습니다. 김보성과 이종원은 연기의 변신을 꿈꾸고 있었습니다. 그들은 자신들의 캐릭터 변신에 〈최후의 만찬〉이 적합한 작품이라고 생각했는지 흔쾌히 합류했고, 가능성 있는 신인 연기자 조윤희도 동참하게 됐습니다. 연기파 배우 안문숙, 김세준, 선우재덕, 최학락, 최주봉 그리고 4전5기의 대명사 챔피언 홍수환, 연극배우 여운국, 권병길, 코미디언 출신 연기자 김창준, 개그맨 이진환, 엽기가수 이재수, 안계범, 백종헌, 류현철, 홍세은 등의 연기자들이 대거 참여함으로써 영화 〈최후의 만찬〉은 모양새를 갖추어 갔습니다.

과거 충무로에서 영화에 대한 열정으로 의기투합했던 장훈 프로듀서, 정재승 촬영감독, 신준하 · 양승규 조명감독, 이형길 무술감독, 박인식 녹음기사, 이지호 · 성일석 · 윤주훈 작가, 권순미 기사 등이 스태프로 참여하면서 〈최후의 만찬〉은 청계산 대왕 저수지에서 현장 고사를 올리고 크랭크 인 했습니다. 돌이켜 보면 정말 끔찍한 땡볕 더위와 하염없이 빗줄기를 퍼붓던 장마철이었습니다. 산모가 산고를 겪듯이 짧지만 결코 짧지 않았던 촬영단계를 마치고 결국 무사히 크랭크 업하게 된 것입니다. 생각해보면 연기자 스태프 할 것 없이 한 사람 한 사람의 열정과 정성이 모이고, 뭉쳐서 〈최후의 만찬〉이라는 극영화가 탄생했다고 봅니다. 이 자리를 맞아 한 분 한 분에게 진정 감사하다는 마음을 전하고 싶습니다. 특히 묵묵히 현장을 지원해 준 송경석 회장님과 이정호 대표님께 박수를 보내드리고 싶습니다. 이 분들이 없었다면 〈최후의 만찬〉은 이 세상에 모습을 드러내지도 못했을 것입니다.

Prologue

영화의 촬영과정은 카메라 워크와 연기자의 앙상블 그리고 스토리를 드라마로 승화시키고, 추상을 구체적으로 시각화시키는 고되고 고독한 창작 작업이었지만, 개성적인 몽타주의 탄생이나 신명나는 현장 분위기로 인해 극복할 수 있었던 행복한 시간이었습니다. 가끔씩 스태프나 연기자간에 발생했던 갈등들은 좋은 영화를 만들기 위해 각자의 목소리가 충돌했던 발전적 과정이었다고 생각하며, 여기 〈최후의 만찬〉 연출 과정의 다큐멘트를 세상에 선보이고자 합니다. 영화 촬영과정의 내밀한 작업 일정과 내용이 고스란히 전개되는 이 책은 영화의 속을 보고 싶어하는 영화 마니아나 영화연출에 관심이 있으신 분들께 꼭 필요한 자료이며 동시에 〈최후의 만찬〉 촬영 보고서라고 볼 수 있습니다.

연극은 공연이 끝난 후, 관객의 가슴과 머릿속에 이미지와 감동을 줍니다. 영화 또한 관객에게 그 영화의 이미지와 관련해서 감동과 재미를 안겨주지만, 이 책이 귀중한 자료로 남아 많은 사람들에게 〈최후의 만찬〉의 속내와 은밀한 속살을 드러냄으로써 한국영화의 발전에도 자그마한 초석이 됐으면 합니다. 이 책을 출판하면서 한국영화를 사랑하는 마음을 여실히 보여준 청어출판사의 이영철 대표님과 편집 디자인 작업에 정성을 다한 오주연, 임진희 두 분에게도 고마운 마음을 전합니다.

본문 내용 중 스토리 보드의 그림은 윤주훈 작가의 작화이며, 연출 현장에서 감독이 육필로 해두었던 원본이 조감독 김응민, 연출부 김영환, 전승엽, 곽은미, 이신영의 도움으로 완성된 〈촬영용 콘티뉴이티〉로 들어가 있습니다. 스크립 페이퍼는 스크립터 곽은미의 기록, 스틸사진은 권순미 기사의 스틸임을 밝혀 둡니다. 이 분들이 명실공히 〈최후의 만찬〉 다큐멘트의 주인공이라고 해야 할 것입니다.

감독은 시나리오를 드라마 촬영을 위해서 어레인지하고, 편집과 후반작업을 위해서 표현주의적인 판단을 실천한 행동주의자요, 연출자이며, 문학을 다루고 그림을 그리며 사운드를 재창조해서 불특정 관객에게 선사해주는 하나의 메신저, 아티스트입니다. 그래서 영화는 철저하게 협업으로 이루어지는 현대 예술의 총아이며 그 영상 미디어는 오늘을 사는 대중들에게 새로운 꿈과 희망의 메시지를 전하는 감동의 선물이 될 것입니다. 이 책이 한국영화를 아끼는 많은 독자들에게 다가가서 보다 더 좋은 영화를 탄생시키는 계기가 됐으면 하는 간절한 바램입니다.

영화감독 송영록

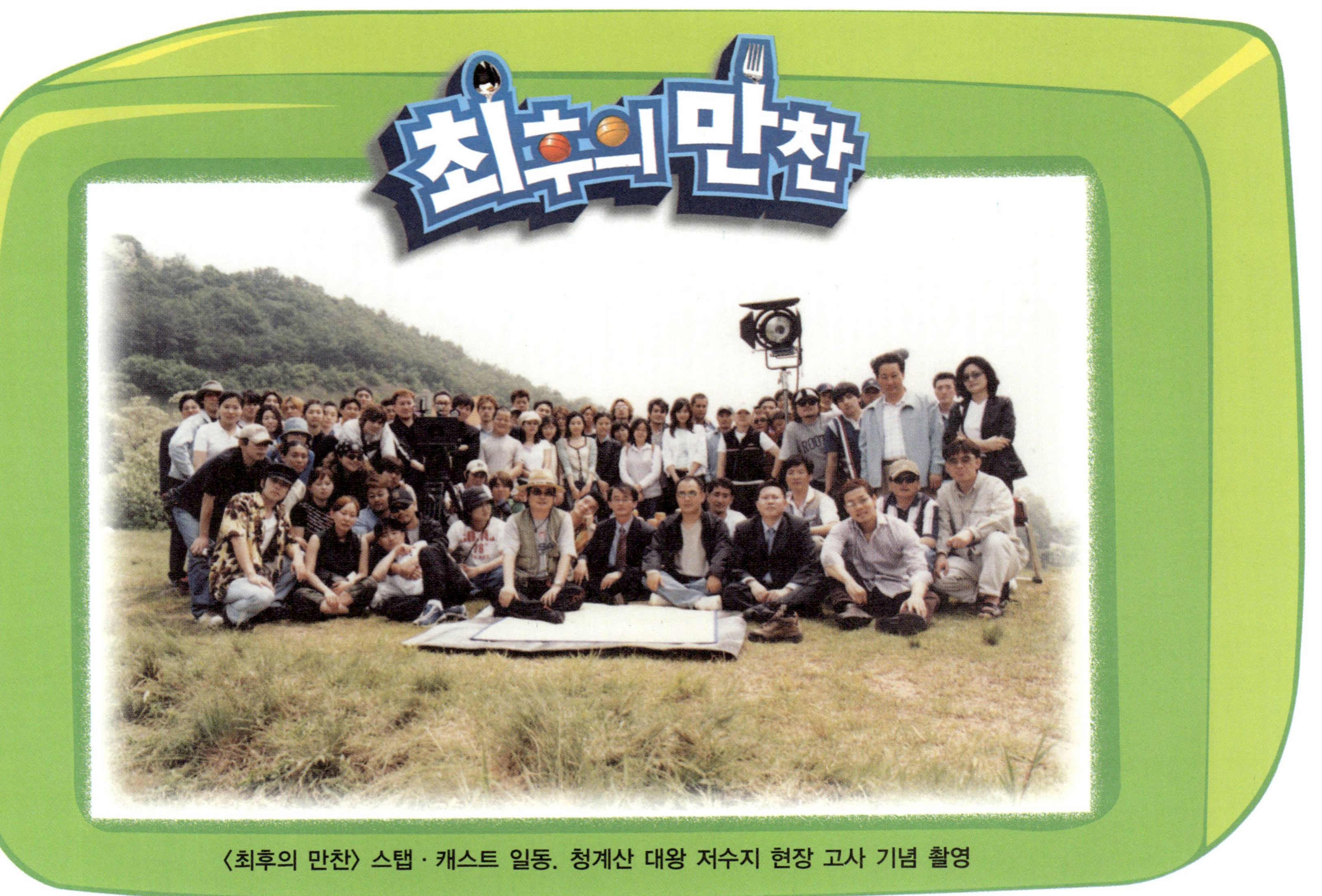

최후의 만찬

〈최후의 만찬〉 스탭·캐스트 일동. 청계산 대왕 저수지 현장 고사 기념 촬영

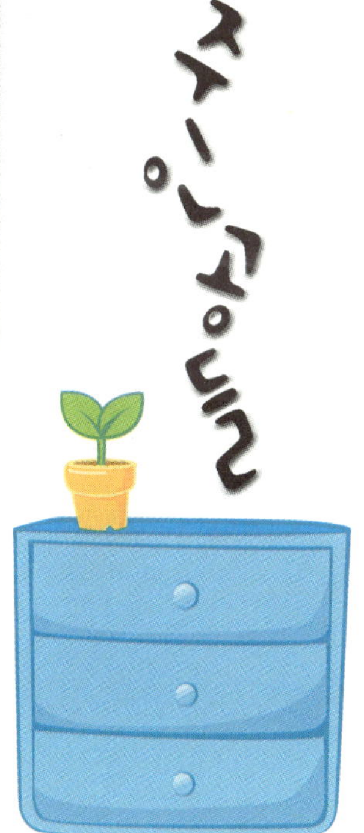

홍곤봉 역
– 이종원

엉겁결에 다른 조직의 보스 다리를 찔러 상처를 내버리고 쫓기는 신세가 되어버린 단순 무식한 삼류 건달 홍곤봉. 상대조직에게 쫓기다 죽임을 당하느니 스스로 죽는 편이 낫다고 생각하지만 진짜 죽을 마음은 도통 없어 보인다. 상대조직 부두목인 불독은 쫓아오고 죽고 싶지는 않은데, 과연 곤봉에게도 쨍하고 해뜰 날이 올까?

자살을 꿈꾸는 홍곤봉(이종원)이 차에 뛰어들기 전 (S# 40)

너가 연안부두 **최고 쌈꾼이야?**
덤벼! 덤벼! 나, 너 하나도 안무서워!

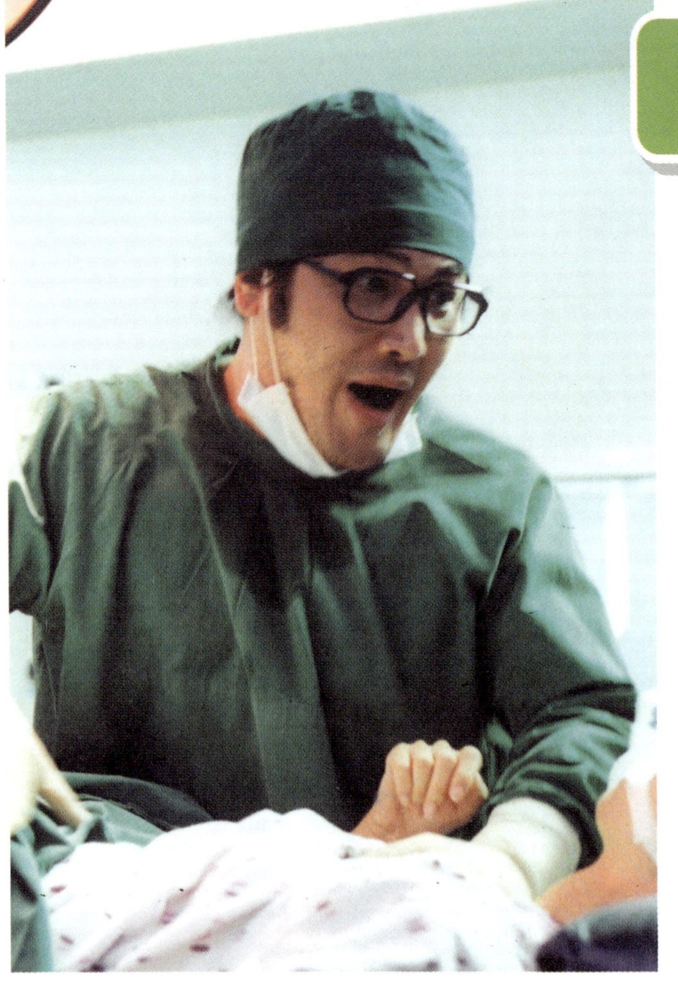

아내(이매리)의 죽음을 맞은 백세주(김보성)의 충격적인 절규
* 편집단계에서 프롤로그로 위치가 변경됐다. (S# 51-3)

아름다운 부인 해인과 함께
행복하고도 평범한 생활을 하
던 의사 세주.
하지만 수술 중 의료사고로
아내와 태아가 죽고 만다.
하루하루가 무의미한 세주는
삼류 건달 곤봉과 죽은 아내
해인을 꼭 닮은 재림을 만났
지만, 회색빛의 그의 앞날에
도 희망이라는 빛은 스며들
것인지…

너희를 만나고부터
내 인생의 빛을 찾았어…

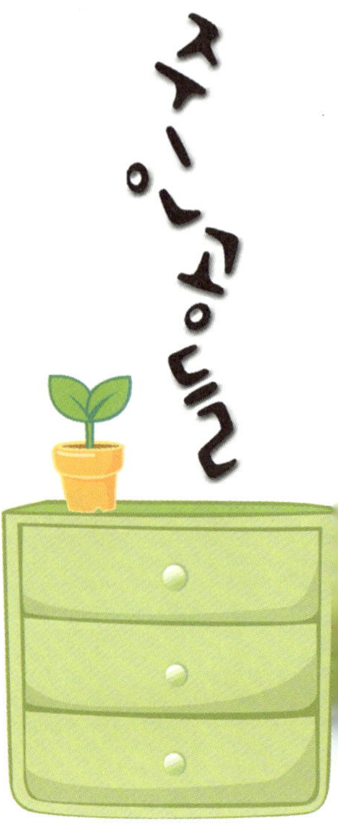

이재림 역
– 조윤희

명품을 너무너무 좋아하는 재림이는 카드빚으로 무서운 아저씨들에게도 쫓기고 몸도 아프다.
그런 신세를 한탄하지만 재림은 인체에 무해한 쥐약으로 자살까지 시도하는 철없고도 귀여운 아가씨. 곤봉과 세주를 만난 철딱서니 아가씨, 드뎌 철 들게 될까?

명품관에서의 이재림(조윤희). (S# 4)

아저씨 새로나왔다는 **쥐약 주세요.**
이왕이면 물약으로…

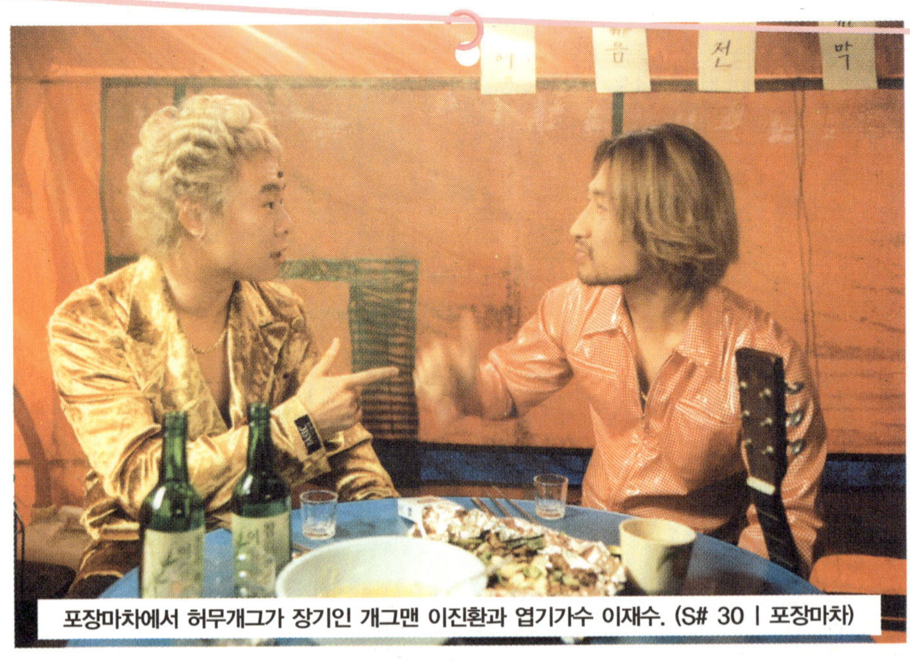

포장마차에서 허무개그가 장기인 개그맨 이진환과 엽기가수 이재수. (S# 30 | 포장마차)

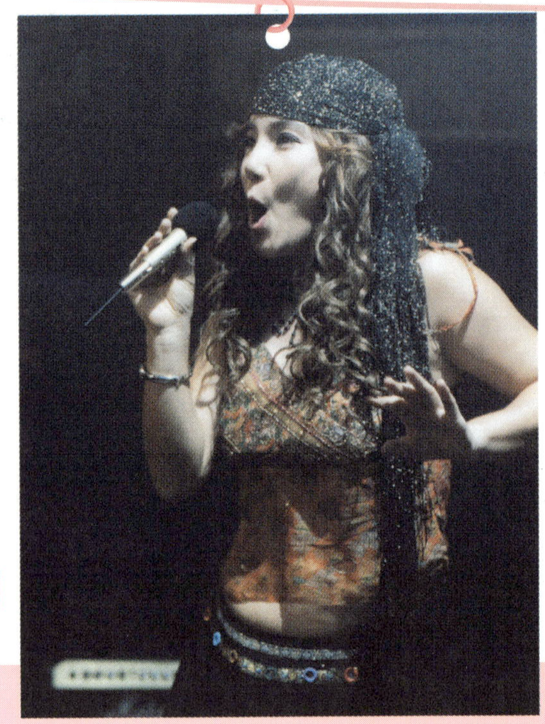

나홀로 노래연습 중인
센티걸(안문숙)
(S# 25 | 사주까페구석)

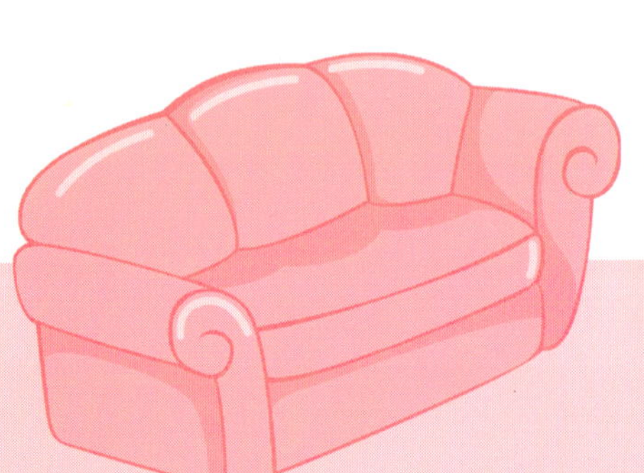

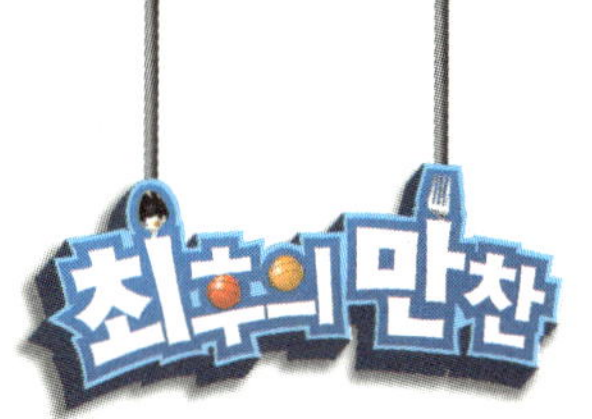

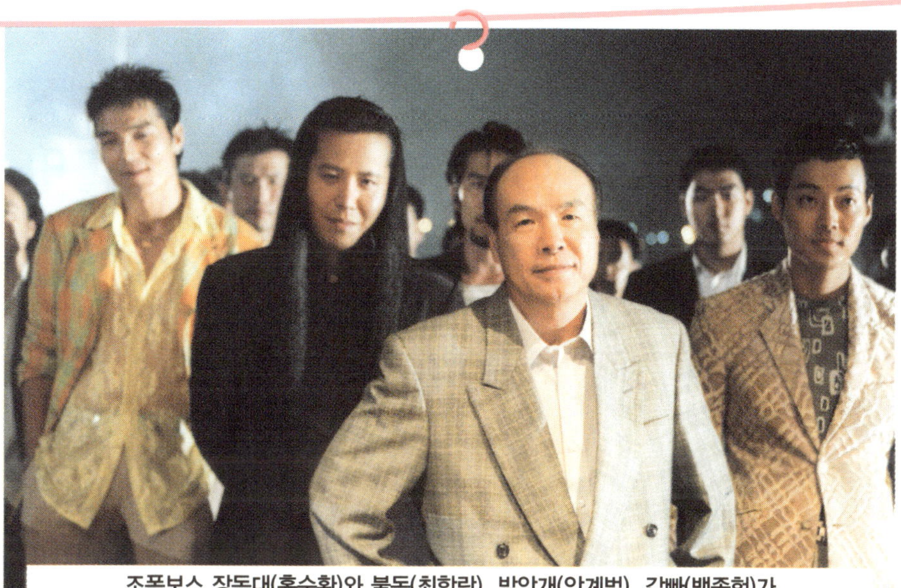

조폭보스 장독대(홍수환)와 불독(최학락), 밤안개(안계범), 갑빠(백종헌)가
메기파와 대치하면서. (S# 9 | 수산물센터 앞)

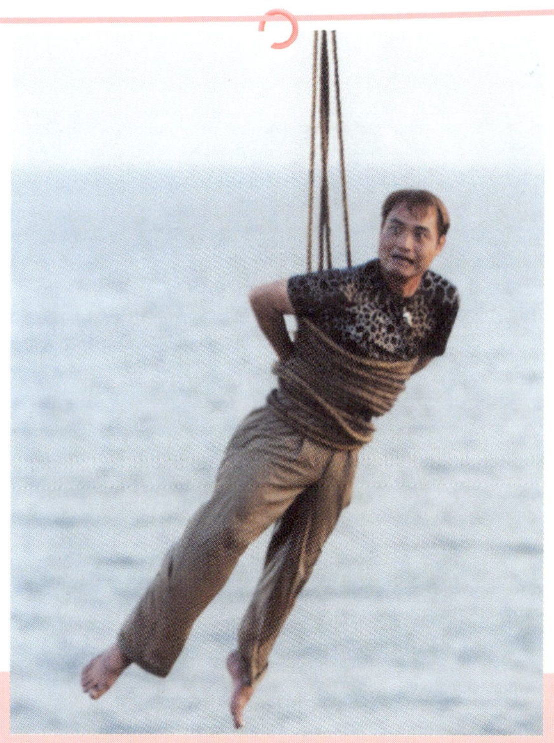

수장당하려다
다시 수면 밖으로 빠져 나온
망치(김영웅).
(S# 35 | 포구)

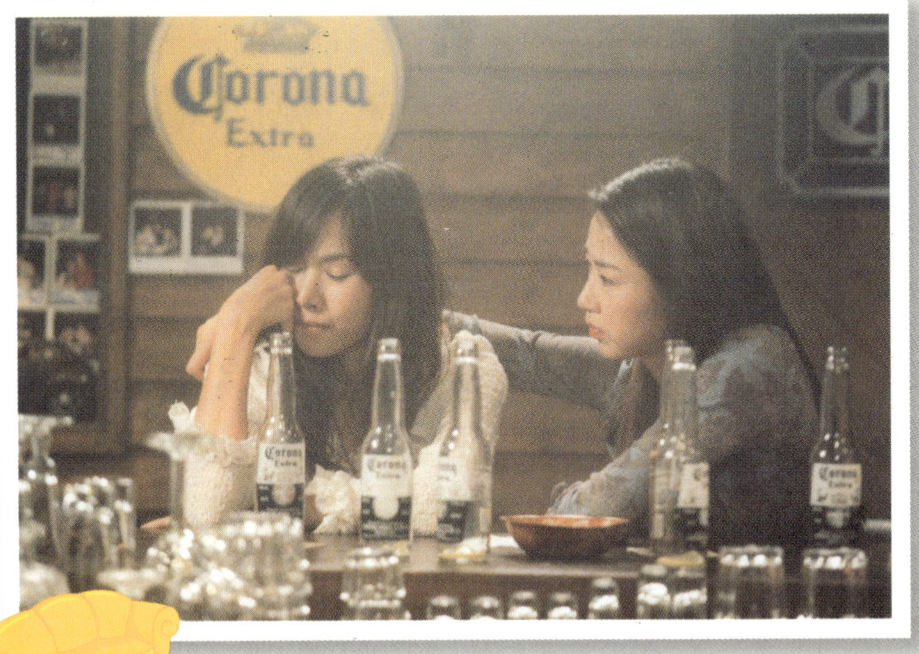

재림(조윤희)을 위로하는 고아원 친구 여진이(홍세은). (S# 29-3 | 까페)

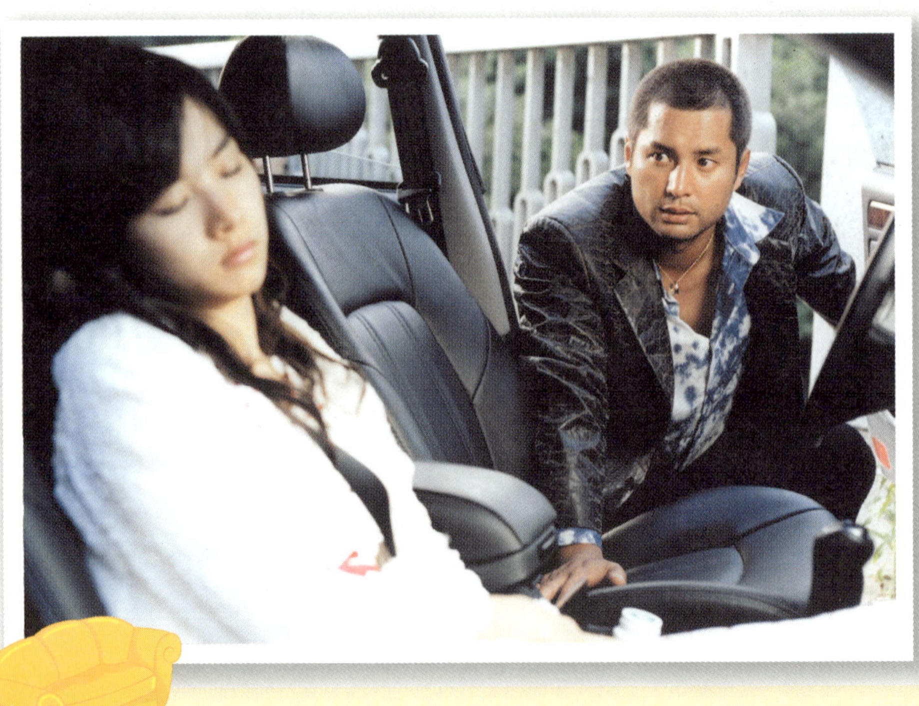

처음 재림(조윤희)을 만나는 홍곤봉(이종원). (S# 41 | 도로 옆 갓길)

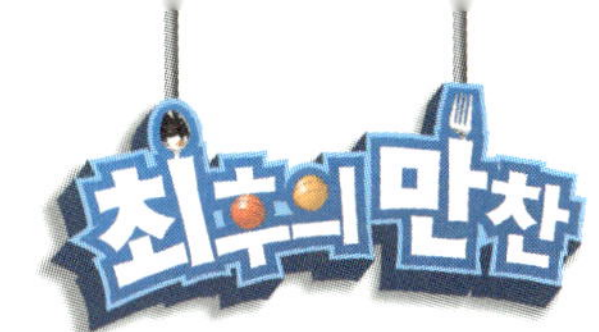

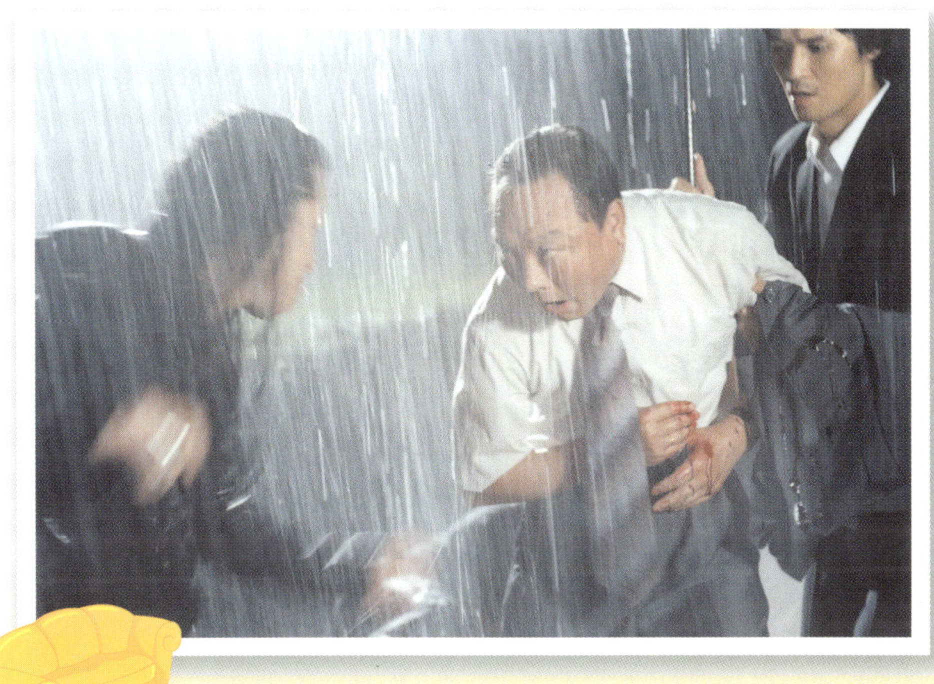

진상파 최주봉 회장을 암살하는 불독(최학락). (S# 45 | 건물 옆 도로)

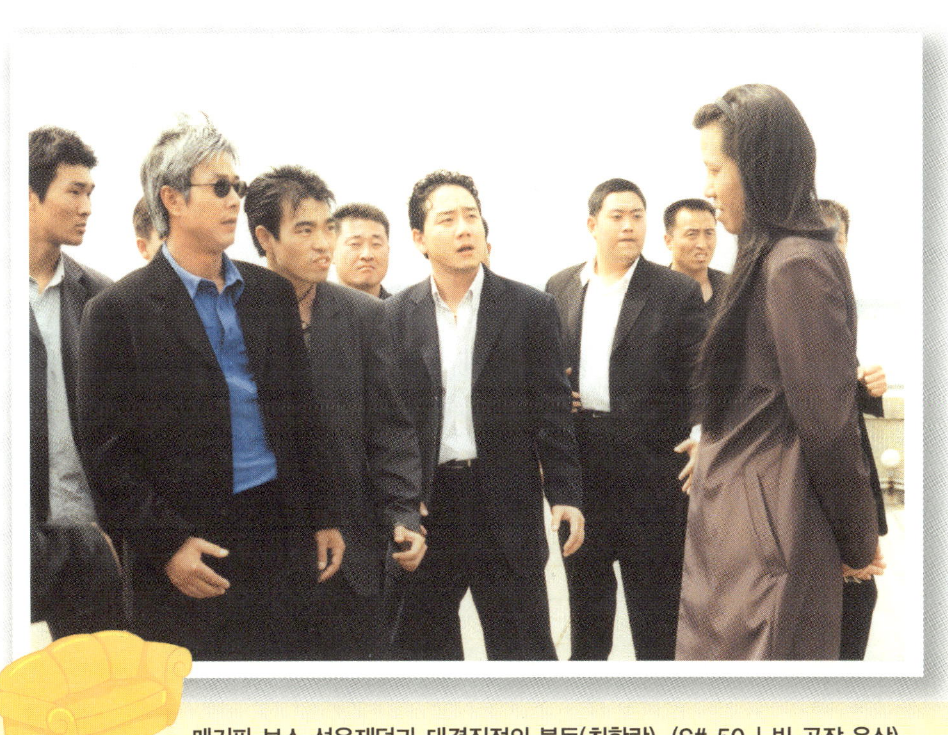

메기파 보스 선우재덕과 대결직전의 불독(최학락). (S# 50 | 빈 공장 옥상)

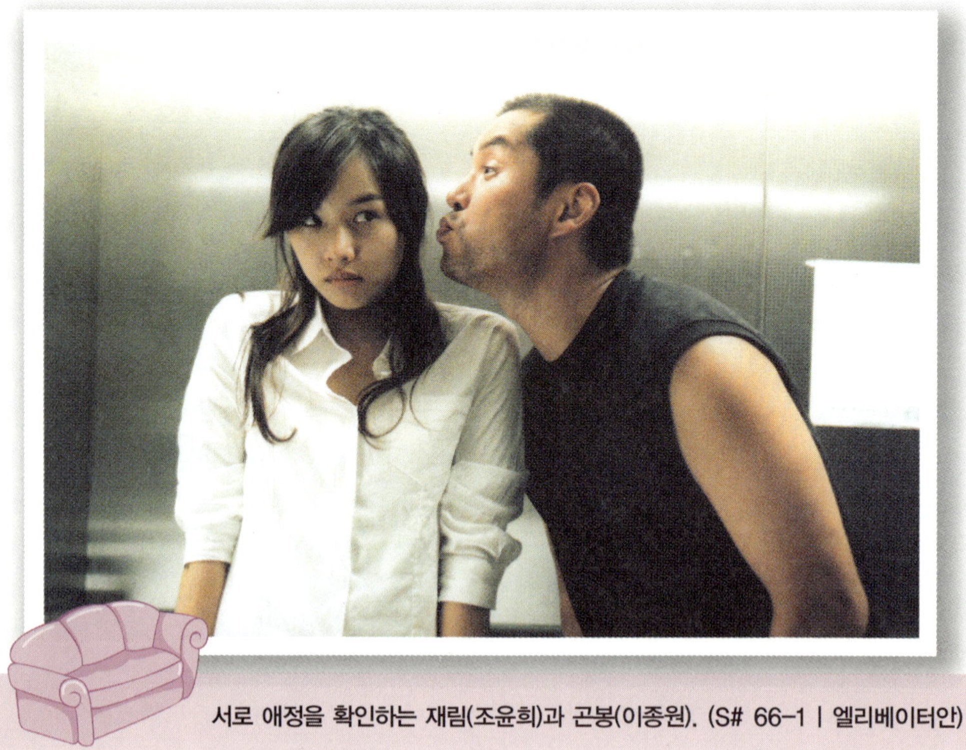

서로 애정을 확인하는 재림(조윤희)과 곤봉(이종원). (S# 66-1 | 엘리베이터안)

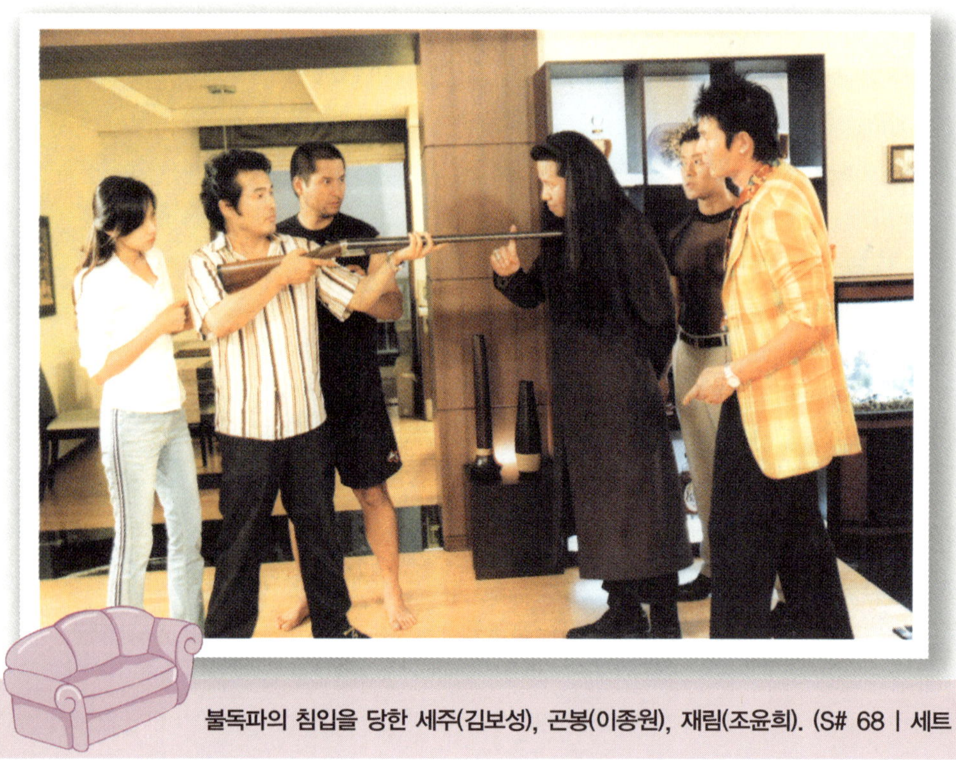

불독파의 침입을 당한 세쥬(김보성), 곤봉(이종원), 재림(조윤희). (S# 68 | 세트 거실)

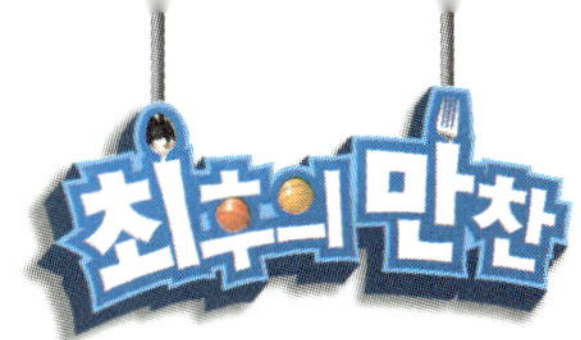

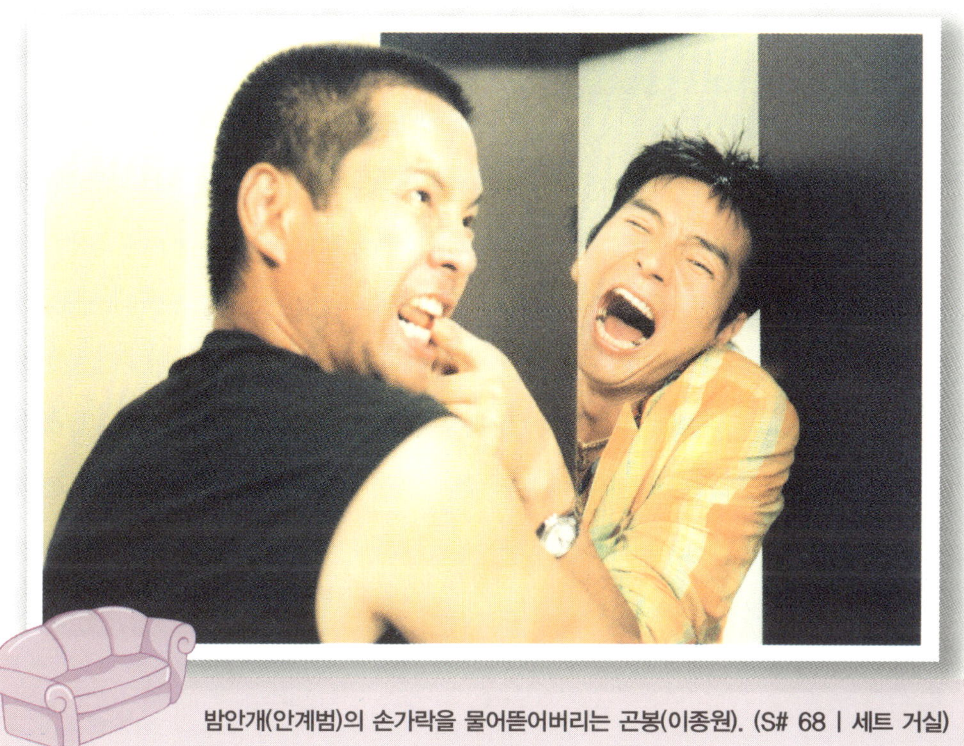

밤안개(안계범)의 손가락을 물어뜯어버리는 곤봉(이종원). (S# 68 | 세트 거실)

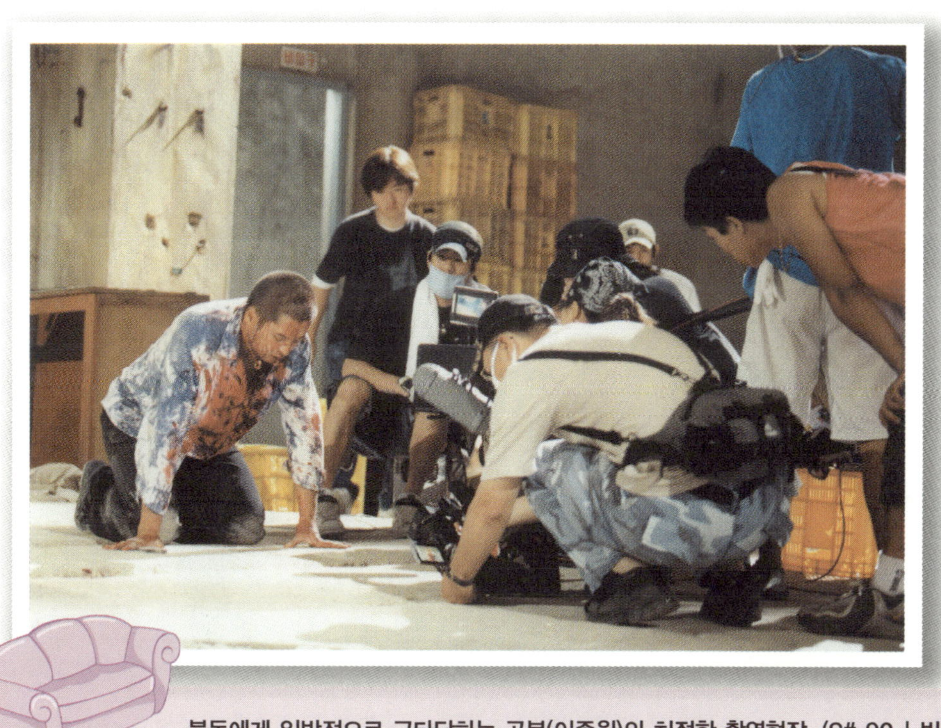

불독에게 일방적으로 구타당하는 곤봉(이종원)의 처절한 촬영현장. (S# 90 | 빈공장)

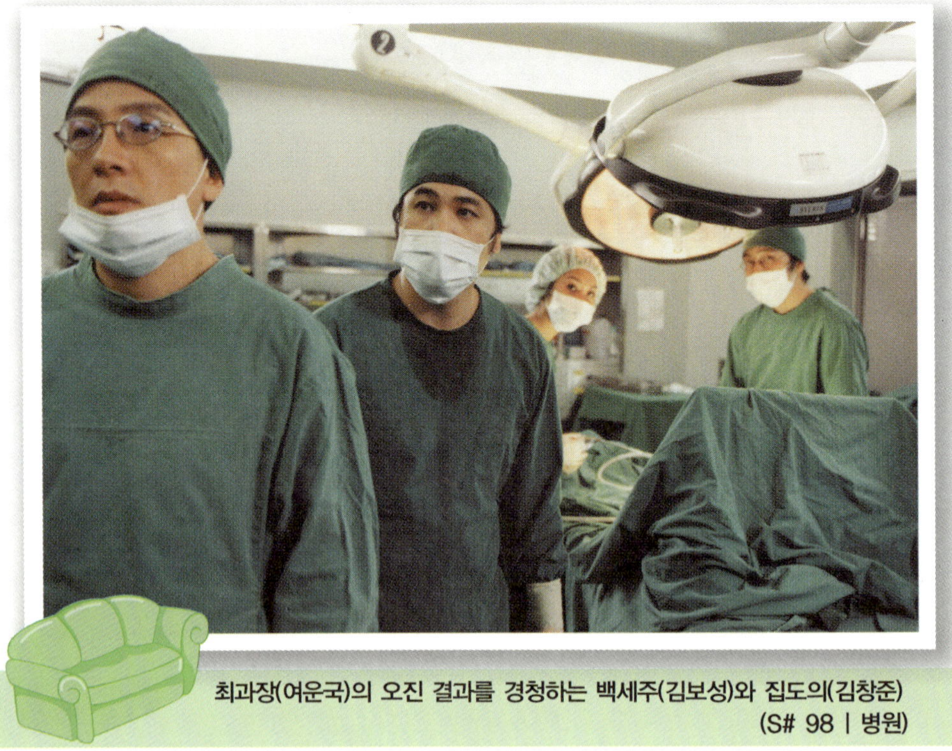

최과장(여운국)의 오진 결과를 경청하는 백세주(김보성)와 집도의(김창준)
(S# 98 | 병원)

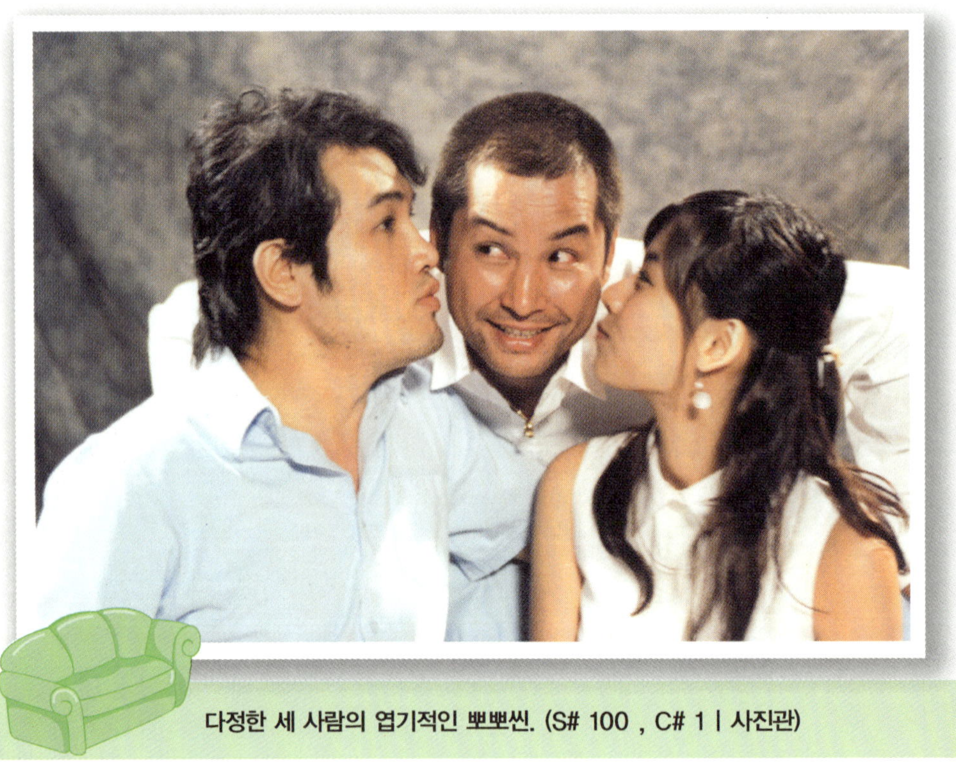

다정한 세 사람의 엽기적인 뽀뽀씬. (S# 100 , C# 1 | 사진관)

비상연락망

영화촬영은 감독과 스태프, 그리고 배우들이 함께 호흡을 맞춰야 하는 공동의 작업이다.

따라서 작업의 모든 책임자인 감독은 영화를 만드는 내내 배우와 스태프들과 긴밀한 관계를 유지해야 한다. 당연히 서로의 비상연락망은 영화 콘티 북의 첫 부분에 기본으로 기재되어야 할 참조사항이다. 설마 휴대폰에 연락처들을 저장해두면 되리라고 생각하는 성격 좋은(?) 감독은 없겠지. 콘티 북은 언제 어디서라도 영화에 관한 모든 정보를 신속히 제공해 줄 수 있어야 한다. 정리정돈을 잘 하자! 영화도 그만큼 깔끔해질 것이다.

장면일람표

콘티 북에 빠지지 말아야 할 참조사항이 또 있다. 각 장면(Scene)들을 순서대로 요약하여 영화의 전반적인 내용을 한눈에 보기 쉽게 만든 장면 일람표다. 두 말 하면 잔소리겠지만, 장면의 공간적, 시간적 배경과 내용, 등장인물을 요약해 두어야 한다. 돌 세례를 각오하고 또 잔소리를 늘어놓자면 O는 Open Set를, L은 Location을, S는 Set를 의미하고, D는 Day를, N은 Night를 의미한다. 영화를 사랑하는 우리끼리의 이야기지만, 이것만 보고도 영화를 본 듯 하지 않겠는가.

장면구분표

이쯤 되면 독자들은 영화의 틀은 그만 보고 안을 들여다보고 싶을 것이다. 하지만 조금만 더 인내심을 가지고 기다려 보자. 여전히 남아 있는 참조사항들이 있다. 영화촬영이 장면(Scene)의 순서대로 진행되지 않는다는 것은 삼척동자도 다 아는 사실! 촬영에 들어가기 전에 장면마다 찍어야 할 장소를 요약해 두어서, 현장의 장소와 시나리오 상의 장면을 보다 더 현실적으로 근접시켜야 한다.

스토리 보드

스토리 보드는 특별한 형식이 없다. 영화의 성격이나 감독의 취향에 맞게 구성할 수 있다. 일반적으로 신 넘버와 공간적 · 시간적 배경, 내용 정도가 기본으로 적혀 있다. 나는 영화를 촬영할 때 톤과 무드, 에너지를 중요시하는 편이어서 각 장면마다 그런 요소들을 놓치지 않기 위해 스토리 보드에 적어 두었다.

스태프

직책	이름	직책	이름	직책	이름
영화사	해바라기 필름	조명기사	신준하, 양승규		이유진
제작투자	최선주, 송태영	조명부	추수호	의상	안미경
제작	이정호		이승원		김은정
프로듀서	장훈		방현용		김지애
감독	손영국		이종관	스테디캠	김민수
시나리오	이지호	발전차	서지현	스틸	권순미
각색	성일석,손영국,김응민	동시기사	박인식	뮤직디렉터	정인영
라인 프로듀서	이정룡	붐맨	김효배	예고편제작	서석표(STOP MOVIE)
조감독	김응민		김세훈	메이킹	유형진
연출부	김영환	현장편집	강대희		김명철
	전승엽		김정민	무술	이형길
스크립터	곽은미	미술감독	조화성		이기정
	이신영	미술팀	최현석		서대현
제작부장	오필진		김준		최흥국
제작부	김지연		원은영		김춘근
	주경석		유동필		김기용
	주현조	스토리보드	윤주훈		고현웅
	신동환	소품	장주철		서명석
촬영기사	정재승		최준영	특수장비	진준호
촬영부	박종철		탁지현		성상수
	손삼웅	분장, 헤어	박명희		정춘길
	문기종		장윤녕	버스	이경형
	문지성		김수정		

직책	이름	직책	이름	직책	이름
특수효과	김태용	기상청	전주	행정	이미림
	김정훈	기상청	부산		
	김정욱	기상청	서울		
	정병연	기획실장	정난영		
	정재민	팀장	고진석, 한혜경		
	이동성	브라이트	윤승록		
와이드 비전	정희성	홍보	마노(성진경)	배급사	아우라 엔터테인먼트
음악	권오준, 장호일	포스터 디자인	김정민	도와주신 분	송은석 님, 박순기 님
녹음	김봉수	포스터 작가	이난		박성상 님, 양봉조 님
	공태원(화롯가 아이들)	PPL	김동수	서울필름	최순호
옵티컬	쿠알라	PPL	남승현		윤관노
현상	세방현상소	대경토탈	우해정	카메라	Some Rental
C.G	매커드			보험	현대화재해상
편집	문인대	김보성 M	백종관	전주영상위원회	백정민
	김미주(Movie All)	이종원 M	신승표	서울영상위원회	김나정
오토오(TV자료)	서주남	조윤희 M	김계현	부산영상위원회	김상회

캐스트

직책	이름	직책	이름	직책	이름
세주	김보성	인턴	이보은	독대파 보디2	이승주
곤봉	이종원	강해인	이매리	독대파 보디3	김태욱
재림	조윤희	약사	권병길	독대파 보디4	무술팀
불독	최학락	횟집 주인	장용철	메기파 보디1	오성태
밤안개	안계범	중국집 주인	김상경	메기파 보디2	최민영
갑빠	백종헌	배달원	김재록	메기파 보디3	무술팀
깍두기	김세준	기사식당 주인	오재현	메기파 보디4	무술팀
배추	류현철	삐기걸	장경희	야바위꾼1	차추천
무	강재성	메기	선우재덕	야바위꾼2	김수화
고추	윤택상	장독대	홍수환	치킨집 여점원	강수정
맹인거지	최상길	백곰	이성훈	손님 아가씨1	이혜민
망치	김영웅	최진상	최주봉	손님 아가씨2	유선희
덕구	김진형	명품관 여점원	MTM	손님 아가씨3	유근희
덩치	최민형	탑차 기사	이종선	간호사1	오진선
민호	여운국	철로 꼬마1	김병석	간화사2	김진원
센티걸	안문숙	카바레 기도	김갑선	간화사3	민윤기
여진	홍세은	포차 남1	이재수	티코 여자	손부경
집도의	김창준	포차 남2	이진환		
인턴	조영호	독대파 보디1	한상철		

장 면 일 람 표

S#	장소	세부장소	O/L/S	D/N	내 용	등 장 인 물
0A	터널	터널	L	D	푸른 평야를 지나 터널속으로 들어가는 카메라, 곤봉의 V.O	곤봉 V.O
0B	피씨방		O	D	자살 사이트에서 채팅하는 다섯 사람	남자1,2, 여자1,2,3(V.O), 목소리1
1	수산시장	횟집 밖	O	N	소변을 본 후, 시장통으로 들어가는 곤봉	곤봉, 횟집주인
2	수산시장	횟집 안	O	N	횟집에서 결투를 벌이는 곤봉과 깍뚜기파	곤봉, 깍두기, 무우, 배추, 횟집주인, 앵커우먼V.O
3	해안도시 전경	인서트	L	M	인서트, 해안도시 전경이 보여진다.	
3(1)	명품관	몽타쥬	O	D	프라다, 구찌, 샤넬, 베르사체, 지방시 등의 명품관 인서트	
4	명품관	명품관 안	O	D	명품관에서 쇼핑하는 재림	재림, 여점원1,2
5	현금자동입출기	부스 앞	L	D	자동입출기 앞에서 난감해하다가 전화를 받는 재림	재림
6	통유리 까페 밖거리		O	D	깍두기파에게 쫓기는 재림	재림, 깍두기, 고추, 배추, 무우
7	교도소	교도소 앞	L	D	교도소를 출소하는 세주	세주, 기다리는 사람들
7(1)	편의점	편의점 - 카바레	L	N	편의점에서 나오는 세주와 마주치는 곤봉	세주, 곤봉, 망치, 덕구, 덩치1,2,3
8	캬바레	홀 안	O	N	빈 카바레로 들어오는 곤봉 일당	곤봉, 망치, 덕구, 덩치1,2,3, 기도
9	수산시장	수산물센터 앞	L	N	수산물 센터 앞에서 결투를 벌이는 메기파와 독대파	곤봉, 불독, 밤안개, 갑바, 장독대, 독대파, 메기파
10	골목길 1		L	N	골목길에서 불독에게 쫓기는 곤봉	곤봉, 불독
11	차안	골목길 차안	L	N	차안에서 관계를 가지는 남녀를 보고 지나치는 곤봉	곤봉, 애인남,녀
12	건물옥상	건물옥상	L	N	건물 옥상에서 불독에게 쫓기는 곤봉	곤봉, 불독
12(1)	건물옥상	물탱크안	O	N	물탱크에 숨어 있는 곤봉	곤봉
12(2)	건물옥상	물탱크앞	L	N	물탱크 앞에서 곤봉을 찾는 불독	불독
12(3)	건물옥상	물탱크안	O	N	물탱크에 숨어 있는 곤봉	곤봉, 불독V.O
13	골목길3	번화가 골목	L	D	삐끼녀가 유혹하지만 무반응하게 지나가는 세주	세주, 삐끼녀
14	육교위		L	D	육교위를 걸어가다 동전통을 차는 세주	세주, 맹인거지, 꼬마1,2,3, 행인들
15	지하철 역	공중전화박스	O	D	전화를 거는 곤봉을 스쳐지나가는 세주	세주, 곤봉, 행인들
16	지하철 역	지하철안 - 승강장	O	D	대머리 남자가 보는 신문을 훔쳐보는 곤봉	곤봉, 맹인거지, 안내방송V.O, 승객들
16(1)	해안도시 전경	인서트	L	N	해안도시 밤 야경이 펼쳐진다.	
17	세주의 집	거실	S	N	지저분한 집안을 둘러 본 세주는 피로연 비디오를 본다	세주1, 민호, 동료들(비디오)
18A	대학병원	민호집무실	O	D	수술에 대해서 민호랑 대화하는 세주(플레쉬 백)	세주, 민호
18B	세주의 집	거실	S	N	거실에 눕는 세주	세주
19	대학병원	민호집무실	O	D	반갑게 민호를 만나고, 재림과 첫 대면을 하는 세주	세주, 재림, 민호, 인터1, 간호사1
20A	메기파사무실	사무실밖	L	D	사무실 계단을 올라가는 곤봉	곤봉, 배달원
20B	메기파사무실	사무실안	O	D	메기파 사무실에서 망치를 만나는 곤봉	곤봉, 망치
21	기찻길		L	D	기차길에 누워버린 곤봉은 꼬마들에게 놀림을 당한다.	곤봉, 꼬마1,2,3
22	대학병원	간호사데스크 PC	O	N	간호사가 근무하는 PC앞에서 여진과 채팅하는 재림	재림, 여진V.O
23	기사식당		O	N	기사식당에서 식사를 하면서 해인의 사진을 보는 세주	세주, 식당주인
24	사주까페		O	N	사주까페에서 전화를 걸던 곤봉, 센티걸을 만난다	곤봉, 센티걸, 까페손님들
25	사주까페	야리꾸리한 구석	O	N	센티걸과 정시를 벌이던 곤봉, 그가 게이임을 알고 기겁한다	곤봉, 센티걸
26	사주까페	까페 앞	L	N	까페를 뛰어 나오는 곤봉	곤봉
27A	약국	약국 앞거리	L	N	약국에서 스티커 사진기로 걸어가는 재림	재림
27B	약국	스티커사진기 안	O	N	스티커 사진을 찍는 재림	재림
28A	약국	약국1	O	N	수면제를 사는 재림	재림, 약사

28B	약국	약국2,3	L	N	이약국 저약국을 돌아다니는 재림	재림
28C	약국	약국1	O	N	쥐약을 사는 재림	재림, 약사
29	공터	성당보이는 뜰	L	N	흥분하여 전화를 거는 재림	재림
29(0)	공터	주변장소	L	N	쥐약을 먹는 재림	재림
29(1)	통유리생맥주집		O	N	여진과 대화를 나누는 재림	
29(1)A	엘리베이터안	플래쉬백	O	D	엘리베이터걸인 재림이 장난치는 아이에게 눈총을 준다	재림, 꼬마, 승객들
29(1)B	화실안	플래쉬백	O	D	누드 그림을 그리는 화실을 참관하는 재림	재림, 누드모델, 학생들
29(1)C	통유리생맥주집	생맥주집 안	O	N	여진과 술을 마시는 재림	재림, 여진
29(2)	공원놀이터	정글집	L	N	여진과 대화를 나누는 재림	재림, 여진
29(2)A	고아원 안	플래쉬백	O	D	원장선생님에게 혼나는 여진을 감싸는 재원	재림, 여진, 원장
29(2)B	파출소 안	플래쉬백	O	D	파출소에 잡혀온 재림을 창 밖에서 보는 여진	재림, 여진, 파출소경찰
29(2)C	공원놀이터	정글집	L	N	여진과 대화를 나누는 재림	재림, 여진
30	포장마차	포장마차 안	O	N	남자1,2의 대화가 거슬러서 일어나는 세주	세주, 남자1,2
31	포장마차	포장마차 밖	L	N	밖으로 나온 세주, 포장마차 안의 한남자의 머리를 때린다	세주
32	편의점	편의점2(통유리)	O	N	편의점 안에서 음식을 먹는 세주, 곤봉, 재림	세주, 곤봉, 재림, 여고생(2), 손님(7)
33	골목길4	한적한 골목	L	N	남자1,2에게 희롱당하는 재림을 구해주는 세주	세주, 재림, 남자1,2, 남녀2,3
34	부대찌개 집		O	N	부대찌개를 먹는 재림과 세주	세주, 재림
35	바닷가	포구	L	N	망치를 고문하는 불독, 밤안개, 갑바	불독, 밤안개, 갑바, 망치, 보디들
36	바닷가	바닷가1	L	새벽	바닷가에서 재림에게 힘을 내라고 위로하는 세주	세주, 재림
37	도로	해안도로	L	M	운전하는 세주, 잠이 든 재림에게 애뜻함을 느낀다.	세주, 재림
37(1)	독대파 사무실		L	D	곤봉이를 빨리 잡아들이라고 명령하는 독대	독대, 불독, 밤안개, 갑바, 보디들
38A	생명보험회사건물	사무실안	O	D	보험에 가입하는 곤봉	곤봉, 보험사직원
38B	생명보험회사건물	건물 밖	L	D	보험에 가입하고 나오는 곤봉	곤봉
39	길거리	횡단보도 앞	L	D	뚱녀의 똥꼬에 낀 바지를 장난스럽게 빼주는 곤봉	곤봉, 뚱녀, 행인들
40	길거리	도로옆 갓길	L	D	도로에서 자살을 시도하는 곤봉	곤봉
41	길거리	도로옆 갓길	L	D	세주의 차에 뛰어 든 곤봉	세주, 곤봉, 재림
42	도로	스카이라인	L	D	스카이라인을 달리는 세주의 차	세주, 곤봉, 재림
42(1)	도로	세주차 안	O	D	운전하는 세주에게 미안하다고 말하는 곤봉	세주, 곤봉, 재림
42(2)	세주의 집	현관-거실	S	N	집에 도착후, 곤봉은 집을 구경하고, 세주는 재림을 치료한다.	세주, 곤봉, 재림
43	세주의 집	작은방	S	N	작은 액자 속의 해인의 사진을 보는 세주	세주
44	세주의 집	베란다	S	N	베란다로 나오는 곤봉	곤봉
44(1)	세주의 집	거실	S	N	거실로 나온 세주의 눈에 보이는 베란다의 곤봉	세주, 곤봉
44(2)	세주의 집	베란다	S	N	곤봉의 과거에 대해서 얘기 나누는 세주와 곤봉	세주, 곤봉
45	길거리	건물부근 도로	L	N	백곰, 최진상과 결투를 벌이는 불독	불독, 최진상, 백곰, 진상파(8)
46	독대파 사무실	사무실 밖	L	N	밤안개와 갑바에게 영역 확대를 이야기하는 불독	불독, 반안개, 갑바, 센티걸
47	세주의 집	재림방	S	N	잠을 자던 재림은 몽유병 환자처럼 움직인다	재림
48A	세주의 집	세주방	S	N	잠을 자는 세주의 옆에 와서 누웠다가 나가는 재림	세주, 재림
48B	세주의 집	곤봉방	S	N	곤봉이 자는 방에 누웠다가 나가는 재림	곤봉, 재림
49	세주의 집	세주방	S	N	잠을 자다 침대에서 떨어지는 세주	세주
49(1)A	세주의 집	거실	S	N	몽유병 환자처럼 돌아다니는 재림을 쫓아나온 곤봉	곤봉, 재림
49(1)B	세주의 집	재리방	S	N	재림이 자는 방에 몰래 숨어든 곤봉	곤봉, 재림
49(2)	세주의 집	세주방	S	M	꽁초를 피워물고 나오는 세주	세주, 곤봉V.O, 재림 V.O
49(3)	세주의 집	거실-부엌	S	M	음식을 만들고 있는 재림과 곤봉, 그 광경을 보는 세주	세주, 곤봉, 재림

49	세주의 집	부엌	S	M	식사를 하는 세사람	세주, 곤봉, 재림
50	빈공장	메기파 임시사무실	O	D	매기파와 독대파의 결투	불독, 밤안개, 갑바, 매기, 망치, 덕구, 메기파(8), 독대파(8)
51A	해인의 무덤가		L	D	해인의 무덤에 국화꽃을 놓는 세주	세주
51B	대학병원	수술실 안	O	D	민호와 설전을 벌이는 세주	민호, 세주
51(1)	대학병원	수술실 밖	O	D	수술실 밖(인서트 '수술중')	
51(2)	대학병원	병실	O	D	해인과 세주의 대화	세주, 해인
51(3)	대학병원	수술실 안	O	D	해인이를 수술하고 있는 민호와 세주	세주, 민호, 간호원2
52	해인의 무덤가		L	D	옛생각에 빠졌던 세주, 어지러움을 느낀다	세주
53	세주의 집	거실	S	M	가려는 곤봉을 말리려는 재림	곤봉, 재림
53(1)	대학병원	민호의 집무실	O	D	민호와 대화를 나누는 세주	세주, 민호
54	길거리	상가주변거리	L	D	거리에서 불독을 만나 도망치는 곤봉	곤봉, 불독, 밤안개, 갑바
55	길거리	상가주변거리	L	D	상가 거리에서 불독 일당에게 쫓기는 곤봉	곤봉, 불독, 밤안개, 갑바, 약장사, 구경꾼들
56	상가건물	계단	O	D	곤봉을 쫓던 갑바, 곤봉의 기세에 눌려 도망친다	곤봉, 갑바
57	길거리	상가주변거리	L	D	쫓기는 곤봉, 시장 안으로 들어간다	
57(1)	길거리	만두집	L	D	만두집 앞을 지나다가 깍두기 일당을 만나는 곤봉	곤봉, 깍두기, 고추, 배추, 무우, 만두집아줌마
57(2)	편의점	편의점3	L	D	편의점 앞에서 불촉을 만나 냉동 탑차에 숨는 곤봉	곤봉, 불독, 탑차기사, 편의점장
57(3)	편의점	냉동탑차	O	D	냉동 탑차 안에서 떨떨 떠는 곤봉	곤봉
57(4)	길거리	유흥가 밤거리	L	N	술에 취해 밤거리를 헤매는 민호와 세주	세주, 민호
57(5)	편의점	냉동탑차-편의점4	L	N	탑차기사가 문을 열면 얼어버린 곤봉이 쓰러진다	곤봉, 탑차기사
58	세주의 집	현관 앞	L	N	세주에게 약을 달라고 하는 재림	세주, 재림
59	세주의 집	거실	S	N	병원에 가자고 하는 세주에게 화를 내는 재림	세주, 재림
59(1)	세주의 집	거실	S	N	재림이 건 액자를 다시 떼어내라고 말하는 세주	세주, 재림, 아니운서V.O
60	세주집앞	상가건물 앞	L	N	상가 주변을 배회하는 곤봉, 햄버거 봉지를 들고 가는 똥파리	곤봉, 똥파리, 행인들
61	세주집앞	독대파 차안	L	N	갑바가 사온 햄버거가 싫다고 구박하는 밤안개	밤안개, 갑바
62	세주의 집	거실	S	N	재림의 생일 파티를 하다가 게임을 해서 춤을 추는 세사람	세주, 곤봉, 재림
63	세주의 집	거실	S	N	전화를 거는 곤봉을 엿듣는 재림에게 화를 내는 곤봉	곤봉, 재림
64	세주의 집	엘리메이터	O	N	집을 뛰쳐나온 재림, 엘리베이터에 탄다	재림
65	세주의 집	거실	S	N	뛰어나간 재림이 걱정되는 곤봉	곤봉
66	세주의 집	엘리베이터 앞	O	N	빠른 걸음으로 재림을 따라나온 곤봉은 재림을 달랜다	곤봉, 재림
66(1)	세주의 집	엘리베이터 안	O	N	엘리베이터 안에서 서로의 마음을 확인하는 그들	곤봉, 재림
67	세주집 앞	상가건물 앞	L	N	곤봉을 감시하는 밤안개와 갑바에게 다가오는 불독	불독, 밤안개, 갑바
68	세주의 집	거실	S	N	세주집에 들어온 불독, 세주가 겨냥한 총에 겁을 먹고 나간다	세주, 곤봉, 재림, 불독, 밤안개, 갑바
69	세주집 앞	상가건물 앞	L	N	세주의 집 앞에 불독 일당의 지결	불독, 밤안개, 갑바, 독대파
70	세주의 집	거실-베란다	O	N	베란다에서 불독 일당을 감시하는 곤봉	곤봉
70(1)	세주의 집	재림방	S	N	재림에게 주사를 놔주는 세주, 재림은 곤봉에 대한 걱정이 앞선다	세주, 재림
70(2)	세주의 집	거실	S	N	베란다에서 불독일당을 감시하는 곤봉에게로 오는 세주	세주, 곤봉
71	이미지	밤하늘	L	N	떨어지는 유성	
72	세주의 집	재림방	S	N	침대에 누워서 괴로워하는 재림	재림
72(1)	세주의 집	재림방-거실	S	N	재림이가 고통스러워하는 것을 보고는 괴로워 하는 곤봉	곤봉
73	세주집 앞	상가건물 앞	L	N	세주 집을 감시하는 복독 일당	불독, 밤안개, 갑바, 독대파
74	치킨집		O	N	치킨집에서 치킨을 시키고 있는 깍두기파	깍두기, 배추 무우, 아가씨1,2,3, 종업원
75	세주의 집	거실	S	N	욕실안의 인기척을 느끼는 세주	세주, 곤봉
75(1)	세주의 집	욕실	S	N	샤워기를 틀어 놓고 고통스러워하는 재림	재림

76	세주의 집	거실	S	N	이상함을 직감한 세주는 욕실 문을 차고 들어간다	세주
77	세주의 집	욕실	S	N	자살한 재림을 급하게 치료하는 세주와 곤봉	세주, 곤봉, 재림
78	세주집 앞	상가건물 앞	L	N	재림은 응급차에 옮겨지고 뒤를 따르는 곤봉과 세주	세주, 곤봉, 재림, 불독 밤안개, 갑바, 의사(2), 독대파, 주민들
79	앰블런스 안		O	N	응급차에서 치료를 받고 있는 재림	세주, 곤봉, 재림, 의사(2)
80	대학병원	응급실	O	N	헌혈을 하던 곤봉, 불독이 와서 협박한다	세주, 곤봉, 재림, 불독, 밤안개, 갑바, 민호, 간호사3
81	대학병원	병실	O	N	누워 있는 재림을 위로하는 세주	세주, 재림
82	대학병원	계단	O	N	재림에게 장기를 이식하겠다고 세주에게 말하는 곤봉	세주, 곤봉
83	대학병원	민호의 집무실	O	D	곤봉에게 이식이 힘들다고 설명해주는 민호와 세주	세주, 곤봉, 민호
84	중국집	중국집 앞	L	D	중국집에서 스쿠터를 훔쳐타고 가는 곤봉	곤봉, 중국집주인, 배달원
85	대학병원	병원뜰 자판기앞	L	D	자판기 앞에서 곤봉이가 떠났다고 재림에게 말하는 세주	세주, 재림
86	길거리	공중전화부스	L	D	세주에게 전화를 거는 곤봉	곤봉
87	대학병원	민호집무실	O	D	곤봉의 전화를 받는 세주	세주, 민호
88	빈공장	독대파아지트	O	D	독대파아지트에 찾아온 곤봉, 그들과 조우한다	곤봉, 불독, 밤안개, 갑바, 독대, 독대파
89	대학병원	뜰 앞	L	D	분주하게 병동으로 오는 세주	세주
90	빈공장	공장안	O	D	불독에게 난타 당하는 곤봉	곤봉, 불독, 밤안개, 갑바, 독대, 독대파
91	대학병원	병실	O	D	병실에 입원한 재림을 찾아 오는 여진	재림, 여진
92A	빈공장	공장 주변	L	D	공장을 지나던 깍두기파, 공장 안에 맞고 있는 곤봉을 발견한다	깍두기, 배추
92B	빈공장	공장 안	O	D	불독파에게 난타 당하는 곤봉 힘없이 쓰러진다	곤봉, 불독, 밤안개, 갑바, 독대, 독대파
93	빈공장	공장 앞	L	D	곤봉을 데리고 나온 똥파리, 그들을 발견한 깍두기파	곤봉, 갑바, 깍두기, 배추
94	도로	깍두기 차안	O	D	곤봉을 태우고 가는 깍두기	곤봉, 깍두기, 배추
95	대학병원	응급실	L	D	곤봉을 응급실로 데리고 온 깍두기	곤봉, 깍두기, 배추, 인턴들
96	대학병원	수술실	O	D	곤봉을 수술하는 세주	세주, 곤봉, 집도의 인턴2,3, 간호사2,3
97	대학병원	다른 수술실	O	D	수술 준비 중인 재림	재림, 민호, 인턴1, 간호사1
98	대학병원	수술실	O	D	재림의 병이 오진임을 알리는 민호, 쓸어지는 세주	세주, 곤봉, 집도의, 인턴2,3, 간호사2,3
99	대학병원	병실	O	D	수술 후 병실에 입원한 재림, 곤봉과 대화하는 세주(에필로그)	세주, 곤봉, 재림
100A	사진관		O	D	기념 사진 찍는 세사람	세주, 곤봉, 재림
100B	바닷가	바닷가2	L	D	해안선 도로를 신나게 뛰는 세살람	세주, 곤봉, 재림
100C	도로	터널	L	D	차를 타고 가는 세사람 깍두기파를 만난다	세주, 곤봉, 재림, 깍두기, 배추, 무우

장 면 구 분 표

장소	세부장소	S#	O/L/S	D/N	내 용	등 장 인 물
세주의 집	거실	18B	S	N	거실에 눕는 세주	세주
		53	S	M	가려는 곤봉을 말리려는 재림	곤봉, 재림
		42(2)	S	N	집에 도착한 세사람, 곤봉은 집을 구경하고, 세주는 재림을 치료한다	세주, 곤봉, 재림
		44(1)	S	N	거실로 나온 세주의 눈에 보이는 베란다의 곤봉	세주, 곤봉
		49(1)A	S	N	몽유병 환자처럼 돌아다니는 재림을 쫓아나온 곤봉	곤봉, 재림
		17	S	N	지저분한 집안을 둘러 본 세주는 피로연 비디오를 본다	세주1, 민호, 동료들(비디오)
		59	S	N	병원에 가지고 하는 세주에게 화를 내는 재림	세주, 재림
		59(1)	S	N	재림이 건 액자를 다시 떼어내라고 말하는 세주	세주, 재림, 아니운서V.O
		62	S	N	재림의 생일 파티를 하다가 게임을 해서 춤을 추는 세사람	세주, 곤봉, 재림
		63	S	N	전화를 거는 곤봉을 엿듣는 재림에게 화를 내는 곤봉	곤봉, 재림
		65	S	N	뛰어나간 재림이 걱정되는 곤봉	곤봉
		68	S	N	세주집에 들어온 불독, 세주가 겨냥한 총에 겁을 먹고 나간다	세주, 곤봉, 재림, 불독, 밤안개, 갑바
		70(2)	S	N	베란다에서 불독일당을 감시하는 곤봉에게로 오는 세주	세주, 곤봉
		72(1)	S	N	재림이가 고통스러워하는 것을 보고는 괴로워 하는 곤봉	곤봉
		75	S	N	욕실안의 인기척을 느끼는 세주	세주, 곤봉
		76	S	N	이상함을 직감한 세주는 욕실 문을 발로 차로 들어간다	세주
	세주방	49(2)	S	M	꽁초를 피워물고 나오는 세주	세주, 곤봉V.O, 재림 V.O
		43	S	E	작은 액자 속의 해인의 사진을 보는 세주	세주
		48A	S	N	잠을 자는 세주의 옆에 와서 누웠다가 나가는 재림	세주, 재림
		49	S	N	잠을 자다 침대에서 떨어지는 세주	세주
	재림방	47	S	N	잠을 자던 재림은 몽유병 환자처럼 움직인다	재림
		49(1)B	S	N	재림이 자는 방에 몰래 숨어든 곤봉	곤봉, 재림
		70(1)	S	N	재림에게 주사를 놔주는 세주, 재림은 곤봉에 대한 걱정이 앞선다	세주, 재림
		72	S	N	침대에 누워서 괴로워 하는 재림	재림
	베란다	44	S	N	베란다로 나오는 곤봉	곤봉
		44(2)	S	N	곤봉의 과거에 대해서 얘기 나누는 세주와 곤봉	세주, 곤봉
		70	O	N	베란다에서 불독 일당을 감시하는 곤봉	곤봉
	부엌	49(3)	S	M	음식을 만들고 있는 재림과 곤봉, 그 광경을 보는 세주	세주, 곤봉, 재림
		49(4)	S	M	식사를 하는 세사람	세주, 곤봉, 재림
	현관 앞	58	L	N	세주에게 약을 달라고 하는 재림	세주, 재림
		64	O	N	집을 뛰쳐나온 재림, 엘리베이터에 탄다	재림
	욕실	75(1)	S	N	샤워기를 틀어 놓고 고통스러워 하는 재림	재림
		77	S	N	자살한 재림을 급하게 치료하는 세주와 곤봉	세주, 곤봉, 재림
	곤봉방	48B	S	E	곤봉이 자는 방에 누웠다가 나가는 재림	곤봉, 재림
	엘리베이터 앞	66	O	N	빠른 걸음으로 재림을 따라나온 곤봉은 재림을 달랜다	곤봉, 재림
	엘리베이터 안	66(1)	O	N	엘리베이터 안에서 서로의 마음을 확인하는 그들	곤봉, 재림

장소	세부장소	S#	O/L/S	D/N	내 용	등 장 인 물
세주집 앞	상가건물 앞	60	L	N	상가 주변을 배회하는 곤봉, 햄버거 봉지를 들고 가는 갑바	곤봉, 갑바, 행인들
		69	L	N	세주의 집 앞에 불독 일당의 집결	불독, 밤안개, 갑바, 독대파
		73	L	N	세주 집을 감시하는 불독 일당	불독, 밤안개, 갑바, 독대파
		78	L	N	재림은 응급차에 옮겨지고 뒤를 따르는 곤봉과 세주	세주, 곤봉, 재림, 불독, 밤안개, 갑바, 의사(2), 독대파, 주민들
	독대파 차안	61	L	N	갑바가 사온 햄버거가 싫다고 구박하는 밤안개	밤안개, 갑바
		67	L	N	곤봉을 감시하는 방안개와 갑바에게 다가오는 불독	불독, 밤안개, 갑바

장소	세부장소	S#	O/L/S	D/N	내 용	등 장 인 물
대학병원	민호집무실	18A	O	D	수술에 대해서 민호랑 대화하는 세주(플래쉬 백)	세주, 민호
		19	O	D	반갑게 민호를 만나고, 재림과 첫 대면을 하는 세주	세주, 재림, 민호, 인턴1, 간호사1
		53(1)	O	D	민호와 대화를 나누는 세주	세주, 민호
		83	O	D	곤봉에게 이식이 힘들다고 설명해주는 민호와 세주	세주, 곤봉, 민호
		87	O	D	곤봉의 전화를 받는 세주	세주, 민호
	수술실	51B	O	D	민호와 설전을 벌이는 세주	민호, 세주
		51(1)	O	D	수술실 밖 (인서트 '수술중')	
		51(3)	O	D	해인이를 수술하고 있는 민호와 세주	세주, 민호, 간호원2
		96	O	D	곤봉을 수술하는 세주	세주, 곤봉, 집도의, 인턴2,3, 간호사2,3
		97	O	D	수술 준비 중인 재림	재림, 민호, 인턴1, 간호사1
		98	O	D	재림의 병이 오진임을 알리는 민호, 쓸어지는 세주	세주, 곤봉, 집도의, 인턴2,3, 간호사2,3
	병실	51(2)	O	D	해인과 세주의 대화	세주, 해인
		91	O	D	병실에 입원한 재림을 찾아 오는 여진	재림, 여진
		99	O	D	수술 후 병실에 입원한 재림, 곤봉과 대화하는 세주 (에필로그)	세주, 곤봉, 재림
		81	O	N	누워 있는 재림을 위로하는 세주	세주, 재림
	응급실	95	L	D	곤봉을 응급실로 데리고 온 깍두기	곤봉, 깍두기, 배추, 인턴들
		80	O	N	헌혈을 하던 곤봉, 불독이 와서 협박한다	세주, 곤봉, 재림, 불독, 밤안개, 갑바, 민호, 간호사3
	간호사데스크PC	22	O	N	간호사가 근무하는 PC앞에서 여진과 채팅하는 재림	재림, 여진V.O
	계단	82	O	N	재림에게 장기를 이식하겠다고 세주에게 말하는 곤봉	세주, 곤봉
	병원뜰 자판기 앞	85	L	D	자판기 앞에서 곤봉이가 떠났다고 재림에게 말하는 세주	세주, 재림
	뜰 앞	89	L	D	분주하게 병동으로 오는 세주	세주

장소	세부장소	S#	O/L/S	D/N	내 용	등 장 인 물
건물옥상	건물옥상	12	L	N	건물 옥상에서 불독에게 쫓기는 곤봉	곤봉, 불독
		12(1)	L	N	물탱크 앞에서 곤봉을 찾는 불독	불독
	물탱크안	12(3)	O	N	물탱크에 숨어 있는 곤봉	곤봉
		12(2)	O	N	물탱크에 숨어 있는 곤봉	곤봉, 불독V.O

장소	세부장소	S#	O/L/S	D/N	내　　　용	등 장 인 물
길거리/상가	현금지급기부스	5	L	D	자동입출기 앞에서 난감해하다가 전화를 받는 재림	재림
	육교위	14	L	D	육교위를 걸어가다 동전통을 차는 세주	세주, 맹인거지, 꼬마1,2,3, 행인들
	도로옆 갓길	40	L	D	도로에서 자살을 시도하는 곤봉	곤봉
		41	L	D	세주의 차에 뛰어 든 곤봉	세주, 곤봉, 재림
	건물부근 도로	45	L	N	백곰, 최진상과 결투를 벌이는 불독	불독, 최진상, 백곰, 진상파(8)
	상가주변거리	54	L	D	거리에서 불독을 만나 도망치는 곤봉	곤봉, 불독, 밤안개, 갑바
		55	L	D	상가 거리에서 불독 일당에게 쫓기는 곤봉	곤봉, 불독, 밤안개, 갑바, 약장사, 구경꾼들
		57	L	D	쫓기는 곤봉, 시장 안으로 들어간다	
	상가건물계단	56	O	D	곤봉을 쫓던 똥파리, 곤봉의 기세에 눌려 도망친다	곤봉, 갑바
	만두집	57(1)	L	D	만두집 앞을 지나다가 깍두기 일당을 만나는 곤봉	곤봉, 깍두기, 고추, 배추, 무우, 만두집아줌마
		100D	L	D	만두집에서 일하는 깍두기 일당	깍두기, 고추, 배추, 무우
	유흥가 밤거리	57(4)	L	N	술에 취해 밤거리를 헤매는 민호와 세주	세주, 민호
	공중전화부스	86	L	D	세주에게 전화를 거는 곤봉	곤봉

장소	세부장소	S#	O/L/S	D/N	내　　　용	등 장 인 물
빈공장	공장 안/밖	50	O	D	매기파와 독대파의 결투	불독, 밤안개, 갑바, 매기, 망치, 덕구, 메기파(8), 독대파(8)
		88	O	D	독대파아지트에 찾아온 곤봉, 그들과 조우한다	곤봉, 불독, 밤안개, 갑바, 독대, 독대파
		90	O	D	불독에게 난타 당하는 곤봉	곤봉, 불독, 밤안개, 갑바, 독대, 독대파
		92A	L	D	공장을 지나던 깍두기파, 공장 안에서 맞고 있는 곤봉의 모습을 본다	깍두기, 배추
		92B	O	D	불독파에게 난타 당하는 곤봉 힘없이 쓰러진다	곤봉, 불독, 밤안개, 갑바, 독대, 독대파
		93	L	D	만신창이가 된 곤봉을 데리고 나온 갑바, 그들을 발견한 깍두기파	곤봉, 갑바, 깍두기, 배추

장소	세부장소	S#	O/L/S	D/N	내　　　용	등 장 인 물
도로	터널	OA	L	D	푸른 평야를 지나 터널속으로 들어가는 카메라, 곤봉의 V.O	곤봉 V.O
		100C	L	D	차를 타고 가는 세사람, 깍두기를 만나다	세주, 곤봉, 재림, 깍두기, 무우, 배추
	해안도로	37	L	M	운전하는 세주, 잠이 든 재림에게 애틋함을 느낀다	세주, 재림
	세주의 차안	42	L	D	스카이라인을 달리는 세주의 차	세주, 곤봉, 재림
		42(1)	O	D	운전하는 세주에게 미안하다고 말하는 세주	세주, 곤봉, 재림
	앰블런스 안	79	O	N	응급차에서 치료를 받고 있는 재림	세주, 곤봉, 재림, 의사(2)
	깍두기 차안	94	O	D	곤봉을 태우고 가는 깍두기	곤봉, 깍두기, 배추

장소	세부장소	S#	O/L/S	D/N	내　　　용	등 장 인 물
약국	약국앞 스티커 사진기	27A	O	D	약국에서 스티커 사진기로 걸어가는 재림	재림
		28B	O	D	스티커 사진을 찍는 재림	재림
	약국1	28A	O	D	수면제를 사는 재림	재림, 약사
		28C	L	D	쥐약을 사는 재림	재림, 약사
	약국2,3 앞	28B	O	D	이 약국 저 약국을 돌아다니는 재림	재림

장소	세부장소	S#	O/L/S	D/N	내　　용	등 장 인 물
수산시장	수산물센터 앞	9	L	N	수산물 센터 앞에서 결투를 벌이는 메기파와 독대파	곤봉, 불독, 밤안개, 갑바, 장독대, 독대파, 메기파
	횟집 밖	1	O	N	소변을 본 후, 시장통으로 들어가는 곤봉	곤봉, 횟집주인
	횟집 안	2	O	N	횟집에서 결투를 벌이는 곤봉과 깍두기파	곤봉, 깍두기, 무우, 배추, 횟집주인, 앵커우먼V.O

장소	세부장소	S#	O/L/S	D/N	내　　용	등 장 인 물
골목길	A 골목길1	10	L	N	골목길에서 불독에게 쫓기는 곤봉	곤봉, 불독
	B 차 안	11	L	N	차안에서 관계를 가지는 남녀를 보고 지나치는 곤봉	곤봉, 애인남녀
	C 번화가 골목	13	L	D	삐끼녀가 유혹하지만 무반응하게 지나가는 세주	세주, 삐끼녀
	D 한적한 골목	33	L	N	남자1,2에게 희롱당하는 재림을 구해주는 세주	세주, 재림, 남자1,2, 남녀2,3

장소	세부장소	S#	O/L/S	D/N	내　　용	등 장 인 물
편의점	편의점10카바레	7(1)	L	N	편의점에서 나오는 세주와 마주치는 곤봉	세주, 곤봉, 망치, 덕구, 덩치1,2,3
	편의점2(통유리)	32	O	N	편의점 안에서 음식을 먹는 세주, 곤봉, 재림	세주, 곤봉, 재림, 여고생(2), 손님(7)
	편의점3	57(2)	L	D	편의점 앞에서 불독을 만나 냉동 탑차에 숨는 곤봉	곤봉, 불독, 탑차기사, 편의점장
	냉동탑차	57(3)	O	D	냉동 탑차 안에서 덜덜 떠는 곤봉	곤봉
	냉동탑차-편의점4	57(5)	L	N	탑차기사가 문을 열면 얼어버린 곤봉이 쓰러진다	곤봉, 탑차기사

장소	세부장소	S#	O/L/S	D/N	내　　용	등 장 인 물
바닷가	포구	35	L	N	망치를 고문하는 불독, 밤안개, 갑바	불독, 밤안개, 갑바, 망치, 보디들
	바닷가1	36	L	새벽	바닷가에서 재림에게 힘을 내라고 위로하는 세주	세주, 재림
	바닷가2	100B	L	D	해안선 도로를 신나게 뛰는 세사람	세주, 곤봉, 재림

장소	세부장소	S#	O/L/S	D/N	내　　용	등 장 인 물
사주까페	까페 안	24	O	N	사주까페에서 전화를 걸던 곤봉, 쎈티걸을 만난다	곤봉, 쎈티걸, 까페손님들
	야리꾸리한구석	25	O	N	센티걸과 정사를 벌이던 곤봉, 그가 게이임을 알고 기겁한다	곤봉, 센티걸
	까페 앞	26	L	N	까페를 뛰어 나오는 곤봉	곤봉

장소	세부장소	S#	O/L/S	D/N	내　　용	등 장 인 물
생명보험회사	사무실안	38A	O	D	보험에 가입하는 곤봉	곤봉, 보험사직원
	건물 밖	38B	L	D	보험에 가입하고 나오는 곤봉	곤봉
	횡당보도앞	39	L	D	뚱녀의 뚱꼬에 낀 바지를 장난스럽게 빼주는 곤봉	곤봉, 뚱녀, 행인들

장소	세부장소	S#	O/L/S	D/N	내　　　용	등 장 인 물
명품관	인서트	3	O	D	프라다, 구찌, 샤넬, 베르사체, 지방시 등의 명품관 인서트	
	명품관 안	4	O	D	명품관에서 쇼핑하는 재림	재림, 여점원1,2

장소	세부장소	S#	O/L/S	D/N	내　　　용	등 장 인 물
지하철역	공중전화박스	15	O	D	전화를 거는 곤봉을 스쳐지나가는 세주	세주, 곤봉, 행인들
	지하철안-승강장	16	O	D	대머리 남자가 보는 신문을 훔쳐보는 곤봉	곤봉, 맹인거지, 안내방송V.O, 승객들

장소	세부장소	S#	O/L/S	D/N	내　　　용	등 장 인 물
메기파사무실	사무실밖	20A	L	D	사무실 계단을 올라가는 곤봉	곤봉, 배달원
	사무실안	20B	O	D	메기파 사무실에서 망치를 만나는 곤봉	곤봉, 망치

장소	세부장소	S#	O/L/S	D/N	내　　　용	등 장 인 물
통유리생맥주집	생맥주집 안	29(1)	O	N	여진과 대화를 나누는 재림	
		29(1)D	O	N	여진과 술을 나누는 재림	재림, 여진

장소	세부장소	S#	O/L/S	D/N	내　　　용	등 장 인 물
공원놀이터	정글집	29(2)	L	N	여진과 대화를 나누는 재림	재림, 여진
		29(2)C	L	N	여진과 대화를 나누는 재림	재림, 여진

장소	세부장소	S#	O/L/S	D/N	내　　　용	등 장 인 물
공터	성당보이는 뜰	29	L	N	흥분하여 전화를 거는 재림	재림
	주변장소	29(0)	L	N	쥐약을 먹는 재림	재림

장소	세부장소	S#	O/L/S	D/N	내　　　용	등 장 인 물
포장마차	포장마차 안	30	O	N	남자1,2의 대화가 거슬려서 일어나는 세주	세주, 남자1,2
	포장마차 밖	31	L	N	밖으로 나온 세주, 포장마차 안의 한남자의 머리를 때린다	세주

장소	세부장소	S#	O/L/S	D/N	내　　　용	등 장 인 물
해인의 무덤가		51A	L	D	해인의 무덤에 국화꽃을 놓는 세주	세주
		52	L	D	옛생각에 빠졌던 세주, 어지러움을 느낀다	세주

장소	세부장소	S#	O/L/S	D/N	내　　용	등 장 인 물
통유리까페안		6	O	D	깍두기파에게 쫓기는 재림	재림, 깍두기, 고추, 배추, 무우, 손님들

장소	세부장소	S#	O/L/S	D/N	내　　용	등 장 인 물
교도소	교도소 앞	7	L	D	교도소를 출소하는 세주	세주, 기다리는 사람들

장소	세부장소	S#	O/L/S	D/N	내　　용	등 장 인 물
캬바레	홀 안	8	O	N	빈 캬바레로 들어오는 곤봉 일당	재림, 깍두기, 고추, 배추, 무우, 손님들

장소	세부장소	S#	O/L/S	D/N	내　　용	등 장 인 물
기찻길		21	L	D	기찻길에 누워버린 곤봉은 꼬마들에게 놀림을 당한다	재림, 깍두기, 고추, 배추, 무우, 손님들

장소	세부장소	S#	O/L/S	D/N	내　　용	등 장 인 물
기사식당		23	O	N	기사식당에서 식사를 하면서 해인의 사진을 보는 세주	재림, 깍두기, 고추, 배추, 무우, 손님들

장소	세부장소	S#	O/L/S	D/N	내　　용	등 장 인 물
부대찌개 집		34	O	N	부대찌개를 먹는 재림과 세주	세주, 재림

장소	세부장소	S#	O/L/S	D/N	내　　용	등 장 인 물
독대파 사무실		37(1)	L	D	곤봉이를 빨리 잡아들이라고 명령하는 독대	독대, 불독, 밤안개, 갑바, 보디들
독대파 사무실	사무실 밖	46	L	N	밤안개와 똥파리에게 영역 확대를 이야기하는 불독	불독, 밤안개, 갑바, 센티걸

장소	세부장소	S#	O/L/S	D/N	내　　용	등 장 인 물
치킨집		74	O	N	치킨집에서 치킨을 시키고 있는 깍두기파	깍두기, 배추, 무우, 아가씨1,2,3, 종업원

장소	세부장소	S#	O/L/S	D/N	내　　용	등 장 인 물
중국집	중국집 앞	84	L	D	중국집에서 스쿠터를 훔쳐타고 가는 곤봉	곤봉, 중국집주인, 배달원

장소	세부장소	S#	O/L/S	D/N	내　　용	등 장 인 물
피씨방		0B	O	D	자살사이트에서 채팅을 하는 다섯 사람	남자1,2, 여자1,2,3(V.O), 목소리1

장소	세부장소	S#	O/L/S	D/N	내　　용	등 장 인 물
사진관		100A	O	D	기념 사진 찍는 세사람	세주, 곤봉, 재림

장소	세부장소	S#	O/L/S	D/N	내 용	등 장 인 물
엘리베이터안	플래쉬백	29(1)A	O	D	엘리베이터걸인 재림이 장난치는 아이에게 눈총을 준다	재림, 꼬마, 승객들

장소	세부장소	S#	O/L/S	D/N	내 용	등 장 인 물
화실안	플래쉬백	29(1)B	O	D	누드 그림을 그리는 화실을 참관하는 재림	재림, 누드모델, 학생들

장소	세부장소	S#	O/L/S	D/N	내 용	등 장 인 물
고아원 안	플래쉬백	29(2)A	O	D	원장선생님에게 혼나는 여진을 감싸는 재림	재림, 여진, 원장

장소	세부장소	S#	O/L/S	D/N	내 용	등 장 인 물
파출소 안	플래쉬백	29(2)B	O	D	파출소에 잡혀온 재림을 창 밖에서 보는 여진	재림, 여진, 파출소경찰

장소	세부장소	S#	O/L/S	D/N	내 용	등 장 인 물
해안도시전경	환화공장옥상에서 본..	3	L	M	인서트	
해안도시전경	환화공장옥상에서 본..	16(1)	L	N	인서트	

<table>
<tr><td>S# o</td><td>D</td><td>L : 도로/터널</td><td>Contents : 터널속으로 들어가는 세주차</td><td>Tone&Mood</td></tr>
<tr><td></td><td></td><td></td><td>Energy :</td><td></td></tr>
</table>

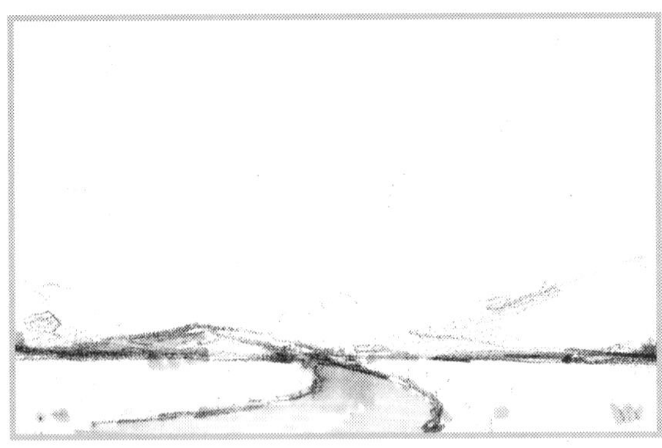

C# 1

그레고리오 노래가 흘러나온다.
눈이 부시도록 푸르른 평야를 지나

⟨P · O · V⟩
Wide L.F.S 강렬한 Halation
High AG.

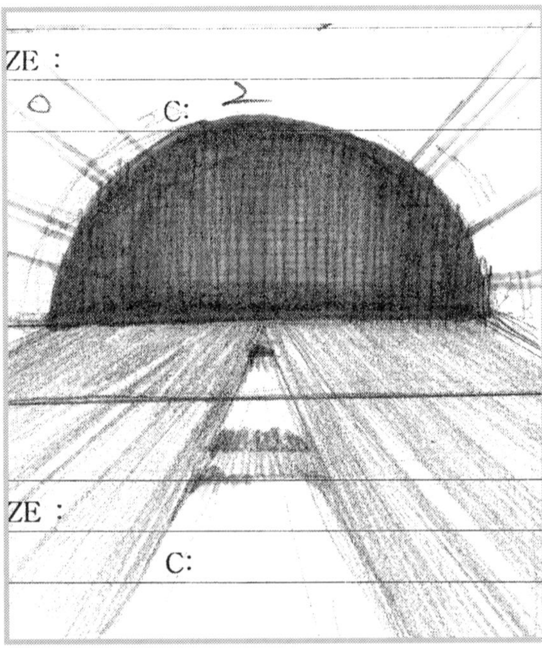

C# 2

거친 숨소리를 뿜으며 터널 속으로 들어가는
카메라의 눈

⟨P · O · V⟩
Low AG.

C# 3

어두운 터널 안
곤봉(V.O) :
"단 한가지 자유가 있을 뿐이다. 죽음과 화해할 수 있는
 자유. 그 이후로는 모든 것이 가능하다. 으하하헤헤."

⟨Echo Chamber⟩

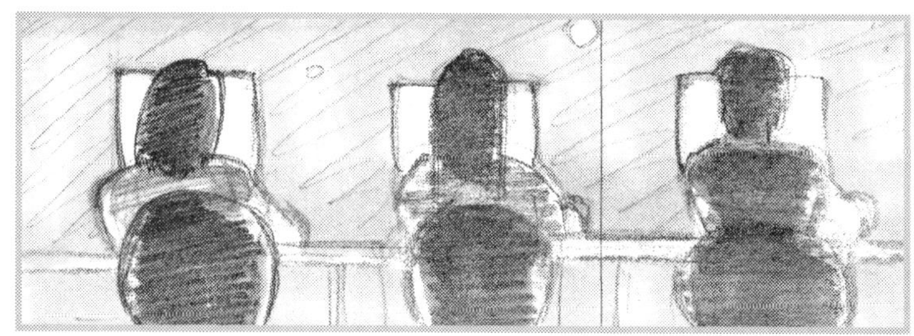

C# 4

남자1(V.O) :
"취직 못해서 자살한다면서 허구헌 날 고추장 삼겹살에 소주만 퍼마시는 형이 있는데 5년째 꿋꿋하게 백수자리 지키잖아."
Side Follow M.S
〈O.L〉

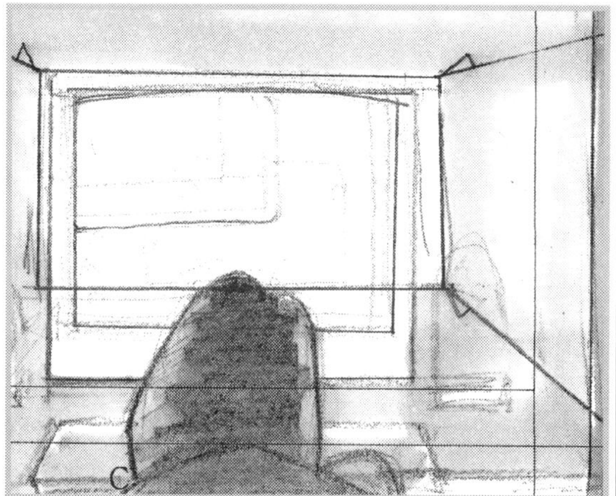

C# 5

여자1(V.O) :
"이번에 결혼 못하면 자살한다던 울 언니, 채팅하다가 킹카 하나 제대로 건졌잖니."

전진 이동

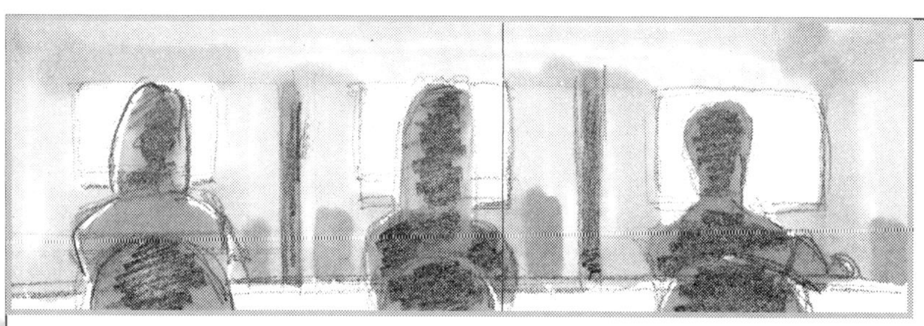

C# 6

계속 디졸브로
이어지던 PC방

남자2(V.O) :
아이 죽겠다 아이 죽겠다던 우리 호호 할머니 아침 저녁으로 미국산 비타민 A,B,C 종류별로 드시잖니.
여자2(V.O) :
쥐약 먹고 자살한 과 선배 병문안 가야돼. 심심해 죽겠다나. 야한 비디오 몇 개만 꼭 빌려오래.

Side Follow

<table>
<tr><td>S# 0</td><td>D</td><td>O : PC방</td><td>Contents : 자살에 관한 채팅을 하는 네 사람</td><td rowspan="2">Tone&Mood</td></tr>
<tr><td colspan="3">Energy :</td></tr>
</table>

C# 7

여자3(V.O) :
자살하려고 모인 사람들이 최후의 만찬을 했는데 한명
이 배신하는 바람에 그냥 저녁 식사만 했데.

C.G

C# 8

V.O :
아그네스님이 입장하셨습니다.

〈F · O〉

C# 9

물고기가 화면을 가로질러 헤엄쳐가는 모습
C.G

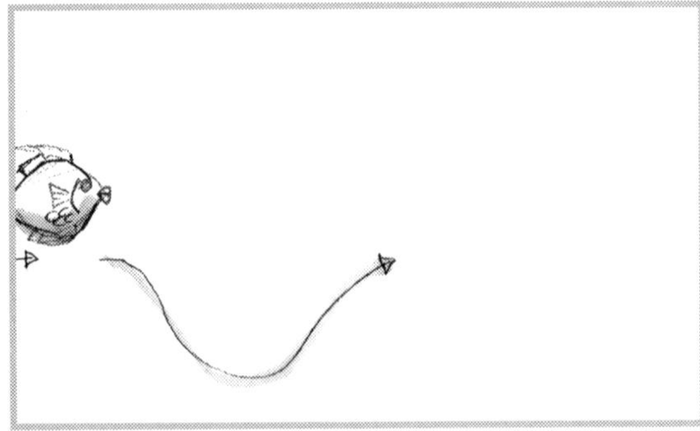

Title

채팅방 이름인 "최후의 만찬"이 모니터에 나타
나고 F.O 되면서 애니메이션 타이틀
"최후의 만찬"
요란스럽게 물고기 장단에 〈Animation〉
요동치면서 나타난다. 〈Title In〉
〈F · O〉

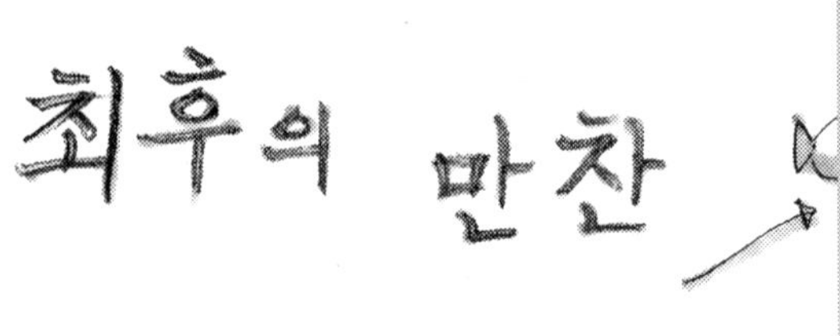

<table>
<tr><td>S# 1</td><td>N</td><td>L : 연안부두 수산시장</td><td>Contents : 횟집으로 향하는 곤봉</td><td rowspan="2">Tone&Mood</td></tr>
<tr><td></td><td></td><td></td><td>Energy :</td></tr>
</table>

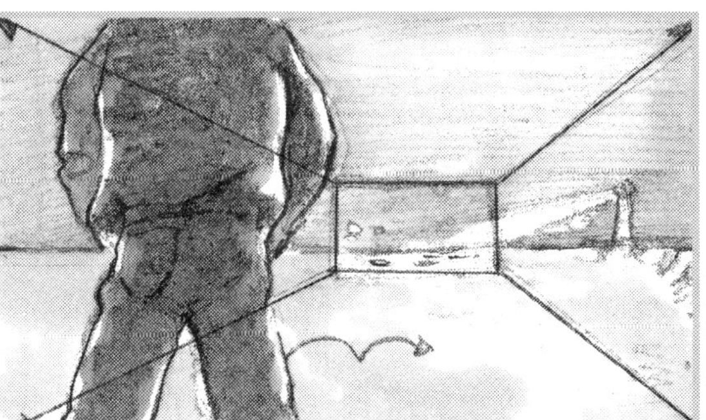

C# 1/1-1

부감 – insert@해안도시(밤)
C.A 포지션-폐공장 위
철썩–철썩 부서지는 밤바다 위로 어디선가 비추는
써치 라이트 불빛이 움직인다. 오줌 줄기가 쏟아진다.
시원하게 소변을 보는 남자(곤봉), 시장터로 간다.
Dolly Out

〈Frame Out〉

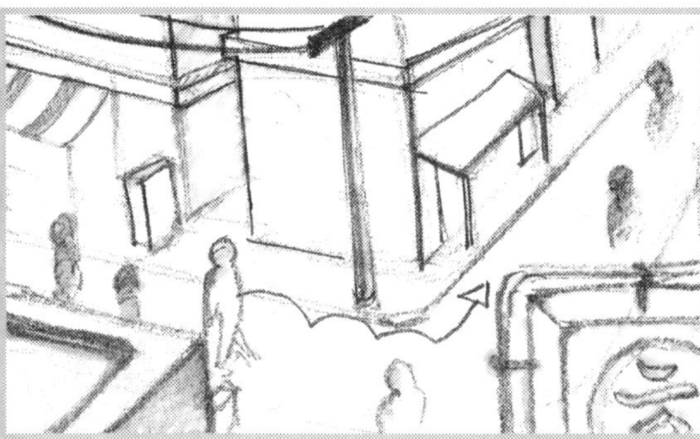

C# 2

백열등이 찬연한 시장터 횟집 골목, 벙거지를 쓴
남자(곤봉) 건들건들 걸어간다.
F.S

Camera Angle : 45° 부감

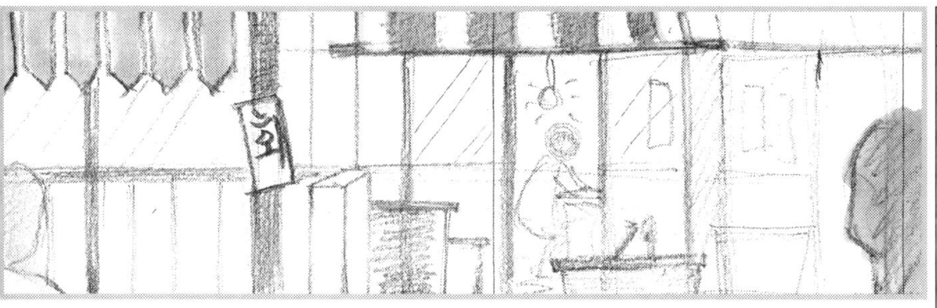

C# 3

횟집앞에
멈춰서는 곤봉

Hand held

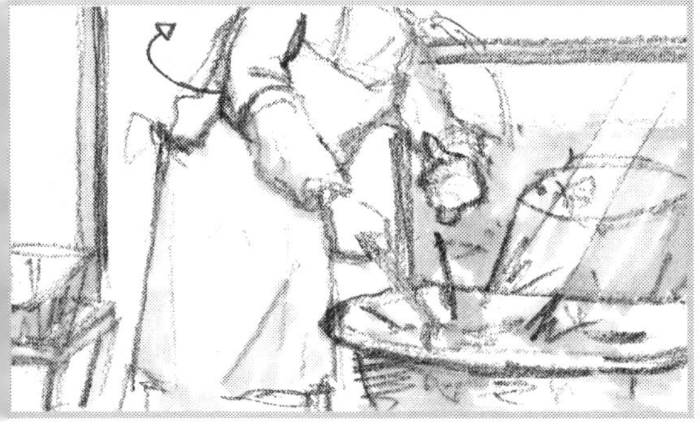

C# 4

물이 튀며 철퍼덕 내려지는 붉은 플라스틱 다라.
작업복 차림의 주인장. 우럭 몇 마리를 잡아들고는
가게 안으로 들어간다.
(곤봉의 P.O.V)
Camera Work : Hand held

M.S

<table>
<tr><td>S# 2</td><td>N</td><td>O : 횟집안</td><td>Contents : 깍두기파와 한판 벌이는 곤봉
Energy :</td><td>Tone&Mood</td></tr>
</table>

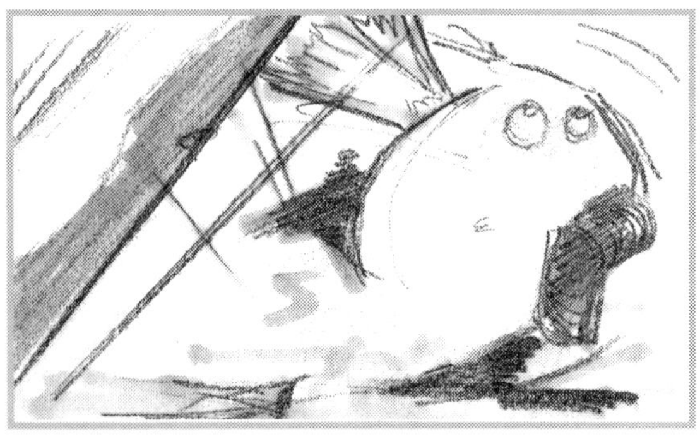

C# 1

피 튀기며 대가리가 잘려나가는 우럭들.

C.S

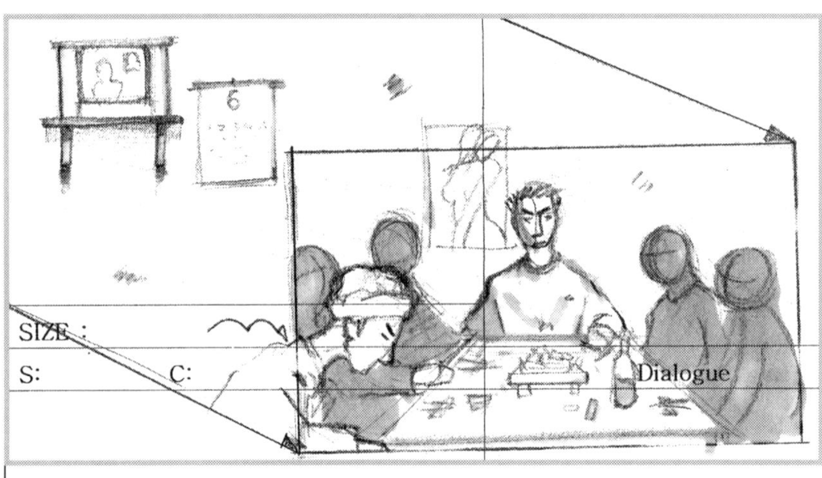

C# 2

검은 양복의 사내들이 가운데 자리에 버티고 앉아있다.
TV에서 북한 핵관련 뉴스가 나오고, 김정일 모습이 보인다.
앵커우먼 V.O

무우 : 행님, 요 광어 좀 드시이소
깍두기 : 아따 야, 겁나게 맛있겠다. 요놈의 자슥 혈통이 어찌 되는고?
배추 : 잡놈피 하나도 안섞인 순수 자연상 광어지라.
깍두기 : 아자씨, 이 광어 저 바다에서 잡은 거요?
주인장 : 예?! 그건 광어가 아니고요, 우럭입니더 우럭이요.

TV → Dolly Out → 깍두기파 테이블
(주인장 Frame In)

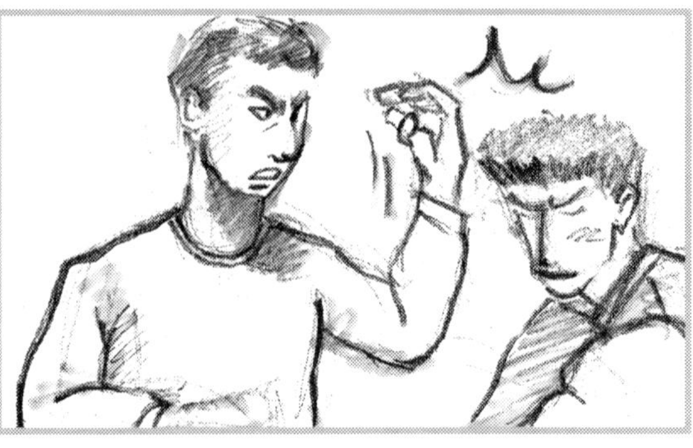

C# 3

깍두기 : 광어라메?!
배추 : 광어 같은디…

(암전-3번 반복)
이때, 조명이 꺼지고 켜지고 다시 암전 다시 켜지고.
깍두기 : 이게 머여? 정전이야?
　　　　이거 왜 이래?
　　　　　　　　　　M.S

<table>
<tr><td>S# 2</td><td>N</td><td>O : 횟집안</td><td>Contents : 깍두기파와 한판 벌이는 곤봉
Energy :</td><td>Tone&Mood</td></tr>
</table>

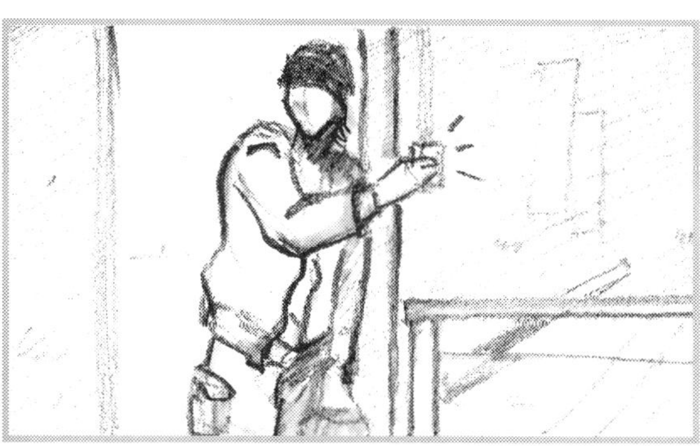

C# 4

수족관 앞에 그림자 하나. 벙거지를 깊게 눌러 쓴 얼굴.
불을 껐다 켰다를 반복하다가
(암전-3번 반복)
E. (깍두기) 뭐여! 아니 이게 무슨 짓이당가?

Tight한 F.S
앙각

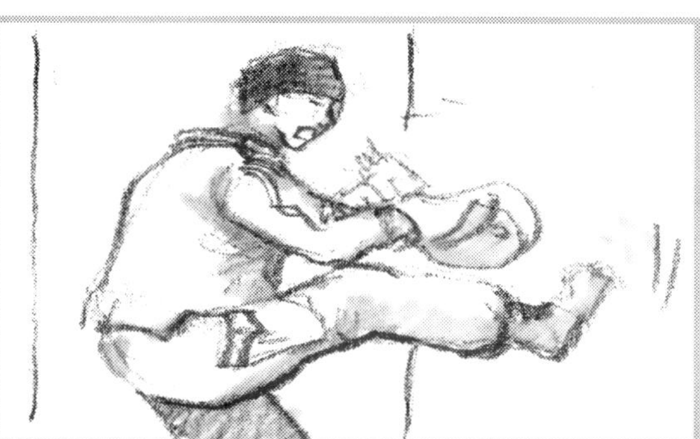

C# 4-1 (5)

가게 안을 들여다보곤 다라 옆에 놓인 물고기가
든 밀봉 봉지 두 개를 든다. 크게 와인드 업 하고

Dolly In → B.S

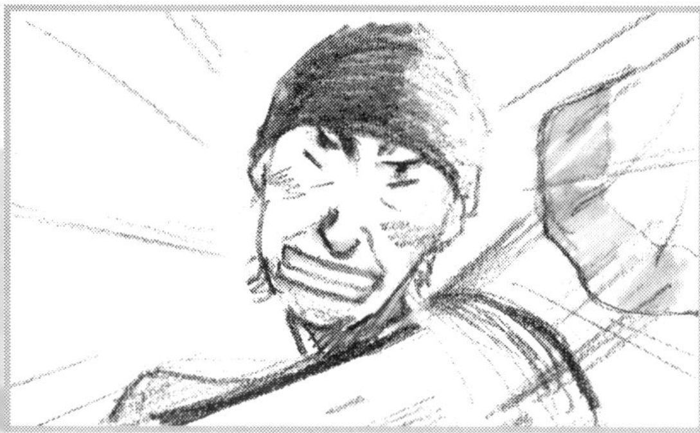

C# 4-2 (6)

가게 문 안으로 봉지를 던져 버리는 손.

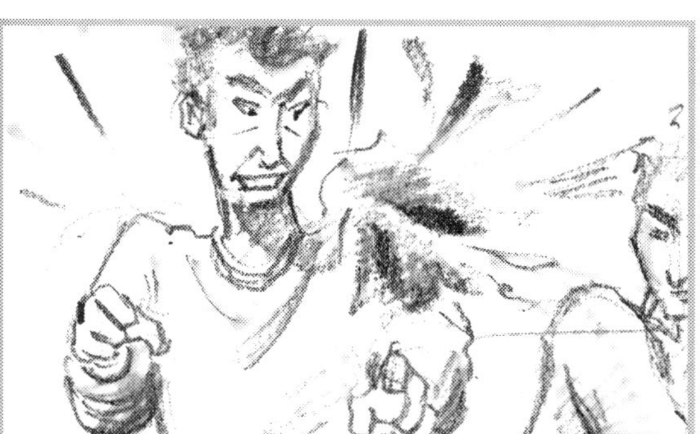

C# 7

양복을 입은 깍두기의 어깨에 부딪혀 터지는 봉지.

M.S

<table>
<tr><td>S# 2</td><td>N</td><td>O : 횟집안</td><td>Contents : 깍두기파와 한판 벌이는 곤봉
Energy :</td><td>Tone&Mood</td></tr>
</table>

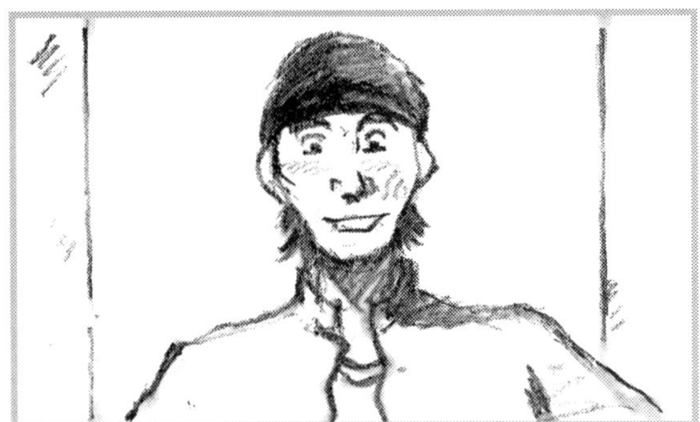

C# 8

곤봉 : 어이! 깍두기!!

B.S

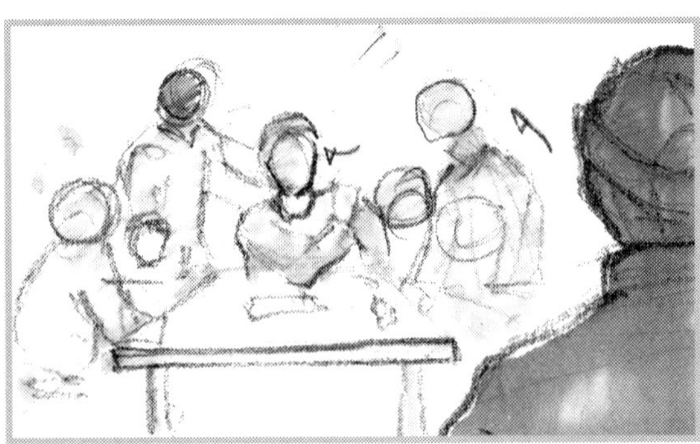

C# 9

옆자리 보디들 놀라 일어나고,
봉변을 당한 깍두기가 고개를 돌려 쳐다본다.
고개를 돌려 쳐다 보자마자
깍두기의 얼굴에서 터지는 또 하나의 봉지.
보디들 순식간에 사시미를 꺼내어 달려나온다.

곤봉 O.S, 깍두기파 F.S

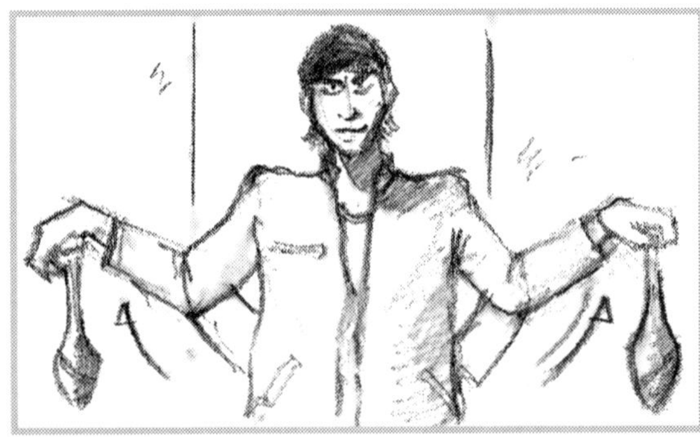

C# 10

달려나오는 모습을 보고 잽싸게 품에서 휴대용
철갑 곤봉을 꺼내는 손.

M.S
앙각

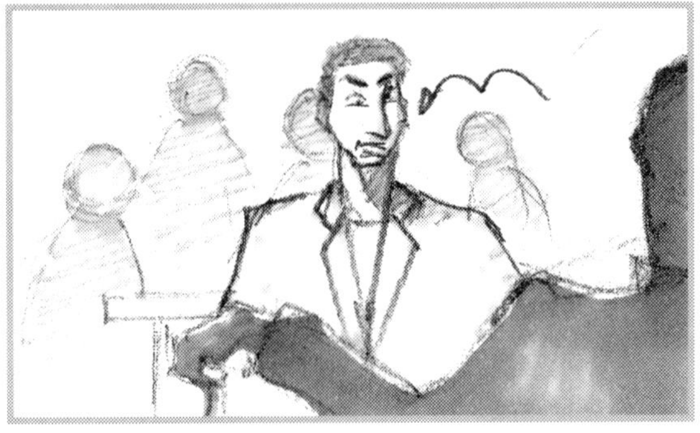

C# 11

멈칫하는 보디들.
고추 : 너 뭐야?

곤봉 O.S, 고추 M.S

S# 2	N	O : 횟집안	Contents : 깍두기파와 한판 벌이는 곤봉	Tone&Mood
			Energy :	

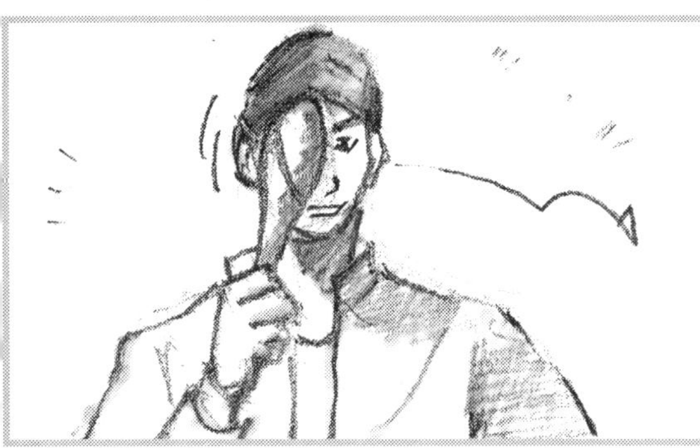

C# 12

푹—눌러쓴 벙거지를 손가락 하나로 들어 올린다.

곤봉 : 나? 나 안가르쳐주~지.
씨—익 웃으며 철갑 곤봉을 들고 수족관 유리를
톡톡톡 건드린다.
B.S
〈Frame Out 곤봉〉

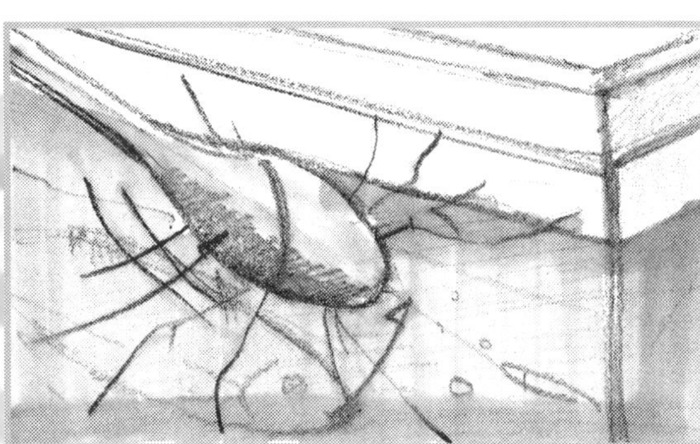

C# 13 (INS)

수족관 유리에 조금씩 금이 간다.
    (특수효과)

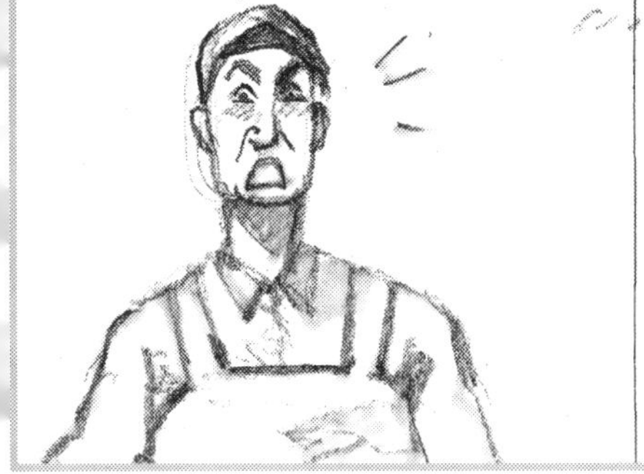
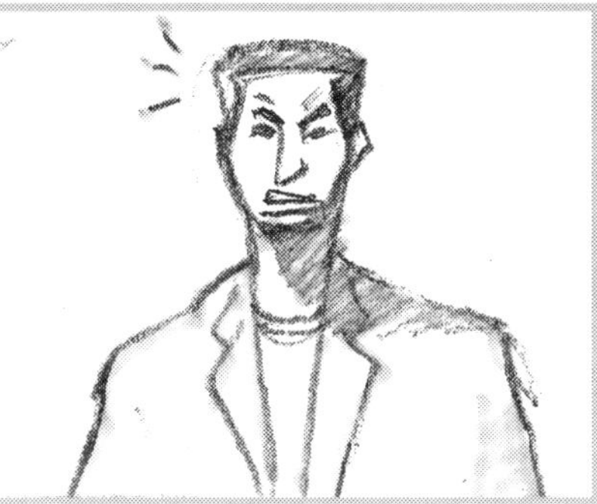

C# 14

눈이 점점 커지는
주인장, 고추
(보디들)

PAN

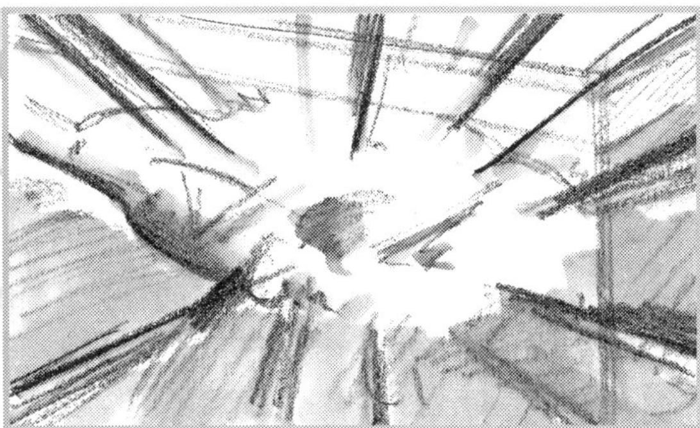

C# 15 (INS)

쩌—억 금이 가는 소리가 커지는 수족관 유리.
    (특수효과)

<table><tr><td>S# 2</td><td>N</td><td>O : 횟집안</td><td>Contents : 깍두기파와 한판 벌이는 곤봉</td><td>Tone&Mood</td></tr><tr><td></td><td></td><td></td><td>Energy :</td><td></td></tr></table>

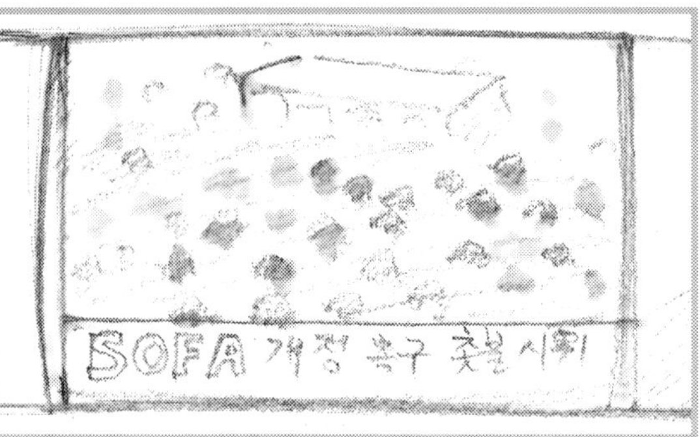

C# 16-0

소파개정 대규모 촛불시위 뉴스가 나오는 TV.

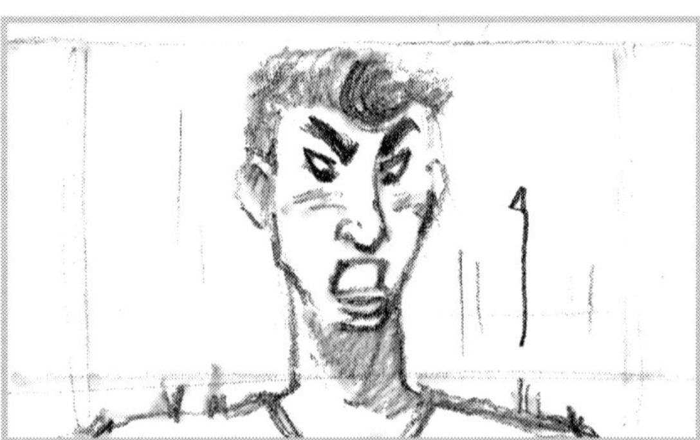

C# 16-1

(일어나서 뒤에 있는 TV를 가로막는)
물범벅이 된 깍뚜기
그 뒤 TV에선 소파개정 대규모 촛불시위 뉴스가
모니터로 보인다.
B.S

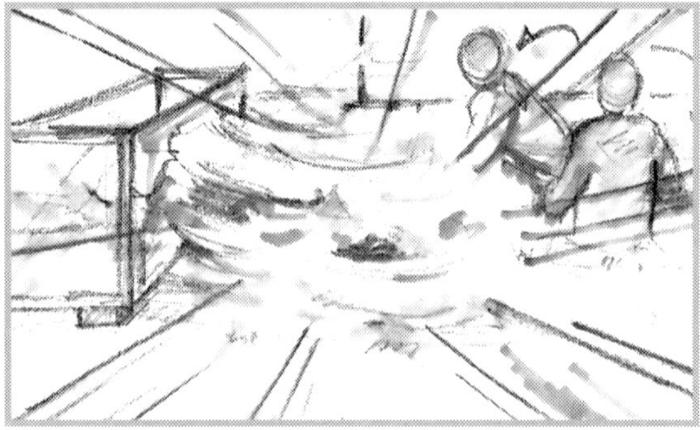

C# 17

고추가 기습하자 수족관을 꼬꾸라뜨리는 곤봉.
보디 앞으로 수족관 유리가 퍼억하고 깨지고
고추, 무우 우왕좌왕 한다.
(특수효과)
수압과 함께 물고기들 땅바닥으로 쏟아진다.
Hand held : 수족관 → 고추, 무우

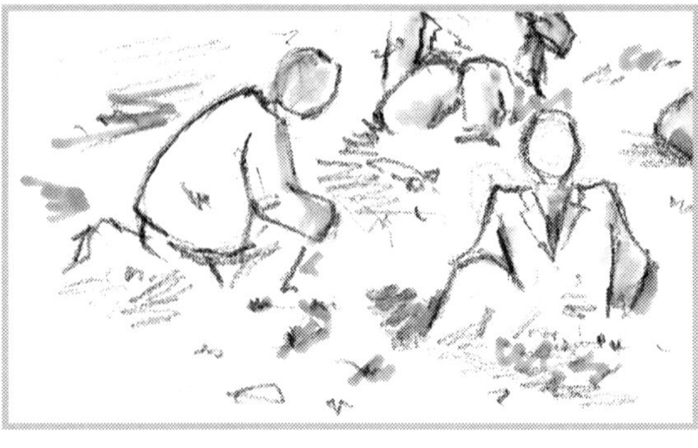

C# 18

우왕좌왕하는 고추, 무우
사시미를 든 어깨들 3명 이리저리 피하다가

부감

<table>
<tr><td>S# 2</td><td>N</td><td>O : 횟집안</td><td>Contents : 깍두기와 한판 벌이는 곤봉</td><td>Tone&Mood</td></tr>
<tr><td colspan="3"></td><td>Energy :</td><td></td></tr>
</table>

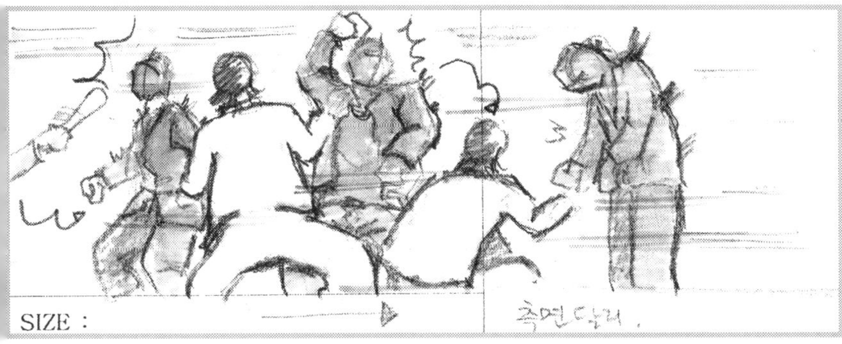

SIZE :

C# 19

고함을 지르며 부리나케 곤봉에게 달려든다.
곤봉, 잽싸게 피하면서 철갑 곤봉으로 한 명씩 꼬꾸라뜨린다.

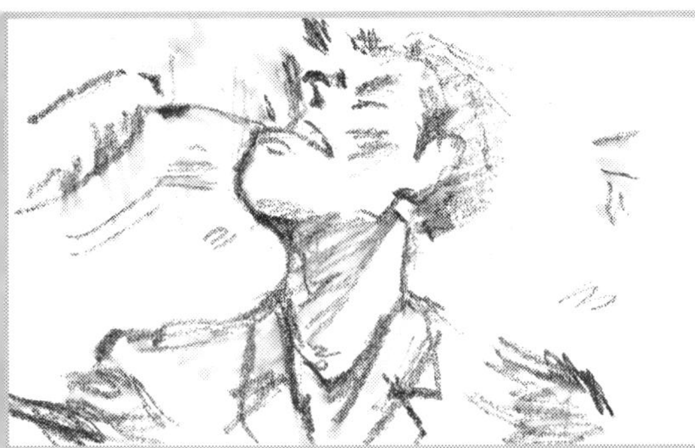

C# 19-1

철갑 곤봉에 맞는 무우

B.S

(Inter Cut)

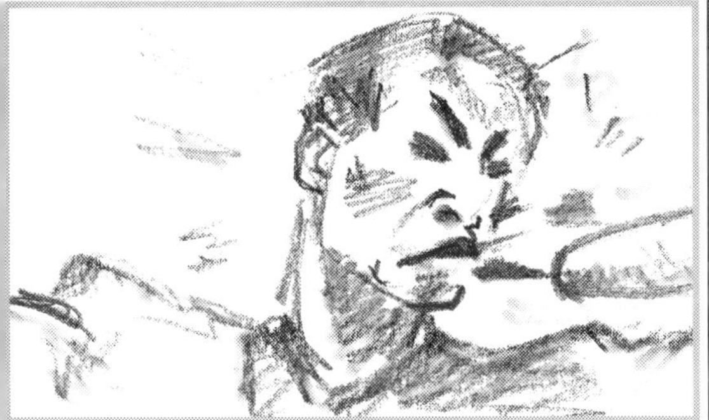

C# 19-2

철갑 곤봉에 맞는 고추

B.S

(Inter Cut)

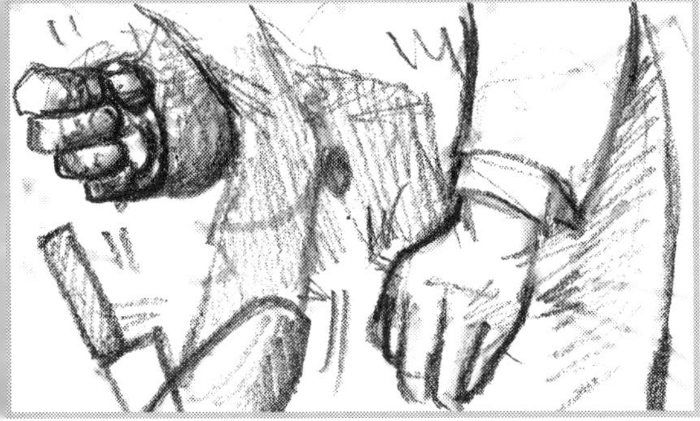

C# 19-3

철갑 곤봉에 복부를 맞는 고추

C.U

(Inter Cut)

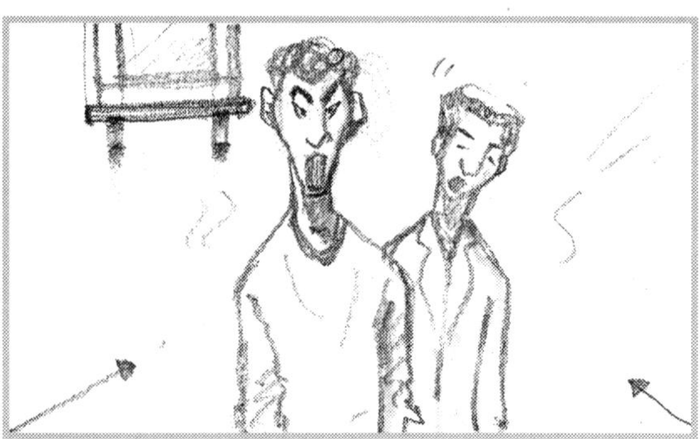

C# 20

깍두기로 향하는 곰봉의 시선
뒤에서 눈치를 보는 배추

〈Dolly In / Zoom Out〉

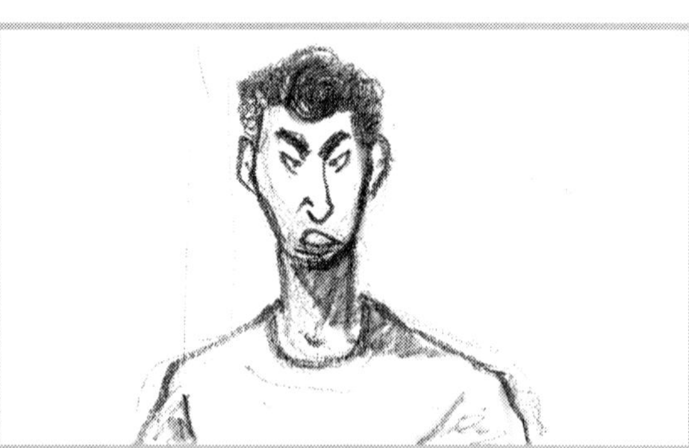

C# 20-1 (21)

무표정하게 서 있던 깍두기, 사내를 본다.
서서히 경계의 눈초리로 변하는 깍두기의 눈.
(깍두기 뒤에 숨어있는 배추)

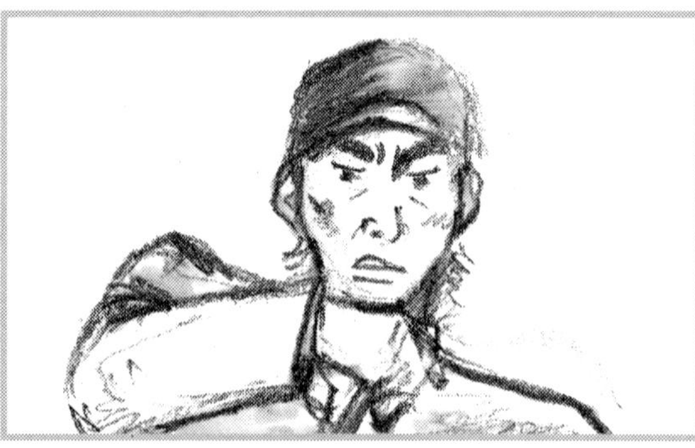

C# 22

순식간에 벌어진 Action, 잠시 후 고개를 드는 곤봉
(피가 나는 코를 닦더니 혀로 먹어 버린다)
한발짝 다가온 곤봉
곤봉 : 니가 연안부두 최고 쌈꾼이라메?

*흔들리는 백열전등
B.S

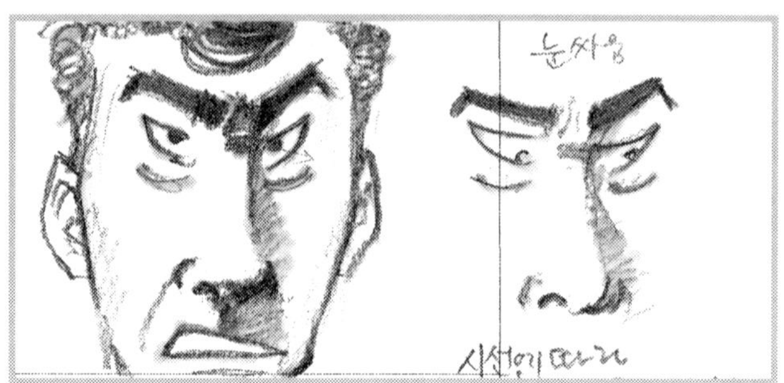

C# 23

곤봉의 시선에 제압 당해서
눈을 피하는 깍두기

시선에 따라 배추로 PAN

C.S

배추로 PAN

<table>
<tr><td>S# 2</td><td>N</td><td>O : 횟집안</td><td>Contents : 깍두기파와 한판 벌이는 곤봉</td><td rowspan="2">Tone&Mood</td></tr>
<tr><td colspan="3">Energy :</td></tr>
</table>

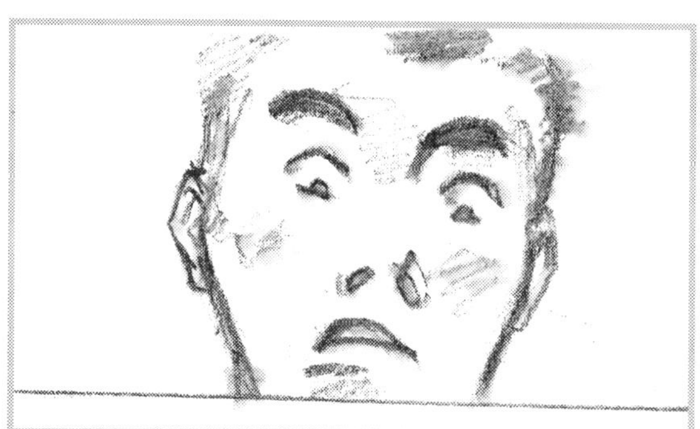

C# 23-1 (24)

배추로 PAN 되면,
배추 : 아따 이 씹새끼 뭘 꼬라보냐잉.
　　　눈 내리 안까나잉?

C.S

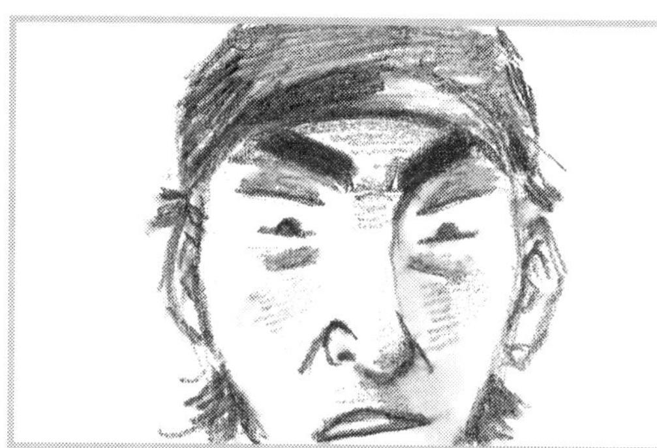

C# 25

곤봉 : 후~후~,
　　　니들 낯짝 한번 비겁하게 생겼다!

C.S

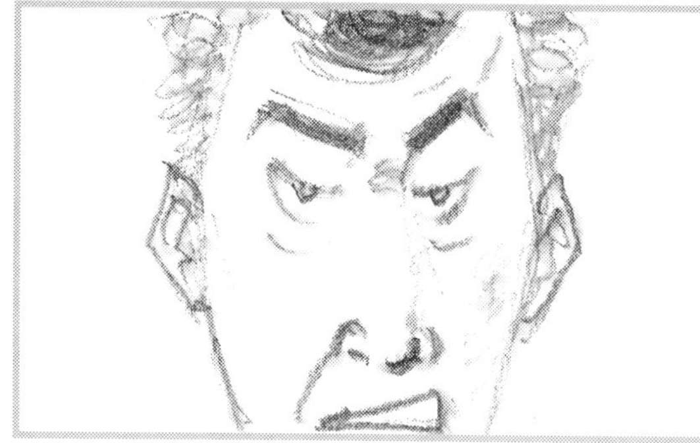

C# 26

깍두기 : 아작도 요런 상놈의 새끼가
　　　　땅에 붙어 기어 다니는 감!

C.S

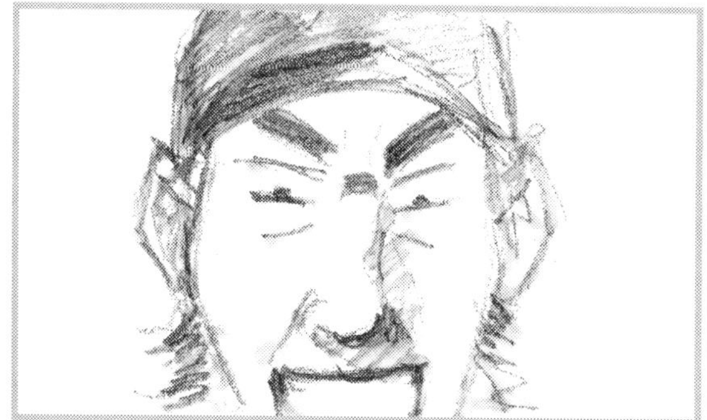

C# 27

곤봉 : 야! 나 몰라. 메기파 홍곤봉이야.
무우 : 저 새끼, 홍금보 라는데요.
곤봉 : (곤봉을 꺼내며) 홍곤봉 새꺄.

C.S

S# 2	N	O : 횟집안	Contents : 깍두기파와 한판 벌이는 곤봉	Tone&Mood
			Energy :	

C# 28

깍두기 : 저 개새끼, 한국은행 지폐여!
　　　　왜 저렇게 빠빳한기여! 오메 죽겄네!!

C.S
〈Frame Out〉

C# 29

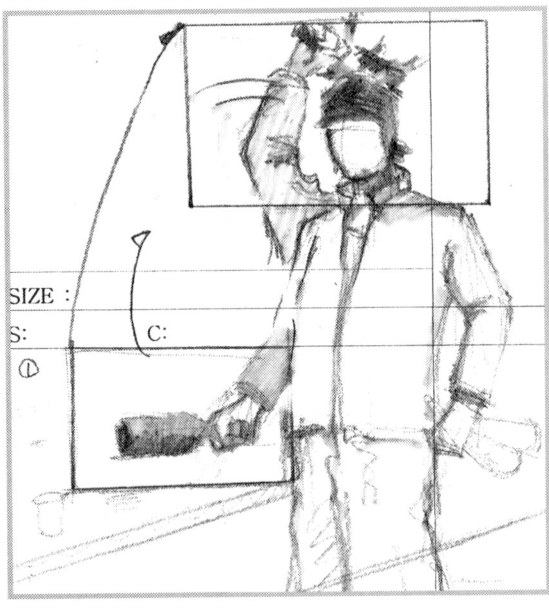

투벅투벅 걸어오는 곤봉.
그대로 맥주병을 들어 자신의 머리통에 날린다.

① 곤봉의 손 Frame In 해서
②번까지 병을 따라간다.

C# 30

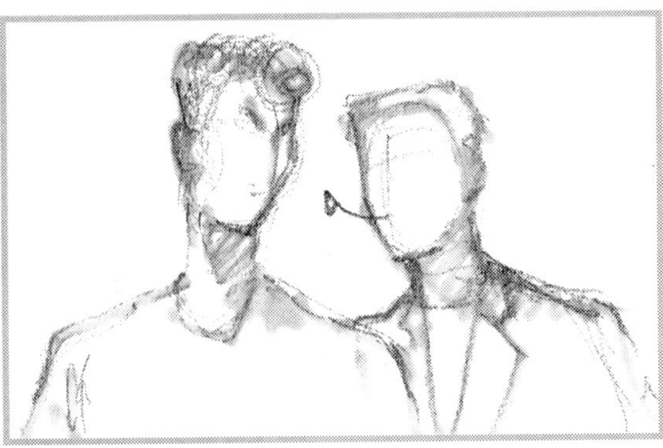

〈Frame In 무우〉
깍두기 : 저 새끼…! 저… 개새끼 왜 저래?
무우 : 형님! 일단은 쪼깨 피하셔야 되겠는…"
깍두기 : (겁먹어) 앗따! 씨벌놈 보게나!
　　　　이 깍두기 알기를 짱개집 단무지로 아는구마잉.
무우 : 형님 ! 저 새끼 머리통 좀 보시여.
　　　　피 한방울 안 고였부렀구마잉!
2인 B.S
깍두기(앞), 배추(깍두기 뒤), 무우(깍두기 옆)

<table>
<tr><td>S# 2</td><td>N</td><td>O : 횟집안</td><td>Contents : 깍두기파와 한판 벌이는 곤봉</td><td rowspan="2">Tone&Mood</td></tr>
<tr><td colspan="3">Energy :</td></tr>
</table>

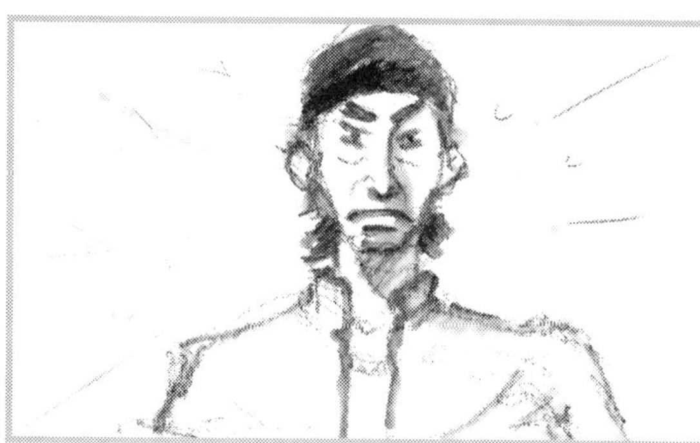

C# 31

잔뜩 힘이 들어간 표정으로 다가오는 곤봉
금방이라도 폭발할 것 같다.

B.S

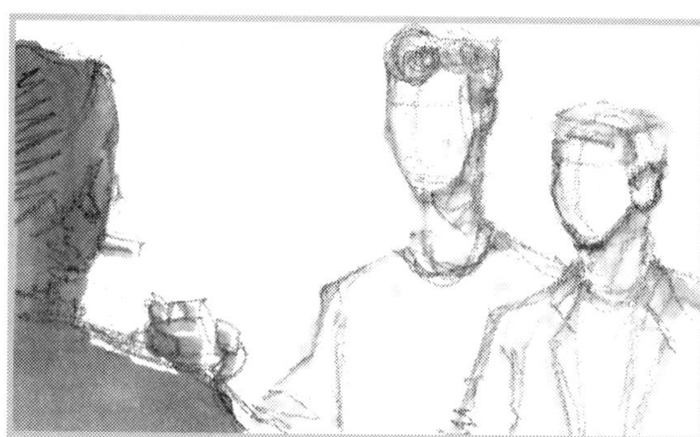

C# 32

깍두기 : (침을 꿀꺽)웬만하면 좋은 대화로 찬찬히 풀어
보는 것도 괜찮구마잉… 도대체가 어떠커럼
어데서부터 허벌나게 꼬였는지 풀어봐야제…
그라믄!
담배를 꺼내 불을 붙이려는 곤봉

Camera Size : 곤봉 O.S, 3인 B.S
(깍두기, 배추, 무우)

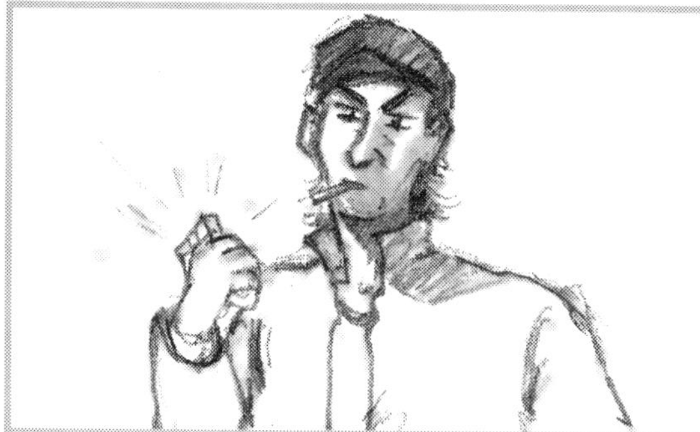

C# 33

곤봉 : 니들 독대파 새끼들 맞지?

(담배 불을 붙이는 곤봉)

B.S

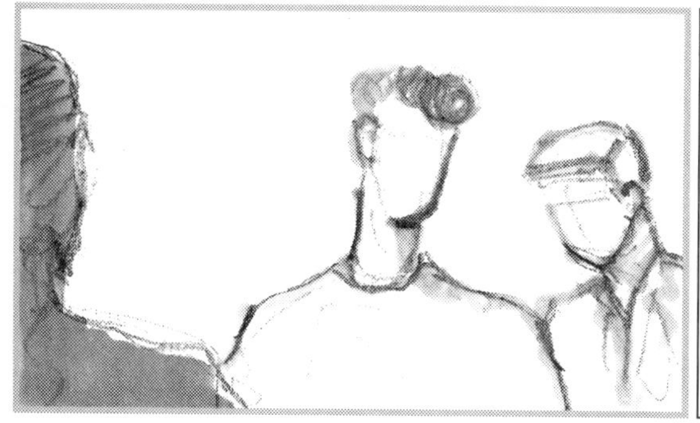

C# 34

깍두기 : 오메, 몸살나는 구만~ 이런 씨발놈!
(무우의 머리통을 갈긴다)
니그들은 쪽팔리지도 않냐! 워째 가만들 서있
는감?!
무우: 다시 덤빌까요?

Camera Size : 곤봉 O.S, 3인 B.S
(깍두기, 배추, 무우)

<table>
<tr><td>S# 2</td><td>N</td><td>O : 횟집안</td><td>Contents : 깍두기파와 한판 벌이는 곤봉</td><td rowspan="2">Tone&Mood</td></tr>
<tr><td colspan="3">Energy :</td></tr>
</table>

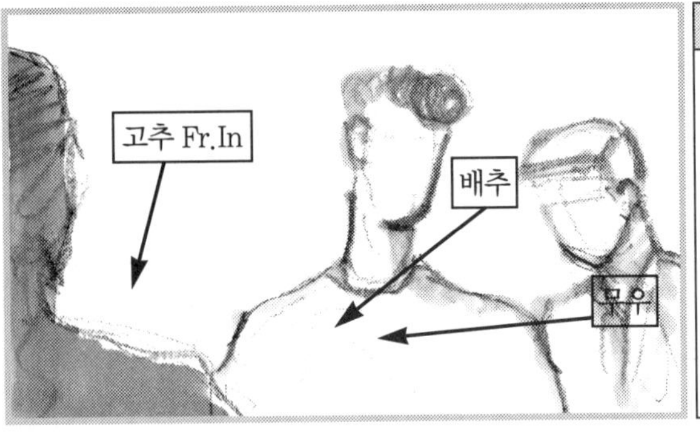

C# 34-1 (35)

깍두기 옆에 있는 무우, 뒤에서 숨어 있던 배추 다시 덤비기 시작. 쓰러져 있던 고추도 일어나서 곤봉에게로 다가온다.

〈Frame In 고추〉

C# 34에서 이루어지는 상황!

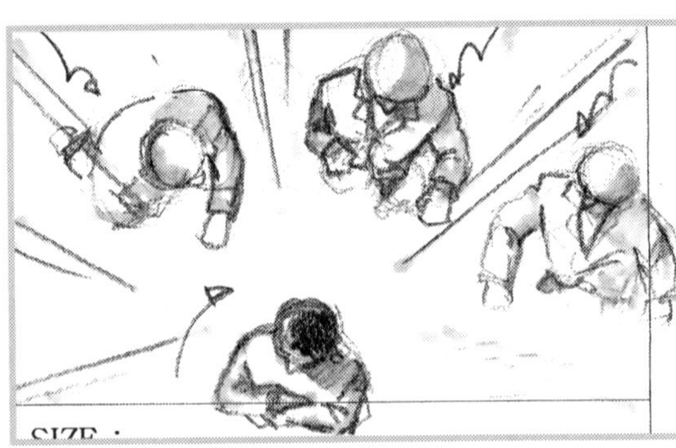

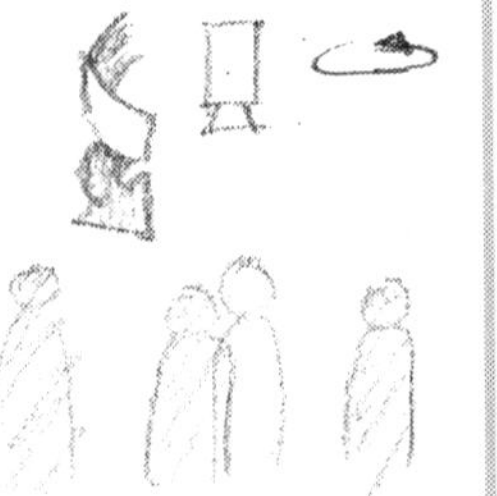

C# 36

곤봉에게 덤비는 무우, 배추, 고추

직부감
F.S

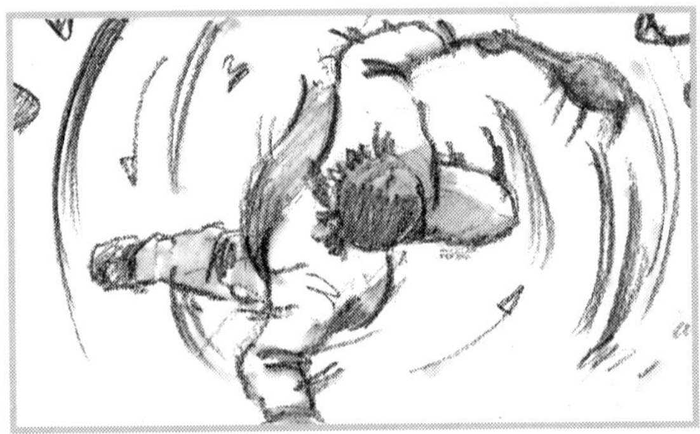

C# 37

전보다 더 세게 뒤에 있는 3명을 철갑곤봉으로 치는 곤봉이.

직부감
Tight한 F.S

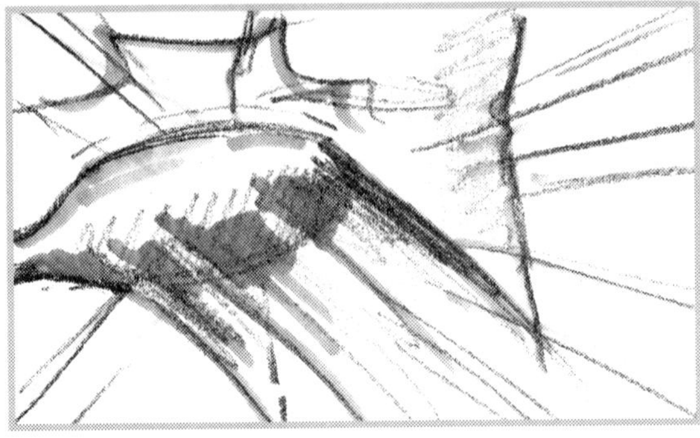

C# 38(INS)

철갑곤봉으로 무릎을 치는 곤봉

<table>
<tr><td>S# 2</td><td>N</td><td>O : 횟집안</td><td>Contents : 깍두기파와 한판 벌이는 곤봉
Energy :</td><td>Tone&Mood</td></tr>
</table>

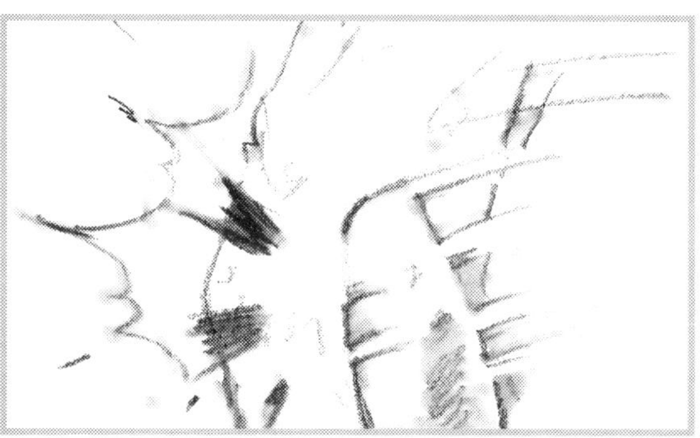

C# 39(INS)

철갑곤봉으로 무릎을 치는 곤봉

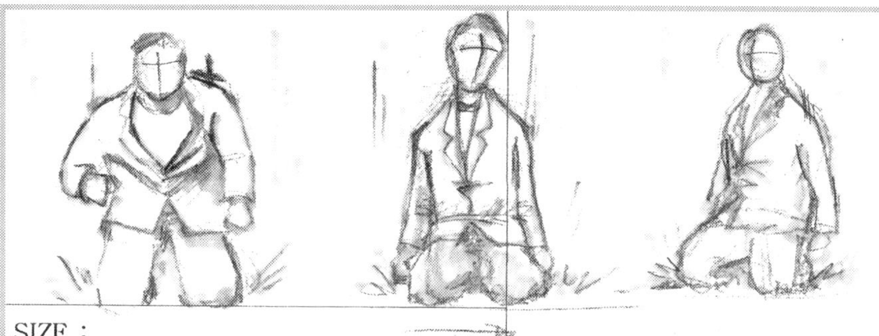

SIZE :

C# 40

무릎을 맞고 쓰러지는 무우, 배추, 고추

Side Dolly Follow

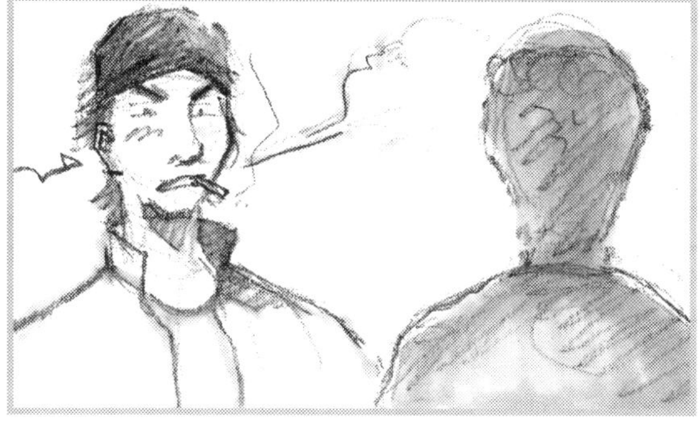

C# 41

무우까지 후려치며,
곤봉 : 박어
깍두기 : 예에?
곤봉 : 넌 목숨이 두 개냐!

Camera Size : 깍두기 O.S, 곤봉 B.S

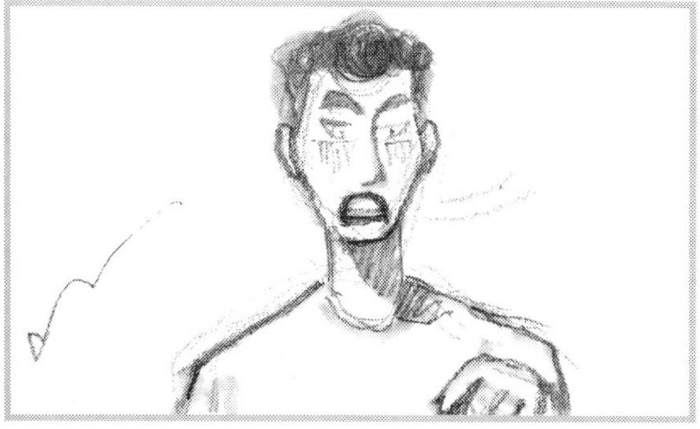

C# 42

깍두기 : 아닌데요…

〈Frame Out〉

깍두기 B.S

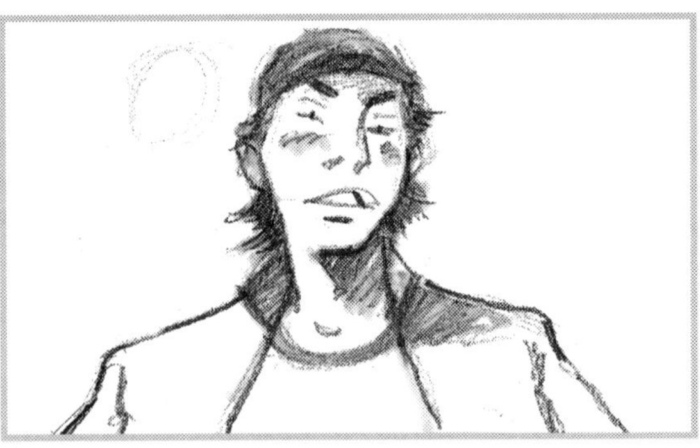

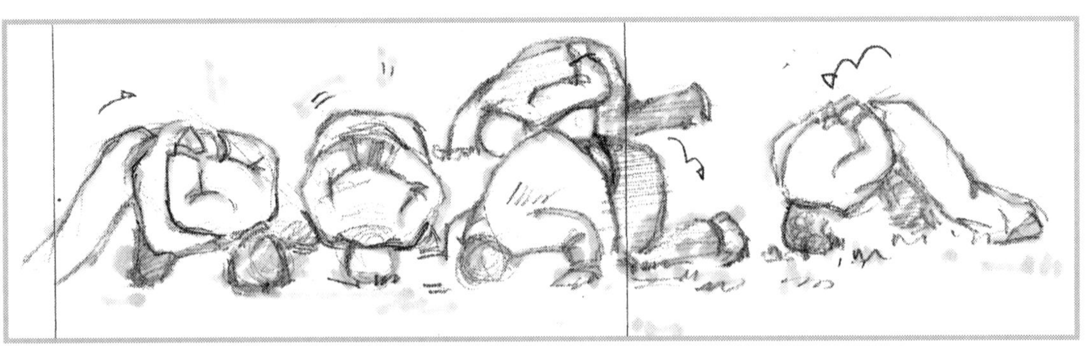

C# 44

모두다 : 예! 예!
땅바닥에 머리를 박는 무우, 배추, 고추, 깍두기
Camera Angle : 부감

→ Dolly 측면 이동

연일 밤샘촬영으로 피로에 지친 정신과 육체는?
김비를씨 레메는 Timing이 좋다.   군산 안벼다 ····
shot by shot !! 이곱은 = power !!!
역시 action scene은 Re-action이 中要.
cut, cut, cut → line 또 해야 하는데 ....
혹시 편집 단계에서 Ommit.

S# 3	M	L : 해안도시	Contents : 해안도시의 전경	Tone&Mood
			Energy :	

✳ Insert Scene – 해안도시의 전경이 보여진다.

S# 3-1	D	O : 명품 인서트	Contents : 명품들의 몽타쥬	Tone&Mood
			Energy :	

프라다, 구찌, 샤넬, 베르사체 지방시, 발렌시아… 등등 명품들의 몽타쥬

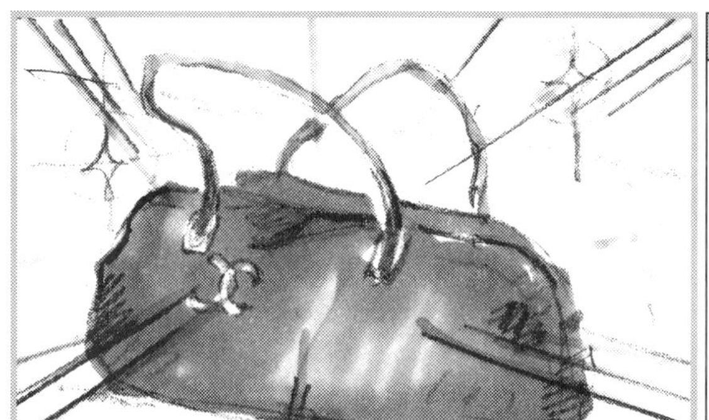

C# 1

명품 가방의 INS

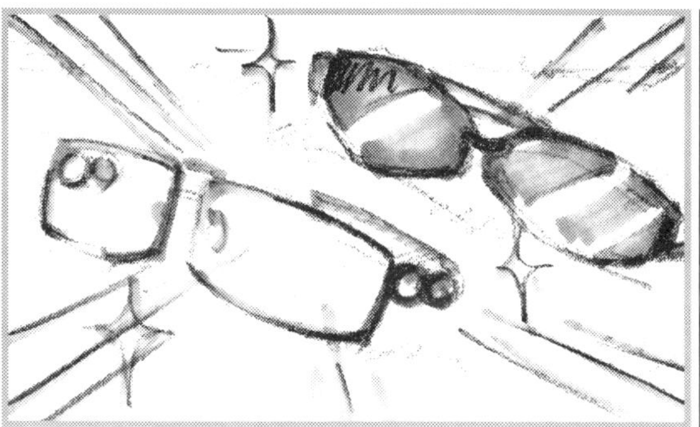

C# 2

고급 썬그라스의 INS

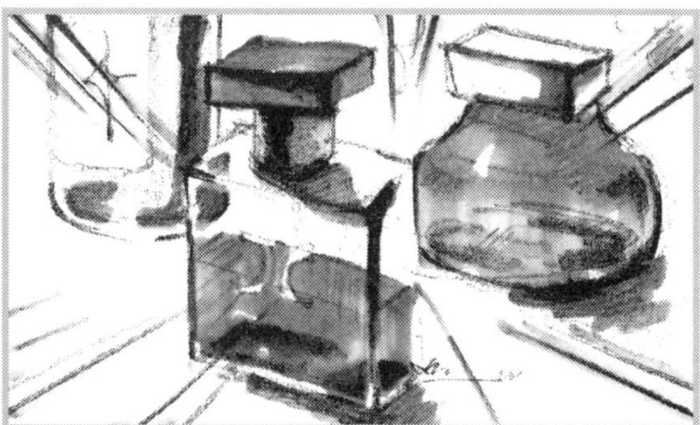

C# 3

고급 향수의 INS

<table>
<tr><td>S# 4</td><td>D</td><td>O : 명품관</td><td>Contents : 명품을 사려다 망신당하는 재림</td><td rowspan="2">Tone&Mood</td></tr>
<tr><td colspan="3">Energy :</td></tr>
</table>

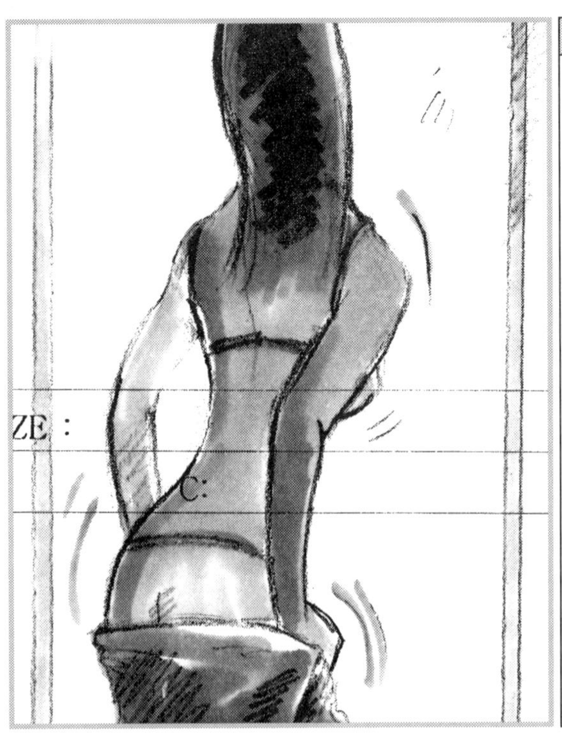

C# 1

치마를 갈아입는 재림

↑ Tilt Up

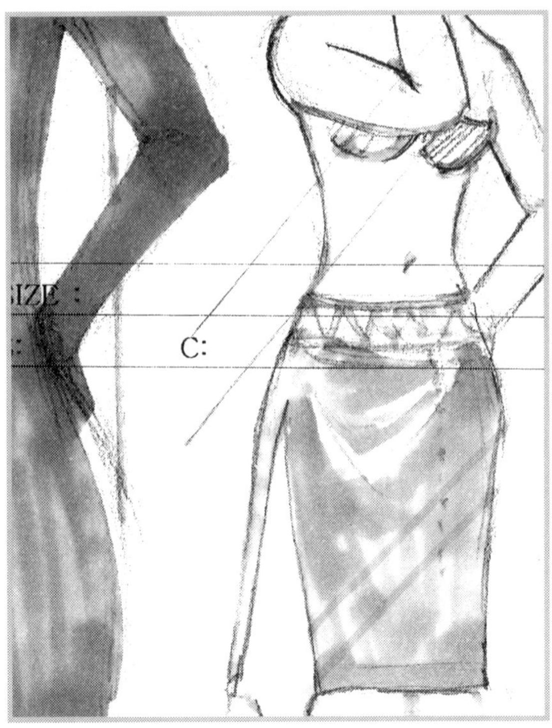

C# 2

치마를 갈아입고 거울에 비춰보는 재림

<table>
<tr><td>S# 4</td><td>D</td><td>O : 명품관</td><td colspan="2">Contents : 명품을 사려다 망신당하는 재림</td><td>Tone&Mood</td></tr>
<tr><td></td><td></td><td></td><td colspan="2">Energy :</td><td></td></tr>
</table>

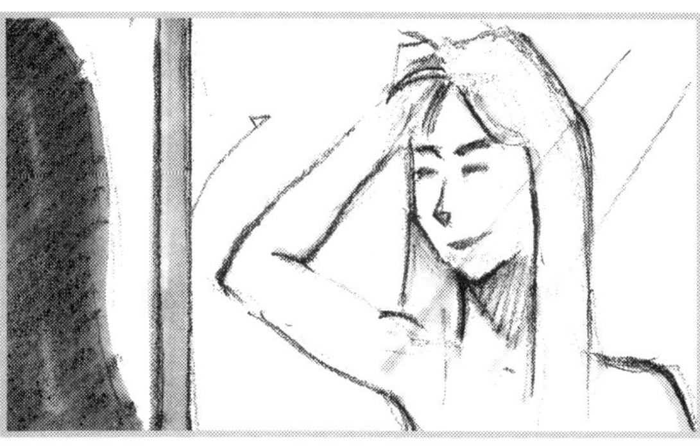

C# 3

거울을 보며 머리를 쓸어올리는 재림

재림 B.S

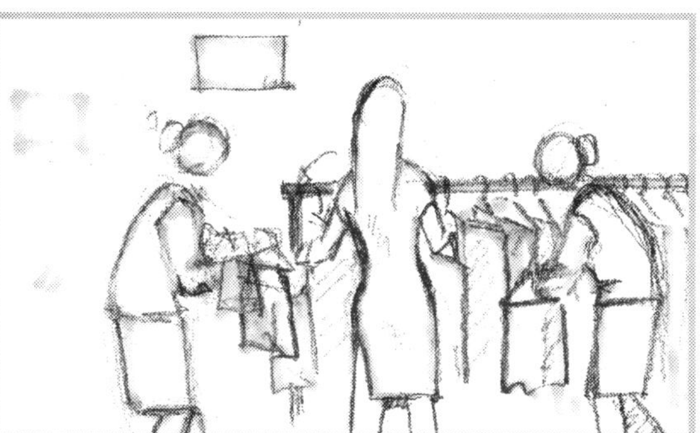

C# 4

이윽고 나오며
명품을 우아하게 아이쇼핑한다.

F.M.S

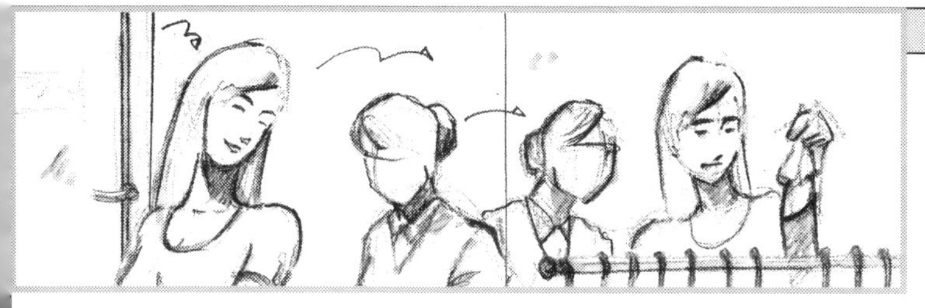

C# 5-0

여점원 따라다니며 온갖 아부를
다하고 여왕이 된 듯한 재림.

M.S

재림 : 담배 피워도 되나…?
여점원 : 아이고, 되고 말고요. 손님은 명품족이신데 무언들 못 피우시겠습니까!

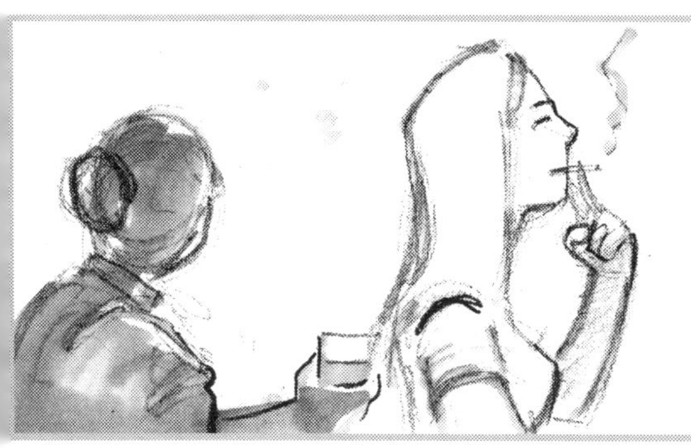

C# 5-1

재림 : 호호~ 젊으신 분이 위트가 좋으시네
　　　하루종일 싸다녔더니 웬 갈증이 이리 나는지.

여점원 : 물이 댕길 때가 있지요… 여기 있습니다앙.

C# 5-0에서 Dolly 계속
재림, 우아하게 이옷 저옷을 입어보는 모습.
빙글빙글 도는 재림의 멋진 모습.

<table>
<tr><td>S# 4</td><td>D</td><td>O : 명품관</td><td>Contents : 명품을 사려다 망신당하는 재림</td><td rowspan="2">Tone&Mood</td></tr>
<tr><td></td><td></td><td></td><td>Energy :</td></tr>
</table>

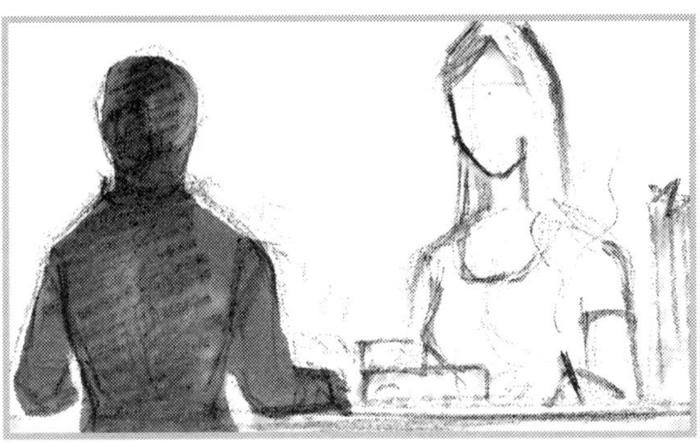

C# 6

(재림, 신용카드로 명품을 구입하는데)

여점원 : 카드가 정지 상탠데요.

재림 : 그럴리가 있나… 어디?

여점원 O.S , 재림 M.S

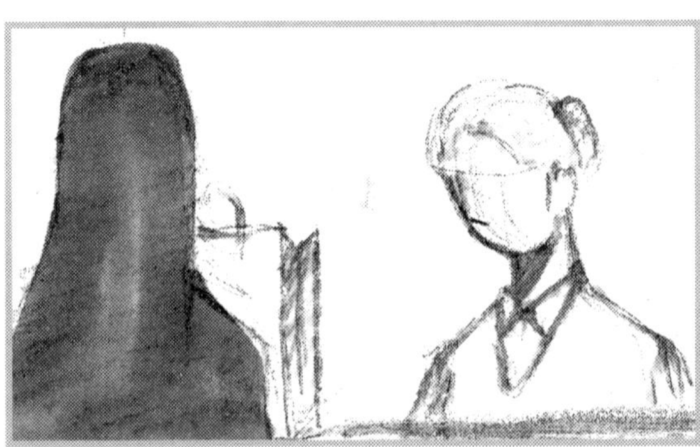

C# 7

여점원 : 이것도 사용정지로 나오는데요.

재림 O.S , 여점원 M.S

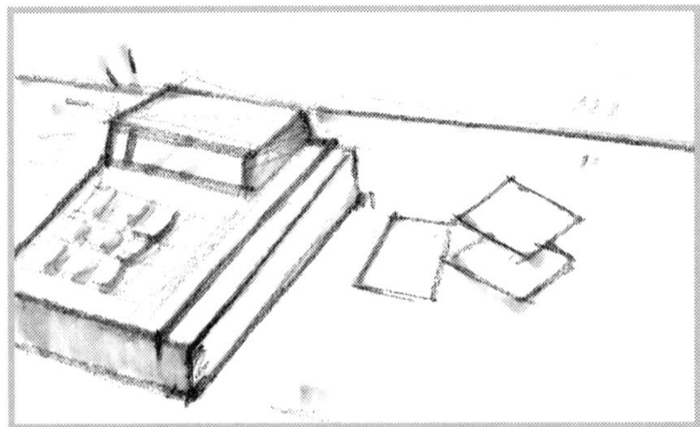

C# 8

몇 개의 카드 계속 정지로 나오고

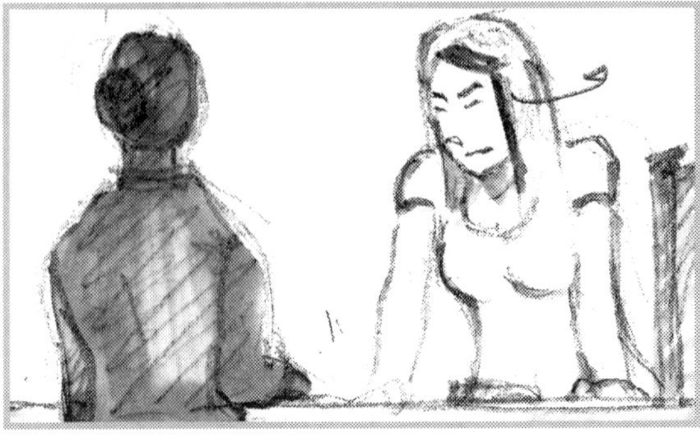

C# 9

재림 : 어제까지 됐는데…
      누구 맘대로 정지시키는 거야! 옛?

여점원 : (돌변하며)내가 아나. 명색이 카드 회산데
        지들 꼴리는대로 했겠지!
(피신하듯 가는 재림의 뒤통수에 대고)

재림 M.S , 여점원 O.S

<table>
<tr><td>S# 4</td><td>D</td><td>O : 명품관</td><td>Contents : 명품을 사려다 망신당하는 재림</td><td rowspan="2">Tone&Mood</td></tr>
<tr><td colspan="3">Energy :</td></tr>
</table>

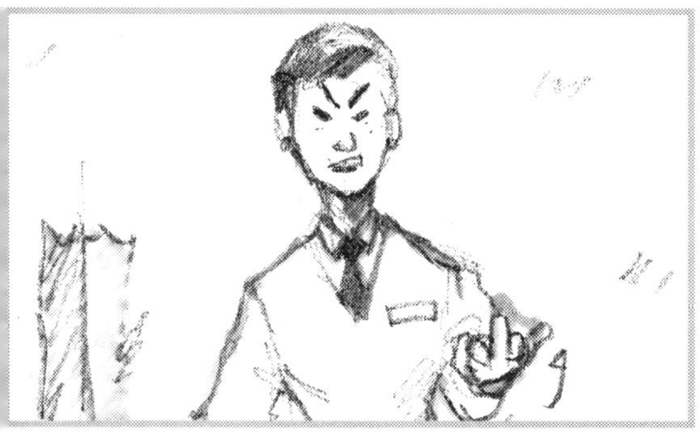

C# 10

여점원 : 장사도 안돼 매일 쿠사린데
　　　　왕재수들 졸라 꼬이네. 쓰,벌,년.

M.S

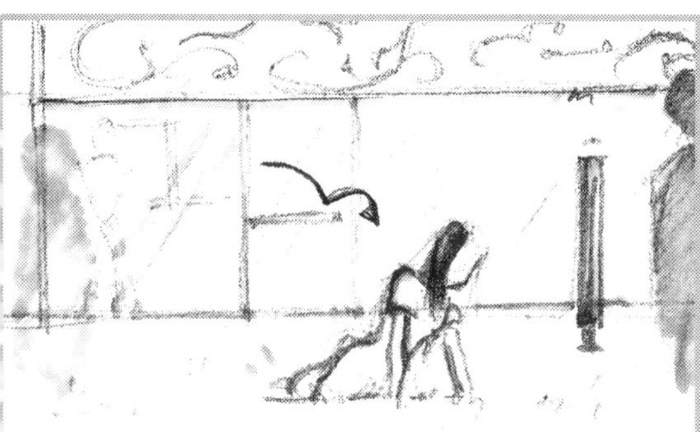

C# 11

도망치듯 매장을 빠져나온 재림, 힐 굽이 뚝하고
부러지고 비틀거리다 쓰러진다.

F.S

신용카드 盜賊놈 이재림 부는.　（曲）
Bosamasic ~ Modern Rock (Ballad)
Music drama? Music Video?
Drama, under music ―
재림의 運命? 사랑하는 이래, 저 병? 재림!
Wide Lens (85mm) 적절히 使用 통.
人物 Blocking & OMR 흐름上의 연결.
end cutting 모비 OK 이 OK.
소품? 화랑동 역산 뭉치. 껌, 아끼에띠

<table>
<tr><td>S# 5</td><td>D</td><td>L : 은행 현금지급기</td><td>Contents : 깍두기파에게 전화를 받는 재림</td><td>Tone&Mood</td></tr>
<tr><td></td><td></td><td></td><td>Energy :</td><td></td></tr>
</table>

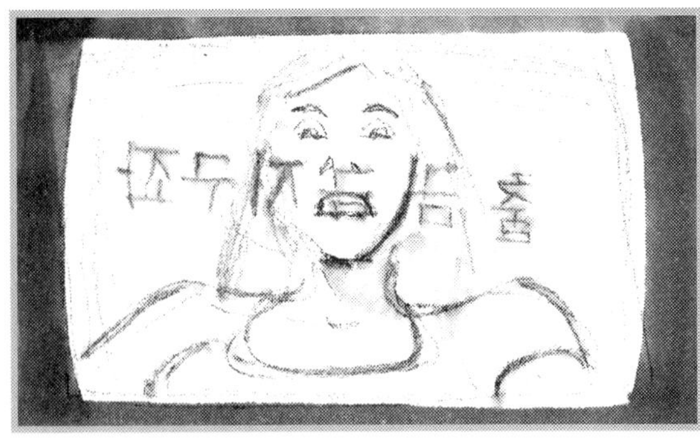

C# 1

현금지급기에 비친 재림의 일그러진 얼굴

B.S
앙각

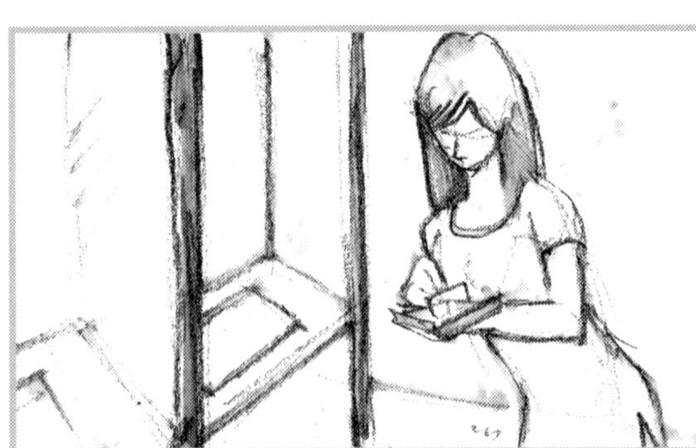

C# 2

지갑에서 다른 카드를 꺼내는 재림

M.S

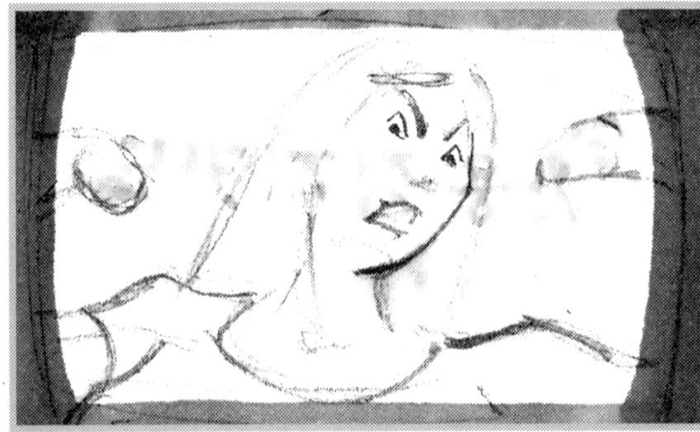

C# 3

현금지급기 화면에 뜨는 "사용정지카드"
뭐가 잘 안 되는지 암담해지는 재림 표정에서
핸드폰 울린다.
(S·E : ♪♪)

B.S
앙각

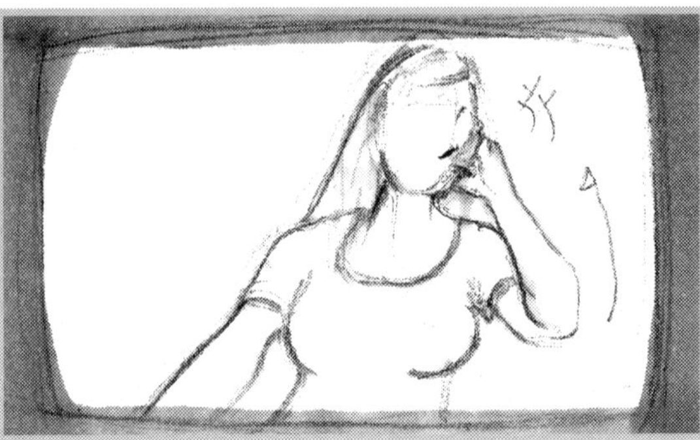

C# 3-1(4)

핸드백에서 우아하게 핸드폰을 받는,
전화받는 모습이 현금지급기 화면에 비친다.
재림 : 여보세요~?
깍두기(V.O) : 이재림, 나 깍두기야!
재림 : 네에?!
B.S
앙각
〈Frame Out 재림〉

<table>
<tr><td>S# 5</td><td>D</td><td>L : 은행 현금지급기</td><td>Contents : 깍뚜기파에게 전화를 받는 재림</td><td rowspan="2">Tone&Mood</td></tr>
<tr><td colspan="3">Energy :</td></tr>
</table>

C# 4

*2분할 화면 (CA. Lens 앞에서 전화하는)
좌 : 재림, 우 : 깍두기

깍뚜기 : 당신, 우리 전화 안받고 이렇게 살살 피해 뽈
　　　　면 정말 쥐새끼 만들어 버린다! 찍찍찍찍~ 너
　　　　우리 돈 쓰고나서 요렇게 오리발 닭발 참새발
　　　　내밀고 지랄발광 할래!
재림 : (포위당한듯) 아니요, 그게 아니고… 카드도 안
　　　　되고…
깍두기 : 카드든 캐쉬든 안되니까 사채를 쓰지 미쳤다
　　　　고 사채쓰냐, 연체이자까지 도합 합쳐서 짐
　　　　토탈 얼매나 되는지 알기나 해.
재림 : 몰라요… 병원에 있다 나왔다고 했잖아요.
깍두기 : 병원이든 깜방이든 나왔으니까. 우리 쩐 어떻
　　　　게 할꼬야?
재림 : 갚아야죠.
깍두기 : 언제까지?
재림 : 조만간…
깍두기 : 갚을 의사가 있으면 이자가 너무 많으니까 원
　　　　금만 갚을 기회를 주겠다. 피라미드 카페 알
　　　　지? 그리로 와. 이자없이 원금만 갚을 마지막
　　　　기회다.
전화를 끊는 두 사람

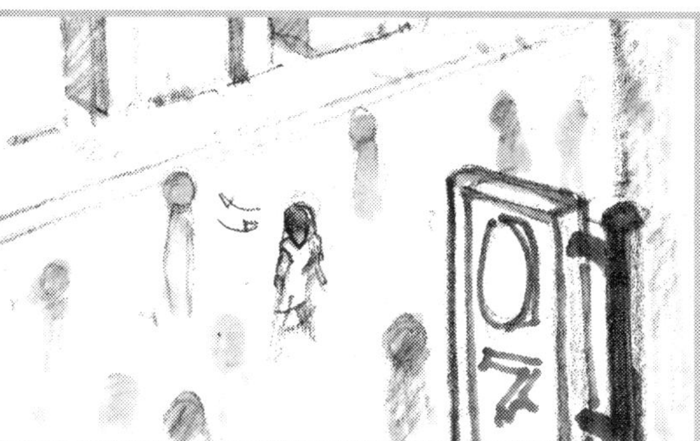

C# 5

은행을 나와 어쩔줄 몰라 하다가
어디론가 가는 재림

Camera Angle : 부감으로 멀어진다.

F.S

<table>
<tr><td>S# 6</td><td>D</td><td>L : 카페가 있는 거리</td><td>Contents : 잠복에 있는 깍두기파, 재림</td><td rowspan="2">Tone&Mood</td></tr>
<tr><td colspan="3">Energy :</td></tr>
</table>

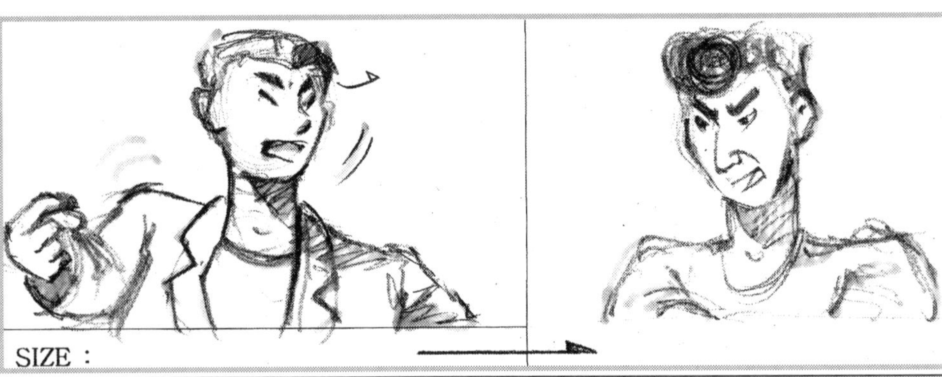

SIZE :

C# 1

걸어오는 재림 M.S
잠복하고 있는 고추 Quick PAN → 배추
Quick PAN → 무우
Quick PAN → 깍두기

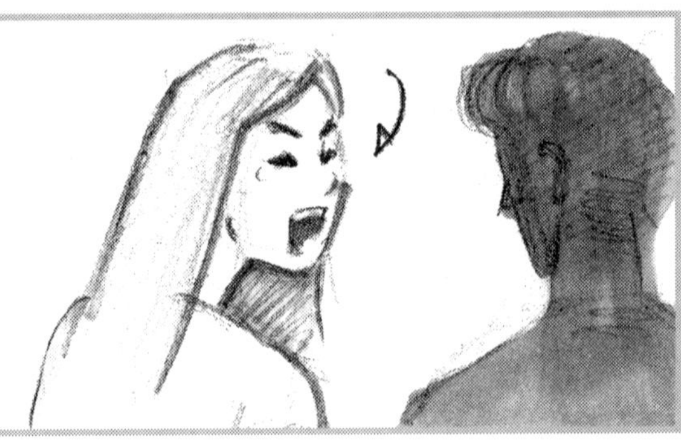

C# 2

걸어오던 재림 B.S
이상한 낌새를 느끼고 뛰기 시작한다.

나오는 깍두기 B.S

뛰는 재림 Side F.S
나오는 고추 M.S → Quick PAN → 배추
Quick PAN → 뛰는 재림

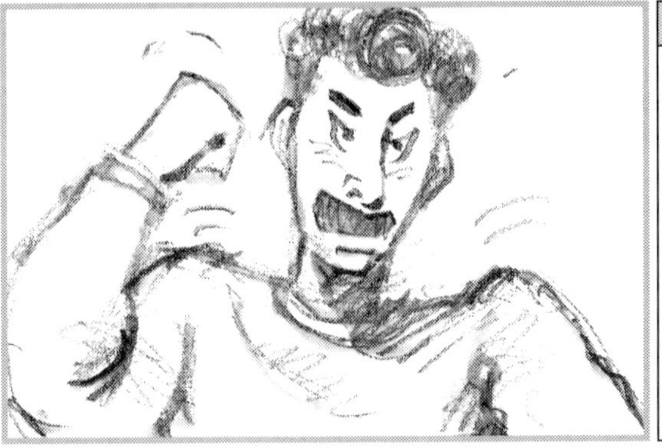

C# 3

쫓아오는 무우 M.S
뛰어가는 재림의 뒷모습 F.S
쫓아오는 깍두기 M.S → Quick PAN → 재림
-사거리-
나타나는 네 사람
깍두기 : 그년 잡으면 진짜 추자도로 넘겨 버려라.
(깍두기 B.S)

*파파라치식 촬영

S# 6	C# 2(3)	R# 100	Weather 흐림	S / O / O		M / D / E / N

_동문 공원_

Work / Size	Top	Action & Dialogue
Steadycam / M.S →F.S	깍뚜기 / 백우 / 복우	깍뚜기(김비온) fr. out
Angle L. ca.		백우, 복우 추적 때해서
Lens 24 mm		도주하는 재림(조윤희)
Film	End	
Filter		※ 윤희, 복생얼숙?
Video tape# 8		잘 찍다!

Camera position	Costume / Make up / Properties	Memo
	재림 (조윤희)	김비온(복통)
	깍뚜기(김비온)	조윤희(샐러본)
	백우 (류경호)	
	복우 (강재병)	Sound O.K.

Equipment steadycam	Effect & C G

T#	OK / NG	Time	Note	Exp.	R#
1	N.G.	0 : 13			
2	O.K.	2 : 13			
3	Keep	0 : 12			
4					
5					
6					
7					
8					
9					
10					
11					

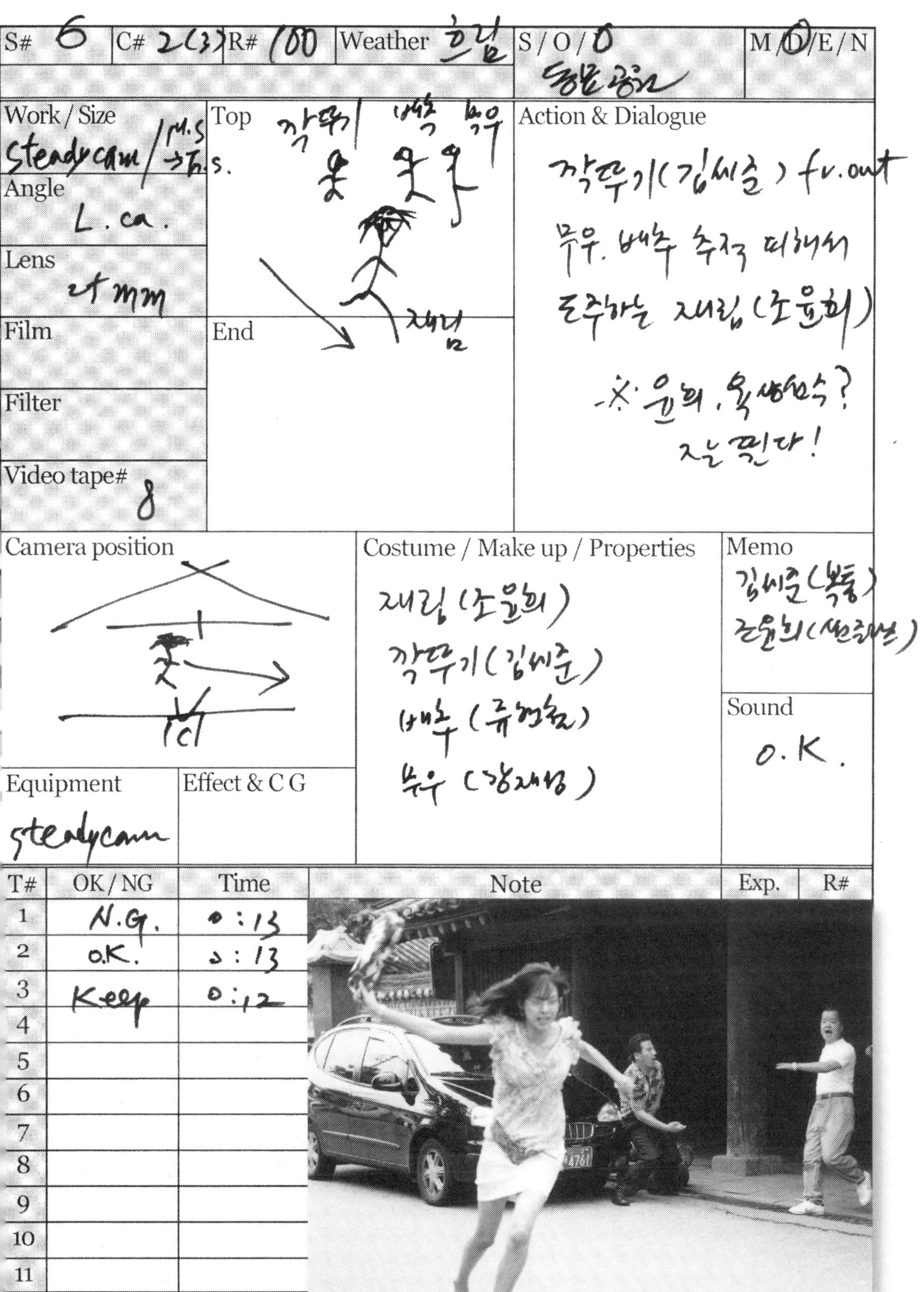

S# 7-0	D	L : 교도소 앞	Contents : 교도소에서 출소하는 세주	Tone&Mood
			Energy :	

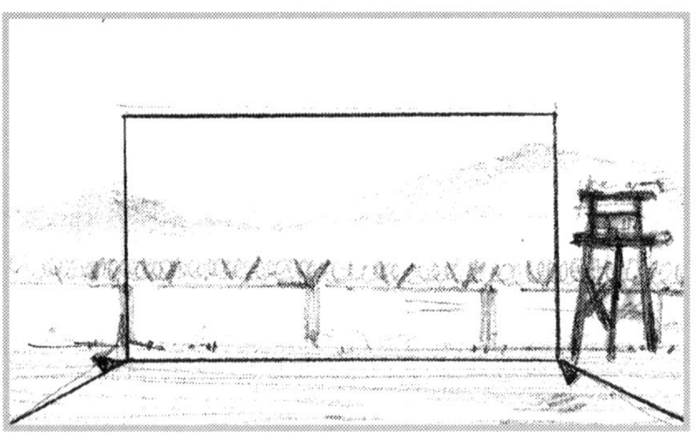

C# 1 (INS)

비가 촉촉히 오는 회색빛의 풍경.
스산한 바람의 노래소리

⟨Track In⟩
CA. 교도소 안에서 자연 풍경으로.

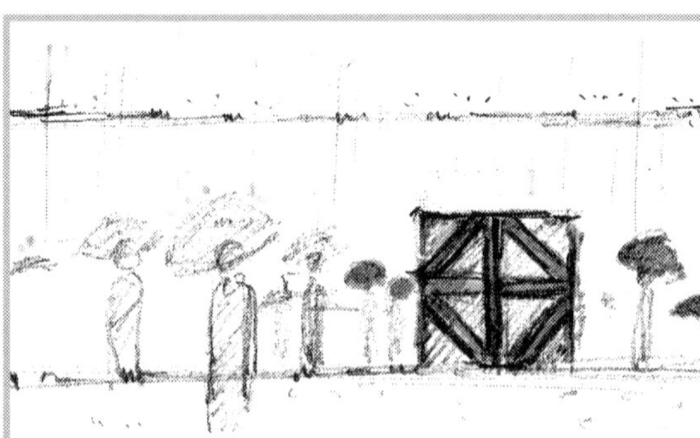

C# 2-0

교도소 앞에 기다리고 있는 사람들

F.S

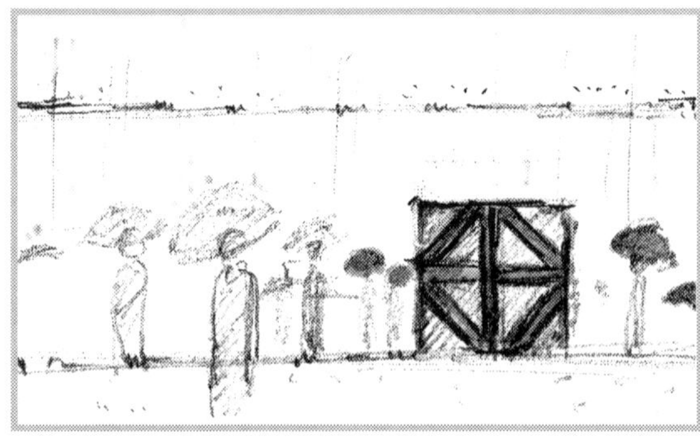

C# 2-1

굵은 쇠 소리를 내며 문이 열리고
백세주가 나온다.

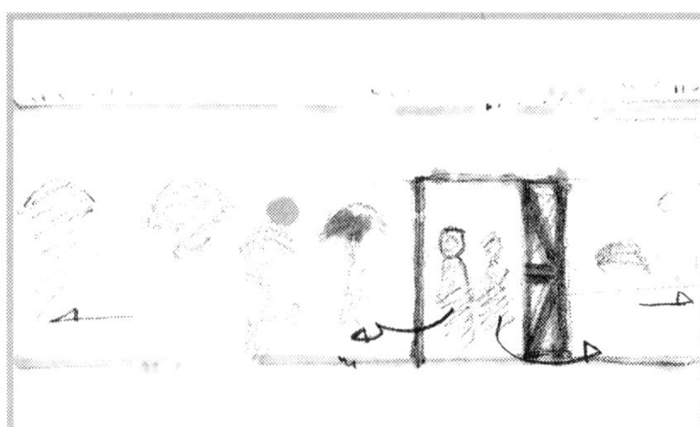

C# 2-2

파르라니 난 수염과 계절에 맞지 않는
외투 차림으로
CA. 앞으로 걸어오는 세주

Camera Size : M.S

⟨Frame Out⟩

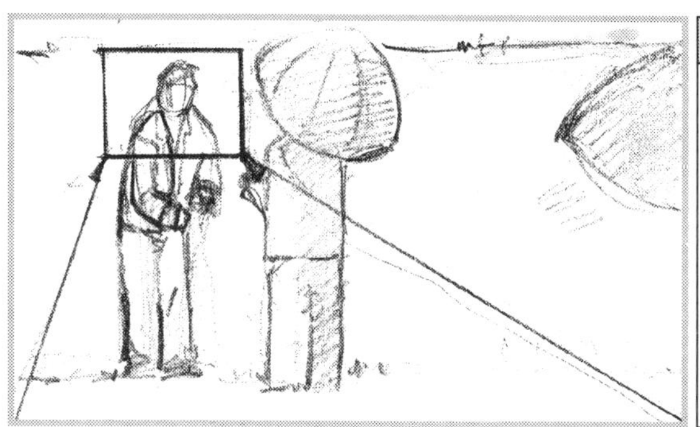

C# 3-0

기다리던 사람에게 담배 한 개피와
불을 얻어피는 세주

찡그리는 표정이 특이한다.
담배를 입에 물고 한 손으로 비틀거리며
라이터를 켠다.

F.S → Track In → B.S

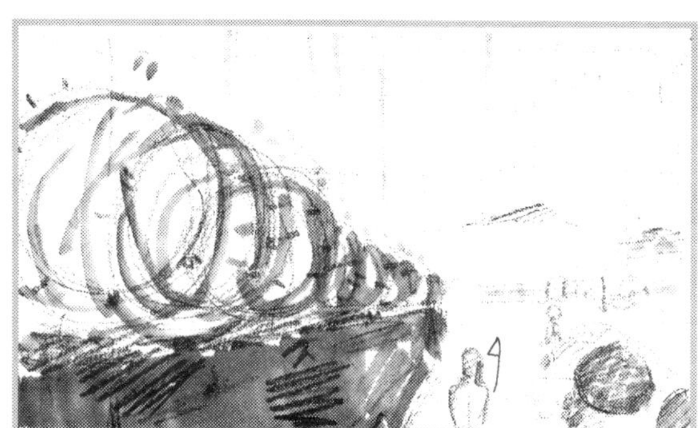

C# 3-1

휑한 비바람과 담배연기를
뒤로하고 걸어가는 백세주.

↑ Crane Up

〈F.O〉

김병상 Comedy? 기다는다까서 연기방식?
방향 레이디. 뚜렷. 레스회. 동작.
　　　대사 - Tempo.
Extra급하 설비?
雨×토기.
Wall (벽으로 혼자) 득텁으 긴나긴 벽. 벽. 벽.
(악영▦ 렁러니 → 르르지 (혹속▦)
(떨집값으 헤어지.

<table>
<tr><td>S# 7-1</td><td>N</td><td>L : 편의점 앞</td><td>Contents : 세주와 마주치는 곤봉
Energy :</td><td>Tone&Mood</td></tr>
</table>

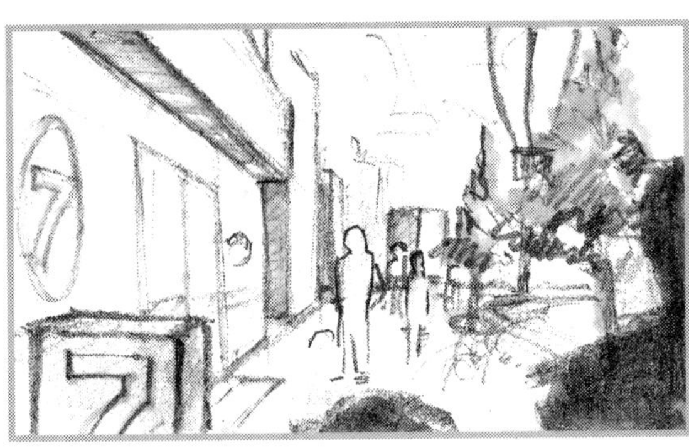

C# 1

멀리서 누군가(곤봉) 걸어오고 있고
편의점에서 담배를 사서 나오는 세주

F.S

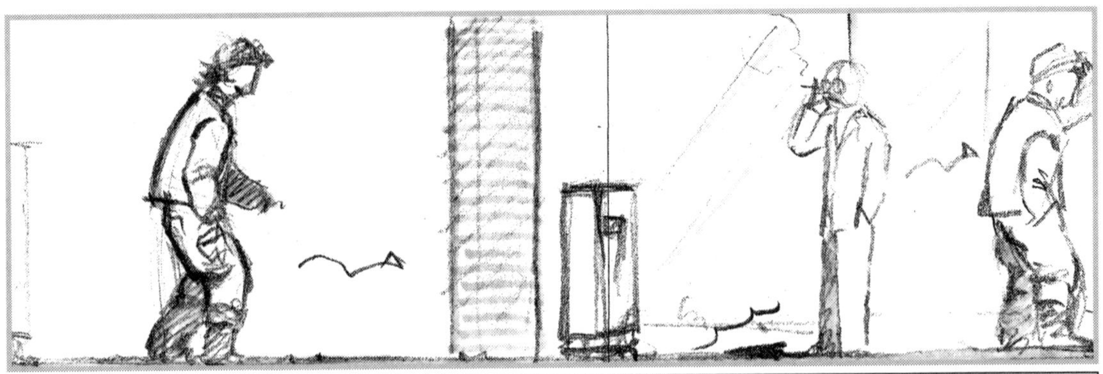

C# 2

Camera Size : 곤봉 F.S
이동차가 곤봉을 따라가다 세주를 잡는다.
Side Dolly Follow

세주, 담배를 꺼내 입에 물고 라이터를 켠다.
이 때, 세주와 부딪히는 남자, 바닥에 뭔가가
떨어지는 소리가 들리고 쳐다보면 철갑 곤봉!

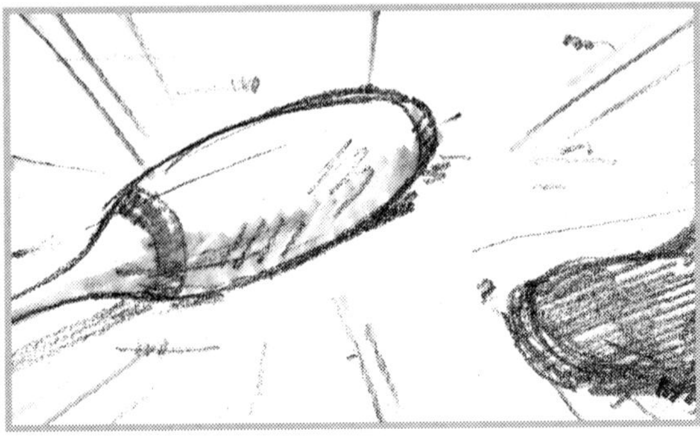

C# 3 (INS)

떨어져 있는 철갑 곤봉

<table>
<tr><td>S# 7-1</td><td>N</td><td>L : 편의점 앞</td><td>Contents : 세주와 마주치는 곤봉
Energy :</td><td>Tone&Mood</td></tr>
</table>

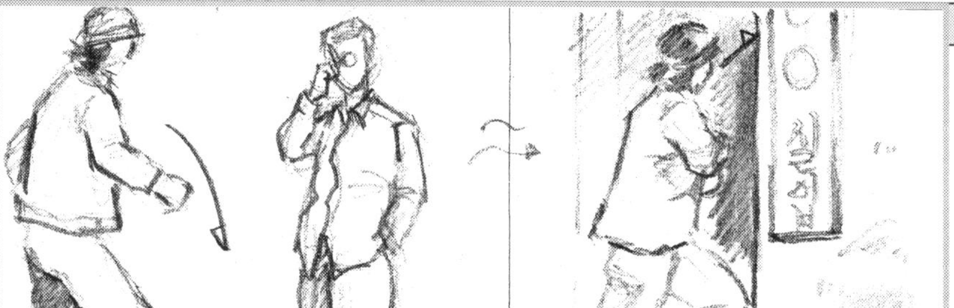
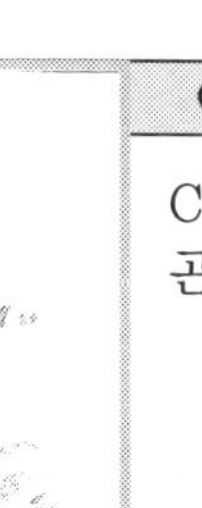

C# 4

Camera Size : M.S
곤봉 Follow CMR

세주, 얼굴을 쳐다보면 곤봉이 자신을 째려보고 있다. 그리 건달같이 보이지 않는 얼굴.
기분 나쁜 표정으로 위 아래를 훑어보던 곤봉.
누가 볼세라 철갑곤봉을 후다닥 주워서 다시 품에 넣고, 세주를 지나쳐 건물 안으로 들어간다.

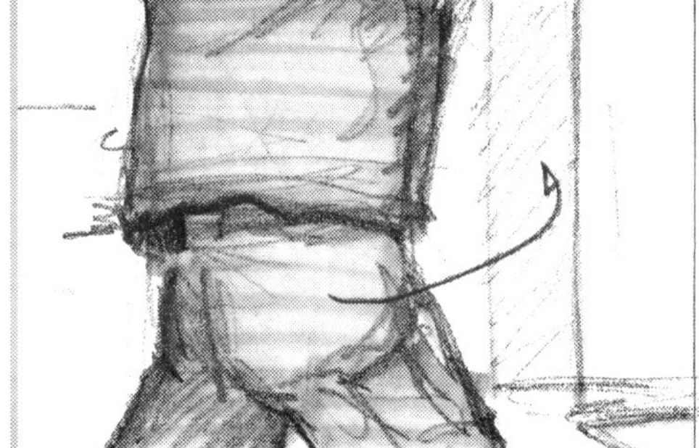
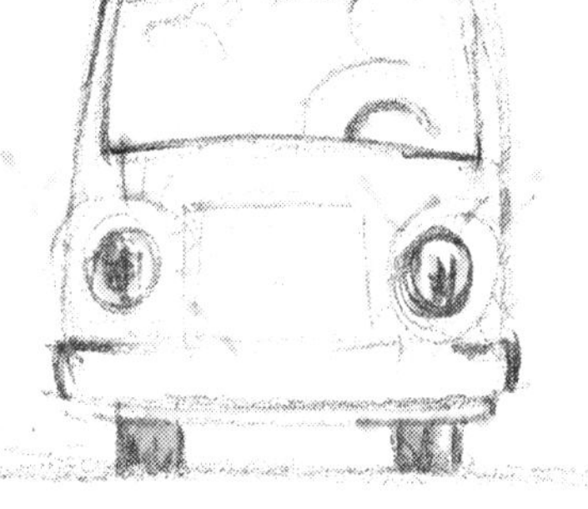

C# 5

곤봉,
가려는데 급히 질
주 해오는 헤드라
이트의 차량

(낮임에도 불켬)

곤봉허리-CMR

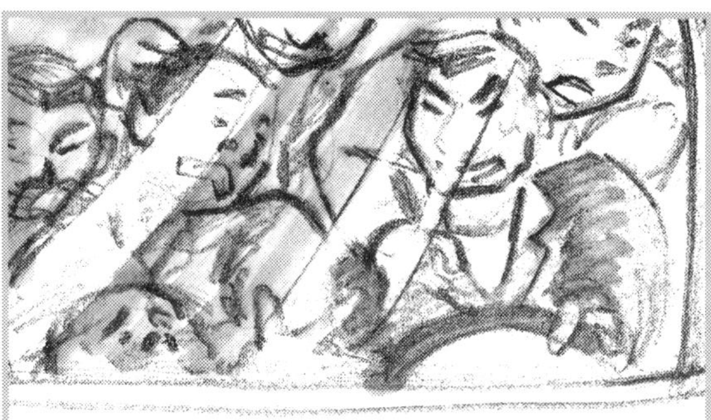

C# 6

그 안에 메기파,
너무 많은 덩치들이 타서 꽉 찼다.

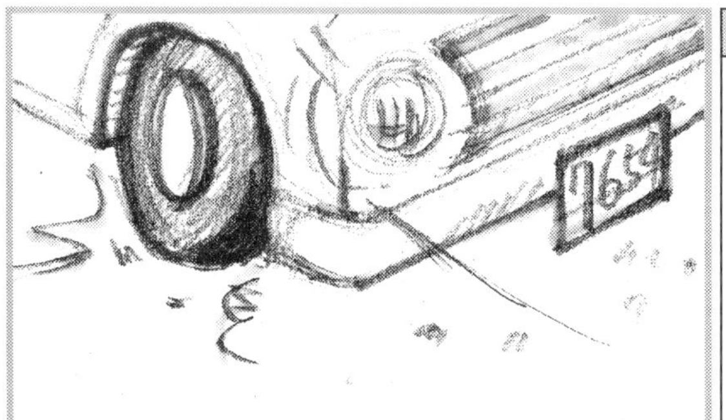

C# 7

헤드라이트 불빛 휘날리며 도착하는 차바퀴.

앙각

<table>
<tr><td>S# 7-1</td><td>N</td><td>L : 편의점 앞</td><td>Contents : 독대파를 찾는 메기파</td><td>Tone&Mood</td></tr>
<tr><td></td><td></td><td></td><td>Energy :</td><td></td></tr>
</table>

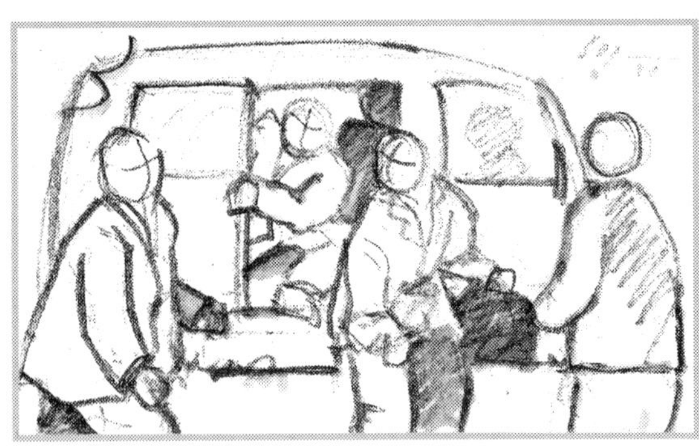

C# 8

순간, 차 문이 열리면 쬐그만 다마스 차량 안에서
엄청난 덩치들이 하나 둘 셋 계속해서 내린다.
덩치 : 씨발! 각그랜저라도 있어야지.
　　　깡패 체면에 쪽팔려서.

Follow CMR

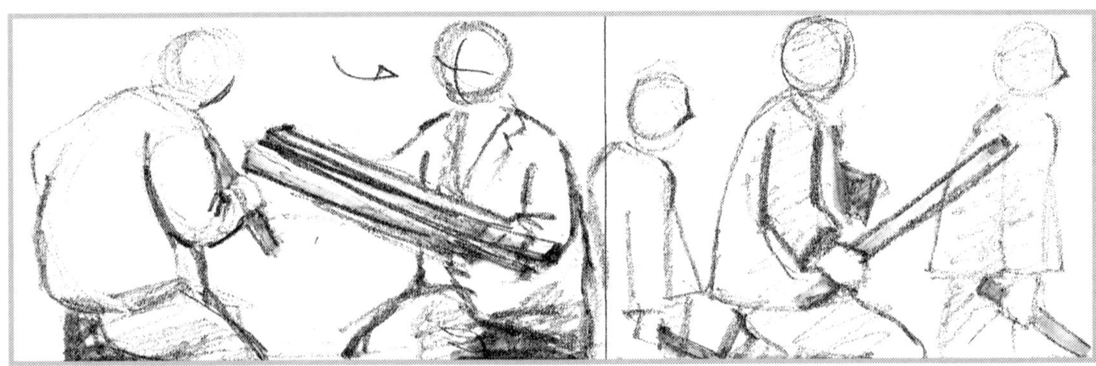

C# 9

망치: 이런 호로자슥아! 새 시대 새 건달은 이제 폼생폼사가 아니여.
덕구 : 큰 형님 말쓰도 모르냐, 이제 거품을 빼야 돼. 거품을.”
오만가지 인상을 쓰며 각각 무기를 들고 힘겹게 내리는 망치, 덕구, 덩치
Camera Size : M.S

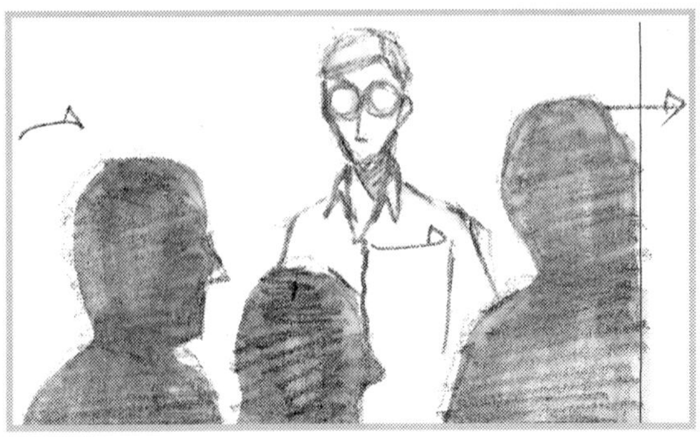

C# 10

곤봉이 간 쪽으로 덩치들이 우르르 향한다.
건물로 줄줄이 들어가는 덩치들.
물끄러미 바라보는 세주.
Camera Size :덩치들 O.S , 세주 B.S

<table>
<tr><td>S# 8</td><td>N</td><td>O : 카바레 안</td><td>Contents : 기도를 협박하는 곤봉</td><td rowspan="2">Tone&Mood</td></tr>
<tr><td colspan="3">Energy :</td></tr>
</table>

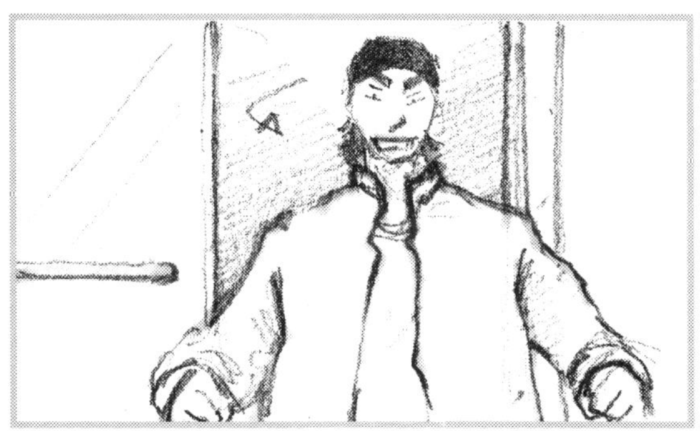

C# 1-0

문을 열어젖히고 안으로 들어서는 곤봉

M.S
앙각

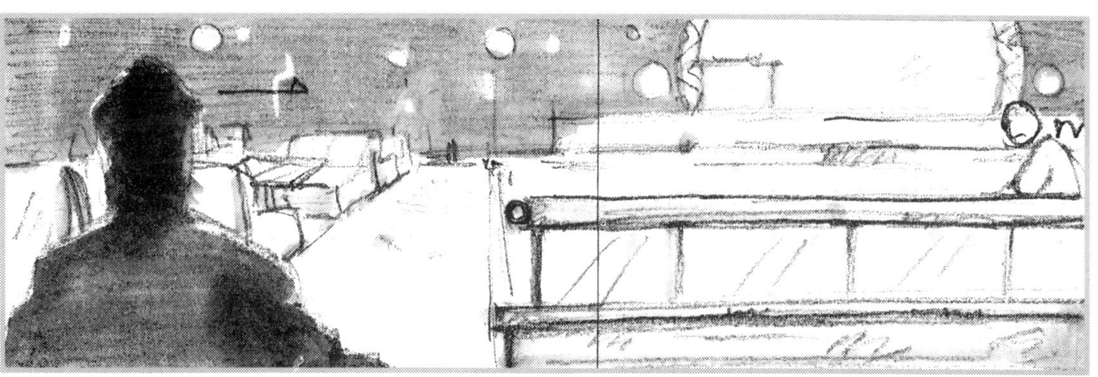

C# 1-1

*곤봉 비척거리다 넘어질 뻔 한다.
기도로 보이는 똘마니가 곤봉 앞에 다가서며 여지를 주지 않고,
곤봉이 등을 잡아 밀어 유리문을 향해 집어던진다.
(S.E) 와장창
소리를 내며 유리문에 처박히는 기도.

곤봉 Follow CMR
곤봉 O.S , 기도 M.S

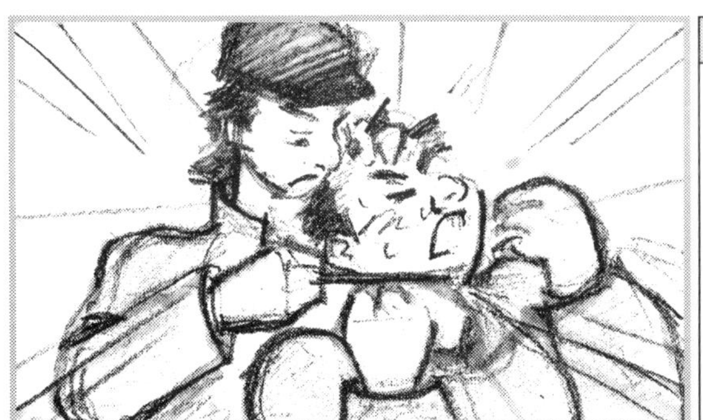

C# 2

일어나는 기도의 머리카락을 움켜쥐고 목을 조이는 곤봉

곤봉 : 다들 어디갔냐
기도 : …현장에…
곤봉 : 어디 현장?
기도 : 연안부두…

2인 M.S

S# 8	C# 1-0 (2-2)	R# 20	Weather 맑음 흐림	S / C / L		M / D / E / N

리허설때까지. 의자 밟으로   봉변 N.C.

Work / Size	Top	Action & Dialogue
Fix / B.S.	→ train 리봉	날려가 의자 밟으 올라서는 순봉 (여러컷)
Angle L.ca (앙각)		
Lens 18mm		-久. 10122 리봉 대 파격적 (행수에반 기중용)
Film	**End** → front	
Filter		
Video tape# 2	(고속회리) slow motion	

Camera position	Costume / Make up / Properties	Memo
	황리봉 (이름용)	리봉 C.U. 때까지
		Sound o. K.
Equipment	**Effect & C G**	

T#	OK / NG	Time	Note
1	Keep	0:06	
2	o.K.	0:05	
3			
4			
5			
6			
7			
8			
9			
10			
11			

<table>
<tr><td>S# 8</td><td>N</td><td>O : 캬바레 안</td><td>Contents : 기도를 협박하는 곤봉</td><td rowspan="2">Tone&Mood</td></tr>
<tr><td colspan="4">Energy :</td></tr>
</table>

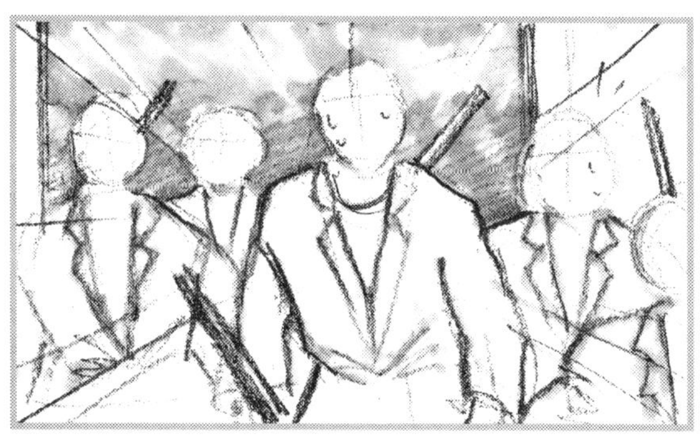

C# 3

이어 메기파 행동대원들이 문을 박차고 뛰어 들어온다.
덕구 : 뭐야?

M.S

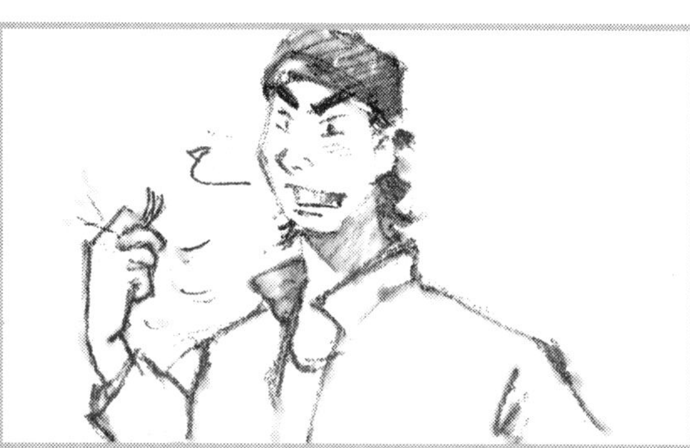

C# 4

(손에 쥔 한 웅큼의 머리카락)
곤봉 : 연안부두로 갔다는데요.

B.S

1분 Reebok 패러디. 9등신으로.
2분 frame.(commer) 를 slow motion.
이승원의 Energy 체크 !!

얼굴 만다? 풀럭. 연기.
무기= 양식. 곤봉(철갑 곤봉)
참조 빌런 N.C. Extra X.
명門 체크. 쓸새? 비온다는데
제작비 (기록).

<table>
<tr><td>S# 9</td><td>N</td><td>O : 연안부두
수산물 센터</td><td>Contents : 메기파와 독대파의 충돌</td><td rowspan="2">Tone&Mood</td></tr>
<tr><td colspan="3">Energy :</td></tr>
</table>

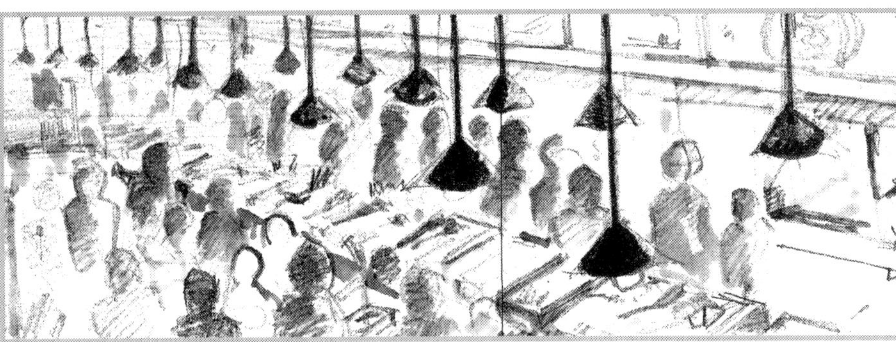

C# 1

연안부두 수산물
센터의 전경.
장독대파 일당들
이 시찰 중이다.

PAN

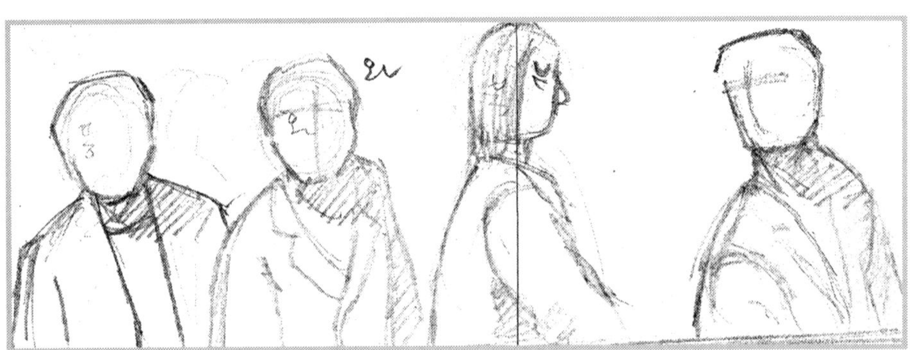

C# 2

시찰중인
독대파

CMR Size:
B.S
PAN

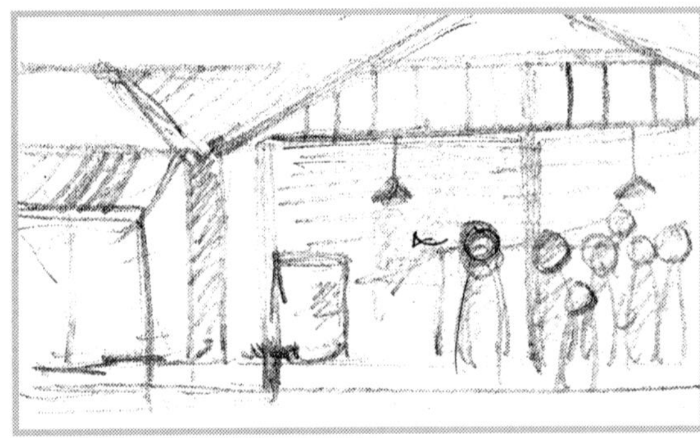

C# 3

수산물 센터 앞에서 나오는 독대파
자동차의 경적소리를 듣고 바라본다.

(S.E) 빵빵

F.S

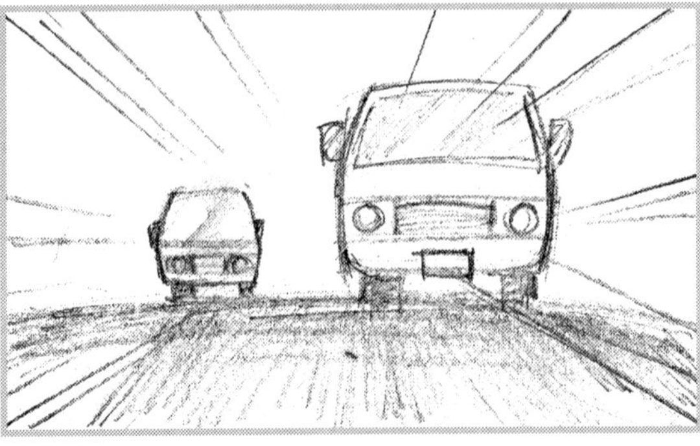

C# 4

헤드라이트 컨 채 빠르게 달려오고 있는
메기파의 차량
급하게 다가서는 다마스 3대.

앙각

S# 9	C# 0 (2)	R# 224	Weather	S / O / ⓛ	M / D / E / Ⓝ

이수 먼인비크

Work / Size	Top	Action & Dialogue

Work / Size: steadycam / n.s. → M.s.
Angle: eye level
Lens: 25mm (S)
Film: 5299 (500T)
Filter: No.
Video tape#: 10.

걸어가는 독대라
(동성현. 최영락.
안깨밥. 방중현 등…)

→ Fr. out

Camera position

Costume / Make up / Properties

독대라 동장 —
정동래 (동성현)
빛등 (최영락)
밥안개 (안깨밥)
강바 (방중현) 등

Memo: steadycam

Sound: O.K.

Equipment: steadycam 이롱
Effect & C G: Smog

T#	OK / NG	Time	Note	Exp.	R#
1	NG	0:10			
2	NG	0:17			
3	NG	0:13			
4	OK	0:14			
5					
6					
7					
8					
9					
10					
11					

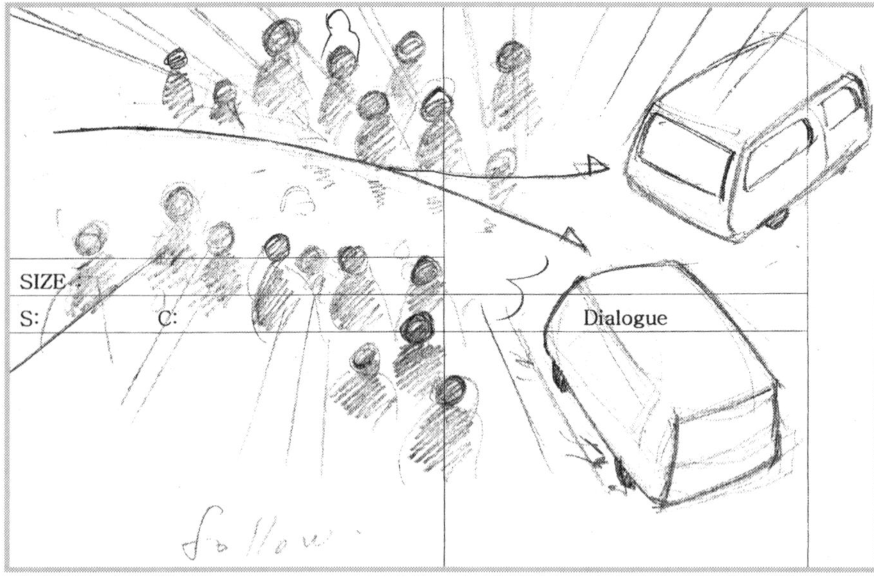

C# 5

독대파 사이로
뚫고 들어와 멈
추는 차량.

부감
F.S

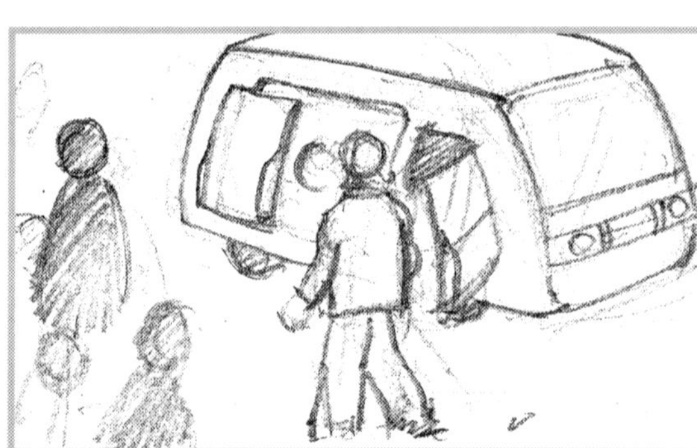

C# 6

내리는 덕구, 망치, 곤봉 그리고 보디들.

M.S

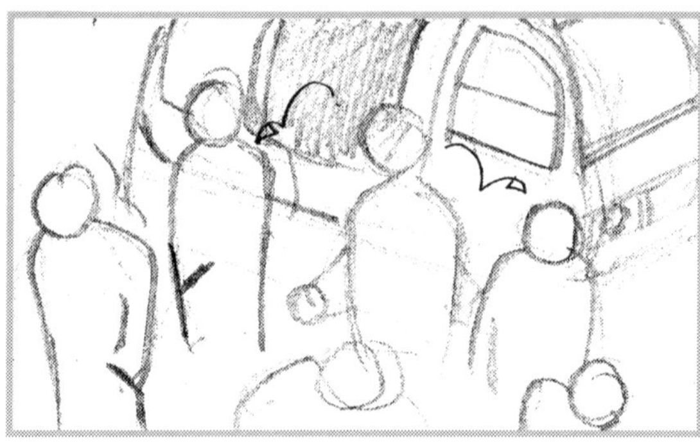

C# 7

내리는 덕구, 망치, 곤봉 그리고 보디들.

M.S

<table>
<tr><td>S# 9</td><td>N</td><td>O : 수산물 센터</td><td>Contents : 메기파와 독대파의 충돌
Energy :</td><td>Tone&Mood</td></tr>
</table>

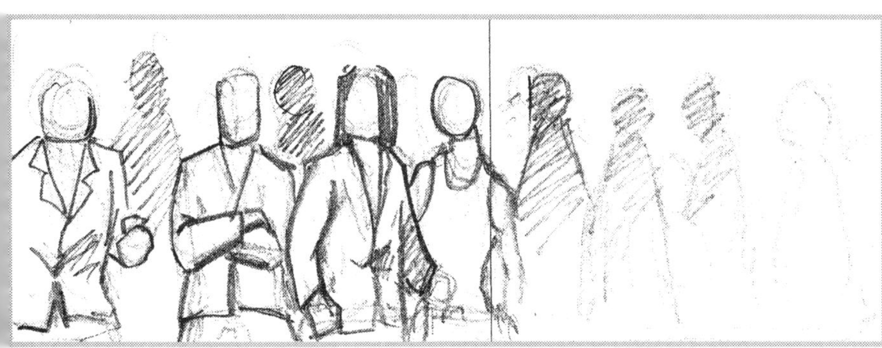

C# 8

결전의 라인으로
서는 두 파.
독대 : 뭔 쓰레기들
이여?
4인 M.S
(독대, 불독, 밤안개,
갑빠)
Wide Lens

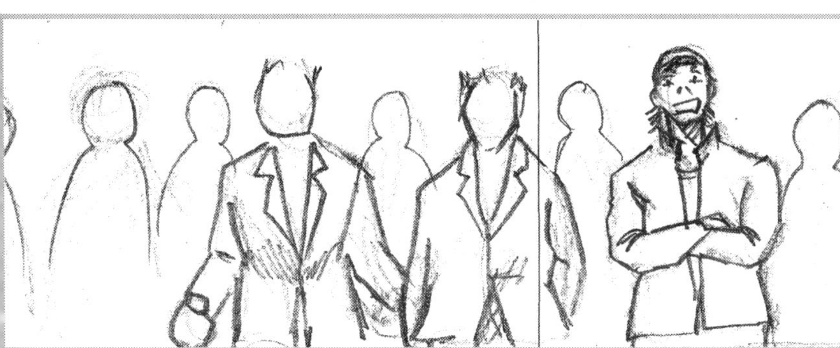

C# 9

곤봉 : 오늘이 늬
들 제삿날이다.

3인 M.S
(곤봉, 망치, 덕구)
Wide Lens

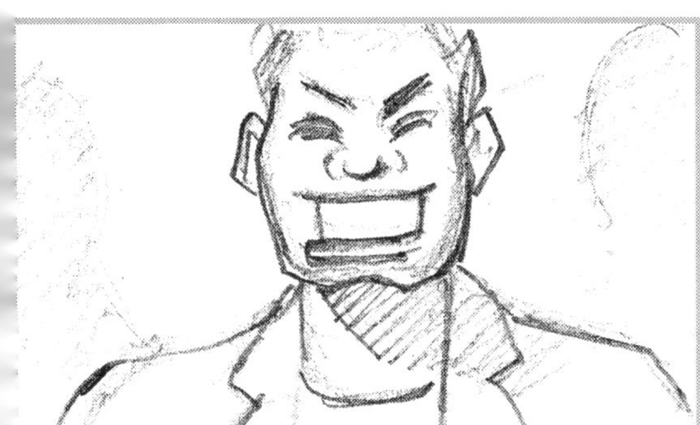

C# 10

독대 : 음하하, 야! 불독!!
　　　가소롭다. 자신있나보지?

B.S
약간 앙각

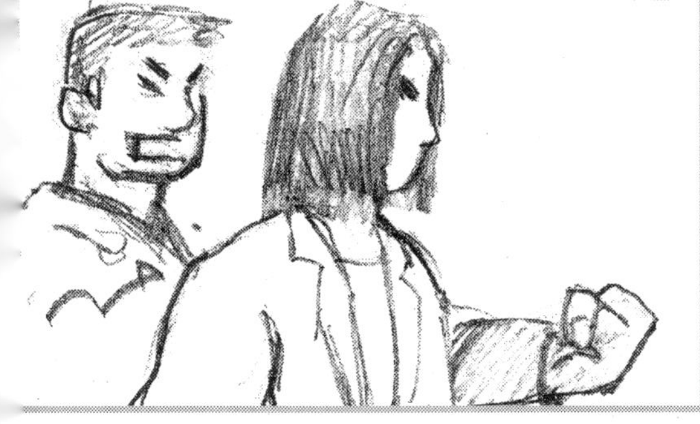

C# 11

〈Frame In 불독〉
불독 : 예, 형님.

이보 전진하는 불독.

2인 Side B.S

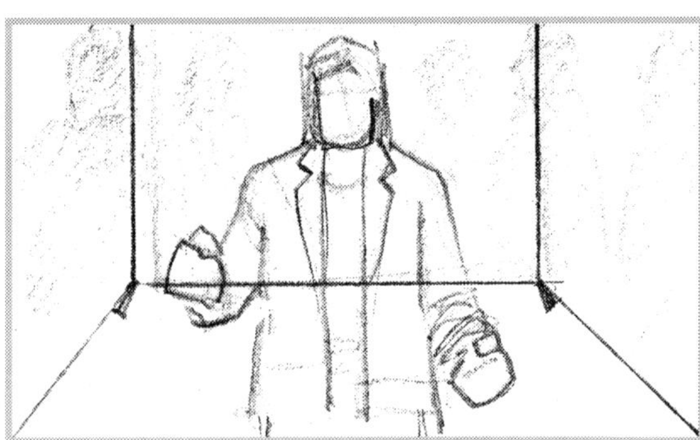

C# 12

불독 : 나와!

밤안개 : 얼른 나오시랍신다잉!

Wide Shot
Dolly In → 2인 M.S
앙각

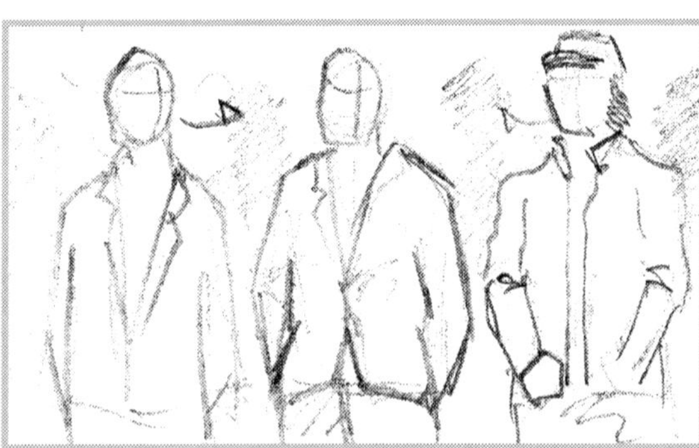

C# 13

놀라는 덕구, 곤봉
눈치를 살피는 망치

3인 M.S

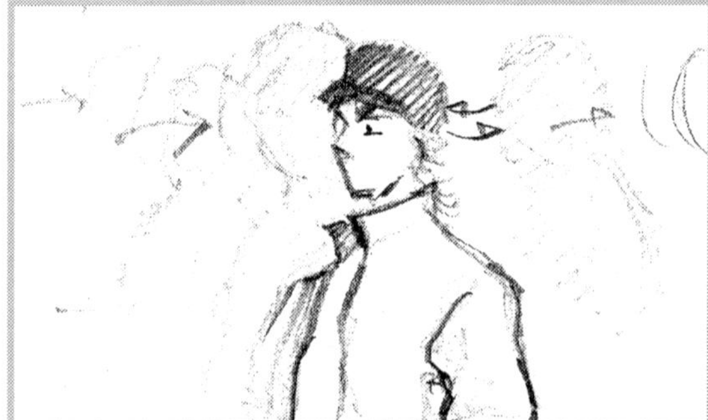

C# 14

이보 후퇴하는 메기파.
곤봉만 남게 된다. 상황파악이 덜 된 곤봉.

Side M.S

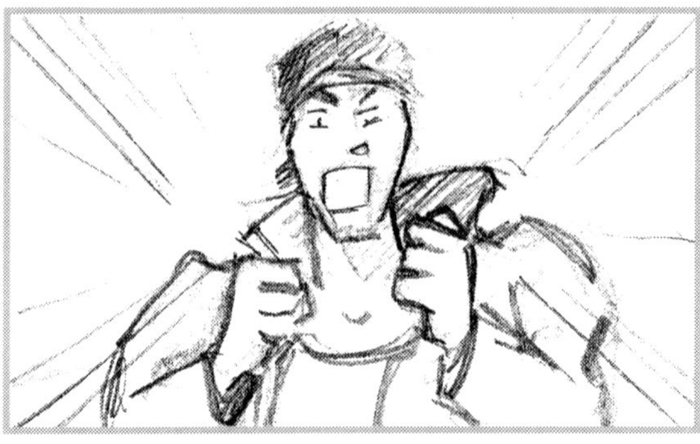

C# 15

갑빠 : 곤봉아, 니가 일 펀치냐? 하하하.
앙각 Wide Shot

C# 15-1

곤봉 : (망설이다가) 에힛… 왓!
앙각
*겉옷 벗으면 안된다. (철갑곤봉 숨기는 곳)

<table>
<tr><td>S# 9</td><td>N</td><td>O : 수산물 센터</td><td>Contents : 메기파와 독대파의 충돌
Energy :</td><td>Tone&Mood</td></tr>
</table>

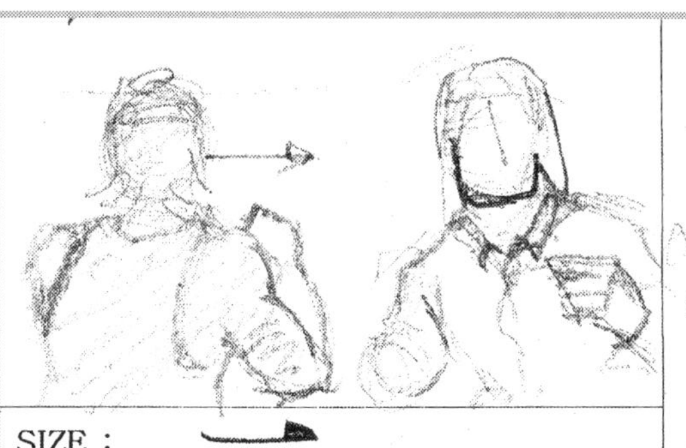

SIZE :

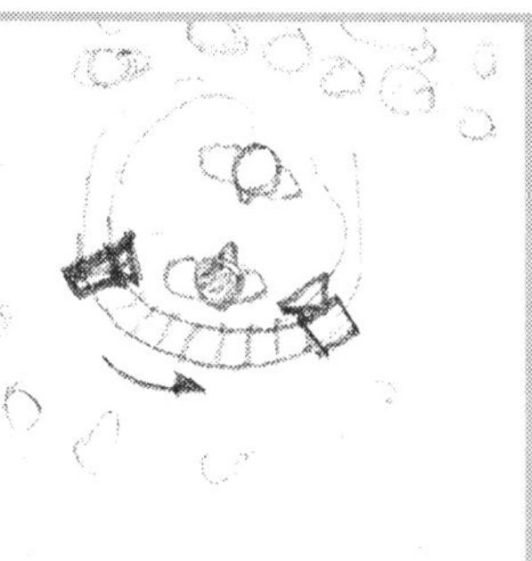

C# 16

불독과 붙게 되는 곤봉.

반원이동
M.B.S

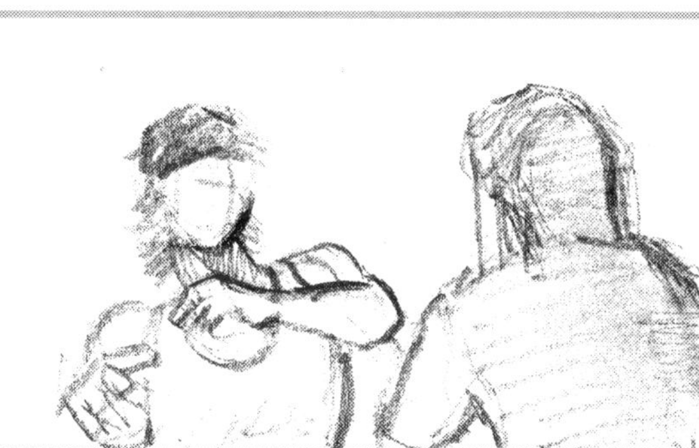

C# 17

카메라 움직임 : C# 16과 같음.

반원이동
M.B.S

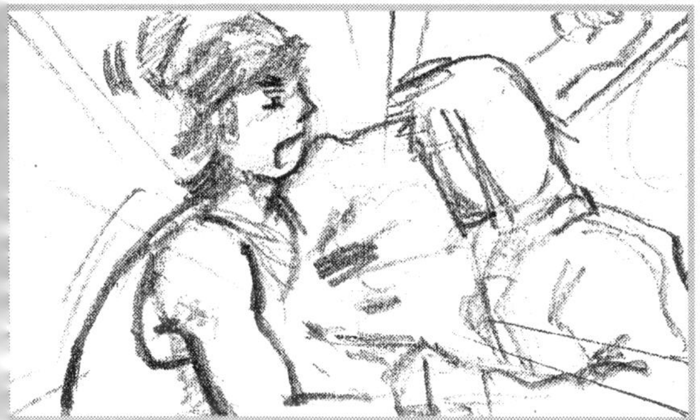

C# 18

불독에게 복부를 강타당하는 곤봉

M.B.S

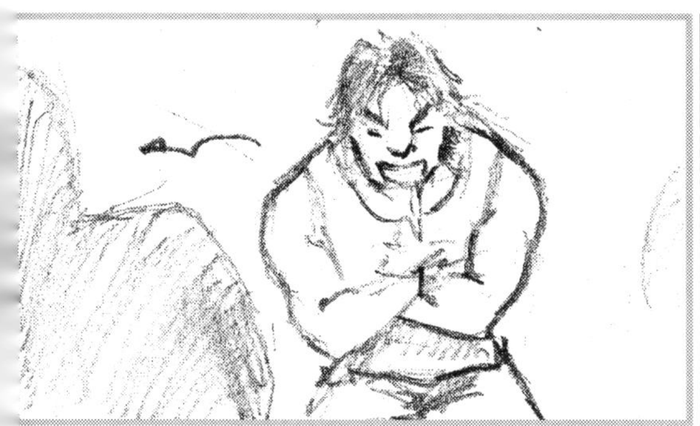

C# 19

곤봉 : 컥컥

복부를 맞고 괴로워 하는 곤봉

불독 O.S , 곤봉 M.S

<table><tr><td>S# 9</td><td>N</td><td>O : 수산물.센터</td><td>Contents : 메기파와 독대파의 충돌</td><td>Tone&Mood</td></tr><tr><td></td><td></td><td></td><td>Energy :</td><td></td></tr></table>

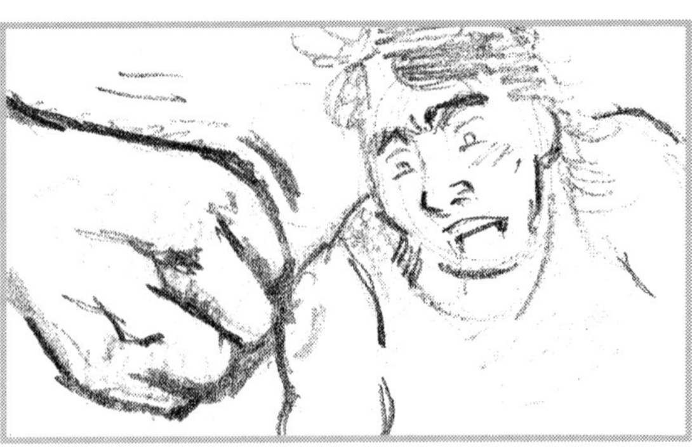

C# 20 — C# 19와 각도 달리해서

이윽고 불독에게 밀리는
곤봉 : 애들아, 쳐랏!

한껏 힘준 불독의 주먹

Focus : 불독의 주먹 → 곤봉

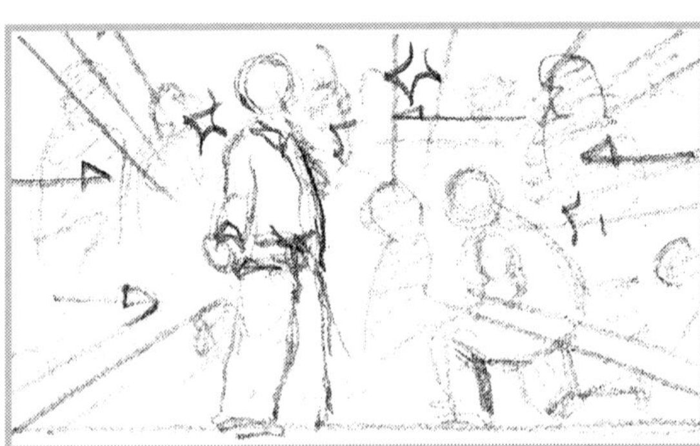

C# 21

곤봉을 스쳐 뛰어나오는 메기파.
집단 난투 공중 2단 차기
직부감 360° 회전

↑ Crane Up

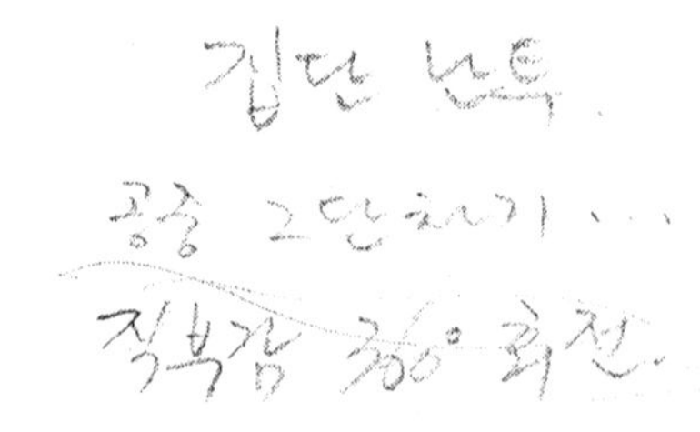

C# 22

곤봉을 스쳐 뛰어나오는 메기파.
각목 등 연장을 들고 전쟁을 시작하는 독대파와 메기파
한 명이 방망이로 머리를 얻어맞고 뒤로 나동그라지고
조금씩 메기파가 밀리는 형국.

Camera Angle : 직부감 360° 회전

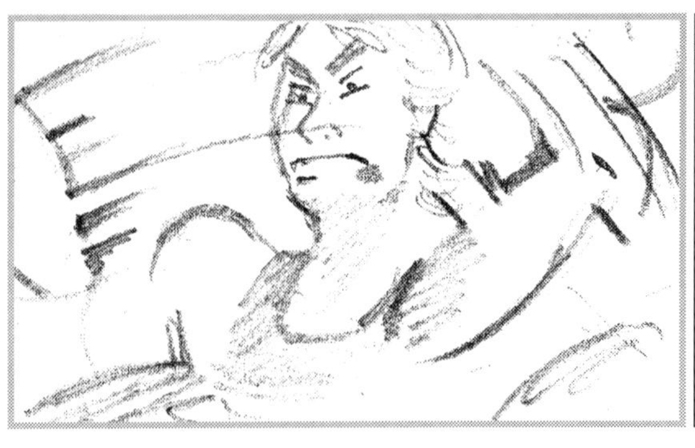

C# 23

처절한 싸움 속의 다양한 표정
B.S – C.S
때리는 사람 M.S
맞는 사람 M.S

때리는 사람 B.S – O.S
맞을 사람 B.S(Focus In&Out)

S# 9	C# 20	R# A-212 B-213	Weather 흐림	S/O/L	M/D/E/N
				야외 부두	

Work / Size
A - hix. titt up — BS

Angle Jimmyjib/M.S.
A'L. 내 B- 밖

Lens
A - 50mm
B - 12mm

Film
5279 (500t)

Filter
NO.

Video tape#
10.

Top

End
이흥원. hightone
(Audio 체크要)

Action & Dialogue
한대 밫는 군복
이흥
군복 - 야흥이 화내며
(OK! 돌꼉!!)

Camera position

Costume / Make up / Properties
군복· 송대·군복.

Memo
띠.

Sound
O.K.

Equipment

Effect & C G
수증기. Smog

T#	OK / NG	Time	Note	Exp.	R#
1	2K.	0:15			
2					
3					
4					
5					
6					
7					
8					
9					
10					
11					

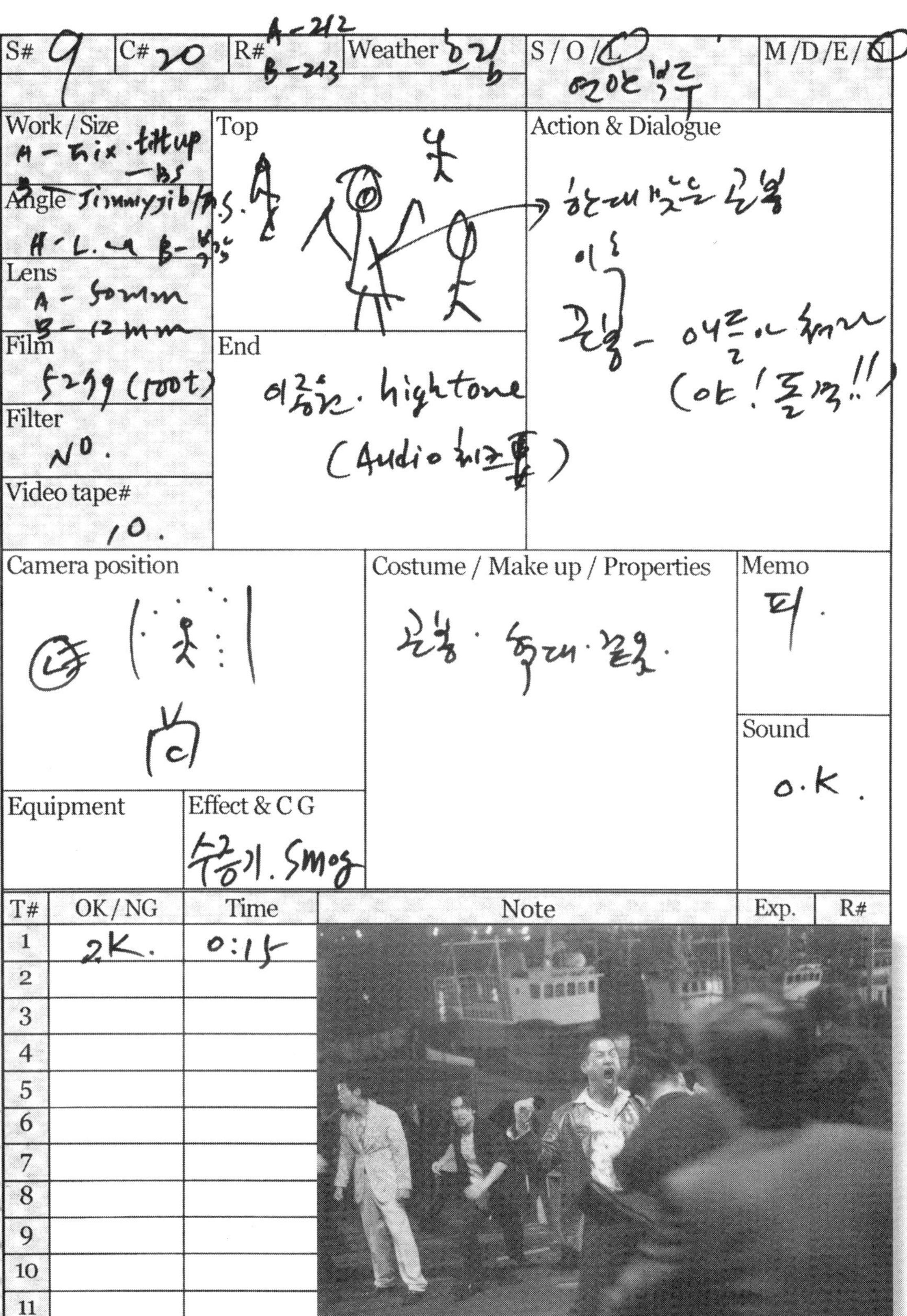

<table>
<tr><td>S# 9</td><td>N</td><td>O : 수산물 센터</td><td>Contents : 메기파와 독대파의 충돌
Energy :</td><td>Tone&Mood</td></tr>
</table>

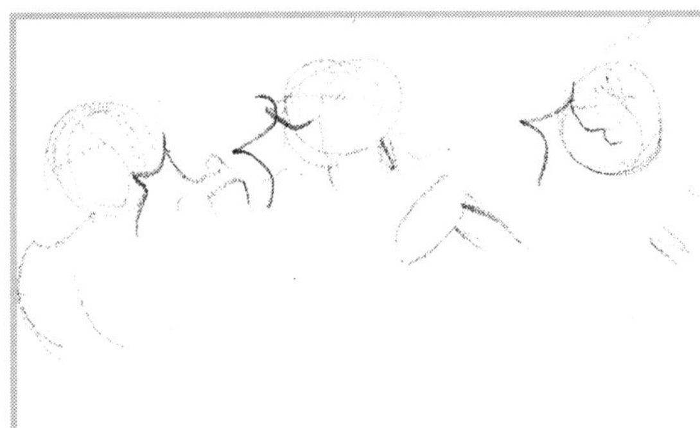

C# 24

독대파 대 메기파. 느와르 Action을 멋지게 펼치면서 격렬하게 세력 싸움을 벌이는 양 파벌.

직부감 & Insert 1,2,3

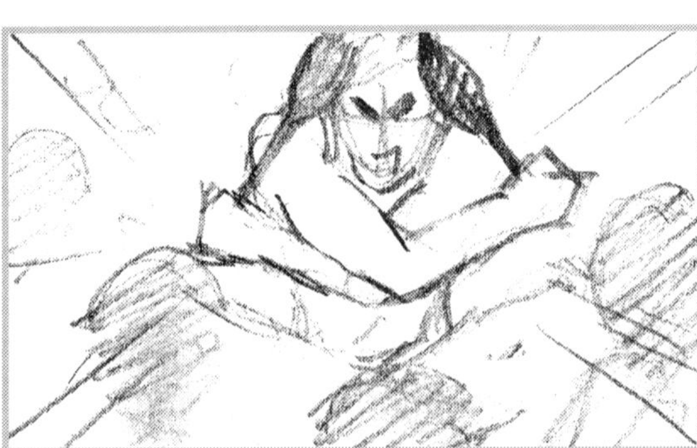

C# 25

이윽고 다시 메기파가 밀리면서
(품에서 철갑 곤봉을 꺼내 휘두르며)
뒤로 슬슬 피하던 곤봉

부감

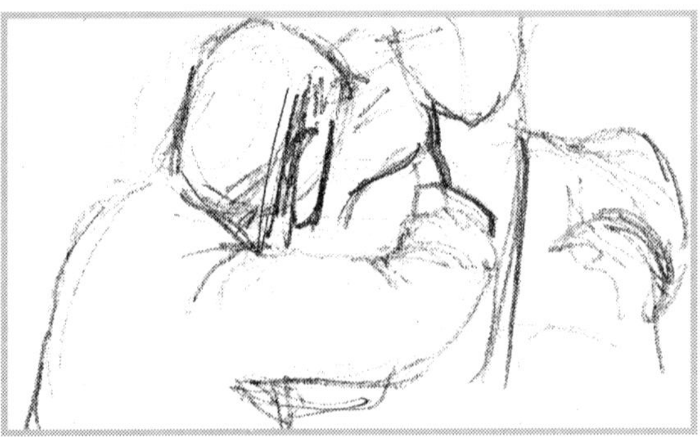

C# 26

불독과 조우를 하고, 소리에 놀라 쳐다보는 곤봉.
곤봉을 향해 달려드는 불독.
곤봉을 향해 주먹을 날리고

2인 M.S

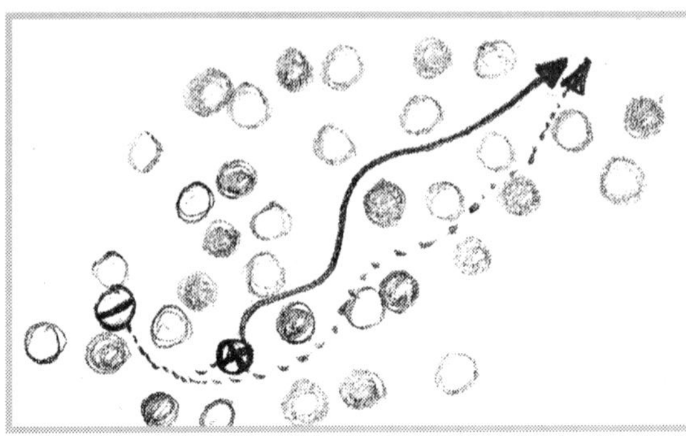

C# 27

부감

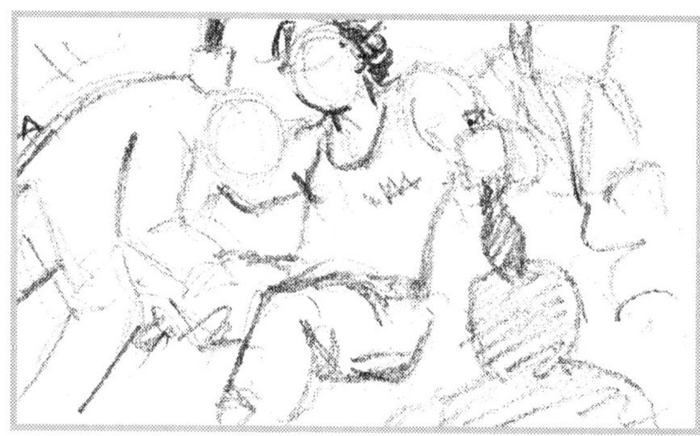

C# 28

나가떨어지는 곤봉, 얼떨결에 피하며

불독 M.B.S, Hand held

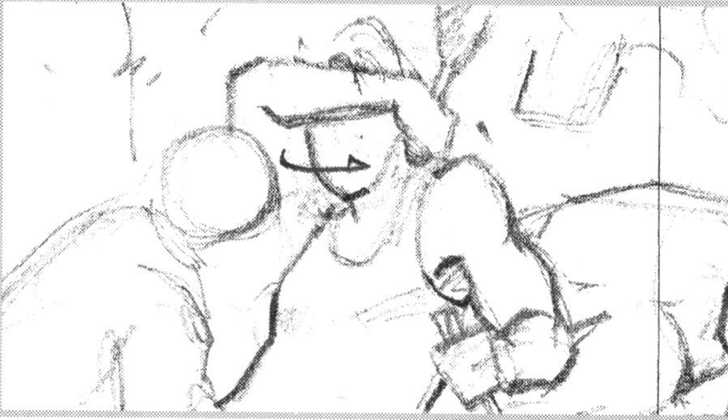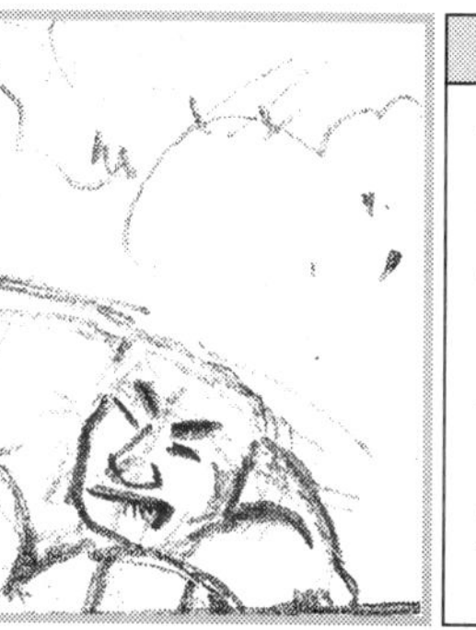

C# 29

빼어든 철갑 곤봉에서 칼날
이 나오며,
뒤로 꼬꾸라지며 넘어지다가

독대 : 헉!

PAN

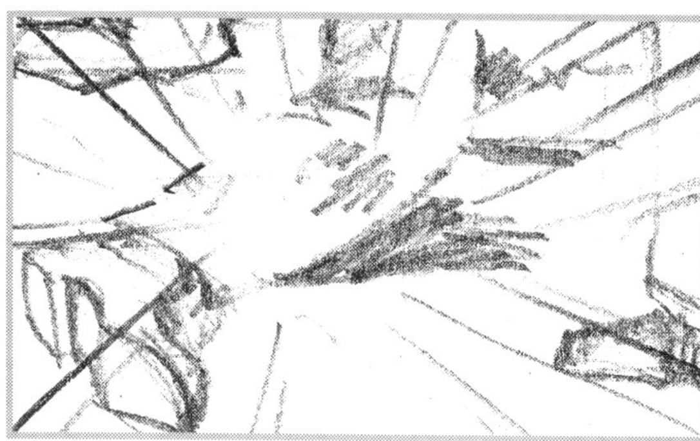

C# 30

뒤로 물러나면 독대파 오야붕의 허벅지에서
울컥! 피가 솟아오른다.

독대 : 으…으…

C.U

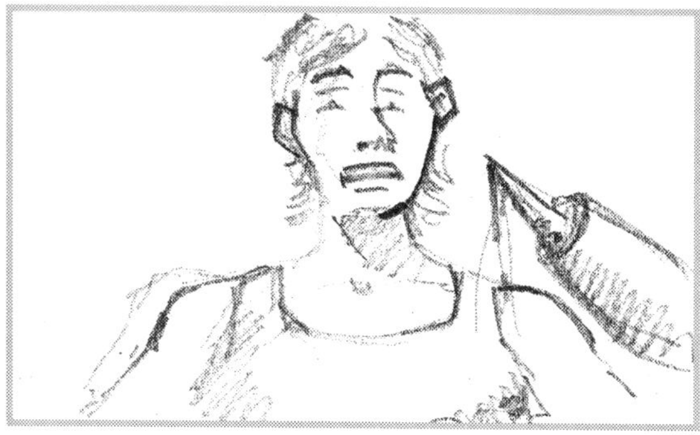

C# 31

곤봉의 손에 피 묻은 철갑 곤봉이 들려있고

B.S
앙각

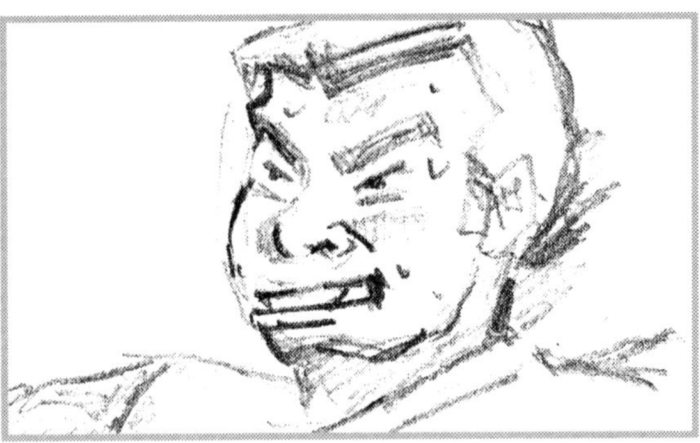

C# 32

독대 : 너… 어… 이 새끼…!

Camera Size : 독대 C.S

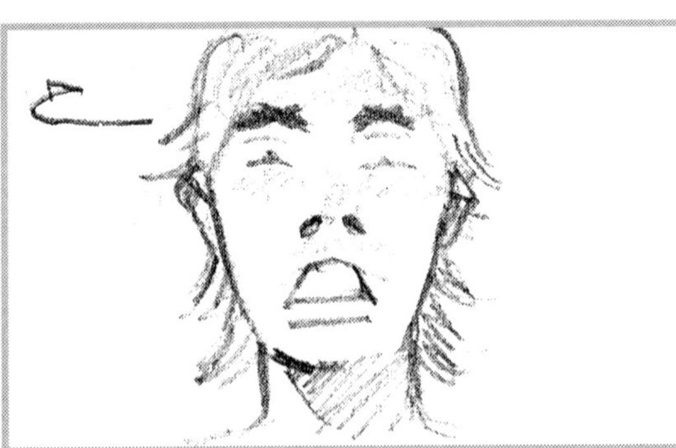

C# 33

놀라 뒷걸음질 치며 한번 더 깊게 담가버린다.
불독 이 광경을 목격한다.
불독(V.O) : 형님!

Camera Size : 곤봉 C.S
앙각　　　　　　　　　　　〈Frame Out〉

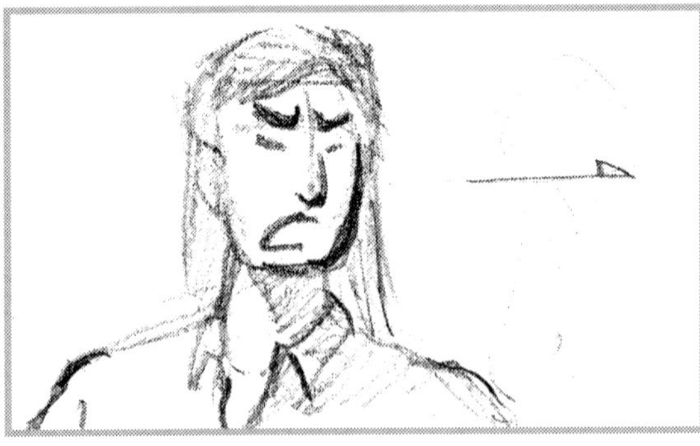

C# 34

곤봉에게 당한 독대를 발견한 불독

B.S
〈Frame Out〉

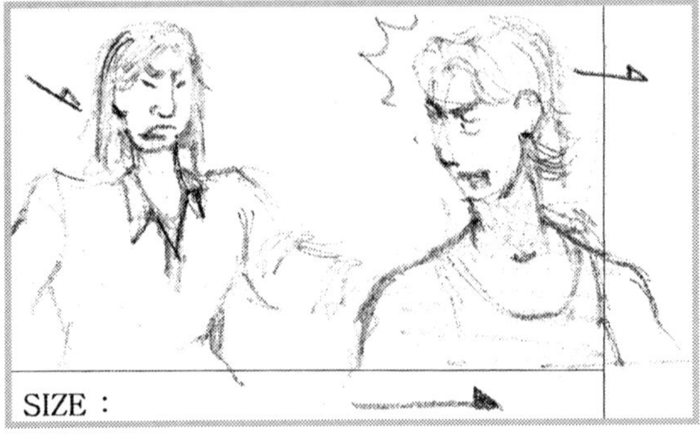

C# 35

진퇴양난에 빠진 곤봉.
살벌한 불독을 쳐다보다가 냅다 달아나기 시작
한다.

〈Frame Out 곤봉〉

SIZE :

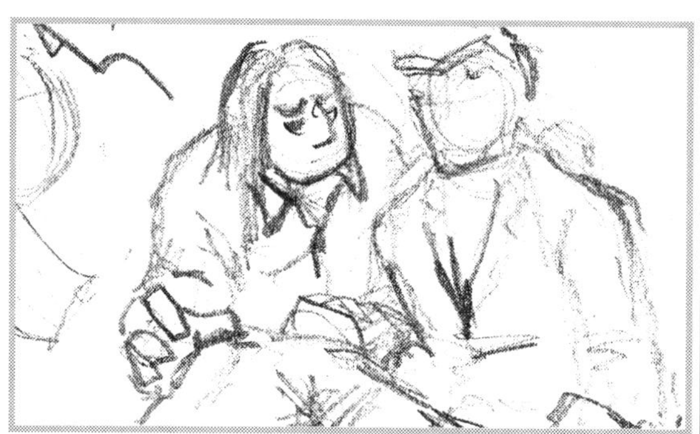

C# 36

뛰어오는 불독, 장독대를 부축하지만
서서히 쓰러지는 모습 보이면

〈Frame Out 불독〉

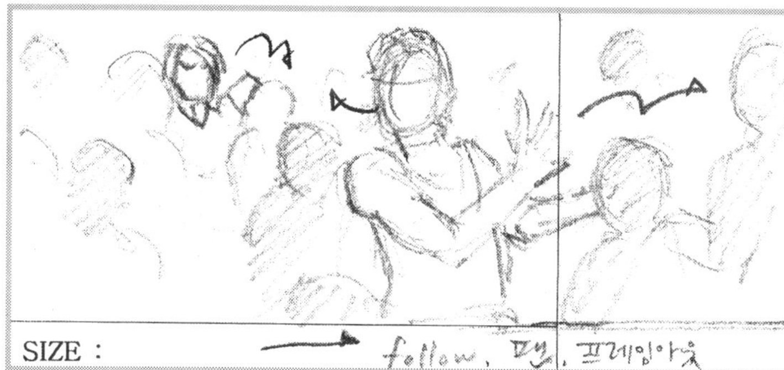

SIZE :

C# 37

곤봉의 뒤를 따라가는 불독.
곤봉이 무리 속에 엉킨다.

Follow CMR
PAN

〈Frame Out 곤봉〉

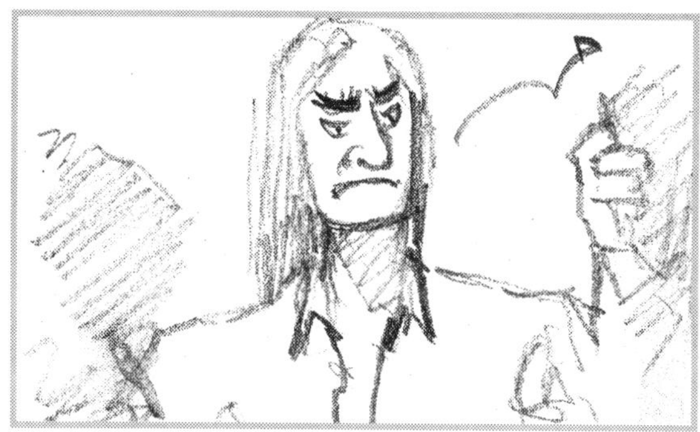

C# 38

뒤이어 불독이 뒤를 달려온다.
메기파의 보디 중 한명이 불독을 막아서면
주먹으로 간단히 제압 당하고

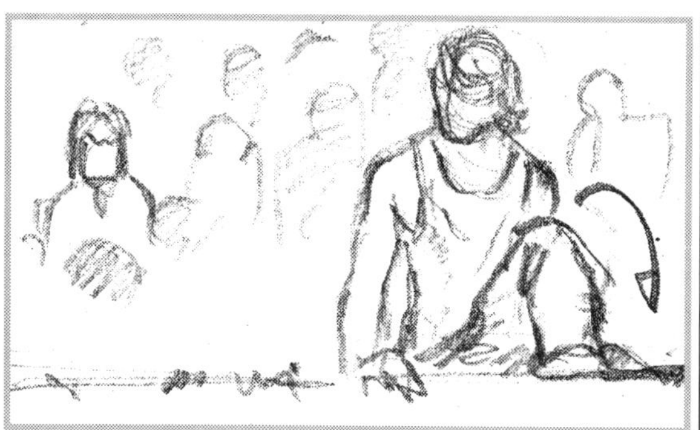

C# 39

줄일 듯이 달려오는 불독의 모습이 공포 그 자체다.
죽을 힘을 다해 골목길로 달아나면 뒤쫓는 불독.

Focus In & Out

<table>
<tr><td>S# 10</td><td>N</td><td>L : 수산시장 상가
골목길</td><td>Contents : 불독을 피해 도망가는 곤봉</td><td rowspan="2">Tone&Mood</td></tr>
<tr><td colspan="3">Energy :</td></tr>
</table>

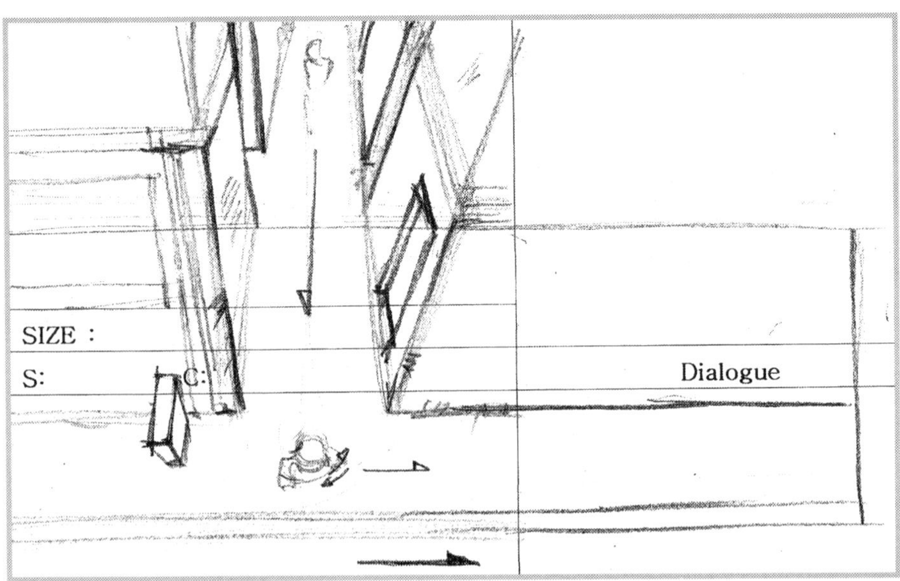

C# 1

골목 사이로 뛰어오면
뒤따라 불독도 안으로 뛰어 들어온다.

부감
Follow CMR

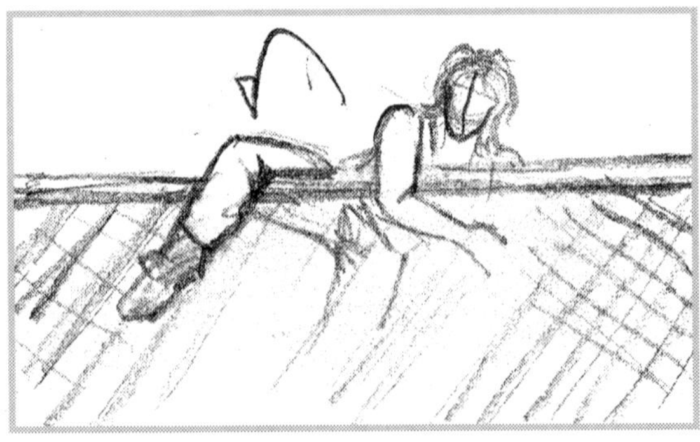

C# 2

주차장 철조망이 눈에 들어오고
힘겹게 철조망을 올라가 뛰어 넘는다.

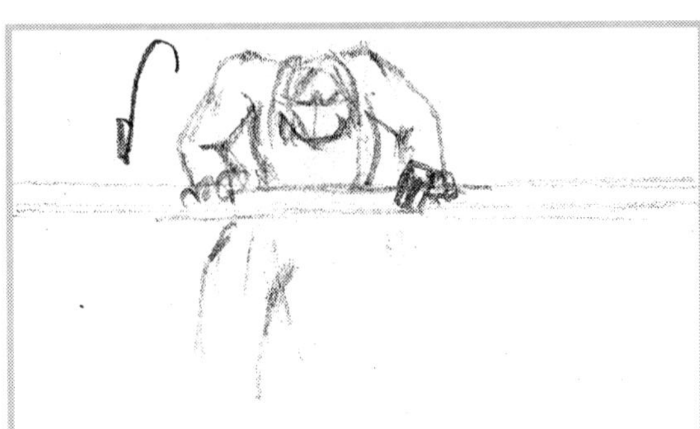

C# 3

불독도 철조망을 넘고 따라잡기 시작한다.

<table>
<tr><td>S# 10</td><td>N</td><td>L : 수산시장 상가
골목길</td><td>Contents : 불독을 피해 도망가는 곤봉</td><td rowspan="2">Tone&Mood</td></tr>
<tr><td colspan="3">Energy :</td></tr>
</table>

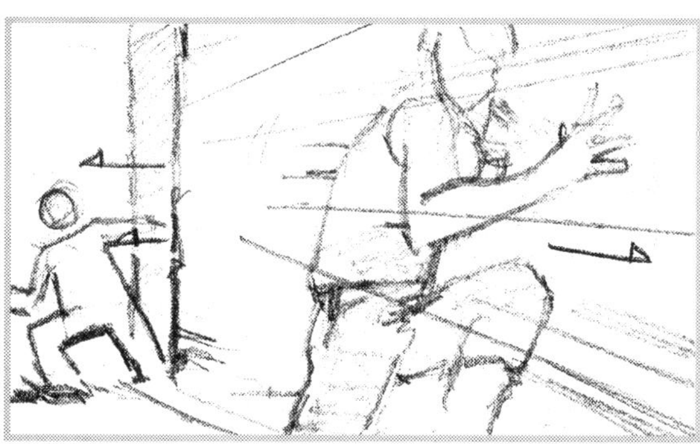

C# 4

곤봉이 거미줄처럼 얽힌 길을 요리조리 도망가보지만
마치 퇴로를 계산한 듯 무서운 속도로 쫓아오는 불독.

〈 Frame Out 곤봉〉

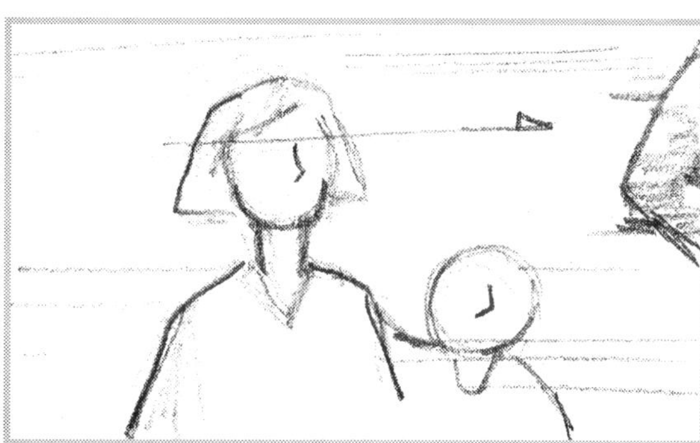

C# 5

엄마와 아이 앞을 빠르게 지나가는 곤봉
엄마와 아이의 시선, 곤봉을 향해 있다.

〈Frame Out 곤봉〉

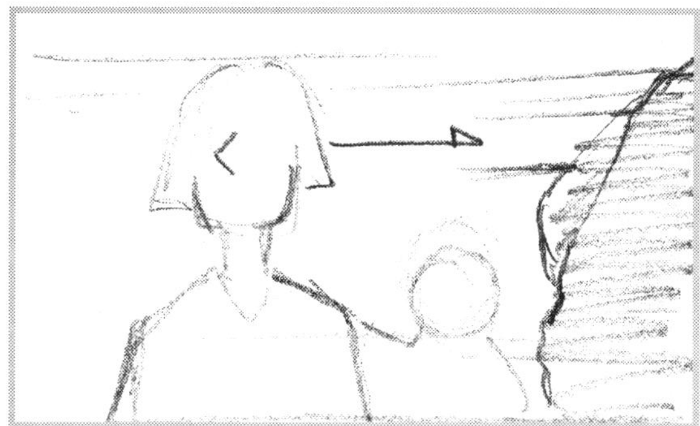

C# 6

곧바로 엄마와 아이 앞을 지나가는 불독
엄마와 아이의 시선, 쫓아오는 불독을 따라 움직인다.

〈Frame Out 불독〉

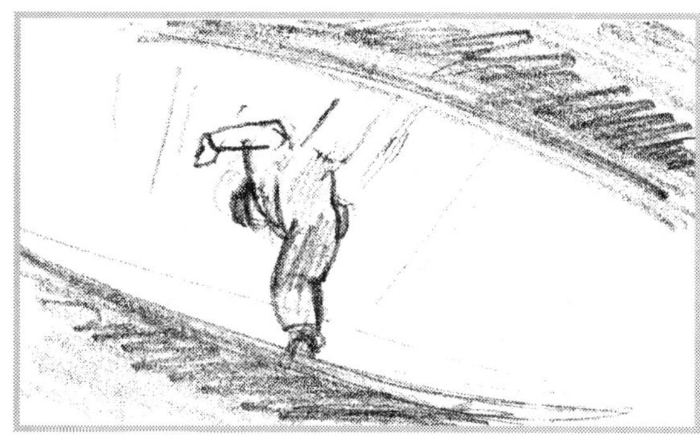

C# 7

가로지르며 뛰어가는 곤봉.
지칠대로 지친 모습으로
1m 이상의 건물 사이 틈도 아랑곳 않고
훌쩍 뛰어넘어 도망간다.

<table>
<tr><td>S# 11</td><td>N</td><td>L : 차 안/밖</td><td>Contents : 차안 남녀를 지나치는 곤봉</td><td rowspan="2">Tone&Mood</td></tr>
<tr><td colspan="3">Energy :</td></tr>
</table>

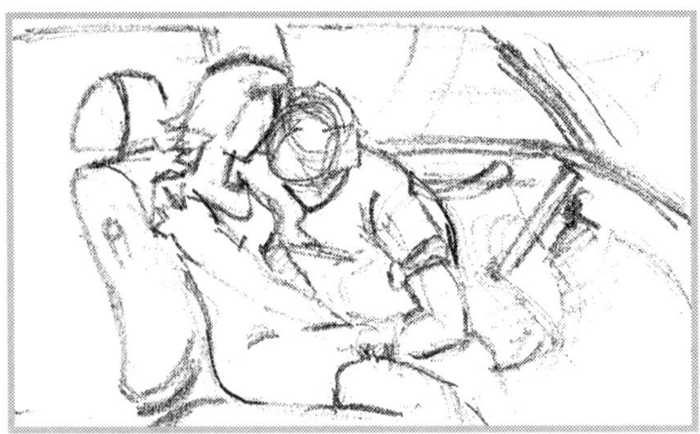

C# 1

차 밖에서 보이는 차안.
여자를 안아서 눕히는 남자.
애인녀 : 싫오옹! 오늘은 싫대두우…
　　　　곧 우리 오빠 온단 말야앙!
애인남 : 이 오빠 실망한다. 괜찮아. 후다닥 끝낼게.
　　　　나 믿지? 응?

CA. Position 차밖

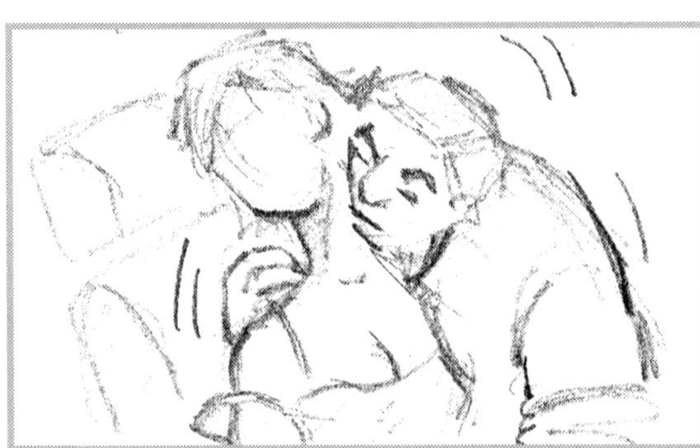

C# 2

그러면서 여자의 옷을 벗기는 남자.
여자는 계속 싫다고 교태를 부리지만
은근슬쩍 동조하고

애인녀 : 믿긴 믿지…!?

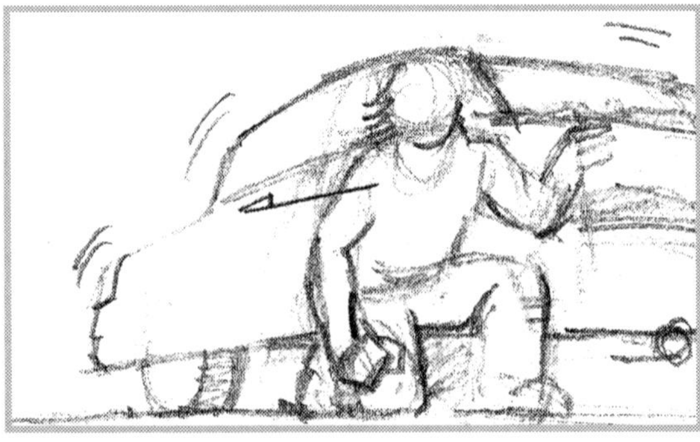

C# 3

이때, 차 밖에서 차체 쪽으로 접근하는 곤봉.
흔들흔들거리는 차체.

Low AG.

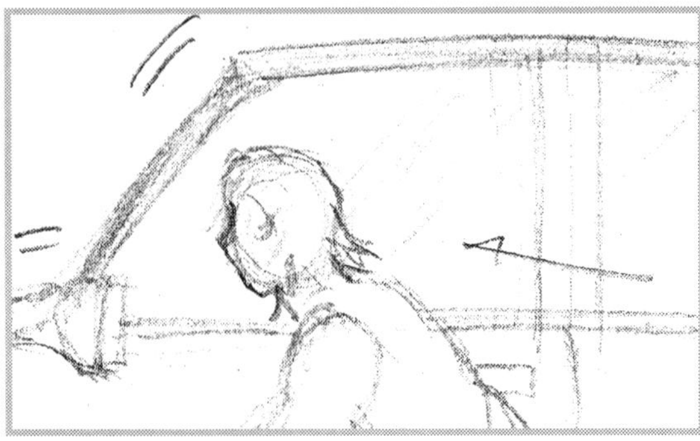

C# 4

차체 쪽으로 접근하는 곤봉
흔들리는 차

Side
〈Frame In〉

<table>
<tr><td>S# 11</td><td>N</td><td>L : 차 안/밖</td><td>Contents : 차안 남녀를 지나치는 곤봉</td><td rowspan="2">Tone&Mood</td></tr>
<tr><td colspan="3">Energy :</td></tr>
</table>

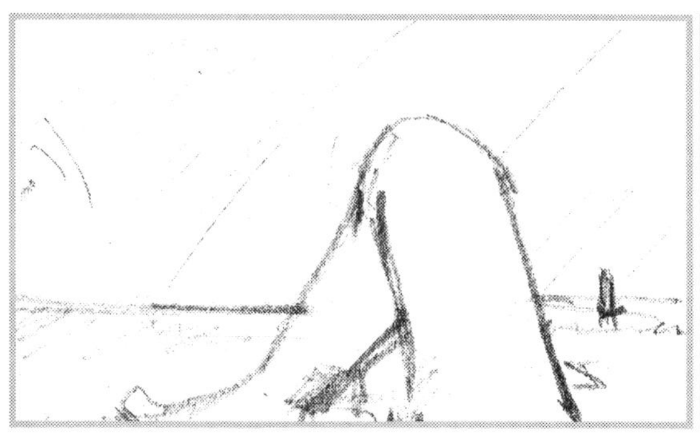

C# 5

차안의 창문쪽으로 기우는 애인녀 다리

CA Position 차 안

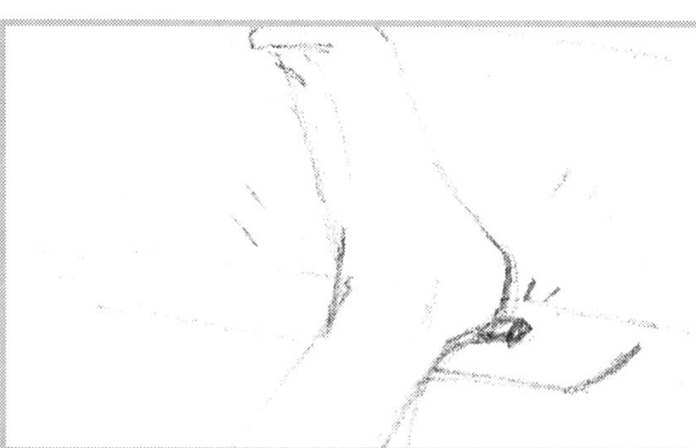

C# 6 - C# 5와 각도를 달리해서

여자 다리가 차창 창문 버튼을 눌러
차 창문이 내려간다.

CA Position 차 안

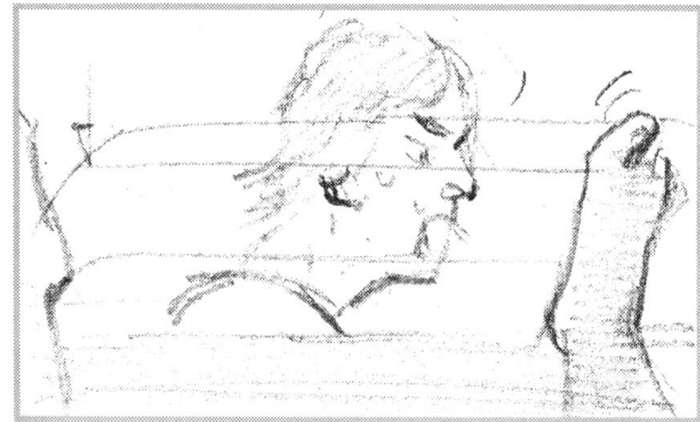

C# 7

버튼을 눌러 차 창문이 내려간다.
차 밖에 보이는 곤봉의 얼굴

애인녀 : 아… 아…

(S,E) 윙 (차문 내려가는 소리)
CA Position 차 안

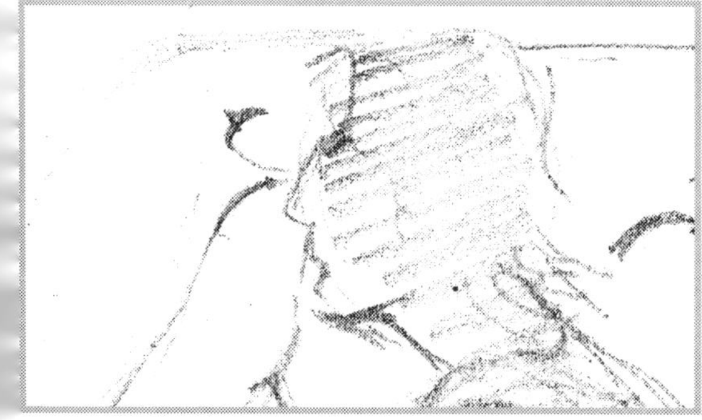

C# 8

곤봉과 마주치는 여자.

애인녀 : 아… 아…

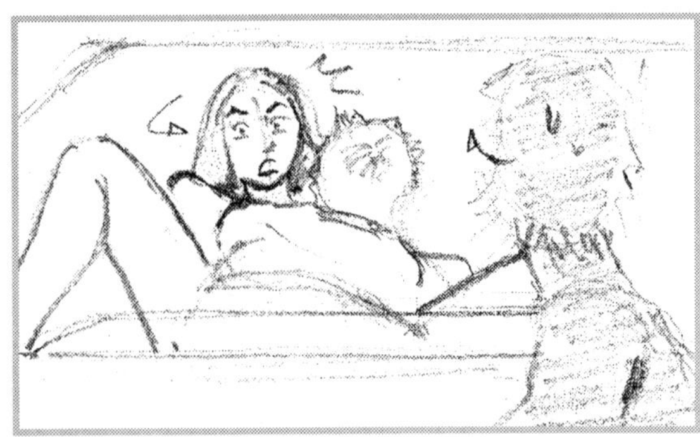

C# 9-0

곤봉과 얼굴이 마주치자 비명을 지르는 여자.

애인녀 : 까악!!!

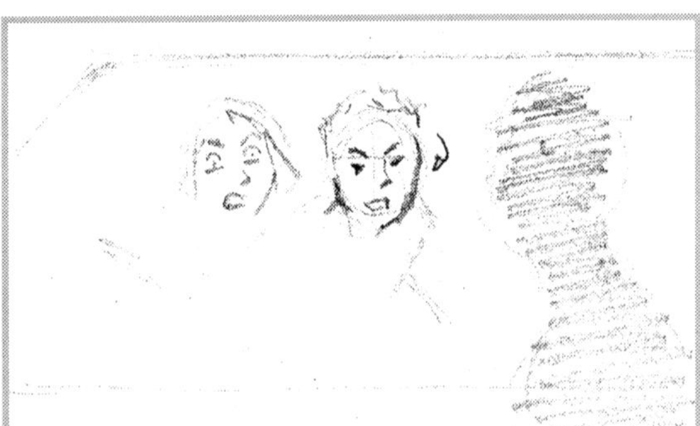

C# 9-1

애인녀의 비명소리에 창문 쪽으로 몸을 돌리는 애인남
애인남과 눈이 마주치는 곤봉

애인남 : 헉! 아이구… 오라버니?!

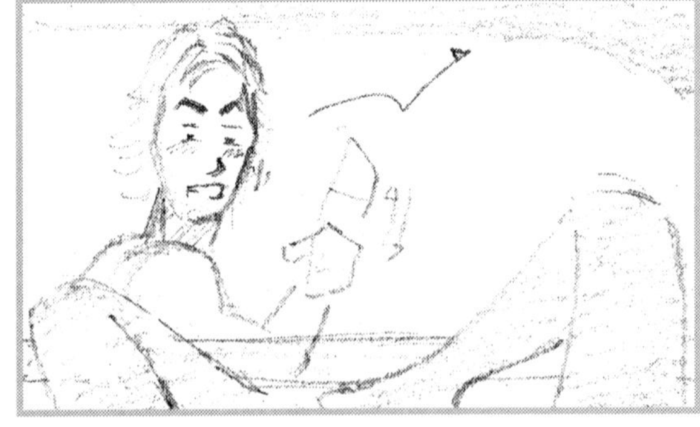

C# 10

곤봉 : (숨이차서) …계속해.

곤봉, 뛰어 나가자 서로 쳐다보는 남녀.

⟨Frame Out⟩

Omitte 시켜보. idea는 좋으니 — 떠오를까?
흐름은 — 진도?
차후 L 데일 —

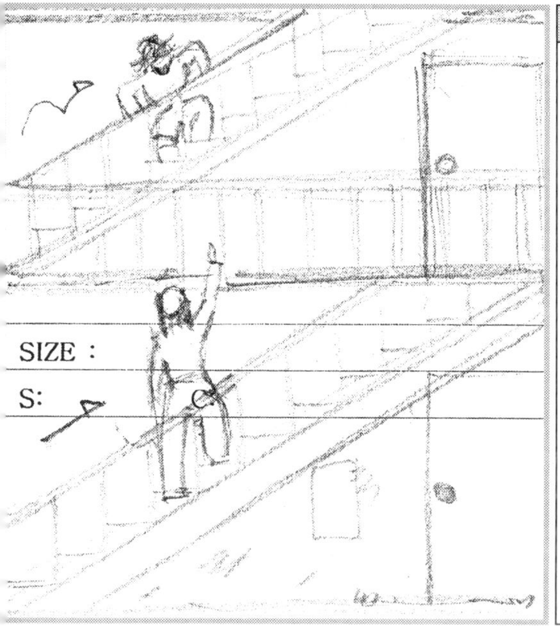

C# 1

건물 외곽에 지그재그 붙어있는 철계단.
철계단을 뛰어 올라가는 곤봉의 모습이 멀리서 보인다.
단숨에 뛰어오르고, 따라오던 불독도 철계단을 오르기 시작.
곤봉, 옥상 문을 열지만 문은 꿈쩍도 안한다.
밑에선 불독이 계속 뛰어 올라오고 있다.

Crane Up

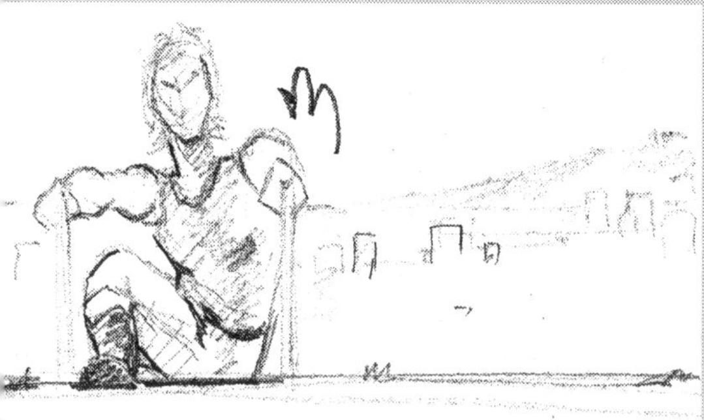

C# 2

건물 옥상으로 올라오는 곤봉

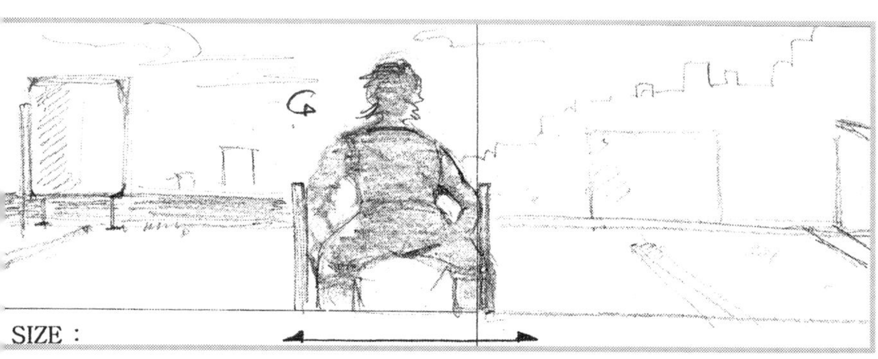

C# 3

도망치는 와중에
곤봉의 시야에
들어오는 물탱크

PAN

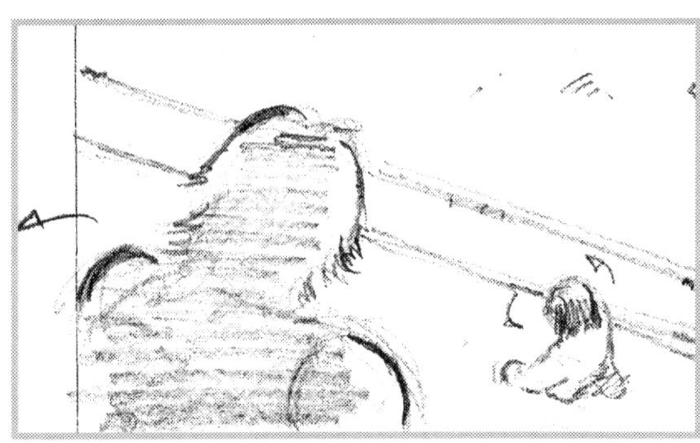

C# 4

곤봉을 시야에서 놓친 불독,
이리저리 찾는 모습이 눈에 보인다.
Focus : 곤봉 → 불독

〈Frame Out 곤봉〉

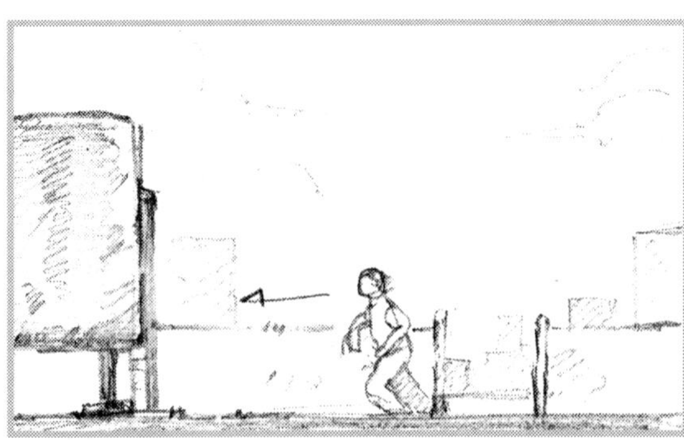

C# 5

물탱크로 향하는 곤봉

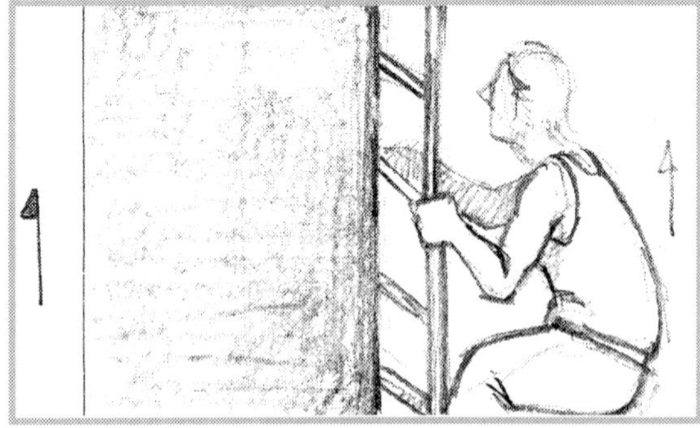

C# 6

사다리로 기어 올라가서

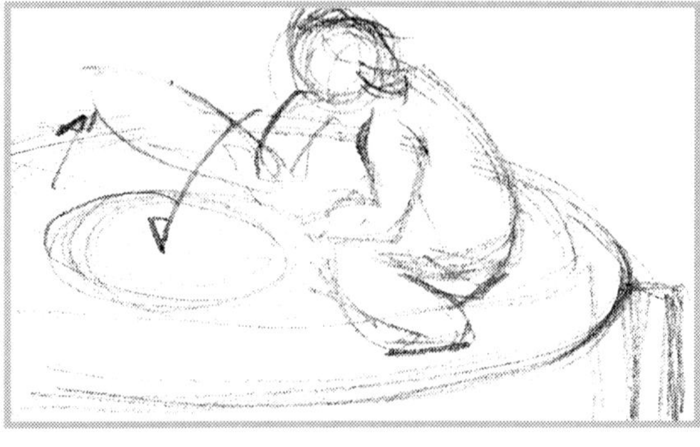

C# 7

물탱크로 바로 점프를 하는 곤봉

(S.E) 첨벙

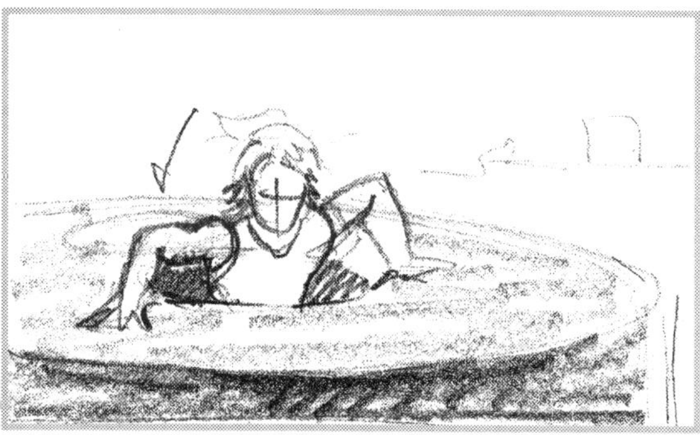

C# 8

물탱크 벽에 손잡고 몸을 지탱하던 곤봉.
불독의 발자국 소리를 듣고 다시 들어간다.

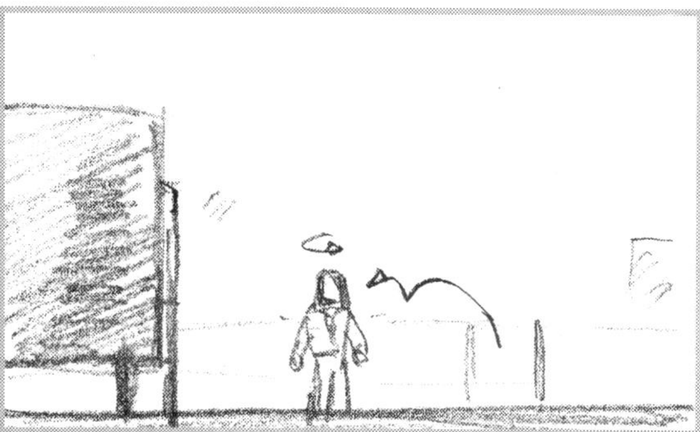

C# 9

잠시 후 물탱크 앞에 도착한 불독.

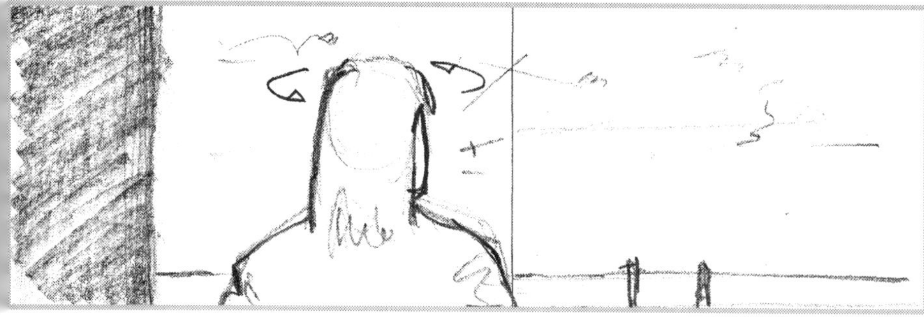

C# 10

주위를
살펴보지만
곤봉의 흔적이
보이지 않는다.

*물탱크 뚜껑을 여는 불독, 안에다 대고 소리친다.
*뚜껑을 닫는 불독, 주변을 돌면서 대사를 한다.

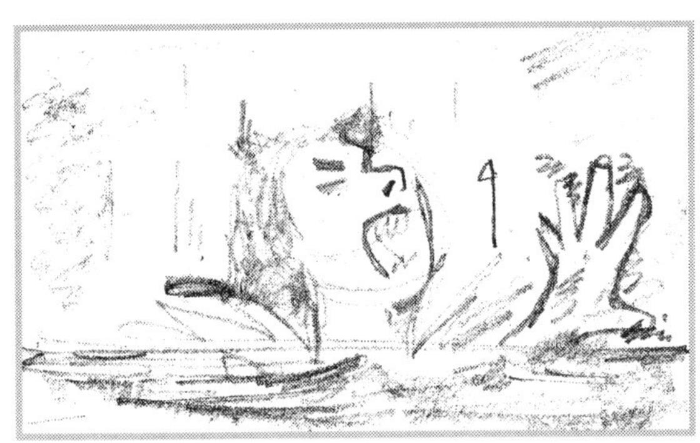

C# 1

잠잠하던 물 속에서 숨죽이고 있는 곤봉.
물탱크 벽에 손을 짚고 지탱하고 있다.

물탱크 제공. 4개정도.
인천 연안부두 쪽. E.L.S ─ B.CU
강약 그래프

수명crain? H.M.I.

Night scene. 물뿌리기.
화학약의 개스바. 강렬함.
물 / 雨 / 번 검다. 지겹게로 검다.
항상 shooting car 체크.

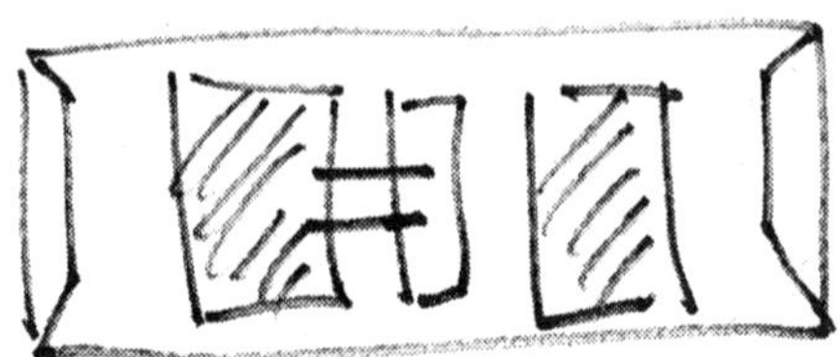

야금의 사다리휘람

늪늘(핵) ─ 대본 (핵 + 핵 + ...) ┌─ image
                                  ├─ 자연
                                  ├─ 人間
                                  └─ drama

S# 12-2	N	L : 옥상	Contents : 곤봉에게 소리치는 불독	Tone&Mood
			Energy :	

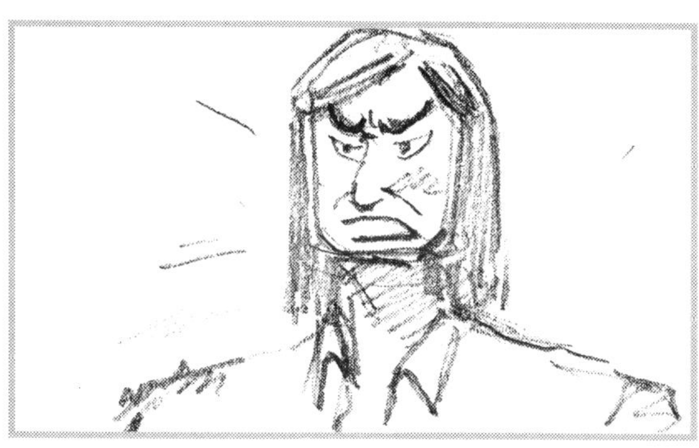

C# 1

이어 들리는 불독의 목소리
불독 : 버러지 같은 새끼! 어디야? 어서 나와!
　　　(고함)좋다. 언제까지 도망다닐 수 있나
　　　두고 보자!
　　　일주일 안에 널 죽이고 만다.
　　　꼭 죽여서 큰 형님 앞에 너를 바친다!

최후의 마찬는
최고의 반찬.
대빛 체크 - 그린 콘티나 빛.
cast & direction 대로.
Blocking vs CMR Lens.
불독 역할의 中要性.
(희막각 - 연기 체크 (上中下))

전주로 가자! 전주. 군산. 부안. 격포. 채석강.
서쪽 하늘, 그 노을빛 바다.
래량. 3급. 파도처럼. 학암토?

<table>
<tr><td>S# 12-3</td><td>N</td><td>O : 물탱크 안</td><td>Contents : 물탱크 안에서 떨고있는 곤봉
Energy :</td><td>Tone&Mood</td></tr>
</table>

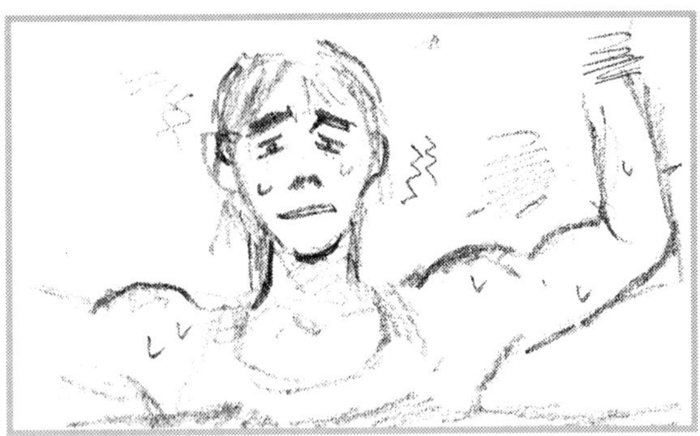

C# 1

덜덜 떨고 있는 곤봉

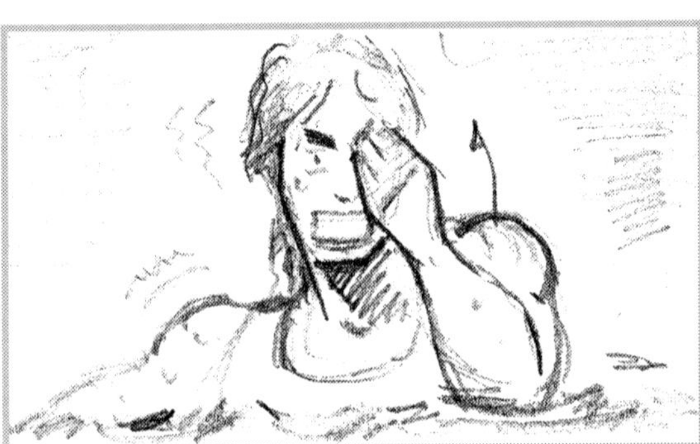

C# 2

불독(V.O) : 그래서 눈알을 파버리고…

놀라 눈을 만져보는 곤봉

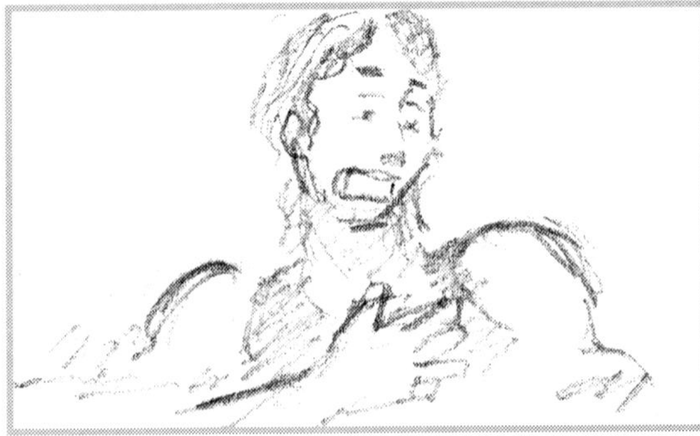

C# 3

불독(V.O) : 내장을 도려내서 개 먹이로 주마!

가슴을 부여잡는 곤봉

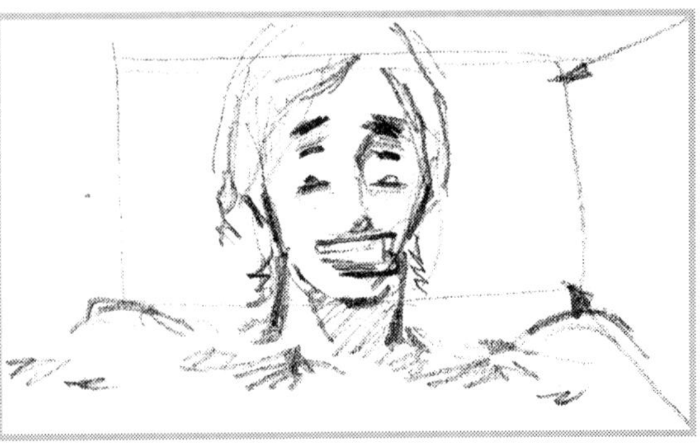

C# 4

불독(V.O) : 다시 한번 얘기한다. 널 토막내서 니네 엄
마한테 보내마! 난 무자비하다. 수단과 방
법 가리지 않고 널 잡는다. 두더지 같은 놈!
이어 어디론가 가는 발자국 소리가 들린다.
한숨을 몰아쉬는 곤봉, '푸하' 하고 나온다.
무서운지 물 속이 추운지
아무튼 덜덜 떨고 있는 처량한 모습.
(S.E) 뚜벅뚜벅
B.S → Dolly In → C.S

<table>
<tr><td>S# 13</td><td>D</td><td>L : 번화가 골목</td><td>Contents : 세주에게 접근하는 삐끼걸</td><td rowspan="2">Tone&Mood</td></tr>
<tr><td colspan="3">Energy :</td></tr>
</table>

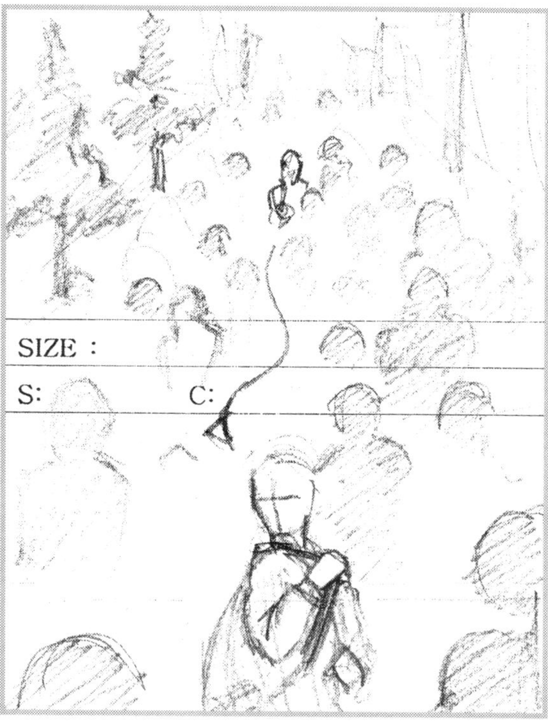

C# 1

나타나는 세주, 꼭 홈리스같다.

부감 45° 각도

SIZE :

S:　　　　　C:

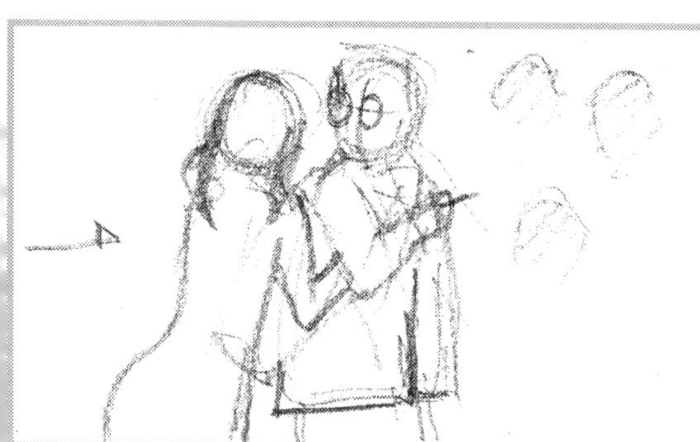

C# 2

어디선가 나타난 삐끼 여자,
심각한 채 걷는 세주의 팔짱을 익숙하게 낀다.
〈Frame In 삐끼걸〉

삐끼걸 : 아자씨이잉, 꽃밭에 물 좀 주이소웅.
세주 : (두리번 거린다)
삐끼걸 : 아이잉~ 예에쁜 꽃밭에 물 좀 뿌려주이소웅.

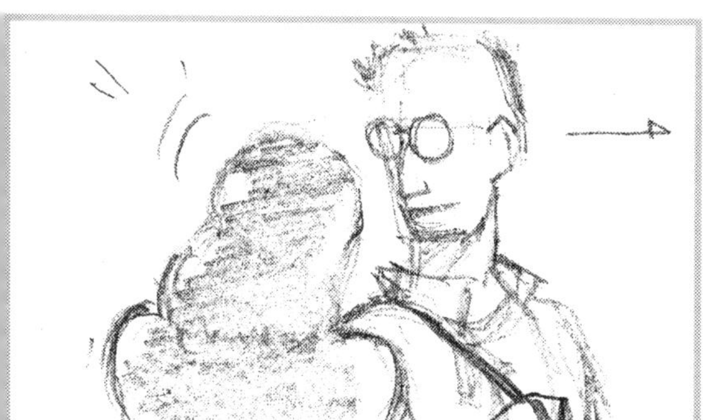

C# 3 — C# 2와 각도 달리해서

삐끼걸 : 물총 좀 쏴달라꼬예.
(귓속말로 얘기하다 손뼉치듯)
세주 : 물총이야 얼라들 갖고 노는거지!

〈Frame Out 세주〉

<table>
<tr><td>S# 13</td><td>D</td><td>L : 번화가 골목</td><td>Contents : 세주에게 접근하는 삐끼걸</td><td rowspan="2">Tone&Mood</td></tr>
<tr><td></td><td></td><td></td><td>Energy :</td></tr>
</table>

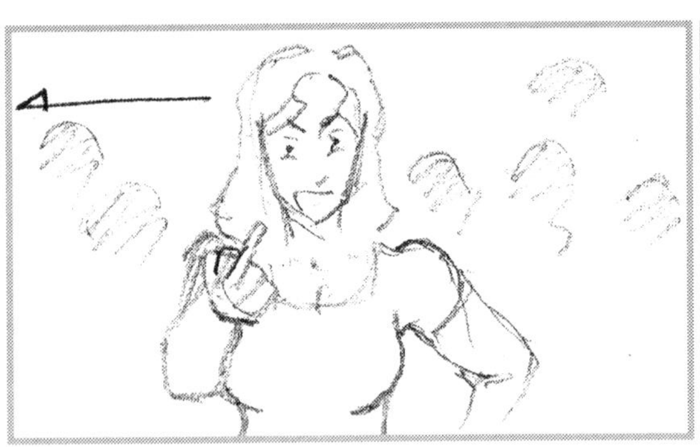

C# 4

뒤에 우두커니 남아있던 삐끼녀. 그런 세주 뒤에서
팔뚝을 내보이며 '엿 먹어라' 표시를 해 보인다.
삐끼걸 : 줘도 못 먹냐! 고자구만 고자여.
('엿 먹어라' 는 손 동작하며)
삐끼 여자, 다른 표적을 찾았는지 Frame 밖으로
빠르게 사라진다.
〈Frame Out〉

episode | story | story telling 효롤 X

연기 - 연극배우 | 단역배우 | ext 보조출연)   X

Over연기. 느끼.

자연스러움 nature?

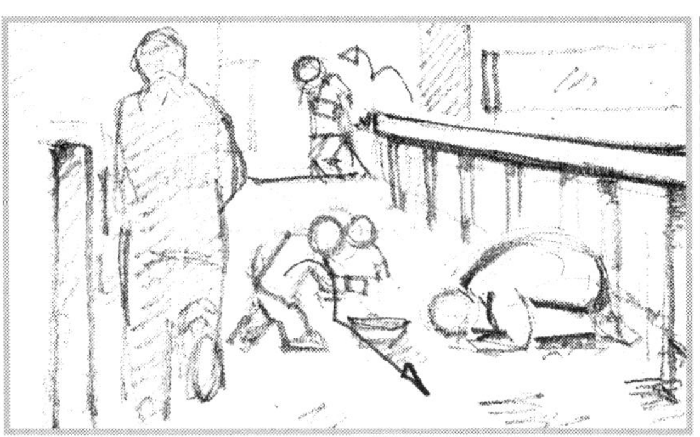

C# 1

"쩔렁" 동전을 넣어주고 지나가는 꼬마들.
맹인거지가 앞에 깡통을 놓고 구걸을 하고 있다.
육교 위를 올라오는 세주, 뒤를 의식한다.
(삐끼걸이 따라오는지 보는 세주)

F.S
⟨Frame Out 꼬마들⟩

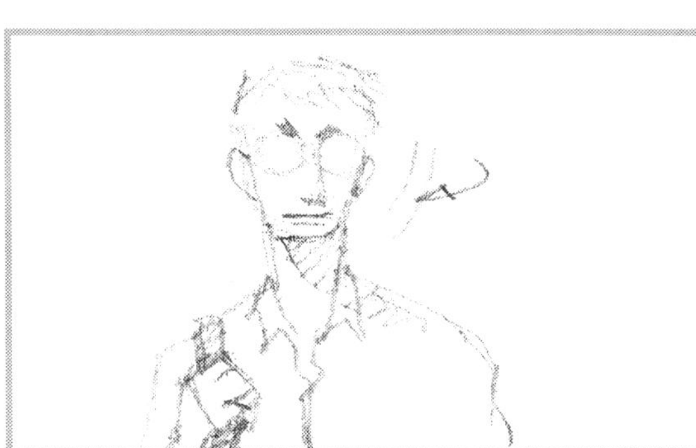

C# 2

맹인거지를 보는 세주

M.S
약간 양각

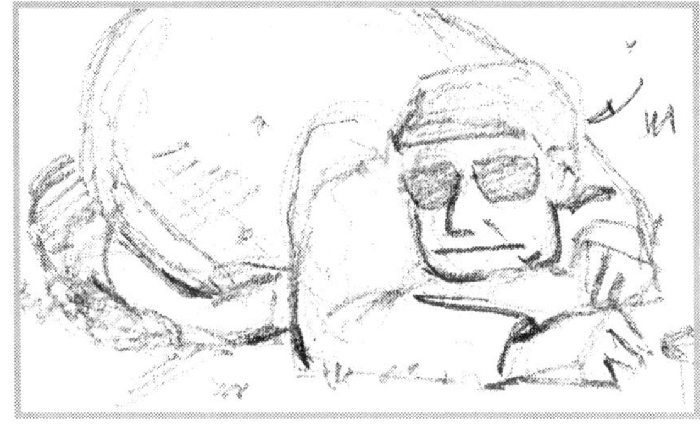

C# 3

서로 의식하며 쳐다본다.

M.S
약간 부감

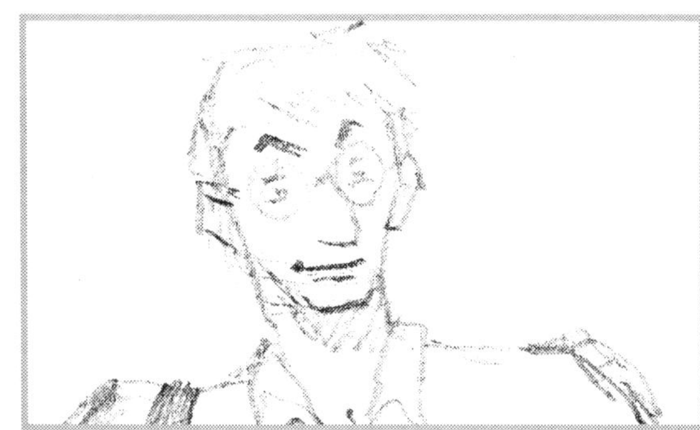

C# 4

맹인거지를 보는 세주

B.S

<table>
<tr><td>S# 14</td><td>D</td><td>L : 육교위</td><td>Contents : 맹인거지의 깡통을 차는 세주</td><td>Tone&Mood</td></tr>
<tr><td></td><td></td><td></td><td>Energy :</td><td></td></tr>
</table>

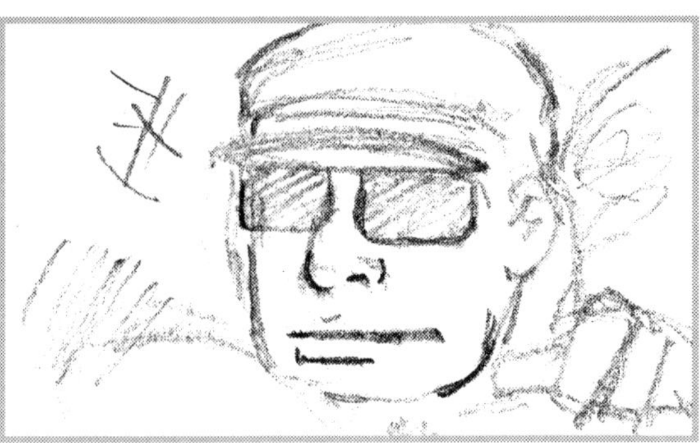

C# 5

자신을 보고 있는 세주를 의식하며 쳐다보는 맹
인거지

B.S

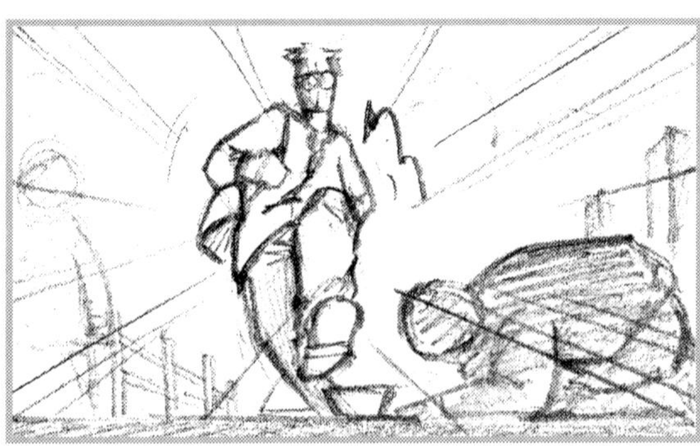

C# 6-0

그러더니 갑자기 다다다다 뛰어오는 세주.
맹인은 아무것도 모른 채 고개만 푹 숙이고 있는데

Low AG.

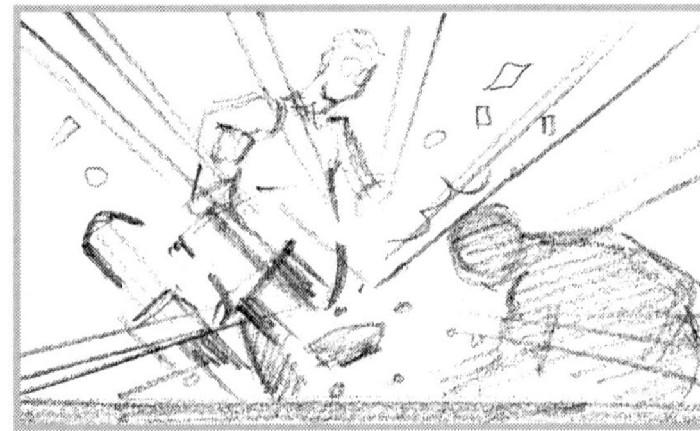

C# 6-1

Dolly In
세주, 뛰어와서 깡통을 발로 세게 차 버린다.

(S.E) "깡"
소리와 함께 허공을 날으는 깡통
동전과 지폐들 공중에 붕 떴다가 사방팔방으로
흩어지고
Camera Angle : 앙각

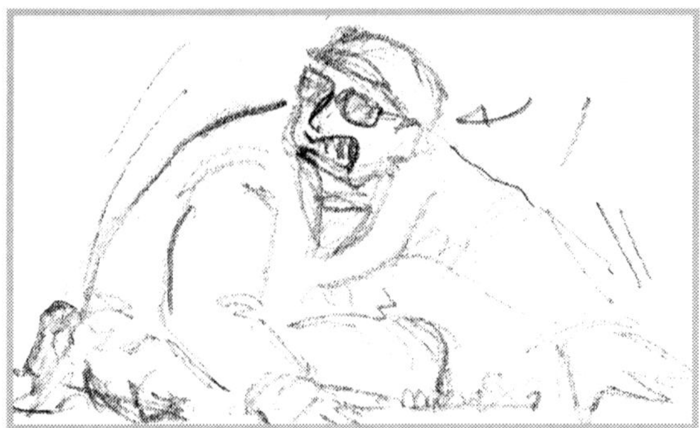

C# 7

놀라서 쳐다보는 거지

맹인거지 : 뭐여? 이게 뭔 짓이여?

<table>
<tr><td>S# 14</td><td>D</td><td>L : 육교 위</td><td>Contents : 맹인거지의 깡통을 차는 세주</td><td>Tone&Mood</td></tr>
<tr><td></td><td></td><td></td><td>Energy :</td><td></td></tr>
</table>

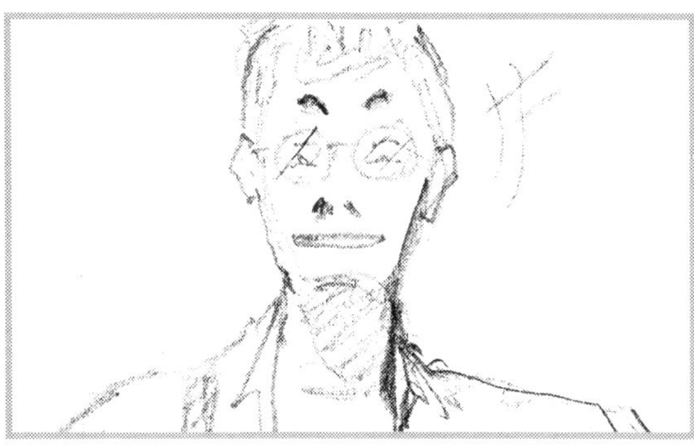

C# 8

세주 : (긁적긁적) 흐흐흐…

B.S
앙각

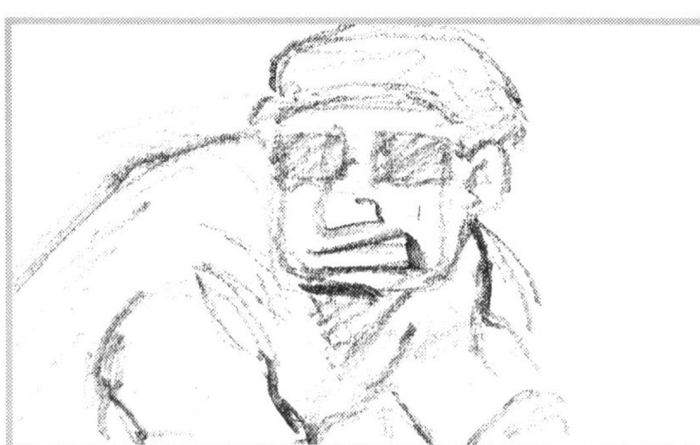

C# 9

맹인거지 : 이 쓰벌 놈이 뒤질려고 환장을 했나?

B.S

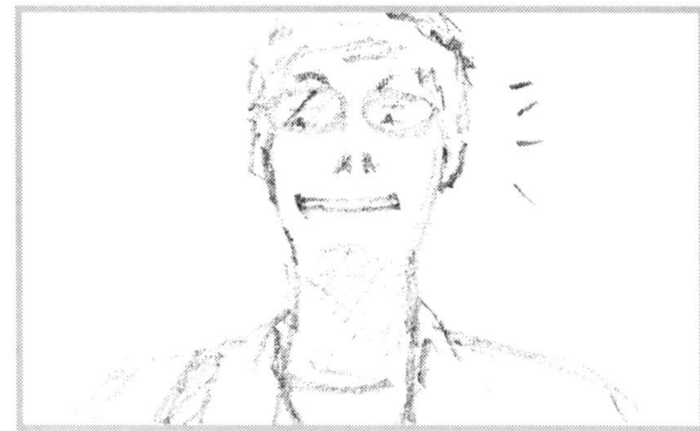

C# 10

세주 : 미안합니다. 난 그저…

B.S
앙각

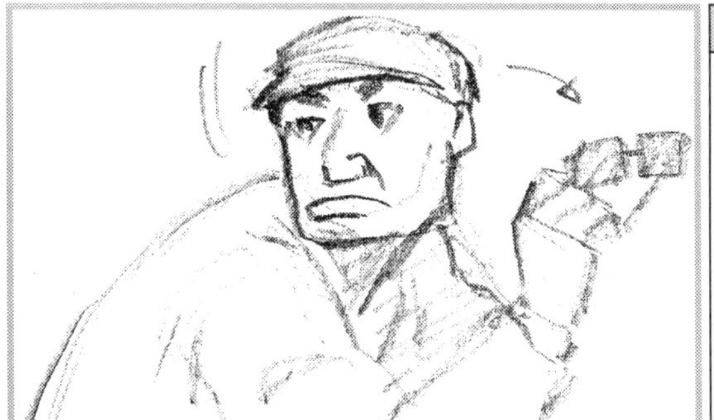

C# 11

맹인거지 : 에힛, 오늘 일진 땡쳤구만…
　　　　　 니미럴… 퇴근 해야쓰겄다.

안경을 벗으면 맹인이 아니다. 눈만 말똥말똥.

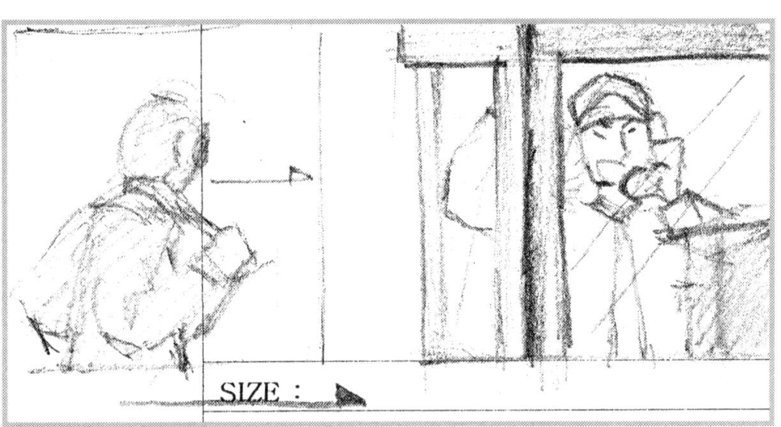

SIZE :

C# 1

세주 Follow CMR
⟨Frame Out⟩
공중전화 박스 옆을 지나가는 세주,
그 공중전화 박스 안에 전화를 하고 있는 곤봉.

곤봉 Focus In

곤봉 : 망치야, 나 아무것도 없어. 뭐? 그냥 도망가 있으라고? 당분간 피신? 그러다 잡혀서 개죽음 당하면… 망치야, 메기 행님 안 계시냐? 뭐?! 좆나게 바쁘구만. 분명히 전해. 나가 개죽음 당하느니 차라리 할복자살 한다고 해. 꼭 전해. 쓰벌 놈들아!!!

스치는 바람같은 인연의 끈.
인연. 운명X. 땜연! 인연의 line.
스치다 스쳐가다 만나는 3사의 늦낌은 이야기
대사 +S 대사. 톤라. 想 像力.
상상력의 날개를 날아라!!!
죽음의 위로아. Black comedy.
★위로아의 안경을 쓰고 3사의 사놀을 바라보자.

<table>
<tr><td>S# 16</td><td>D</td><td>L : 지하철 내부</td><td>Contents : 맹인거지와 실갱이를 벌이는 곤봉</td><td>Tone&Mood</td></tr>
<tr><td></td><td></td><td></td><td>Energy :</td><td></td></tr>
</table>

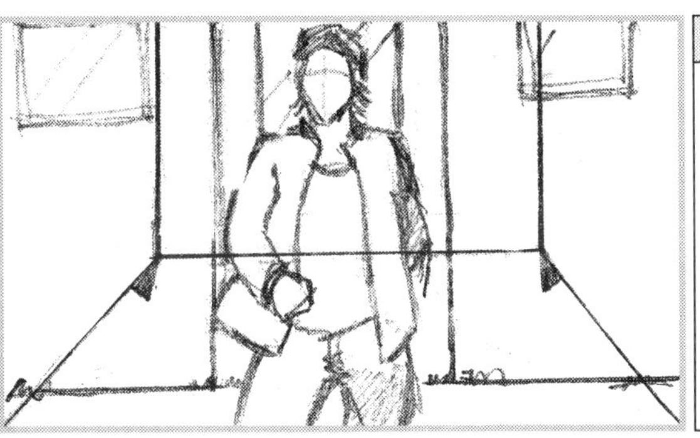

C# 1

지하철을 타고 빈 자리를 찾는 곤봉

Dolly In → B.S
〈Frame Out 곤봉〉

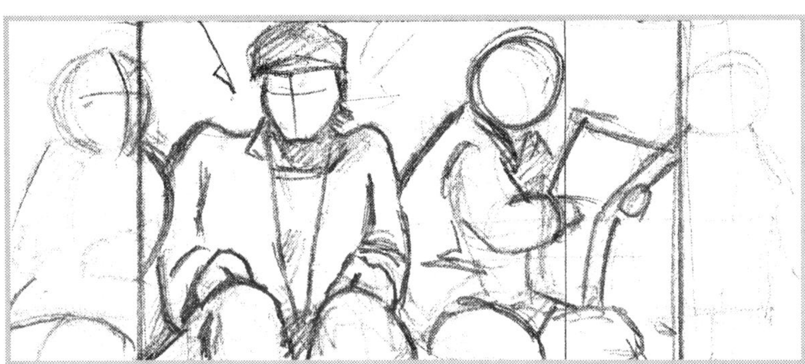

C# 2

건방진 자세로 와 좁은 좌석
의자에 비집고 앉는 곤봉.
옆 좌석의 대머리 남자(아까
그 가짜 맹인)를 흘낏 본다.
4인 M.S
Side Follow Dolly

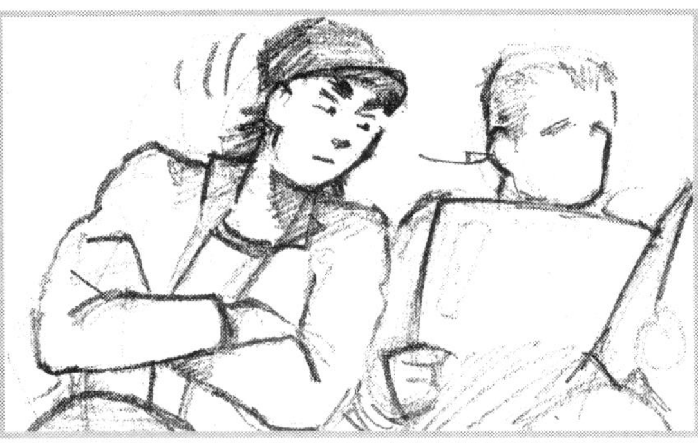

C# 3

신문을 보고 있는 대머리 남자.
곤봉은 고개를 빼꼼히 내밀어 옆에 앉은 남자의
연예스포츠 신문을 훔쳐본다.
다음 장을 보려고 고개를 천천히 앞으로 내린다.
대머리가 눈치를 보며 신문을 밑으로 내려
곤봉의 시야에서 벗어나게 된다.

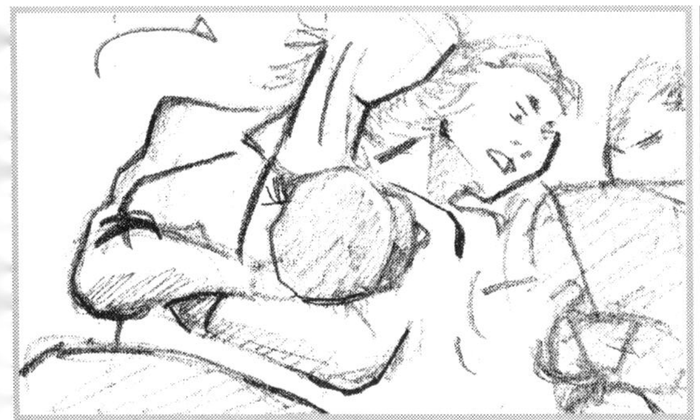

C# 4 — C# 3과 각도 달리해서

곤봉은 다음 면 읽기를 포기하고,
왼쪽 면을 읽으려 고개를 남자 쪽으로 쏠린다.
이번엔 신문을 자신 쪽으로 당겨 좁게 보는 남자.

<table>
<tr><td>S# 16</td><td>D</td><td>L : 지하철 내부</td><td>Contents : 맹인거지와 실갱이를 벌이는 곤봉</td><td rowspan="2">Tone&Mood</td></tr>
<tr><td></td><td></td><td></td><td>Energy :</td></tr>
</table>

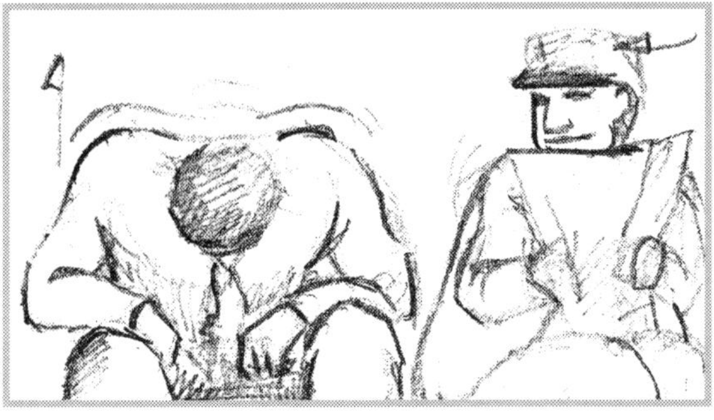

C# 5 — C# 3과 CA. 동 포지션

곤봉, 기분이 상한 듯
남자 얼굴을 위 아래로 살펴본다.
이마에 기름이 번들거리는 남자의 얼굴.

안내방송(V.O) : 다음 내리실 역은…
곤봉, 천천히 일어선다.

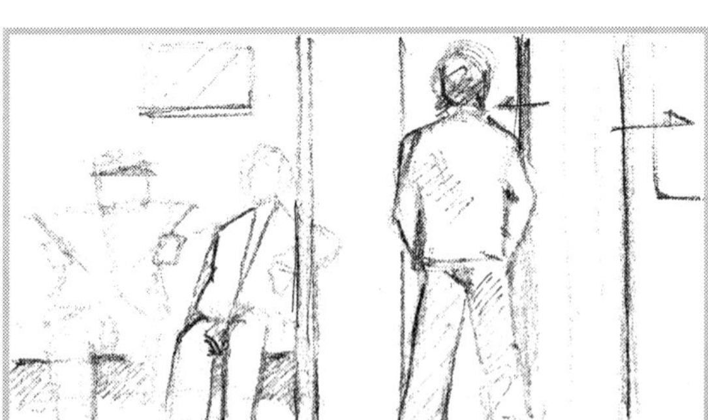

C# 6

출입문이 열리자 곤봉은 일어서며

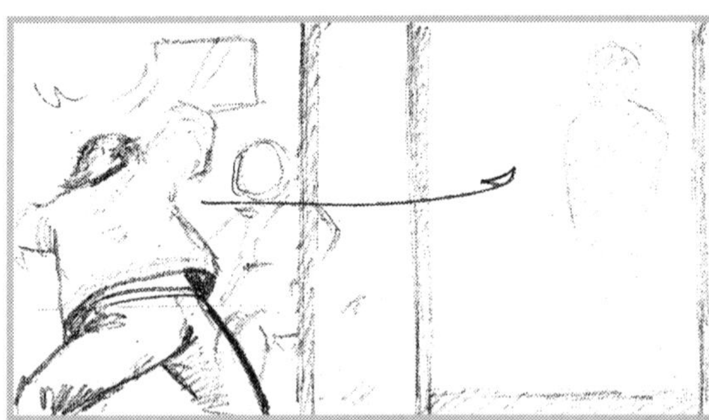

C# 6-1(7)

대머리 남자의 대가리를 손바닥으로 퍽퍽 친다.
신문에 얼굴이 묻힌 채 신문지 소리와 함께
머리를 얻어맞는 남자.
곤봉 : 에라~ 이 쩨쩨한 새끼! 혼자서 다봐라.
　　　쓰벌놈!

출입문이 닫히려는 찰나, 곤봉이 우아하게 나가고

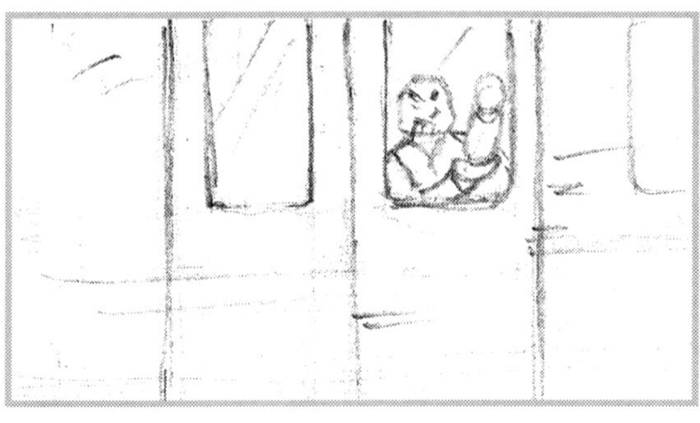

C# 8

남자 폼으로 나가려다 문이 닫히자,
순간 괜히 오버하면서 오만 인상을 찌푸리고
잘 들리지도 않는 욕짓거리를 해대는 대머리.
여유있게 걸어가는 곤봉.
아픈 머리를 쓰다듬으며 여전히 엿 먹으라고
뻑큐를 먹이는 남자.

CA. Position 지하철 밖

<table>
<tr><td>S# 16-1</td><td>N</td><td>L : 해안도시</td><td>Contents : 해안도시의 밤야경</td><td rowspan="2">Tone&Mood</td></tr>
<tr><td></td><td></td><td></td><td>Energy :</td></tr>
</table>

✱ Insert Scene – 해안도시의 밤야경이 펼쳐진다. L.S

<table>
<tr><td>S# 17-0</td><td>N</td><td>S : 세주집 거실</td><td>Contents : 결혼피로연 VHS를 보는 세주</td><td rowspan="2">Tone&Mood</td></tr>
<tr><td colspan="3">Energy :</td></tr>
</table>

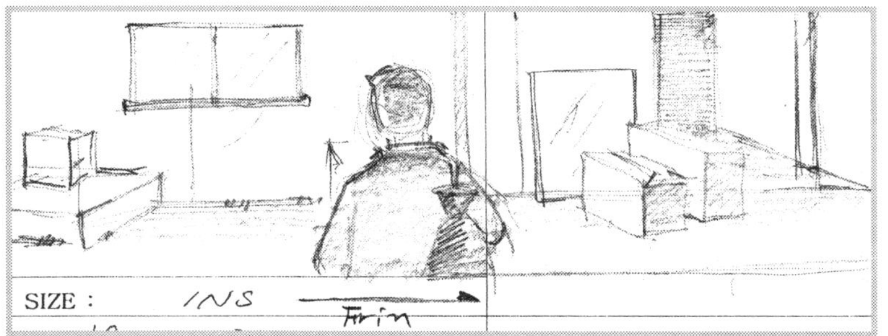

C# 1

INS 그림으로 Frame In되는 세주
벽에 걸렸던 웨딩마치 액자와 작은 액자들이 앨범과 함께 빨간 노끈으로 묶여져 있다.
액자들을 떼어냈던 흔적이 남아있는 벽. 여기저기 굴러다니는 술병들, 먹다 남은 음식찌꺼기들이 여기저기 널려있고, 의학서, 신문들이 혼란스러운 방 분위기를 이룬다.

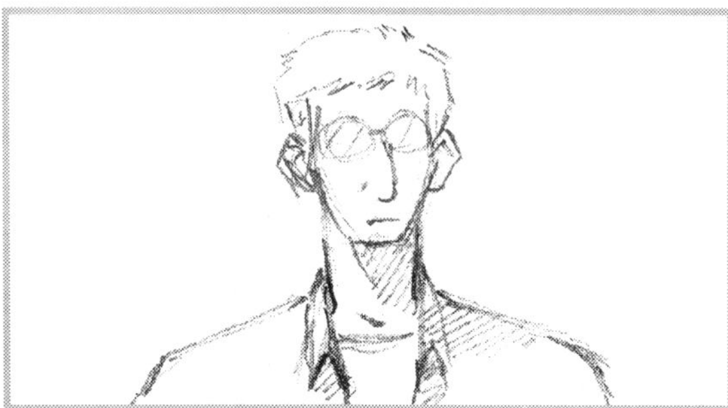

C# 2

집안을 둘러보는 세주

B.S

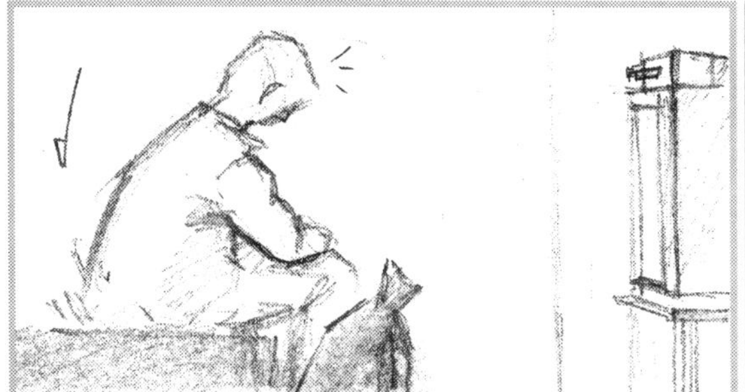

C# 3-0

비디오에 〈결혼피로연〉 VHS가 꽂혀있다.

〈Frame In 세주〉

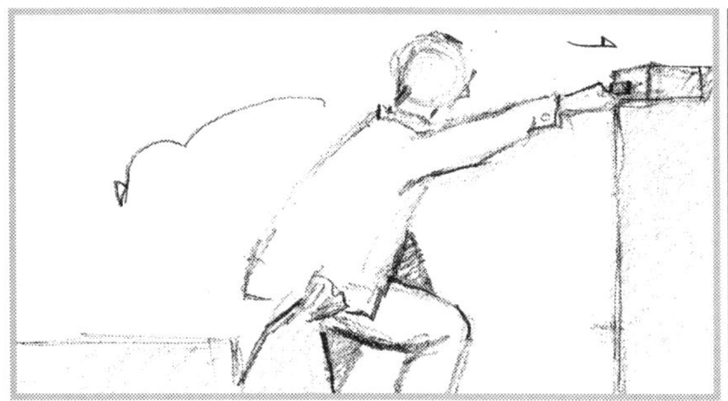

C# 3-1

그걸 눌러 파워가 켜진다.

S# 17-O	N	S : 세주집 거실	Contents : 결혼피로연 VHS를 보는 세주	Tone&Mood
			Energy :	

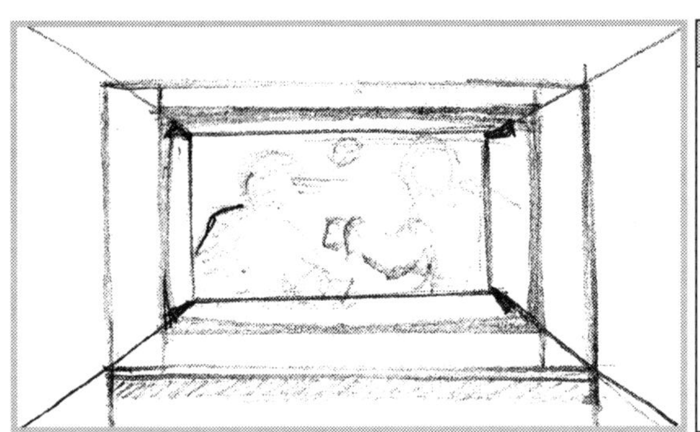

C# 4

TV화면에서 〈세주와 해인의 결혼 피로연〉
선배 민호와 동료들, 신랑신부는 뒷모습
특히 신부 얼굴 비공개–장면이 흐르고 있고,
민호(V.O) : 백세주, 강해인 결혼 축하한다!
　　　　　　문디이자슥, 넌 운이 좋은 놈이야.

Dolly In

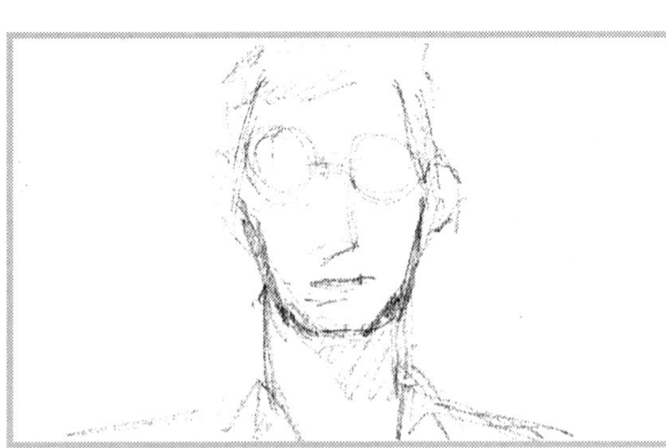

C# 5

세주, 공허하게 화면을 본다.

민호(V.O) : 해인씨 행복하게 해줘야된다. 알았제?

C.S
세주는 비스듬이 벽에다 몸을 기대고 아무런
움직임을 보이지 않다가

VHS · 35mm · 결혼 피로연 · 비디오 촬영 (쟁원)
Canon · Arri
바라보는 김보성 (구세주?
　　　　　　백세주?
= 뭇놈
= 韓나시인.

= 꼬지나씨

= 겪흑기. 항대방라윈 OS 억압을 뚜는 勇猛.

= 록과 하늑즁의 지배에서 탈출하라 !!

= 冬 꽃눈을 볼고 → 春으로 가자 !!!

= 春 Spring = 재린. 누즁의 재빛인가.

= Hand held
영동씬 & KISS
男녀.

<table>
<tr><td>S# 17-1</td><td>D</td><td>O : 병원 복도
(Flash Back)</td><td>Contents : 태아 소식에 흥분하는 세주</td><td rowspan="2">Tone&Mood</td></tr>
<tr><td colspan="3">Energy :</td></tr>
</table>

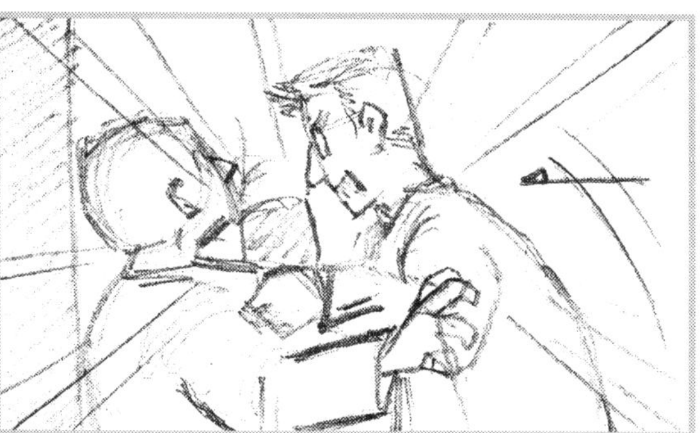

C# 1

⟨White In⟩
병실 문을 박차고 들어오는
민호의 멱살을 잡으며
세주 : 뭐야!! 태아가 어떻게 됐다고?
민호 : 태아성 수두증이야.
　　　태아의 생존율은 제로인기라…

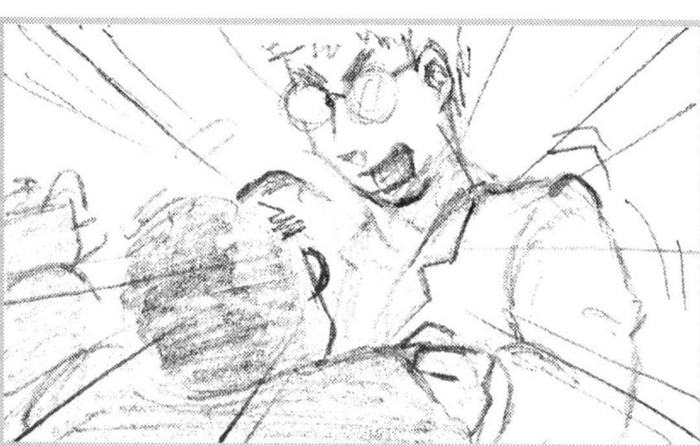

C# 2

세주 : 그럼 무책임한 말이 어딨어!
　　　뇌실 수액을 배출하면 되잖아!
민호 : 양수에 떠있고 거기다 4cm밖에 안 되는
　　　태아머리에 바늘을 꽂으라고?
　　　난 못한다아. 난 못해!!

리상. flash Back or forward.
흐름은 ──→ 억행해벌안되는게…
color · monochrome · Black&White.

氣 & 氣. 온화한 energy 가 넘쳐흐는

<table>
<tr><td>S# 18</td><td>N</td><td>S : 세주집 거실
(Flash Back)</td><td>Contents : VHS를 보다가 소파에 눕는 세주</td><td rowspan="2">Tone&Mood</td></tr>
<tr><td colspan="3">Energy :</td></tr>
</table>

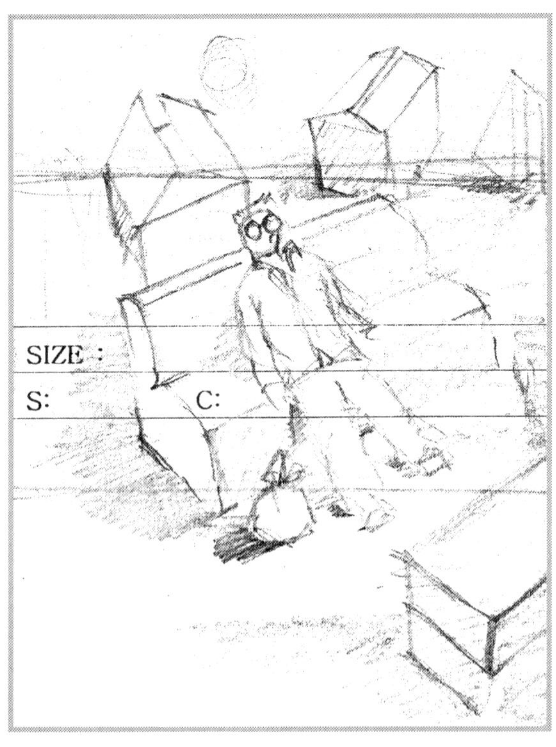

C# 1

공허한 거실에 뎅그러니 눕는 세주.

부감

Crane Up , 후진

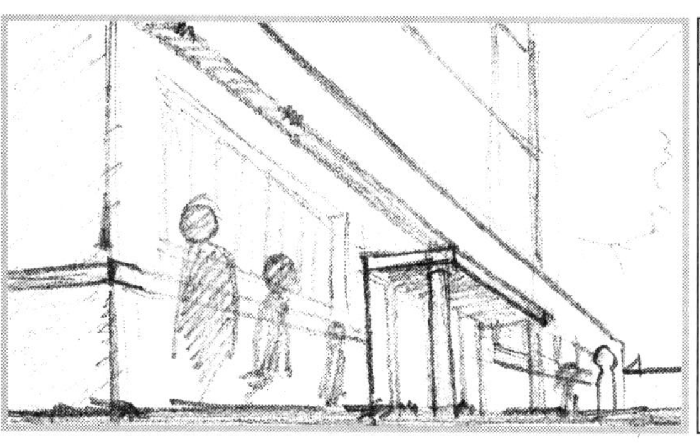

C# 1

거대한 대학병원 인써트.
세주 들어간다.
문 앞에 "내과 전문의 최민호" 팻말이 걸려있고

L.S → Dolly In → F.S
〈Frame In 세주〉

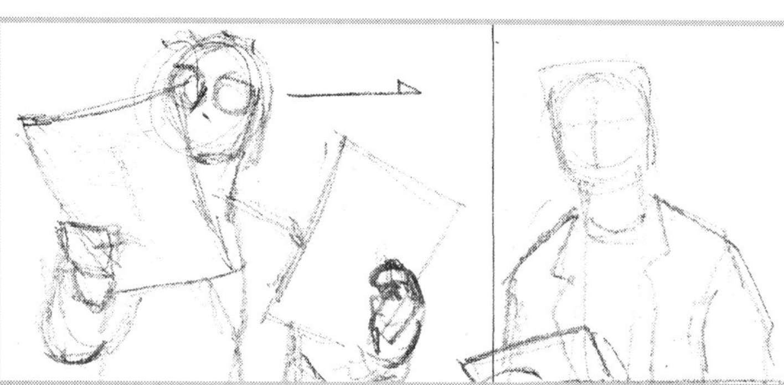

C# 2

엑스레이 차트 보면서
민호 : 내 미치겠다카이.
　　　이 환잔 가망이 없어 보여.
인턴 : 누구요?
　　　이재림씨요? 장미자씨요?

민호, 인턴 2인 M.S
〈Frame Out 민호〉

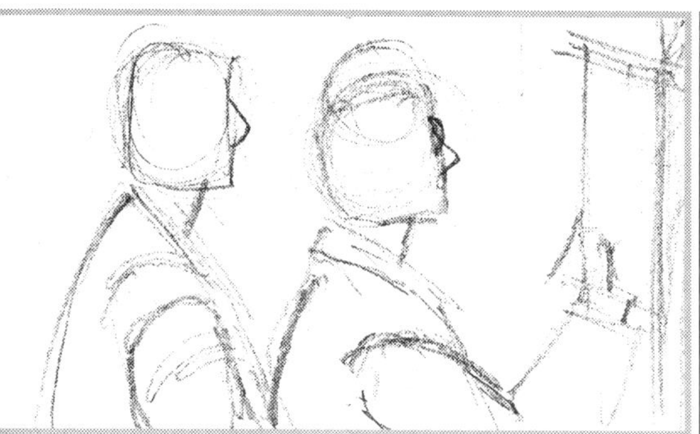

C# 3

민호 : 이재림이는 잠수타뿔고…
　　　이건 장미씨 거 아이가?
인턴 : 최과장님, 그건 최숙자 환자껀데요.
민호 : 장미자가 아니고 최숙자라꼬?

민호, 인턴 Side M.S

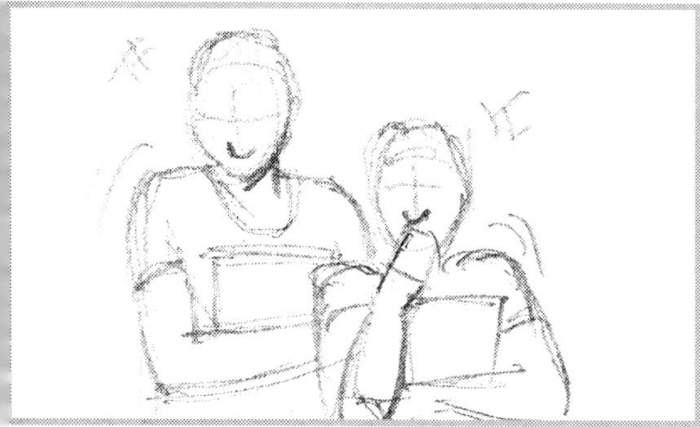

C# 4

간호사 : 킥킥
민호 : 이 가시나가 왜 우꼬 지랄병이고,
　　　니는 내가 그렇게 우습게 보이나?
인턴, 간호사 긴장한다.
간호사 M.S
(민호 & 인턴 O.S)

<table>
<tr><td>S# 19</td><td>D</td><td>O : 대학병원</td><td>Contents : 민호와 재회하는 세주</td><td rowspan="2">Tone&Mood</td></tr>
<tr><td colspan="3">Energy :</td></tr>
</table>

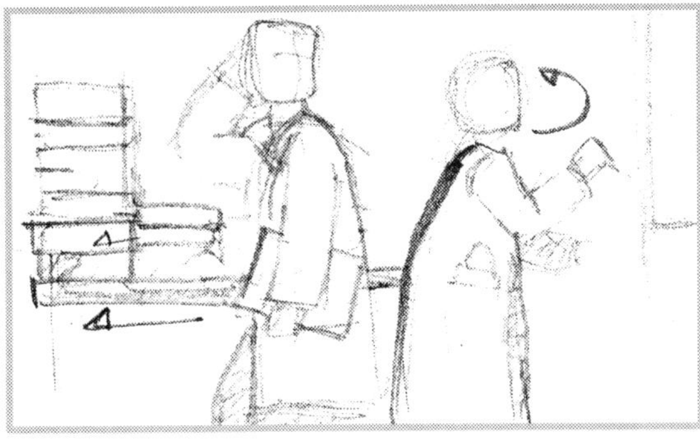

C# 5-0

민호 : 이거이거이거… 내 건망증이
　　　심해져가꼬 죽겠다카이.
인턴 : …과장님, 저 방사선과 좀 다녀오겠슴다.
　　　이 간호사 가자.

Side M.S , PAN
〈Frame Out 인턴〉

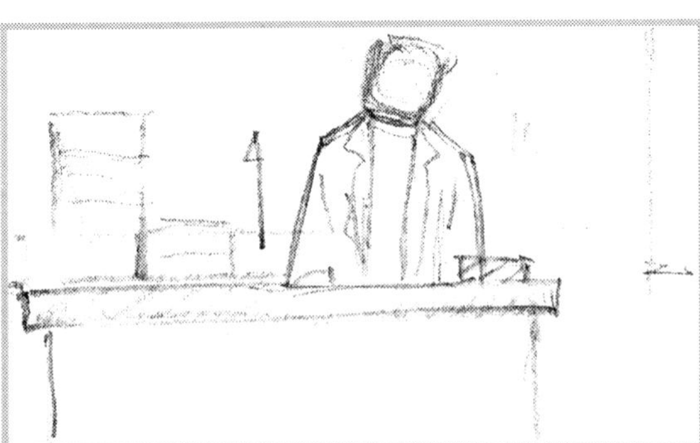

C# 5-1

두 사람 나가고 책상 위에서 민호, 집무 중이다.
똑똑똑 문 두드리는 소리가 나고

(S.E) 똑똑

민호 : 아… 아니 너 세주 아이가?

M.S

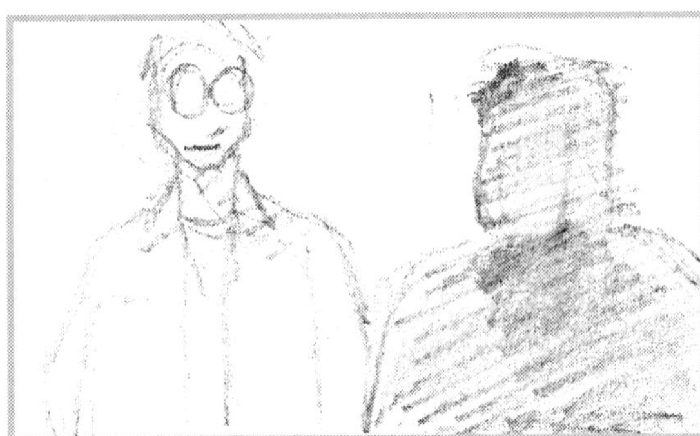

C# 6

세주 : 그동안 병원이 많이 변했네.

민호 O.S , 세주 M.S

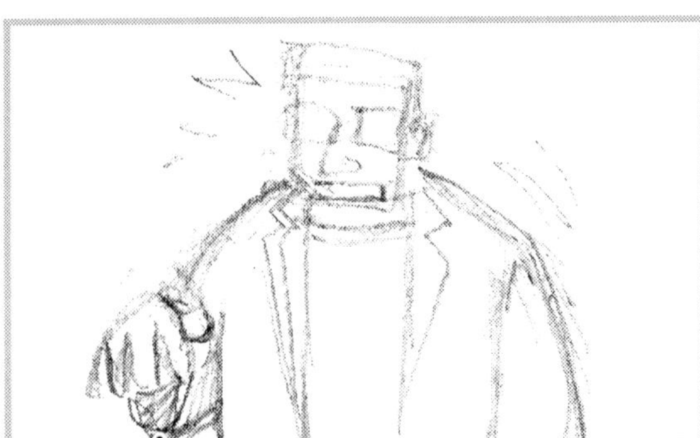

C# 7

민호 : 문디이자슥!

M.S

<table>
<tr><td>S# 19</td><td>D</td><td>O : 대학병원</td><td>Contents : 민호와 재회하는 세주</td><td rowspan="2">Tone&Mood</td></tr>
<tr><td colspan="3">Energy :</td></tr>
</table>

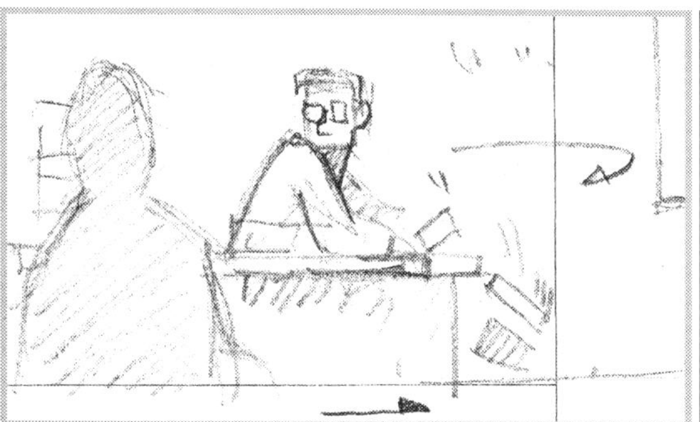

C# 8-0

세주 : 가석방으로 좀 일찍 나왔어.
일어나 세주에게 다가가는 민호.
책상 위 물건이 걸려 떨어지고 주위가 어수선하다.
민호, 세주를 보며 믿기지 않는다는 표정이다.
세주 : 고마워요. 선배.

민호 O.S , 세주 M.S
Follow CMR / Dolly

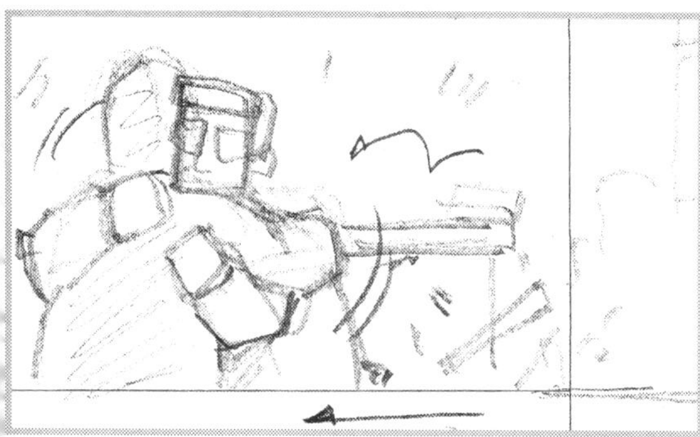

C# 8-1

민호 : 뭐라카노. 우린 의리 아이가.
(떨어진 물건 주으며)
세주 : 해인이 장례를 대신 치러줘서
          정말 고마워요.
피식 웃는 민호.
세주의 가슴을 한대 툭 치더니 서로 와락
끌어안는 로보캅 스타일의 의리.
세주 O.S , 민호 M.S

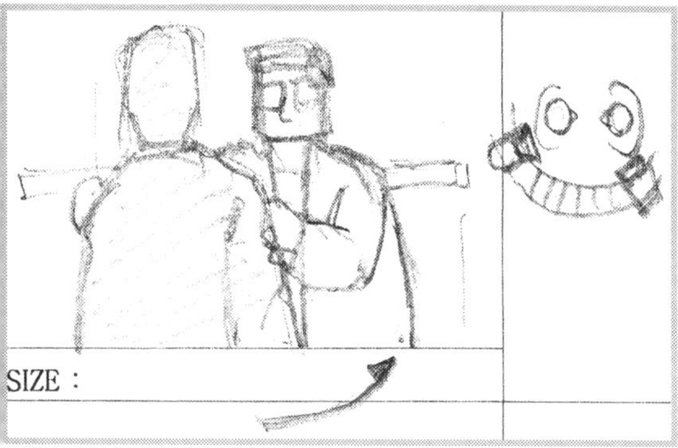

C# 9-0

민호 : 그래, 잘 나왔데이! 반갑다, 증말!
          니는 몇 년을 썩었는데도 아직
          총각 같네. 하하하!
세주 : 다 옛날 얘깁니다.
민호 : 니 너무 쉬었다카이. 이제 나와야지?
세주 : (피식 웃고)… 이만 가요.
민호 : 뭐라카노… 오랜만에 만났는데
          쐬주 한잔 찌크러야 안되겠나?
세주 O.S , M.S   〈Blocking Side〉

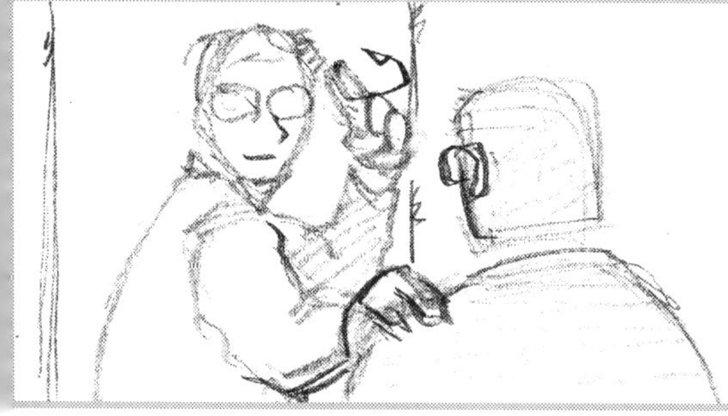

C# 9-1

세주 : (절레절레) 얼굴 봤으면 됐어. 또 올게!
민호 : 야, 이노마야!

세주, 일어서는데 밖이 시끌시끌하다.

<table>
<tr><td>S# 19</td><td>D</td><td>O : 대학병원</td><td>Contents : 민호와 재회하는 세주</td><td rowspan="2">Tone&Mood</td></tr>
<tr><td colspan="3">Energy :</td></tr>
</table>

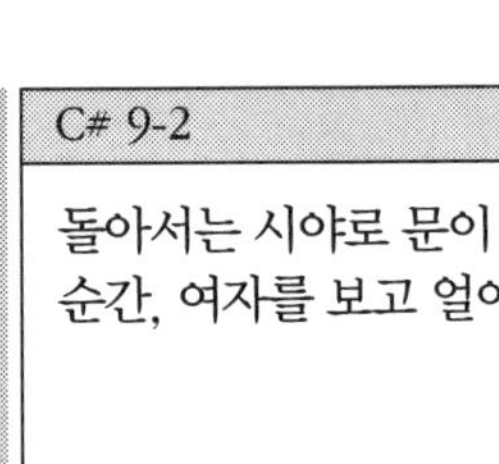

C# 9-2

돌아서는 시야로 문이 확 열리고 여자가 들어선다.
순간, 여자를 보고 얼어붙은 듯 멈추는 세주.

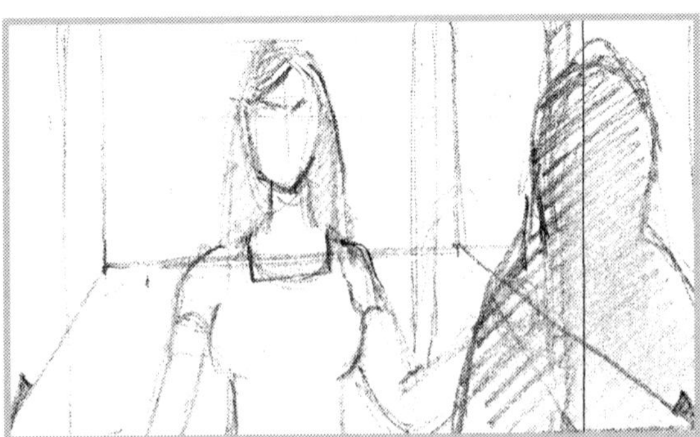

C# 10

해인과 너무 닮아 있다.
재림의 얼굴 (세주의 P.O.V)
↓
후진 Dolly
재림 M.S , 세주 O.S

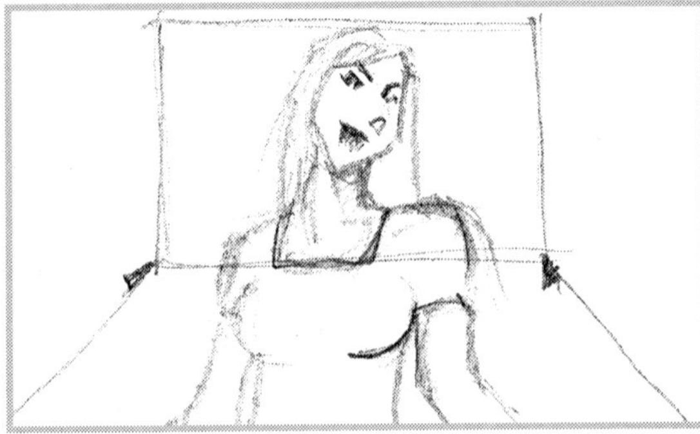

C# 11

그런 세주를 지나쳐가는

Zoom In → Dolly Out
B.S → C.S

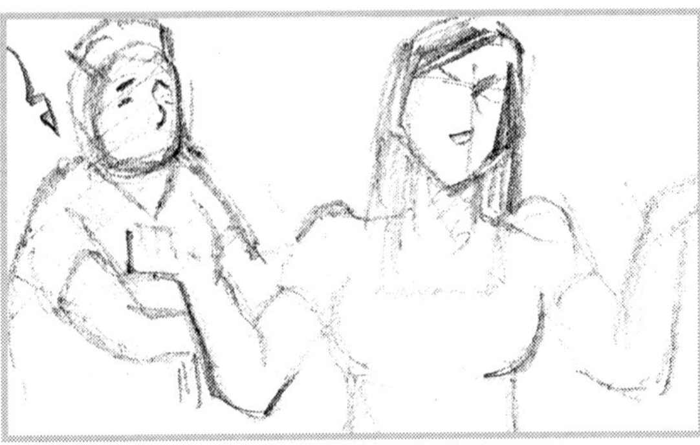

C# 12-0

재림 : (다짜고짜)선생님, 저 이제 내보내주세요!

M.S
〈Frame In 간호사〉

<table>
<tr><td>S# 19</td><td>D</td><td>O : 대학병원</td><td>Contents : 민호와 재회하는 세주
Energy :</td><td>Tone&Mood</td></tr>
</table>

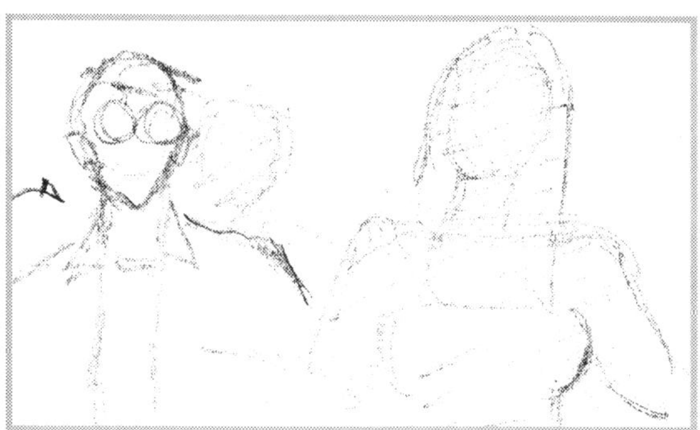

C# 12-1

뒤이어 간호사가 들어오지만 민호가 막아선다.

〈Frame In 세주〉

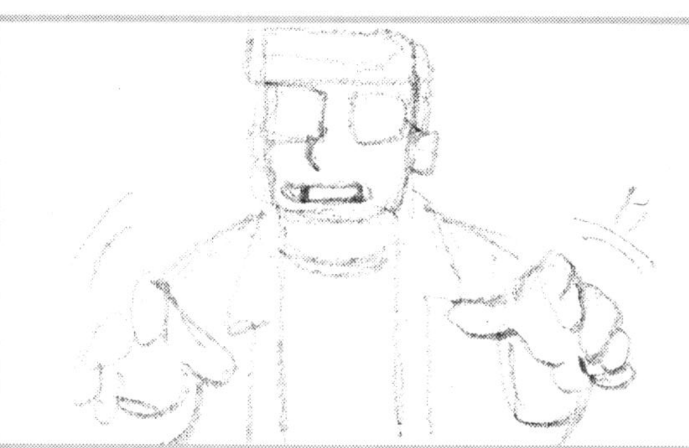

C# 13

민호 : 이재림씨 와 이캅니까?
　　　쪼매만 더 참읍시다.

B.S

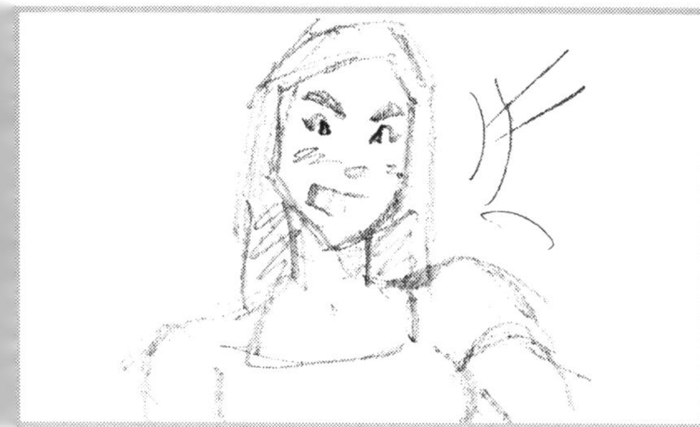

C# 14

재림 : 병원에 있으면 뭐해요.
　　　나 이제 병원비 댈 돈도 없어.

B.S

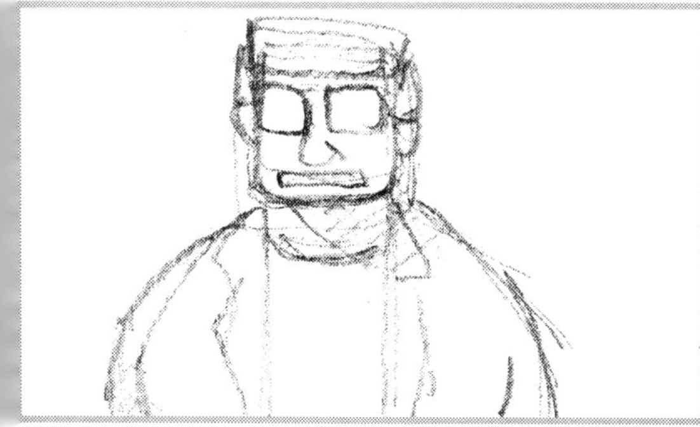

C# 15

민호 : 이재림 씨, 자기 병 심각합니다.
　　　도대체 이게 몇 번 쨉니까?
　　　툭하면 잠적해버리고…
　　　내도 돌아버릴 지경이라구여.

B.S

<table>
<tr><td>S# 19</td><td>D</td><td>O : 대학병원</td><td>Contents : 민호와 재회하는 세주</td><td rowspan="2">Tone&Mood</td></tr>
<tr><td colspan="3">Energy :</td></tr>
</table>

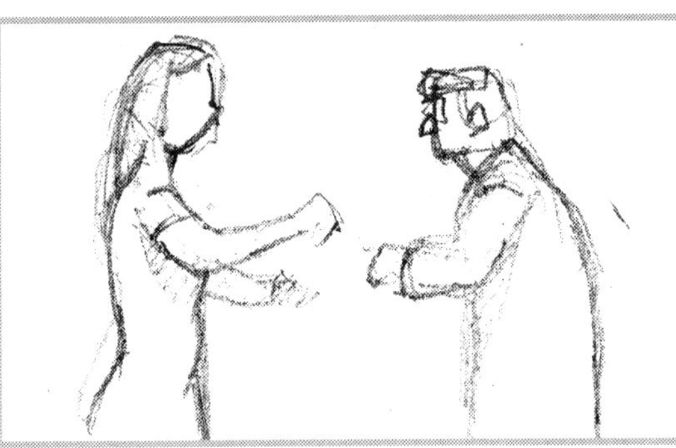

C# 16-0

재림 : 제 병은 제가 더 잘 알아요. 여기가 무슨 정신과
　　　병동도 아니고 왜 날 못 나가게 해요! 이제 괜찮
　　　으니까 그만 내보내 주세요. 그렇게 해주세요.
민호 : 조금만 더 참고 보자니까요.
재림 : 도대체 언제까지 참아야 돼요? 차라리 안락사라
　　　도 시켜주세요. 제가 원했다고 하면 되잖아요.
Side M.S
Side Blocking

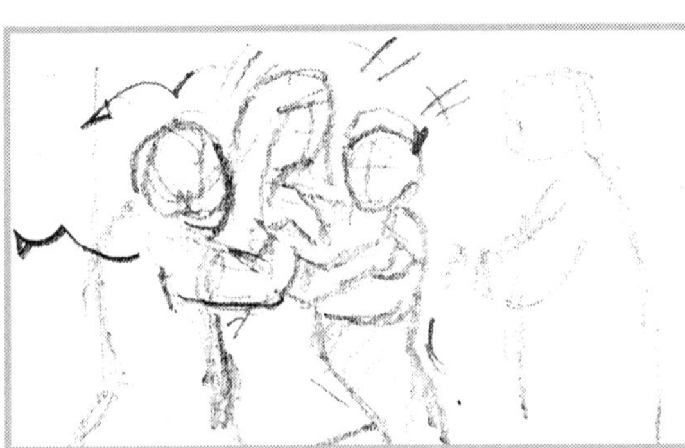

C# 16-1

하는데 여자 간호사들 들어와서
재림을 잡고 나간다.
재림 : 놔! 이거 놔! 놓으란 말이야. 놔…놔!
비명을 지르는 재림
간호사들에 의해 밖으로 끌려 나가고 문이 닫힌다.

재림 Dolly In 전진
〈Frame Out 재림, 간호사들〉

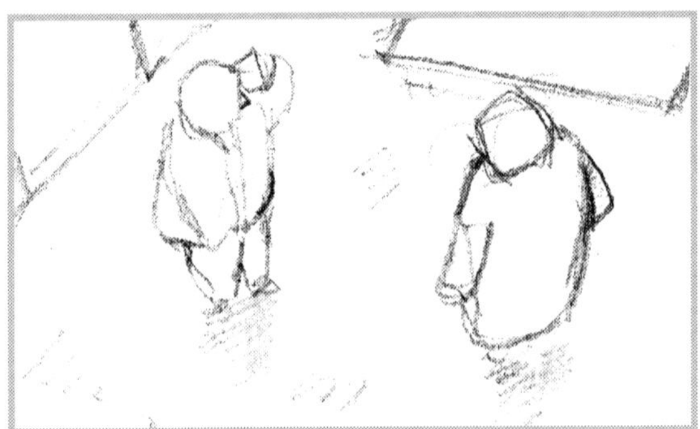

C# 17

한바탕 휘몰아친 민호의 집무실, 조용하다.
아직도 그 자리에 멈춰 서 있는 세주.

F.S
부감

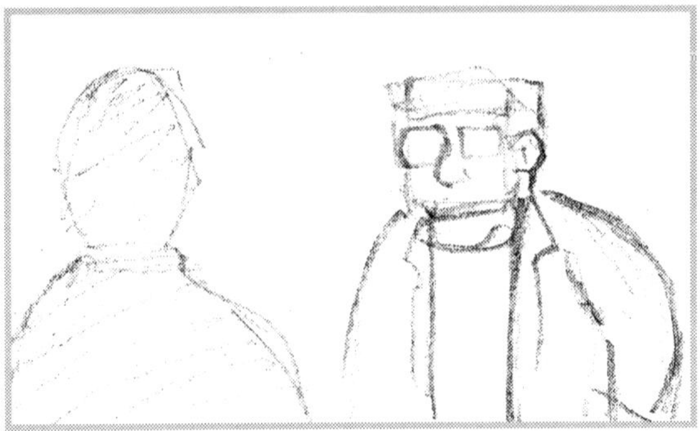

C# 18

민호 : 아이고, 환장하겠구마. 젊은 아가 안됐어.

세주 O.S , 민호 B.S

S# 19	C# 16~0 (10)	R# 115	Weather 흐림	S / O / L 국산 어룸앞	M / D / E / N

Work / Size	Top	Action & Dialogue
Fix / TS-MS		재민.. 제 병원 제가 더 잘 알아요 ⋮ 그까짓 수냐니 어련수서도 서워주세요 …
Angle L.ca.		
Lens 50mm		
Film	**End**	민호 : 내 사와 돌볼에.
Filter		민호, 땀짐친다.
Video tape# 8	(double action)	

Camera position	Costume / Make up / Properties	Memo
	세경 (김보라) 남색 자켓	C#15의 의경
	민호 (여순혹) 회색까운. 안경볼룸.	(세주타)
	재민 (김봉회) (안세복)	**Sound** O.K.
Equipment	**Effect & C G**	

T#	OK / NG	Time	Note	Exp.	R#
1	NG	1:10			
2	NG	0:10			
3	NG	0:08			
4	OK	0:36			
5					
6					
7					
8					
9					
10					
11					

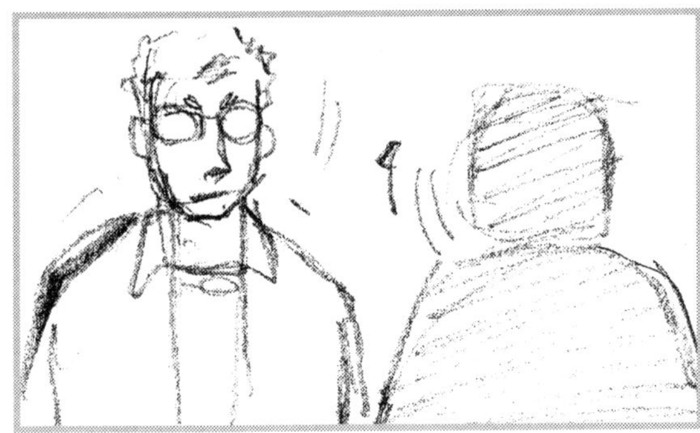

C# 19

그러다 세주의 얼굴을 살피는 민호

세주 B.S , 민호 O.S

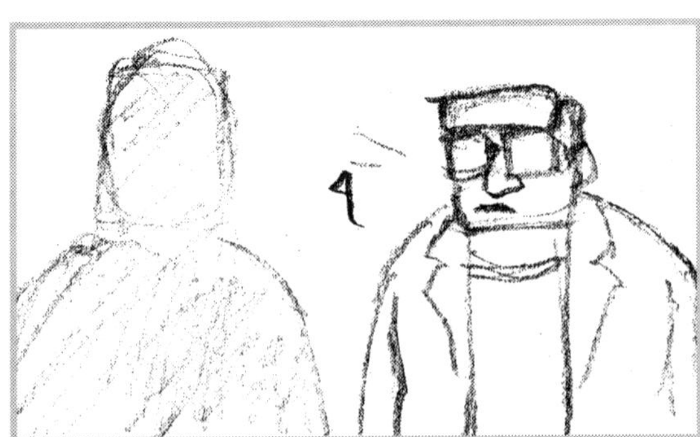

C# 20

민호 : 세주 니도 그렇제?
　　　 내도 첨 봤을 땐 무척 놀랐다아이가.
　　　 해인씨랑 너무 닮았다카이!

세주 O.S , 민호 B.S

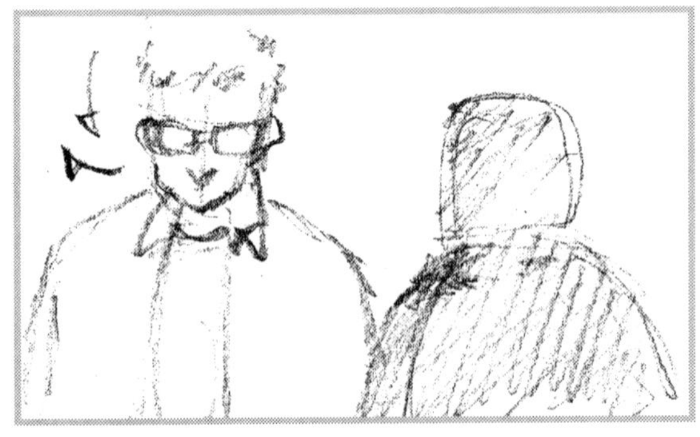

C# 21

민호 : 내도, 해인씨가 다시 살아서 돌아온 줄 알았데
　　　 이. 그래서 더 신경쓰고 있지만서도 말이야.
이제야 정신을 차리는 듯 숨을 내쉬는 세주.
잔상이 남아있는 듯 재림이 나간 문 밖을 다시 쳐다보
는 얼굴.

세주 B.S , 민호 O.S

<table>
<tr><td>S# 20</td><td>D</td><td>O : 메기파 사무실</td><td>Contents : 습격당한 사무실을 찾은 곤봉</td><td rowspan="2">Tone&Mood</td></tr>
<tr><td colspan="3">Energy :</td></tr>
</table>

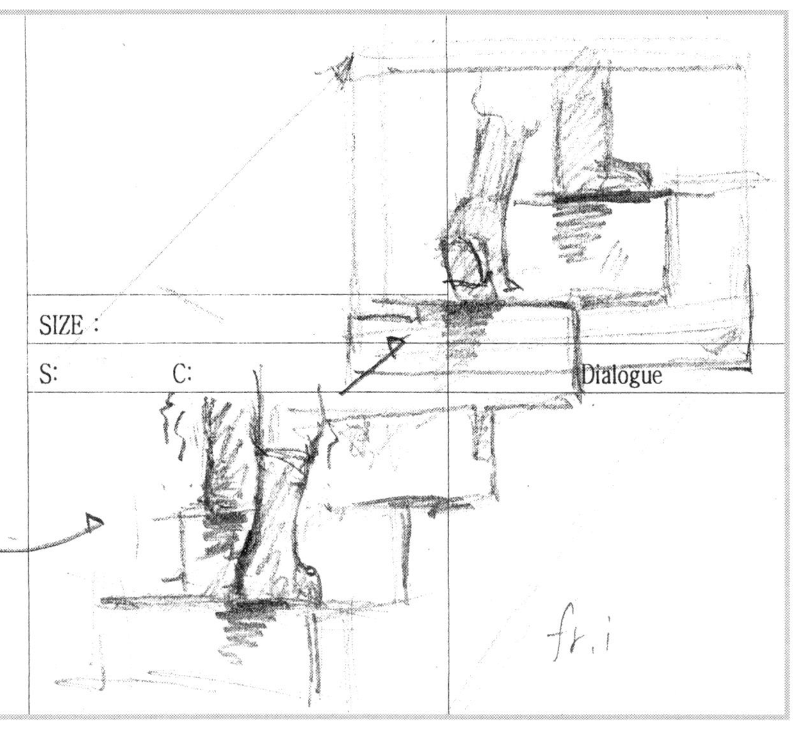

C# 1

계단을 올라가는 곤봉.
다리가 후들거린다.

〈Frame In 곤봉다리〉

Follow CMR

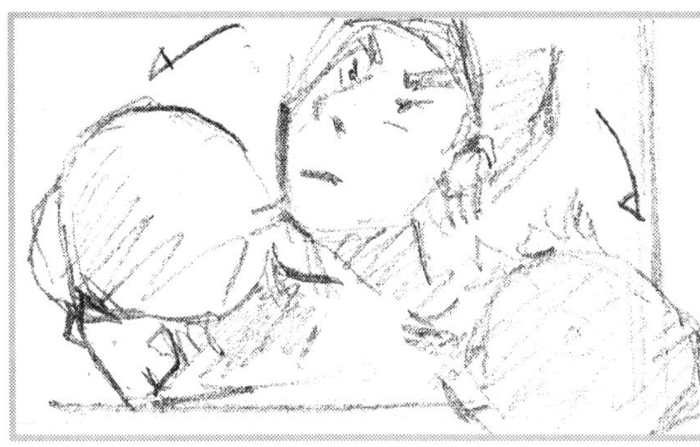

C# 2

올라가다 창문 밖으로 힐끔거리기도 하고
고개를 내밀어 위를 쳐다보면서
〈Frame In 곤봉〉

C.S

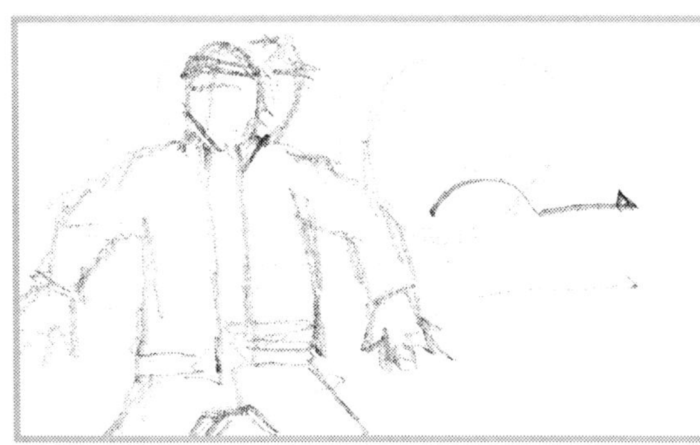

C# 3

극도로 절제된 발걸음으로 한발 한발 조심스럽
게 올라간다.
나름대로 심각해 보이지만 우스꽝스러운 분위기.

M.S
부감
〈Frame In 곤봉〉

<table>
<tr><td>S# 20</td><td>D</td><td>O : 메기파 사무실</td><td>Contents : 습격당한 사무실을 찾은 곤봉</td><td rowspan="2">Tone&Mood</td></tr>
<tr><td colspan="3">Energy :</td></tr>
</table>

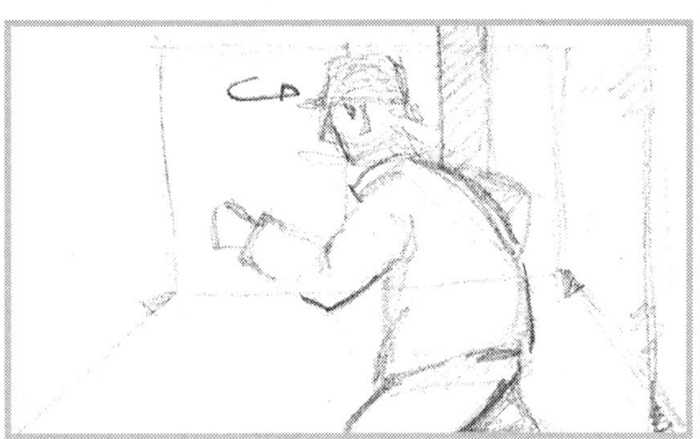

C# 4

복도로 들어서는데
(S.E) 땡
엘리베이터 소리가 나면 화들짝 놀라서
뒤로 홱 돌아보는 곤봉.
F.S → Dolly → B.S

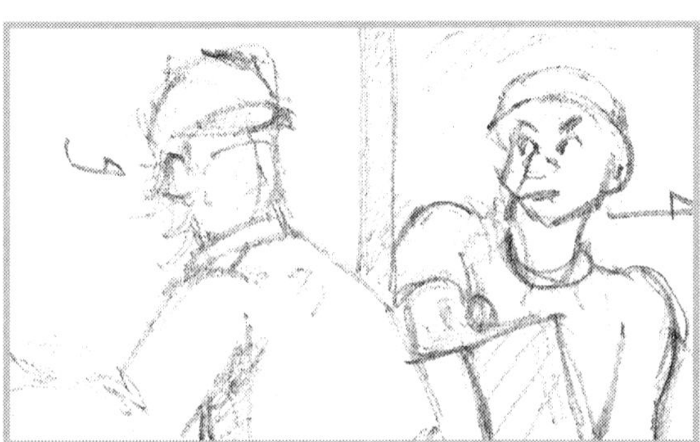

C# 5

배달부가 철가방을 들고 오그라든 곤봉을 힐끔 본다.
"뭐야 저거"하는 표정으로 껌을 딱딱 씹으며 복도 사무
실로 걸어 들어가고,
곤봉, 놀란 가슴을 쓸어안고.
M.S

〈Frame Out 배달부〉

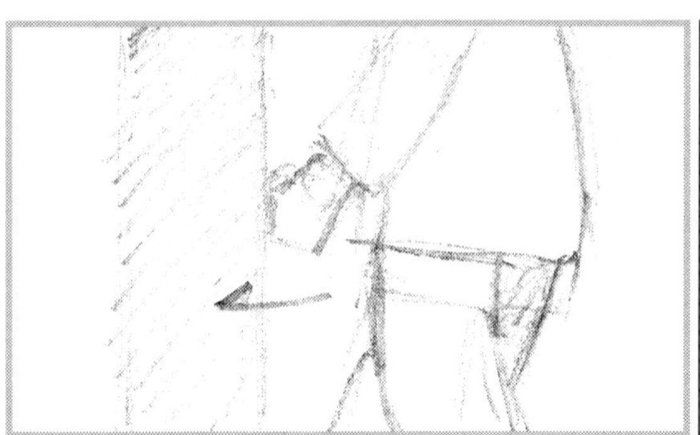

C# 6-0

다시 복도로 걸어간다.

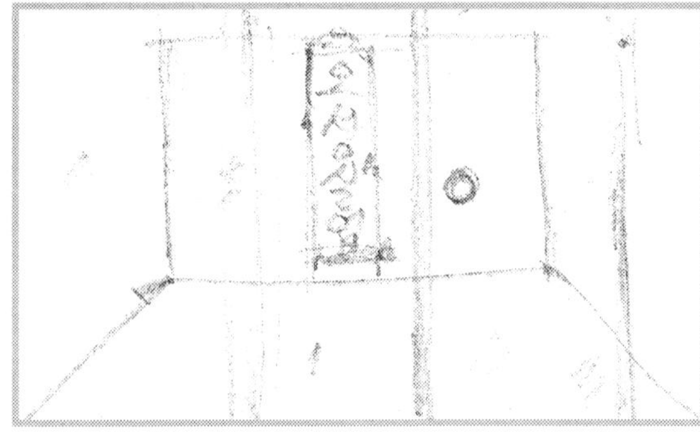

C# 6-1 (INS)

(오성실업)
세로로 허름한 간판이 걸려있고 문을 연다.

Dolly In

문 열고 안으로 들어가는 곤봉.

S# 20	D	O : 메기파 사무실	Contents : 습격당한 사무실을 찾은 곤봉	Tone&Mood
			Energy :	

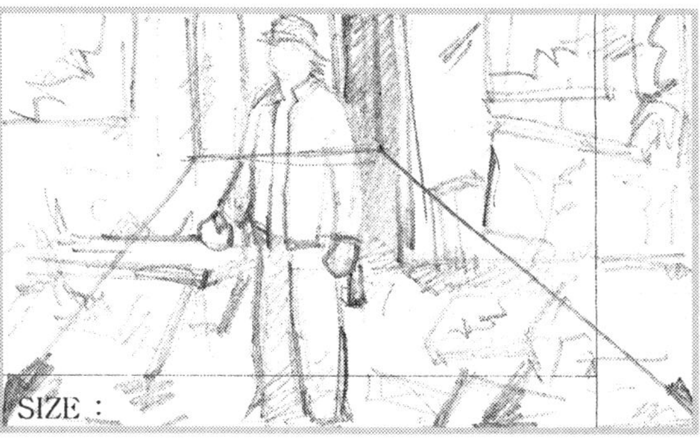

C# 7

안으로 들어가는 곤봉, 문을 닫고 들어서는데
사무실 집기들이 다 부서져 있고,
창문이란 창문은 다 박살이 나 있다.

B.S
↓
Dolly Out
↓
F.S

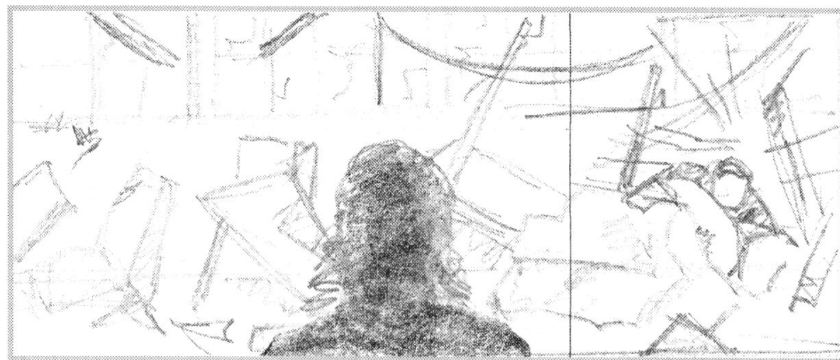

C# 8-0

또 다른 문을 확 열어보면
신음소리에 창가 쪽으로
뛰어 가보면

(곤봉의 P.O.V)

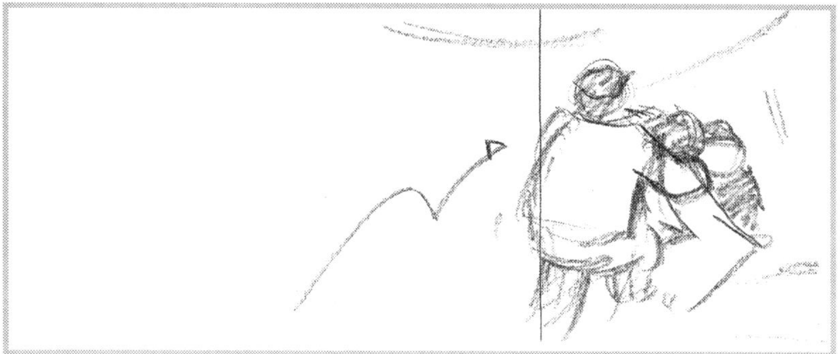

C# 8-1

뒤집어진 소파에 망치가
피를 토하며
쓰러져 있다.

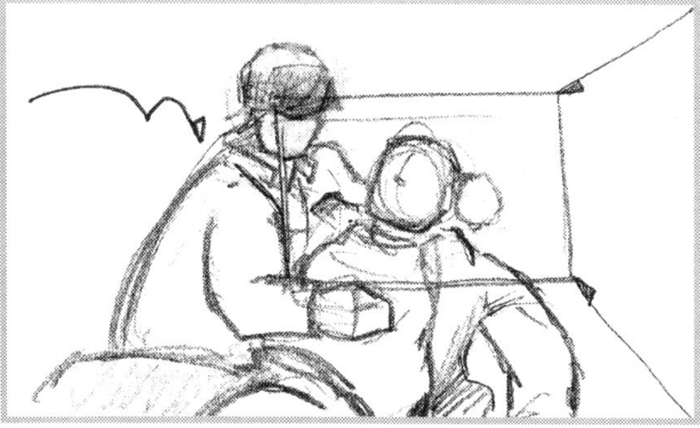

C# 9

곤봉 : 망치야! 정신차려봐, 임마.
망치 : 으으으… 도망가야…
곤봉 : 야, 어떻게 된거야? 누가 이랬어?

〈Frame In 곤봉〉
Dolly In → 망치 B.S

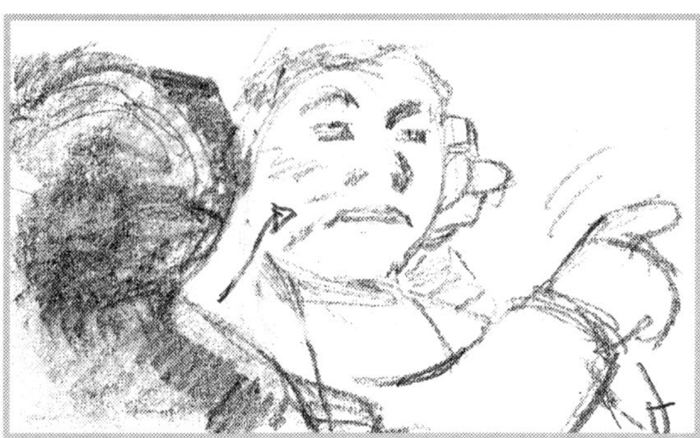

C# 10

초점없는 눈으로 겨우 손가락을 펴서 어딘가를
가리키는 망치.
그러다 풀썩 쓰러진다.

곤봉 O.S , 망치 B.S

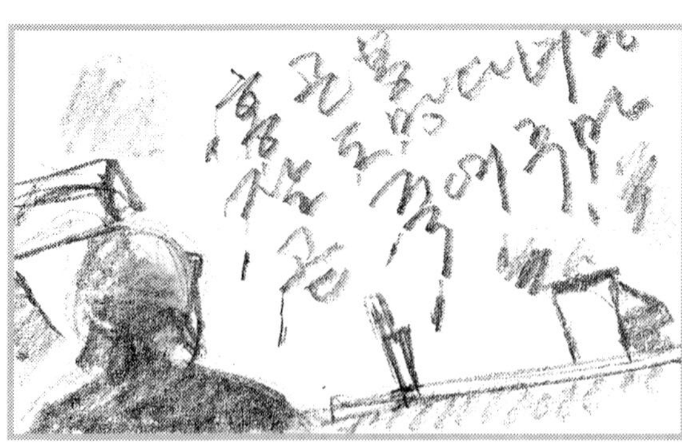

C# 11

가리킨 곳을 쳐다보면
테이블 위에 칼이 꽂혀있고,
그 위에 종이가 한 장 있다.
피가 덕지덕지 묻어있는 벽면.

불독(V.O) : 홍곤봉, 곧 널 죽여주마. 불독.

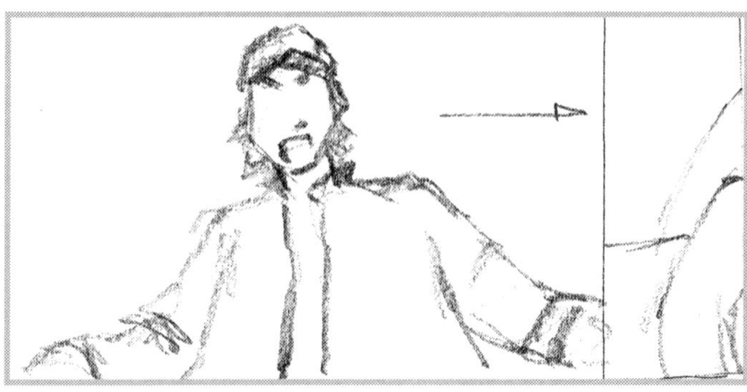

C# 12

이 때, 독대파 일군들의 왁자지껄한
소리가 들린다.
곤봉, 자리를 피신한다.

M.S
Quick PAN

<table>
<tr><td>S# 21</td><td>D</td><td>L : 기찻길</td><td>Contents : 기찻길에서 자살을 시도하는 곤봉</td><td rowspan="2">Tone&Mood</td></tr>
<tr><td colspan="3">Energy :</td></tr>
</table>

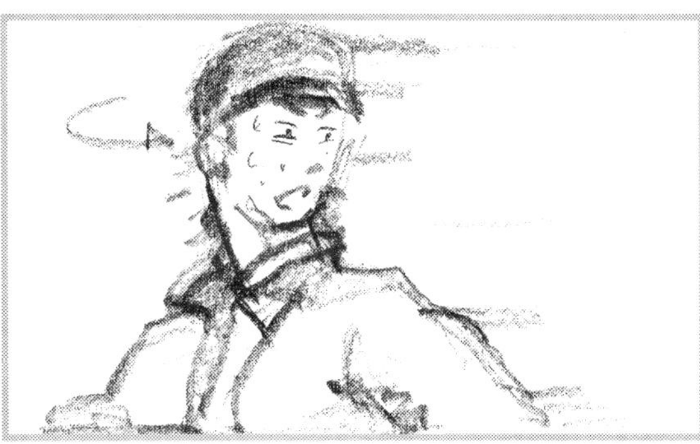

C# 1

급하게 도주해오다가 뒤를 돌아보는 곤봉.

Follow CMR

Camera Size : B.S

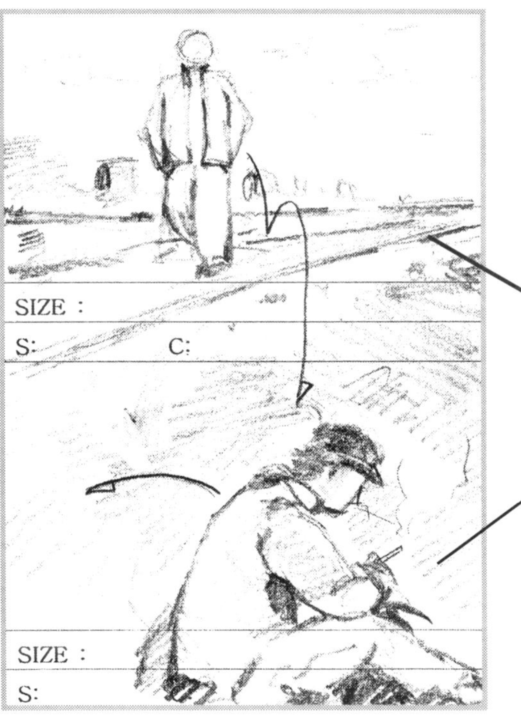

C# 2

여유있게 건들건들 걸어 들어와
1자로 길게 뻗은 철로 가운데 멈추는
우리 시대의 3류 달건이.
뒤를 자꾸 돌아보다가
철로변을 가로질러 털썩 앉는 곤봉
세상을 초월한 도사같은 표정이 재밌다.

  Camera Size : F.S

  Follow CMR

  Camera Size : M.S

담배를 한 대 물고 긴 한숨을
쉬다가 철로변 자갈에 몸을 누인다.

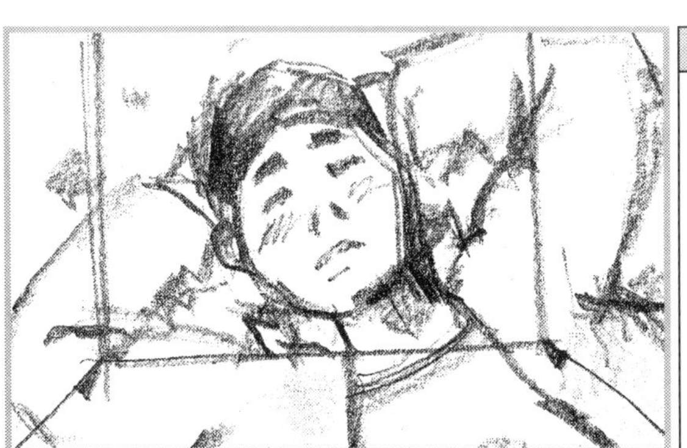

C# 3-0

햇살에 눈을 감고
파르르 떨리는 눈썹
어디선가 기차소리
가까워진다.
(S.E)빵아아~ 기차소리
Camera Size : B.S
  Dolly In   ↓
                C.U
Camera Angle : 부감

<table>
<tr><td>S# 21</td><td>D</td><td>L : 기찻길</td><td>Contents : 기찻길에서 자살을 시도하는 곤봉</td><td>Tone&Mood</td></tr>
<tr><td colspan="3"></td><td>Energy :</td><td></td></tr>
</table>

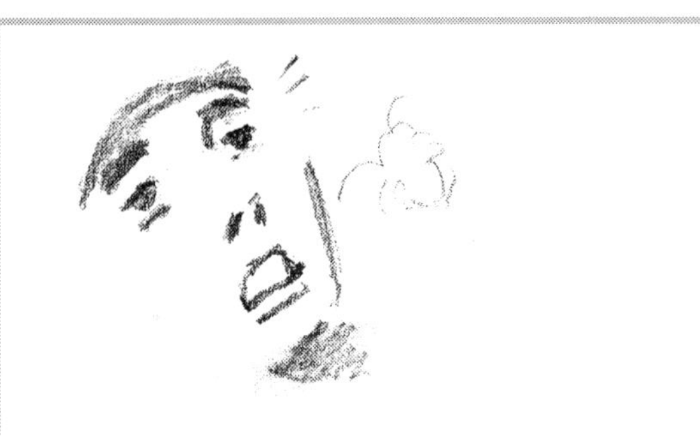

C# 3-1

기차소리가 가까워지자 눈을 서서히 뜨는 곤봉.
(S.E) 빠아앙~ (더 가까이)
기차소리 점점 더 커져오고,
곤봉의 호흡소리 가빠진다. 숨가쁜 상황.
순간
곤봉, 한 눈씩 천천히 뜬다.
C.U

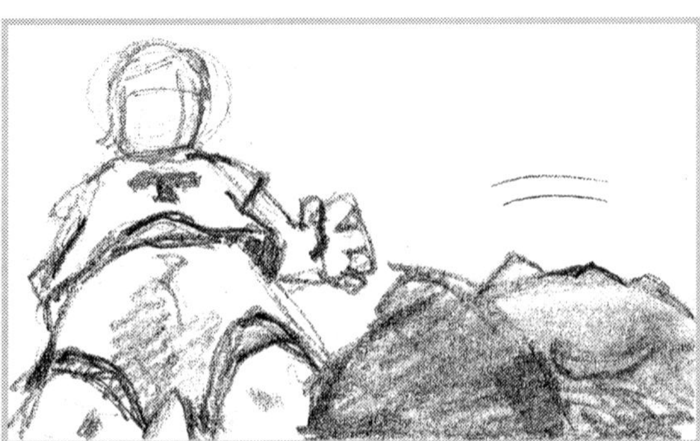

C# 4

조금 떨어진 곳에서
곤봉을 물끄러미 내려다보는 꼬마
꼬마 : 아저씨, 여기서 뭐해요?

Camera Size : 곤봉 O.S , 꼬마 C.S
Camera Angle : 앙각

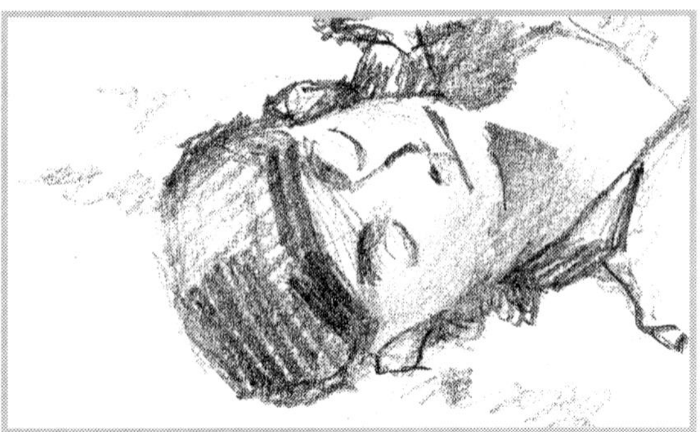

C# 5

곤봉 : 나? 기차 기다리고 있는데.

Camera Size : C.U
Camera Angle : 부감

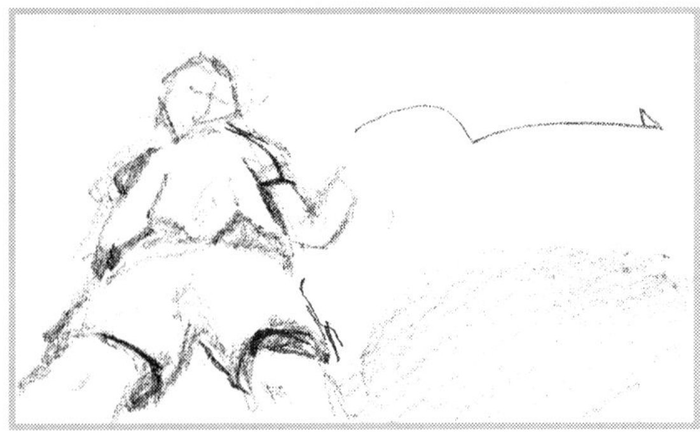

C# 6

꼬마 : 쯔쯔쯧…

Camera Size : 곤봉 O.S , 꼬마 C.S
Camera Angle : 앙각
〈Frame Out 꼬마〉

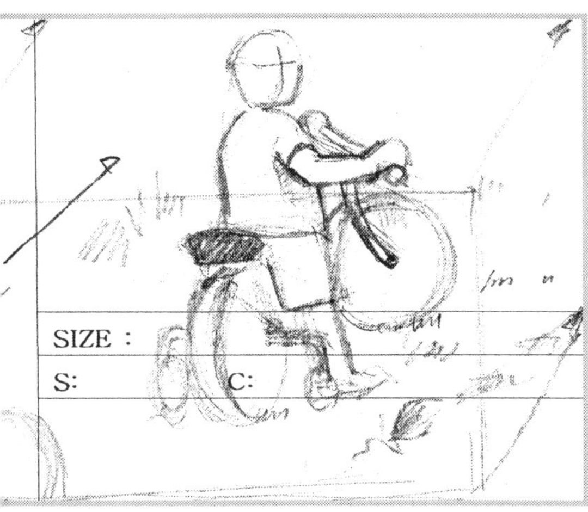

C# 7

한심하다는 듯,
자전거를 타고가다 다시 돌아보는 꼬마.
꼬마 : 근데 아저씨, 여기 기차 안 다닌지
한달도 넘었어요.

(S.E) 빠라바라 바라밤~
(자전거 경적소리, 완구용 나팔소리)
– 기차 경적소리가 삑사리 난 음 같다.

Follow CMR
Camera Size : M.S

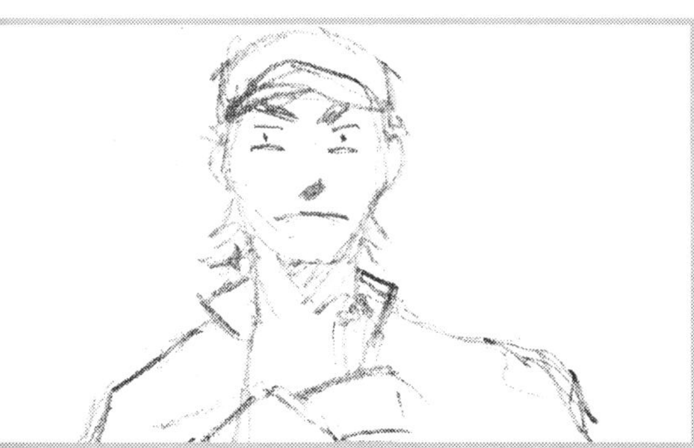

C# 8

멀어지는 꼬마들 보며 멍하게 쳐다보는 곤봉.

곤봉 : 아이~ 씨바 새끼들…
       (다시 추스리는 자세)

Camera Size : B.S

Rail 4 철제까만. L.S. — 나.

자살 충동

자살 끔찍기.

자살시로. 심대. 어디의 염장.

{Albert Camus —
{정죽의/정룡글 —

<table>
<tr><td>S# 22</td><td>N</td><td>O : 간호사실 PC방</td><td>Contents : 여진과 채팅하는 재림</td><td rowspan="2">Tone&Mood</td></tr>
<tr><td colspan="3">Energy :</td></tr>
</table>

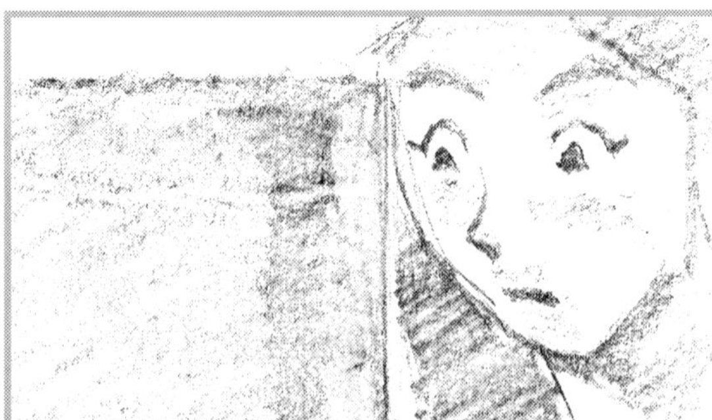

C# 1 (INS)

채팅방 최후의 만찬 사이트−

C.G − 여진의 얼굴이 소개된다.(화상채팅)

C# 2-0

모니터를 보는 재림.

Camera Size : 모니터 O.S , 재림 C.S

C# 2-1 (INS)

컴퓨터 자판을 치는 재림의 손.

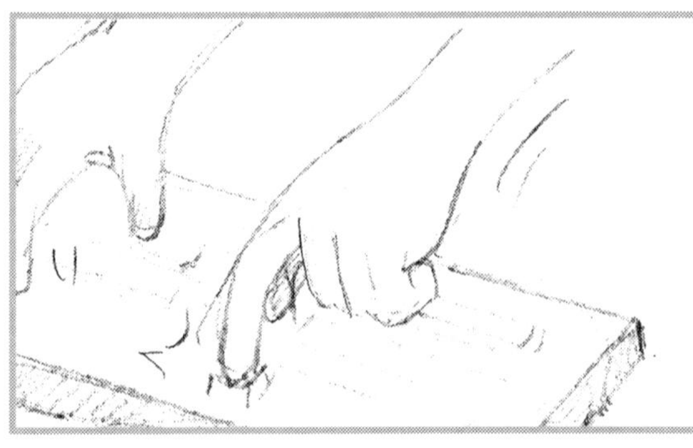

C# 3 (INS)

재림 : 편하게 죽는 방법 뭐 없을까…?

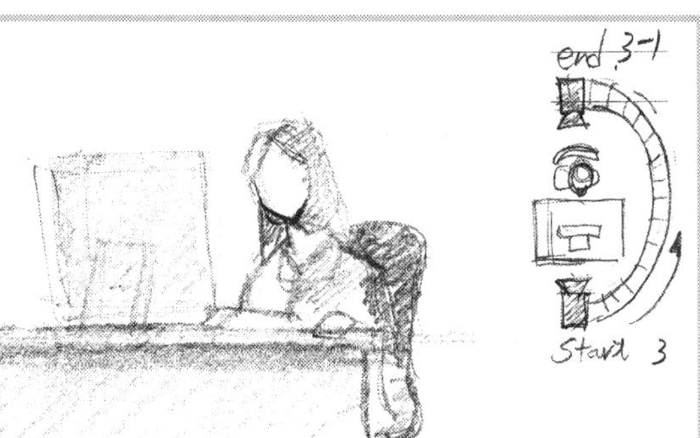

C# 3-0

글이 올라오기 기다리는 재림

Camera Size : M.S

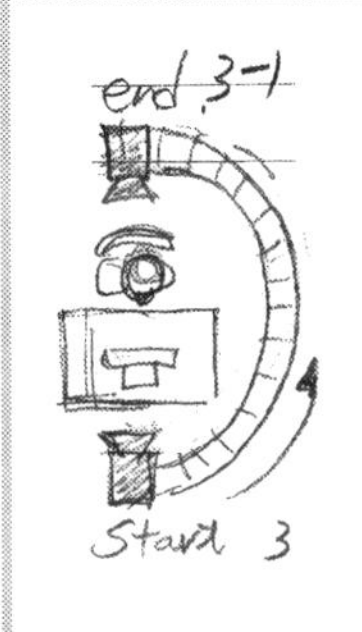

* C# 3-0 & C# 3-1

-Camera Position-

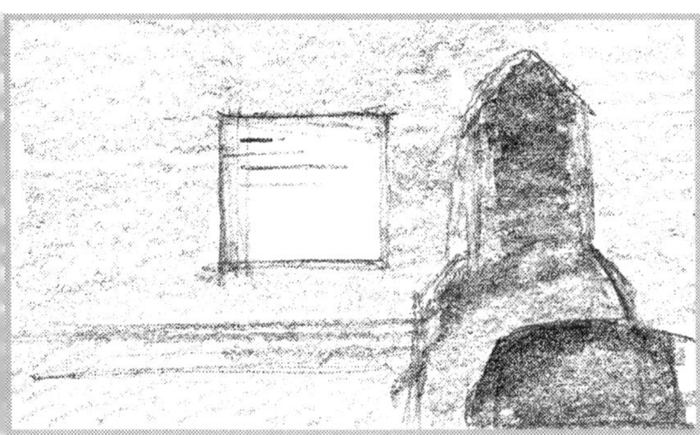

C# 3-1

마침내 답글이 뜬다.

여진(V.O) : 야… 왠 살벌한 소리냐?

C# 4 (INS)

재림 (V.O) : 어디론가 떠나고 싶따! 정말루~
여진 (V.O) : 꿀꿀하구나… 내가 맥주 쏠께. 나와~

<table>
<tr><td>S# 23</td><td>N</td><td>O : 기사식당</td><td>Contents : 식사중 눈물을 흘리는 세주
Energy :</td><td>Tone&Mood</td></tr>
</table>

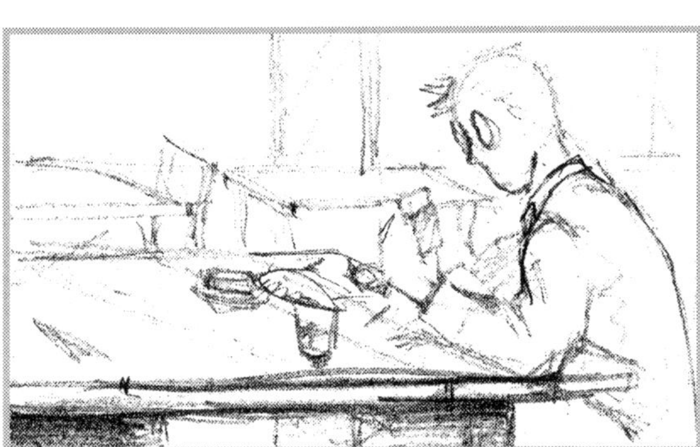

C# 1

세주, 지갑을 열어서 해인의 사진을 본다.

M.S

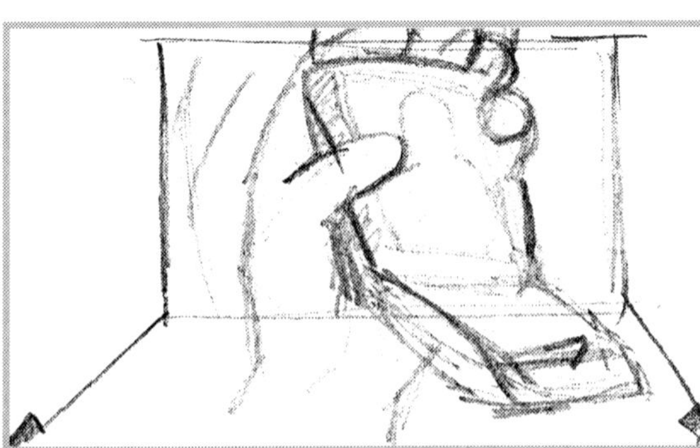

C# 2

세주 지갑의 해인사진

(정확하게 해인의 얼굴이 보이진 않는다.)

Dolly Out

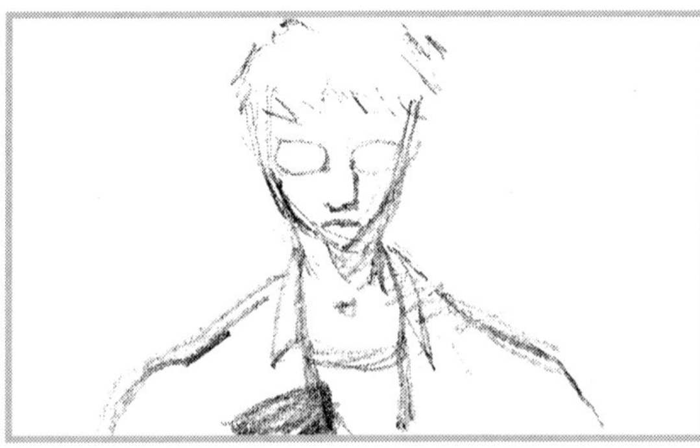

C# 3-0

해인의 사진을 보고있는 세주의 얼굴

Camera Size : B.S

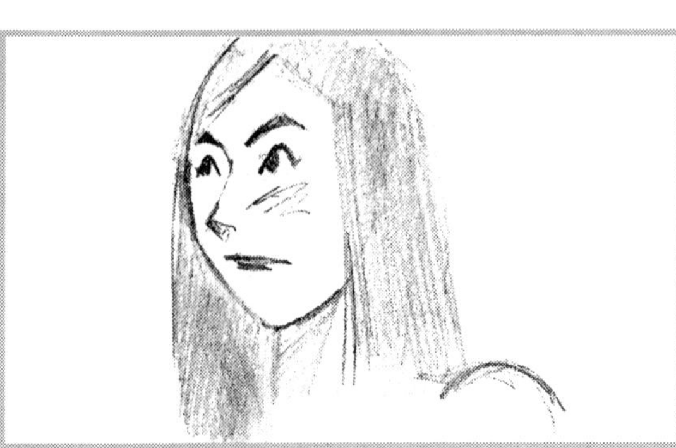

C# 3-1

낮에 본 재림의 얼굴과 Dissolve
(세주 지갑의 해인 얼굴과 Dissolve)

Camera Size : C.S

<table>
<tr><td>S# 23</td><td>N</td><td>O : 기사식당</td><td>Contents : 식사중 눈물을 흘리는 세주
Energy :</td><td>Tone&Mood</td></tr>
</table>

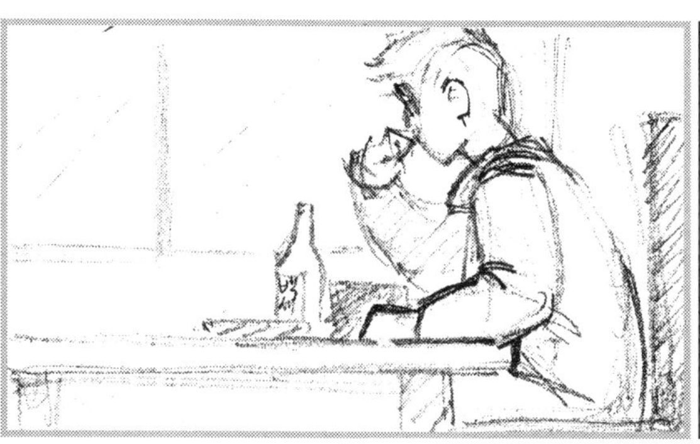

C# 4

국밥 한 그릇에 백세주를 마시는 세주

Camera Size : M.S

C# 5 (INS)

TV에서 대구참사, 삼풍참사,
성수대교 참사 등 다큐영상이 나온다.

Camera Size : 세주 O.S

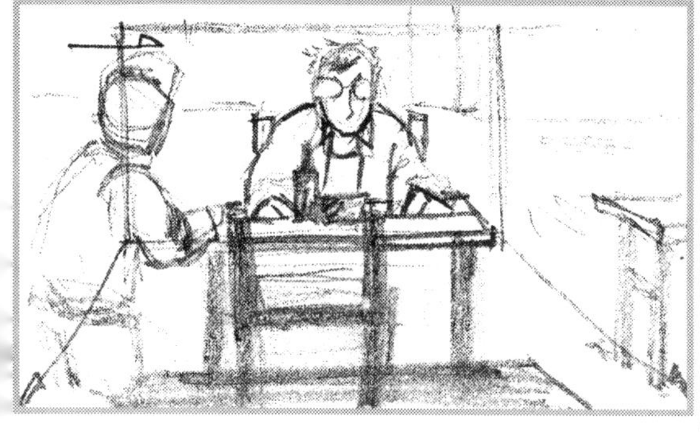

C# 6

눈물을 왈칵 쏟는 세주, 식은 땀도 흐른다.
〈Frame In 주인장〉
주인장 : 눈물 콧물 어휴 웬 땀을 이렇게…
　　　　아니 손님 어디 아프세유?
세주 : 휴우… 매워서요. 무슨 고추가 이리 매워…
주인장 : 청양 고추구만유. 아줌마, 이 손님 육수
　　　　좀 더 드려.
세주 : 작은 고추가 역시 매워… 휴우~

Camera Size : M.S

Dolly Out

<table>
<tr><td>S# 24</td><td>N</td><td>O : 사주까페</td><td>Contents : 센티걸을 만나는 곤봉</td><td rowspan="2">Tone&Mood</td></tr>
<tr><td colspan="3">Energy :</td></tr>
</table>

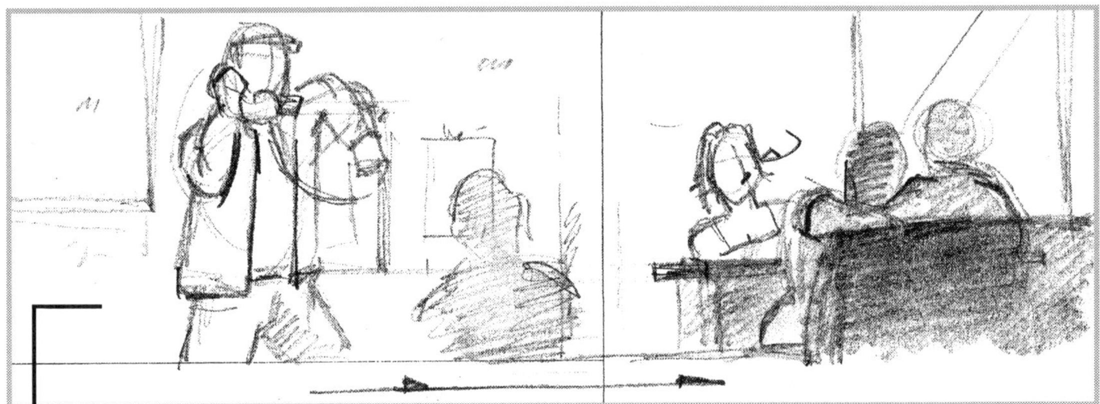

C# 1

까페 전경 INS → Dolly (Follow CMR Side)
공중전화를 걸고 있는 곤봉.
곤봉 : 망치는…?… 그래, 메기 형님이 정말 아무 말도 없었냐? 그 씹새끼가 형님 맞냐? 나 혼자 죽으라고?
Camera Size : 곤봉 M.S
(PAN)
사주팔자를 봐주다가 시끄러운 곤봉을 바라보는 센티걸
곤봉(V.O) : 인간 혼곤봉이 이대로 죽어야 하냐! 그럼 너라도 일루 와줘라. 그래, 너도 의리 없기는 마찬가지야. 새끼야, 끊어!
Camera Size : 센티걸 M.S
드문드문 손님들이 앉아 있고, 사주팔자를 본 커플은 일어나고, 근사한 소파에 신세대 사주팔자 보는 젊은 센티걸이 앉아있다.

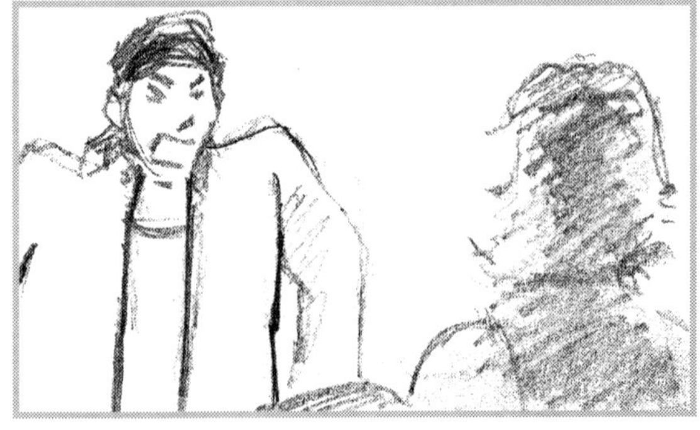

C# 2

곤봉, 초췌한 모습으로 젊은 센티걸과
일정한 간격을 두고 앉는다.
한숨 쉬려던 곤봉, 옆에서 자기보다 더 한숨을
쉬는 센티걸을 본다.
곤봉 : 뭐여, 당신!!!

Camera Size : 센티걸 O.S , 곤봉 M.S

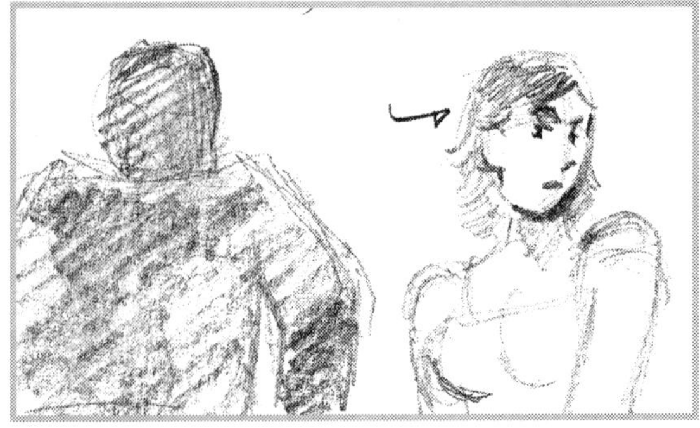

C# 3

센티걸, 잠시 째려보다 고개를 돌린다. 그러다가
몸을 벅벅 긁는다. 옷깃 사이로 보이는 빨간 점막.
곤봉, 무심코 보다가 눈이 둥그래진다.
센티걸 : 그 쪽 관상을 보니 올해 운세가
　　　　　한숨짓게 만드는데…
Camera Size : 곤봉 O.S , 센티걸 M.S

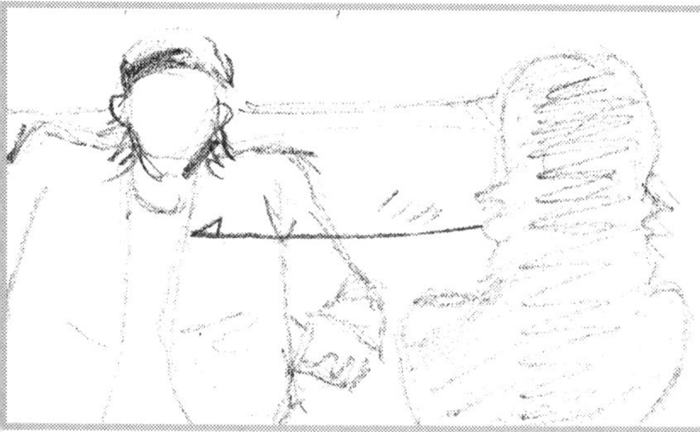

C# 4

곤봉 : 어이(툭치며) 고것이 뭔 싸가지없는 말이여?
센티걸 : 얼굴에 그렇게 정확히 써져 있는데.
곤봉 : 이 잘난 얼굴에 워떤 놈이 낙서를 했단 말이여?

곤봉의 옆자리로 이동하는 센티걸.
Camera Size : 센티걸 O.S , 곤봉 M.S

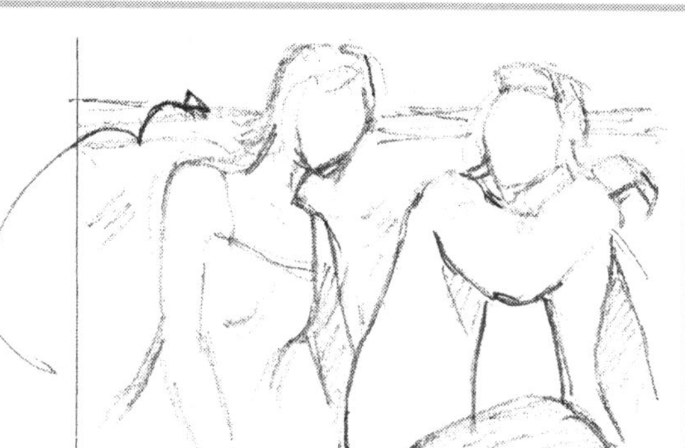

C# 5

곤봉과 나란히 앉는 센티걸(Frame In)
센티걸 : (사투리 흉내내며)모나미 매직으로 허벌나게
　　　　 그어댔구마이~ 아예 문신을 하지 그랬어!
곤봉 : 헉!
센티걸 : 아저씨 (넌지시) 오빠 살기 싫지?
곤봉 : (정색) 어림도 없다. 하루하루가 너무나
　　　　 행복혀서 아주 돌아버리것다.
센티걸 : 아저씨 한방에 가는 방법 알려줄까?
Camera Size : M. B. S

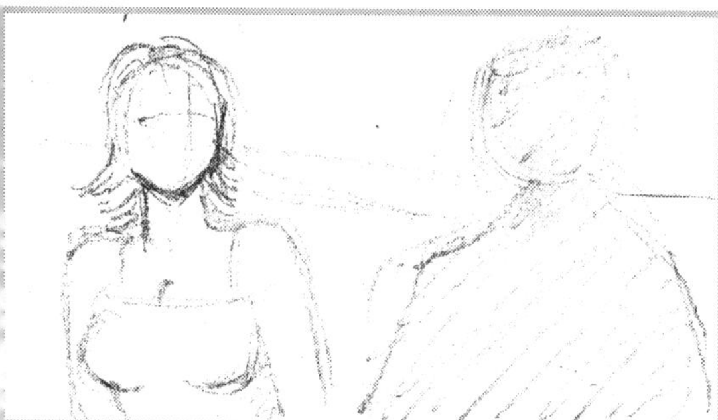

C# 6

센티걸 : 독약을 원샷하든가 아니면
　　　　 고거랑 비슷한 농약,
　　　　 그중에서도 제초제를 나발 불던가…

Camera Size : 곤봉 O.S , 센티걸 B.S

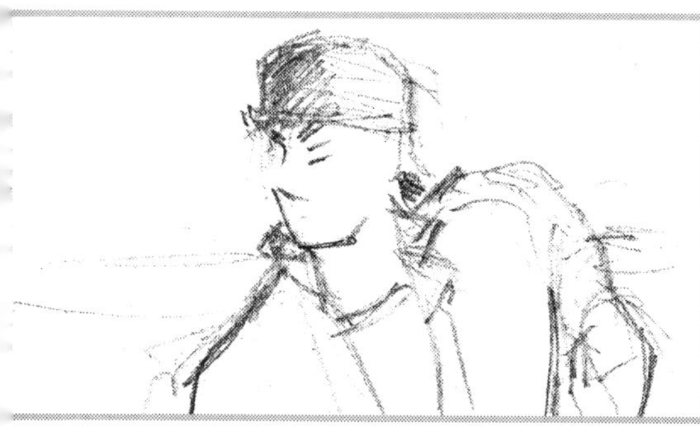

C# 7

곤봉 : 입술은 파랗게 질리고 피는 있는대로
　　　　 다 토하고… 눈도 못 감고 죽겄지!
센티걸(V.O) : 높은 빌딩에서 떨어지거나
　　　　 달리는 차에 뛰어들던가.
곤봉 : 두개골 빠개지고 눈 텨 나오고
　　　　 뼈란 뼈는 죄다 부러지고.
Camera Size : B.S

<table>
<tr><td>S# 24</td><td>N</td><td>O : 사주까페</td><td>Contents : 센티걸을 만나는 곤봉</td><td>Tone&Mood</td></tr>
<tr><td></td><td></td><td></td><td>Energy :</td><td></td></tr>
</table>

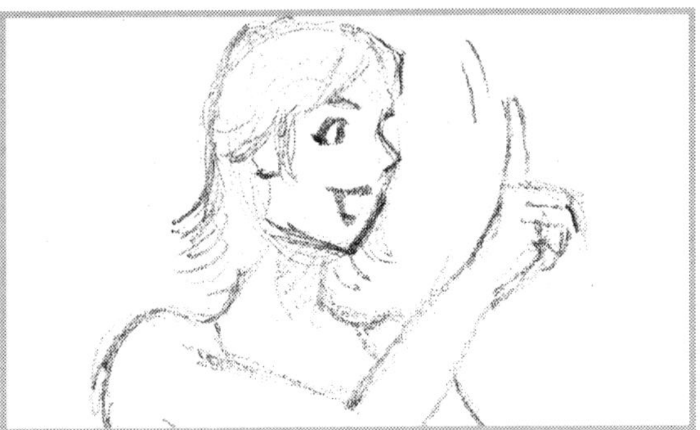

C# 8

센티걸 : 아님, 기찻길에 눕던가. 미친 척하고
　　　　누워있으면 바로 골로… 빠샥!

Camera Size : B.S

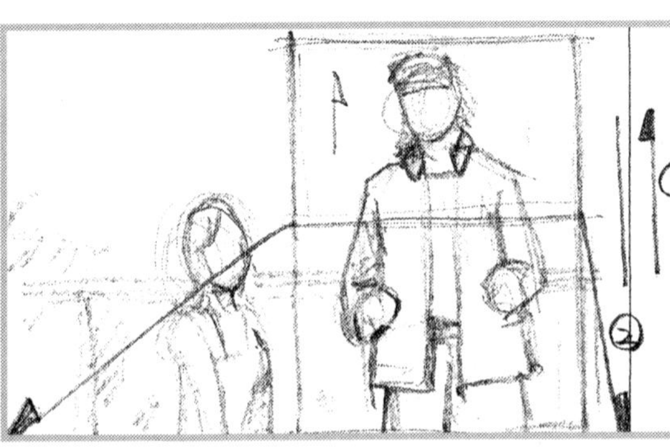

C# 9

Camera Size : 곤봉 B.S
Follow CMR
곤봉 : (벌떡 일어나며) 아이씨…
　　　그거야! 바로 그거…

Dolly Out
Camera Size : M.S (곤봉 & 센티걸 2인)
센티걸 : 이왕 가려면 동북쪽으로 가.
곤봉 : 동북쪽이라 했겄다.
(머리를 쥐어 흔들며) 고맙다… 고마워… 응?
센티걸 : 아아~ 아프다아! C8 쓰끼!!
곤봉 : 뭐라? 씹할 새끼?
　　　너 나한테 몸보시 좀 해야쓰겄다.
센티걸 : 뭔 보시?
Quick PAN

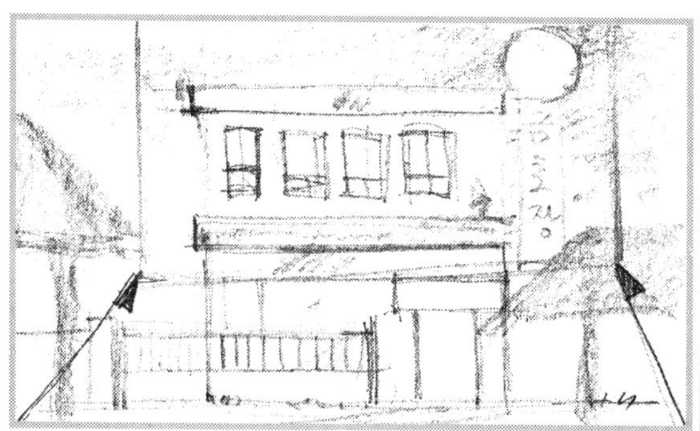

C# 1 (INS)

구석진 곳으로 CMR 서서히 접근하면
센티걸(V.O) : 아아… 나두 죽고 싶어엉~
Dolly In

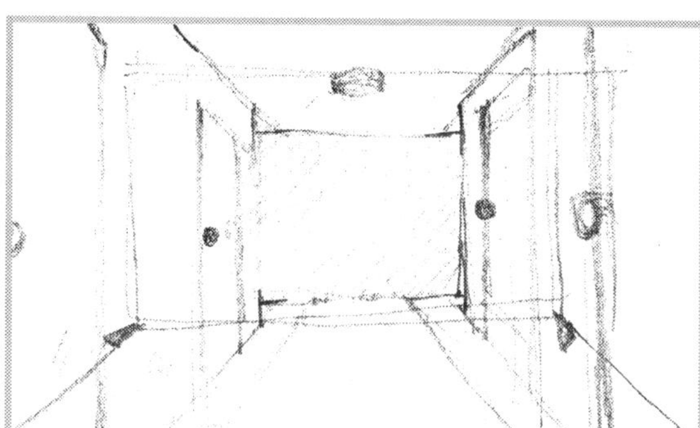

C# 2

센티걸의 소리가 꽤 육감적이다.
센티걸(V.O) : 옵빠, 나 죽여줘!

Dolly In

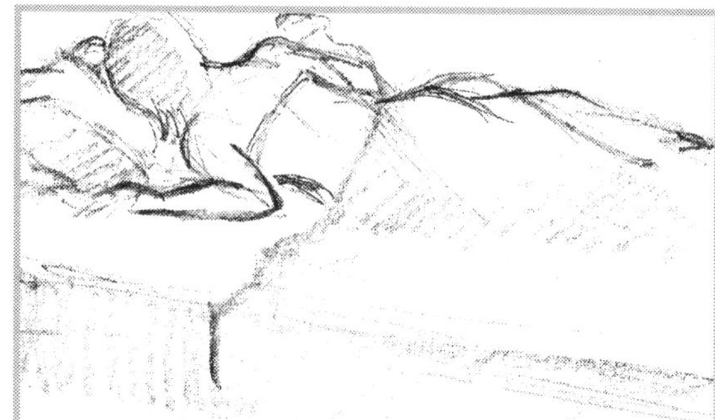

C# 3

몸을 뒤로 돌린 여자. 슬쩍 보이는 모습.
아까 그 센티걸이다.

Tinght한 F.S

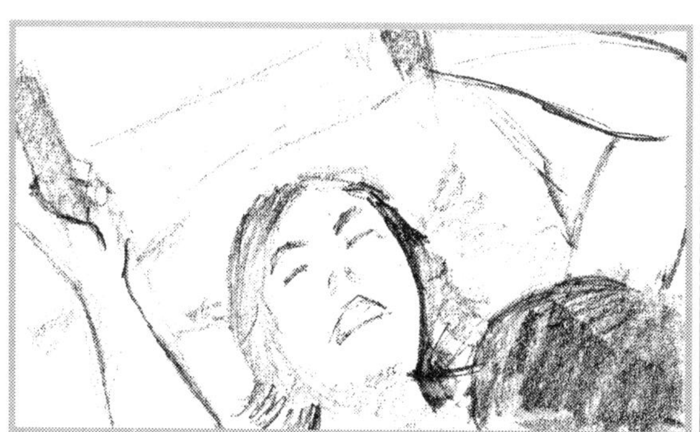

C# 4

옷을 벗기는 곤봉.
소파 모서리를 잡는 센티걸.

센티걸(V.O) : 아~ 옵빠는 이게 보시야?

B.S
PAN (센티걸 손으로)

<table>
<tr><td>S# 25</td><td>N</td><td>O : 사주카페 구석</td><td>Contents : 센티걸과 정사를 하려는 곤봉</td><td rowspan="2">Tone&Mood</td></tr>
<tr><td colspan="3">Energy :</td></tr>
</table>

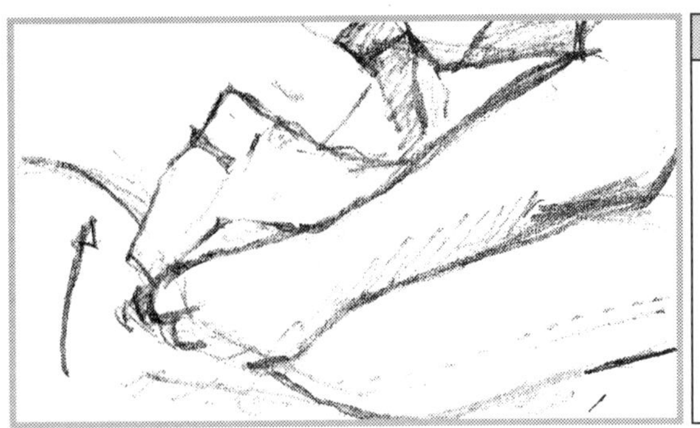

C# 5

슬쩍슬쩍 옷이 잘 벗겨 나가게
모션을 자연스럽게 취해주는 센티걸.
곤봉(V.O) : 이게 몸보시 아니냐아~

C.S

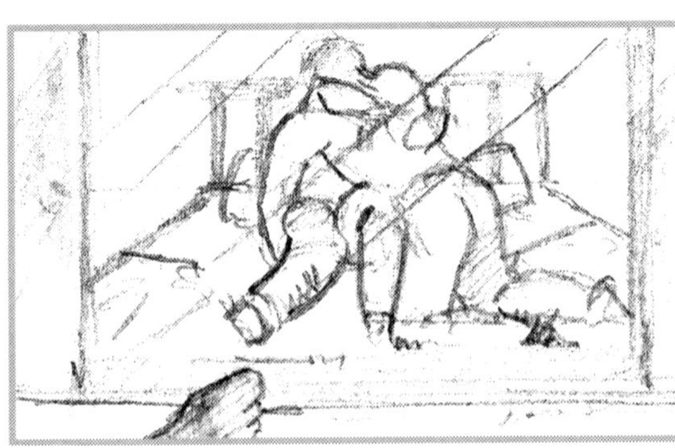

C# 6

CA. 대형거울을 통해 비추는 두 사람.
에로틱하게 벗겨 나가면서
가벼운 스킨쉽까지하는 곤봉.

F.S

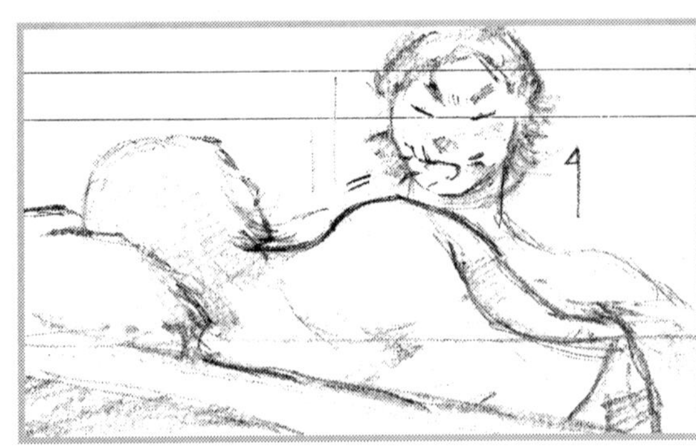

C# 7

곤봉의 입에 털이 한가닥 묻는다.
곤봉, 이게 뭐야 하는 표정, 퉤퉤 뱉는다.
곤봉 : 푸하… 퉤퉤

B.S → C.S

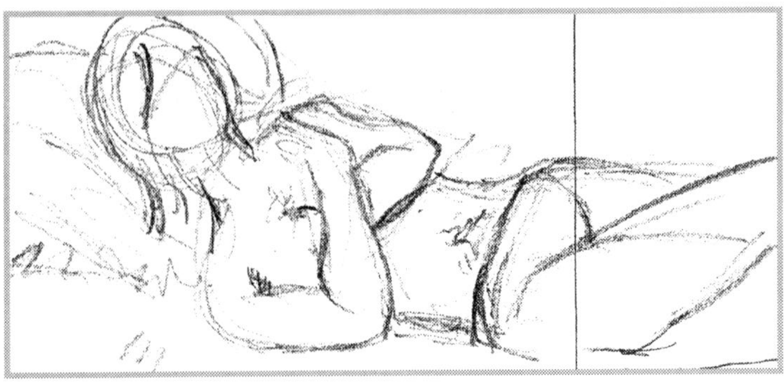

C# 8

센티걸, 팔뚝이며 겨드랑이며 배꼽까
지 유난히 털이 많다.
센티걸 : 아, 옵빠 매력있다.
곤봉(V.O) : 너 왜 이렇게 털이 많냐?
센티걸 : 아훙, 오빠앙~ 나 좋아?
　　　　　사랑해. 사랑해.

Follow CMR
PAN

S# 25	C# 8(1)	R# 184	Weather 맑음	S /(O)/ L under	M /D /E /(N)
			안개속 + 아맑음	건주 · Rock까페	

Work / Size	Top	Action & Dialogue
Hand Held / M.S.		안녹스 : 오예!
Angle eye		느낌 좋아ㄴ
Lens 35mm	**End**	인빠ㅏ 이제
Film 5279 (320T)		춘빈치야.
Filter NO.		얌동 : 이게 뭔들이야 .
Video tape# 10.		... 쓰리라는 녹수 fr. out 줌인

Camera position	Costume / Make up / Properties	Memo
	얌동 · 소매긴녁 겉옷	Master shot
	녹수 · 두건X	**Sound** O.K.

Equipment	Effect & C G
	Smog

T#	OK / NG	Time	Note
1	N.G	0:13	
2	Keep	1:34 (o.K)	
3	N.G	1:18	
4			
5			
6			
7			
8			
9			
10			
11			

<table>
<tr><td>S# 25</td><td>N</td><td>O : 사주카페 구석</td><td>Contents : 센티걸과 정사를 하려는 곤봉</td><td rowspan="2">Tone&Mood</td></tr>
<tr><td colspan="3">Energy :</td></tr>
</table>

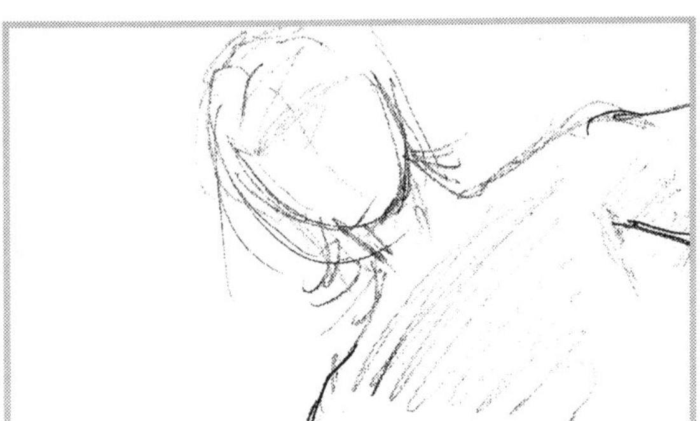

C# 9

곤봉 : 정말 정말.

B.S
앙각

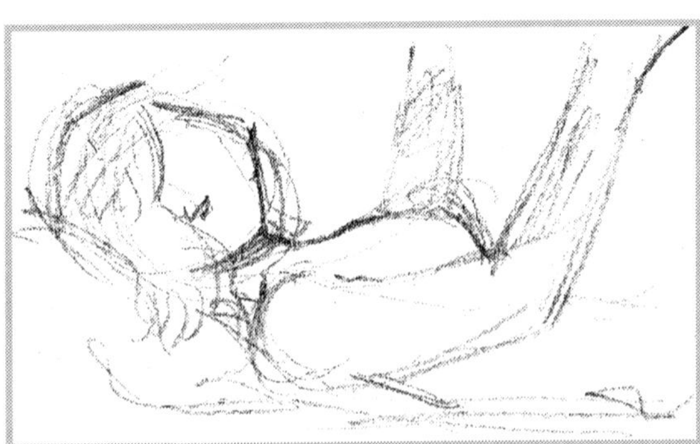

C# 10

센티걸 : 내 눈을 보면서 해줘,
　　　　 뚫어져라 보면서 해줘.

Side B.S

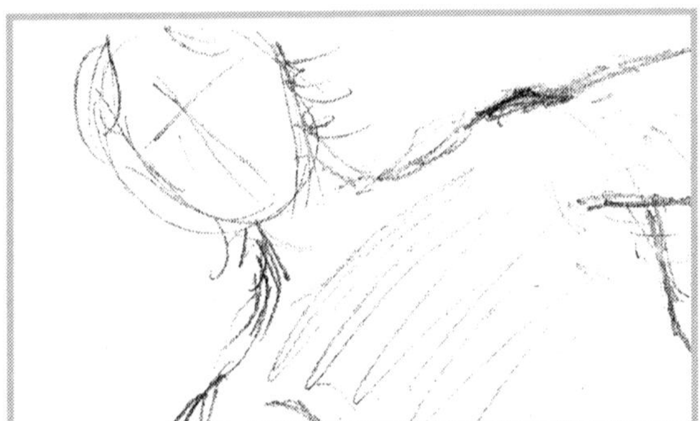

C# 11

곤봉 : 나 사랑해? 사랑한다고 말 좀 해줘. 응?
　　　 사랑한다고 말 좀 해봐.
　　　 제발 사랑한다고 해줘.

B.S
앙각

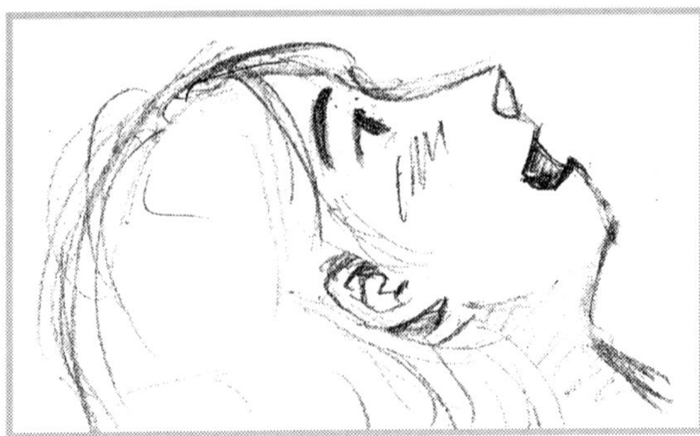

C# 12

센티걸 : 내 눈을 보면서 해줘!

Side C.U

<table>
<tr><td>S# 25</td><td>N</td><td>O : 사주카페 구석</td><td>Contents : 센티걸과 정사를 하려는 곤봉</td><td rowspan="2">Tone&Mood</td></tr>
<tr><td colspan="3">Energy :</td></tr>
</table>

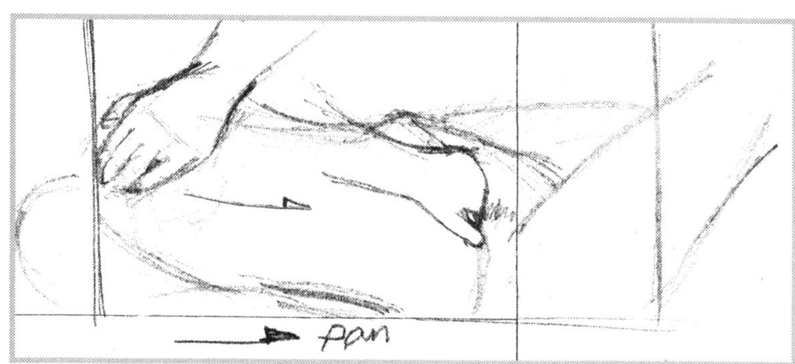

C# 13

곤봉, 센티걸 아래 물건에
손을 넣다가 기겁을 한다.

C.S
PAN (센티걸 하체로)

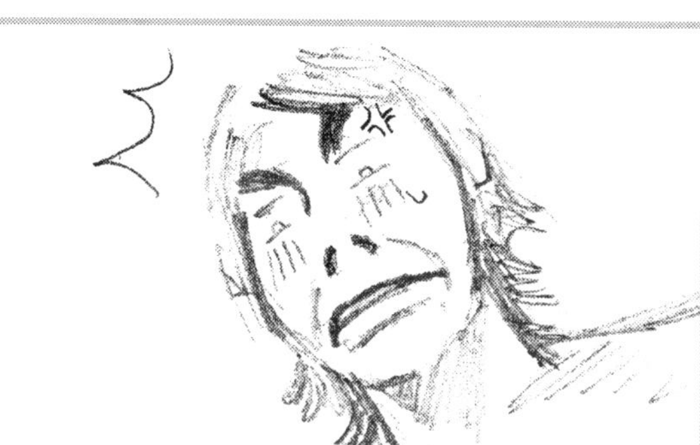

C# 14

곤봉 : 뭐가 잡히냐 지금… 뭐가 잡힌다!

B.S
앙각

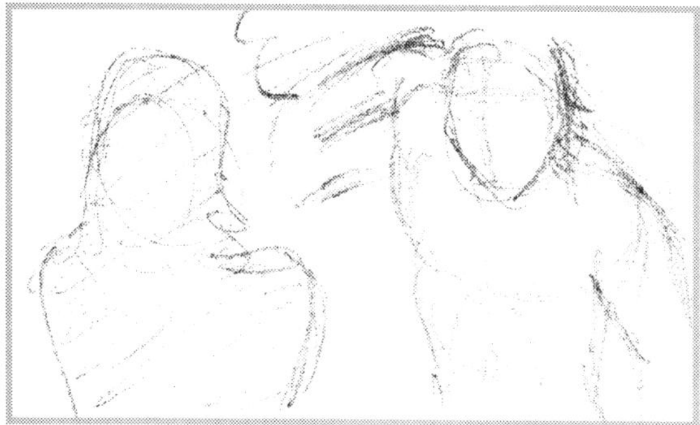

C# 15

화들짝 놀라는 곤봉,
일어나면서 센티걸을 한방친다.

센티걸 O.S , 곤봉 B.S

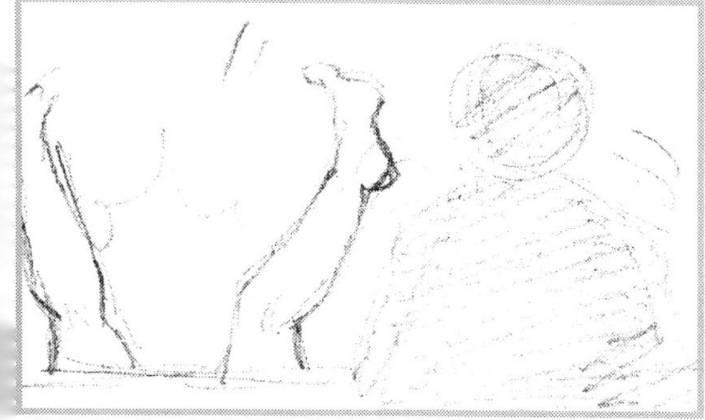

C# 16

당황하던 센티걸, 나가 떨어진다.

곤봉 O.S , 센티걸 B.S

〈Frame Out 센티걸〉

<table>
<tr><td>S# 26</td><td>N</td><td>L : 사주카페 밖</td><td>Contents : 게이 센티걸에 놀라서 나오는 곤봉</td><td rowspan="2">Tone&Mood</td></tr>
<tr><td colspan="3">Energy :</td></tr>
</table>

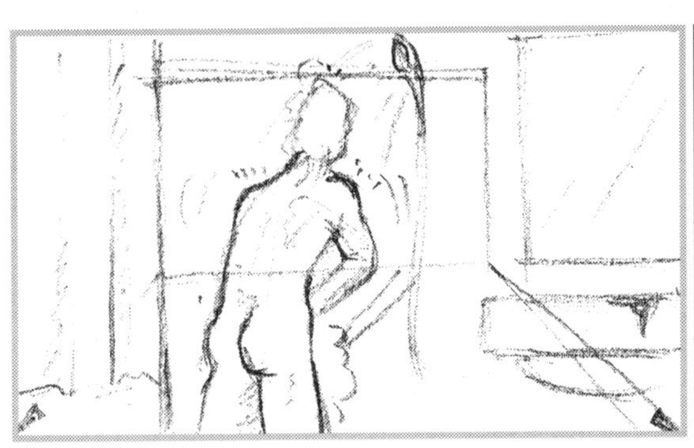

C# 1

기겁을 하고 나오는 곤봉
곤봉 : 아우우으으… 씨바 새끼.
　　　아우우으으… 퉤. 퉤…

B.S → Dolly Out → M.S

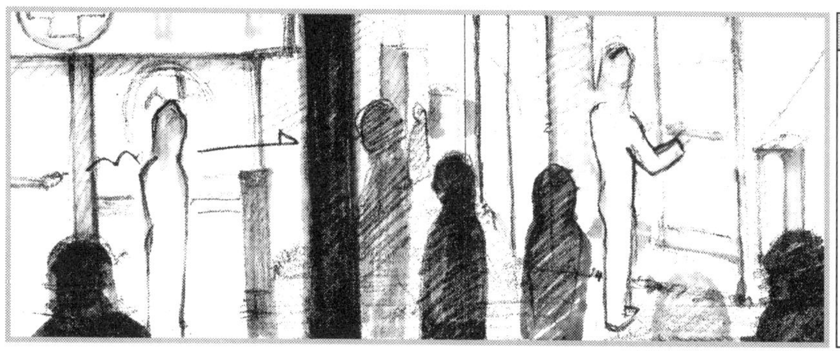

C# 1

오만가지 인상을 쓰는 약사!
약국에서 나와서 스티커 사진 숍으로 가는 재림.
M.S
Dolly
Follow Side

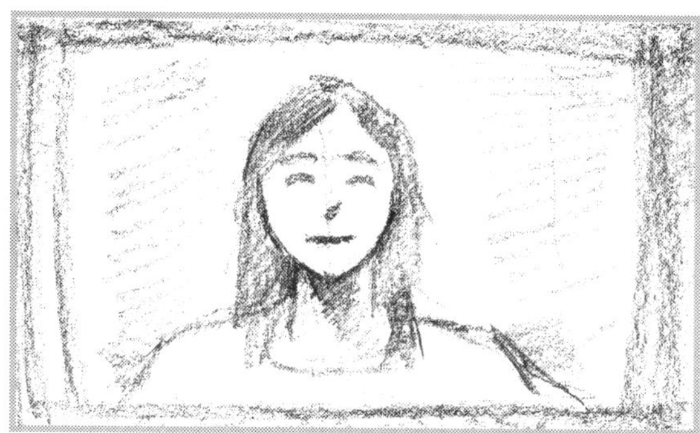

C# 2

화면의 중앙에 재림의 얼굴이 비춰진다.
(S.E) 찰칵
플래쉬가 터지고 재림은 화면을 바라본다.
(S.E) 찰칵
화면에 얼굴을 반듯이 하고 억지로 미소를 짓는 재림.
재림 : 김치이잉~
액정화면 뒤 앙각 CMR
(S.E) 찰칵

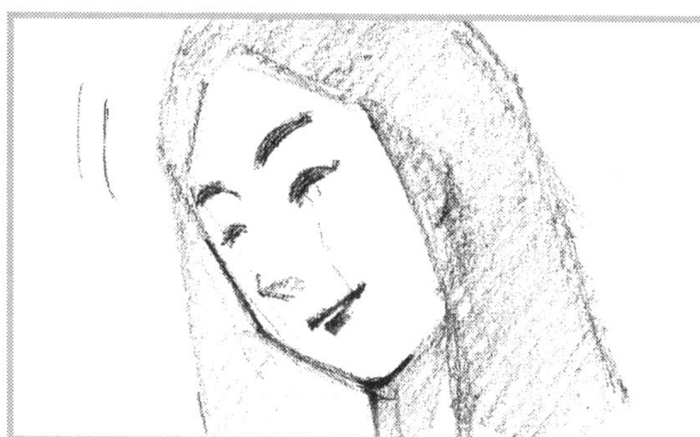

C# 3

속마음을 숨길 수 없는지 눈이 점점 빨개지는 재림.
재림 : 치이즈응~
(S.E) 찰칵
충혈되며 고이는 눈물을 손으로 훔친다.
(S.E) 찰칵
C.S
(액정 밖) Side CMR – 3/4 각도

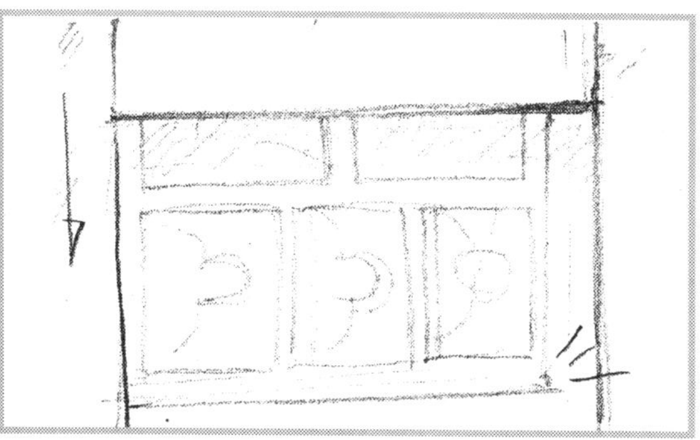

C# 4 (INS)

잠시 후, 사진이 나온다.
슬픈 표정이 묻어나온 5가지 표정의 사진들.

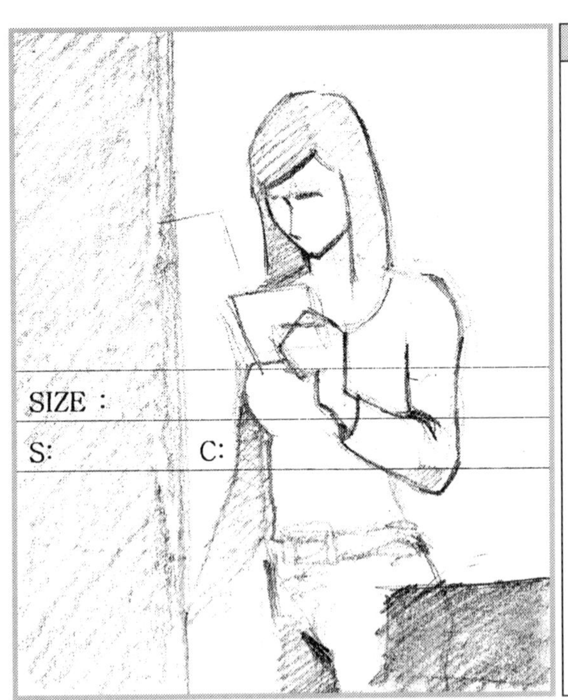

SIZE :

S:　　　　C:

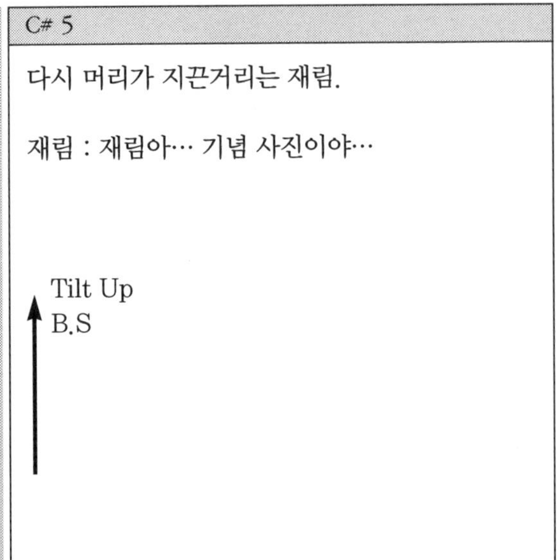

C# 5

다시 머리가 지끈거리는 재림.

재림 : 재림아… 기념 사진이야…

Tilt Up
B.S

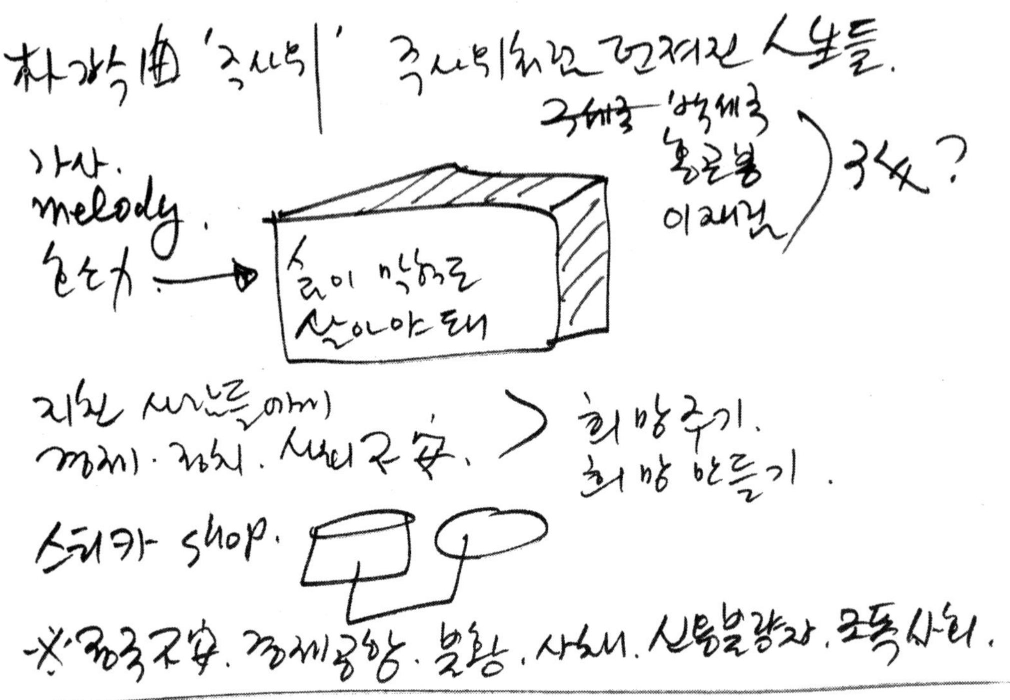

<table>
<tr><td>S# 28</td><td>N</td><td>O : 약국</td><td>Contents : 쥐약을 힘겹게 사는 재림</td><td>Tone&Mood</td></tr>
<tr><td></td><td></td><td></td><td>Energy :</td><td></td></tr>
</table>

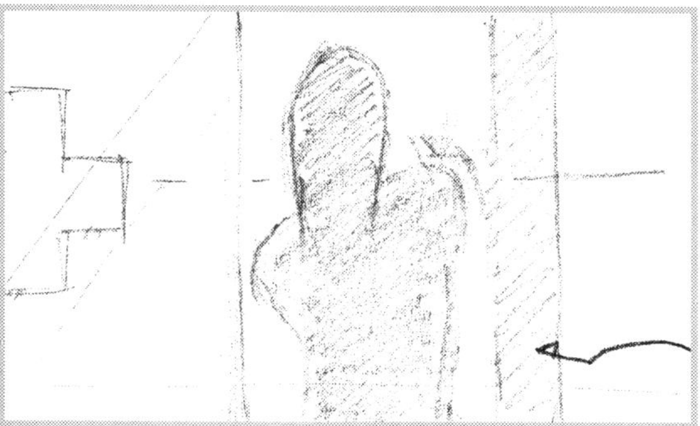

C# 1

다시 그 약국에 들어서는 재림의 뒷모습

〈Frame In 재림〉

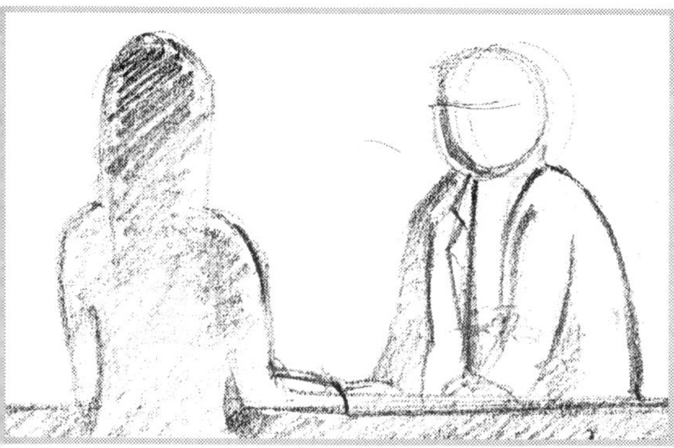

C# 2

조제실에서 나오는 껄렁껄렁한 약사
약사 : 또 왔어?
재림 : 수면제 좀 주세요.
약사 : 없다고 했잖여.
재림 : 그러지 말고 몇 알만 주세요.
약사 : 나 원참…(수면제를 가져오는 약사)
재림 : (수면제 병을 뺏는다) 이리줘봐요. 1,2,3…10.
약사 : 수면제는 한번에 10알 이상 못 팔게 돼 있는데.
Side T.S

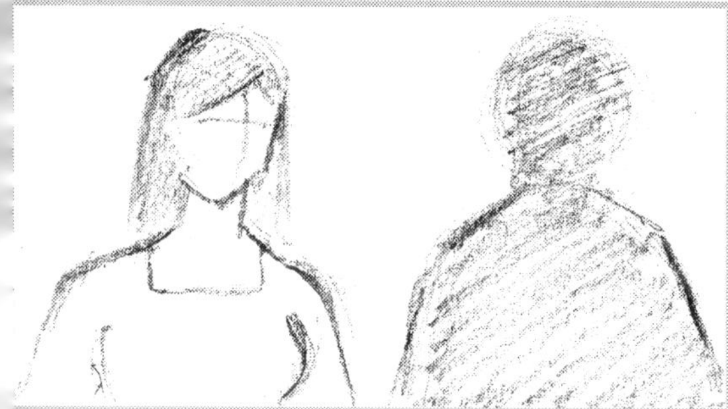

C# 3

재림 : (돈을 주면서) 여기있어요.

재림 B.S , 약사 O.S

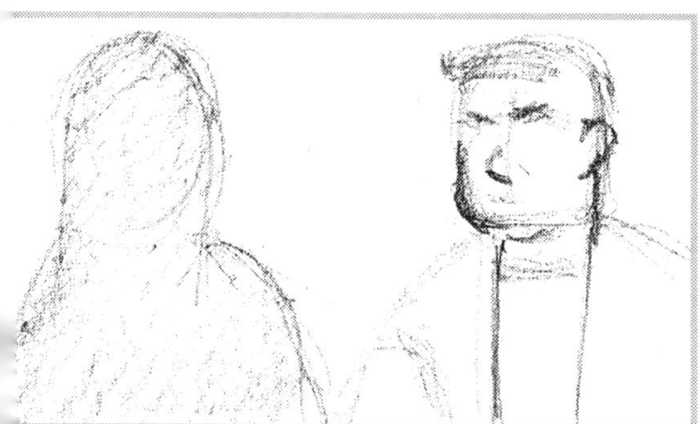

C# 4

약사 : 안 된다는데 왜 이러시나 젊은 아가씨가.

재림 O.S , 약사 B.S

<table>
<tr><td>S# 28</td><td>N</td><td>O : 약국</td><td>Contents : 쥐약을 힘겹게 사는 재림</td><td>Tone&Mood</td></tr>
<tr><td></td><td></td><td></td><td>Energy :</td><td></td></tr>
</table>

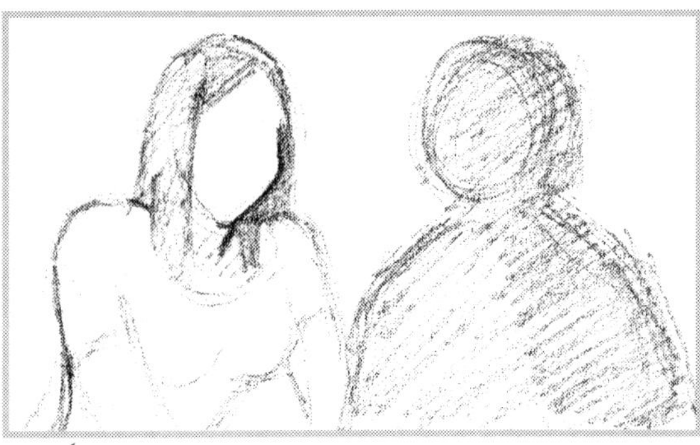

C# 5

재림 : 이것 보세요.
　　　나 열받아서 미칠 것 같단 말예요!

재림 O.S , 약사 B.S

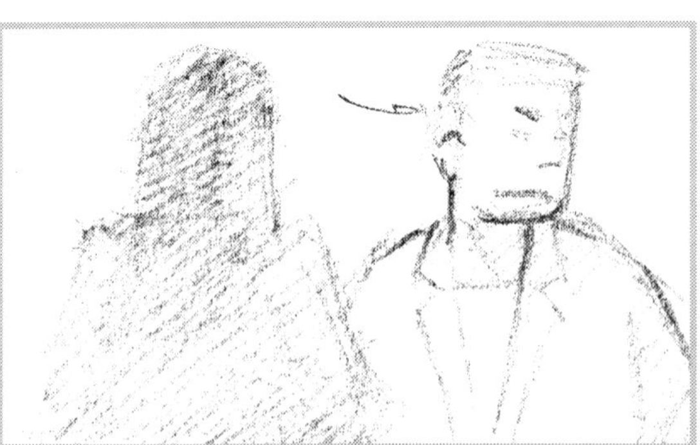

C# 6

약사 : 안 된다는데 왜 이러시나.
　　　나 담배 좀 끊는가 싫었는데.
　　　그냥 콱 펴버려?! 쿠우왁!

Quick PAN

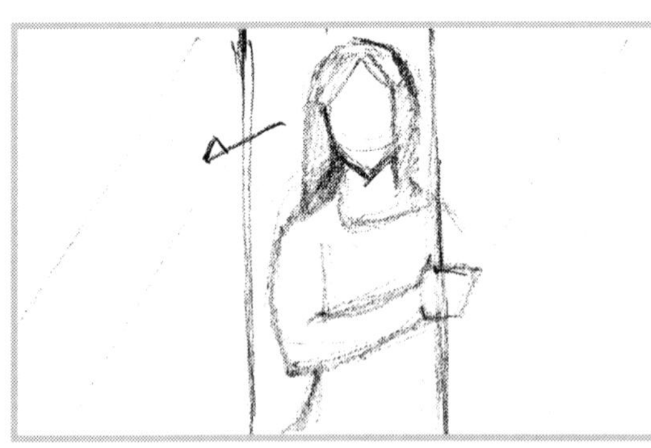

C# 7

도로1 – 다른 약국(이 약국)

약국에서 나오는 재림

M.S

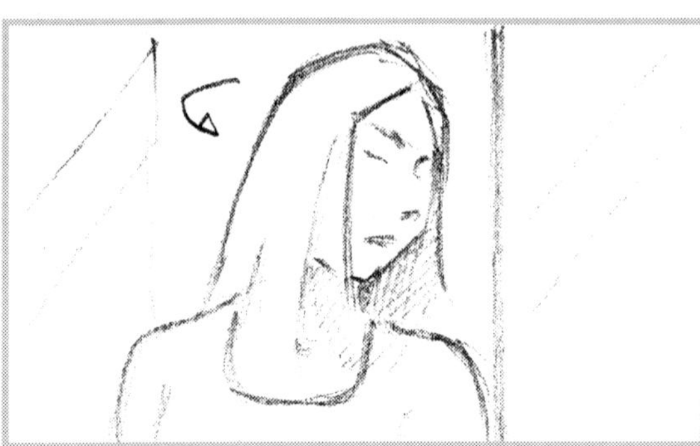

C# 8

도로2– 또 다른 약국(저 약국)

약국에서 나오는 재림.

B.S

돌아다니며 수면제를 사 모으는 재림.

<table>
<tr><td>S# 28</td><td>N</td><td>O : 약국</td><td>Contents : 쥐약을 힘겹게 사는 재림</td><td rowspan="2">Tone&Mood</td></tr>
<tr><td colspan="3">Energy :</td></tr>
</table>

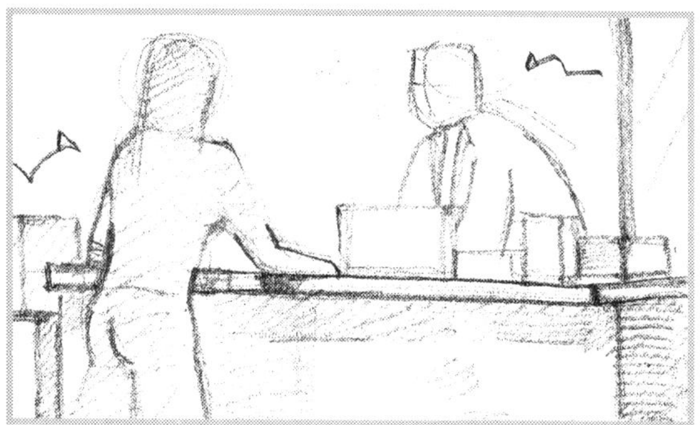

C# 9

처음 그 약국으로 다시 들어가는 재림
조제실에서 나오던 약사, 재림을 보더니
더럽게 인상을 쓴다.
약사 : (인상쓰며) 또 왔어? 으아아…스트레스.
　　　담배 좀 끊는가 싶었는데, 하나님도 무심하
　　　시지.
Follow CMR
M.S

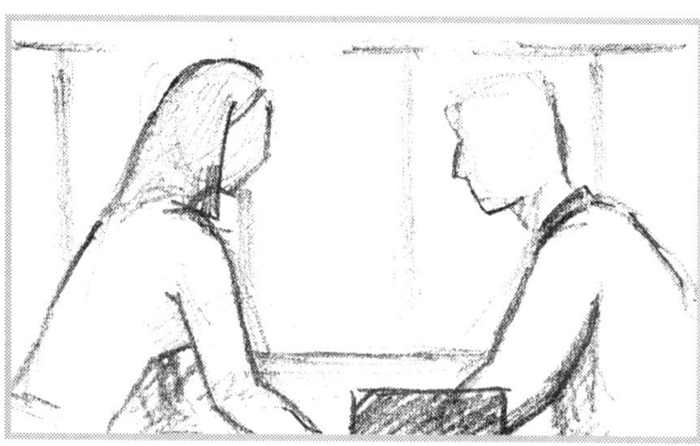

C# 10

재림 : (지친 듯)아자씨 쥐약 있어요?
약사 : 수면제가 아니고?
재림 : 물약으로…
약사 : 요즘엔 물약이 안 나 오는데.
　　　대신 쥐가 콱콱 갉아먹을 수 있는 것으로
　　　나오는데.
재림 : 그거라도 주세요. 이왕이면 좀 싼거로.
Side M.S

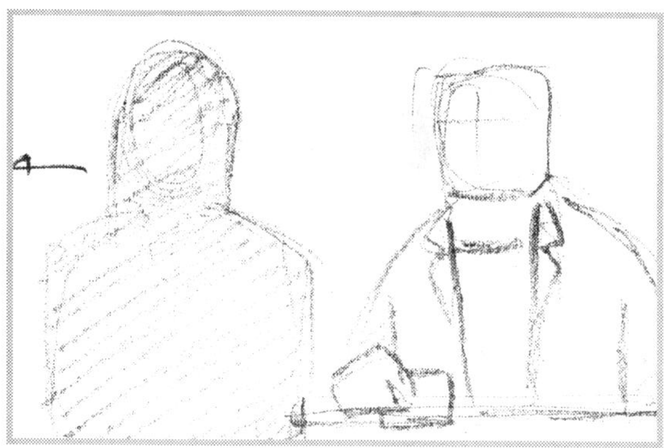

C# 11

약사 : 아가씨 술 먹었수? 그러지말고 그냥 줄테니 다신
　　　오지 말어!
재림 : 아니요. 약이란 자고로 돈을 주고 먹어야지 효염
　　　이 있잖아요. 얼만진 모르지만 이 돈 받고 부디
　　　돈 많이 벌어서 좋은 일에 좀 쓰세요.
약사 : 쿠악 퉤! 흐미, 연짝으로 담배 피게 만드네…
　　　이그으~ 왕재수들…
재림 O.S , 약사 B.S
〈Frame Out 재림〉

<table>
<tr><td>S# 29</td><td>N</td><td>L : 성당이 보이는
뒤뜰</td><td>Contents : 핸드폰을 던져버리는 재림</td><td rowspan="2">Tone&Mood</td></tr>
<tr><td></td><td></td><td></td><td>Energy :</td></tr>
</table>

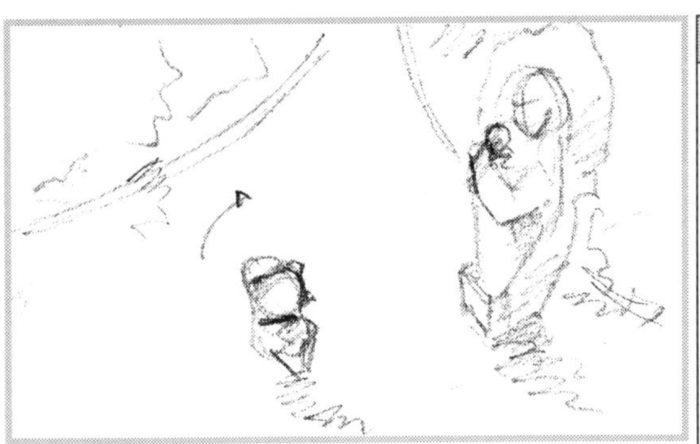

C# 1

재림, 초조 불안감에 휩싸여서
성모상 앞에서 한탄을 하며 소리치는 재림.
재림(방백) : 어떤 년은 태어날 때부터 돈방석 깔고 태
어나고 어떤 년은 개밥그릇 갖고 태어났나?! 차라리 수
녀라도 됐으면 좋겠다. 나 같은 년 받아주지도 않겠지
만.
내가 고작 그 몇 푼 때문에… 너희같은 새끼들한테…
엉엉… 당해야 돼…

(재림 심각 혹은 진지하게 울어야 한다! 거짓 울음 NO!)

F.S
직부감 ↗ 원형

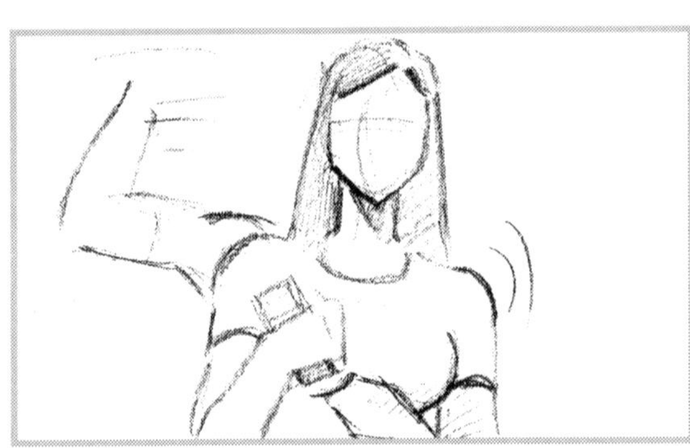

C# 2

울보 재림이.
어디엔가 전화를 걸려다 맘이 바뀐 듯
핸드폰을 멀리 던져버린다.

M.S

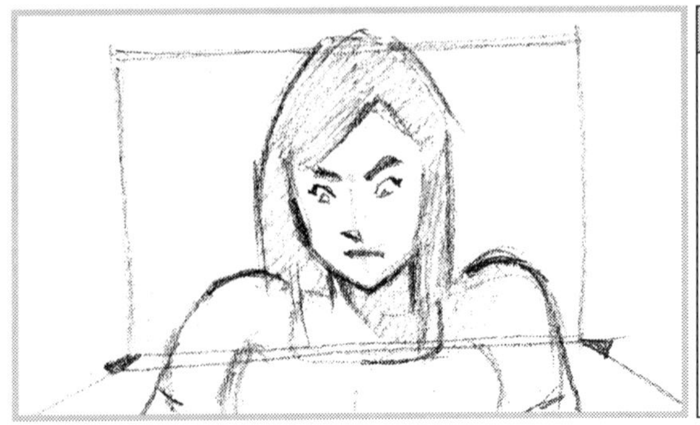

C# 3

화가 나는 자신이 한심해 우울하다가
미친 아이처럼 마구 웃어 재낀다.
자학하는 자신의 몰골.
B.S → Dolly In → C.S

Quick PAN

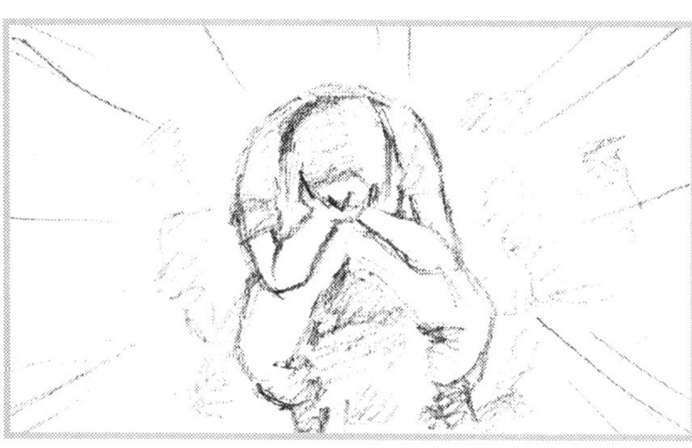

C# 4

아까부터 쌀모양의 쥐약을 우걱우걱 씹어 먹고
있다.
먹으면서도 비위가 계속 상하는지 헛구역질을
계속 해댄다.

Tight한 F.S
직부감

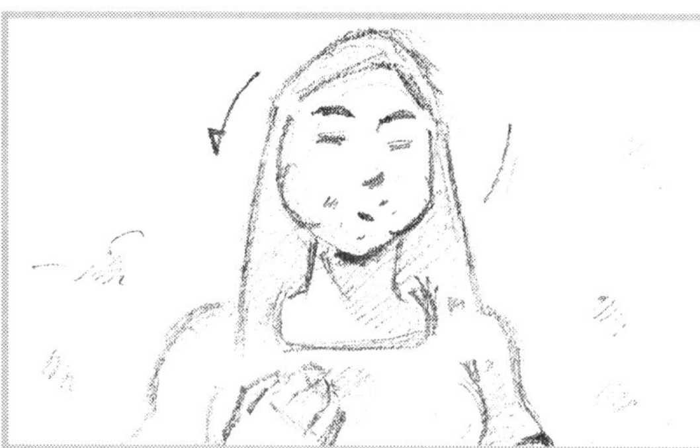

C# 5

재림 : (우걱우걱) 피 토하고 죽을 때가 됐는데…
　　　으으으… 맛없어…

M.S

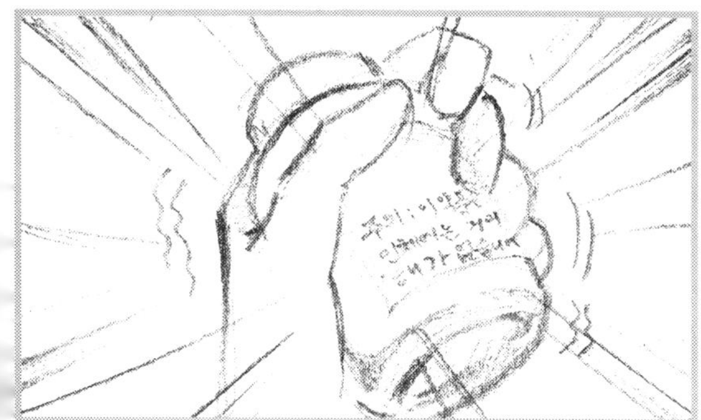

C# 6 (INS)

거의 먹다가 약병 뒤에 있는 주의사항을
무심코 읽어 내려가는 재림.
그러다가 빨간 글씨로 '주의' 라고
쓰여진 글귀에 눈을 맞춘다.
갑자기 부들부들 떨리는 손.
주의 : 이 약은 신제품이므로 인체에는 거의
　　　해가 없습니다.

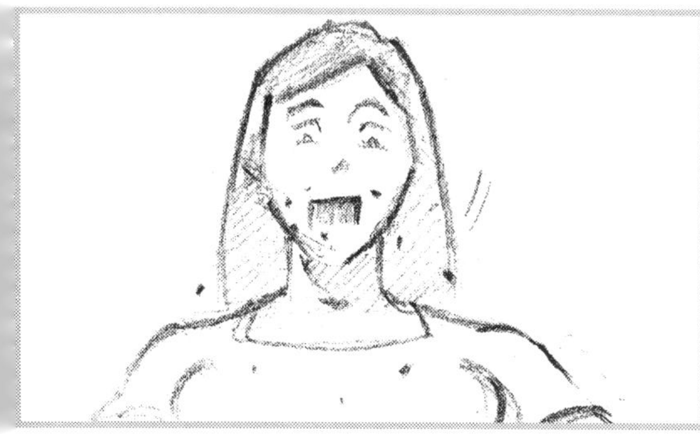

C# 7

허탈하게 천장을 쳐다보는 재림.

(S.E) – Sound insert
　　　천둥소리, 개 맞아 죽는 소리, 깡통 치는 소리

B.S
CMR 좌우로 흔들흔들 Fix
싸일런트

<table>
<tr><td>S# 29-1</td><td>D</td><td>O : 엘리베이터 안
(Flash Back)</td><td>Contents : 엘리베이터 도우미 시절의 재림</td><td>Tone&Mood</td></tr>
<tr><td></td><td></td><td></td><td>Energy :</td><td></td></tr>
</table>

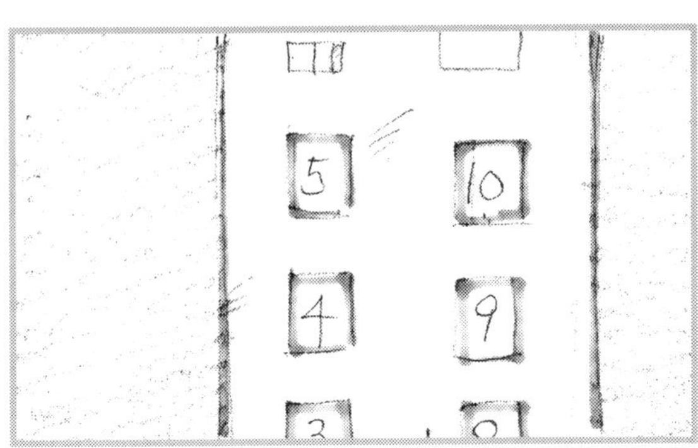

C# 1 (INS)

엘리베이터 안의 버튼

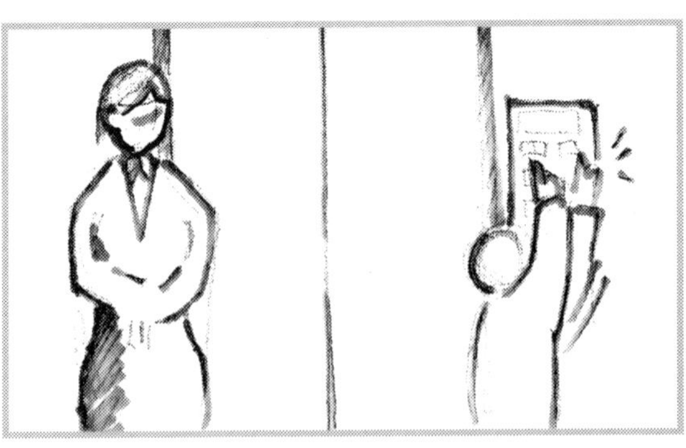

C# 2

엘리베이터 걸 복장의 재림.
어린 아이가 버튼을 맘대로 누른다.

2인 M.S

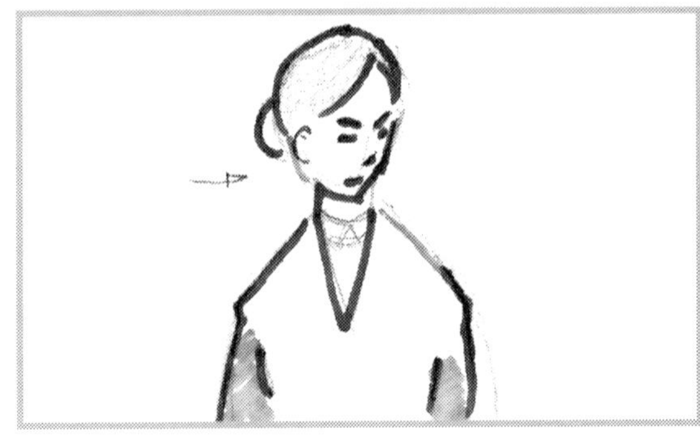

C# 3

꼬마에게 누총을 주는 재림.

B.S (재림 단독)

<table>
<tr><td>S# 29-2</td><td>D</td><td>O : 화실 안
(Flash Back)</td><td>Contents : 누드모델 참관 현장의 재림
Energy :</td><td>Tone&Mood</td></tr>
</table>

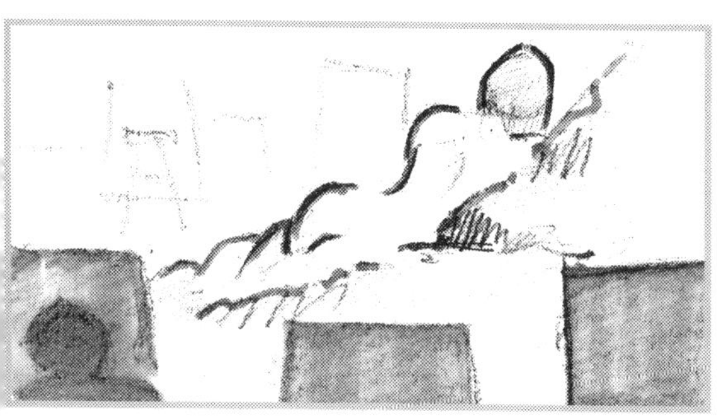

C# 1

누드 모델 참관 현장.

F.S
(부감/앙각)

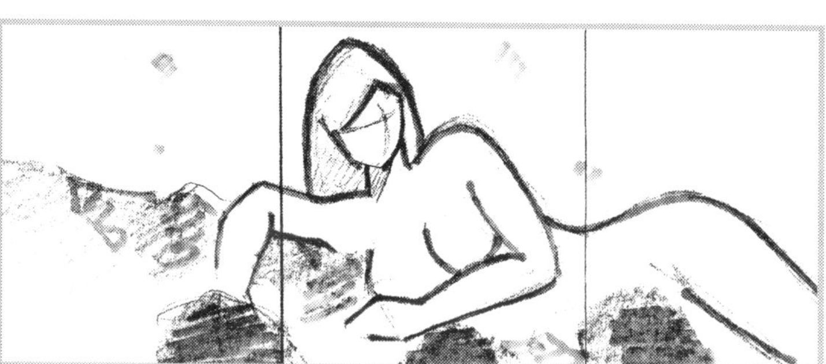

C# 2

누드 모델의 자태.

Tight한 F.S

PAN (몸을 따라)

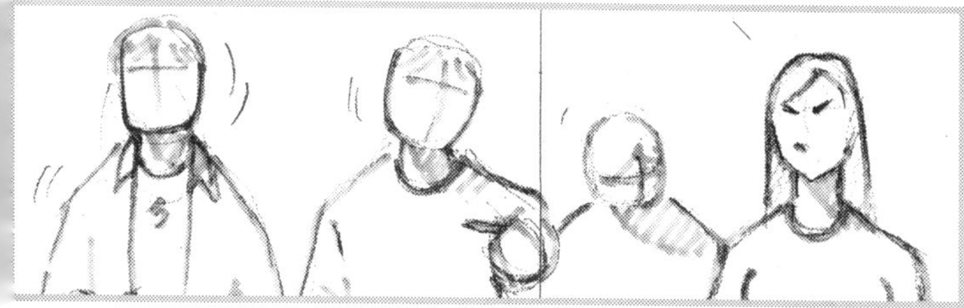

C# 3

PAN

어린 학생, 나이든 학생이 침을 흘리며 누드 모델을 감상한다. B.S
견학하던 재림, 화가 난다.

S# 29-1, C# 1, 2, 3 (엘리베이터, 화실)

재림(V.O) : 첫 번째, 두 번째, 다니던 회사마다 다아 그
만 둔 것도 사실은 회사 사장님 땜에 그런게 아니라 내
성질땜에 그만 둔거야.
참 못됐어. 재림인… 쥐뿔도 없으면서 사치벽만 높고,
현실에 적응하기가 참 힘들어.
한달내내 **뼈빠**지게 일해서 번 돈이 있는 집 애들 술값
도 안 된다고 생각하면 넘 억울하고 속상해!
어쩔 땐 그런 애들 죽도록 때려주고 싶어.
다시 독한 맘 먹고 살려서 했었어. 그건 여진이 너도 잘
알잖아. 그런데 안돼. 죽고 싶다는 생각, 하루에도 셀
수가 없어…

<table>
<tr><td>S# 29-3</td><td>N</td><td>O : 통유리 생맥주집</td><td>Contents : 여진에게 신세 한탄을 하는 재림</td><td rowspan="2">Tone&Mood</td></tr>
<tr><td colspan="3">Energy :</td></tr>
</table>

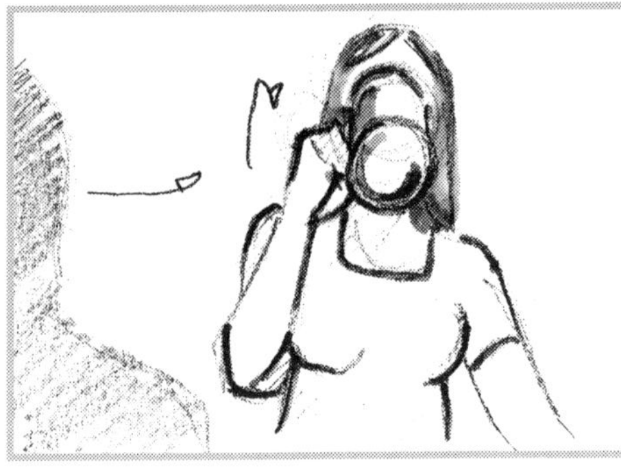

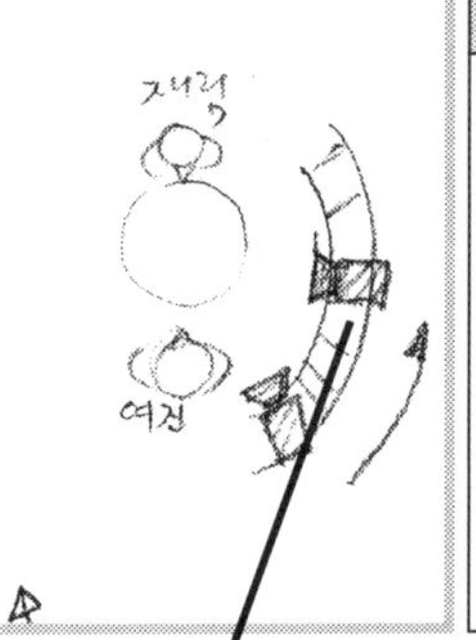

반원 이동

C# 1

재림,
생맥주를 쭈욱 마신다.
여진 : 안색이 안 좋다.
　　　나가자.
재림 : 너 먼저 가.

여진 O.S , 재림 B.S

C# 2

재림을 꼬옥 안아주는 여진.

B.S

<table>
<tr><td>S# 29-4</td><td>D</td><td>O : 공원 놀이터
철제탑</td><td>Contents : 여진과 대화를 나누는 재림</td><td rowspan="2">Tone&Mood</td></tr>
<tr><td colspan="3">Energy :</td></tr>
</table>

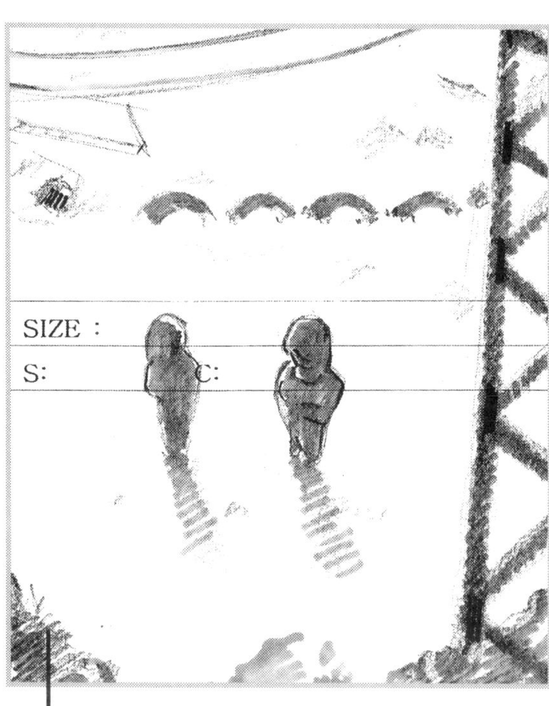

Crane Down

C# 1-0

공원에서 대화를 나누는 재림과 여진.

여진 : 병원에서 퇴원은 한거야?

F.S
부감

Crane Down

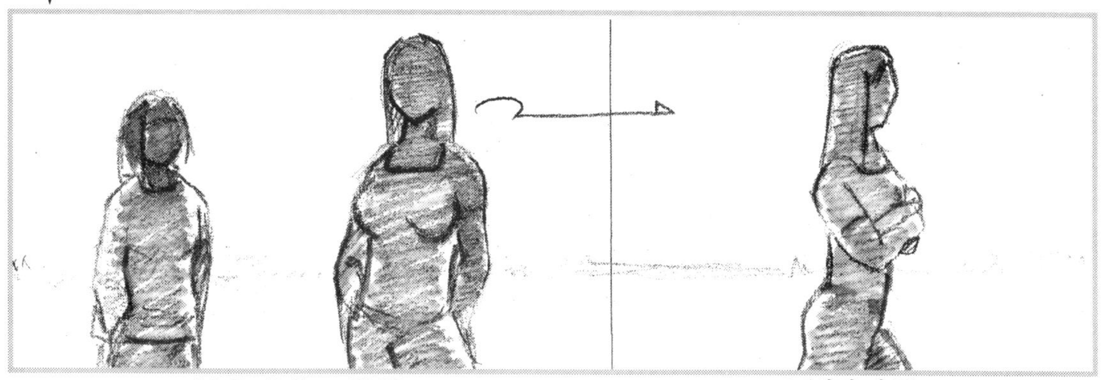

C# 1-1

재림 : 이 세상이 바로 커다란 병원이고 철창 없는 감옥이요.
　　　모래없는 사막인데 퇴원하고 말고가 어딨어. 그냥 죽지 못해 사는 거지.
여진 : 재림아, 왜 이렇게 자학하는거야.
　　　나한테는 니가 천사고… 맞어! 니가 내 수호천사였잖아.

S# 29-4	D	O : 공원 놀이터 철제탑	Contents : 여진과 대화를 나누는 재림	Tone&Mood
			Energy :	

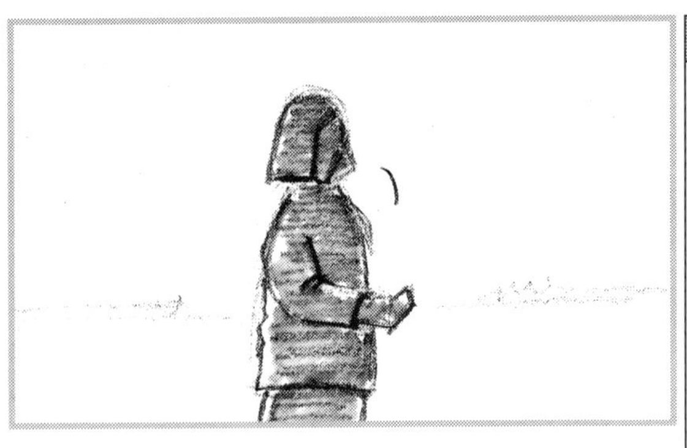

C# 1-2

여진 : 내가 절도범으로 몰리던 날, 금고 비밀번호를 아는 사람이 나밖에 없었잖아.
당연히 날 도둑으로 생각하고 모두다 날 추궁만 하는데 니가 불쑥 나타나 훔쳤다고 이야기해서 난 혐의가 풀렸잖아. 그래서 넌 경찰서까지 가서 콩밥 먹고 평생 전과자 신세가 될 뻔 했지.

CMR : 재림 → 뒤따르던 여진에게 이동
〈Frame In〉

밤. 낮. day for Night Scene X.
새벽촬영. 거서.
전주. 공원. 동네 작은동산 등으.
밝게 찍자. 남동.
Jimmy Jib ? 떨정스 Crain ?

▯▯▯▯▯ (이동車). 촬영의 line up.

점·선·면.
2차원. 3차원
2D . 3D.

★ 한 人間을 찰 딴단하는 方法.

점+점+ ····
= 속도.

<table>
<tr><td>S# 29-5</td><td>D</td><td>O : 고아원 안
(Flash Back)</td><td>Contents : 여진을 구해주는 재림</td><td rowspan="2">Tone&Mood</td></tr>
<tr><td></td><td></td><td></td><td>Energy :</td></tr>
</table>

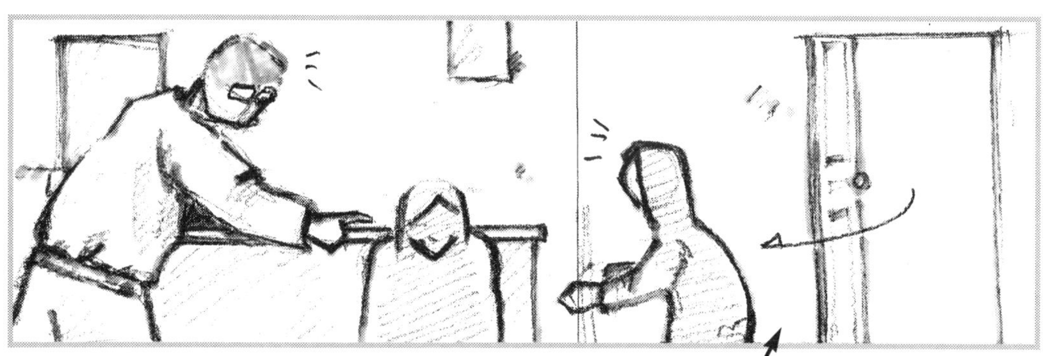

C# 1

원장 선생이 여진이를 꿇어 앉혀놓고 화가 많이 나서
야단을 치는데, 재림이가 와서 잘못됐다고 변명을 하는데.

M.S

반원이동

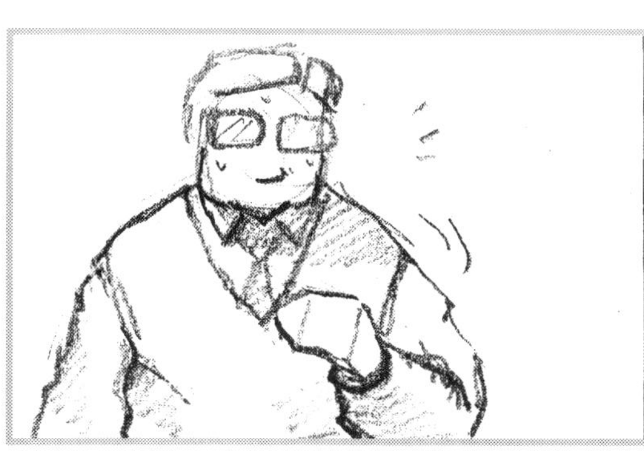

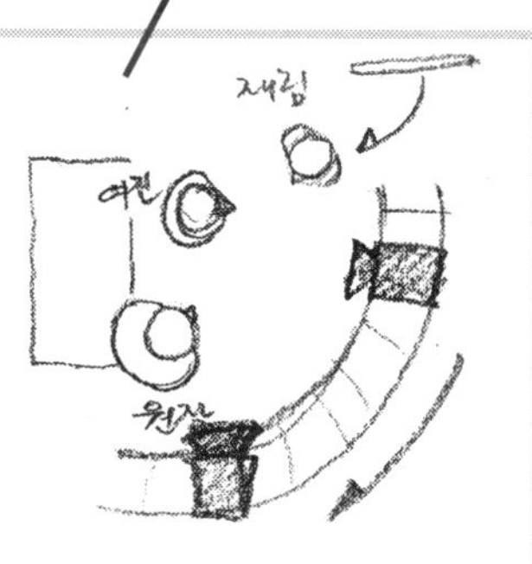

C# 2

재림의 고백을 듣고 놀라는 원장의 표정.

B.S

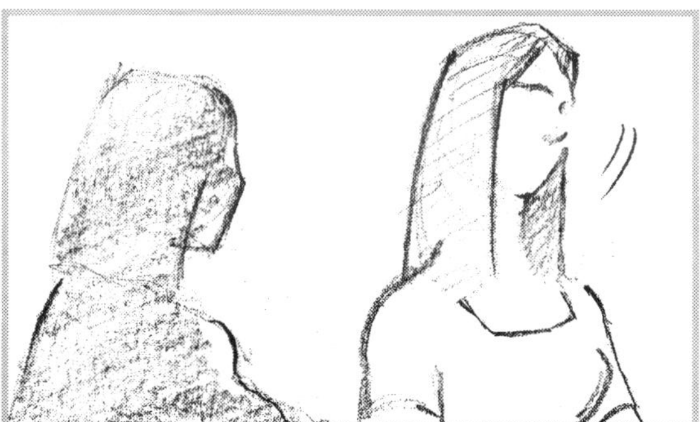

C# 3

눈물 흘린 여진의 표정.

원장 O.S , 여진 B.S

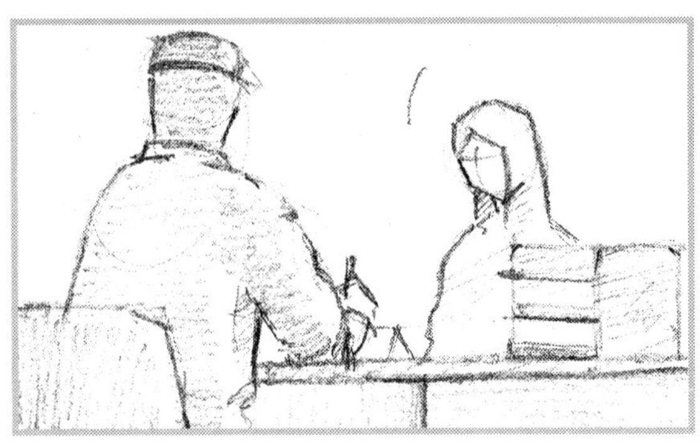

C# 1

파출소에 잡혀와 조사받는 재림.

M.S

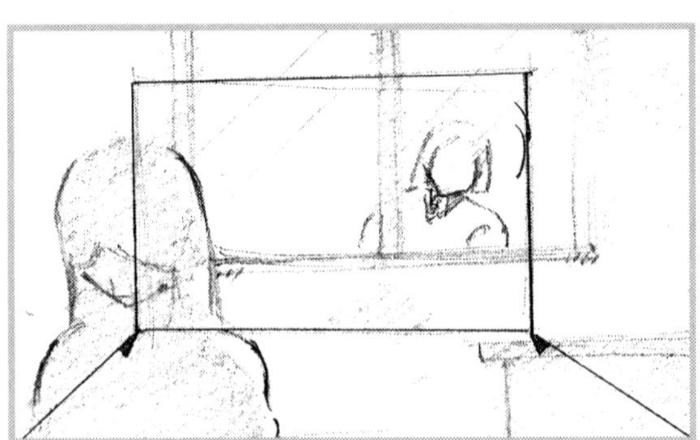

C# 2

겁먹은 얼굴로 창 밖에서 보고 있는 여진.

재림 O.S , 여진 B.S

리상씬 / 줄타기 . delete .

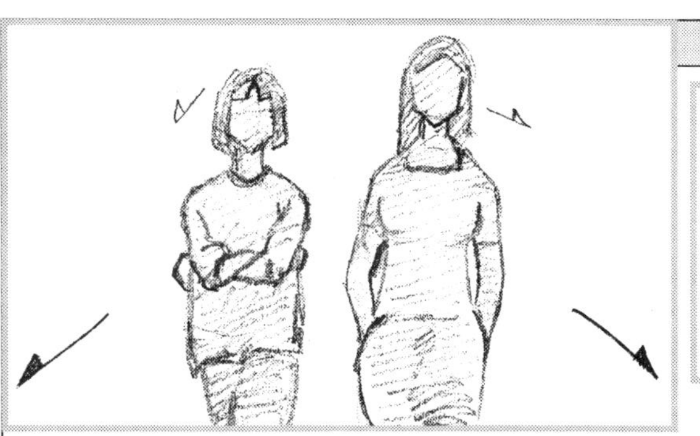

C# 1 (S# 29-4)와 같은 장소

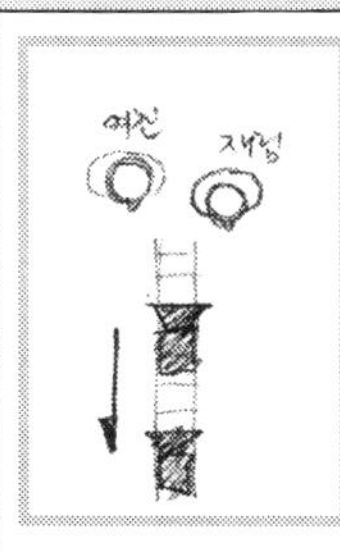

M.S
후진이동 Follow

여진 : 난 그때만 생각하면 가슴이 쿵쾅쿵쾅거린다. 넌 날 구하기 위해서 고아원부터 재활원 경리로 일할 때까지 언제나 날 지켜주는 수호천사였어. 만약 진범이 잡히지 않았다면 너는 평생 원장 선생님한테 절도범으로 낙인찍혔을텐데…
니…가 힘들어 하는데 도움이 못돼 미안해. 우리 착한 재림이의 방황이 언제나 끝날까… 참, 너 째즌가 발리난가 된다고 했잖아.

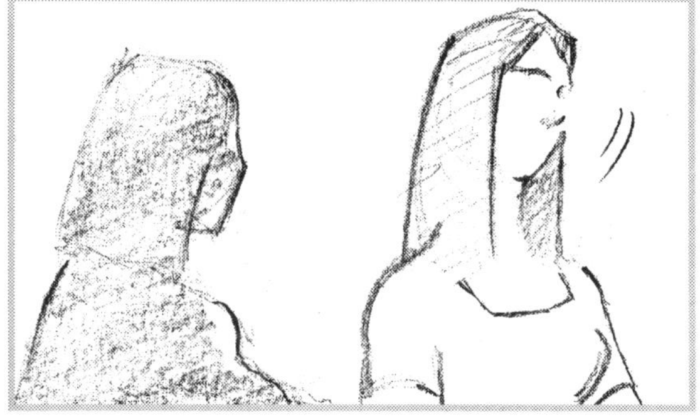

C# 2

재림 : (말을 가르며)째즈? 발레? 잊은지 오래다.
　　　뭐, 그냥 사는 거지…

여진 O.S , 재림 B.S
Focus In → Out

S# 30	N	O : 포장마차	Contents : 두 남자 얘길 듣다가 나가는 세주	Tone&Mood
			Energy :	

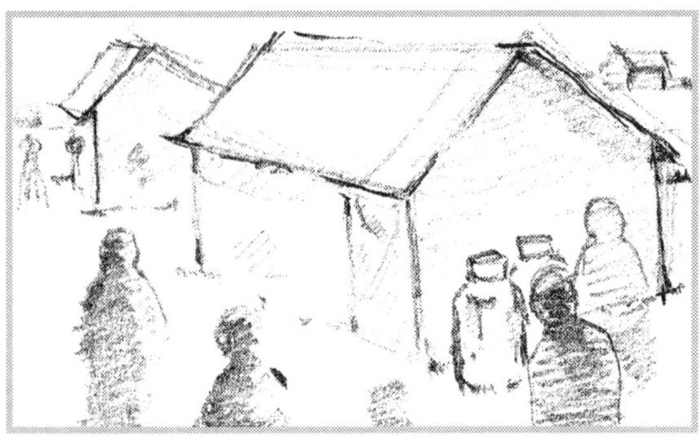

C# 1 (INS)

늘어서 있는 포장마차 주위에 지나가는 사람들.

F.S

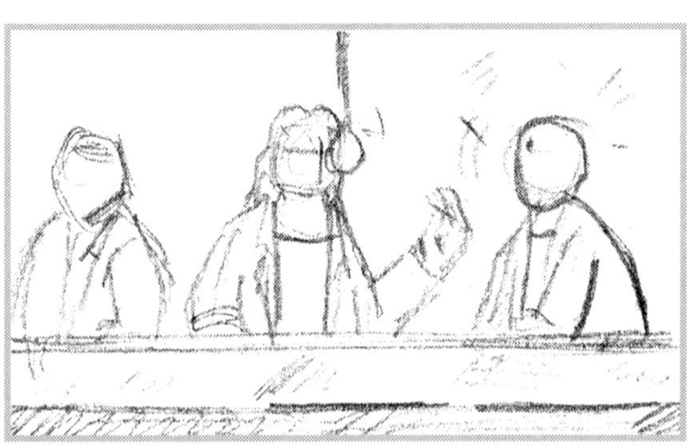

C# 2-0

안주가 진열된 중앙에서 남자 1,2 술을 마시고 있다.
둘은 뭐가 그리 재밌는지
나이트에서 여자 꼬셔 여관 간 일
-인터넷 IJ이야기 등 얘기하며 왁자지껄하게 마셔
댄다.
(남자1-이마에 점이 있는 부처의 형상
남자2-긴 머리에 수염이 난 예수의 형상을 각각 닮
아있다)

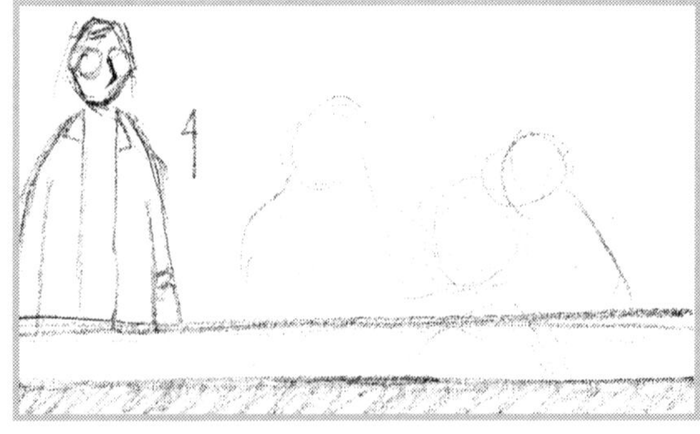

C# 3

세주는 술이 남았음에도 둘의 대화가 거슬리는
지 잔에 든 술만 비우고 일어난다.

두 남자 O.S , 세주 B.S

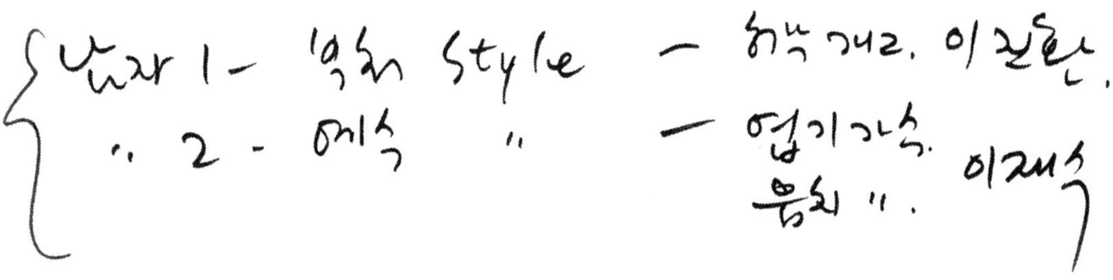

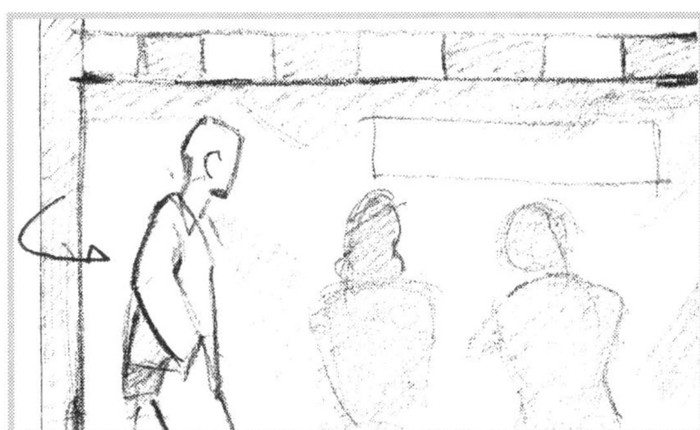

C# 1-0

밖으로 나온 세주. 세주가 서 있는 옆으로
포장마차 안, 남자들의 그림자가 보인다.
그냥 가려다 한 남자의 그림자 뒤로 다가가는 세주.
(S.E) 짠 (술잔 부딪히는 소리)

M.S
Follow CMR

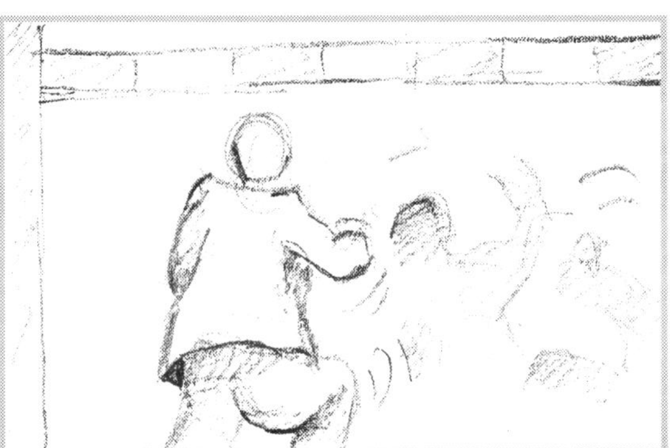

C# 1-1

손을 문지르더니 오른손을 든다.
밖으로 술잔 부딪히는 소리가 새어 나오고,
남자는 술을 마시면서 고개를 뒤로 젖힌다.
세주는 때를 놓치지 않고 뒤로 젖혀진 그림자의 머리를
사정없이 손바닥으로 갈겨버린다.
(S.E) 쿠당탕
손바닥, 천, 남자머리가 포개지면서
마찰음 크게 울리고 봉변을 당한 그림자는
의자와 함께 발라당 자빠진다.

<table>
<tr><td>S# 32</td><td>N</td><td>O : 편의점</td><td>Contents : 군것질하는 곤봉, 지나가는 세주</td><td rowspan="2">Tone&Mood</td></tr>
<tr><td colspan="3"></td><td>Energy :</td></tr>
</table>

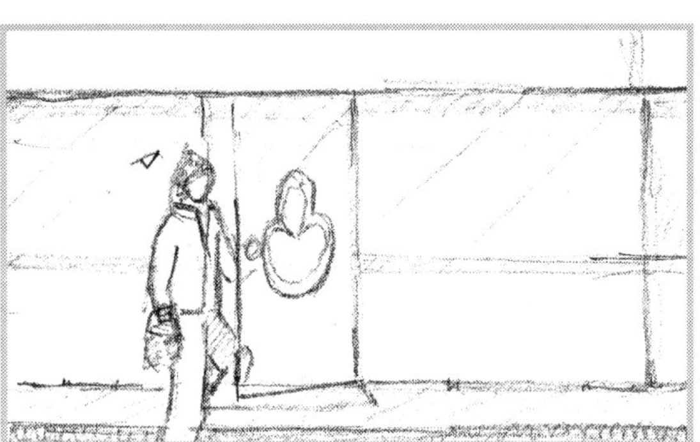

C# 1

편의점에 들어가는 곤봉

M.S
Dolly Out

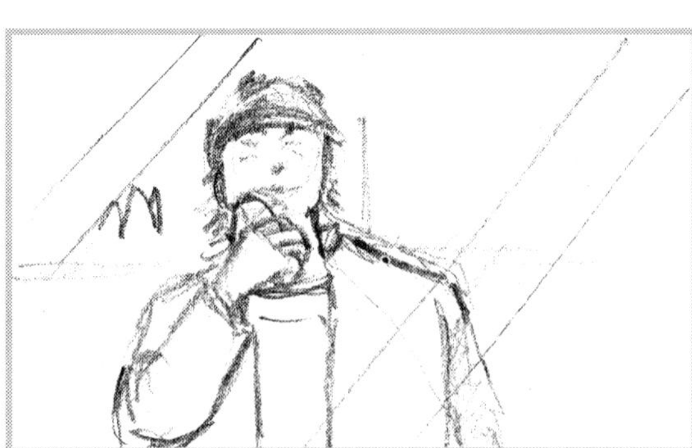

C# 2

그레고리오 노래와 팝레라의 묘한 하모니.
그 가운데로 곤봉이 사발면, 김밥, 빵, 우유를
힘겹게 들고 들어온다.
우적우적 먹는 모습이 가관이다.

M.S

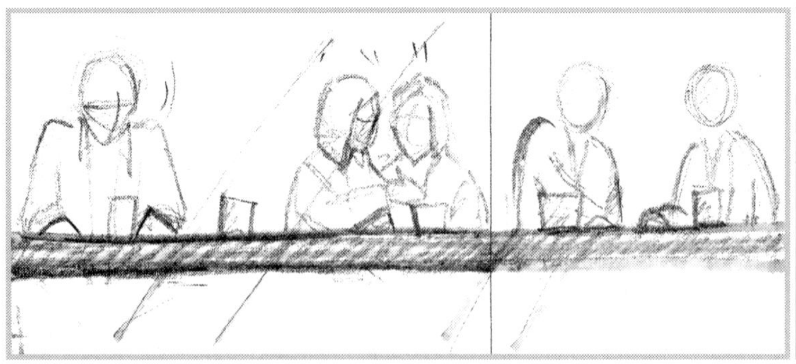

C# 3

통유리로 보이는 세주의 모습.
오른쪽 구석으로 여고생 두 명이
사발면을 먹으며 재잘거리는 모습.
왼쪽 구석에서 서서 커피를 마시고
있는 재림.

M.S
Folly (Side) CMR
Dolly

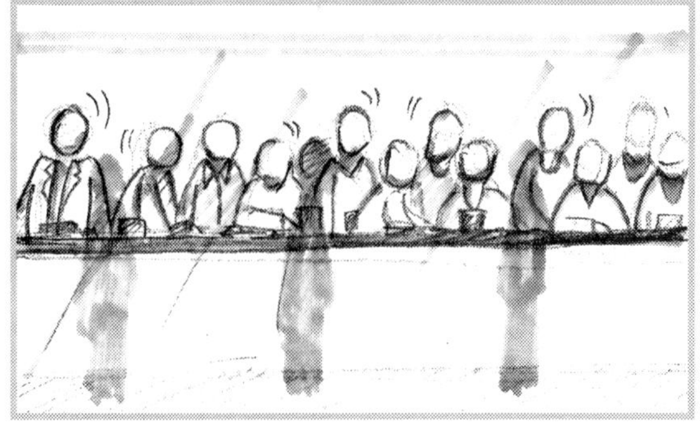

C# 4

마치 "최후의 만찬" 그림처럼 12명이 앉아 컵라
면 등을 먹고 통유리 앞으로 휙휙 지나가는 사람
들이 스톱프레이밍으로 보인다.
곤봉이 하도 게걸스럽게 먹어대자 여고생들이
힐끔힐끔 쳐다본다.
세주도 쳐다보고 어디서 본 듯한데… 하는 표정.
Tight한 F.S

S# 32	C# 4	R# 93	Weather Sunny	S / O / L 2시 돌의집	M / D / E / N

Work / Size	Top	Action & Dialogue
Fix , F.S		〈최후의 만찬〉 그림 때리다 돌파석 재오.
Angle eye level		→ 깨어나는 行상들.
Lens 25mm	**End**	손발·손금 비즈·밝세공 윤희(재남)·현태일동료.
Film		
Filter		
Video tape#		

Camera position	Costume / Make up / Properties	Memo
2씬 돌의집	향향성.강좋.안ẽ나. 돌이.은병.눈봄.씨주. 여향생1.2.재남.정숲.현킷. 등손색 川順으로 (3숲.	Dissolve 가능하게 길게
		Sound O.K.

Equipment	Effect & C G
-ζ·(불때우기)	

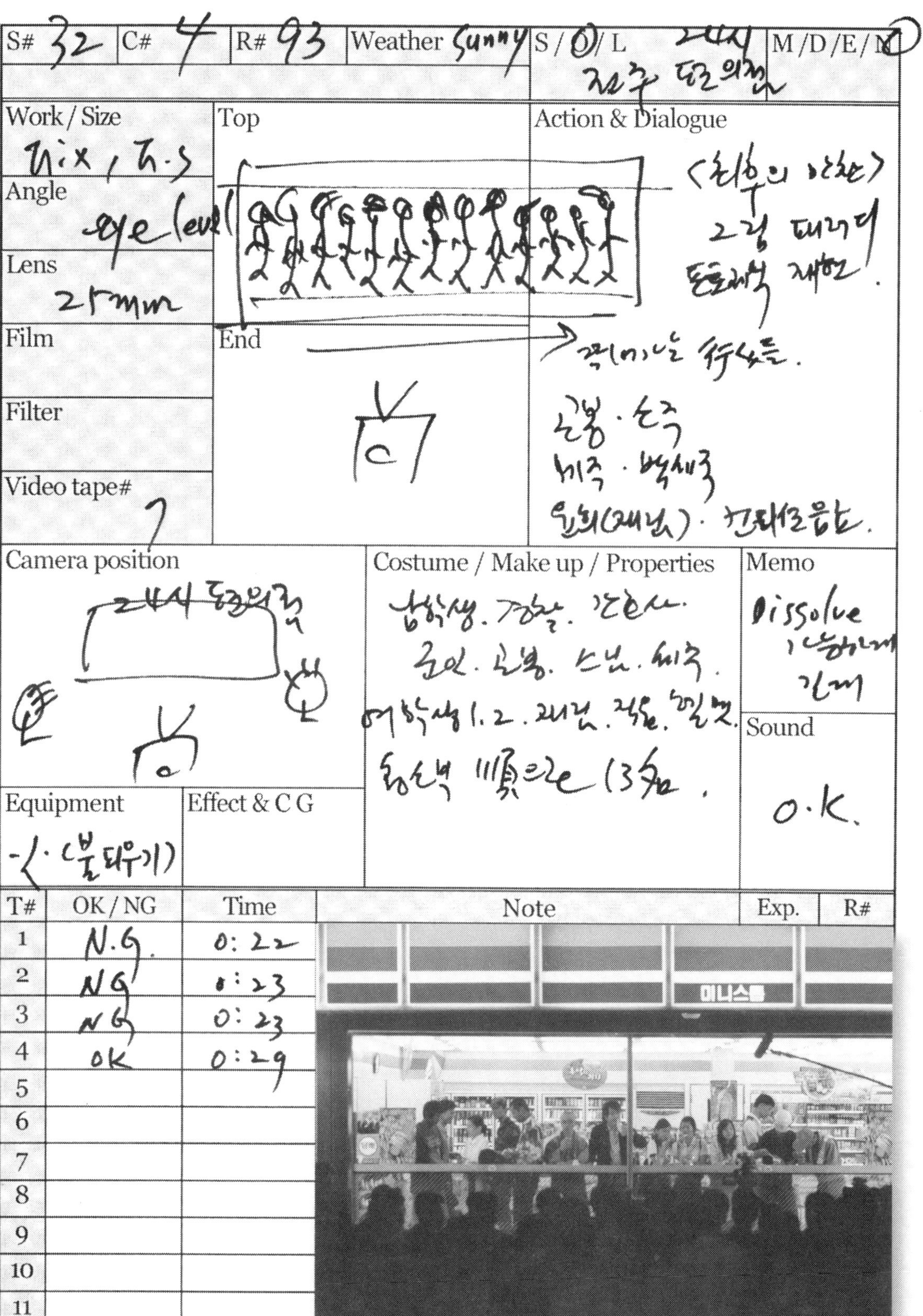

T#	OK / NG	Time	Note	Exp.	R#
1	N.G.	0:22			
2	NG	0:23			
3	NG	0:23			
4	OK	0:29			
5					
6					
7					
8					
9					
10					
11					

<table>
<tr><td>S# 33</td><td>N</td><td>L : 한적한 거리</td><td>Contents : 재림을 구해내는 세주</td><td rowspan="2">Tone&Mood</td></tr>
<tr><td></td><td></td><td></td><td>Energy :</td></tr>
</table>

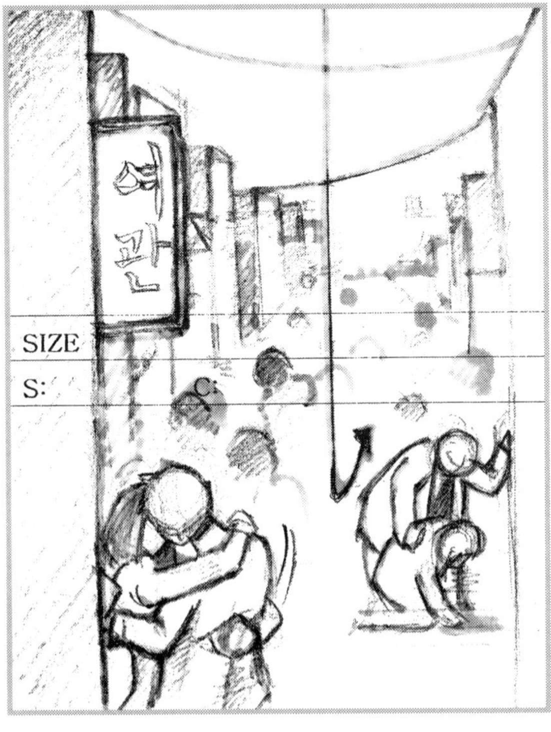

C# 1-0

멀리 여관들이 즐비해 있는 네온싸인들이 보인다.

Crane Down

한쪽 구석에서 키스하는 연인 한 쌍이 보이고, 좀 더 지나면 벽 잡고 오바이트를 해대는 여자의 등을 두드리는 남자도 보인다.
M.S

Dolly In

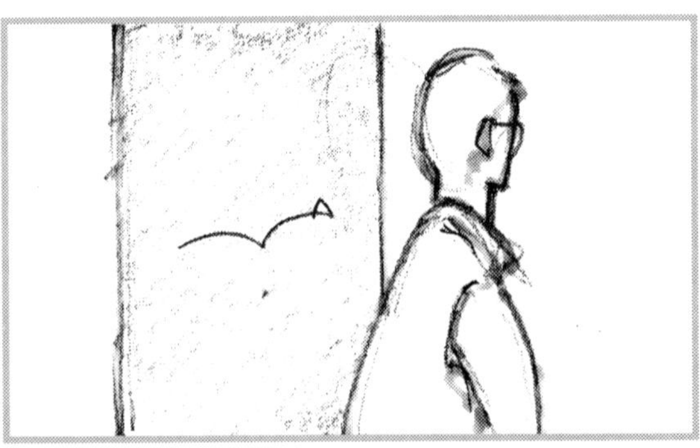

C# 1-1

지나치면서 가는 세주, 두리번거리다가 사이 골목을 지난다. 문득 무언가를 본 듯.

〈Frame In 세주〉
Dolly In , M.S

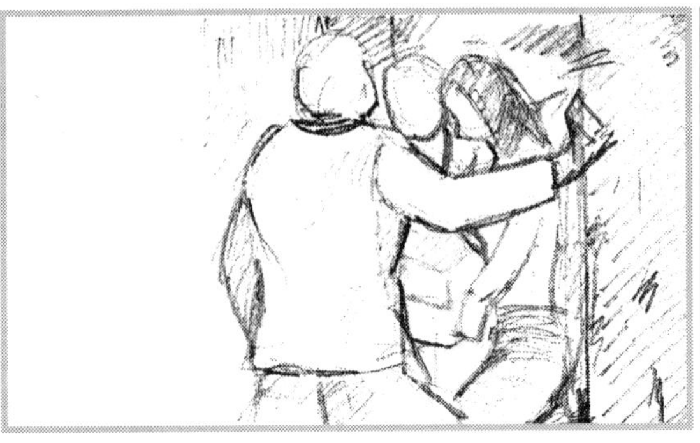

C# 2-0

두 명의 남자가 여자를 희롱하는 모습이 보인다. 재림이다.

<table>
<tr><td>S# 33</td><td>N</td><td>L : 한적한 거리</td><td>Contents : 재림을 구해내는 세주</td><td rowspan="2">Tone&Mood</td></tr>
<tr><td colspan="3">Energy :</td></tr>
</table>

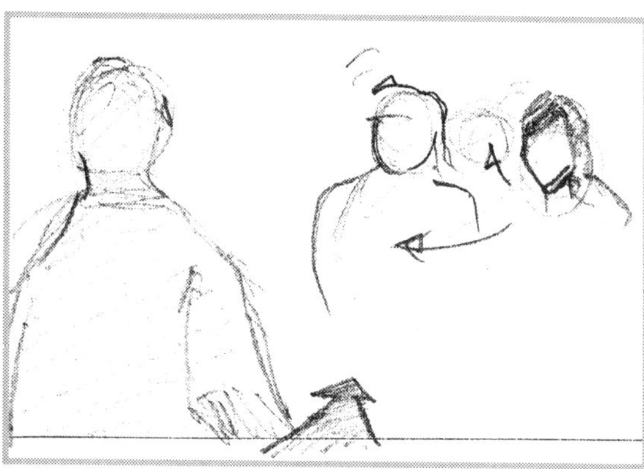

C# 2-1

그들과 맞닥뜨리는 세주. 〈Frame In 세주〉
재림 : 사람 살려. 사람 살려!
천천히 걸어오는 세주.
남자1 : 뭐야, 저건!
남자2 : (세주 노려보며) 어이 좋은 말 할 때 꺼져.
　　　　이건 우리 사업이야. 가! 어, 피본다!
아랑곳 않고 걸어오는 세주.
남자 1 : 니가 간섭할 일이 아냐.
　　　　어어 이새끼가 겁대가리 없이.
M.S , Dolly In

보면, 아까 포장마차의
남자 1,2

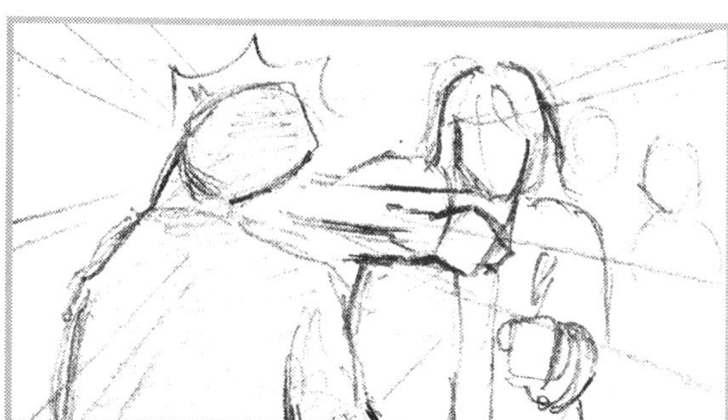

C# 2-2

하며 주먹을 날리자 얼굴을 맞고
고개가 꺾이는 세주.
(S.E) 퍽

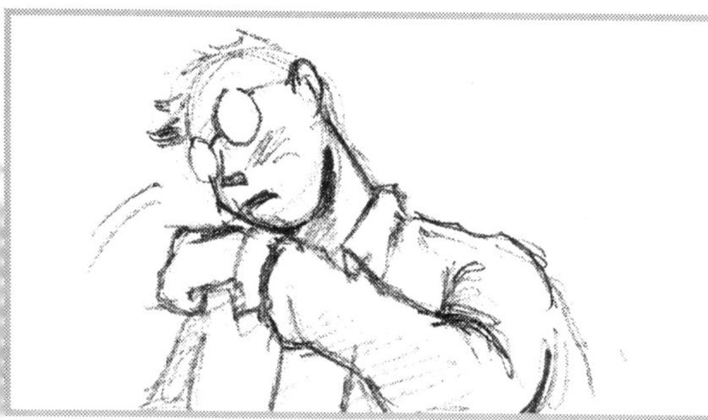

C# 3

입을 문지르자 손에 피가 묻어 나온다.

B.S

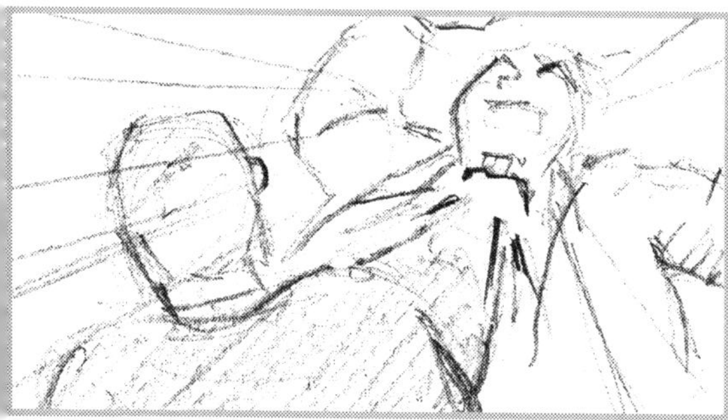

C# 4

돌연 남자1의 안면을 강타하는 세주의 주먹,
혼자 센 척하던 남자1, 다시 덤비자 발차기로
제압하는 세주.
힘없이 나자빠지는 남자1

세주 O.S , 남자1 B.S

<table>
<tr><td>S# 33</td><td>N</td><td>L : 한적한 거리</td><td>Contents : 재림을 구해내는 세주</td><td rowspan="2">Tone&Mood</td></tr>
<tr><td colspan="3"></td><td>Energy :</td></tr>
</table>

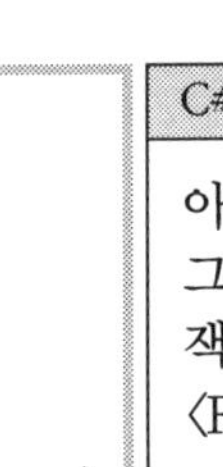

C# 5

아픈 듯 주먹을 둘러보는 세주.
그러자 남자2 곧바로 품에서
잭나이프를 빼든다.
〈Frame In 남자〉

남자2 O.S , 세주 B.S

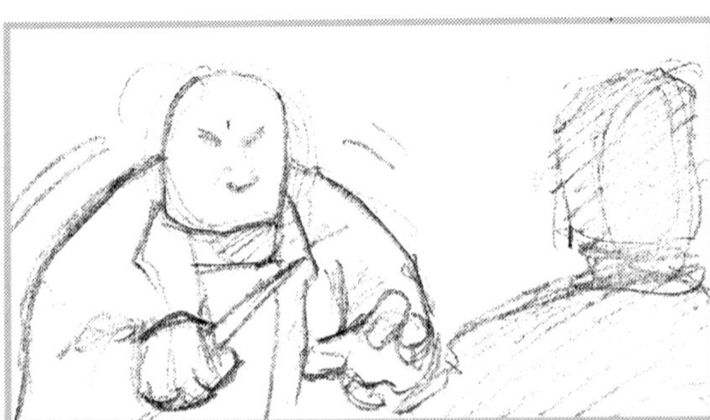

C# 6

세주 : 왜 찌를려고?
남자2 : (혀짧다) 띠바라, 땅다를 꺼내두마.
　　*자막 : 창자를 꺼내주마,
　　(칼 휘두르며) 내가 모띠르 거 가타?
　　*자막 : 내가 못 찌를 거 같아?

남자2 B.S , 세주 O.S

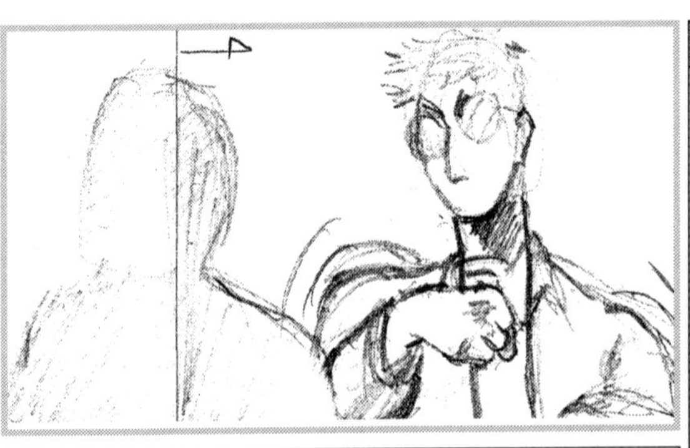

C# 7

세주 : 어이, 너 초보지? 여자만 밝히고 사시미질 같은
　　　건 한번도 안해 본 초보지?
　　　너 자세를 그렇게 하고 찌르면 못 죽여!

긴장한 듯 자세가 어정쩡해지는 남자2
세주 : 이렇게 손목을 굽히고 갈비뼈 아래서 위로 찔러
　　　들어와야지. (자신의 심장을 치며) 그래야 심장
　　　에 닿지. 알겠냐? 자, 다시해 봐.
남자2 : (잠시 움찔) 때끼 봐라. 덩말 띠른다. 뿍뿍.
　　　*자막 : 새끼 봐라. 정말 찌른다. 푹푹.
세주 : 배를 쑤시든 가슴을 도려내든 니 맘대로 찔러.자!

남자2 O.S , 세주 B.S

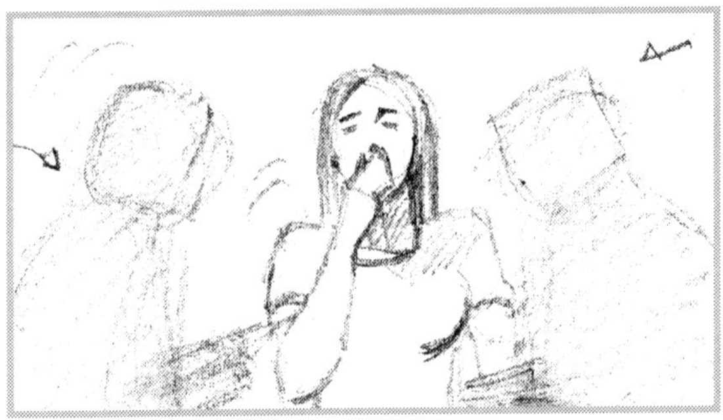

C# 8

긴장하는 재림

세주 & 남자2 O.S , 재림 B.S

<table>
<tr><td>S# 33</td><td>N</td><td>L : 한적한 거리</td><td>Contents : 재림을 구해내는 세주</td><td rowspan="2">Tone&Mood</td></tr>
<tr><td></td><td></td><td></td><td>Energy :</td></tr>
</table>

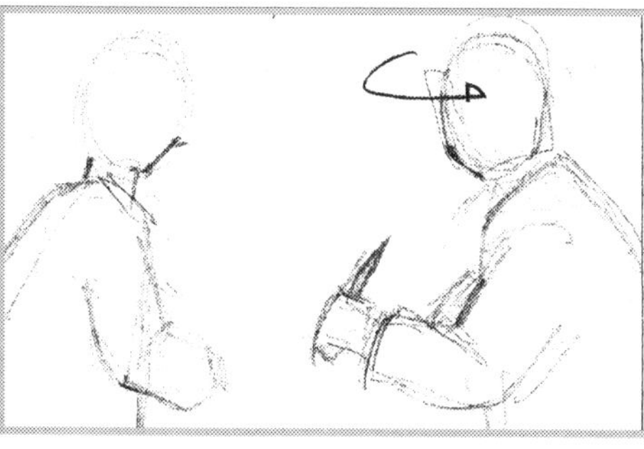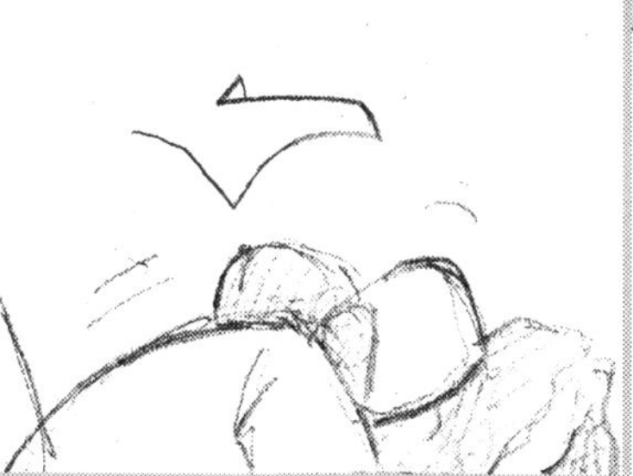

C# 9-0

잭 나이프를 들고 돌진
하려던 남자2, 그러다가
Dolly (Side) Follow

남자2: 완던히 둑을려고 환당한 놈이네. 띠바라 뒤질르믄 지 혼자 뒤지지 왜 여기와서 띠랄이야.
고꾸라진 남자1을 일으켜 세운다.
남자2 : 이더나 임마, 가자. 돗 될 뻔했다. 띠바라.

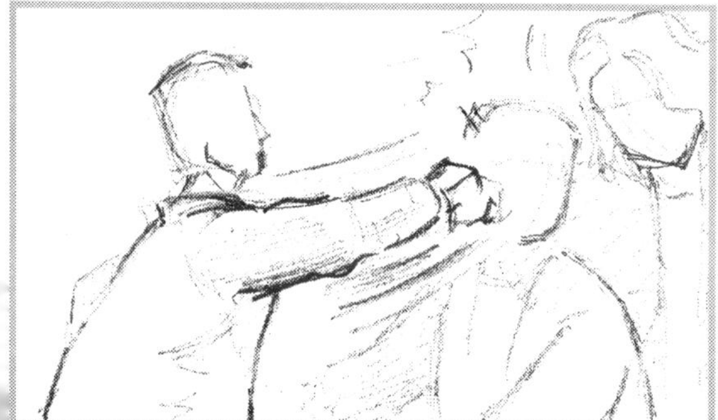

C# 9-1

가려는 듯 하다가 다시 세주에게 달겨드는 두 사람.
세주 멋지게 발과 손을 사용해서 두 사람을 늘씬하게
패고 눕혀 버린다.
세주 : 니들 다시 한번 내 눈에 띄면 죽는다.
(안도의 한숨과 미소)

세주 O.S , 남자1,2 M.S

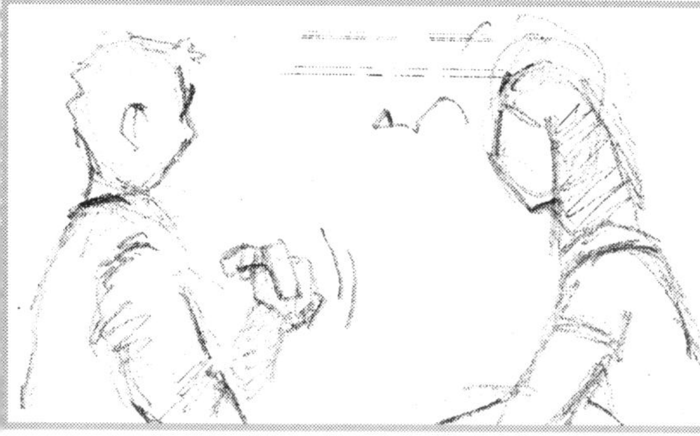

C# 10

꺽꺽대는 남자1을 부축하는 남자2 발바리처럼 멀어진다.
재림 : …고마워요.
세주 : 나 본 적 없나?
재림 : 없는데요…
세주 : (모른는 척)가출했나? 이쁜 여자가 이런데 혼자
　　　다니면 못써. 낮과 밤이 많이 틀린 동네잖아.
Side M.S

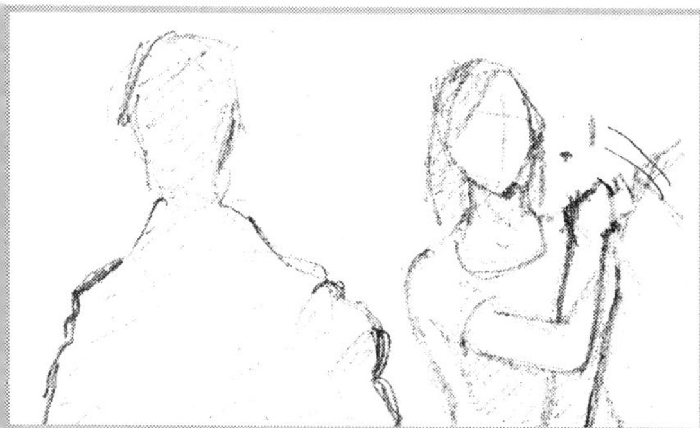

C# 11

재림, 빤히 쳐다보다가 옷을 툭툭 턴다.

재림 : 아무튼 고마워요. 그럼.

세주 O.S , 재림 B.S

<table>
<tr><td>S# 33</td><td>N</td><td>L : 한적한 거리</td><td>Contents : 재림을 구해내는 세주</td><td rowspan="2">Tone&Mood</td></tr>
<tr><td colspan="3">Energy :</td></tr>
</table>

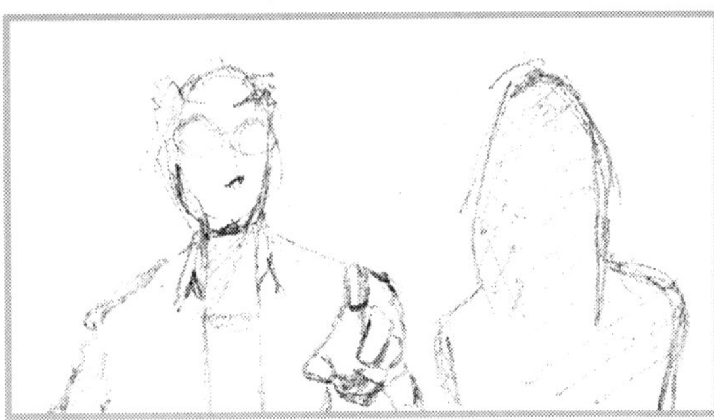

C# 12

세주 : 얼굴을 보아하니 정상은 아닌 것 같은데.

재림 O.S , 세주 B.S

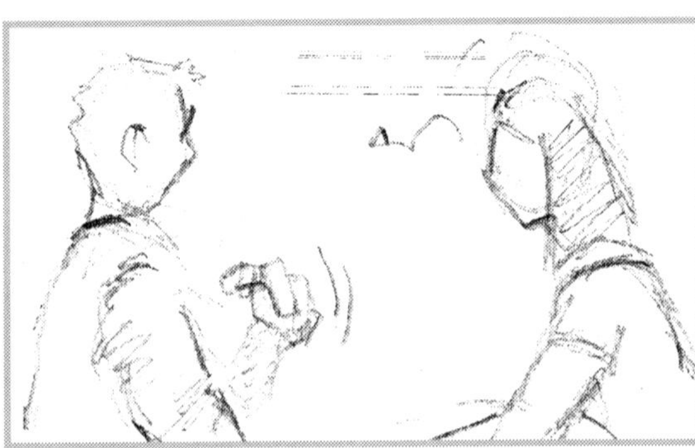

C# 13

재림 : 아저씨, 절 구해주신 건 고마운데
      설교는 사양할께용. (가려고 하는 재림)
세주 : 최민호 의사 알지? 나 그 의사랑 잘 알아!
      퇴원시켜 달라고 떼썼지!
재림 : (멈춰서며) 그 병원에 있었어요?
세주 : (고개 끄덕)
재림 : 그럼 날 잡으러 온 거예요?
세주 : (도리도리)
재림 : 그럼요?
세주 : …
Side M.S

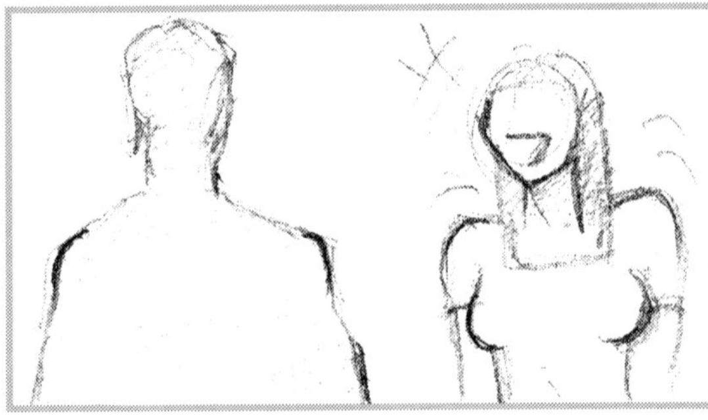

C# 14

빤히 쳐다보던 재림, 그러다가 갑자기 웃는다.
한참을 웃는데,
재림 : 내가 뭘 믿고 아저씨를 따라가죠?

세주 O.S , 재림 B.S

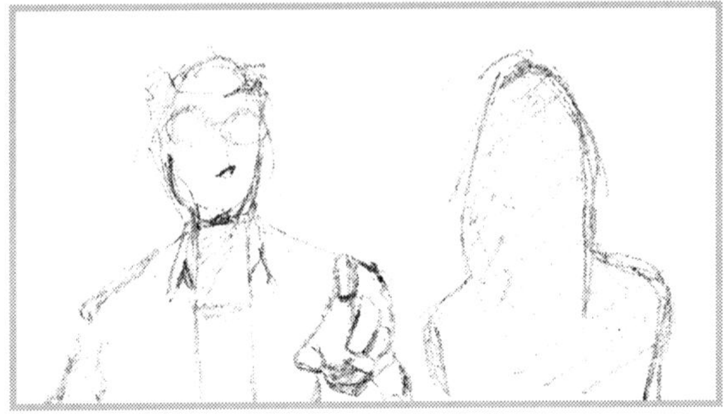

C# 15

세주, 차 키를 빼서 도어키를 누르면 "삐삐"거리
면 열리는 차 문.
세주 : 잘 먹은 귀신은 때깔도 좋다는데…
      어차피 죽을 목숨이라며?
재림 : ….

세주 B.S , 재림 O.S

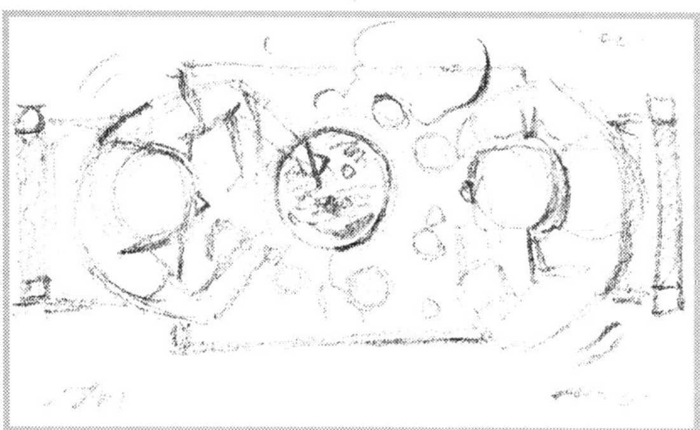

C# 1

보글보글 끓고 있는 부대찌개
그 사이에 앉아 있는 세주와 재림
재림, 밥 한 그릇을 후딱 해치운다.

직부감 F.S

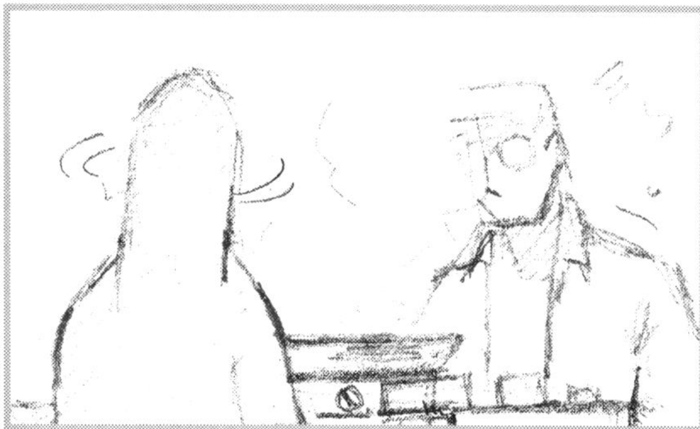

C# 2

세주 : 더 먹지 그래?
휴지로 입을 닦으며 고개를 절레절레 흔드는 재림

재림 O.S , 세주 B.S

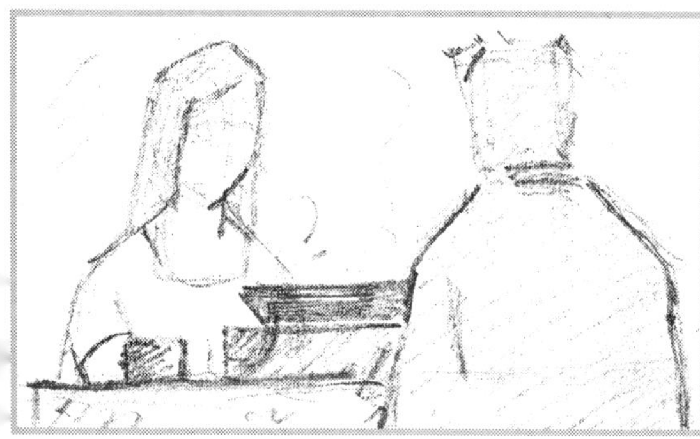

C# 3

재림 : 근데 아저씨! 내가 부대찌개 좋아하는 걸
　　　어떻게 아셨어요?

재림 O.S , 세주 B.S

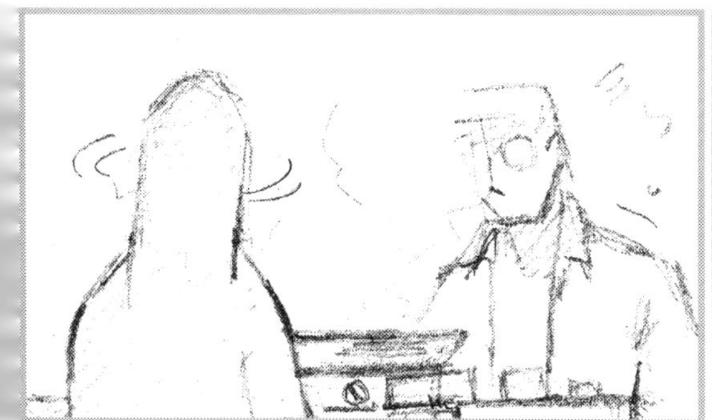

C# 4

숟가락을 놓는 세주
세주 : 아가씨랑 닮은 여자를 알고 있었거든.

재림 O.S , 세주 B.S

<table><tr><td>S# 34</td><td>N</td><td>O : 부대찌개 집</td><td colspan="2">Contents : 밥을 먹는 세주와 재림</td><td rowspan="2">Tone&Mood</td></tr><tr><td></td><td></td><td></td><td colspan="2">Energy :</td></tr></table>

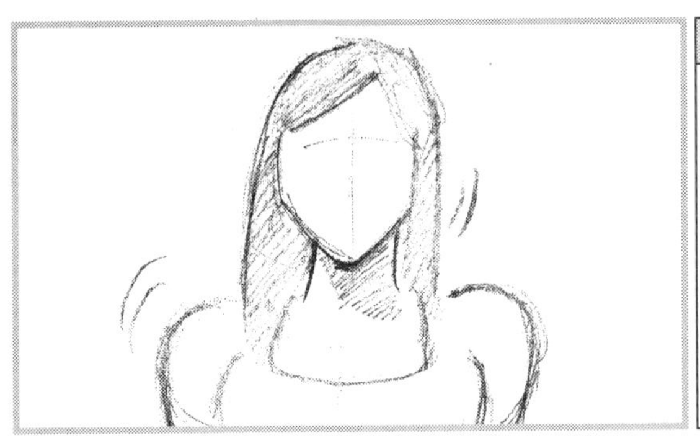

C# 5

재림, 귀엽게 고개를 끄덕거린다.
재림 : 아저씨, 부탁이 하나 있는데…

재림 B.S

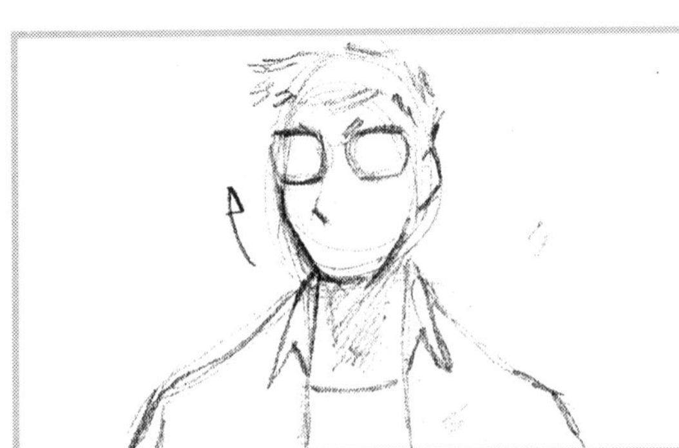

C# 6

세주, 쳐다보면

세주 B.S

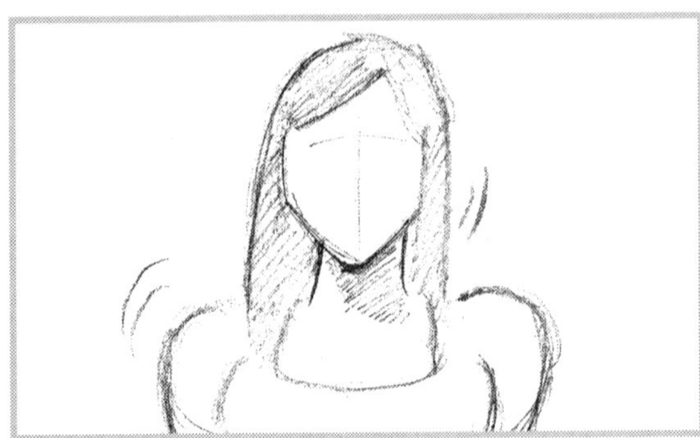

C# 7

재림 : 들어주실 수 있죠?

재림 B.S

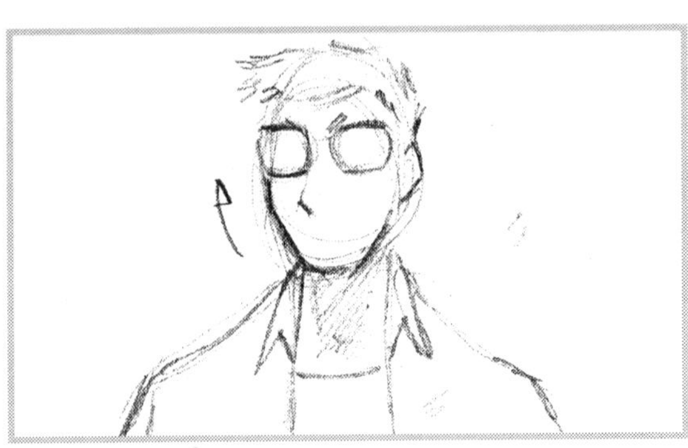

C# 8

세주 : 뭔데?

세주 B.S

<table>
<tr><td>S# 34</td><td>N</td><td>O : 부대찌개 집</td><td>Contents : 밥을 먹는 세주와 재림
Energy :</td><td>Tone&Mood</td></tr>
</table>

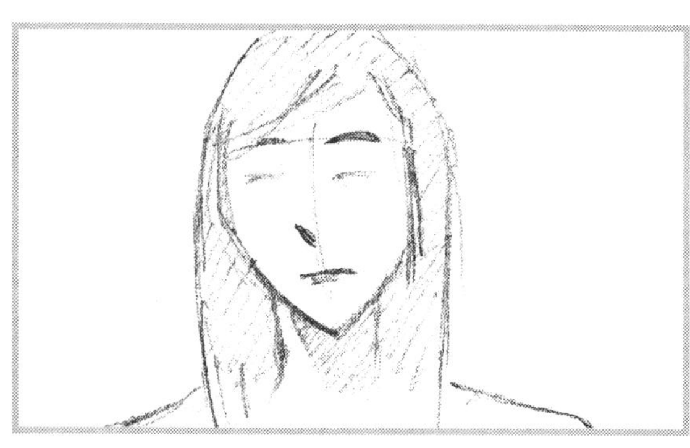

	C# 9
	재림 : 답답해서요…
	재림 C.S

Wide Lens.

Sea.

tube. ⇒ plazn
Box.

※ desire

<table>
<tr><td>S# 35</td><td>N</td><td>L : 포구</td><td>Contents : 망치를 고문하는 불독일당</td><td rowspan="2">Tone&Mood</td></tr>
<tr><td colspan="3">Energy :</td></tr>
</table>

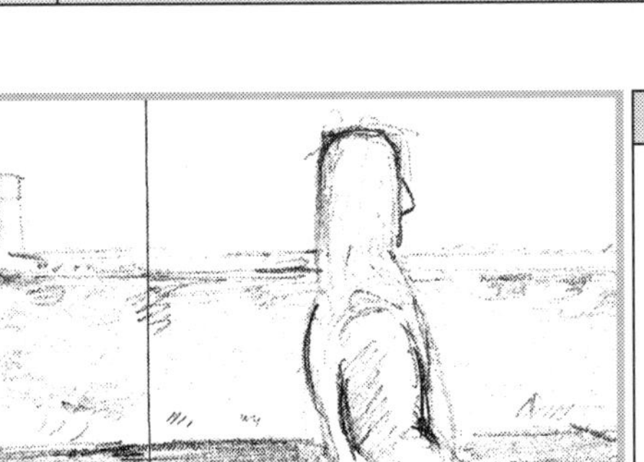

C# 1

써치 라이팅
하얀 포말을 일으키는 파도
물결
-철썩-
불독이 바다를 지그시 내려
다보며 서 있다.
〈Frame In 불독〉
Follow CMR
M.S

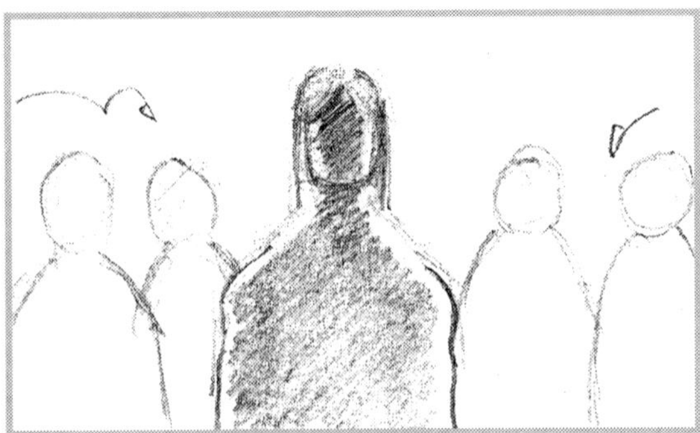

C# 2

그 뒤로 병풍처럼 서 있는 밤안개, 갑빠를 비롯한 부하들.
밤안개 : 성님, 내려가셔서 확인해보시지라.
불독 : 나, 이번 여름에 물조심 해야한다.
　　　나 안 내려가. 자아, 들어올려!
　　　진짜 한번 해보고 싶었던 건데, 이거 재밌네.

불독 정면 O.S , 부하들 M.S

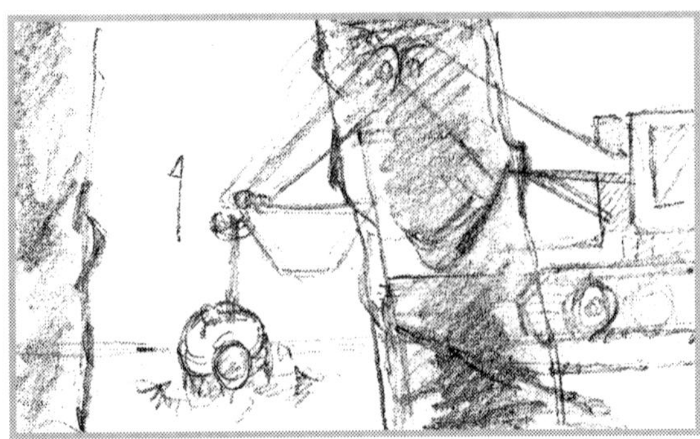

C# 3

바닷가에 있던 보디들,
포크레인에 매달아 물 속에 쳐박은 사람을 들어
올린다.

불독 일당 다리들 O.S , 망치 F.S

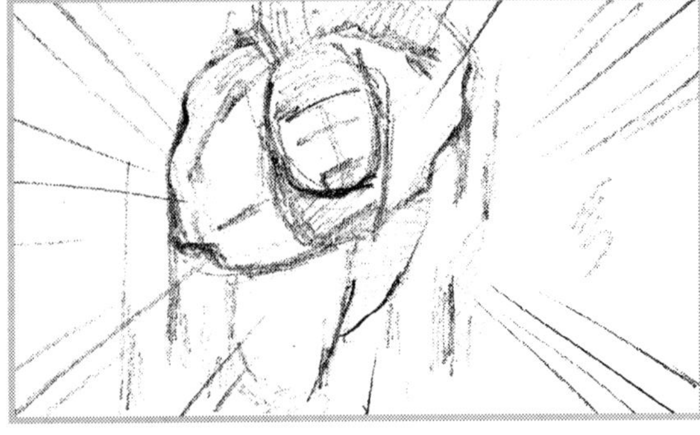

C# 4

바닷물에 잠겨있던 망치의 얼굴이 올라온다.
망치 : 어푸- 어푸- 헉헉!

M.S

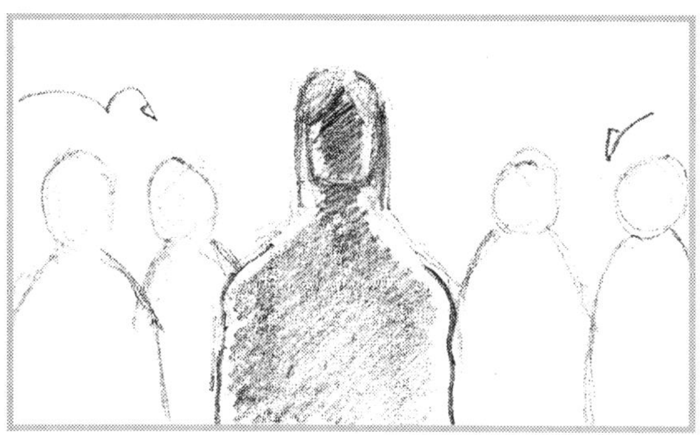

C# 5

불독 : 이 맛이 어떤지 한번 해보고 싶었다고.
　　　다시 하강.

불독 정면 O.S , 부하들 B.S

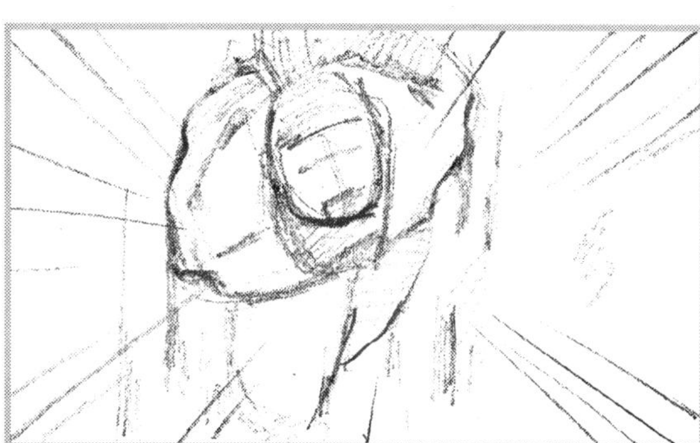

C# 6

망치 : 정말, 정말 모릅니다. 사…살려주세요.

M.S

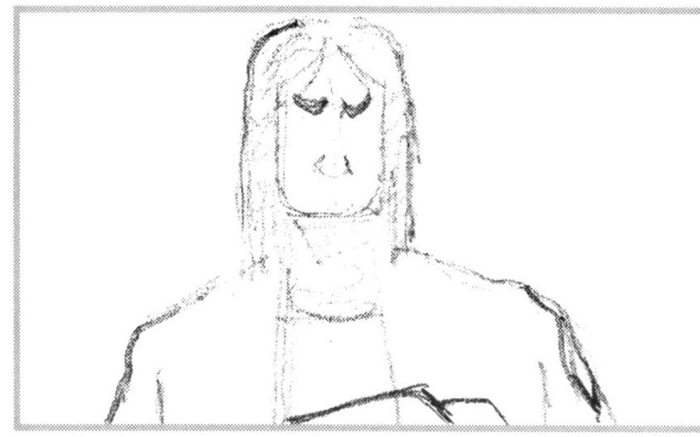

C# 7

불독 : 곤봉이랑 가장 친한 친구였대며.
　　　계속 그렇게 모른다 그러면 쓰나!

B.S

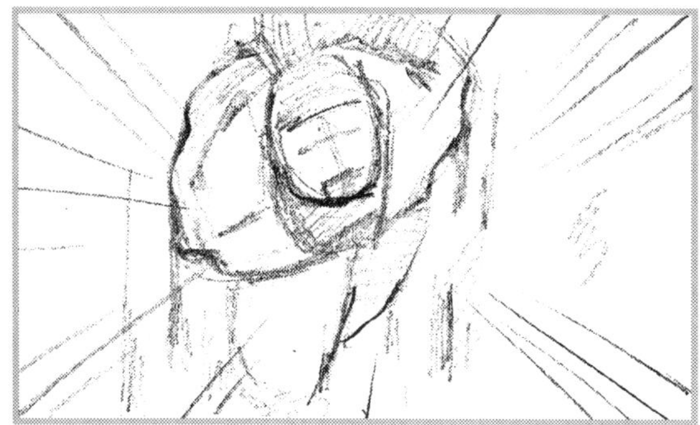

C# 8

망치 : 몰라요. 그 녀석도 겁이 났는지
　　　통 연락이 없습니다.

B.S

| S# 35 | C# (15) 5 | R# 218A 219 B | Weather Sunny | S / O / Ⓞ 등대 조각 | M / Ⓓ / E / N |

Work / Size
A — 믹스 · M.S
B — crain · T.S.

Angle
A — High
B — "

Lens
A — 35 mm
B — 24 mm

Film
5248 (100t)

Filter
A — chadate/ +81D
B — " 2

Video tape#
8mm Capture

Top
A —

End
B —

Action & Dialogue
등대끝 1 : 어. 한번
 라틀이 올네!
(tilt up.
 " down

방식 (김영웅)

바닷 갈속에서 올끄럭씬

Camera position

sea

Costume / Make up / Properties
방식 (김영웅 分)
 · 1상의
 · 띠 발상.

Memo
435 B ca
(219 . R#)

Sound
O. K .

Equipment
특효. 티아란삽

Effect & C G
·

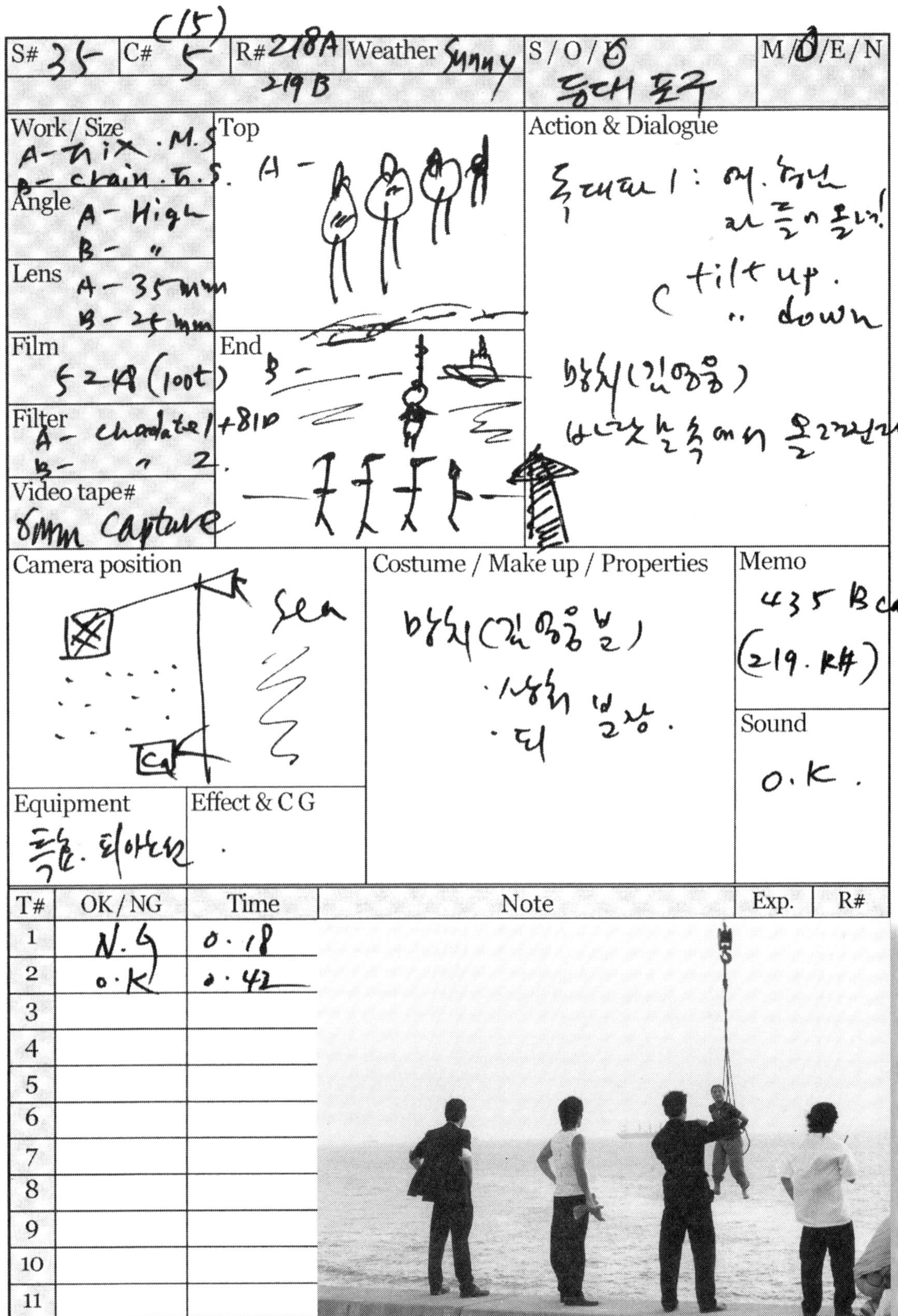

T#	OK / NG	Time	Note	Exp.	R#
1	N. G	0 · 18			
2	O · K	0 · 42			
3					
4					
5					
6					
7					
8					
9					
10					
11					

<table>
<tr><td>S# 35</td><td>N</td><td>L : 포구</td><td>Contents : 망치를 고문하는 불독일당
Energy :</td><td>Tone&Mood</td></tr>
</table>

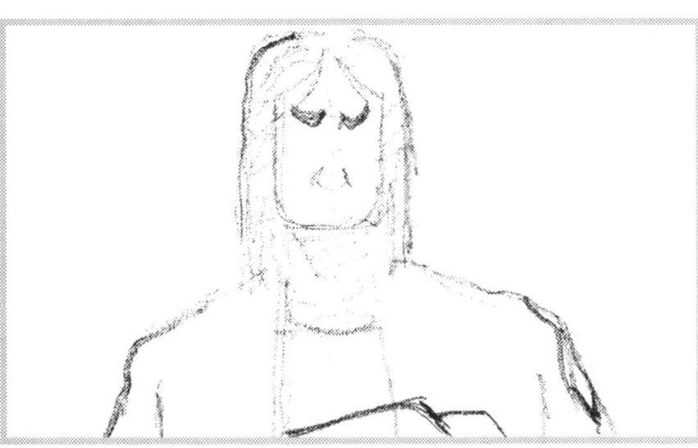

C# 9

인상이 일그러지는 불독
고개를 까딱거리면

B.S

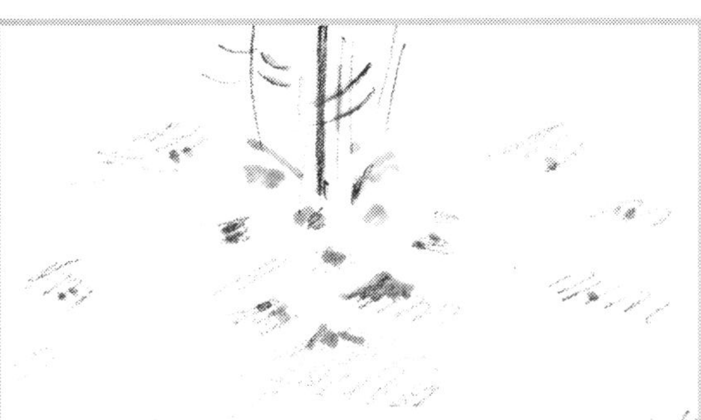

C# 10

보디들 다시 포크레인에 매달린 망치를
바닷물 속에 빠뜨린다.
발버둥 치는 망치.

F.S

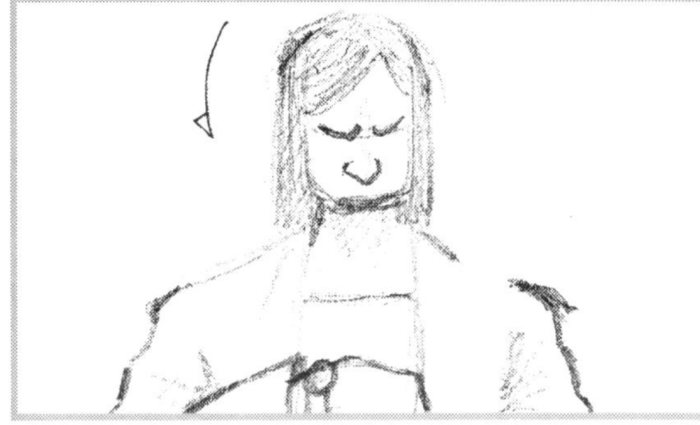

C# 11-0

시간이 점점 흘러가고, 불독 시계를 본다.

B.S

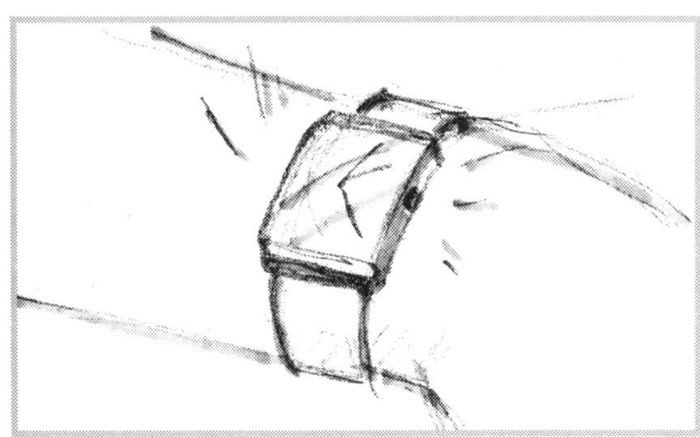

C# 11-1 (INS)

손목시계를 보며 시간을 재는 불독.

<table>
<tr><td>S# 35</td><td>N</td><td>L : 포구</td><td>Contents : 망치를 고문하는 불독일당</td><td rowspan="2">Tone&Mood</td></tr>
<tr><td colspan="3">Energy :</td></tr>
</table>

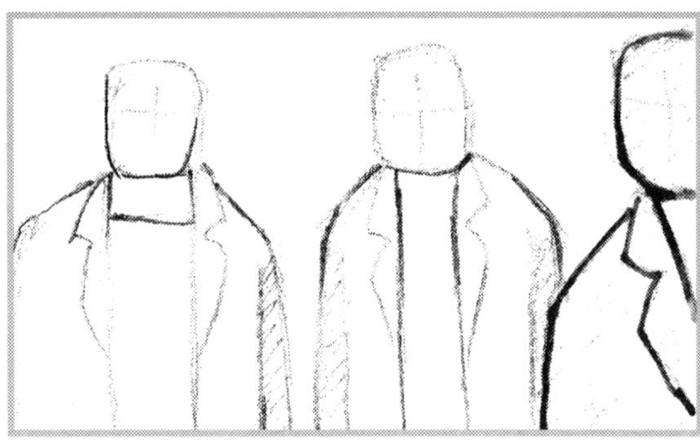

C# 12-0

망치를 물 속에 빠뜨린 보디,
점점 인상이 바뀌고

M.S

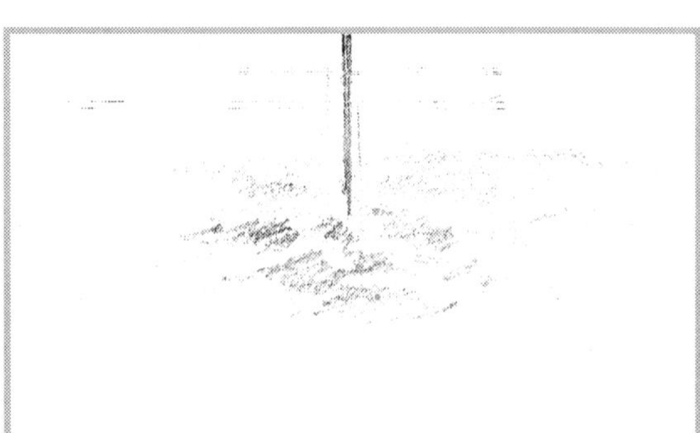

C# 12-1 (INS)

발악을 하던 망치의 힘이 점점 풀린다.

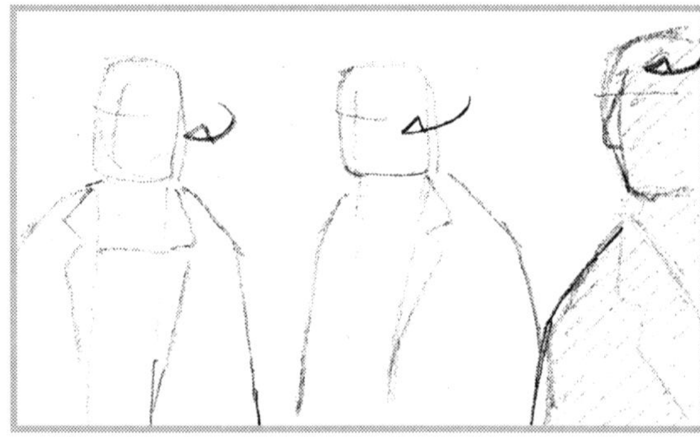

C# 13

보디들, '꺼내야 되지 않겠냐는 듯' 불독을
쳐다보면

B.S

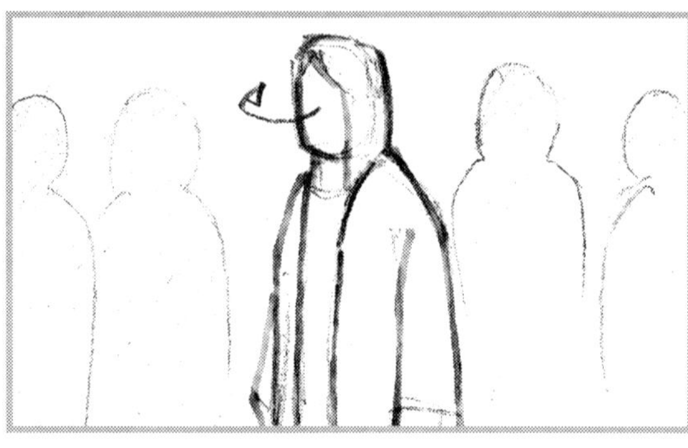

C# 14

천천히 돌아서 가는 불독.

불독 정면 O.S , 부하들 B.S

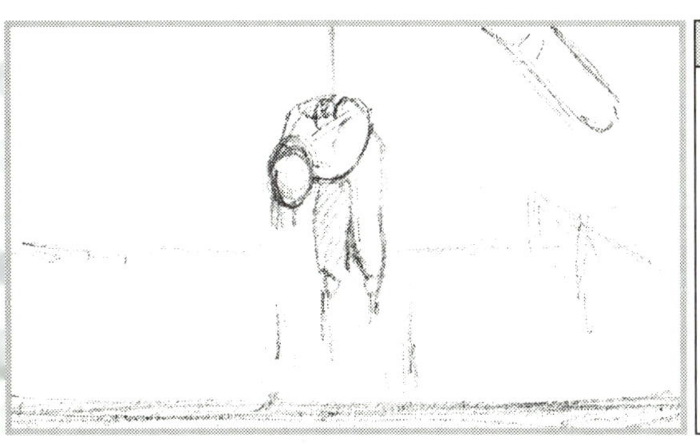

C# 15

망치, 힘이 쭈욱 빠지고 몸이 공중에 뜬다.

F.S

- 망치, 도력 당하는자.
  (김영웅)

→ 수장 당하는자 ← 수장 하려는 자.
                (불독일행)

∨ 시펑 낚시.

물리기는 사람. L.S. 바다.
                O.H. 망치.

OMR tilt up ↑ 하늘
     tilt down ↓ 空 ─ 人
                  바다

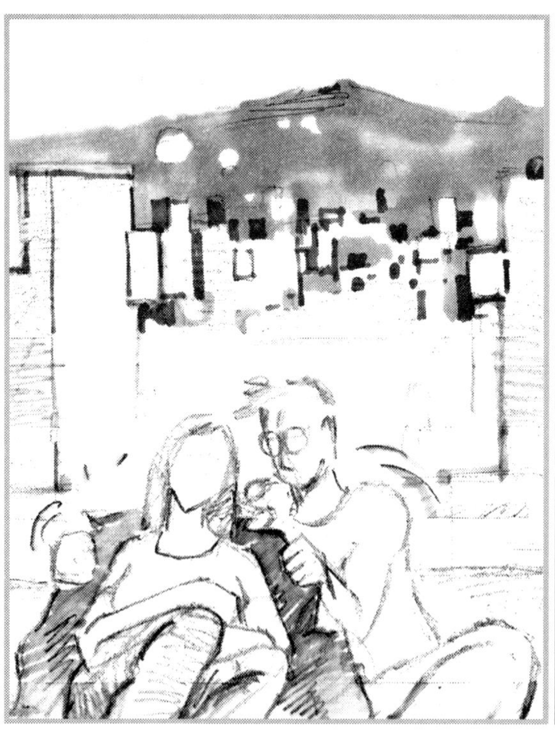

C# 1

바닷가에 나란히 앉아 있는 재림과 세주.
재림, 추운지 몸을 여미면 옆에 있던 세주,
옷을 벗어 재림을 덮어준다.

재림 : 아저씨가 절 어떻게 살려요?
　　　 의사도 아니면서…
세주 : 의사들만 사람을 살리나.
재림 : 농담도 그만 하시고.
　　　 사모님 귀 간지럽겠다.

Crane Up (2인 M.S 넘어 횟집들)

2인 M.S
앙각

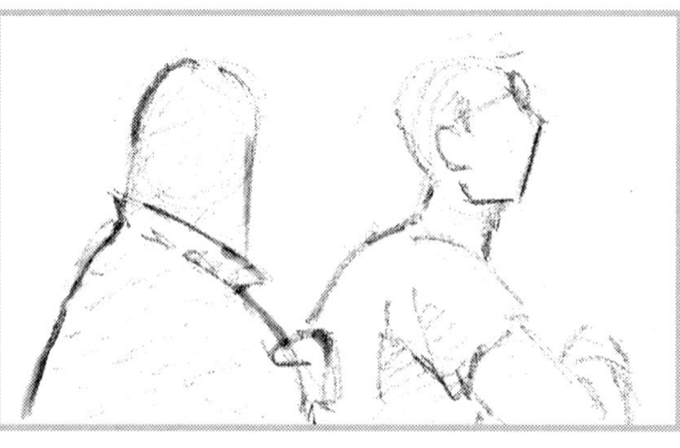

C# 2

세주 : 죽었어!
재림 : ….
세주 : 4년 전에 죽었지…

재림 O.S , 세주 B.S

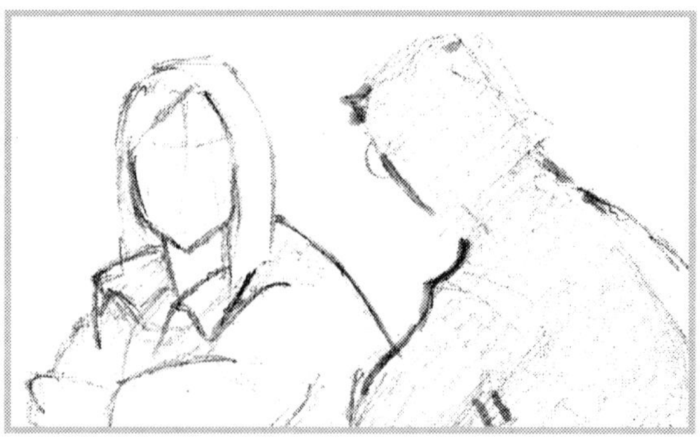

C# 3

재림 : 죄… 죄송해요…

세주 O.S , 재림 B.S

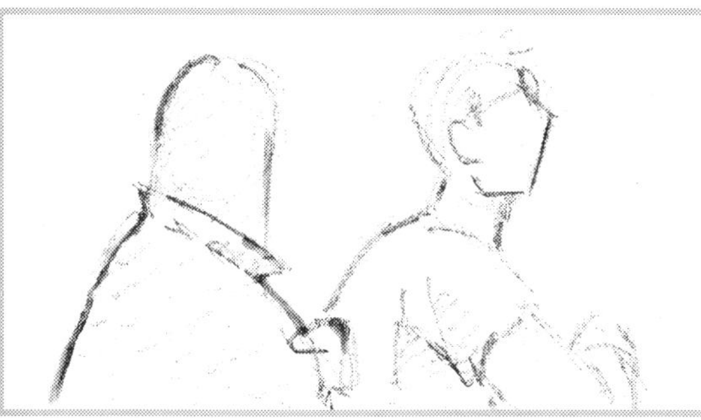

C# 4

세주 : 그나저나 꼬마 아가씨?
　　　빈 속에 진통제 너무 많이 먹으면
　　　약발이 없을텐데…
재림 : …?!!
세주 : 자살이라도 해야겠다 그런 심정… 지금?

재림 O.S , 세주 B.S

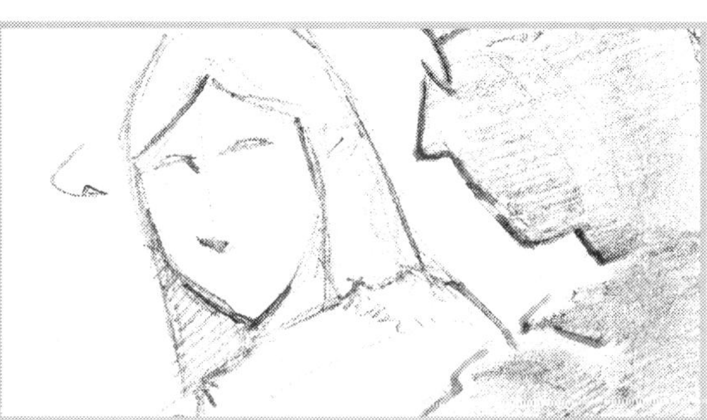

C# 5

할말을 잃은 듯 멍하니 쳐다만 보고 있는 재림.

재림 C.S , 세주 O.S
Focus In : 재림 → 세주

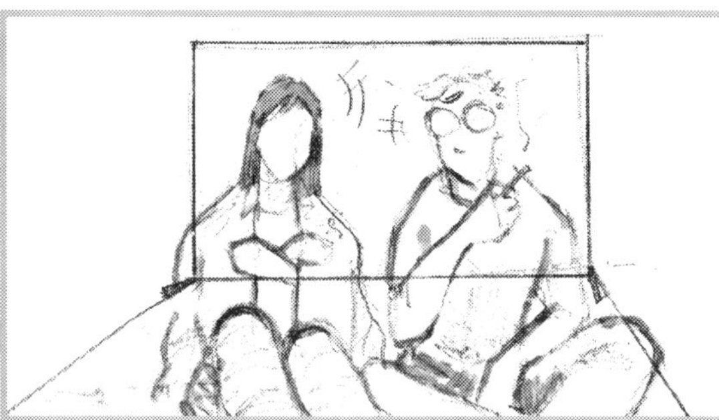

C# 6

세주 : 이제 그만 돌아갈까. 춥지?
재림 : 파도소리 정말 좋지 않아요?
(S.E) 철썩~ (멀리서 들려오는 파도소리)
재림 : 병원에 누워 있으면 항상 답답했어요.(춤동작하듯이)
나같은 환자들의 신음소리, 속으로 삭이는 울음소리들.
아무 소리도 안 들릴 땐 공허한 시계바늘 그 째깍째깍거리는
춧침 소리. (세주와 재림 서로를 응시한다)
이렇게 평생 파도소리 들으면서 사랑하는 사람이랑 단둘이…
호호… 살았으면 좋겠다.
세주 : 단둘이!!
순간 숨이 턱 막히는 듯 고개를 돌려버리는 세주.
재림은 아랑곳 않고 바다만 응시한다. 세주, 담배를 물고 라이
터를 찾으려는 세주의 웃웃을 입고 있던 재림이
안주머니에 있던 라이터를 꺼낸다. 라이터를 켜주는 재림
어색한 듯 쭈뼛하다가 다가가서 담배에 불을 댕긴다. ⟨1⟩

M.S → Dolly In → Tight한 2인 B.S

가까이 바라보고 있는 두 사람
재림이 장난스럽게 눈웃음을 친다.
다시 바위에 부딪히는 파도소리. 　　　　　⟨2⟩

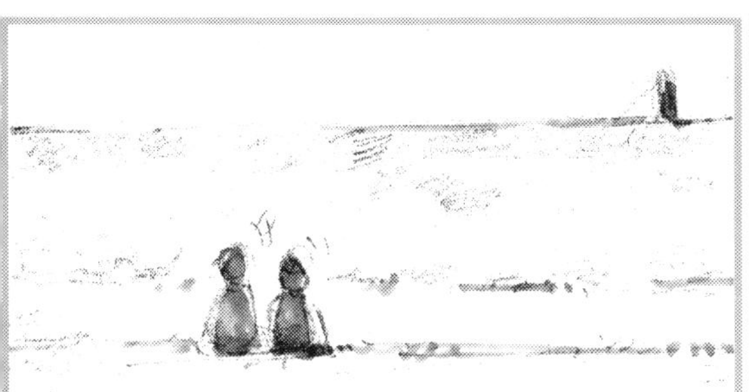

C# 7

바위에 부딪히는 파도소리.
바다를 보고 있는 재림과 세주.
(S.E) 철썩~

2인 L. F. S

| S# 36 | C# 2(6) | R# 198 | Weather Sunny | S / O / **O** | **M** /D/E/N |

신혜아 바다씬

Work / Size	Top	Action & Dialogue
Tix / T.S.		담배 피우다
Angle eye		재민에게
Lens zoom		불응을 암시주는 럼의 중
Film 5248 (100t)	End	세우
Filter		재민 : 방석에 누워 있음
Video tape# 6mm capture		답답갔이란

Camera position	Costume / Make up / Properties	Memo
염개자 캡 배	재림. 일괄의상	
Ca촣남	대중. 어리 (앗 · 바람에	
	휘날린다?)	**Sound** 대사 o.k.

| Equipment | Effect & C G |

T#	OK / NG	Time	Note	Exp.	R#
1	Keep	1:30			
2	NG	0:25			
3	NG	0:29			
4	ok	0:35			
5					
6					
7					
8					
9					
10					
11					

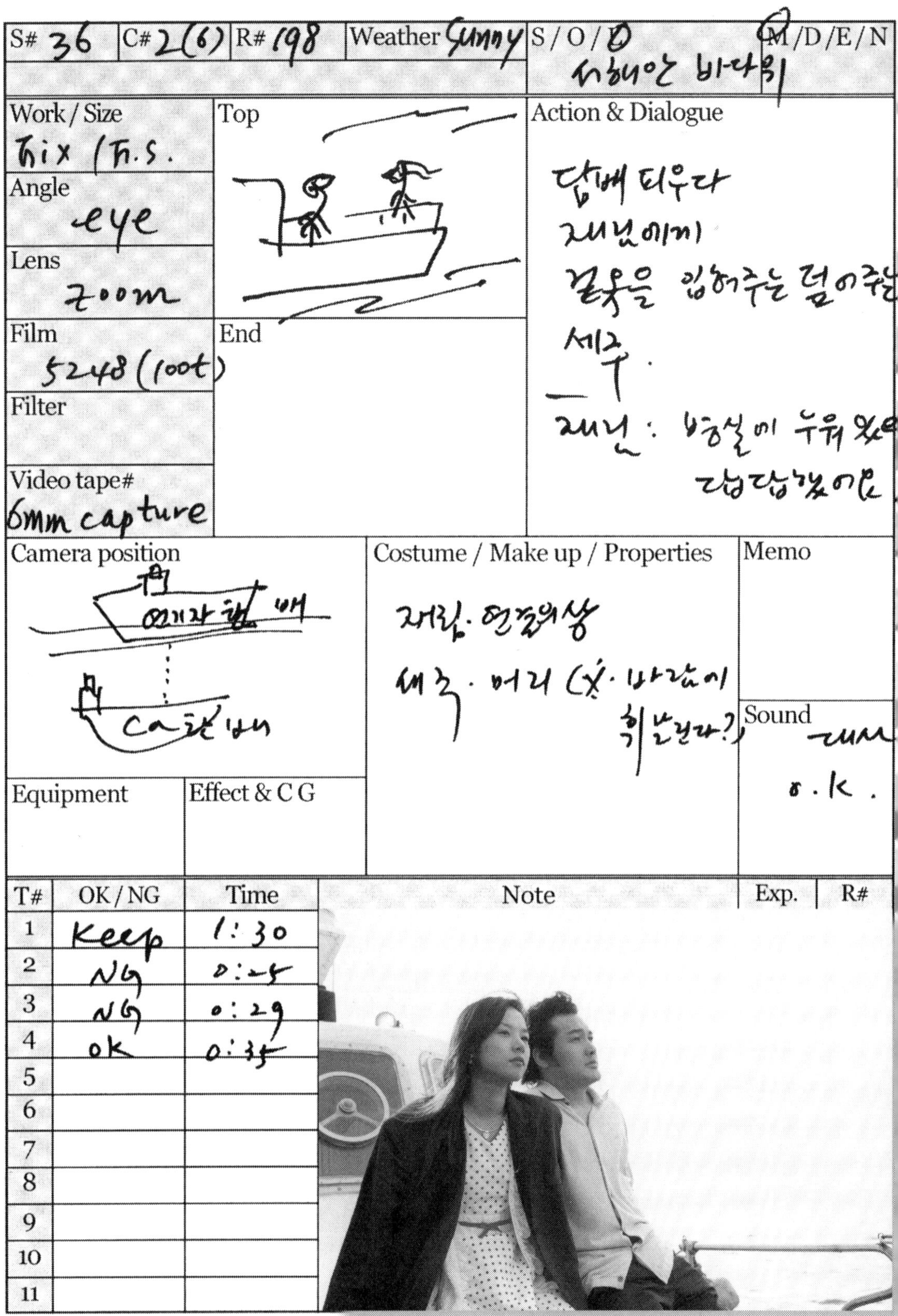

<table>
<tr><td>S# 37</td><td>M</td><td>L : 해안도로</td><td>Contents : 해안도로를 달리는 세주차</td><td rowspan="2">Tone&Mood</td></tr>
<tr><td colspan="3">Energy :</td></tr>
</table>

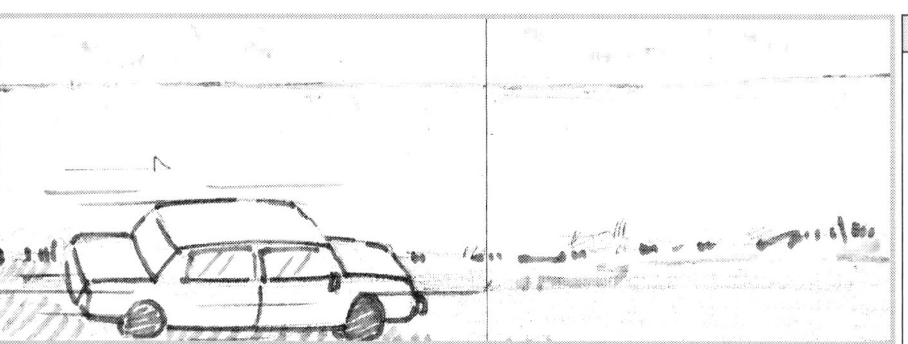

C# 1

도로를 달리
는 세주의 차.

차 O.S , 바다
Follow CMR
(Side)

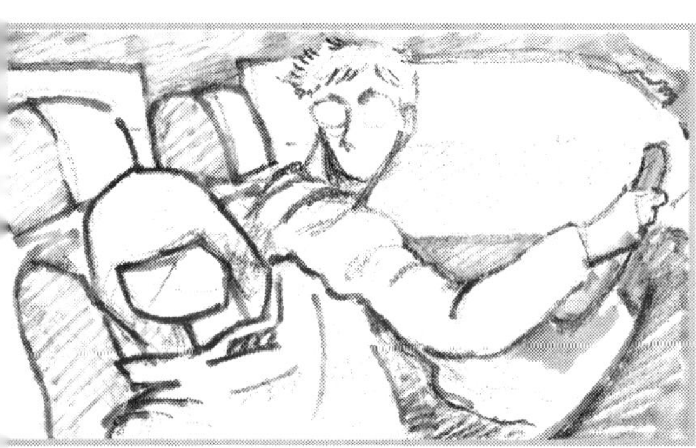

C# 2

새하얀 얼굴로 잠들어 있는 재림.
그 모습을 안타깝게 바라보는 세주.
핸들을 잡고 있는 손 하나가 재림의 얼굴로
조금씩 다가간다. 그러다가 한숨을 내쉬며
다시 운전에 열중하는 모습.

재림 O.S , 세주 M.S

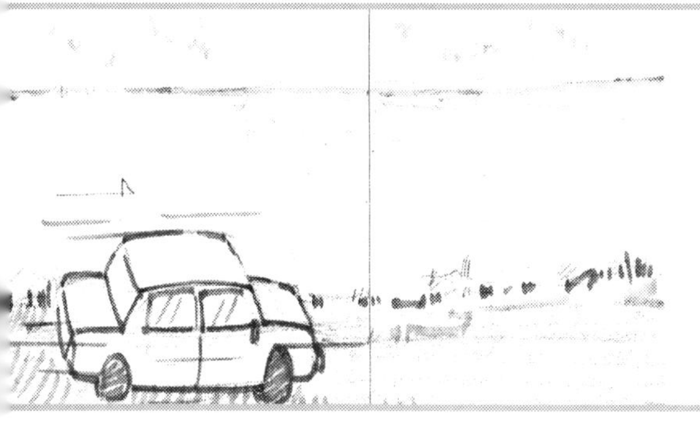

C# 3

아침 바다를
뒤로 하고
해안도로의
끝을 향해 질
주하는 차.

L. F. S

C# 1
샌드백을 두드리는 장독대 M.S 원형 이동, 계속 서서히 원형 이동한다. 한쪽 목발을 주는 불독, 그 목발을 잡는 장독대 병풍처럼 늘어서 있는 보디들 B.S 독대 : 야, 그 꼬마 새끼 하나 못 잡냐! B.S 불독 : … B.S 독대 : 그리고말야, 　　　　　진상파 애들이 너무 설치는 거 같아. 휠체어를 갖고 오는 갑빠, 휠체어에 앉는 장독대 B.S 독대 : 지금 우리 조직은 상승세를 타고 있다. 　　　　　바로 이럴 때 조직력을 더욱 탄탄히 해야 한 　　　　　다. 알겠나? B.S 불독 : 예, 알겠습니다. 곤봉이 자식은 제가 틀림없 이 잡아서 큰 형님 앞에 꿇어 앉히겠습니다. 그리고 최 진상파는 아예 뭉개버리겠습니다. (불독의 눈빛이 빛난다) Dolly In→ 불독 C.S

<table>
<tr><td>S# 38</td><td>D</td><td>O : 생명보험 회사건물</td><td>Contents : 생명보험에 가입하는 곤봉</td><td rowspan="2">Tone&Mood</td></tr>
<tr><td colspan="3">Energy :</td></tr>
</table>

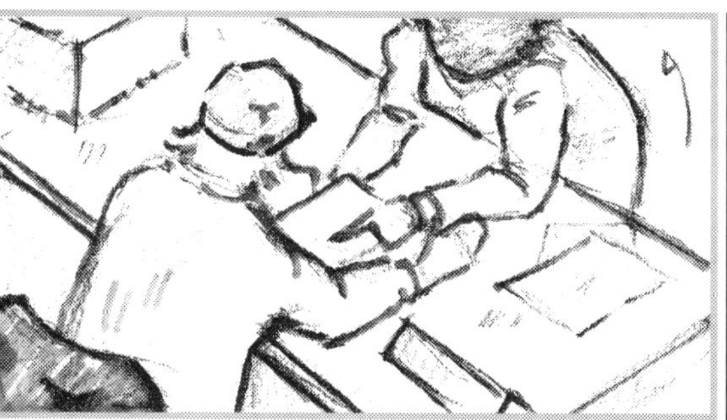

C# 1-0

보험회사 안–
곤봉, 보험상품 카달로그를 보고 있고
보험사 여직원 열심히 브리핑하고 있다.

곤봉 위주 M.S
부감

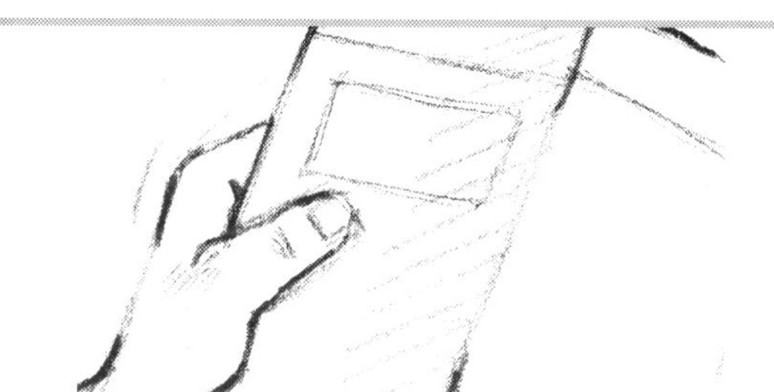

C# 1-1 (INS)

보험 계약서를 유심히 보더니

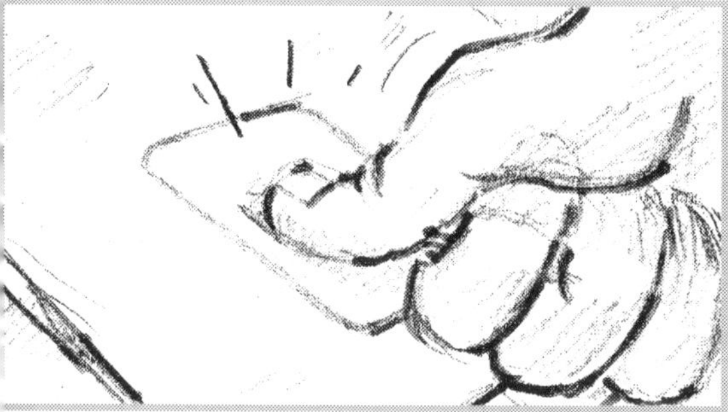

C# 1-2 (INS)

보험 계약서에 도장을 찍는 곤봉

C# 1-3 (INS)

B.S 곤봉 : 이제는 죽더라도 보험금은
　　　　　 확실히 나오는 거죠?
O.S 여직원 : 네, 그럼요.
주춤주춤 일어나 나간다.

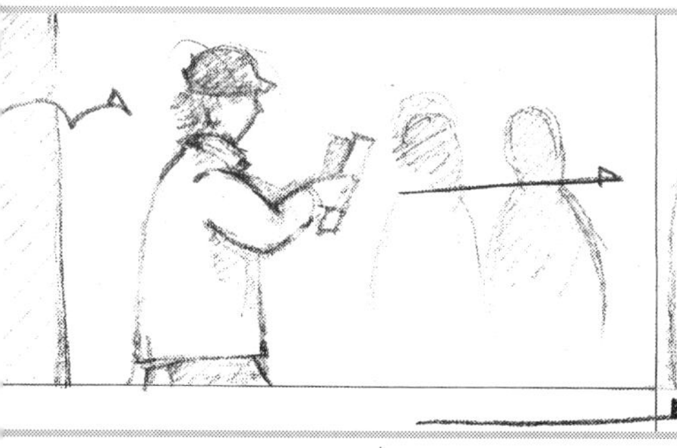

C# 2

생명보험사 건물을 빠져
나오는 곤봉.
뭐가 그리도 신이 났는지
찔금찔금 웃음을 흘리며
건물을 빠져나온다.

Follow Dolly
Side M.S

손에 든 생명보험 증서. 그런저런 그림 위로–
곤봉(Na) : 엄마, 정말 용서하세요. 그동안 보시지 못한 호로자식 놈이라 깡패 새끼 아니 양아치 새끼로 살아온 제 인
생, 비참하게 죽느니 차라리 제가 이 한 많은 세상을 먼저 정리합니다. 하지만 엄마한텐 필히 보험금을 남
겨두고 가요.

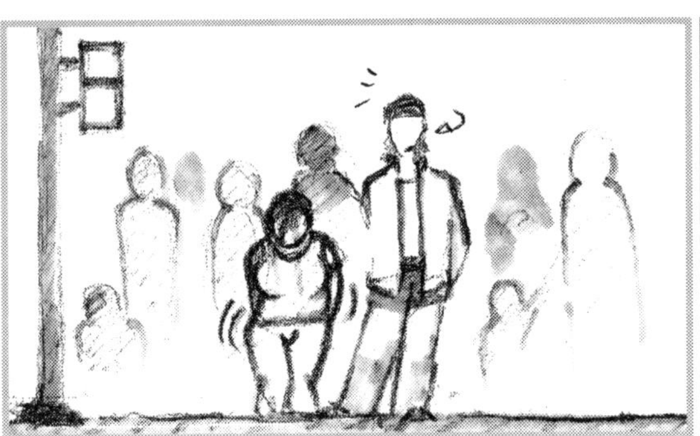

C# 1

횡당보도 앞.
신호등이 바뀌기를 기다리고 있는 사람들.
그 사이로 뚱뚱한 여자 하나가
똥꼬에 바지가 낀 채로 서 있다.

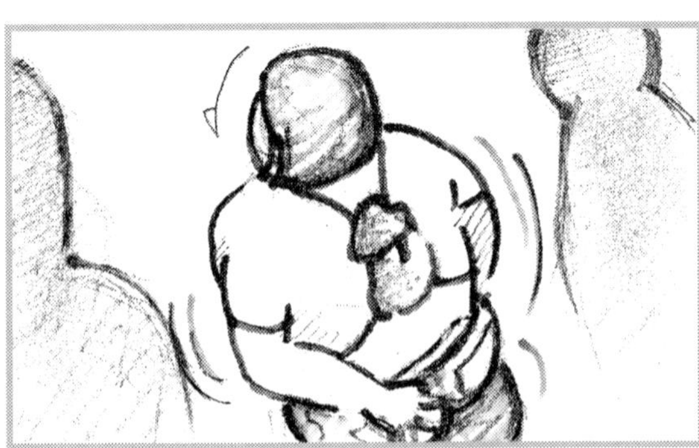

C# 2-0

닿지 않는 팔로 끄집어내려 안간힘을 쓴다.

M.S
부감

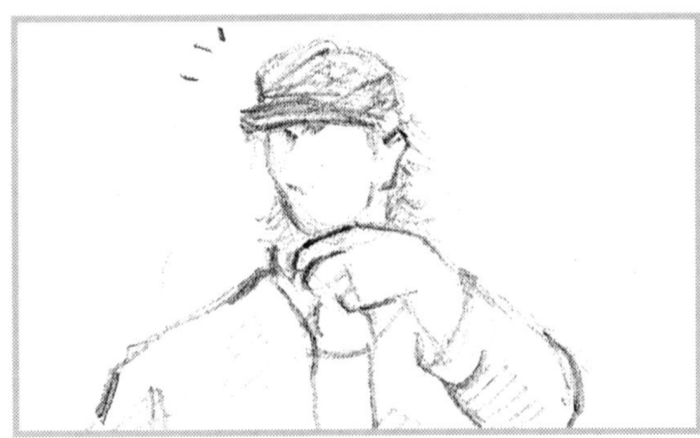

C# 2-1

저만치에서부터 그 모습을 보며 걸어오던 곤봉
장난끼가 발한다.

B.S

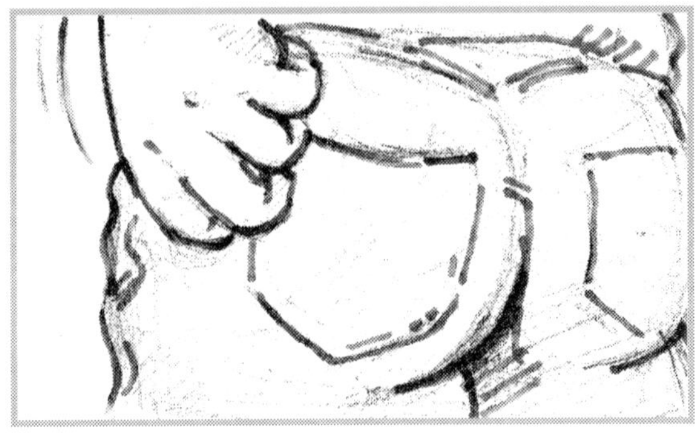

C# 3 (INS)

똥꼬가 낀 뚱뚱녀의 엉덩이

S# 39	D	L : 횡단보도 앞	Contents : 뚱뚱한 여자에게 장난치는 곤봉	Tone&Mood
			Energy :	

C# 4
다가오더니 쓰윽 똥꼬에 낀 바지를 꺼내어 주곤 빠르게 뛰어간다. Side M.S

C#5. 보는 곤봉. 웃음
'거출하는 똔봉'

Episode 나열 의주 딸집는
Storyline — drama 의 반댄 안리면
delete 가능성

<table>
<tr><td>S# 40</td><td>D</td><td>L : 도로 옆 갓길</td><td>Contents : 차에 뛰어들기를 시도하는 곤봉</td><td rowspan="2">Tone&Mood</td></tr>
<tr><td colspan="3">Energy :</td></tr>
</table>

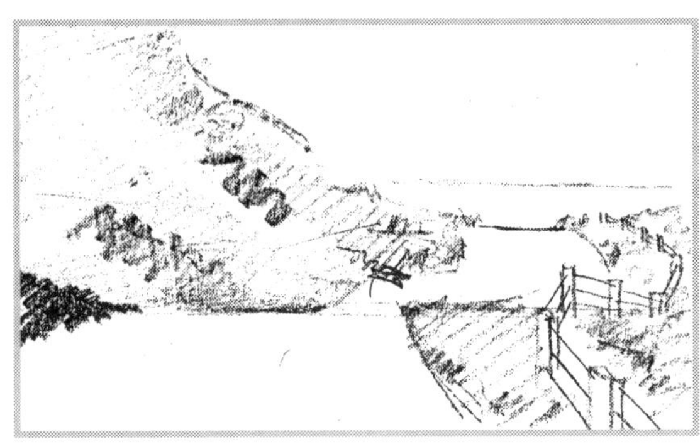

C# 1-0

산 비탈에 있는 도로의 전경

L. F. S

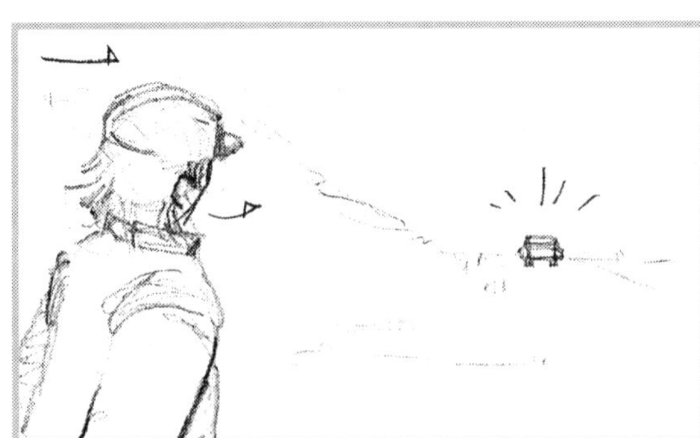

C# 1-1

프레임 안으로 들어오는 곤봉의 얼굴
무슨 생각인지 갓길에 서 있는 곤봉
멀리서 차 한대가 오는 것을 발견한다.

〈Frame In 곤봉〉

M.S

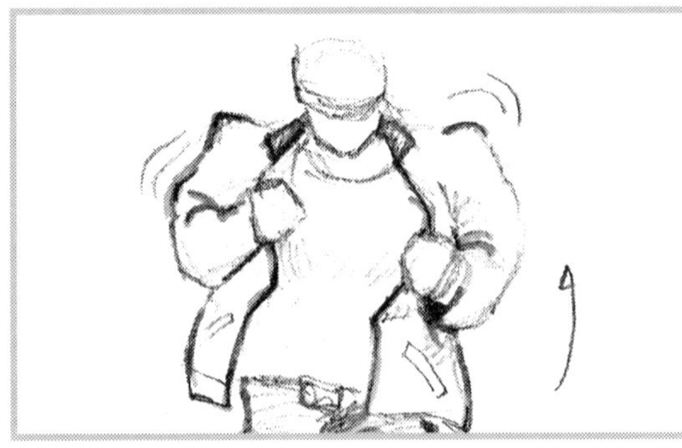

C# 2 — C# 1-1과 각도 달리해서

곤봉, 의미심장하게 잠바를 여미고 나간다.
불안하게 난간에 서 있다.

M.S

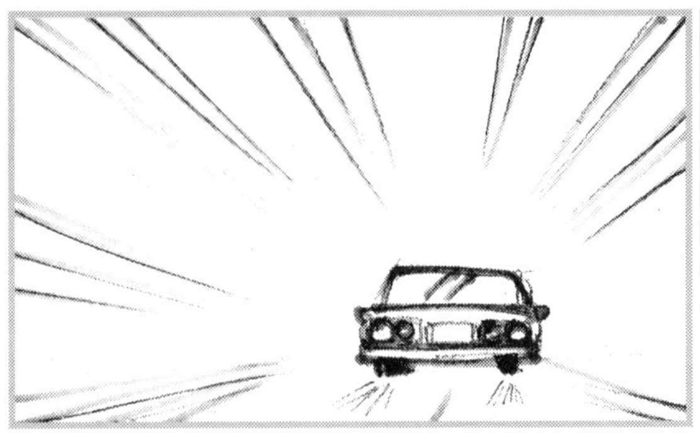

C# 3 (INS)

빠른 속도로 차가 달려오고

Low AG.

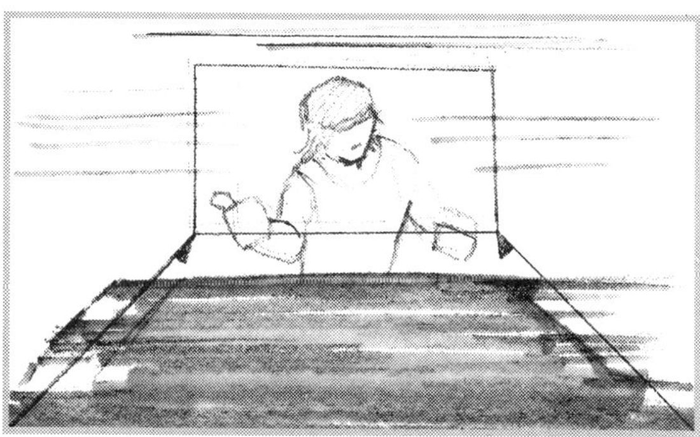

C# 4-0

곤봉, 엄지 손가락을 들고 히치하이킹을 한다.
차 그냥 지나가고 곤봉, 허망한 눈빛.

M.S → Dolly In → B.S

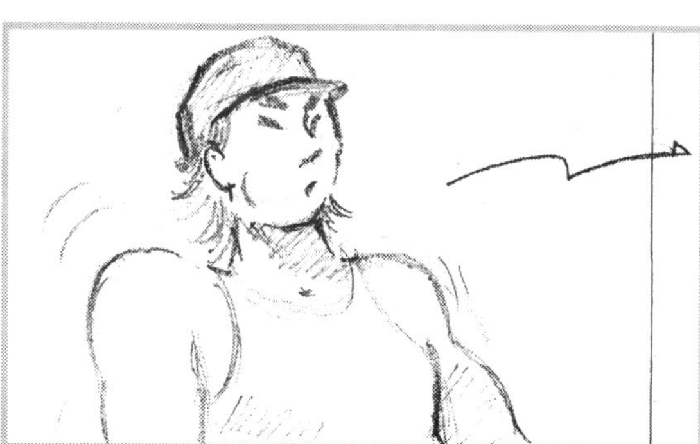

C# 4-1

이번엔 의미심장하게 거친 호흡을 하는 곤봉.
곤봉 : 무궁화 꽃이 피었습니다~
　　　 무궁화 꽃이 피었습니다~

B.S
〈Frame Out 곤봉〉

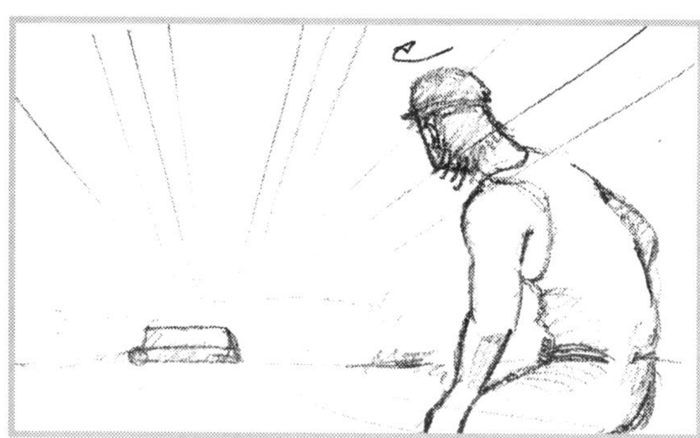

C# 5-0

곤봉, 확 뛰어드는 모습에서
차 그냥 지나가고 곤봉은 황망한 눈빛.

M.S

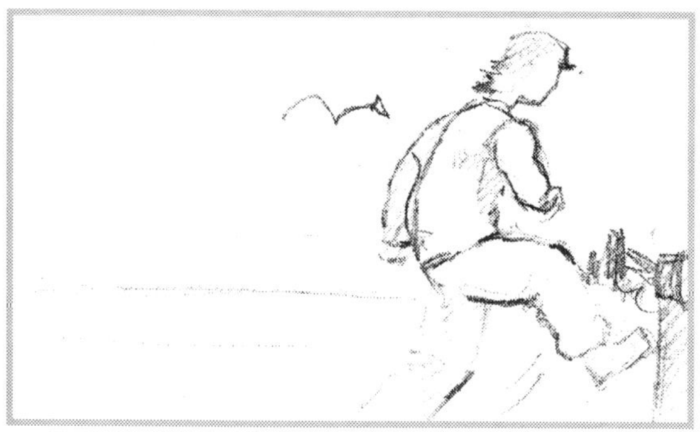

C# 5-1

제자리에서 신경질적으로 두세 바퀴 뛰는 곤봉.
곤봉 : 씨발 몇 번째야. 몇 번째!
　　　 이렇게 용기가 없나! 홍곤봉!
　　　 차라리 뒈져라아!!
갓길에 있던 난관을 발로 차지만 발만 아프다.
곤봉 : 악!
F.S

<table>
<tr><td>S# 41</td><td>D</td><td>L : 도로 옆 갓길</td><td>Contents : 세주의 차에 뛰어드는 곤봉</td><td>Tone&Mood</td></tr>
<tr><td colspan="4">Energy :</td><td></td></tr>
</table>

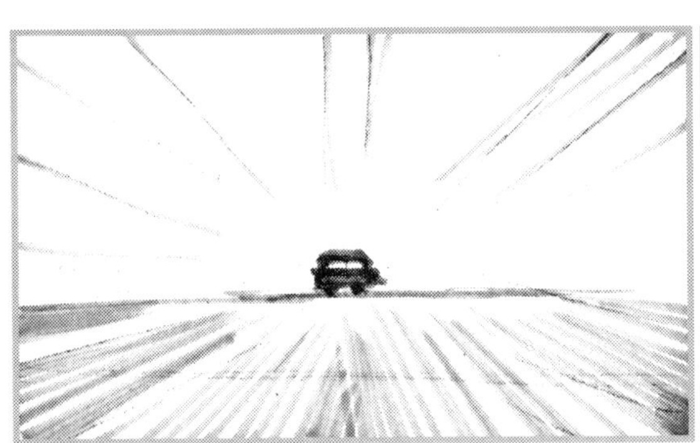

C# 1

다시 멀리서 달려오는 차 한대를 발견하는 곤봉.

L. F. S

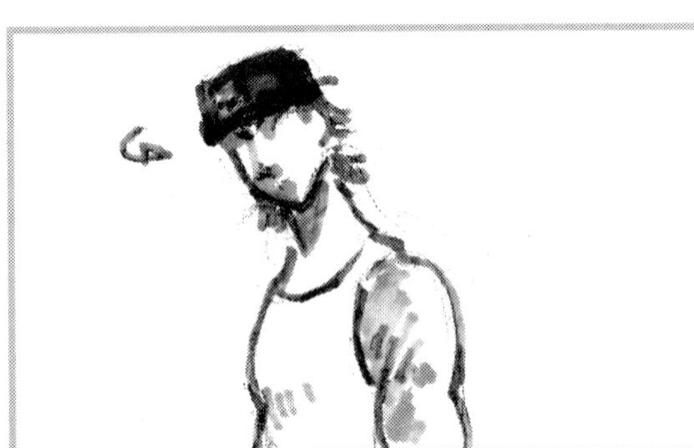

C# 2

이번에는 자못 비장하게 쳐다본다.

Side M.S
Zoom In / Dolly Out

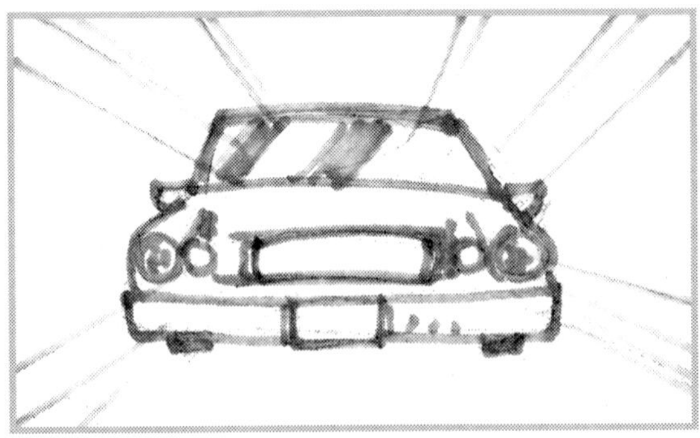

C# 3

차, 굉장한 속도로 달려온다.

F.S

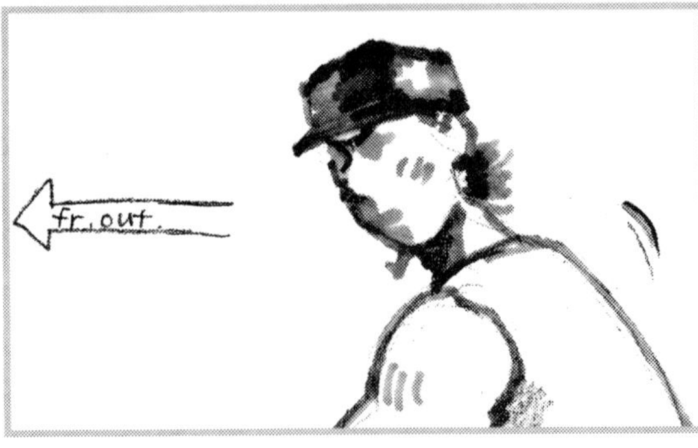

C# 4

곤봉 : 세엣… 두울… 하나!

Side B.S
〈Frame Out 곤봉〉

<table>
<tr><td>S# 41</td><td>D</td><td>L : 도로 옆 갓길</td><td>Contents : 세주의 차에 뛰어드는 곤봉
Energy :</td><td>Tone&Mood</td></tr>
</table>

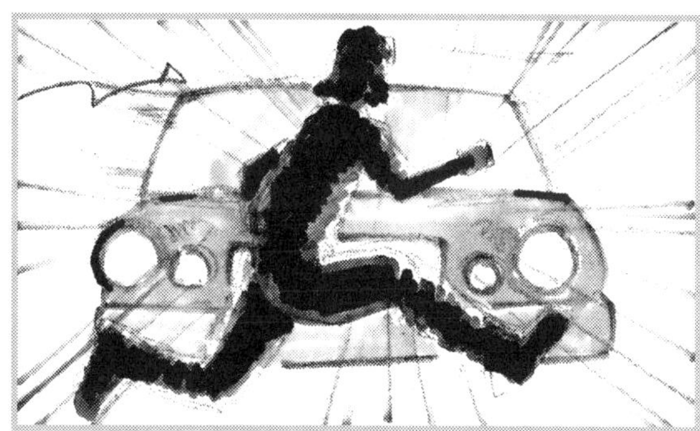

C# 5

곤봉 확 뛰어든 모습에서 Freeze Frame!

-Stop Motion-

Tight한 F.S
앙각
Telephoto Lens

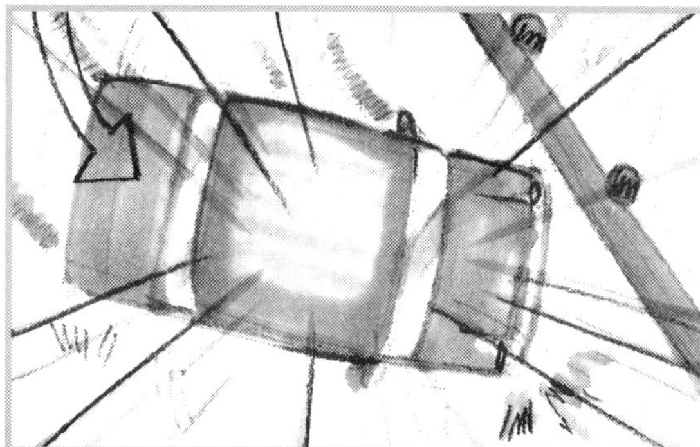

C# 6

(S.E) 끼이이이익~
가까스로 곤봉을 피하고 제동거리까지 한참을
끼이익 소리를 내더니 난간 바로 앞에서
정지하는 차.
M.S
부감

C# 6-1

차의 일부분 앙각 아슬아슬

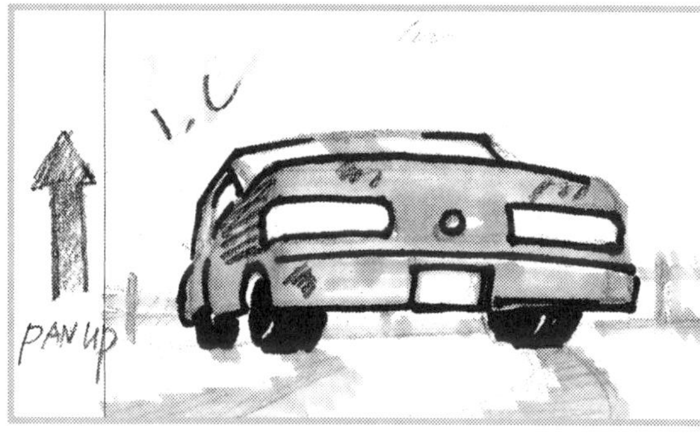

C# 7

바닥에 죽 그어진 타이어 자국.
적막.
PAN Up
차 M.S
(or. Dolly Follow)

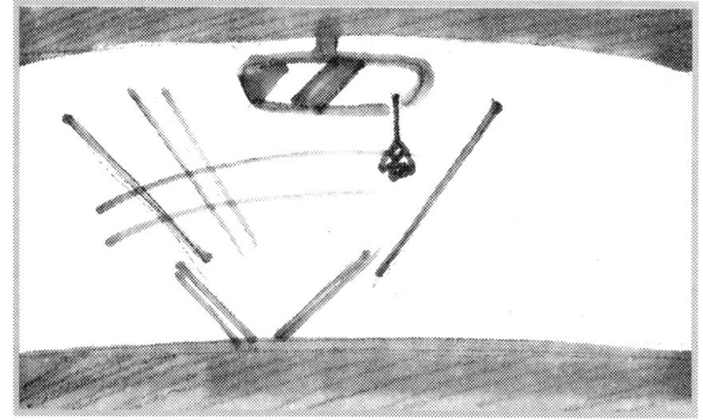

C# 8

세주의 차 안~
딸깍, 딸깍 소리를 내며 와이퍼 돌아간다.
(S.E) 딸깍 딸깍~

CA. 차 안

| S# 41 | D | L : 도로 옆 갓길 | Contents : 세주의 차에 뛰어드는 곤봉 | Tone&Mood |
| | | | Energy : | |

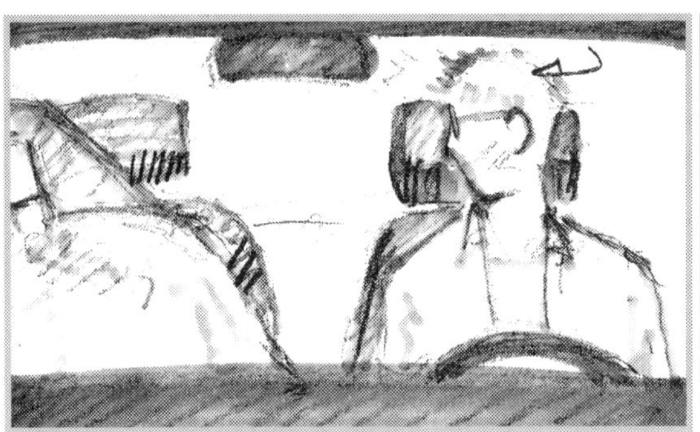

C# 9-0

반동에 의해 얼굴을 핸들에 받힌 세주.
조수석을 쳐다보면, 재림 창가에 머리를 기대고
쓰러져 있다.

2인 M.S
CA. 차 밖

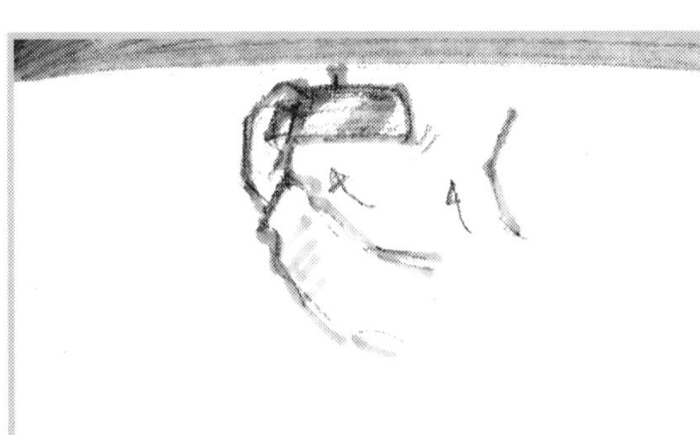

C# 9-1

정신을 차리고 얼른 백미러를 조작하며 후방을
확인하면,

M.S
CA. 차 밖

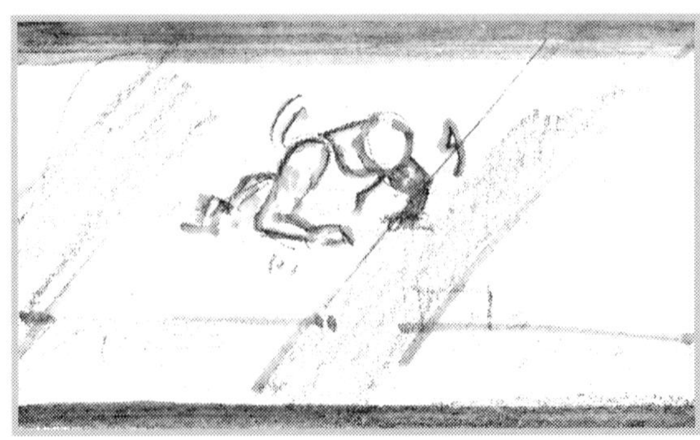

C# 10

누워있던 사람(곤봉)이 천천히 일어나는 것이 보
인다.

L. F. S
CA. 차 안

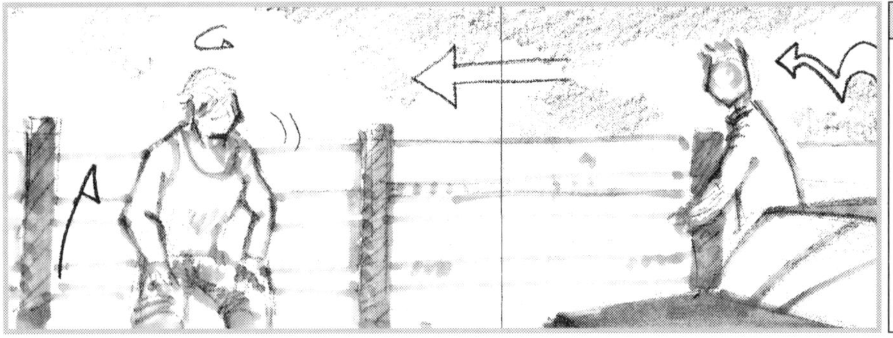

C# 11-0

신경질적으로 차
문을 열고 나가는
세주.
머리에 피가 약간
흐른다.

세주 M.S
Dolly (Side)
2인 M.S

<table>
<tr><td>S# 41</td><td>D</td><td>L : 도로 옆 갓길</td><td>Contents : 세주의 차에 뛰어드는 곤봉</td><td rowspan="2">Tone&Mood</td></tr>
<tr><td colspan="3">Energy :</td></tr>
</table>

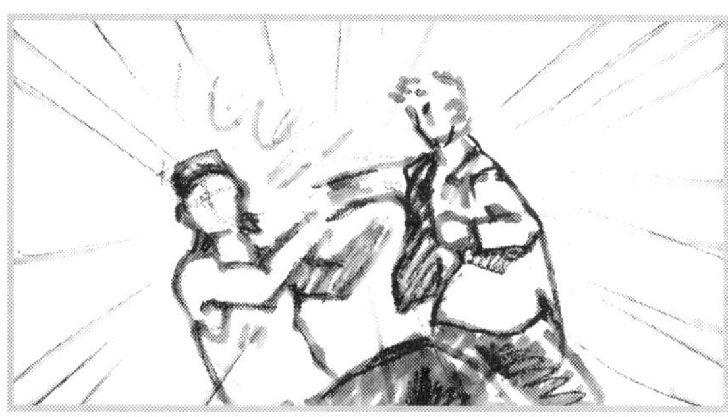

C# 11-1

일어나는 곤봉의 얼굴에 주먹을 그대로 꽂아버리는 세주, 곤봉 바닥으로 쓰러진다.

AG. 세주 위주
M.S

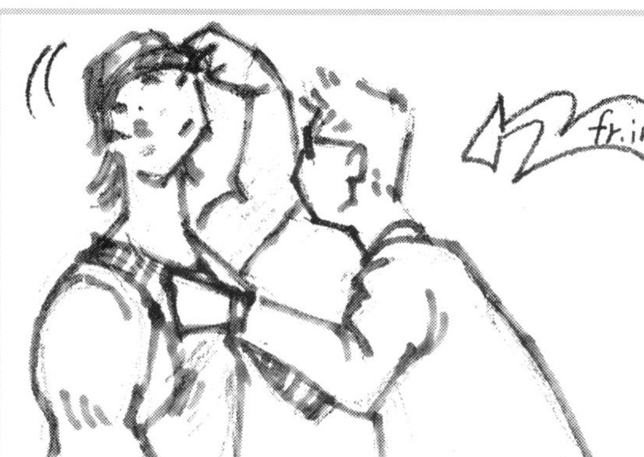

C# 11-2

쓰러져 있는 곤봉을 들어 올리는 세주
Dolly In 2인 B.S
곤봉이 비틀거리면, 다시 멱살을 잡고 올려붙인다.
세주 : 머야 당신! 죽을려고 환장했어?
곤봉 : 켁켁
세주 : 너, 일부러 뛰어들었지! 말해 이 미친놈아!
곤봉 : (당연하다는 듯) 네.
세주 : 일부러 뛰어? 왜(다시 큰소리로) 왜!
아까보다 더 멱살을 꽉 잡자 곤봉 켁켁 거리고…
곤봉 : 그럼 살려고 뛰어 들었겠어요?

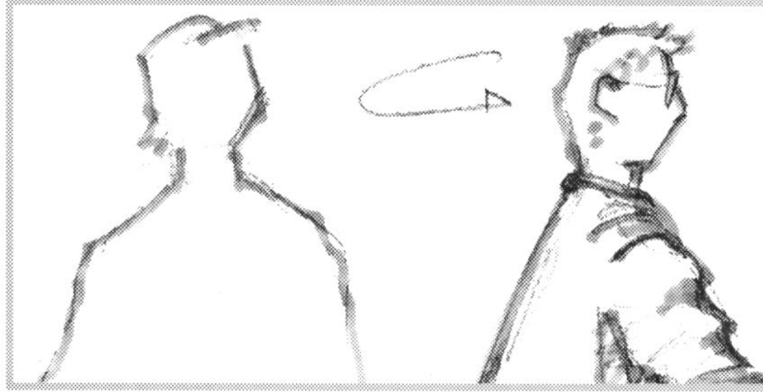

C# 11-3

세주 : 이 새끼가…!
주먹을 날리는 세주, 주먹은 곤봉의 코 앞에서
멈추고, 거친 숨을 두어 번 몰아 쉬다가 찔끔한
곤봉을 상종도 하기 싫은지 돌아서 간다.

B.S

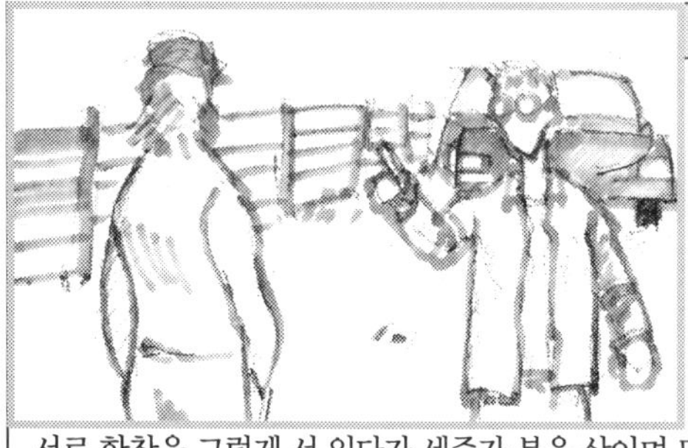

C# 12

곤봉 O.S , 세주 M.S , 곤봉 Blocking
아무래도 억울한지 다시 돌아서서
세주 : 약먹고 죽든지 세숫대야에 얼굴 쳐박고 죽든지, 낭떠러지에 떨어지든지, 뒈지는 방법 많잖아, 왜 하필 차에 뛰어들어, 새까!
곤봉 : 씨발 어차피 죽는거, 아무렇게나 하면 어때!
세주 : 새파랗게 젊은 새끼가 어디 해먹을 짓이 없어서…
곤봉 : 같이 늙어가는 처지에 새파랗다니!
세주 : 대가리에 피도 안마른 놈이 어디서 꼬박꼬박 말대꾸야!

서로 한참을 그렇게 서 있다가 세주가 분을 삭이며 먼저 돌아서 차로 간다.
곤봉 : (뒤통수를 향해) 미안하다… 그래 좆나게 미안해…
세주 : 대가리에 피도 안마른 놈이 어디서 꼬박꼬박 말대꾸야!
　　서로 한참을 그렇게 서 있다가 세주가 분을 삭이며 먼저 돌아서 차로 간다.
곤봉 : (뒤통수를 향해) 미안하다… 그래 좆나게 미안해…

<table>
<tr><td>S# 41</td><td>D</td><td>L : 도로 옆 갓길</td><td>Contents : 세주의 차에 뛰어드는 곤봉</td><td rowspan="2">Tone&Mood</td></tr>
<tr><td colspan="3">Energy :</td></tr>
</table>

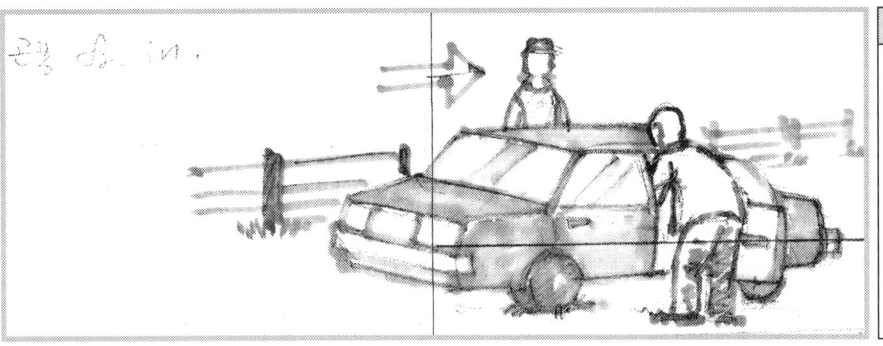

C# 13-0

어이 없다는 듯
입술을 한 번 씹더니
다시 차로 걸어가는
세주
〈Frame In 곤봉〉
차쪽으로 걸어간다.
M.S
세주 Side Follow
곤봉 Fr.In 2인 M.S

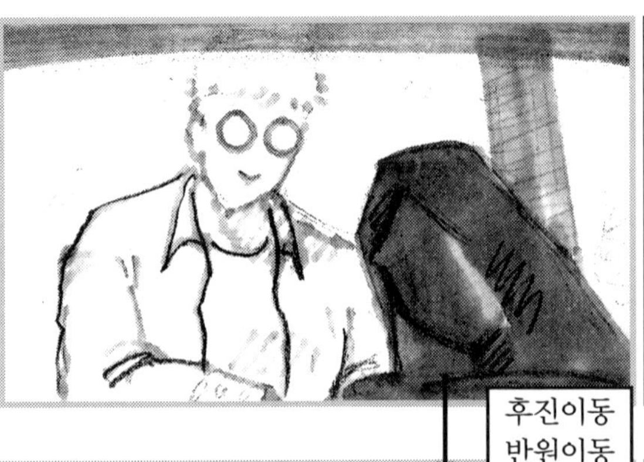

C# 13-1

재림이 아직 정신을 못 차리고 있다.

세주 : 괜찮아? 정신 좀 차려봐!

재림 O.S , 세주 B.S

후진이동
반원이동

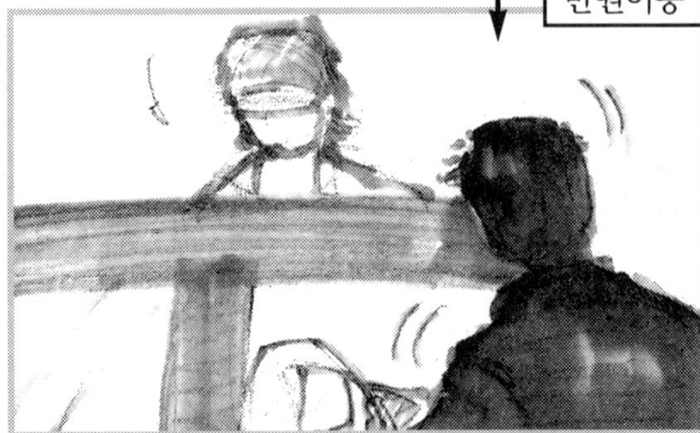

C# 14

그러는데
어느새 뒤에서 목을 쭉 빼고 안을 들여다보는 곤봉
곤봉 : (마치 자기와 상관없다는 듯) 다쳤나본데.
세주 : 저리 가쇼!
곤봉 : 나두 발모가지가 좀 아픈 것도 같은데 여기서 갈
       데가 어딨겠습니까, 가는 곳까지만 좀 태워주쇼,
       형씨!
신경질적으로 위아래를 쳐다보던 세주.
M.S

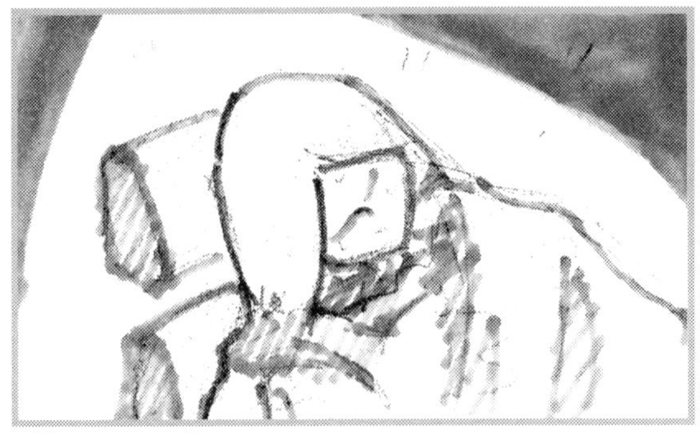

C# 15

그러다가 다시 재림을 쳐다보면
식은 땀을 흘리는 재림의 모습이 보인다.

B.S

<table>
<tr><td>S# 41</td><td>D</td><td>L : 도로 옆 갓길</td><td>Contents : 세주의 차에 뛰어드는 곤봉</td><td>Tone&Mood</td></tr>
<tr><td></td><td></td><td></td><td>Energy :</td><td></td></tr>
</table>

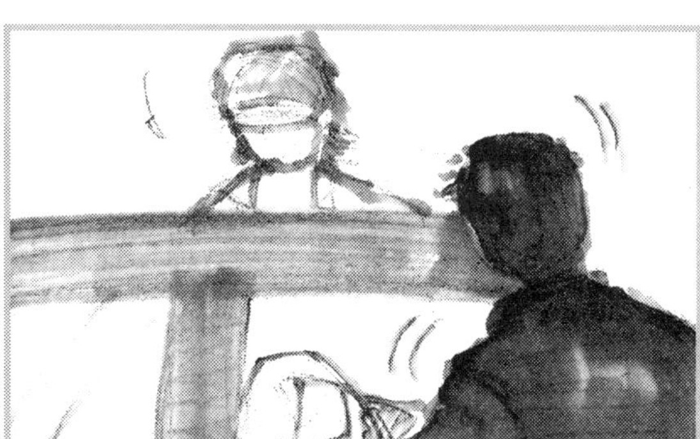

C# 16

세주, 조수석에 있는 재림을 빼내려 한다.

세주 : 야, 뻔뻔한 놈! 머해!
곤봉 : 예? 아 예예…
곤봉, 세주 쪽으로 온다.
M.S

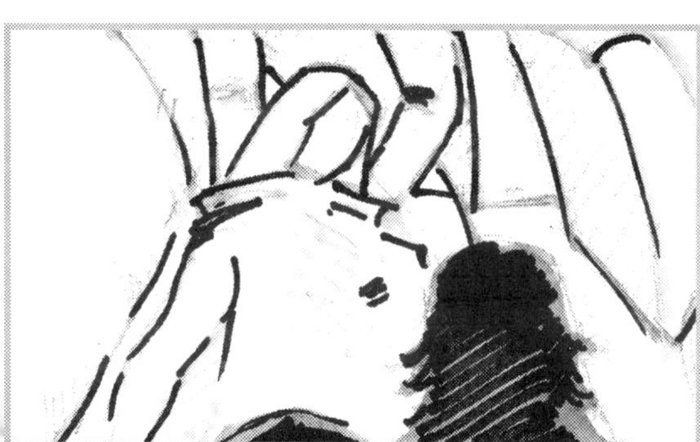

C# 17

Fr.In되는 재림을 뒷자석으로 눕히는 세주, 곤봉

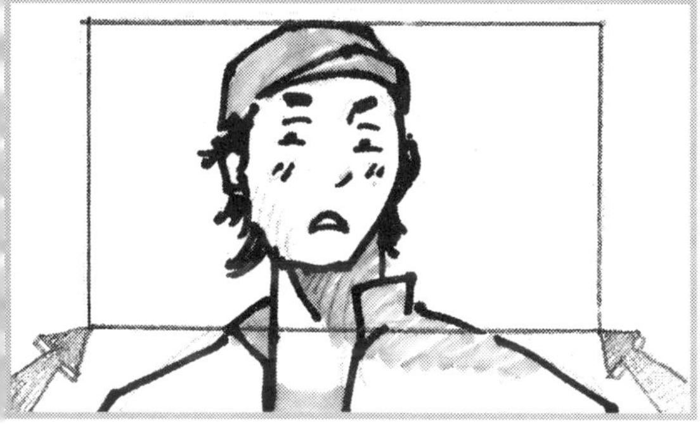

C# 18

재림에게 반한 듯한 곤봉.
곤봉 : ……(입맛을 다신다)

B.S → Dolly In → C.S

<table>
<tr><td>S# 42</td><td>D</td><td>L : 도로/세주의 차</td><td>Contents : 세주의 집으로 가는 세 사람</td><td rowspan="2">Tone&Mood</td></tr>
<tr><td colspan="3"></td><td>Energy :</td></tr>
</table>

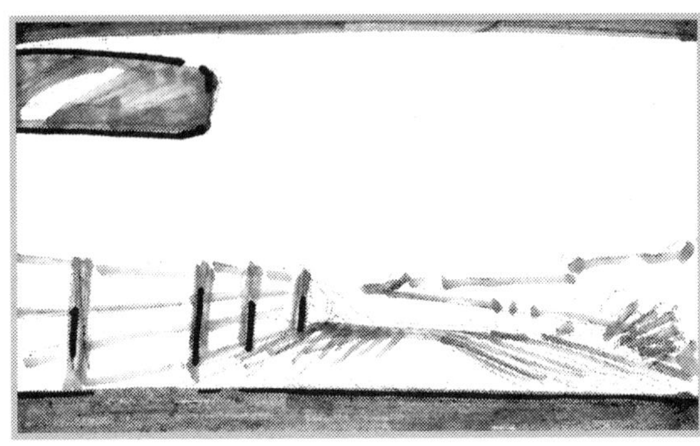

C# 1 (INS)

집 부근으로 달리는 세주의 차 안.

P.O.V

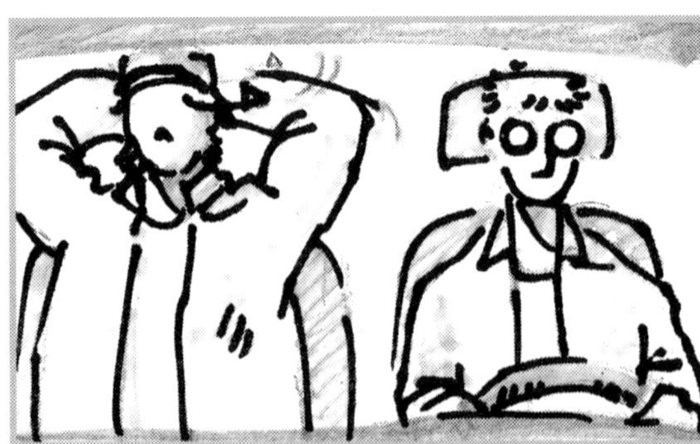

C# 2

곤봉, 연신 주위를 두리번거리며 뒤를 보고
곤봉 : 누구세요?
세주는 운전만 하고
곤봉 : 아깐 정말 죄송했습니다. 일어나는 건 봐야할 것
　　　같아서… 어디 병원으로 가시죠?
세주 : 병원에 안가…
곤봉 : 왜요?
M.B.S

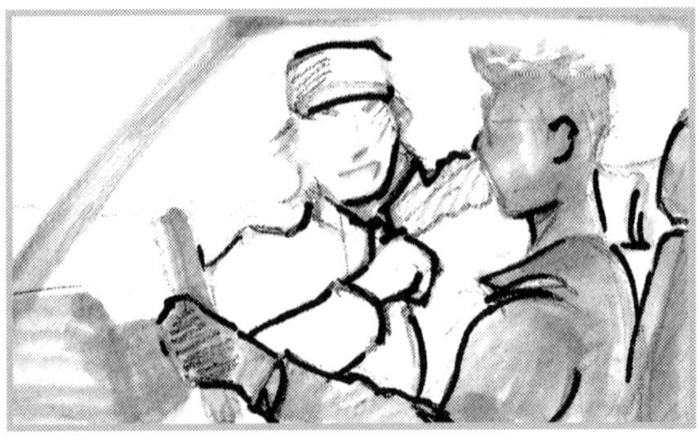

C# 3

곤봉 : 나 원래 나쁜 놈 아닙니다.
　　　저 생활 좀 했어요…

세주 O,S , 곤봉 B.S

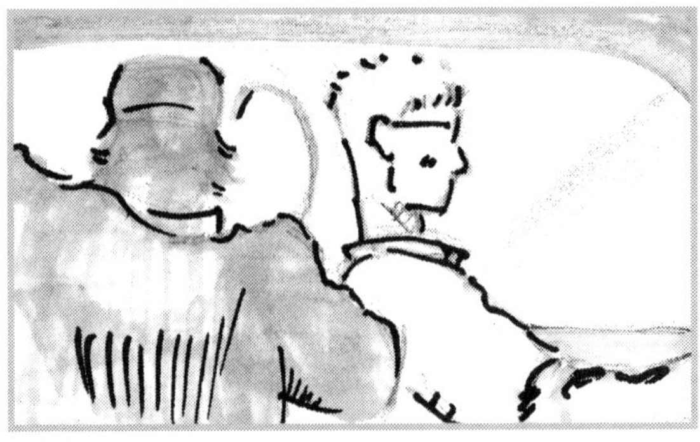

C# 4

세주 : 깡패 생활?

곤봉 O.S , 세주 B.S

<table>
<tr><td>S# 42</td><td>D</td><td>L : 도로/세주의 차</td><td>Contents : 세주의 집으로 가는 세사람</td><td>Tone&Mood</td></tr>
<tr><td></td><td></td><td></td><td>Energy :</td><td></td></tr>
</table>

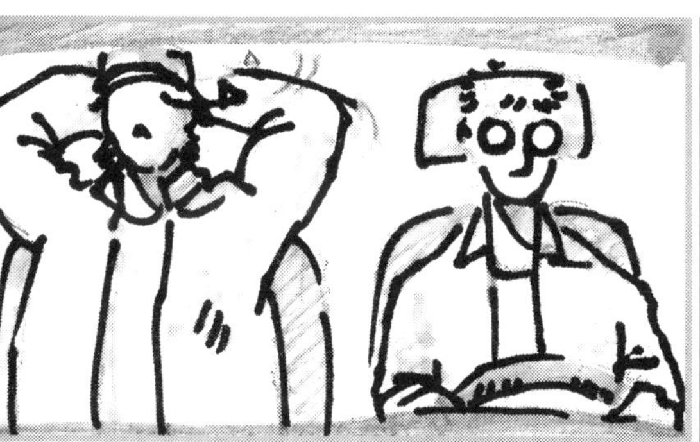

C# 5

곤봉 : 한 8년 했습니다.
세주 : 그래, 니가 깡패면 난 알카포네다.
곤봉 : 알포네요… 그게 뭐예요?
세주 : 살다보면 알게 돼.

M.B.S

C# 6

도로를 질주하는 세주의 차 모습.

L.F.S
부감

✓ 촬롱과 부릴힘의 Energy.

✓ sound참조.

✓ cut. cut. cut. ― cutting

※ 곤봉의 不安.초조. ← ―― 겁건이동.

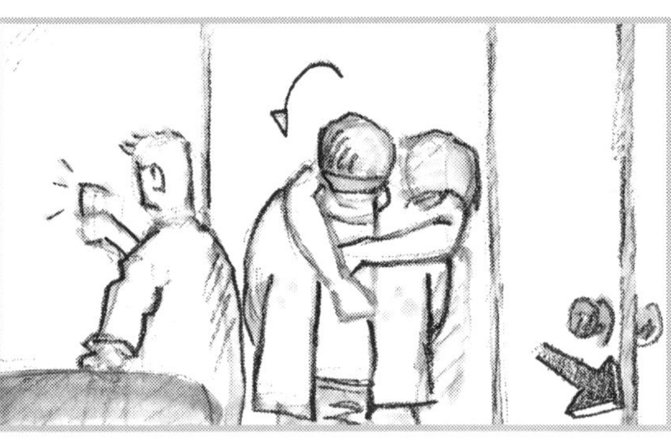

C# 1-0

어두운 실내.
문이 열리고 불이 켜지며.
곤봉이 재림을 업고 은근히 회심의 미소를 지으며 들어와 소파에 눕힌다.

M.S
2인 + 1인 후진이동

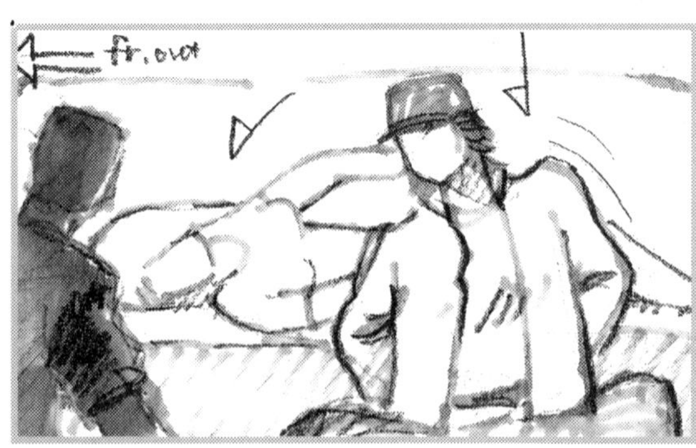

C# 1-1

곤봉: 후우, 후우, 뭘 먹어서 이렇게 무겁지?

세주 안으로 들어간다.

〈Frame Out 세주〉

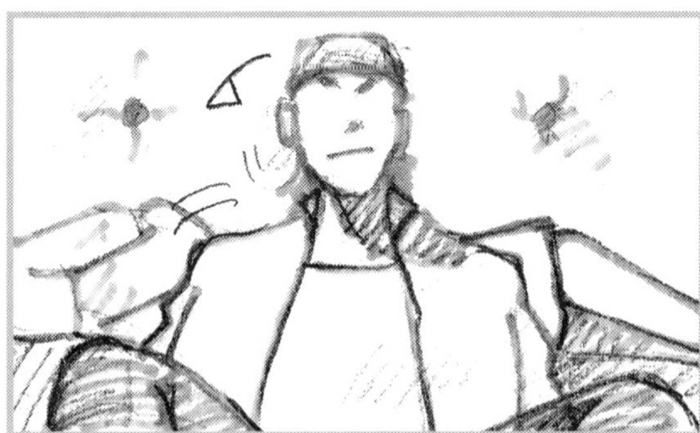

C# 1-2

곤봉 : 캬 죽인다! 공기 좋고 바람 시원하고
　　　천당이 따로 없네!

1인 M.S

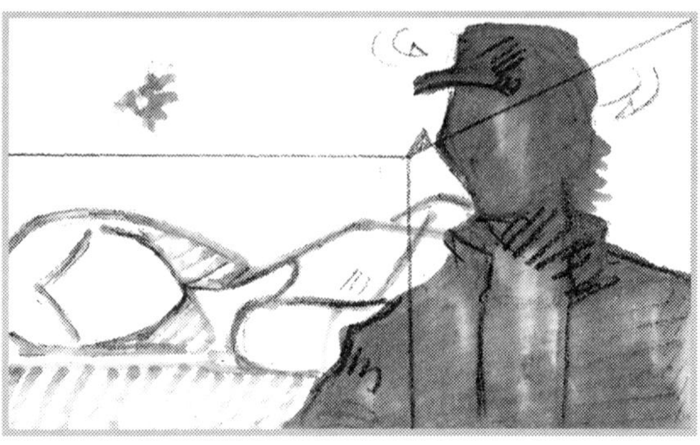

C# 2

소파 위, 누워있는 재림이 뒤척이는데 매력적으로 보인다. 곤봉 쓰윽 가서 바라보다가 세주를 의식하고 창가로 가 앉는다.

곤봉 O.S
재림 단독 Dolly In → B.S , PAN Down

<table>
<tr><td>S# 42-2</td><td>N</td><td>S : 세주집/거실</td><td>Contents : 세주의 집에 도착한 세사람</td><td rowspan="2">Tone&Mood</td></tr>
<tr><td colspan="3">Energy :</td></tr>
</table>

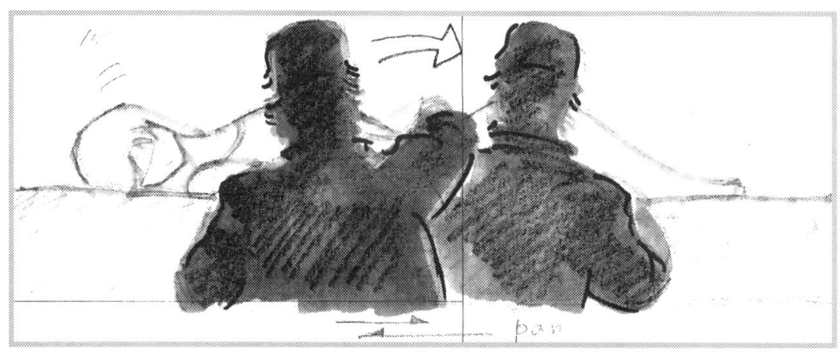

C# 3

세주가 안 오자 재림에
게 다가가 침을 삼키며
재림의 몸매를 감상하
는 곤봉
재림 O.S
Dolly In → Out
곤봉 1인

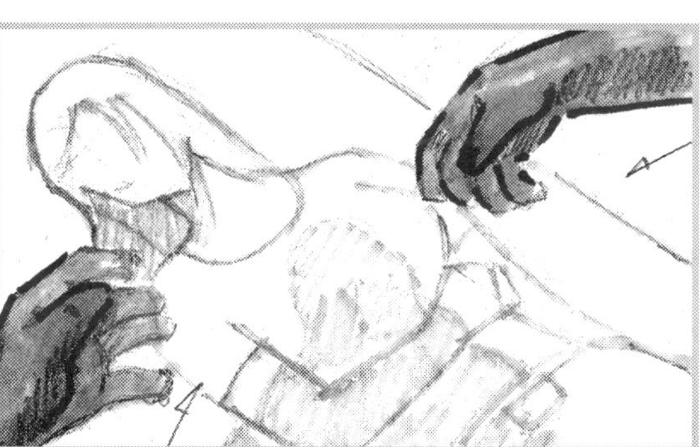

C# 4

재림에게로 향하는 곤봉의 손

〈Frame In 곤봉의 손〉
재림 M.S

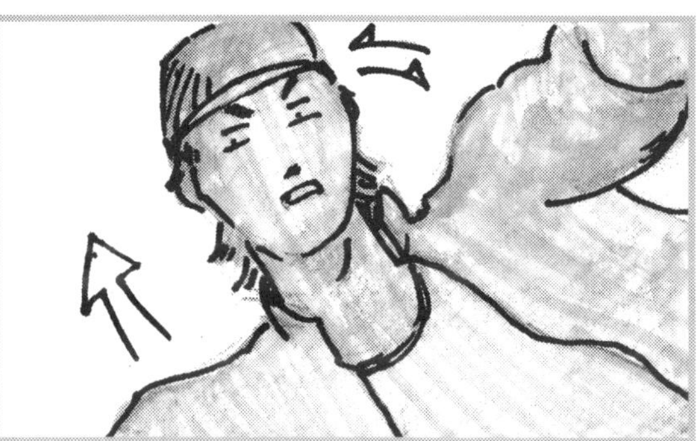

C# 5

재림의 체취를 들이마시는 곤봉,
가빠지는 곤봉의 숨소리

B.S
앙각

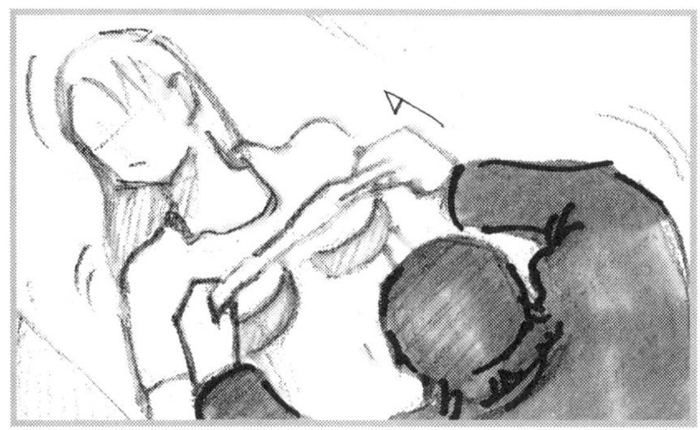

C# 6

재림의 옷을 아슬아슬하게 들추며
주위를 의식하는 곤봉.

곤봉 O.S , 재림 M.S
(세미) 부감

S# 42-2	N	S : 세주집/거실	Contents : 세주의 집에 도착한 세사람	Tone&Mood
			Energy :	

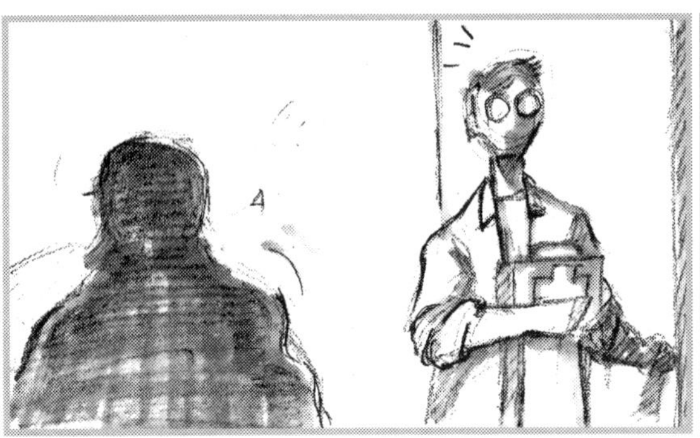

C# 7

안방에서 의료기구 박스를 들고 나오는 세주와
눈이 마주친다.

곤봉 O.S , 세주 M.S

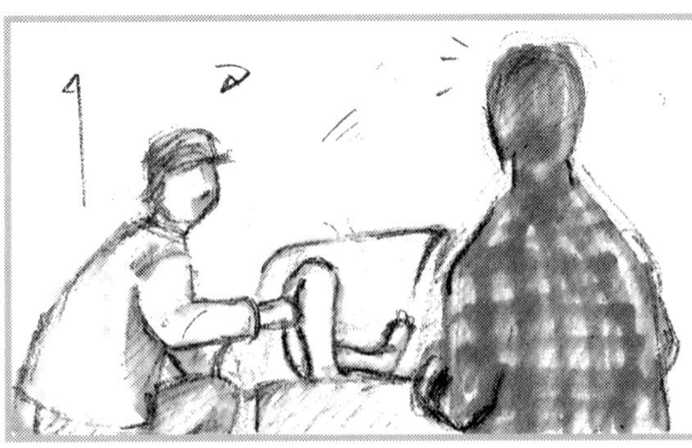

C# 8-0

곤봉 : 아니⋯ 자세가 불편해 보여서
　　　자세 좀 잡아 주느라⋯

세주 O.S , 곤봉 M.S

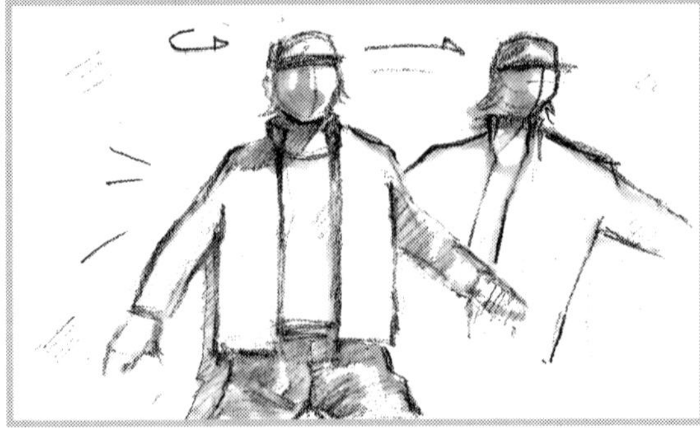

C# 8-1

얼른 벽에 붙어서 집을 이리저리
둘러보는 척하는 곤봉

M.S

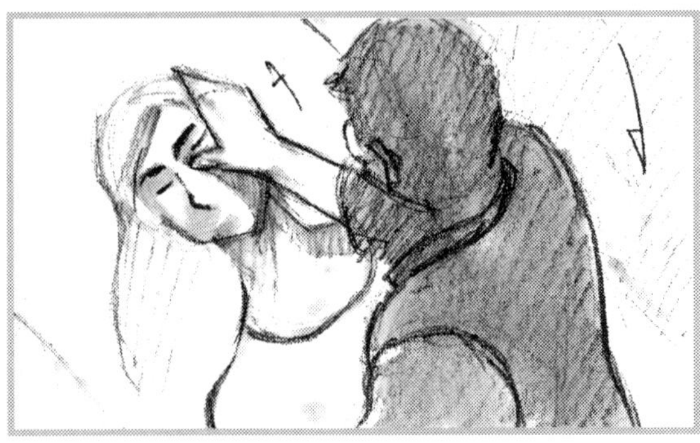

C# 9-0

세주, 잠시 째려보더니 의료기구를 열고
재림의 옆에 앉는다.
재림의 눈을 열어 동공을 확인하는 세주.
얼굴을 가까이 댄다. 입맞춤하듯.

2인 M.S
전진이동 B.S 2인 (세주 O.S , 재림 C.S)

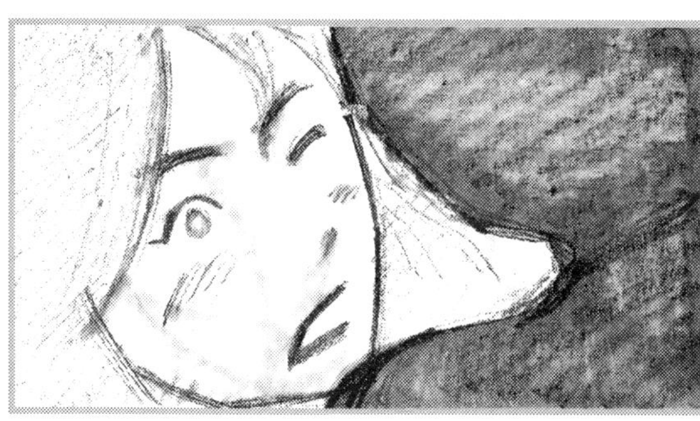

C# 9-1

갑자기 한쪽 눈만 뜨는 재림
세주와 눈이 마주친다.

재림 : 아악! 아저씨잇…

재림 C.S , 세주 O.S

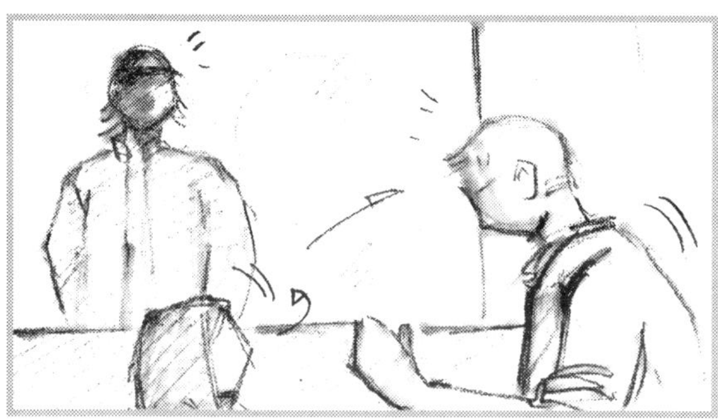

C# 10

B.S 세주 : 헉…

B.S 곤봉 : … 아저씨?

Focus In & Out : 세주 → 곤봉

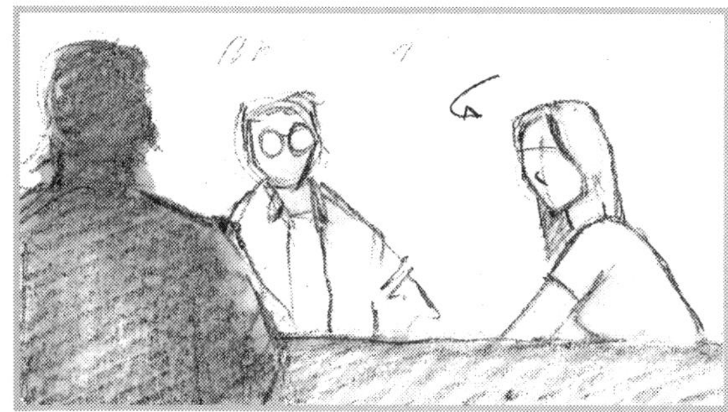

C# 11

눈을 꿈뻑거리더니 아무일 없었다는 듯 스윽 일어나는
재림 : …근데 저 아저씬 누구예요?
곤봉과 눈이 마주친다.

곤봉 O.S , 재림 M.S

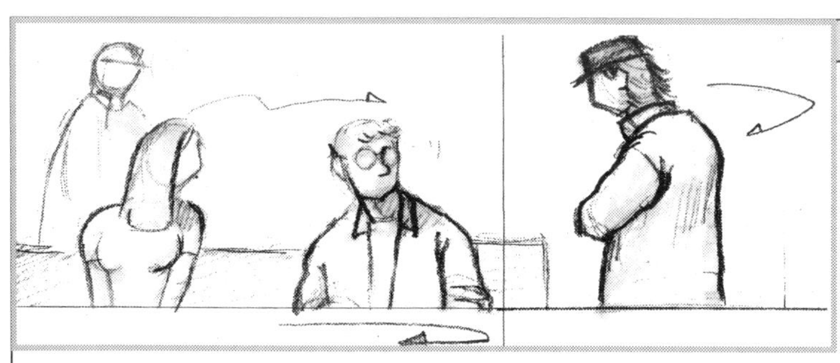

C# 12

재림 O.S , 곤봉 M.S

(어정쩡한) 곤봉 : 아저씨?! 몸은 정말 괜찮아요? (Blocking 온다)
재림 : 자주 이렇게 정신을 잃어요. 넘 신경쓰지 마세요.
곤봉 : 아, 그러세요…
2인 M.S , Dolly, 재림 1인 M.S

재림 : 아까 차에 뛰어들었던 사람이예요?
에구 나이 값도 못하고 그 나이에 죽을려고 차에 뛰어들 궁리나 하고… 얼마짜리 생명보험 들었을까?

<table>
<tr><td>S# 42-2</td><td>N</td><td>S : 세주집/거실</td><td>Contents : 세주의 집에 도착한 세사람</td><td>Tone&Mood</td></tr>
<tr><td></td><td></td><td></td><td>Energy :</td><td></td></tr>
</table>

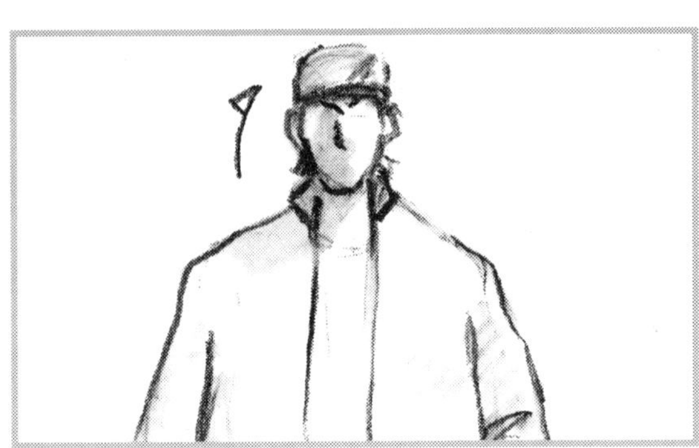

C# 13

곤봉 : 뭐라고?

M.S

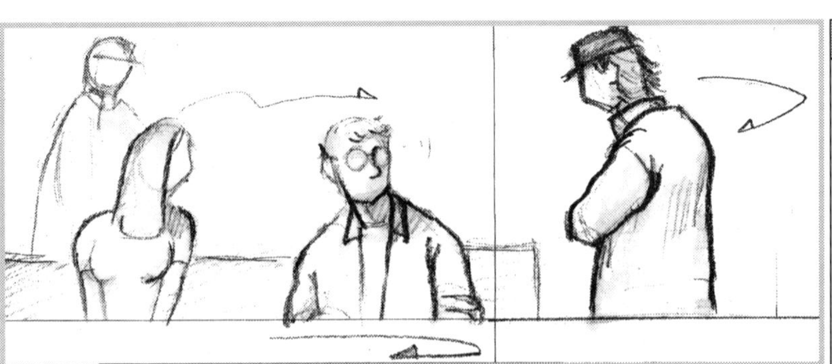

C# 14

재림 :
딱보니 뻔하네, 뭐!
보험금 노리고 상해나 자
살하면 나중에 다 들키는
거 몰라요? 생긴 것 하나
는 증말 짱나게 생겼는
데… 어쩌다가…

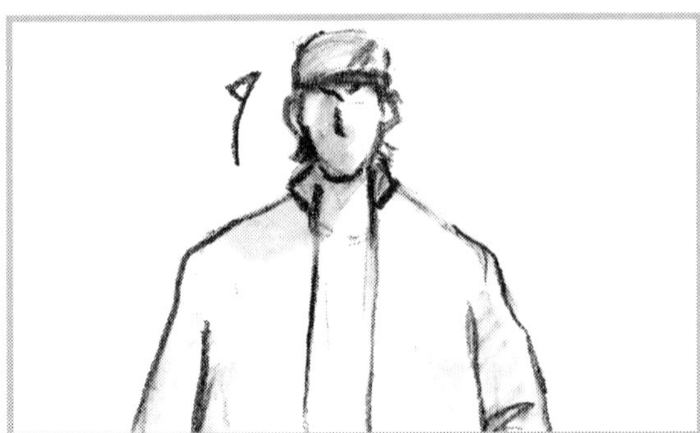

C# 15

곤봉 : …!

B.S

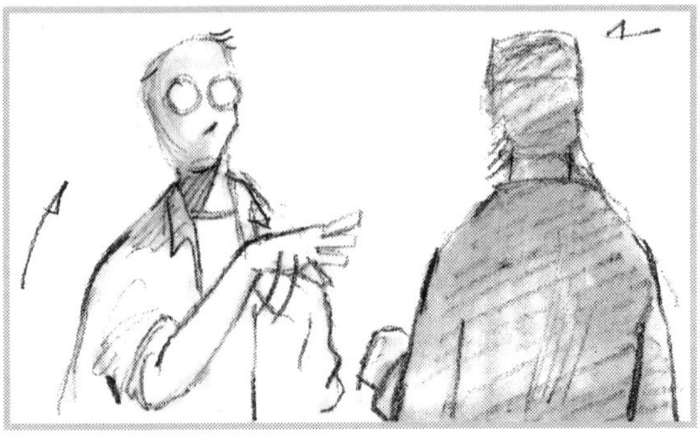

C# 16

곤봉 다가오려는데, 세주가 손가락을 펼쳐든다.
멈추는 곤봉 쳐다보면
나가라는 손짓.

곤봉 O.S , 세주 M.S

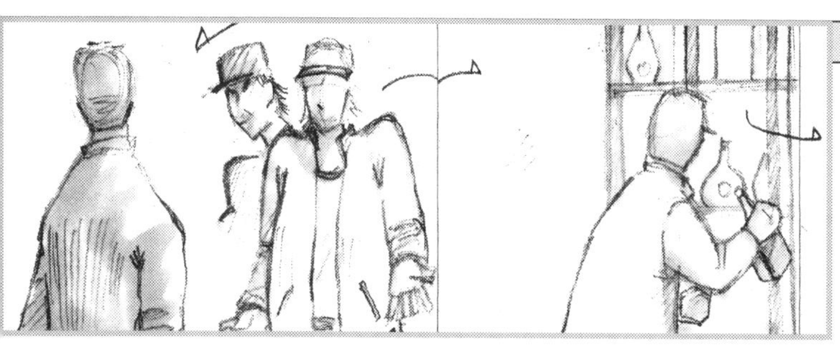

C# 17

세주 O.S , 곤봉 M.S
Dolly
Follow
(꼬랑지 내리는) 곤봉 :
그래도 걷는 건 보고 가야죠… 방해 안 할게요.
(재림을 향해 험상궂은 표정을 한번 지어보더니 양주 진열대 보고)

곤봉 : 저기… 이거 마셔봐도 돼요?
쳐다보지도 않는 세주, 얼른 아무 양주나 두 세병을 고르는데 그 옆으로 총이 놓여져 있는 것이 보이고
꼬냑, ×.O 등 비싼 위스키병은 그냥 두고 싸구려 버본병만 가슴에 품고 옆으로 사라진다.

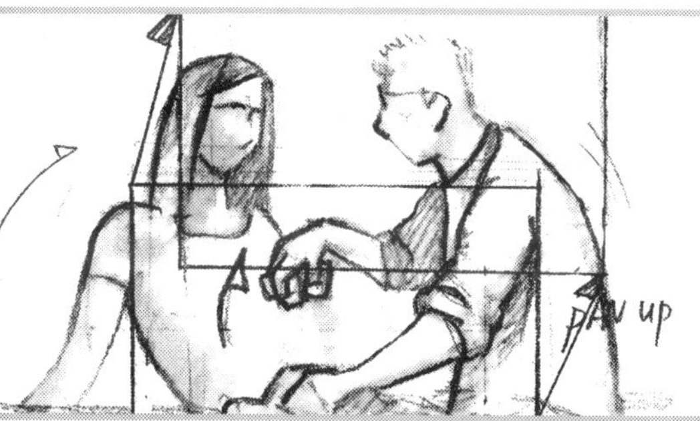

C# 18

열려있는 재림의 가방에서 약들을 꺼내는 세주
PAN Up
1인 B.S
세주 : 앞으로 이런 것 먹지마! Blocking(or. Dolly Out)
2인 M.B.S
재림 : 차라리 죽으라고 고사를 지내시죠.
세주 : 팔이나 걷어 올려! 주사 한대 맞자!
재림 : 난 엉덩이가 좋던데… (치마 올린다)

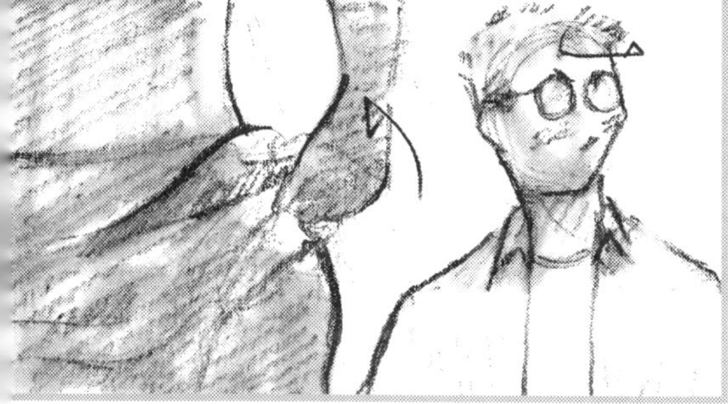

C# 19

순간 얼굴이 빨개지는 세주
엉덩이 까는 재림

재림 O.S , 세주 B.S

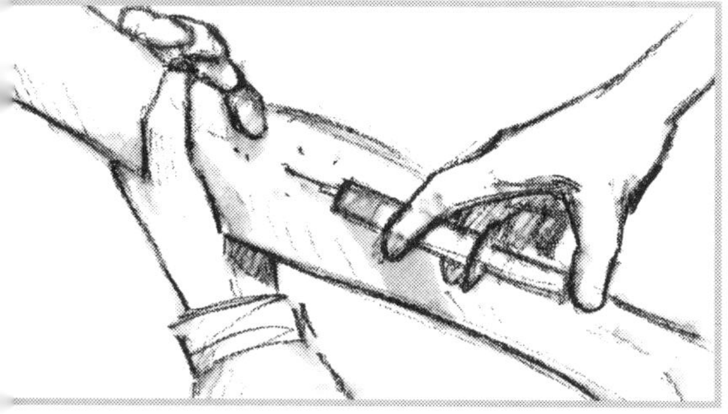

C# 20

재림의 팔을 걷는 세주.
가녀린 팔, 주사바늘 자국이 여러군데 나 있다.
안쓰럽게 만져보는 세주.
그러다가 주사를 놓으면 재림의 작은 신음소리.
세주 : 곧 잠이 올거야. 안방에서 푹자고
　　　내일 가든지…

S# 42-2	N	S : 세주집/거실	Contents : 세주의 집에 도착한 세사람	Tone&Mood
			Energy :	

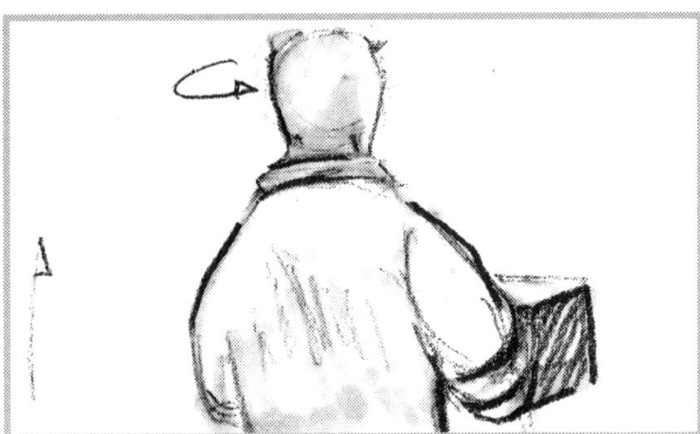

C# 21

의료도구를 챙기는 세주.

M.S

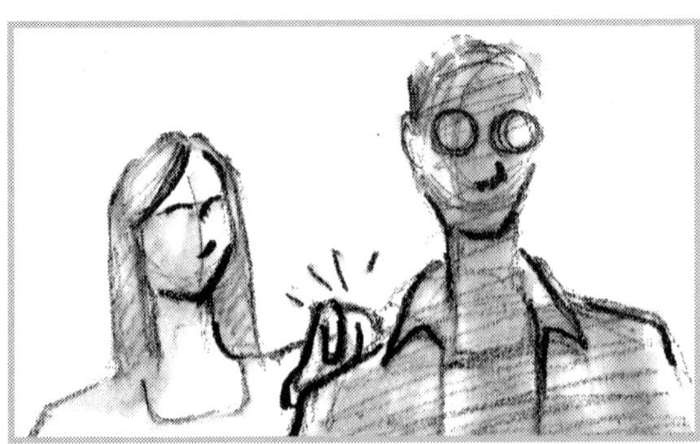

C# 22-0

뒤에서 세주를 톡톡 치는 재림.
재림 : 아저씨!

B.S

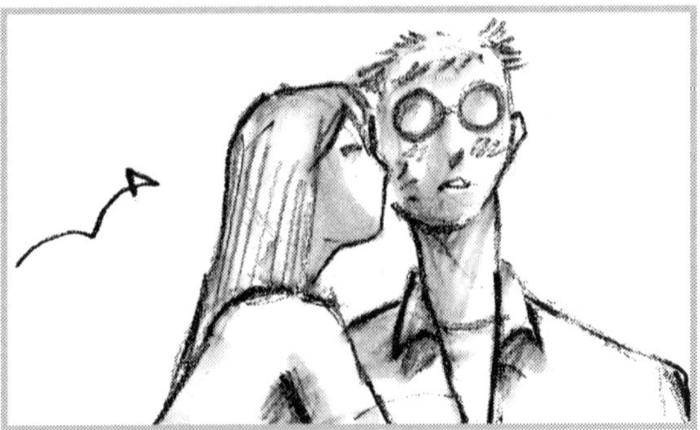

C# 22-1

돌아보면
세주의 **뺨**에 자신의 입을 맞추는 재림.
놀라 얼른 떼며 쳐다보는 세주.
재림 웃는다.
재림 : 고맙다구요. 이런 친절 태어나 처음이라…
아이처럼 방으로 들어간다.
재림뒤 PAN Up , B.S(Blocking)
〈Frame Out 재림〉

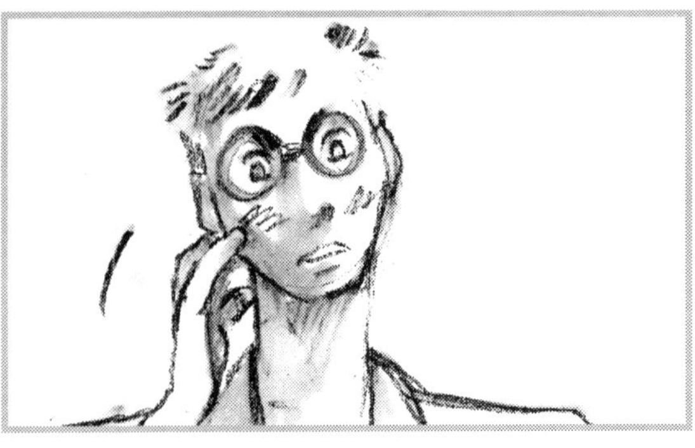

C# 23

아직까지 당황한 눈빛의 세주.

B.S

<table>
<tr><td>S# 43</td><td>N</td><td>S : 세주의 집
작은 방</td><td>Contents : 해인의 사진을 들여다보는 세주</td><td>Tone&Mood</td></tr>
<tr><td colspan="3"></td><td>Energy :</td><td></td></tr>
</table>

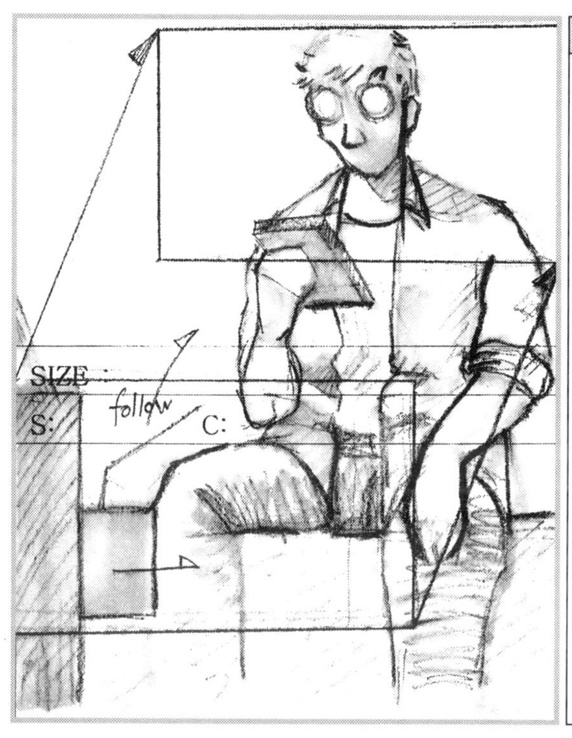

C# 1

서랍을 여는 세주의 손
서랍 깊은 곳에 있는 작은 액자를 꺼내든다.
추억하듯 쳐다보던 세주.

세주 : 참 많이 닮았어…
(액자를 보는 세주 – B.S)

Follow

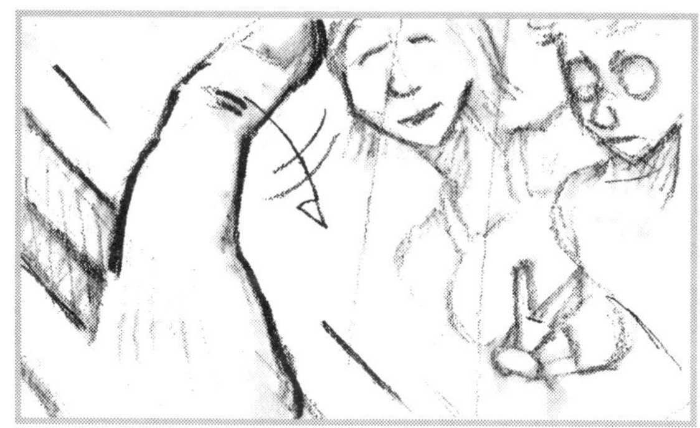

C# 2 (INS)

신혼여행 시절 해인과 찍은 다정한 스틸사진 한
컷, 해인의 얼굴, 재림과 전혀 닮지 않았다.
엄지 손가락으로 해인의 얼굴을 슬며시 쓰다듬
어 본다.
Dissolve (해인과 재림의 얼굴)

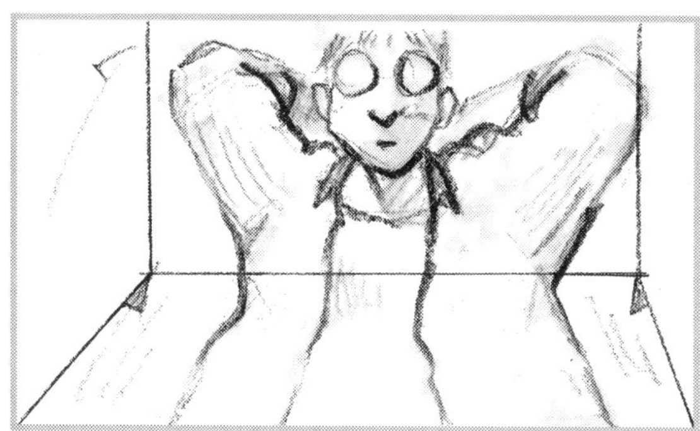

C# 3

깍지를 껴서 뒤통수 갖다대고
의자에 몸을 기댄 천장을 바라보는 세주.
앞으로의 일을 생각하는듯.
M.S → Dolly In → B,S

<table>
<tr><td>S# 44</td><td>N</td><td>S : 세주의 집
베란다</td><td>Contents : 베란다로 나오는 곤봉</td><td>Tone&Mood</td></tr>
<tr><td></td><td></td><td></td><td>Energy :</td><td></td></tr>
</table>

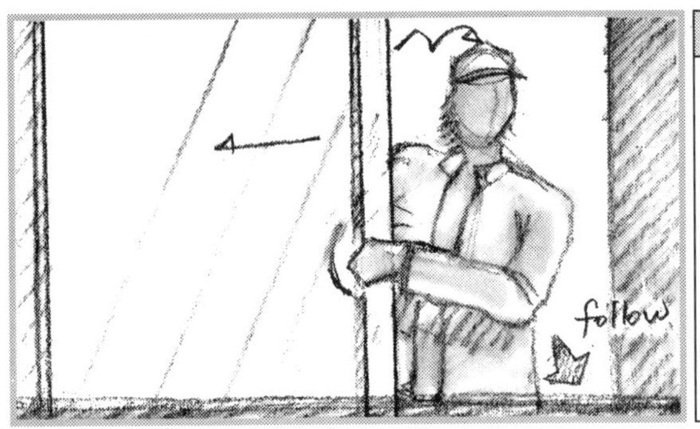

C# 1-0

베란다 문이 스르륵 열리고 곤봉이 살며시 나온다.

M.S
Dolly Out
(Follow)

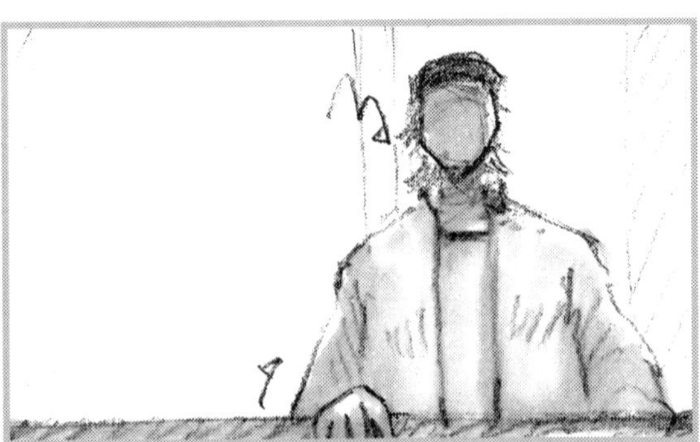

C# 1-1

술이 거나하게 취한 채 발그레한 얼굴
차가운 바람이 휙 불어와 얼굴에 닿는다.
곤봉 : 비가 솔솔 오는 게 자살하기
　　　딱 좋은 날씨네.

M.S

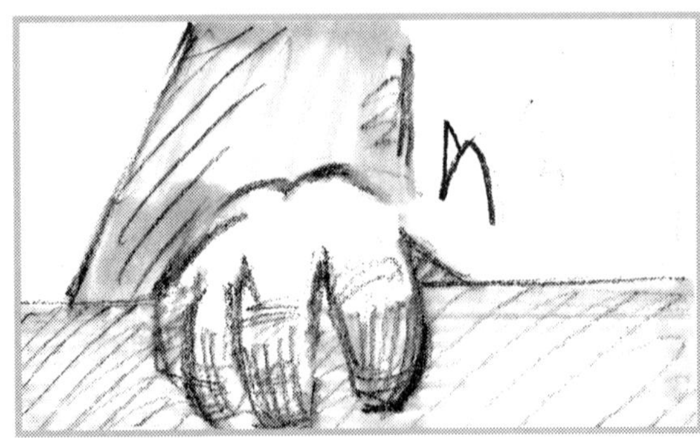

C# 2

그러더니 난간에 손을 올린다.

C.U

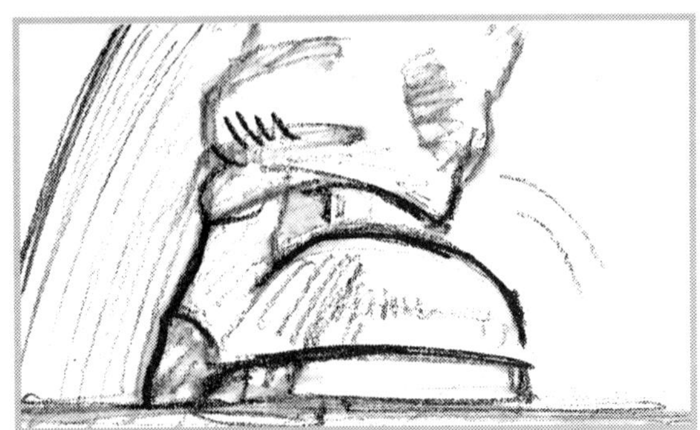

C# 3

발로 들어 걸친다.
무슨 일을 하려는 듯.

C.U

<table>
<tr><td>S# 44-1</td><td>N</td><td>S : 세주의 집/거실</td><td>Contents : 방에서 나오는 세주, 곤봉 발견</td><td rowspan="2">Tone&Mood</td></tr>
<tr><td colspan="3">Energy :</td></tr>
</table>

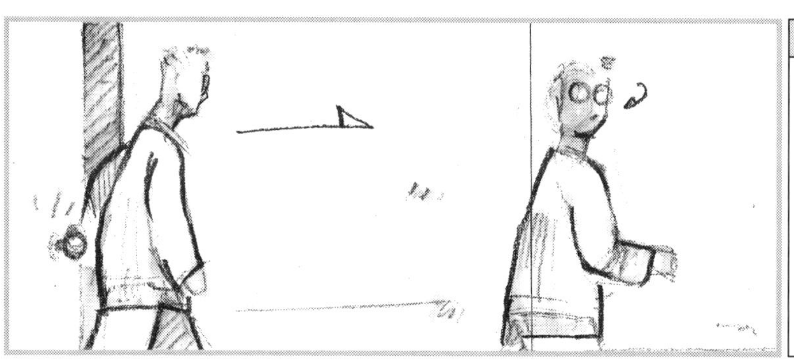

C# 1

문을 열고 살며시 나오는 세주.
화장실로 가려다가
무심코 베란다를 바라보는데

Follow M.S

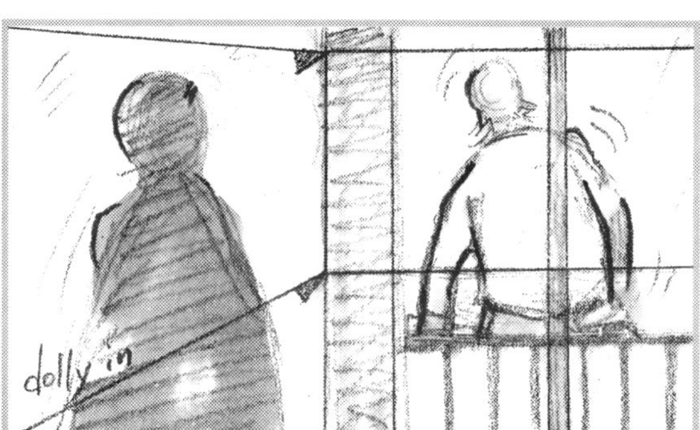

C# 2

보이는 곤봉의 모습, 난간에 엎드린 채 있다.
몸 중심만 못 잡으면 그대로 아래로 추락할
아찔한 광경.
세주 O.S , 곤봉 F.S
→ Dolly In 곤봉 M.S

· 시야 cut (p. o. v)
  point of view 촬영.
  — Hand Held.
· Set 경우. 호리필드 (박) 제작.
  — 야경 Ⓝ 위주.

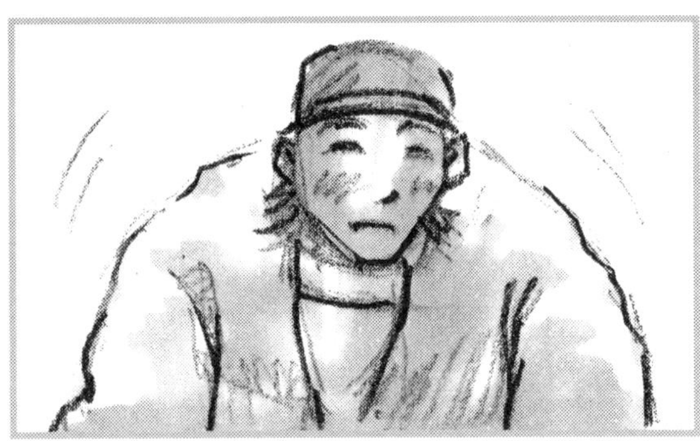

C# 1

행복해 보이는 곤봉의 표정

B.S

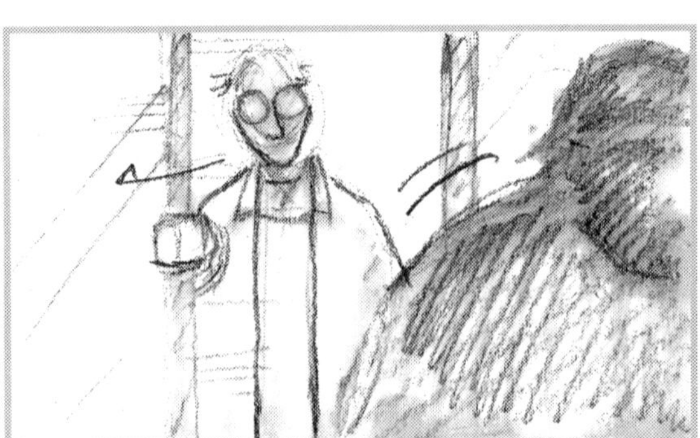

C# 2

갑자기 문이 확 열리고

세주 M.S , 곤봉 B.S

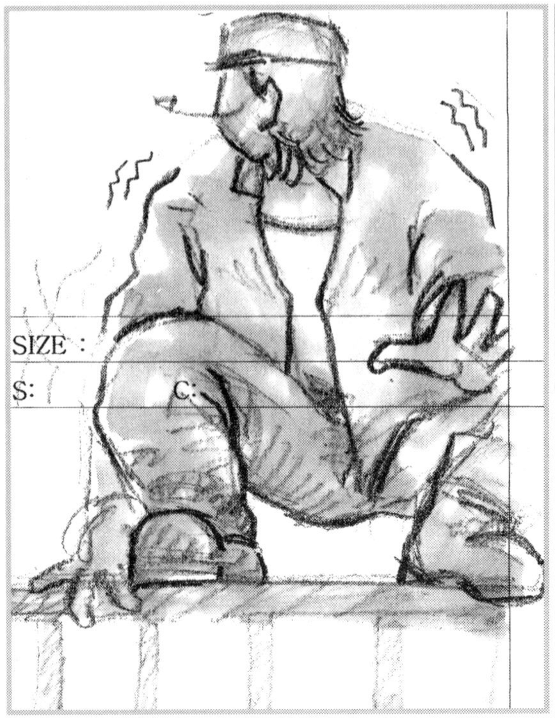

C# 3

놀라는 곤봉.
곤봉 : 어… 어…
중심이 밖으로 쏠린다.

B.S

PAN Down

SIZE :
S: C:

<table>
<tr><td>S# 44-2</td><td>N</td><td>S : 세주의 집
베란다</td><td>Contents : 세주에게 과거를 얘기하는 곤봉
Energy :</td><td>Tone&Mood</td></tr>
</table>

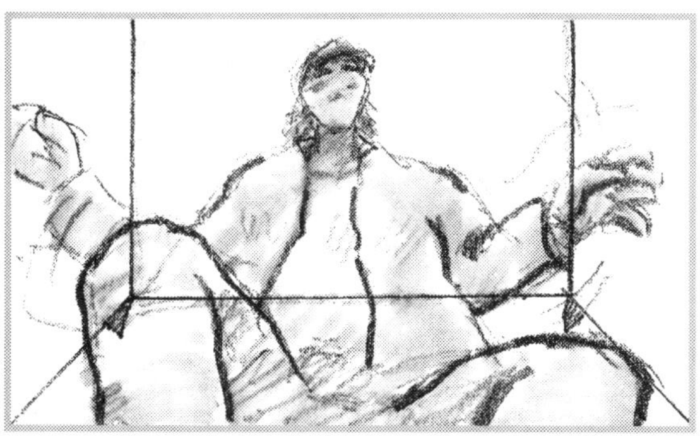

C# 4

떨어질 듯 떨어질 듯 위태위태한데 안 떨어지고
중심을 잡으려고 손을 휘저으며 무게 중심을
잡으려고 발악을 한다.
곤봉 : 아아아앙이잉~ 아아아아잉…

곤봉 단독 F.S , 앙각
Dolly In 전진이동 → 곤봉 M.S

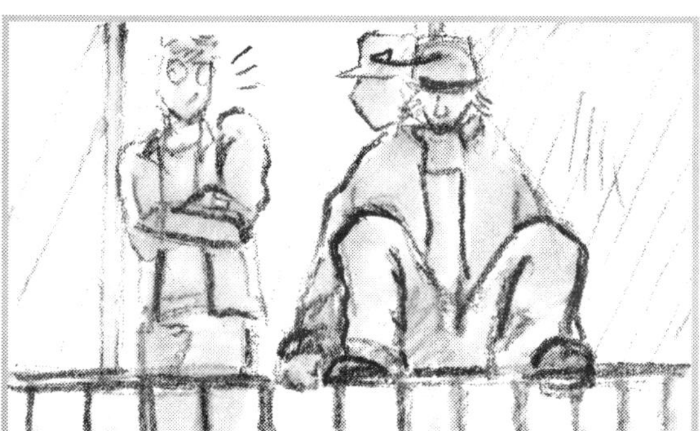

C# 5-0

곤봉 : 아휴, 죽을 뻔 했네… 휴우~
그러다 겨우 중심을 잡고 난간을 손과 발로
꽉 지탱한 채 세주를 쳐다본다.
한심한 듯 쳐다보는 세주.
세주 : 야, 너 그렇게 살고 싶냐?
곤봉 F.S , 세주 M.S

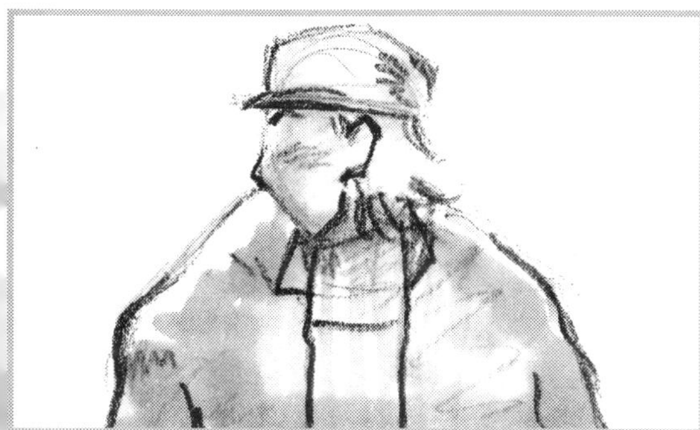

C# 5-1

쪽 팔린 표정의 곤봉과 어정쩡한 자세가
위험해 보이기보단 우습다.

B.S

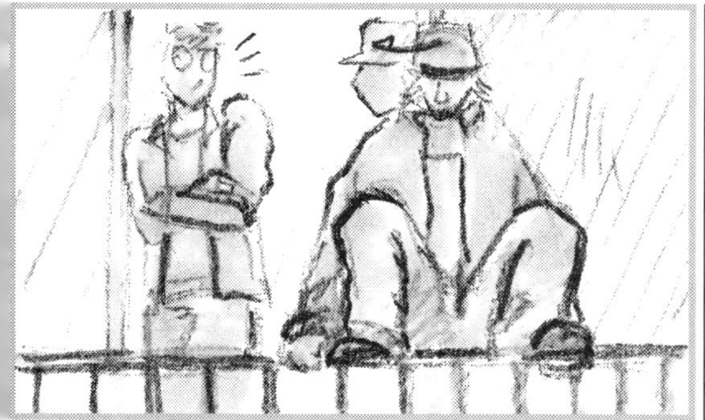

C# 6

세주 : 왜? 떨어져 죽으려고?

M.S

<table>
<tr><td>S# 44-2</td><td>N</td><td>S : 세주의 집
베란다</td><td colspan="2">Contents : 세주에게 과거를 얘기하는 곤봉</td><td>Tone&Mood</td></tr>
<tr><td></td><td></td><td></td><td colspan="2">Energy :</td><td></td></tr>
</table>

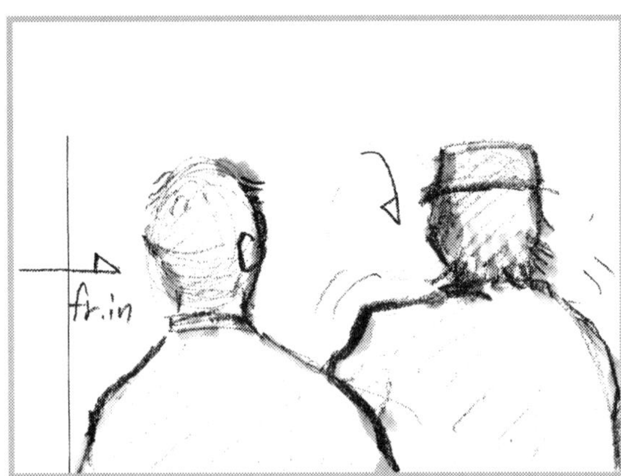

C# 7-0

(난간에서 내려서는 곤봉)
세주 O.S , 곤봉 B.S
곤봉 : 좋은 세상 죽기는 왜 죽어요.
　　　술 좀 깰라고 바람 쐬러 나왔지요.
〈Frame In 세주〉 2인 M.S
세주 : 넌 그런 자세로 바람 쐬니?
곤봉 : 가끔은 스릴도 즐겨야…(횡설수설)
세주 : 꼬봉 뭐 하나 물어봐도 돼?
곤봉 : 아따 부를 때 마다 꼬봉이구마.
세주 : 왜 도망다니냐? 깡패라면서…

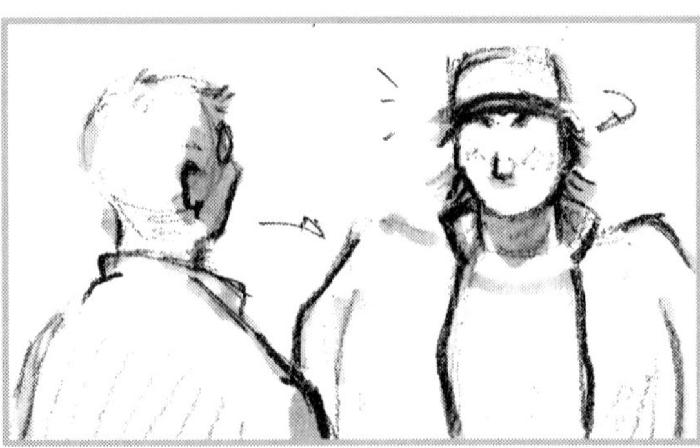

C# 7-1

(세주를 돌아다 보며)
곤봉 : 내가 요 좆만한 새끼들! 피터지게
　　　싸움하다가 나도 모르게 칼을 그었는데.
　　　재수도 좆나게 없지.
　　　하필 그 놈의 보스새끼가 모여!

2인 M.S

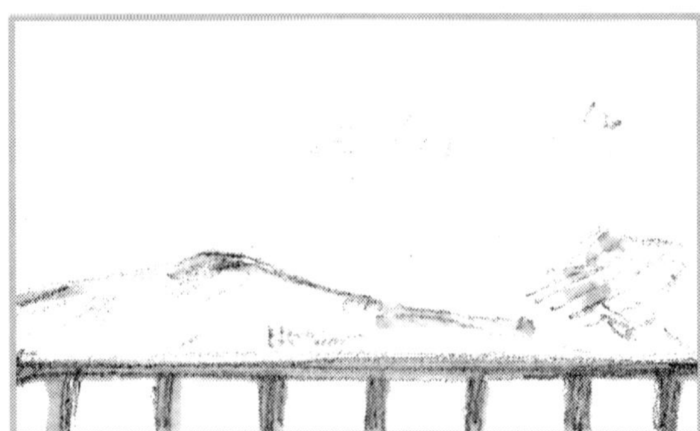

C# 8

베란다에서 보이는 밖의 전경.
곤봉 (V.O) : 나 잡히면 아킬레스… 발목부터 짤
리지요! 불독이란 새끼가 한 놈 있는데 그
개새끼 꼬라보는 눈깔이 죽음보다 더 무섭
다는 거 아닙니까. 매서운 눈깔, 날카로운
액션, 망치보다 강한 무쇠다리 그 놈은 머
리카락까지 살기로 똘똘 뭉친 놈이에요.

<table>
<tr><td>S# 45</td><td>N</td><td>L : 건물부근 도로</td><td>Contents : 최진상을 처리하는 불독</td><td rowspan="2">Tone&Mood</td></tr>
<tr><td></td><td></td><td></td><td>Energy :</td></tr>
</table>

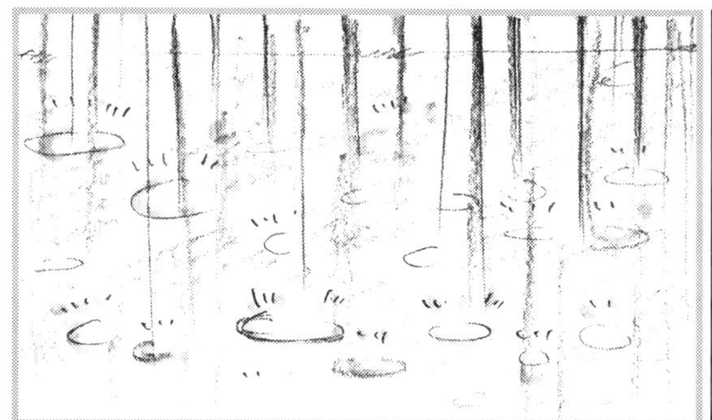

C# 1 (INS)

바닥에 굵은 빗줄기가 진하게 내리고 있다.

(*Slow)

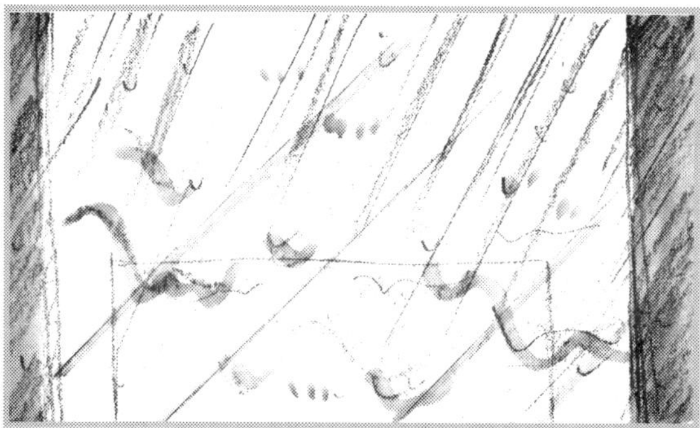

C# 2 (INS)

전화박스 유리에 떨어지는 빗물 방울들.

(*Slow)

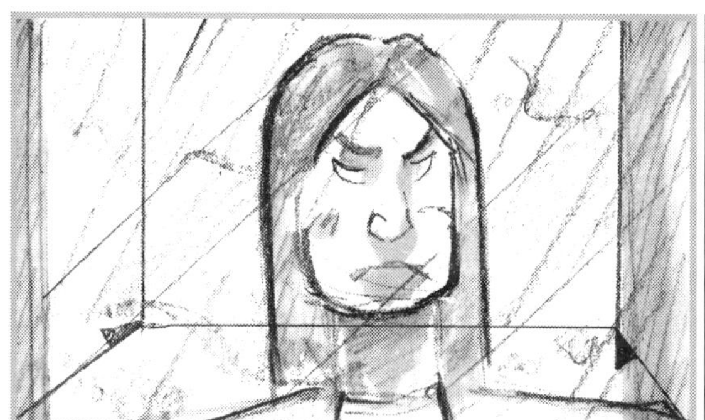

C# 3

삐딱하게 꼬나보고 있는 강렬한 눈빛의 불독.

Side C.S → C.U (유리창 통해서)

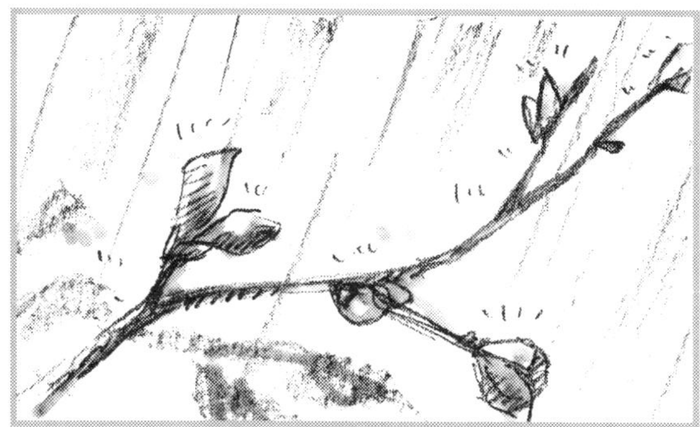

C# 4 (INS)

빗물에 촉촉히 젖어 떨어진 꽃잎들.

(S.E) 울려퍼지는 샹송
    (Edye Germe 'Eres Tu')
Panning
(*Slow)

<table>
<tr><td>S# 45</td><td>N</td><td>L : 건물부근 도로</td><td>Contents : 최진상을 처리하는 불독</td><td rowspan="2">Tone&Mood</td></tr>
<tr><td colspan="3">Energy :</td></tr>
</table>

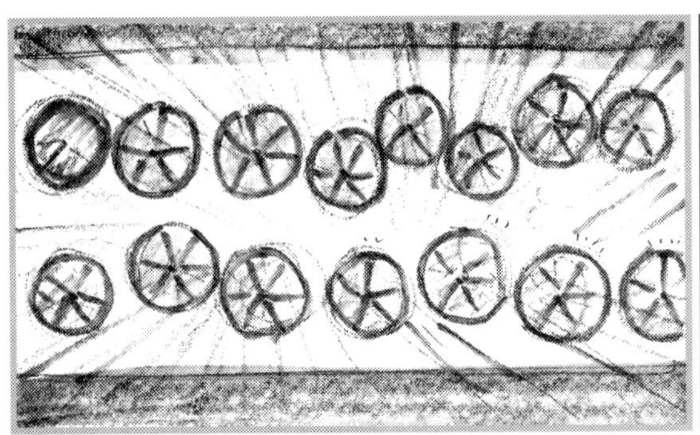

C# 5

건물과 건물 사이에 나있는 이면 도로의
20여개의 우산행렬. (동시에)

F.S
극부감
(*Slow)

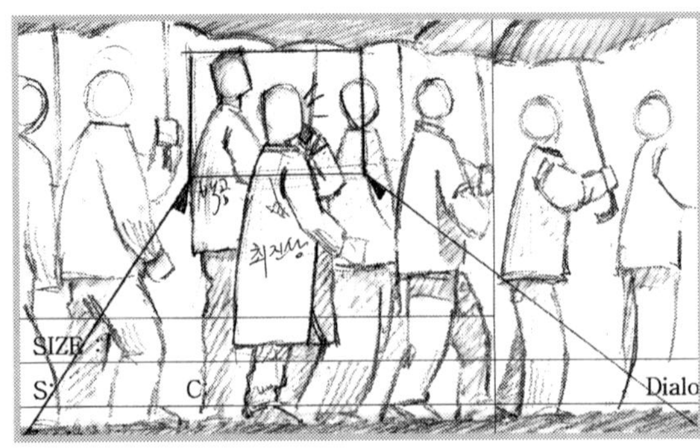

C# 6-0

우산 행렬 중간에 오른 팔 백곰이 오야붕 최진상
을 에스코트 하고 있다.
제식훈련처럼 걸어가는 부하들.
최진상, 누군가의 핸드폰으로 통화를 하다가 전
화를 끊는다.

Side F.S
Dolly In (fast)

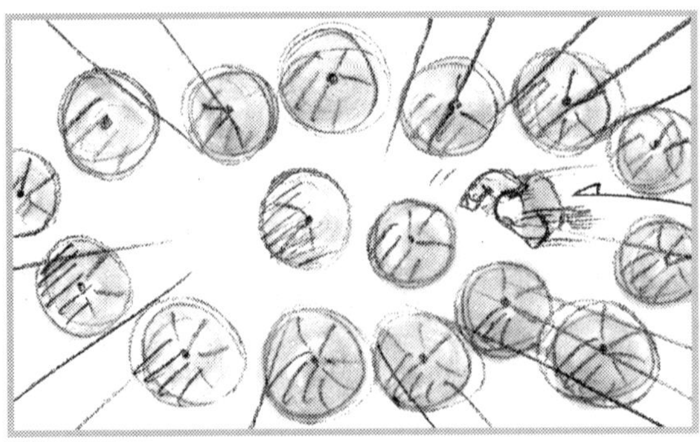

C# 6-1

그 때,
타원형의 진을 이루고 있는 우산의 중심을 향하
여 쏜살같이 달려오는 사내.

극부감
Fast Motion (불독)

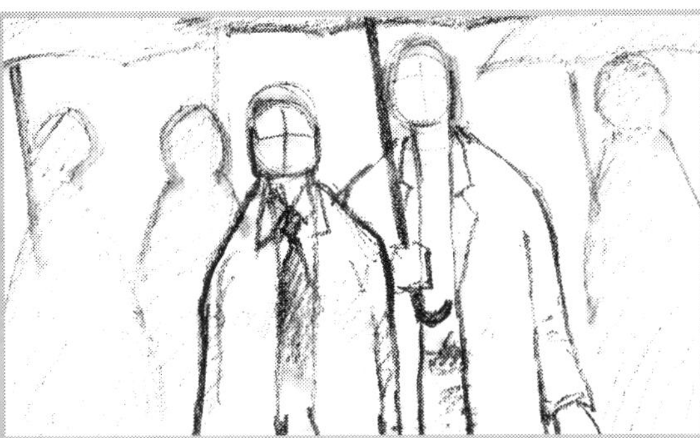

C# 6-2

진상과 백곰의 비롯한 진상파의 모습

불독의 P.O.V
Dolly In (fast)

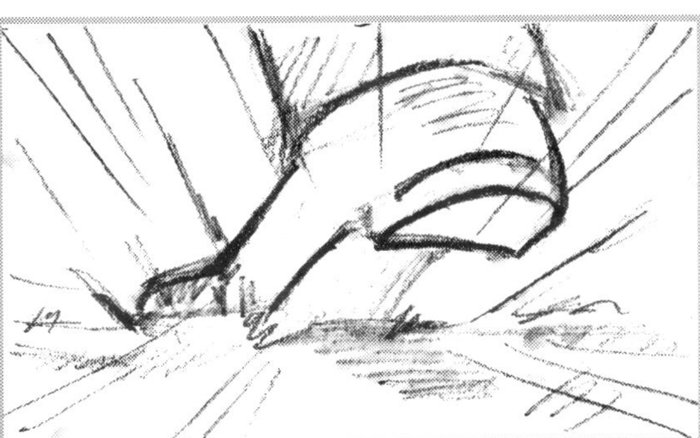

C# 6-3

재빠른 발, 튀기는 빗방울

Side C.U
(*Slow)

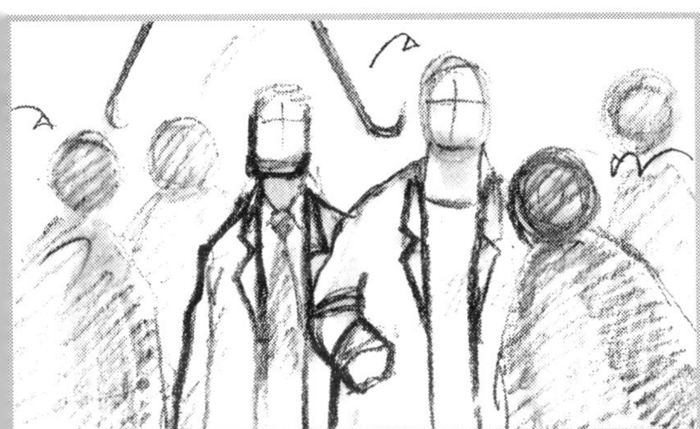

C# 7-0

앞쪽에 있던 똘마니들이 미쳐 손 쓸 틈도 없이
불독의 갑작스런 파상공세. – 강한 임펙트!

불독의 P.O.V
Dolly In (fast)

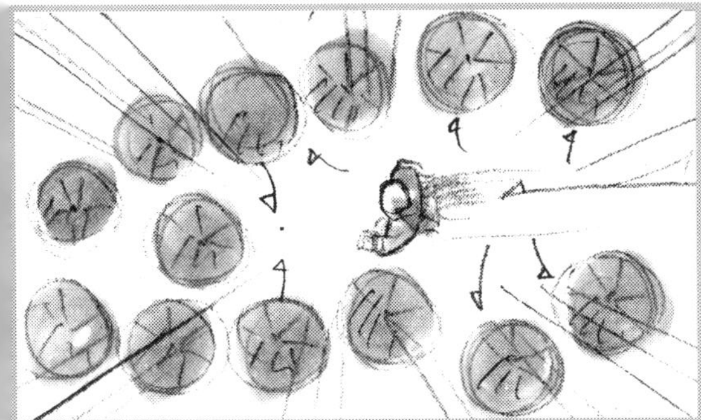

C# 7-1

모세가 바다를 가르듯 우산 행렬이 양갈래로 갈라
진다.
놀란 백곰과 부하들이 진상을 보호하기 위해서
달려오지만 순식간에 진상 앞까지 다가간 불독.

F.S
극부감
(*Slow)

<table>
<tr><td>S# 45</td><td>N</td><td>L : 건물부근 도로</td><td>Contents : 최진상을 처리하는 불독</td><td>Tone&Mood</td></tr>
<tr><td></td><td></td><td></td><td>Energy :</td><td></td></tr>
</table>

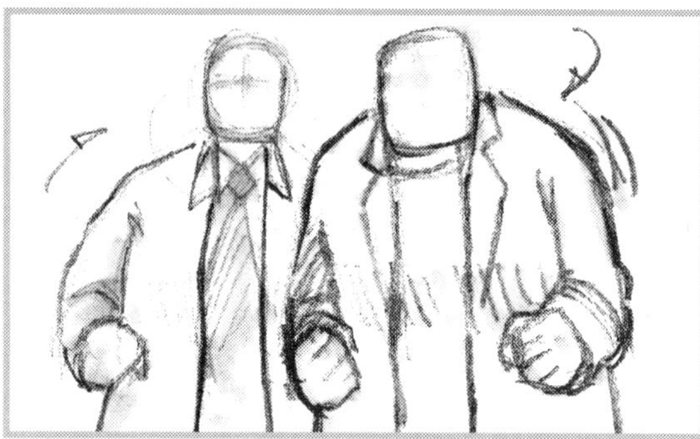

C# 8-0

무기를 빼들어 방어하러
오른쪽에서 뛰쳐나온 백곰과 진상파

M.S

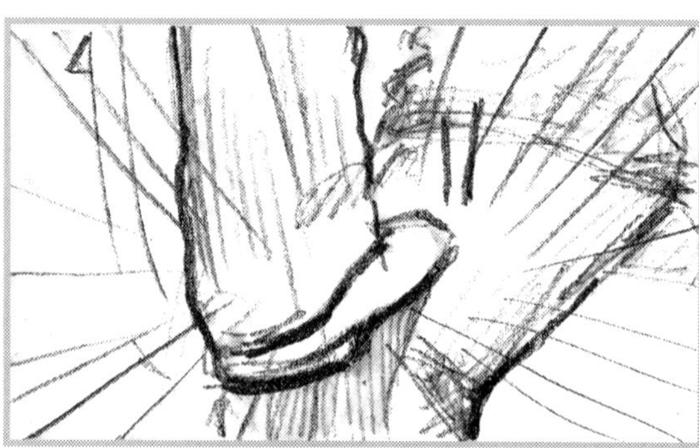

C# 8-1

뛰쳐나온 백곰의 허벅지를 밟고

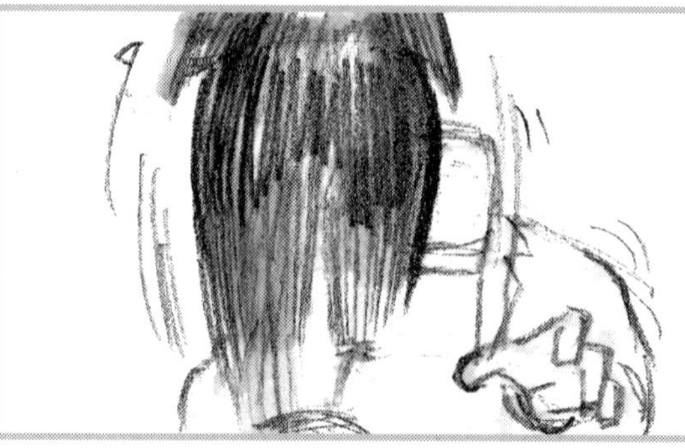

C# 8-2

반탄력을 이용하여 무방비 상태안 최진상의
가슴에 메스를 꽂으려는 찰나.

M.S
Fast Motion (불독)

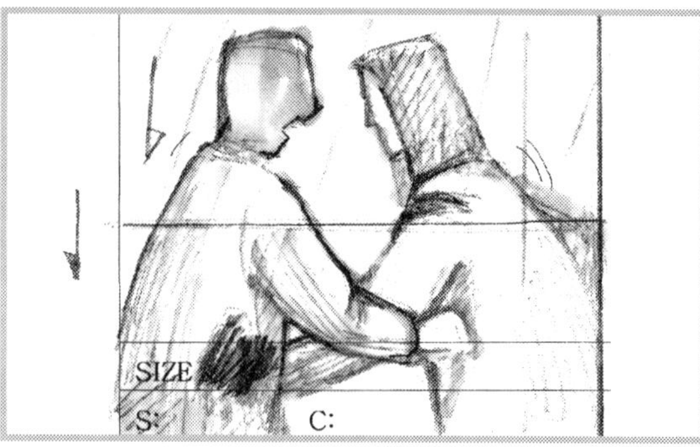

C# 9

〈Frame In 불독〉
세차게 내리는 빗줄기. 진상의 시야 속에 금속성
빛이 번뜩인다. 메스는 진상의 가슴에 그대로 꽂힌다.
불독의 시야 속에 보이는 최진상.
Side C.U
(*Slow-메스 깊숙히 박혔다가 빠져나오는 모습)
Tilt Down

Side F.S (정상속도)

<table>
<tr><td>S# 45</td><td>N</td><td>L : 건물부근 도로</td><td>Contents : 최진상을 처리하는 불독</td><td rowspan="2">Tone&Mood</td></tr>
<tr><td colspan="3">Energy :</td></tr>
</table>

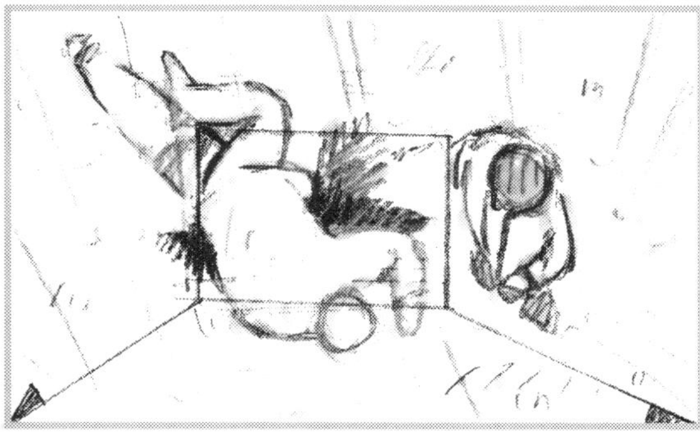

C# 10-0

고목이 쓰러지듯 선 채 그대로 무너지는 진상.
흘러내리는 붉은 피가 바닥을 적신다.

C.S → Zoom Out
부감

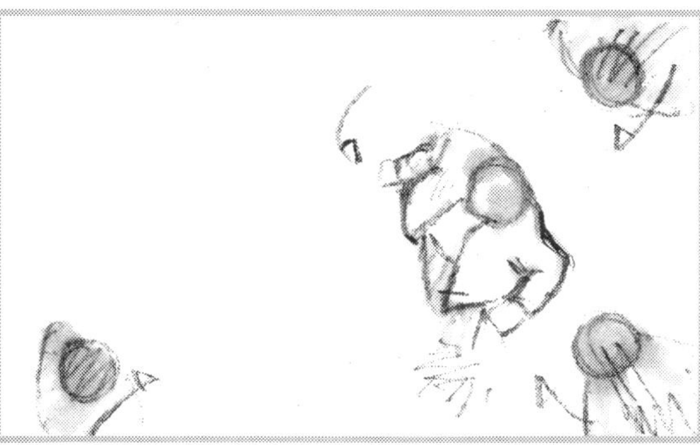

C# 10-0

피로 물든 길 바닥.
퇴로를 차단하고 불독을 막아서는 부하들.

Tight한 F.S (Blocking)
직부감

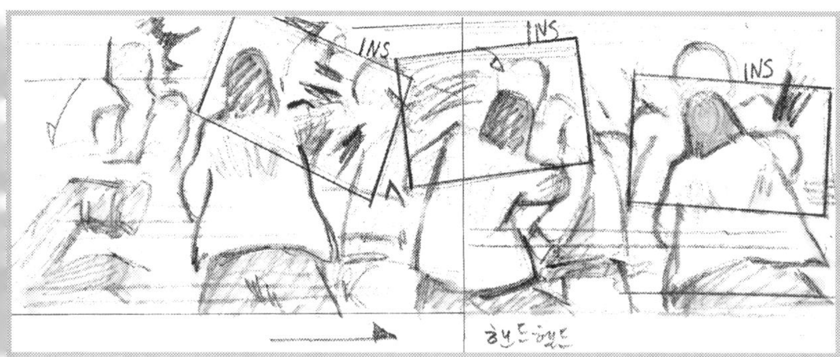

C# 11

불독은 백곰에게 달려들어 등에 최초의 타격을 성공시키고 찌르는 주먹과 발차기를 유연하게 피한다.

Tight한 F.S
Side Dolly

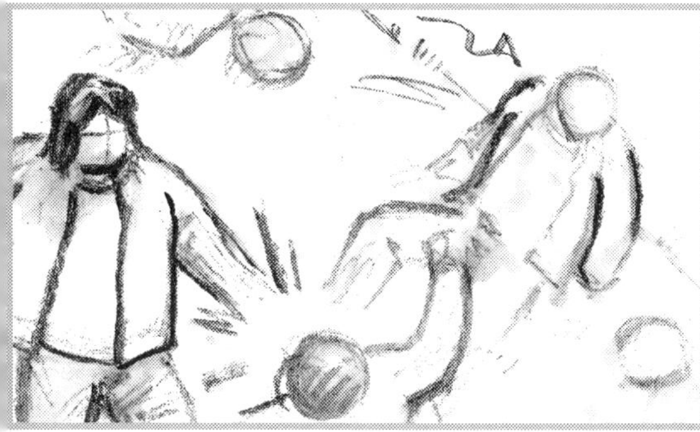

C# 12

바닥에 나뒹구는 백곰과 최진상 부하들.

M.S
부감

S# 45	C# 11(9)	R# A 208 B 209	Weather 흐림	S/O/D 흐림		M Ⓓ/E/N

Work / Size	Top		Action & Dialogue
A – H. Held B – J. Jib **Angle** A – High B – eye **Lens** A – 12mm B – 50mm	h.s. 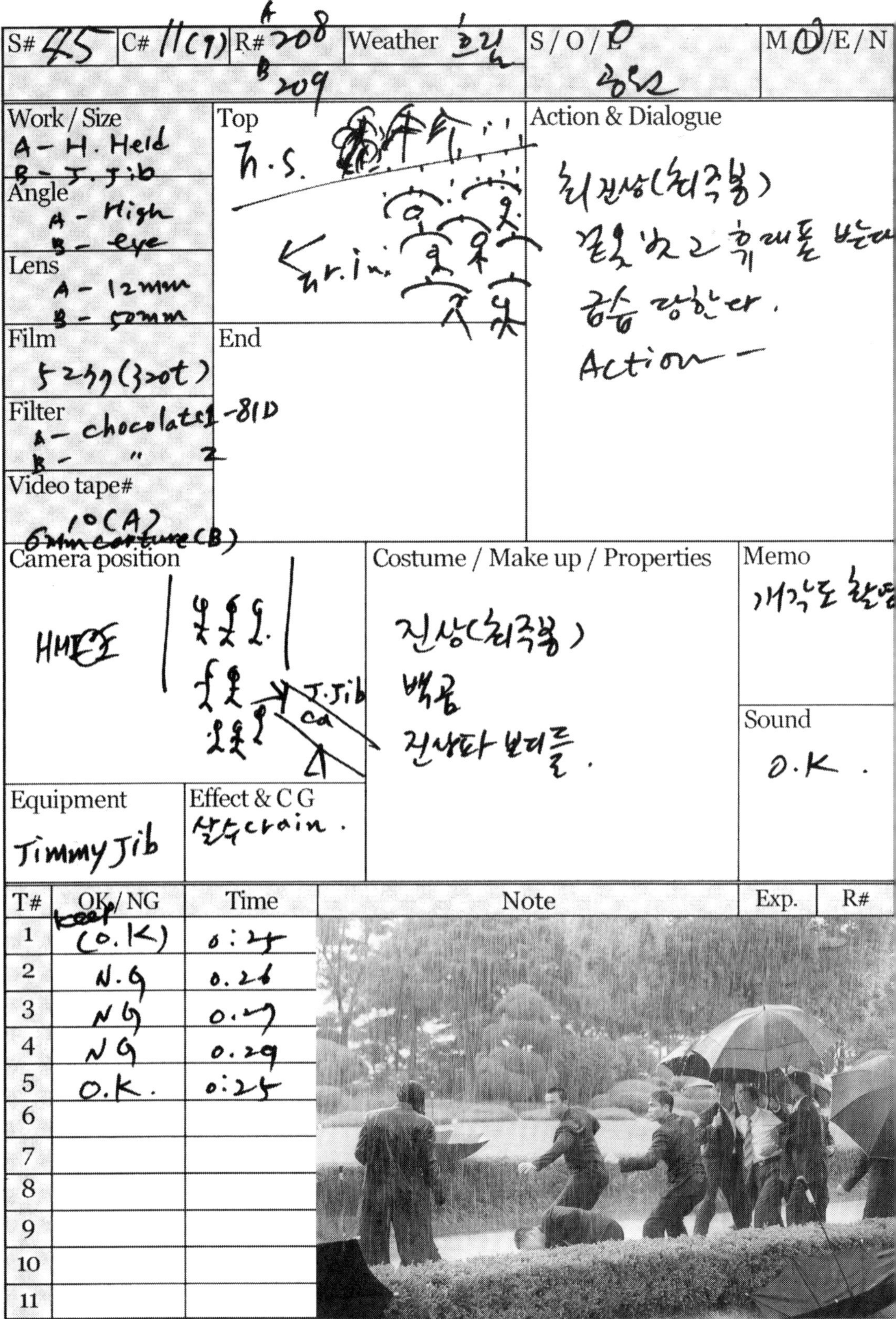		최진상 (최국봉) 꽃잎 앞으로 흘래를 받으며 함성 쟝한다. Action —
Film 5239 (320t)	**End**		
Filter A – chocolate 1 –81D B – " 2			
Video tape# 10 (A) 6mm costume (B)			

Camera position	Costume / Make up / Properties	Memo
HME도	진상 (최국봉) 백곰 진상타 병대들 .	개각도 촬영
		Sound O.K .

Equipment	Effect & C G
Timmy Jib	설우 crain .

T#	OK/NG	Time	Note	Exp.	R#
1	keep (O.K)	0:24			
2	N.G	0.26			
3	NG	0.27			
4	NG	0.29			
5	O.K.	0:25			
6					
7					
8					
9					
10					
11					

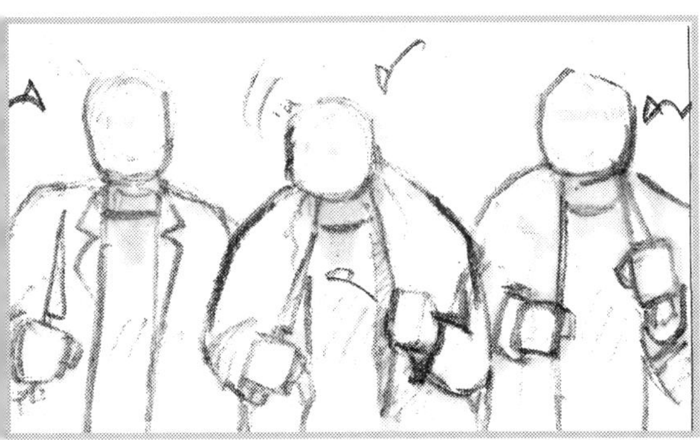

C# 13

나머지 부하들도
퇴로를 차단하고 칼을 빼들지만,

Tight한 M.S

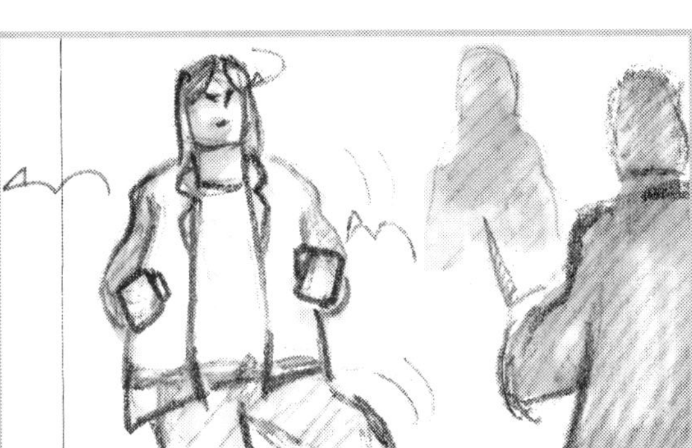

C# 14

이미 차단되는 퇴로까지 계산에 넣은 불독은
잽싸게 피해 달아난다.

M.B.S 불독
〈Frame Out 불독〉

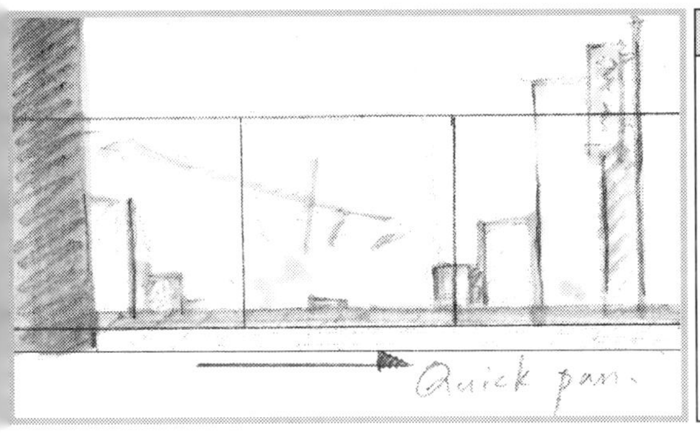

C# 15

멀리서 누가 신고를 했는지 경광등의 요란한
사이렌 소리가 울린다.
(S.E) 삐뽀삐뽀~

Quick PAN

<table>
<tr><td>S# 46</td><td>N</td><td>L : 사무실 밖</td><td>Contents : 곤봉 잡기를 선포하는 불독</td><td rowspan="2">Tone&Mood</td></tr>
<tr><td colspan="3"></td><td>Energy :</td></tr>
</table>

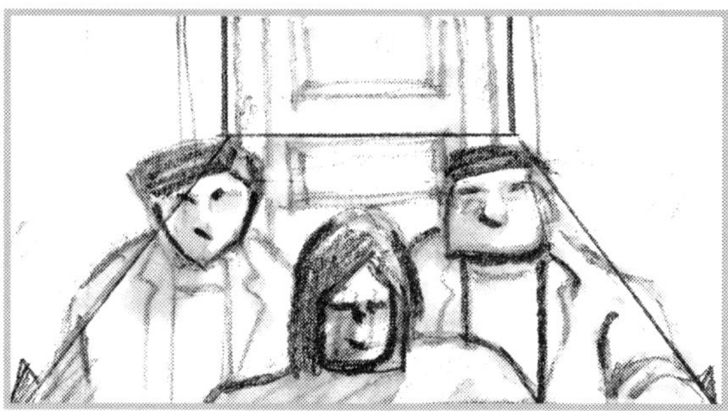

C# 1-0

세차게 문을 열고 나오는 불독일행.
밤안개, 갑빠 뒤를 따른다.
Tight한 문 → 후진이동 Dolly Out

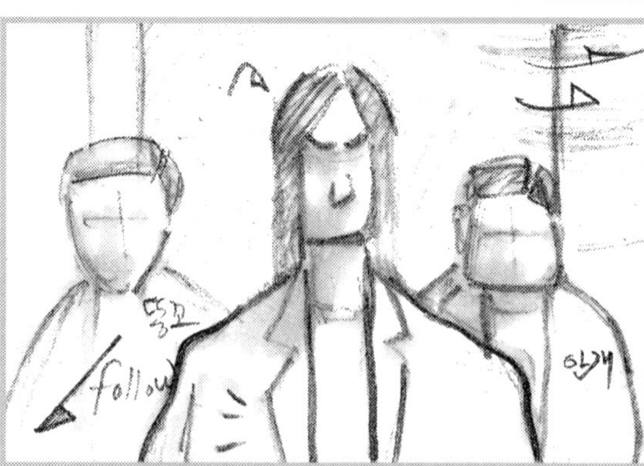

C# 1-1

불독 CMR Lens 앞, O.S 밤안개, 갑빠
불독 : 못잊어 룸싸롱, 수산물 센터, 청어 프라자, 모두
　　　접수가 끝난 상태다. 이제부터 우리 시대다! 어
　　　느 누구도 우리 앞 길을 막질 못한다. 우리가 가
　　　는 길엔 새로운 역사가 있을 뿐이다. 이제부터
　　　홍곤봉 그 놈을 잡는데 총력을 다한다!
갑빠 : 예! 행님의 갑빠 총력을 다한다!
불독 : 꼭꼭 숨어 보거라! 꼬봉이 새끼!
(핸드폰이 울린다)
(S.E)♪~

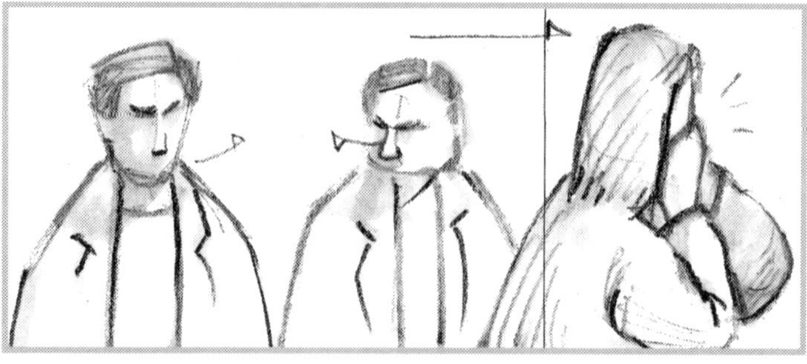

C# 2

(옆 눈치 보고 속삭이듯)
B.S 불독 : 자기야, 으음…
나 지금 근무 중이거든. 으음…
약간 Side Follow (Dolly)
가재 눈으로 보는 밤안개, 갑빠
불독 O.S
PAN → 2인 B.S

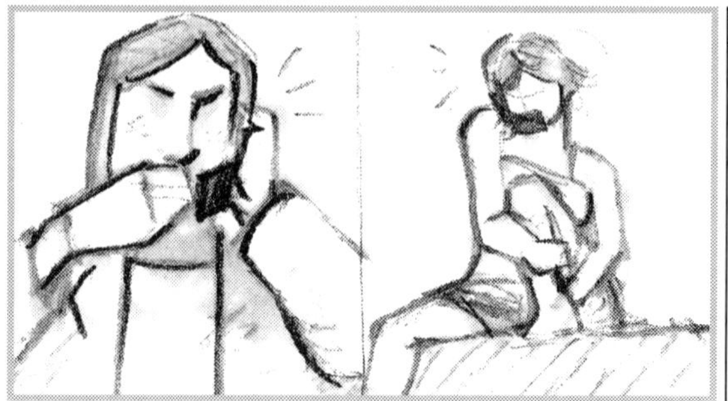

C# 3

(화면 2분할) 불독 B.S , 센티걸 F.S
발톱의 메니큐어 칠하며 전화하는 센티걸
센티걸 : 자기 짐 바람 피는 거 아니지! 귀신은 속여도
난 못 속여. 알았지?
불독 : 두말하면 잔소리징.
센티걸 : 우리 요새 넘 못만나서 나 우울해.
불독 : 요새 사업 확장 하느라고…
자기야, 내가 정신 없잖아.
센티걸 : 알고는 있지만, 나 혼자 놔두면 나 외로워. 자
기, 이번 여름에 물조심 하라는 내 말 명심하고 있지.
불독 : 그럼 명심하고 있지잉. 으음, 안뇽~~
으흠! 사주보는 니들 형수.

S# 46	N	L : 사무실 밖	Contents : 곤봉 잡기를 선포하는 불독	Tone&Mood
			Energy :	

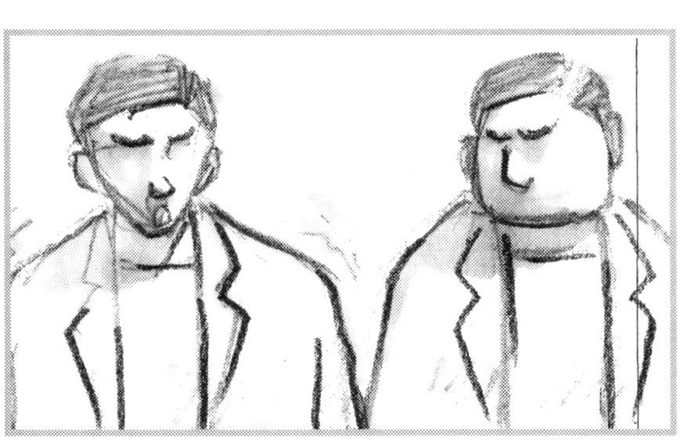

C# 4

가재눈으로 보는 밤안개, 갑빠 2인 B.S
밤안개 : (갑빠에게만 들리게 입모양으로)
　　　　호-모.

밤안개 B.S → PAN → 갑빠 B.S

※ 몽유병. 길(몽). Happenning.

∨ 곤봉과 재림의 touching.

touch by touch

melo成立 {∨ on my mind
　　　　　∨ in your heart

∨곤봉은 재림을 원하고 있다?!
그럼 재림은?

<table>
<tr><td>S# 47</td><td>N</td><td>S : 세주집 안방</td><td>Contents : 잠자다 몽유병 증세 보이는 재림</td><td>Tone&Mood</td></tr>
<tr><td></td><td></td><td></td><td>Energy :</td><td></td></tr>
</table>

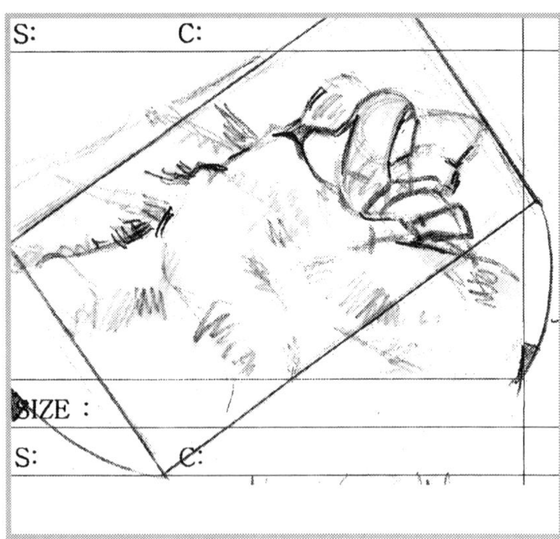

C# 1

재림, 베개를 안고 곤히 잠들다 뒤척인다.
그러더니 꿈을 꾸는지 다시 몸을 뒤척이다가는

F.S
직부감 360° 회전

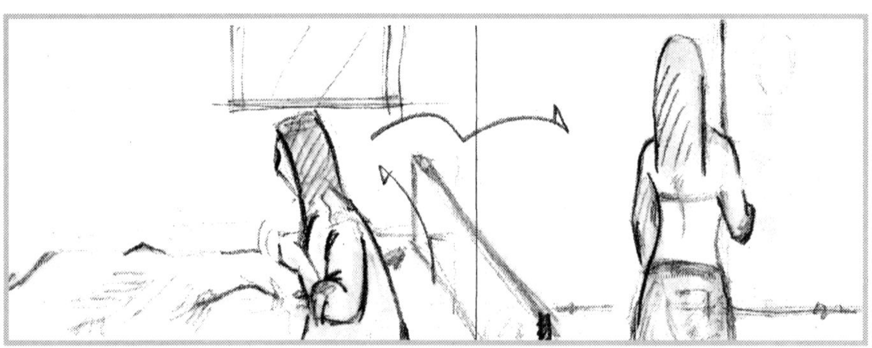

C# 2

더운지 몽유병 환자처럼 일어나 겉옷을 벗고 방문을 연다.

M.S
Eye Level

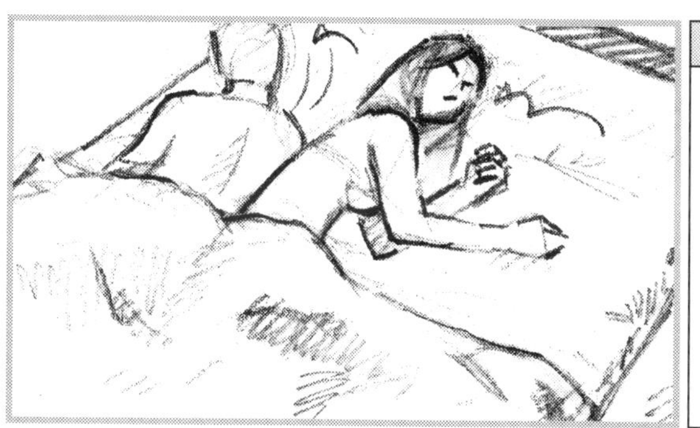

C# 1

세주가 잠자는 데 가서 재림이 눕고서
뒤척거리니까 세주, 침대 모서리로 밀린다.

〈Frame In 재림〉
F.S
직부감

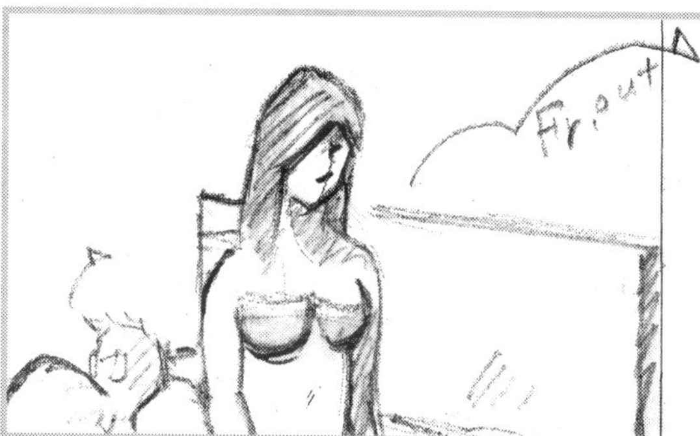

C# 2

재림, 다시 일어나 나가면
세주, 잠에서 깨어나 방 쪽을 보고 다시 잔다.

M.S
Eye Level
〈Frame Out 재림〉

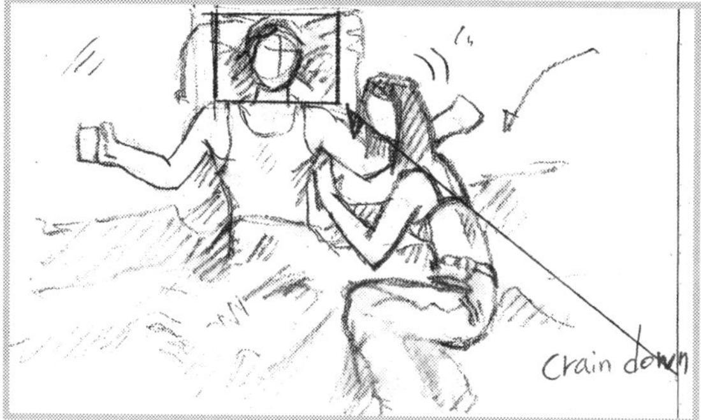

C# 3

재림, 곤봉이 곤히 자는 데 가서 눕고서
뒤척이다가 곤봉의 옷을 제끼며 스킨쉽을 한다.
몽유병 환자로서.
곤봉 자면서 뭔가 느낌을 갖는다.
〈Frame In 재림〉
F.S
직부감
Crane Down

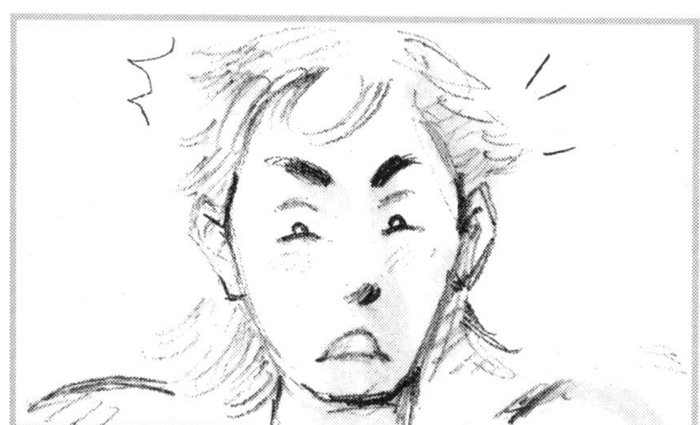

C# 4

인기척을 느낀 곤봉

C.U

<table>
<tr><td>S# 48</td><td>N</td><td>S : 세주집 작은방</td><td>Contents : 몽유병 증세 보이는 재림</td><td rowspan="2">Tone&Mood</td></tr>
<tr><td colspan="3">Energy :</td></tr>
</table>

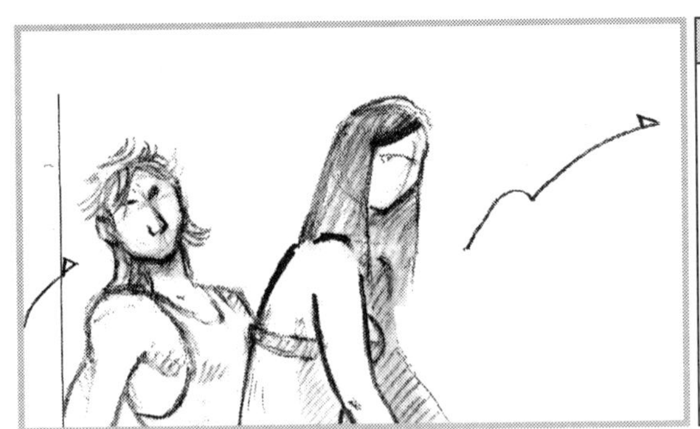

C# 5

재림 다시 일어나 나간다.
인기척을 느낀 곤봉, 서서히 일어난다.

Side M.S
Blocking
곤봉의 B.S
Quick PAN

- 러브 music / ← 변주.
  { 관악기.
    현악기.

- 휘파람같은 반주음악. <u>Night Music</u>

- ov. <u>one scene one shot</u> (long take)
  기능한한 1 take 에 담으려는
  2늘밤 風景.

○ Walking. man. woman.
  CMR → 1씬따라 병 Side 이동.

<table>
<tr><td>S# 49</td><td>N</td><td>S : 세주집 작은방</td><td>Contents : 자다 침대에서 떨어지는 세주
Energy :</td><td>Tone&Mood</td></tr>
</table>

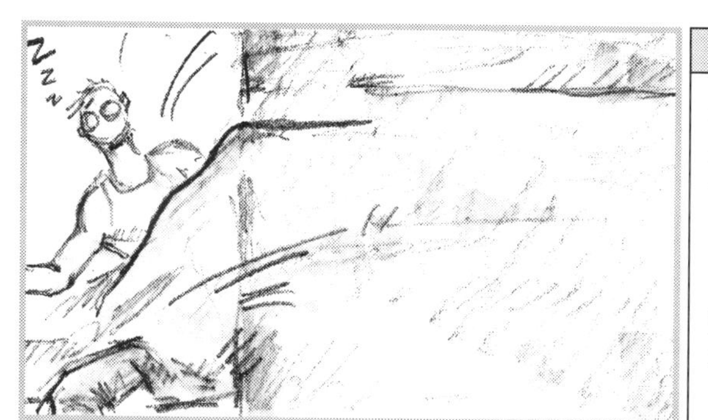

C# 1

(S.E) 쿵
자다가 침대에서 떨어지는 세주.
떨어진 채로 그냥 잔다.

F.S
직부감

ㄴ 街. 아씨를 위한 생송 - 깊게피로울, 부드러움
　　　　　　　　　　　　　　Softly

ㄴ 드뷔시 '月光' moon light. piano街.

| Music |

ㄴ 세조. Blues　- soul 영혼.

ㄴ 리봉. Rock　- magical. 육체.

ㄴ 재님. Bosa noba. - Romance. 마음

(Theme song)

≒ 2211221이 誠가 +2 (Jazz. Swing Jazz)

≒ Guitar 독주 / pop. / folk song.

<table>
<tr><td>S# 49-1</td><td>N</td><td>S : 세주집 거실
/안방</td><td>Contents : 재림의 방에 몰래 숨어드는 곤봉</td><td rowspan="2">Tone&Mood</td></tr>
<tr><td colspan="3">Energy :</td></tr>
</table>

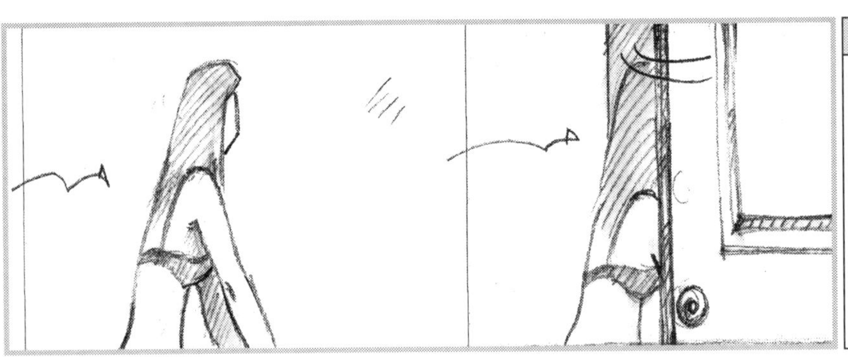

C# 1

아무 느낌도 없이 몽유
병 환자처럼 걷는 재림.
다시 안방으로 가서 눕
는다.

Side M.S
Follow

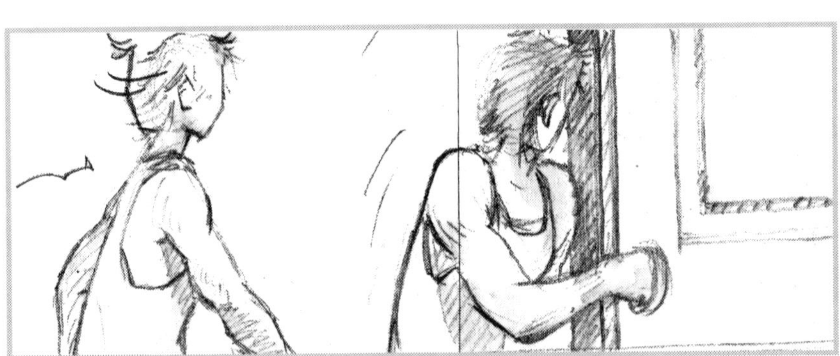

C# 2

거실, 작은방 등 주변
을 살피고,
재림의 방을 살며시
여는 곤봉

M.S
Dolly (Follow) →
B.S

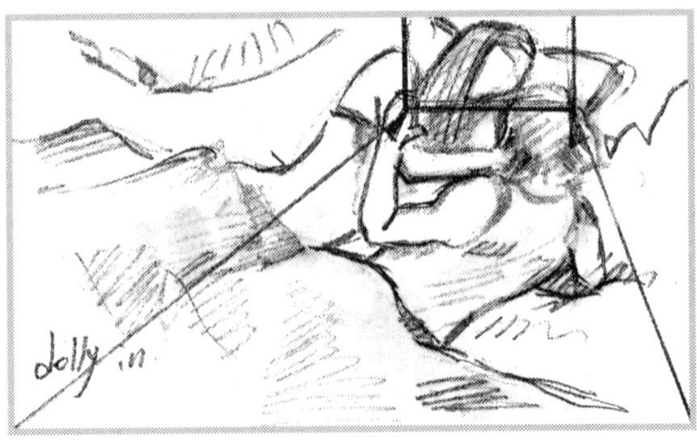

C# 3

삼사는 재림, 친진난만하다.
재림에게 다가가서 숨소리를 살며시 듣는 곤봉,
재림에게 살짝 스킨쉽을 하면,
한 쪽 눈만 뜨는 재림, 놀란다.
〈Frame In 곤봉〉
2인 Tight한 F.S
Dolly In → 재림 단독 C.U

<table>
<tr><td>S# 49-1</td><td>N</td><td>S : 세주집 거실
/안방</td><td>Contents : 재림의 방에 몰래 숨어드는 곤봉</td><td>Tone&Mood</td></tr>
<tr><td colspan="3"></td><td>Energy :</td><td></td></tr>
</table>

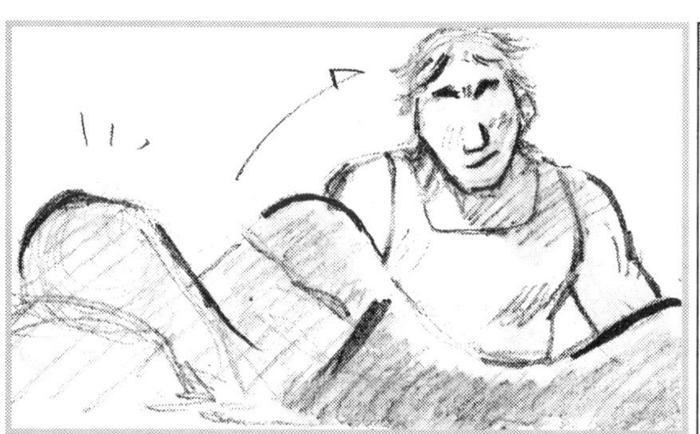

C# 4

곤봉 : … (몽유병 환자처럼 일어난다)

재림 O.S , 곤봉 B.S

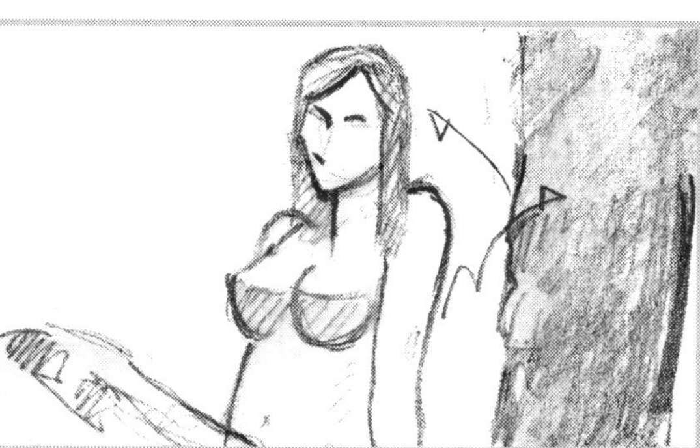

C# 5

곤봉이 가는 모습을 보는 재림.

곤봉 O.S , 재림 B.S

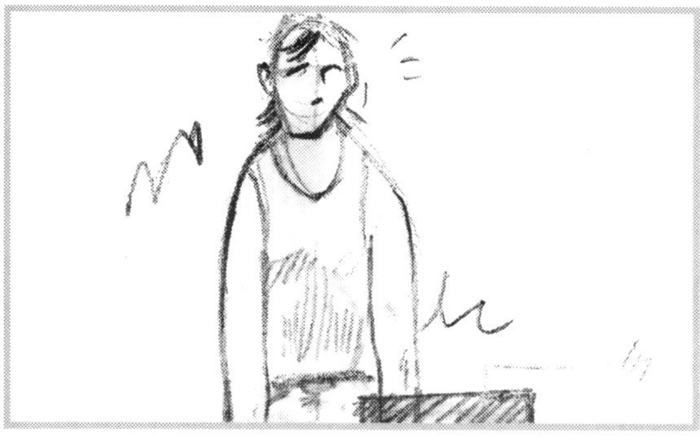

C# 6

곤봉 직립 보행하다가 탁자 모서리에 부딪히는데 그 아픔을 참고 몽유병 환자처럼 간다.
곤봉 : 망치야~

곤봉 Dolly Out M.S
〈짧은 F.O〉

S# 49-1	C# 5 (3)	R# 250	Weather Sunny	S / Ⓞ / L	M / D / E / N

Set 세조감 세4

Work / Size M.S.	Top	Action & Dialogue
혜령 train up		
Angle High		은봉. 재림을 반겼다.
Lens 25mm		touching
Film 5279	End	재림 것다
Filter NO.		은봉, 통, 방인 것처럼
Video tape# 13.	fr. out 은봉	능히 했다.
		·k~ 08치 OK~

Camera position	Costume / Make up / Properties	Memo
ca.	재림 · 현상 세요 남자 박스 팬티 (속옷有?)	C# 1.2. Omitte
		Sound
Equipment	Effect & C G	은봉 · 상의 속옷 세요 under wear	O. K.

T#	OK / NG	Time	Note	Exp.	R#
1	NG	0'39			
2	OK	1:04			
3					
4					
5					
6					
7					
8					
9					
10					
11					

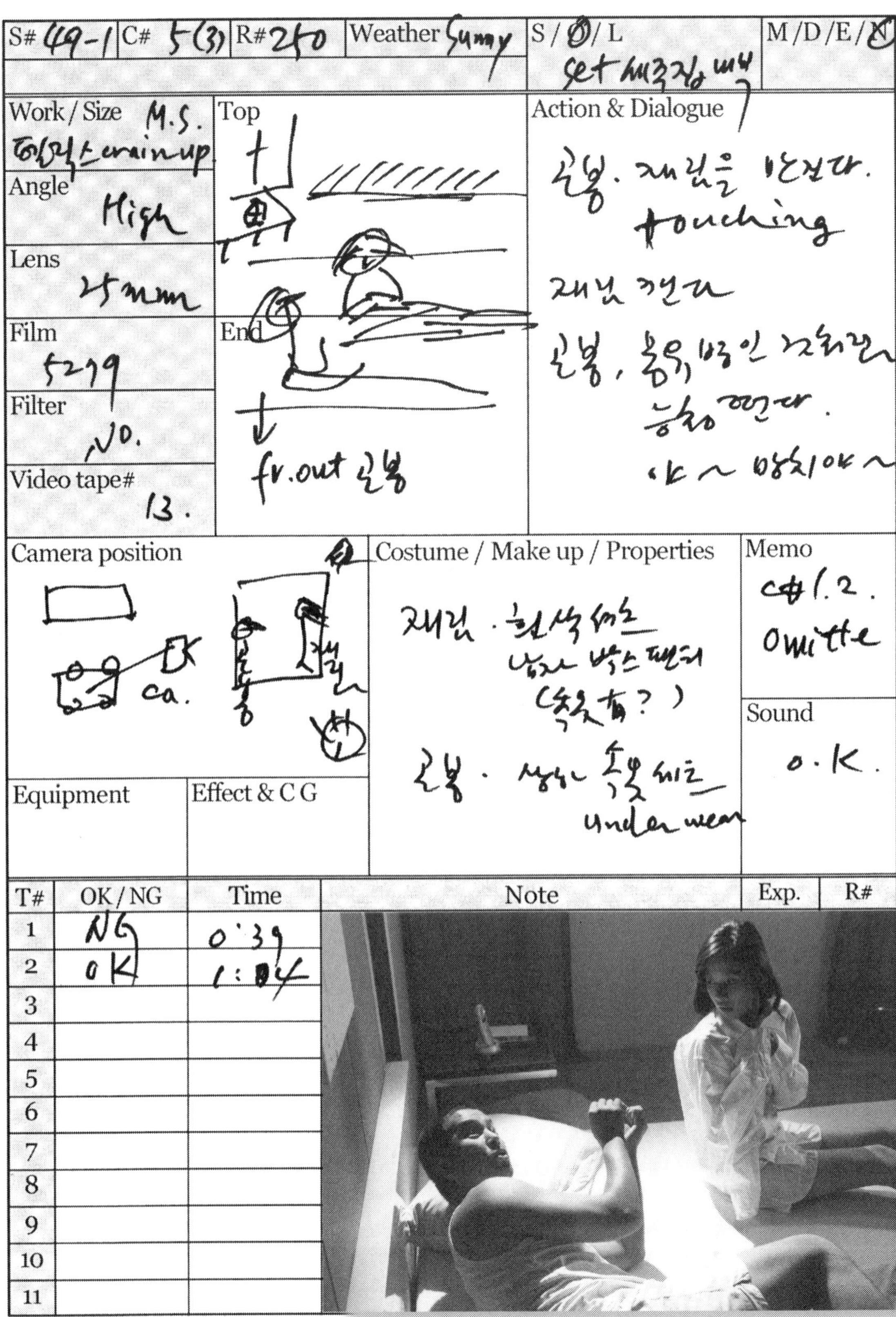

<table>
<tr><td>S# 49-2</td><td>M</td><td>S : 세주집 작은방</td><td>Contents : 꽁초를 피우고 나오는 세주</td><td rowspan="2">Tone&Mood</td></tr>
<tr><td colspan="3">Energy :</td></tr>
</table>

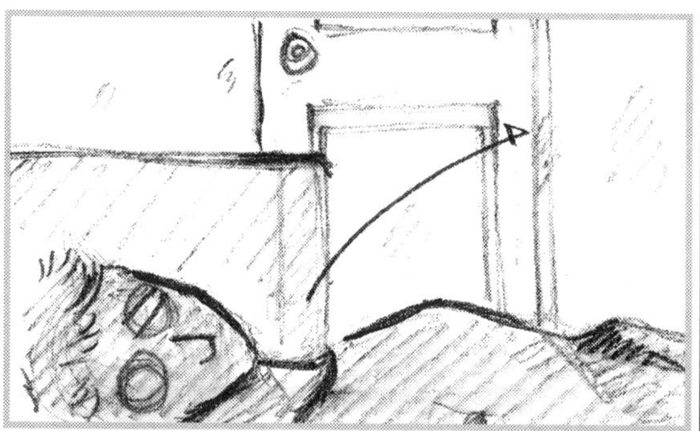

C# 1-0

밖에서 왁자지껄한 소리들이 들린다.
재림 (V.O) : 몽유병 있어요? 하하하
　　　　　　　나도 몽유병인데, 호호호.
곤봉 (V.O) : 후후후, 허허허.
세주 있는데서 문 보이고 Low AG.
일어나면 Dolly Out M.S

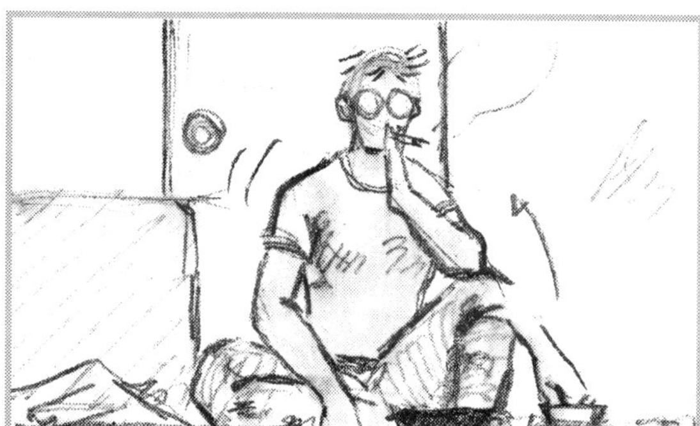

C# 1-1

잠에서 깨어 담배를 찾다가 재떨이의 장초를
피워무는 세주.
세주 : …
M.S

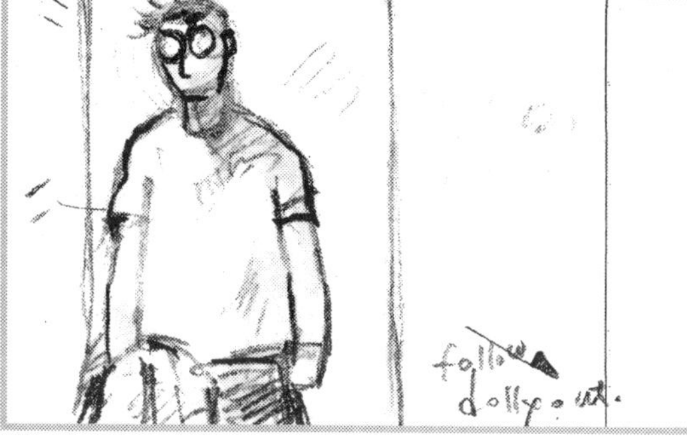

C# 2

문을 열고 거실로 나오는 세주.
옷가지를 들었다.

Dolly Out
M.S

<table>
<tr><td>S# 49-3</td><td>M</td><td>S : 세주집 거실</td><td>Contents : 음식을 만들고 있는 재림과 곤봉</td><td rowspan="2">Tone&Mood</td></tr>
<tr><td colspan="3"></td><td>Energy :</td></tr>
</table>

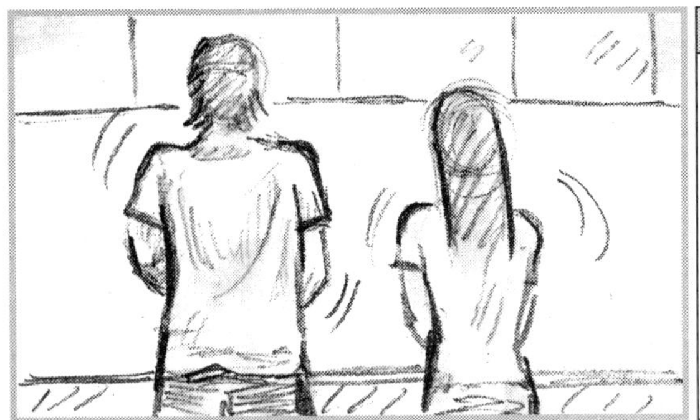

C# 1

부엌에서 서로 옥신각신하면서 음식을 만들고
있는 재림과 곤봉의 뒷모습이 보인다.

2인 M.S

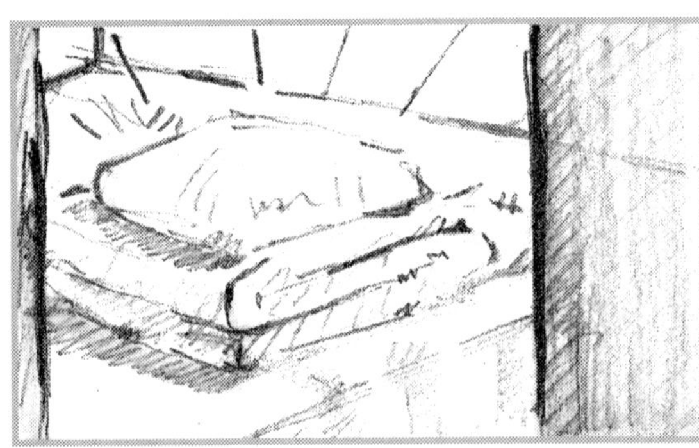

C# 2

안방의 이불들은 침대 위에 가지런히 정리가
되어 있고,

세주의 P.O.V

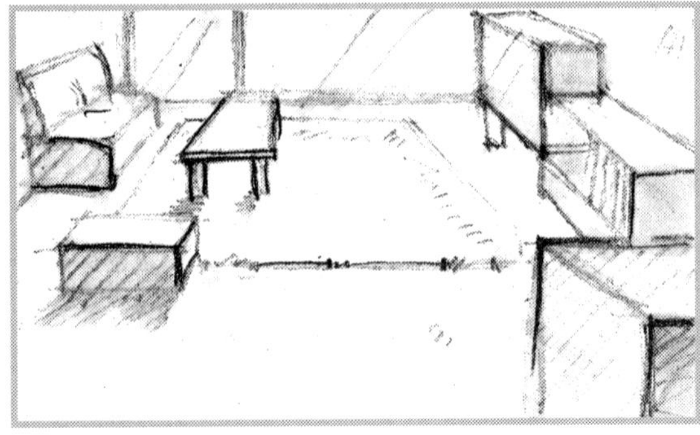

C# 3

거실도 말끔하다.

세주의 P.O.V

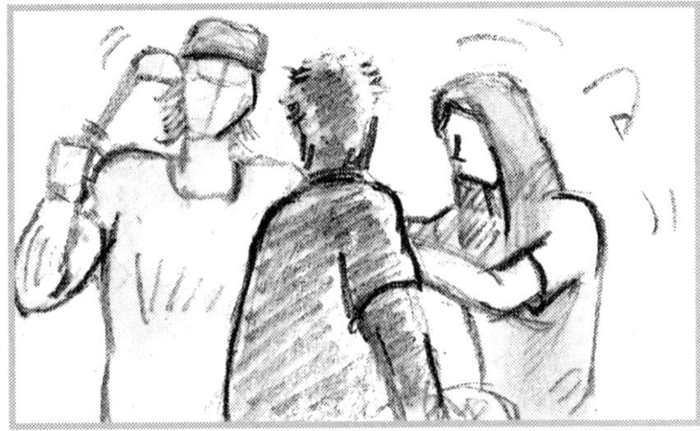

C# 4

안에서 국자를 들고 뛰어나오던 곤봉
곤봉 : 굿 모닝.
뒤이어 재림 뛰어 나온다.
재림 : 어… 일찍 일어나셨네요! 국자 빨리 줘요!

세주 O.S , 2인 M.S

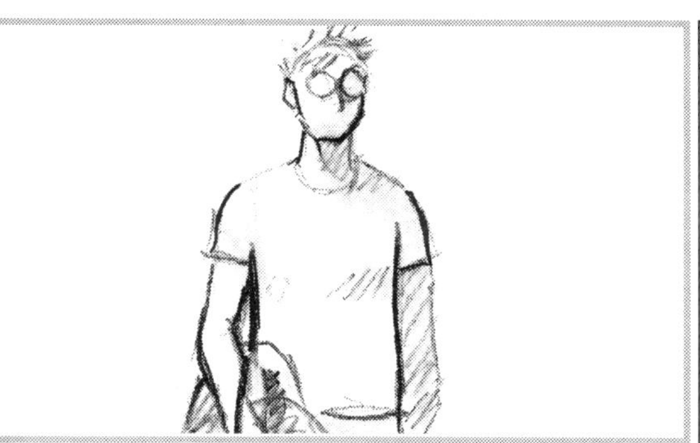

C# 5

세주 : … 뭐하는 거야?

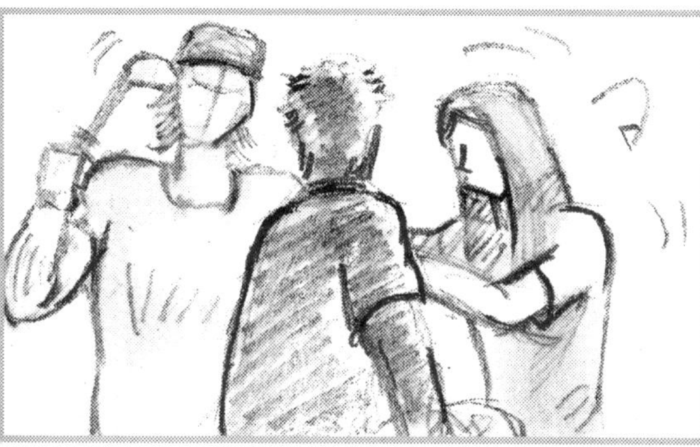

C# 6

세주 O.S , 2인 M.S
재림 : 조금만 기다리세요. 객 식구가 맛있는
    음식을 곧바로 대령하겠나이다.
곤봉 : 은혜는 갚아야죠.
    내가 그래도 요리는 잘 하거든요.
재림 : 잘 하긴요, 만들면 맛만 보고 집어 먹기만
    하면서. 것도 금방 오줌 싼 손으로.
세주 : 요리할 재료가 없을텐데…
재림 : 히히, 아저씨 지갑에서 슬쩍했어여.

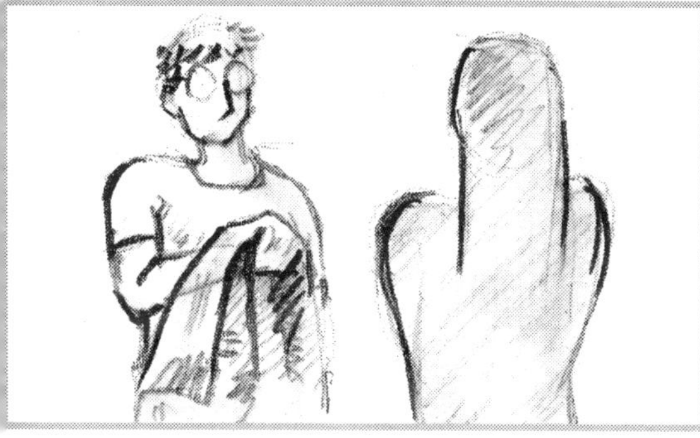

C# 7

세주 : 니들 친해졌다. 옷들이나 갈아 입어.

재림 O.S , 세주 M.S

<table>
<tr><td>S# 49-4</td><td>M</td><td>S : 세주집 부엌</td><td>Contents : 아침식사를 함께하는 세 사람</td><td rowspan="2">Tone&Mood</td></tr>
<tr><td colspan="3">Energy :</td></tr>
</table>

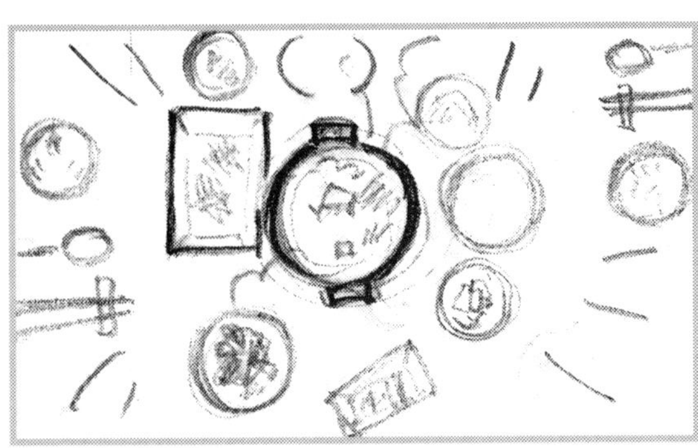

C# 1

부감으로
식탁 위에 청국장, 고명을 얹은 잡채, 야채볶음,
쌀밥 등이 맛갈나게 놓여있다.

직부감

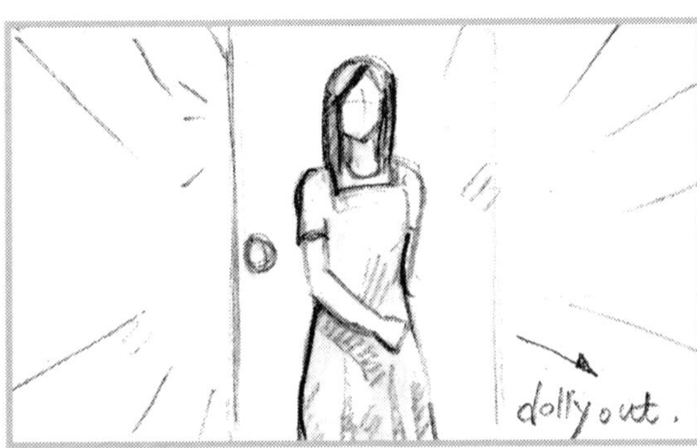

C# 2-0

옷갈아 입은 재림, 이윽고 나온다.

M.S → Dolly Out → F.S

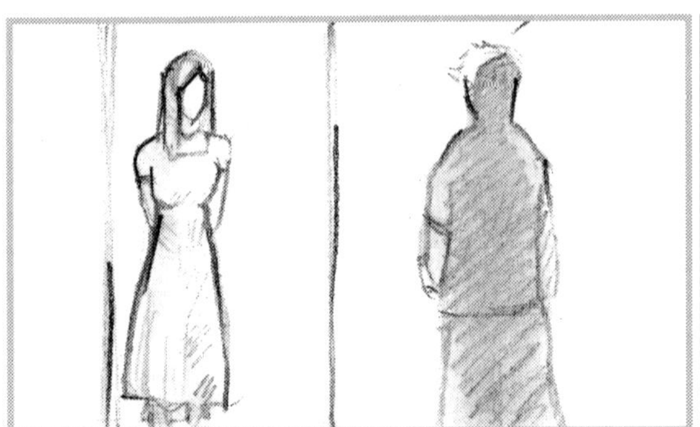

C# 2-1

세주 O.S , 재림 F.S

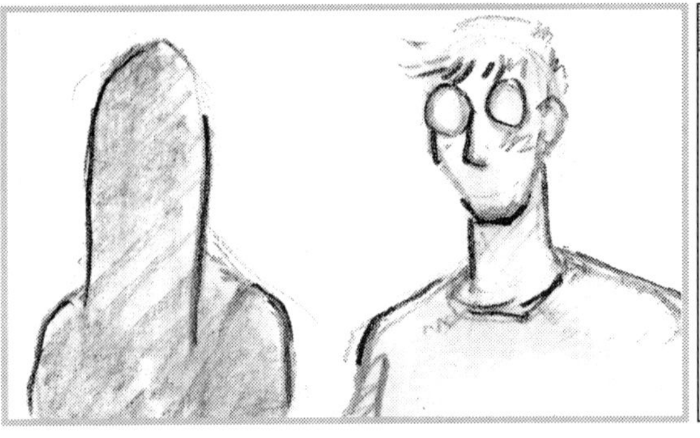

C# 3

놀라는 표정의 세주.
세주 : (방백) 정말 빼 닮았어.

재림 O.S , 세주 B.S

<table>
<tr><td>S# 49-4</td><td>M</td><td>S : 세주집 부엌</td><td>Contents : 아침식사를 함께하는 세 사람</td><td rowspan="2">Tone&Mood</td></tr>
<tr><td colspan="3">Energy :</td></tr>
</table>

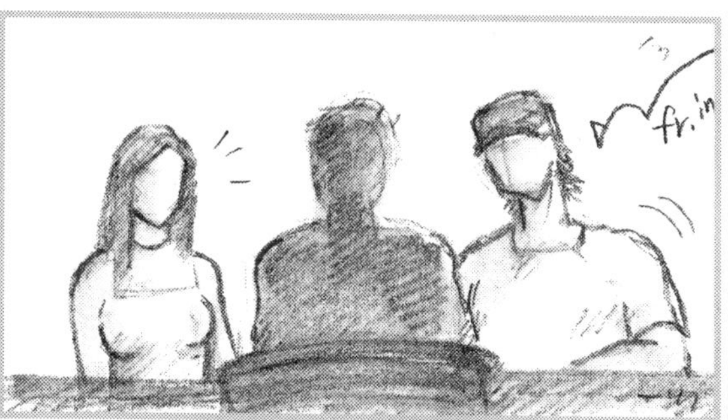

C# 4

재림 : 어서 오세요. 최후의 만찬에 오신 것을 환영합니다.
⟨Frame In 곤봉⟩
곤봉 : 형님하고 나하고 체격이 비슷하네?
일순 썰렁해지는 분위기.
세주 : 밥 먹자. ⟨Frame Out 세주⟩
세주 O.S , 2인 M.S

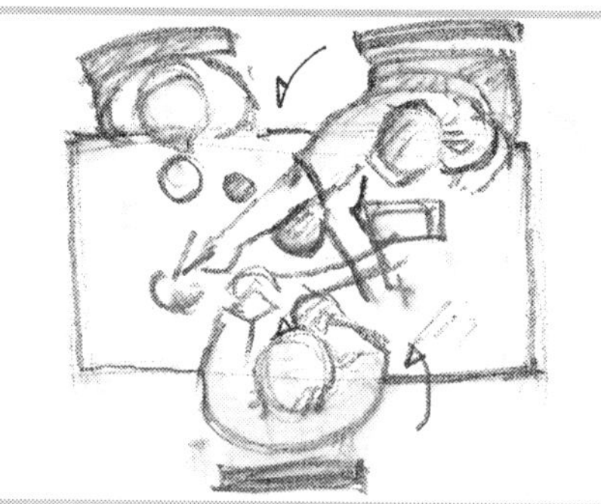

C# 5

조용히 자리를 잡아 앉는다.
곤봉, 피식 웃으며 음식을 허겁지겁 먹기 시작한다. 세주도 미역국을 떠서 먹어 본다.
재림 : 어때요?
세주 : (고개 끄덕) 응, 맛있어!
재림 : 미역국 좋아해요?
세주 : 엉? … 으응.
기분좋게 웃으면서 식사를 하는 재림, 신난다.
극부감

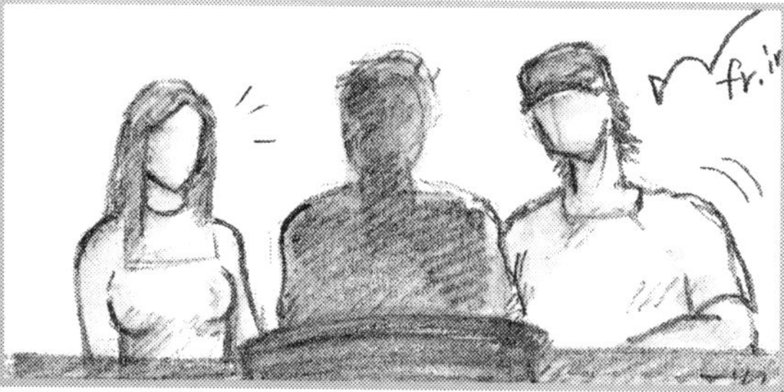

곤봉 : 그러는 아줌씨, 이름은 모여?
재림 : 이재림!
곤봉 : 유치하다. 몇 살인데?
재림 : 하여간 무식한 사람들은 나이부터 따져.
곤봉 : 무식…? 살면서 진짜로 무식한 사람 만난 적이
없나 보지? 왜 계속 시비조야?   ⟨2⟩

C# 6-0

재림 : 아저씨!
곤봉 : 응(허겁지겁 먹는다) 나…?
재림 : 뭐하는 사람이에요?
먹던 숟가락을 놓고 갑자기 주먹을 쥐어보이는 곤봉.
곤봉 : 소시적엔 연안부두를 주름잡던 야인시대 멤버였지.
재림 : 깡패?
곤봉 : 후후, 건달이라고 불러죠. 건달 곤봉.
재림 : 꼬봉이요?
곤봉 : 곤봉, 홍곤봉이라고.
재림 : 어째 이름이 무슨 나이트 삐끼 같네.   ⟨1⟩
세주 O.S
2인 M.S
서서히 Side Dolly

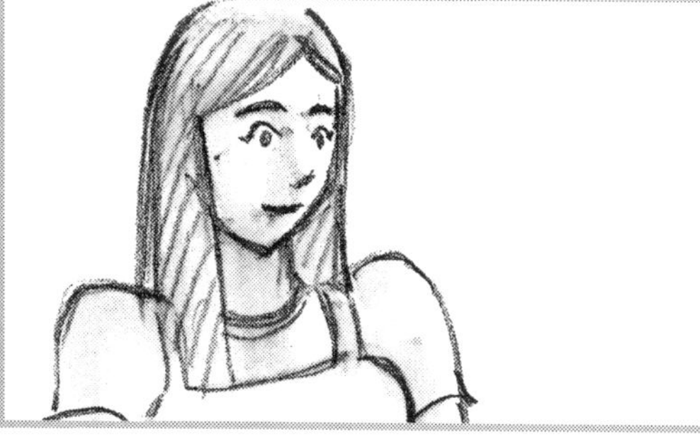

C# 6-1

재림 : (뚫어지게 쳐다보곤) 근데 아저씨
         보면 볼수록 참 재밌다.

B.S

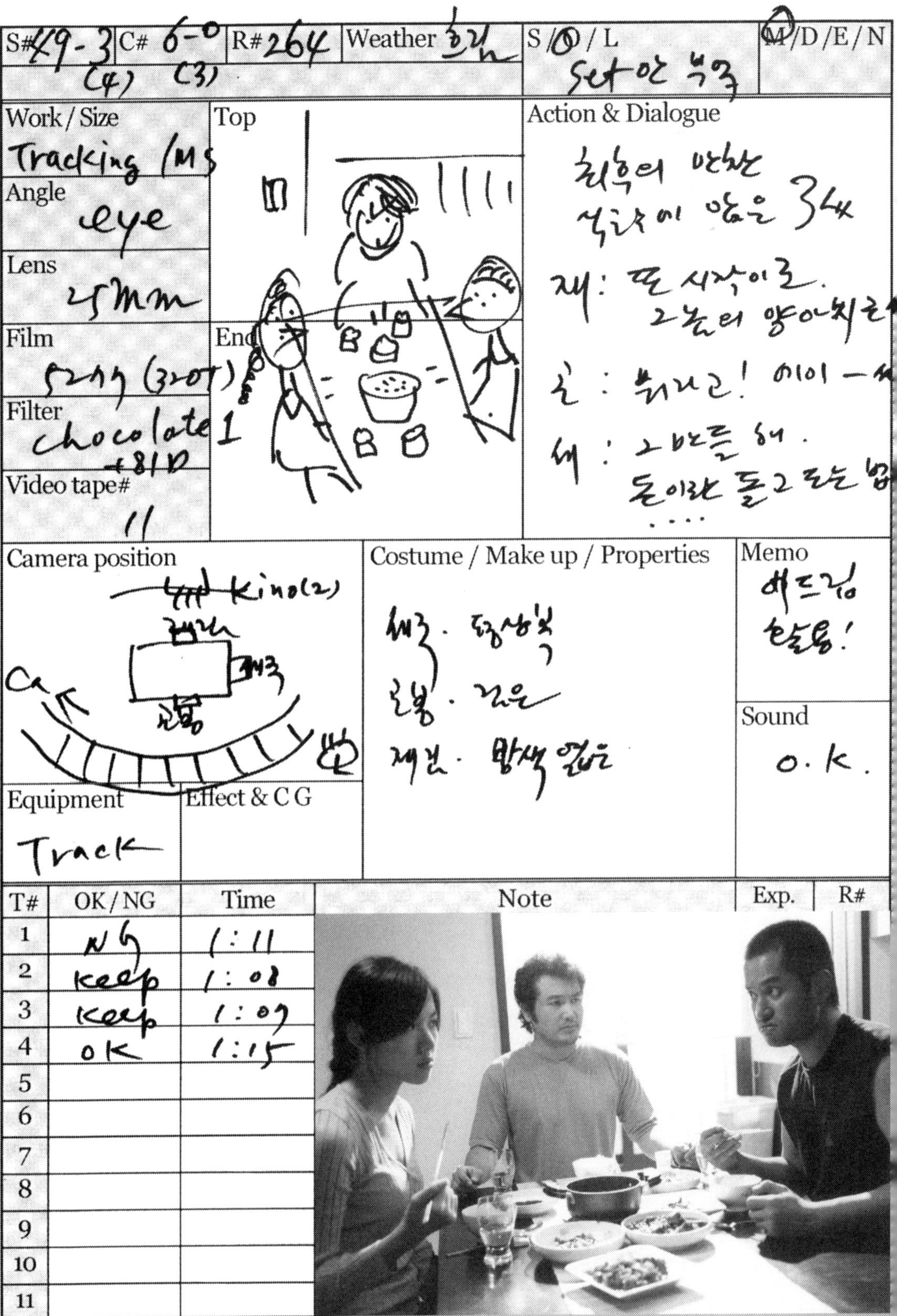

S# 19-3 (4)	C# 6-0 (3)	R# 264	Weather 흐림	S / ⓞ / L Set안 부엌	Ⓜ / D / E / N

Work / Size	Top	Action & Dialogue
Tracking / MS		최후의 만찬
Angle eye		식탁에 앉은 34씬
Lens 25mm		재: 또 시작이군.
Film 5247 (320T)	**End**	그놈의 앉아치기
Filter chocolate 1 +81D		은: 쉬리구! 에이—
Video tape# 11		세: 그만들 해. 들어와선 둘 다 굶는법 ….

Camera position	Costume / Make up / Properties	Memo
kino(2)	세경. 등산복	에드립
Ca	은봉. 같은	탈출!
Track (Equipment)	재빈. 밤색 엷은	**Sound** O.K.

T#	OK / NG	Time	Note	Exp.	R#
1	NG	1:11			
2	keep	1:08			
3	keep	1:09			
4	OK	1:15			
5					
6					
7					
8					
9					
10					
11					

<table>
<tr><td>S# 49-4</td><td>M</td><td>S : 세주집 부엌</td><td>Contents : 아침식사를 함께하는 세 사람</td><td rowspan="2">Tone&Mood</td></tr>
<tr><td colspan="3">Energy :</td></tr>
</table>

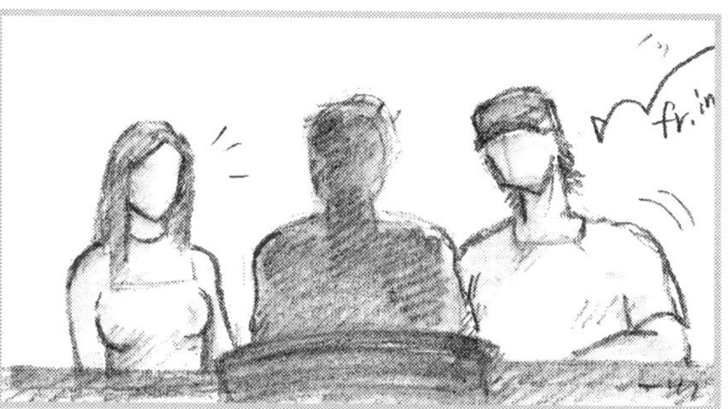

C# 6-2

숟가락을 놓는 세주
세주의 눈빛에 갑자기 두 사람 잠잠해진다.
세주 : 밥먹자!
세 사람 식사하기 시작한다.
세주 O.S , 곤봉과 재림 M.S

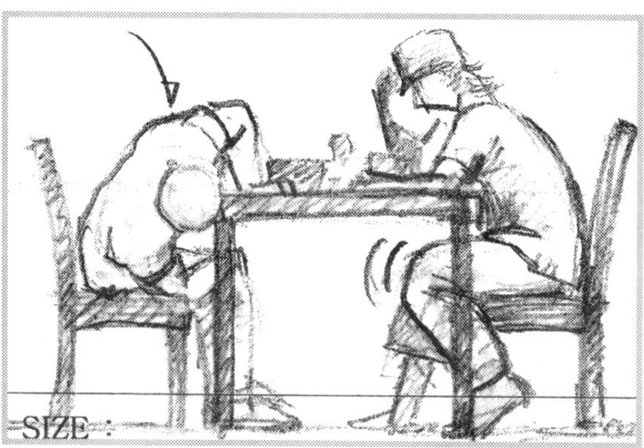

C# 7

곤봉의 다리가 식탁 밑에서 달달달 떨고 있다.
세주, 식사하다가 식탁 밑을 본다.
세주 : 식사 중에 왜 그렇게 떨어.
멈추는 곤봉의 다리.
재림 : 다리 떨면 복 나가요. 곤봉 아저씨,
　　　　국민연금 면제죠?
곤봉 : 요것이 진짜…
그러다가 세주의 눈치를 보고 세주가 식사를 하자
곤봉은 슬그머니 다시 다리를 떤다.
재림 : 우리 이제 밥먹고 어떻게 되는 거죠?
밑에서 달달달 떨어대던 곤봉의 다리가 멈춘다.
3인 M.S , CMR 식탁 Level 위, 아래 균등분할

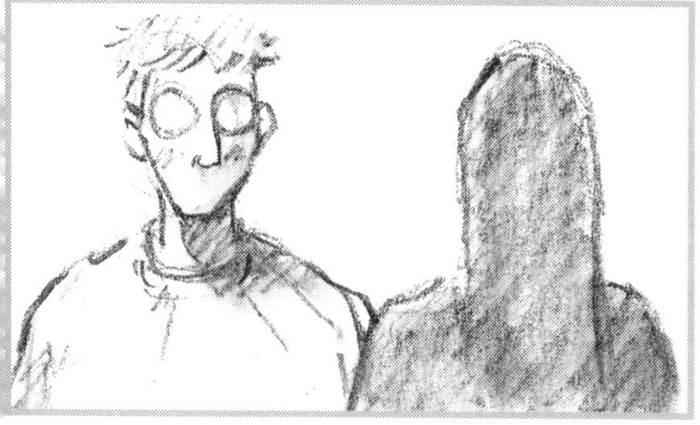

C# 8

서로를 쳐다보는 세주와 재림

재림 O.S , 세주 B.S

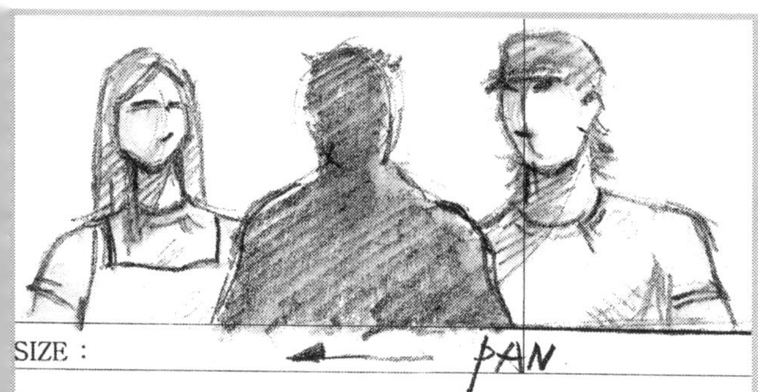

C# 9

세 사람의 눈, 서로를 한번씩 쳐다보고,
아까 분위기와는 다르게 조용히 식사를
한다.
젓가락 소리, 숟가락이 그릇에 부딪히는
소리, 물 마시는 소리.
세주 O.S , 곤봉 B.S → PAN
재림 B.S

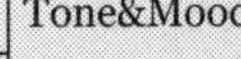

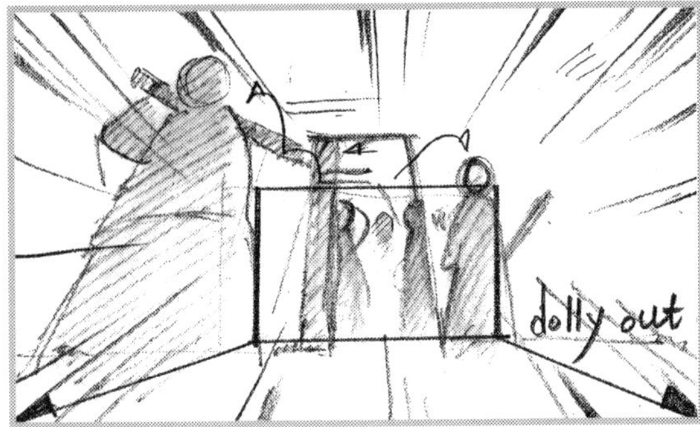

C# 1-0 *Insert

폐 공장 옥상에서 Panning
메기 : 자, 여기서부터 우리 조직을 재건한다.

C# 1-1

문을 열고 각목과 빠따를 든 덩치들이 우르르
들어와 둘러서서 회장을 향해 90°로 인사를 한다.
F.S
Low AG.
Dolly Out

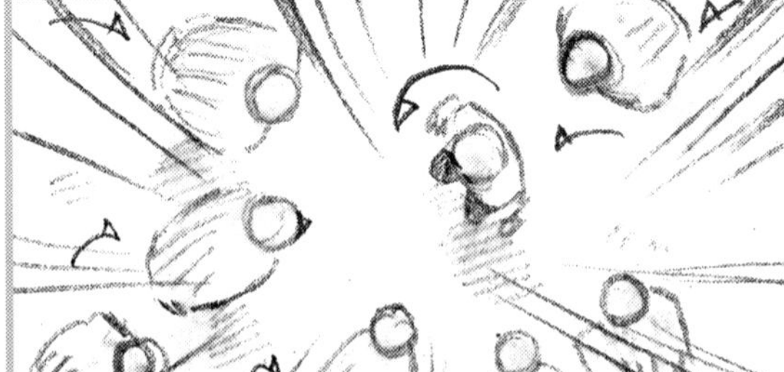

C# 2

썬그라스 낀 메기,
돌아서서 그들의 인사를 받는다.

직부감

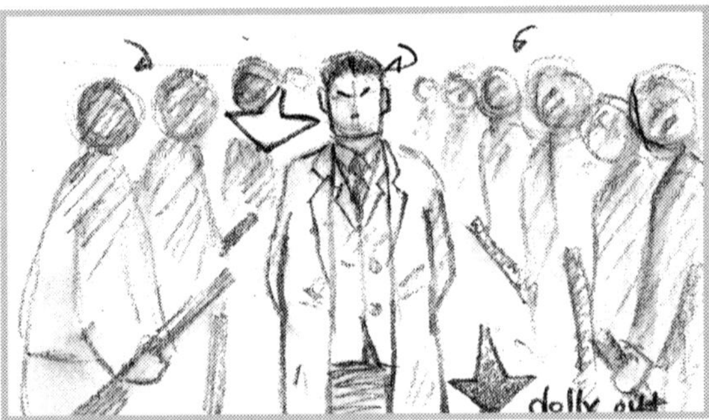

메기 M.S (걸어 나온다)
Dolly Out (Blocking)
메기 Lens 앞 M.S

C# 3

메기 : 독대파 놈들, 먼저 번 치욕을 갚아줘야지. 준비
됐지?
덕구 : 예, 행님.
메기 : 곤봉이 녀석 소식은 없냐?
덕구 : 완전 잠수 탔어요.
메기 : 바보같은 놈. 우리가 그렇게 쉽게 와해된다고 생
각하나?
아래 원형 구멍을 통해 독대파 오는 모습 보인다.
갑자기 "쾅"하고 문을 박차는 소리가 들리고 메기 비롯
해 덩치 일제히 문 쪽으로 시선을 돌린다.
(S.E) 쾅

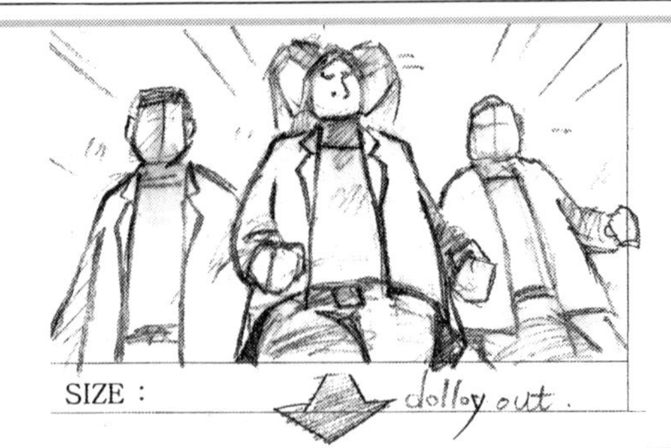

C# 4-0

불독, 문 앞에서 고개를 한바퀴 돌리면 목에서 똑똑 뼈
마다 소리
그 뒤로 양 날개를 만들고 서 있는 밤안개.
갑빠를 비롯한 부하들.
불독, 메기에게로 뚜벅뚜벅 걸어간다.
M.S 불독
Low AG.
Dolly Out
(*Slow)

<table>
<tr><td>S# 50</td><td>M</td><td>O : 빈 공장</td><td>Contents : 메기파를 치러 온 독대파</td><td rowspan="2">Tone&Mood</td></tr>
<tr><td colspan="3">Energy :</td></tr>
</table>

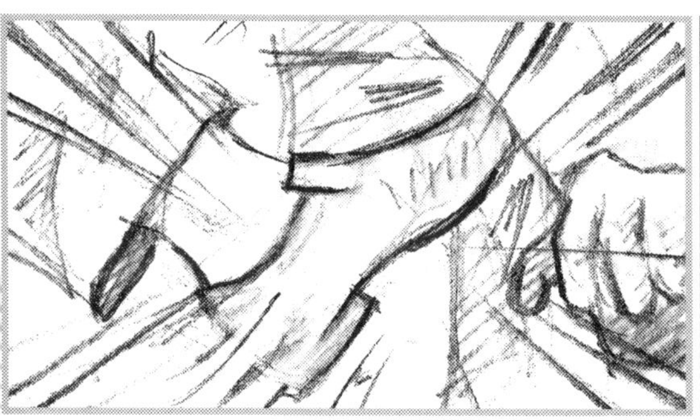

C# 4-1

메기파 보디들이 막아서지만 발차기와

C.S
(*Fast)

(Inter Cut)

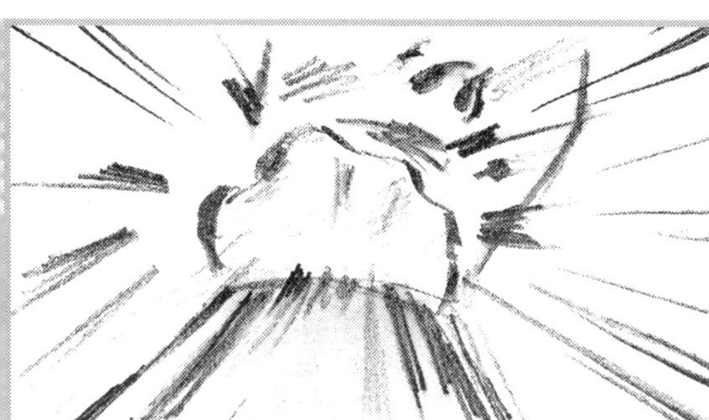

C# 4-2

주먹으로, 달려드는 보디들을 간단히 제압한다.

C.S
(*Fast)

(Inter Cut)

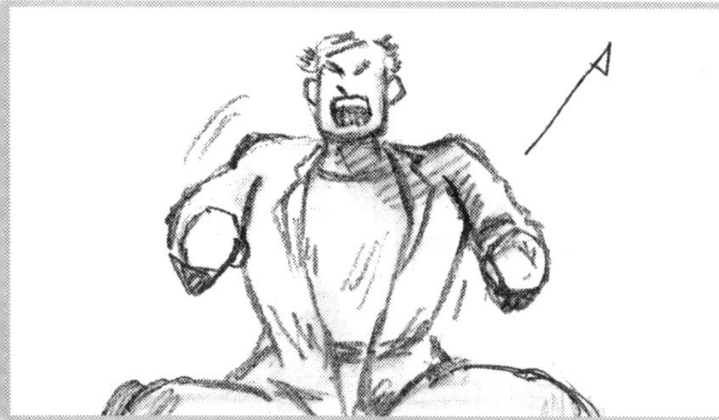

C# 5

서 있던 덕구, 소리를 지른다.
덕구 : 개새끼, 우리를 깨려면
　　　먼저 나부터 밟아야 할 거다.

M.S

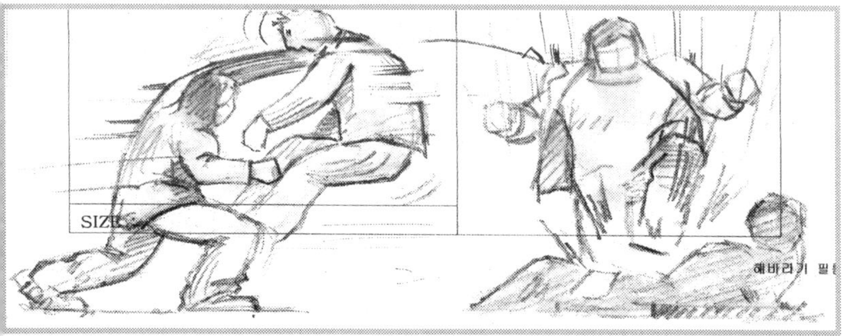

C# 5-1 , 5-2

달려 들지만 불독은 놈을 엄지와 검지 사이로 상대방의 목줄기를 쳐 밀어버린다.　Side Dolly
덕구는 몸이 붕 떴다가 땅으로 곤두박질, 이내 정확히 밟아버리는 불독.　　　　　(Follow)

<table>
<tr><td>S# 50</td><td>M</td><td>O : 빈 공장</td><td>Contents : 메기파를 치러 온 독대파</td><td>Tone&Mood</td></tr>
<tr><td colspan="3"></td><td>Energy :</td><td></td></tr>
</table>

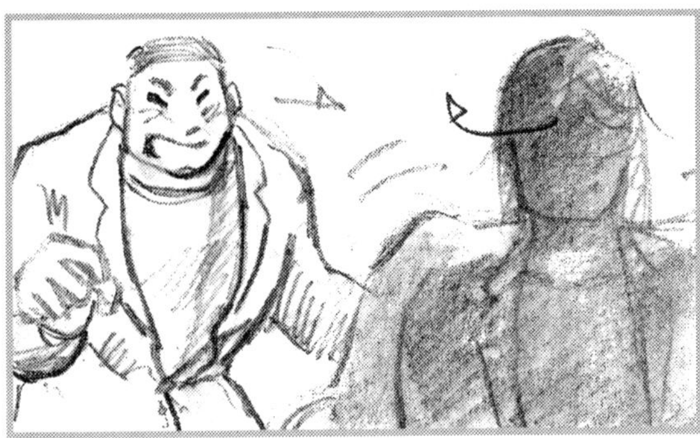

C# 5-3

겁 먹은 메기파 보디1
혈기로 불독에게 달겨들지만

M.S

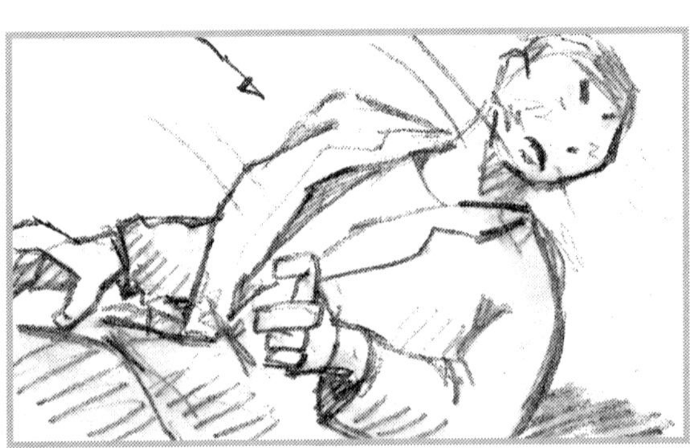

C# 5-4

그대로 쓰러진다.

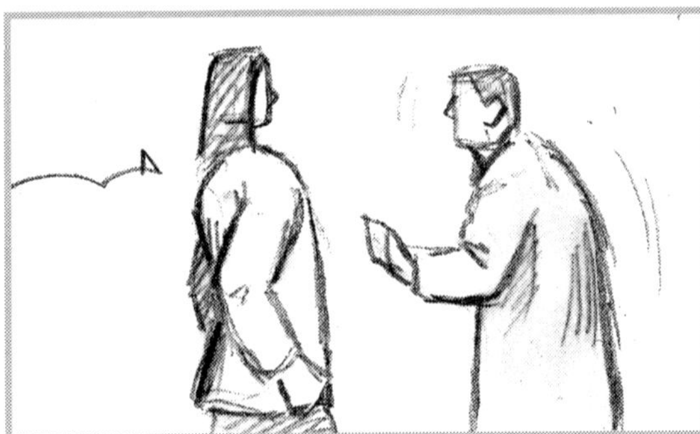

C# 5-5

메기 앞으로 다가서는 불독

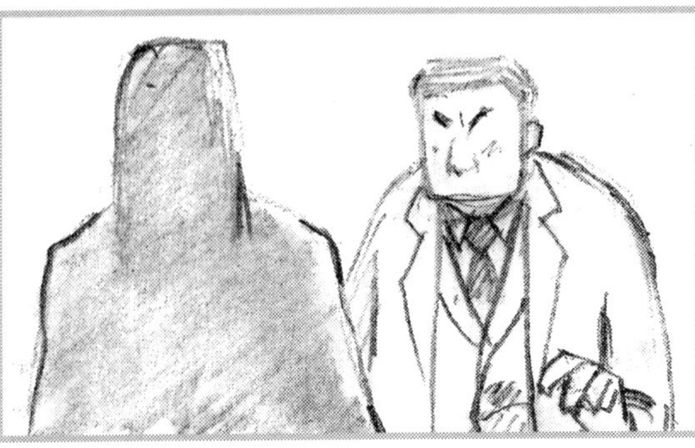

C# 6

메기 : (버벅거리며) 불독 너 이러고도 무사할 것
　　　같아?

불독 O.S , 메기 B.S

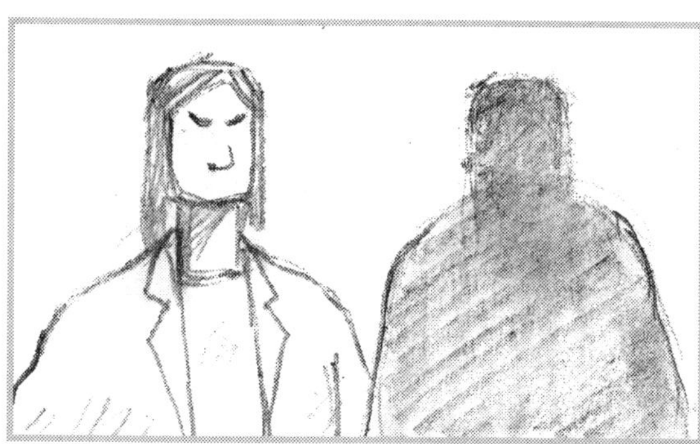

C# 7

불독 : 메기파… 완전히 싹을 밟아 개천으로
　　　보내주마.

메기 O.S , 불독 B.S

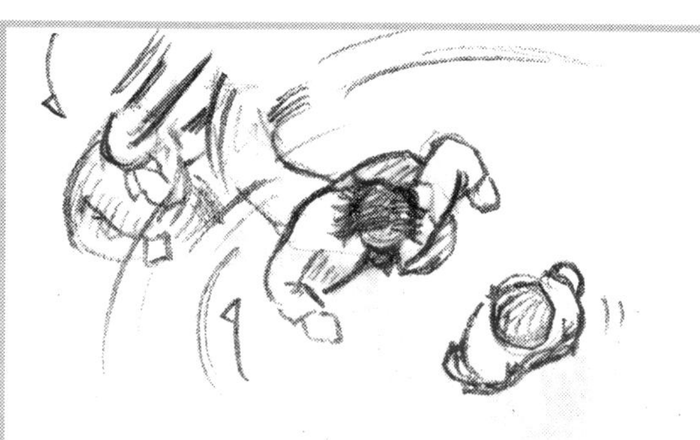

C# 8-0

뒤에서 망치가 다시 뛰어들자 뒤도 돌아보지 않
고 뒷발차기로 제압하는 불독.

극부감

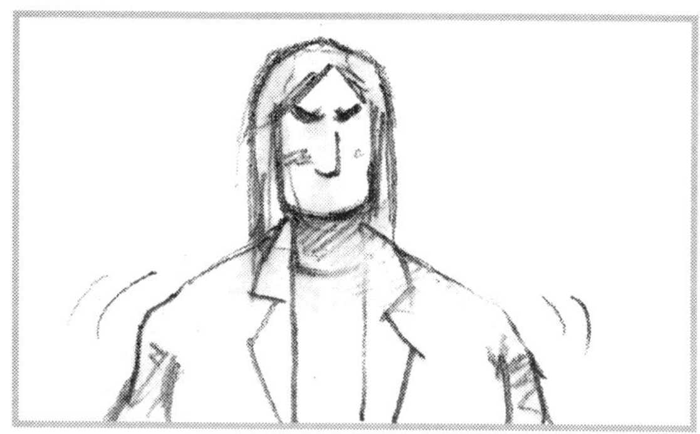

C# 8-1

불독 : 나 앞뒤 안 가리기로 했다.

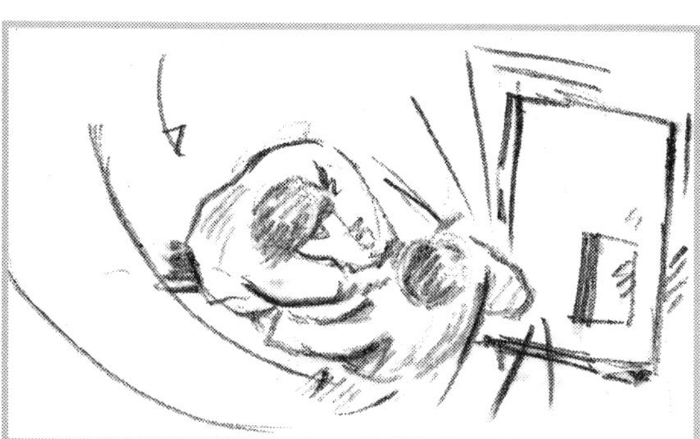

C# 8-0 (연결)

불독, 메기의 멱살의 쥐고 책상에 던져버린다.

극부감 360° 원형 이동

S# 50	M	O : 빈 공장	Contents : 메기파를 치러 온 독대파	Tone&Mood
			Energy :	

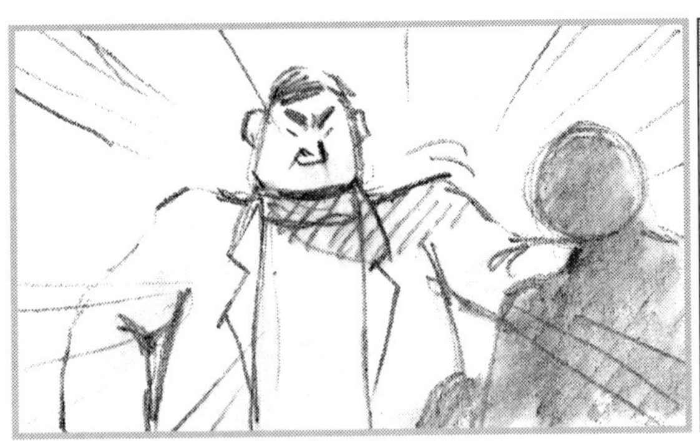

C# 8-2

갑빠 : 똥같은 새끼들!

갑빠 B.S , 메기파 보디 O.S

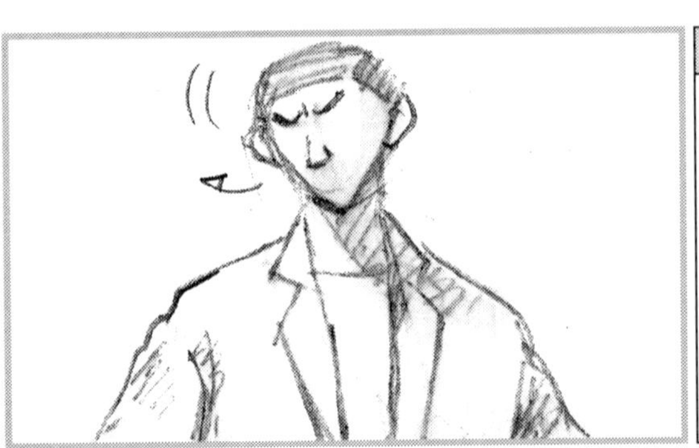

C# 8-3

밤안개 : 애들아, 접수 햇!

B.S

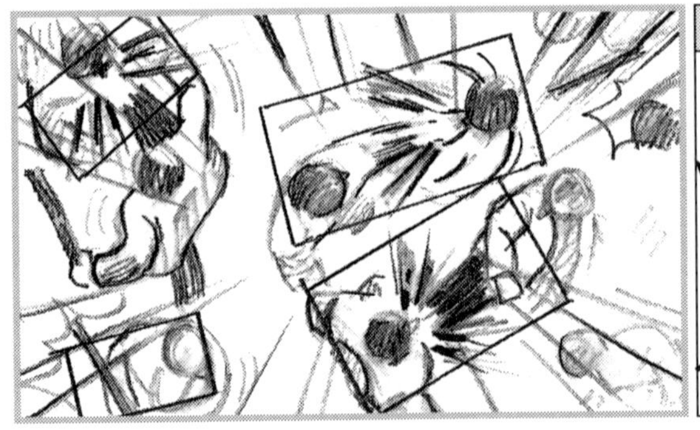

C# 8-4, 5, 6, 7, 8

이어
일방적인 액션, 일순간에 독대파와 메기파의 전쟁

360° 원형 이동
극부감 Shot
(Inter Cut)

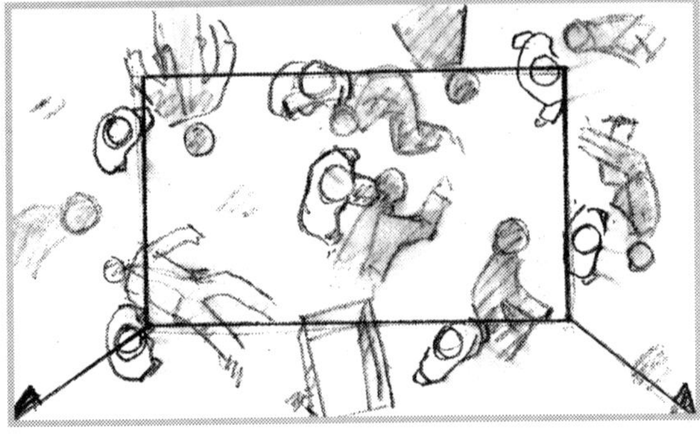

C# 8-9, 10

잠시 후, 메기파 모두 쓰러져 있다.

Zoom Out

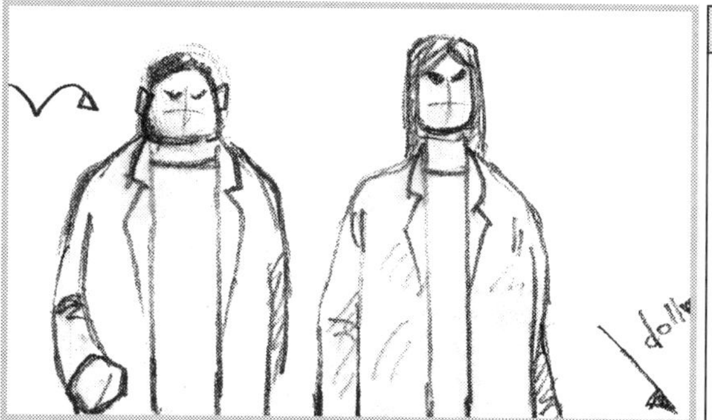

C# 9-0

불독 : 야, 갑빠!
갑빠 : 예, 행님의 갑빠.

M.S
Dolly Out 2인

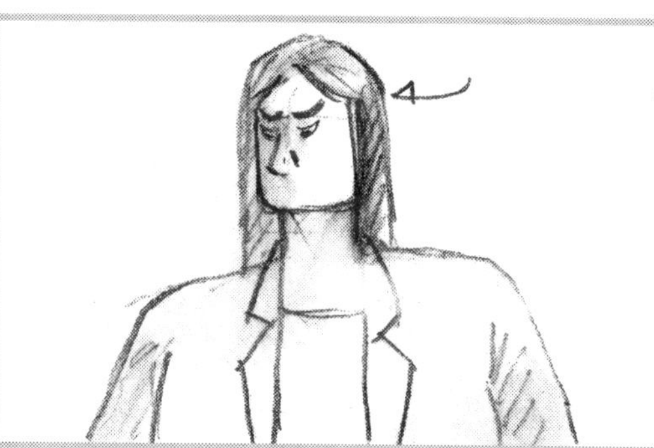

C# 9-1

불독 : (메기를 보며) 팔 하나 잘라서 보내라.
　　　다른 놈들한테도 귀감이 될거다.

B.S

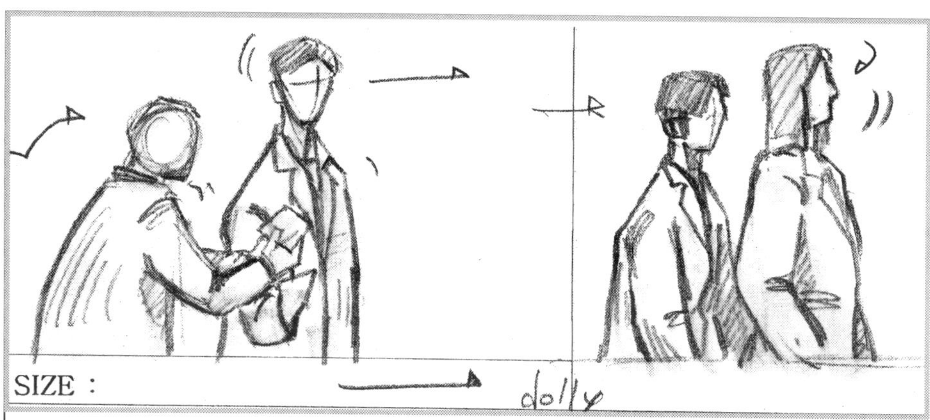

C# 10

M.S

Side Dolly

SIZE :

잠시 후, 독대파 보디 한 명이 다가와 밤안개에게 쪽지(차량조회)를 내밀면 쪽지를 받아서 불독에게 다가간다.
밤안개 : 성님! 망치한테 연락이 왔는디유…
　　　　차량조회를 했더니 백세주라는 의사라는디.
　　　　으뜩하죠? 후딱 잡아올까유? 캬~ 니들은 제대로 디졌다! 씨발.
B.S 불독 : 가까이 왔군. 그래 아주 가까이 왔어. 홍곤봉… 쥐새끼 같은 새끼!
　　　　불독은 갑빠에게 눈빛을 보내고 뒤돌아 나간다.

<table>
<tr><td>S# 50</td><td>M</td><td>O : 빈 공장</td><td>Contents : 메기파를 처러 온 독대파</td><td rowspan="2">Tone&Mood</td></tr>
<tr><td colspan="3">Energy :</td></tr>
</table>

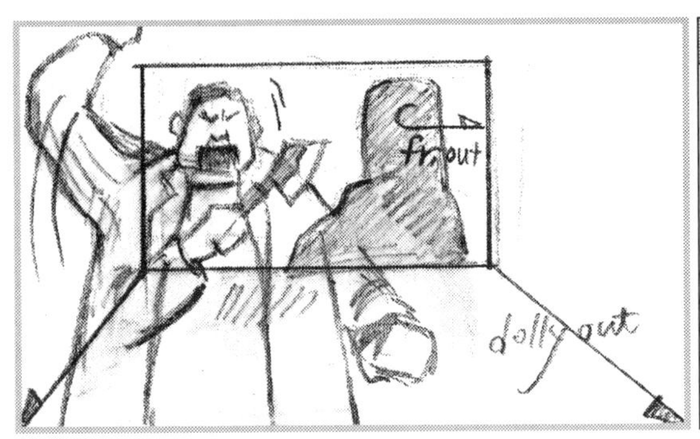

C# 11

〈Frame Out 불독〉
고개를 끄덕거리고 도끼를 드는 갑빠,
아구를 크게 벌린다.
갑빠 : 아흐으! 야 이노끼! 자 도끼…
(행동개시를 지시하는 갑빠)
보디들 : 이노끼! 이노끼!
불독 O.S , 갑빠 B.S
→ Dolly Out → M.S

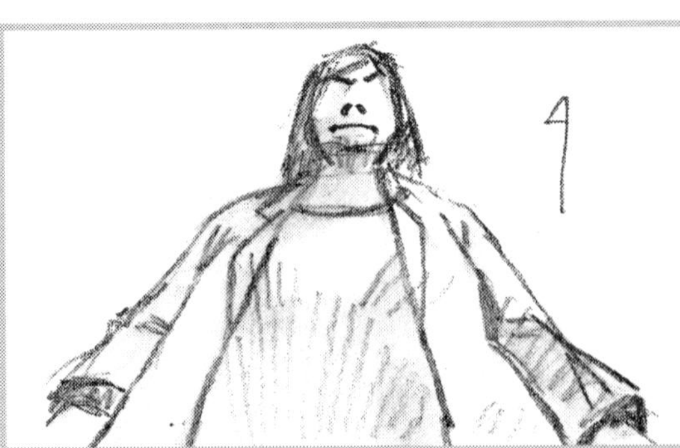

C# 12

불독의 얼굴 저편에서 도끼 찍히는 소리,
비명소리 교차한다.
(S.E) 퍽
(S.E) 메기 : 으, 으아아악.
철문으로 열고 나간다.
M.S
Low AG.
(Blocking – CMR Lens 가린다)

* Editing 특특 - Frame 딸집
24 Frame (common) Editing.

∨ 앙뉴/ 부감/ eye level/ ← A.G.

· 군산 한화때공장 O S 군산 없습니다.

∨ BD O.S. 18대

1. 특호 - STX 中

2. 묵술 - 이형길 씨요 (CMR AG / 딸집) 2기기.

3. 등장의 습. 주방.

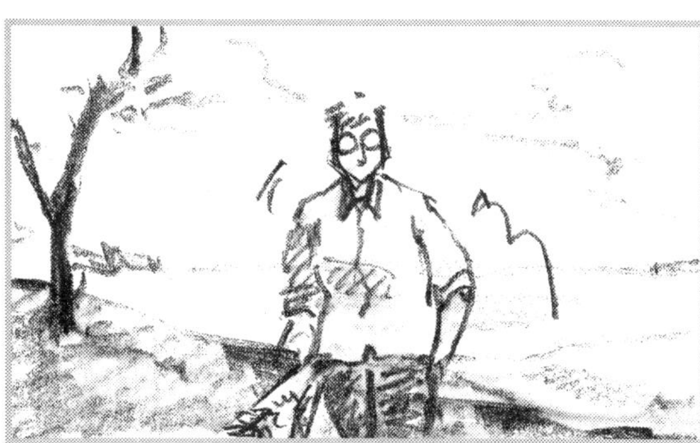

C# 1

산 언덕.
해인의 무덤가 주변, 을씨스럽다.

점점 나타나는 세주의 모습 M.S 까지

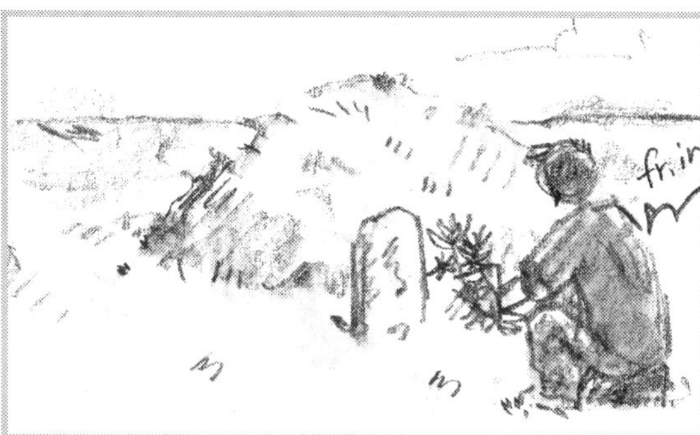

C# 2

국화꽃을 묘비에다 놓고

세주 O.S , 무덤
〈Frame In 세주〉

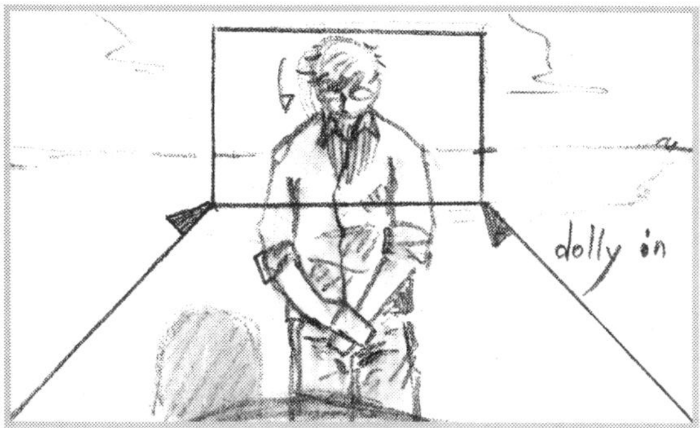

C# 3

묵념을 하는 세주.

M.S → Dolly In → B.S

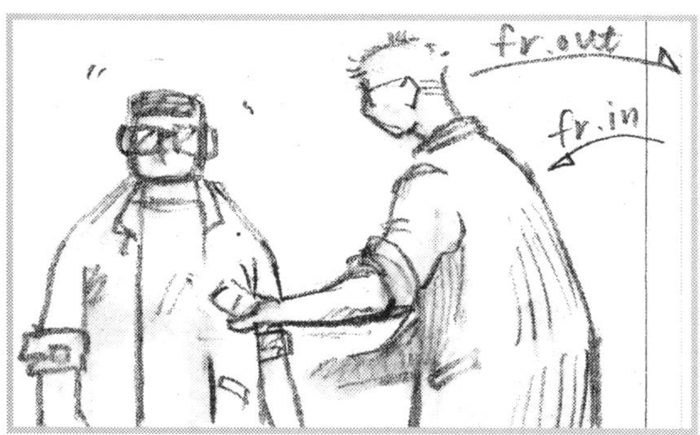

C# Inter Cut (수술실 −Mono)

〈Frame In 세주〉
세주 : 외과의든 내과의든 상관없어.
　　　난 병원의 의사고, 임신한 강해인은
　　　내 아내고, 난 그 태아의 아빠야!
　　　내 아이가 자궁 속에서 태아로 그냥
　　　죽게 내버려 둘 수가 없어. 절대로!
민호 : …
2인 M.S
〈Frame Out 세주〉

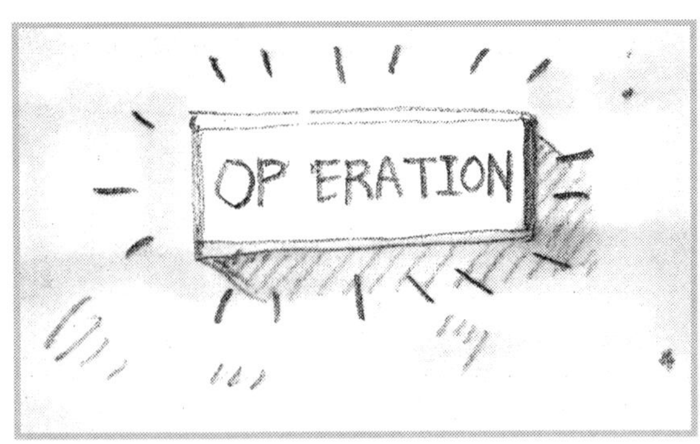

C# 1

Operation의 빨간불이 켜진다.

C.U

① 바다가 보이는 화장가.

② 追憶으로 들어가는 인물.

③ 음악 속으로

④ 걷는다. 앉는다. 생각한다.

⑤ 장면전환. ⎰ 보行소리 · 음악
⎱ opital .
⎱ ㄹ·ㄹ X 장면이동 O .

<table>
<tr><td>S# 51-2</td><td>D</td><td>O : 병실</td><td>Contents : 해인의 손을 꼭 잡는 세주</td><td>Tone&Mood</td></tr>
<tr><td></td><td></td><td></td><td>Energy :</td><td></td></tr>
</table>

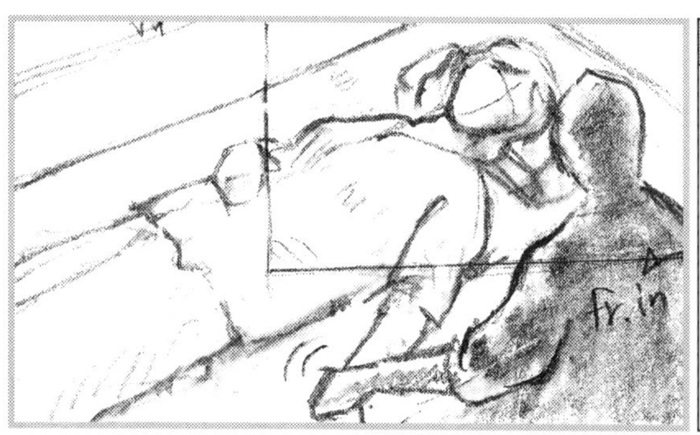

C# 1

환자복을 입고 누워있는 해인의 손을 꼭 잡은 세주.

〈Frame In 세주〉
M.B.S
부감

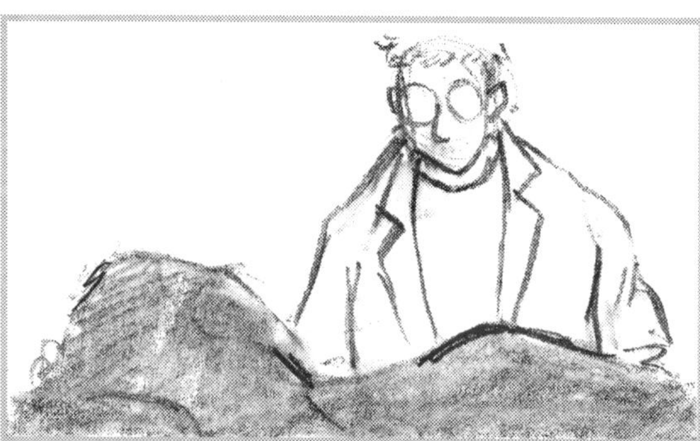

C# 2

해인의 손을 꼭 잡은 세주의 모습이 보인다.

해인 O.S , 세주 M.B.S
앙각

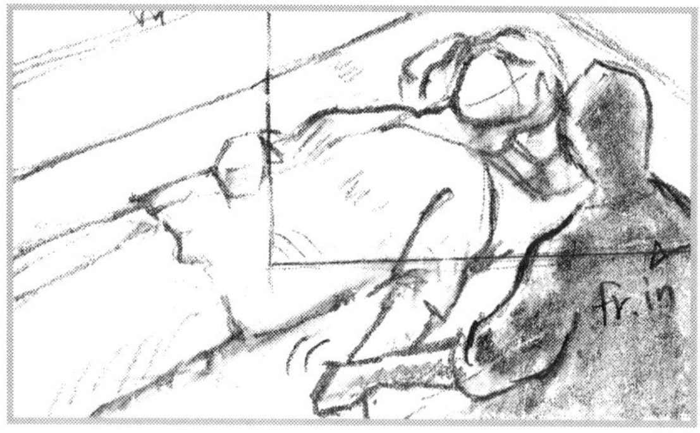

C# 3

해인 : 우리가 기적을 바라는 건 아니잖아요…
　　　걱정말아요. 우리 아기는 살 수 있어요.
　　　세주씬 최고의 의사잖아요.

M.S → Dolly In → B.S
부감

<table>
<tr><td>S# 51-3</td><td>D</td><td>O : 수술실</td><td>Contents : 수술받다가 죽는 해인, 태아</td><td>Tone&Mood</td></tr>
<tr><td></td><td></td><td></td><td>Energy :</td><td></td></tr>
</table>

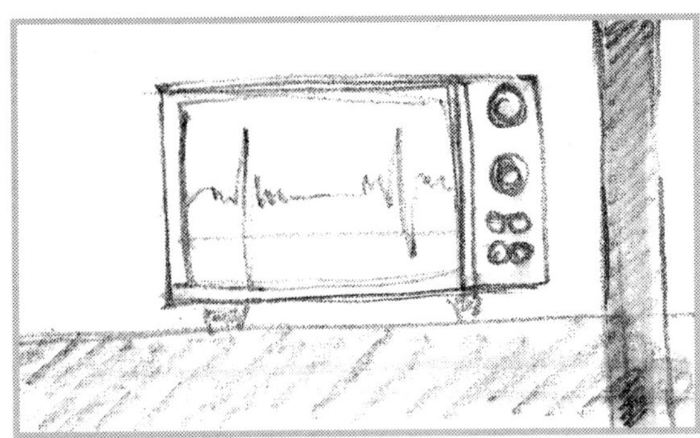

C# 1-0

초음파 화상

C.U

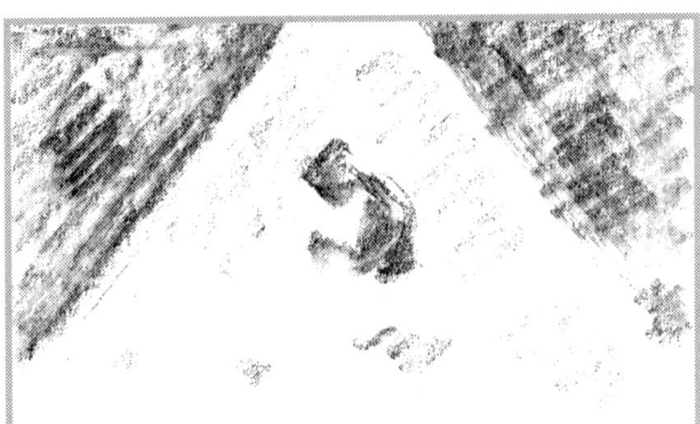

C# 1-1

초음파 화상으로
해인의 뱃 속에 든 태아의 모습이 보인다.

C.U

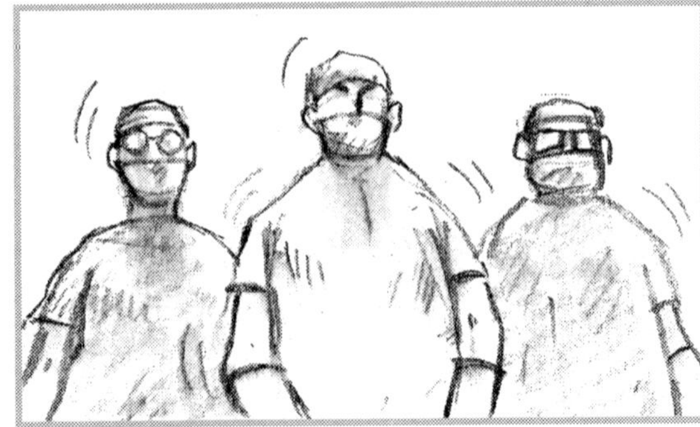

C# 2

집도의 뒤에 서 있는 세주와 민호의 참담한 표정.

M.S
약간 앙각

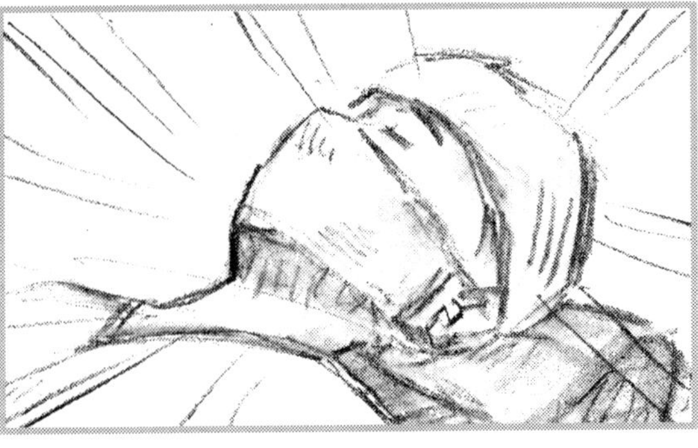

C# 3

잠든 해인의 얼굴이 보인다.

B.S
부감

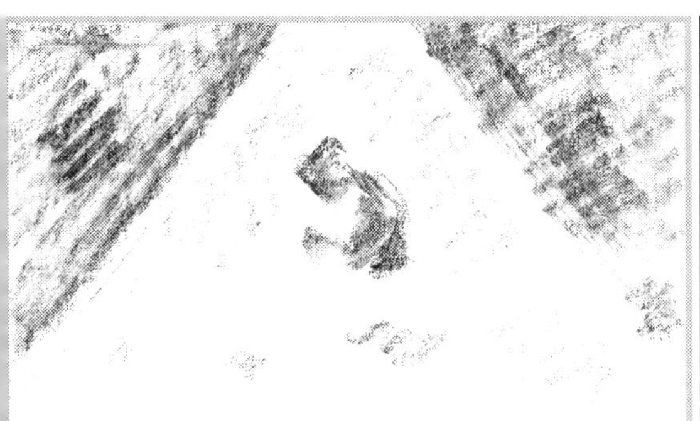

C# 4

초음파 화상으로 해인의 뱃속에 든 태아가
보인다.

C.U

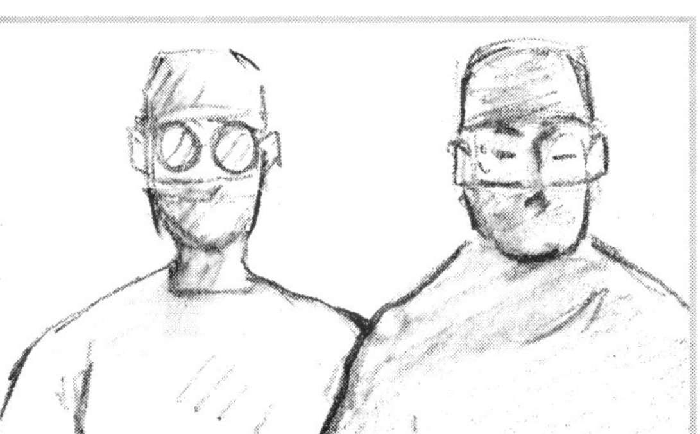

C# 5

집도의 뒤에 서 있는 민호, 세주 앞으로 나선다.
세주 : 제가 바늘을 꽂겠습니다. 잘못되면
　　　모든 책임은 제가 집니다.

Focus In & Out : 집도의 정면 O.S ,
　　　　　　　　　세주 B.S

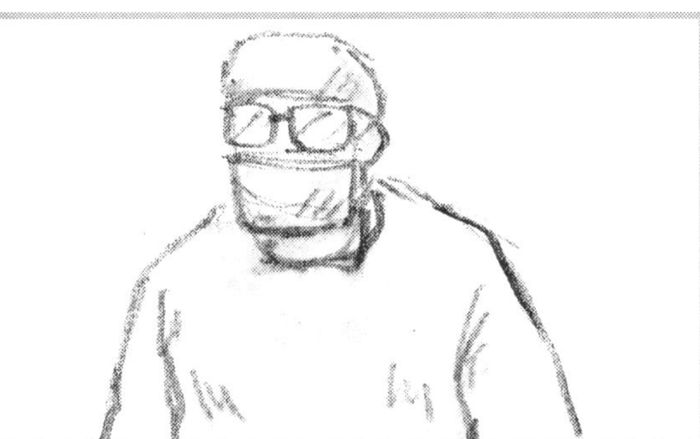

C# 6

민호 : …

단독 B.S

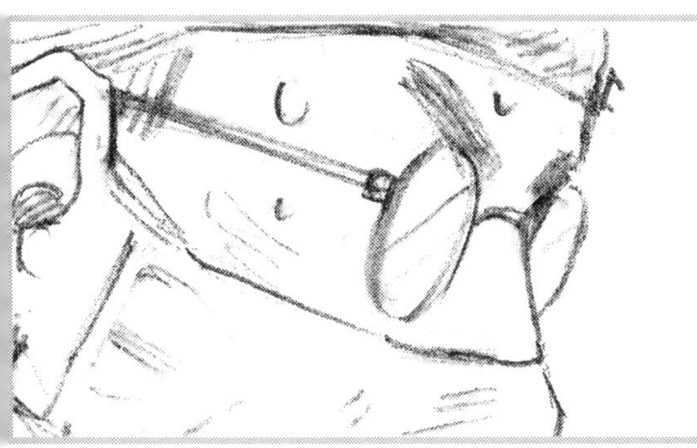

C# 7

세주의 이마에 땀이 비오듯 한다.

C.U

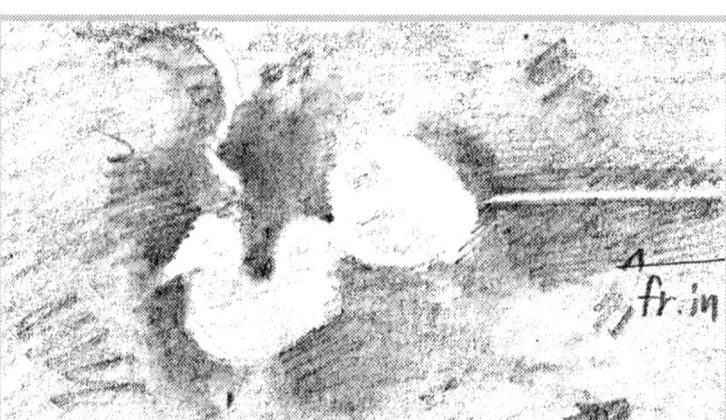

C# 8

바늘이 태아의 뇌에 근접한다.
거의 접근, 뇌실에 바늘을 꽂으려 한다.

C.U

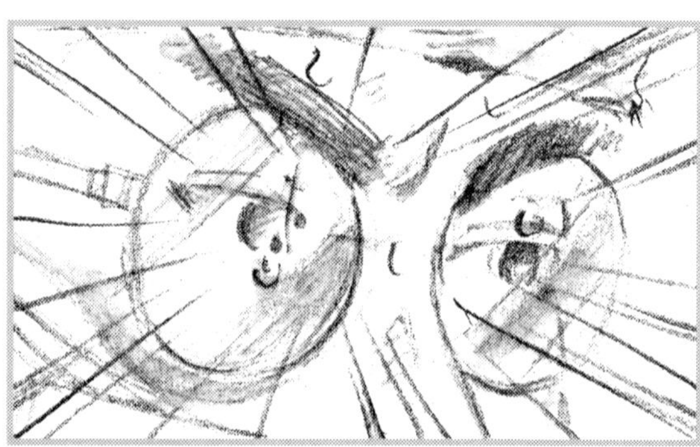

C# 9-0

바늘을 꽂으려는 찰나,
안경에 땀이 떨어지는 세주.
눈에도 땀이 들어가 눈을 감는 순간

C.U

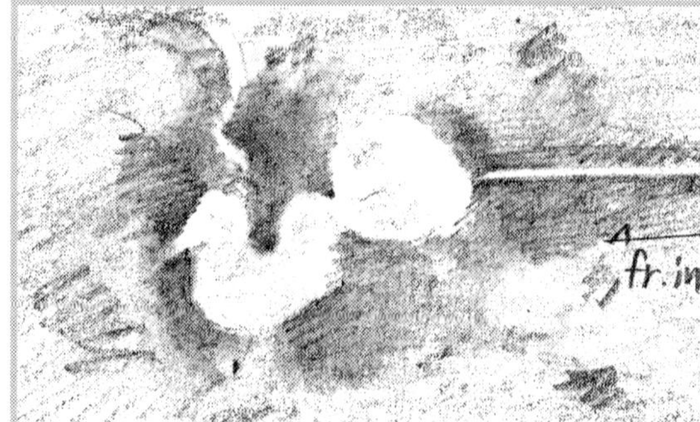

C# 9-1

바늘이 태아의 뇌에 꽂히고 뇌에서 수액이
뿜어져 나온다.

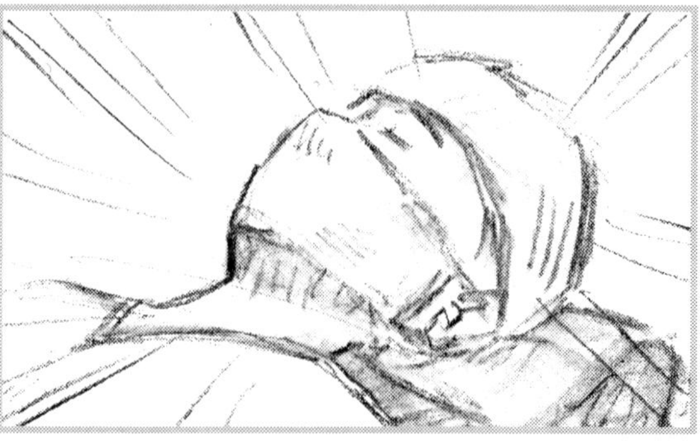

C# 10

누워있는 해인의 얼굴

C.S

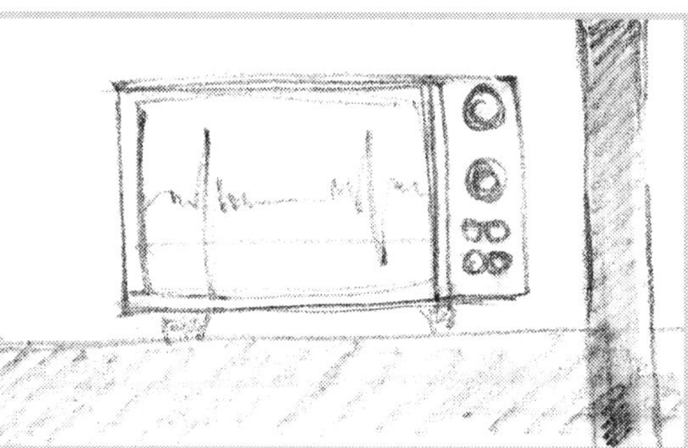

C# 11

해인의 심박과 혈압이 급속도로 하강하고

C.U

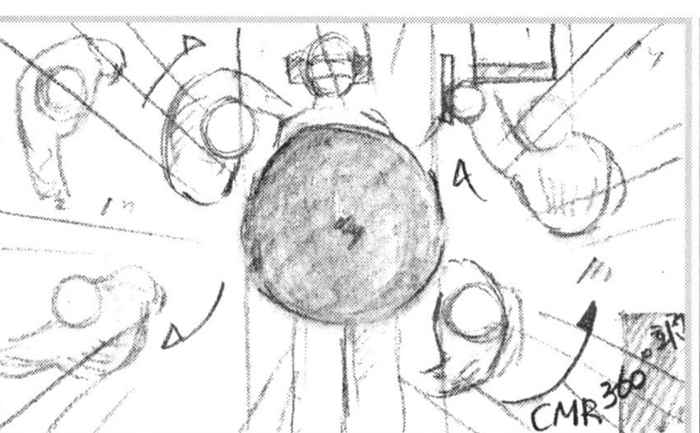

C# 12-0

수술실은 금새 아수라장이 된다.
세주 : 간호사, 링겔액 스피드 올리고
　　　 비타민제 투여. 어서!

극부감
CMR 360° 회전

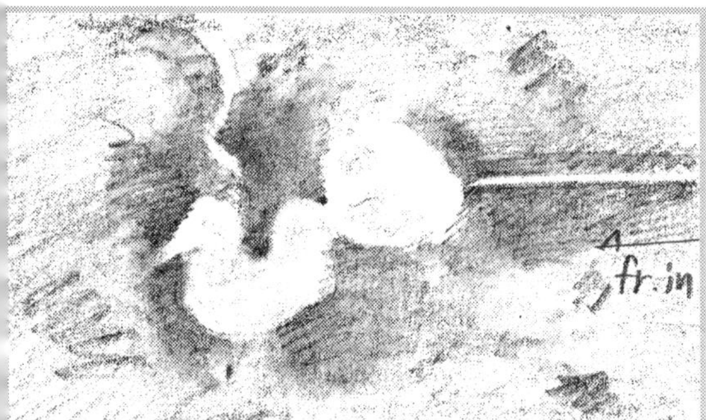

C# 12-1

화상으로 보이는 태아는 이미 죽었고,

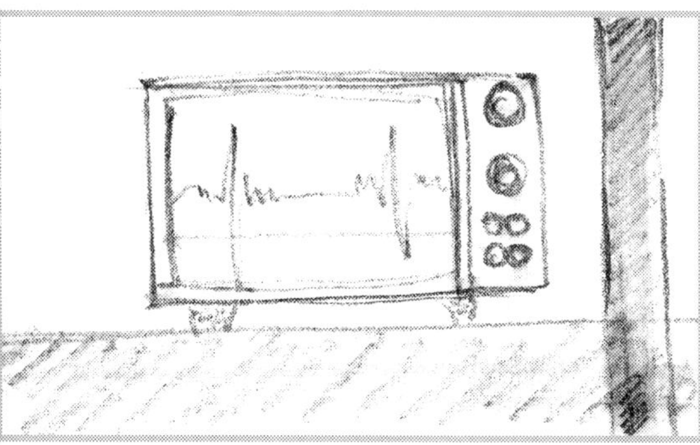

C# 12-2

산모의 혈압감시장치 그래프와 심장의 바이탈
사인도 계속적인 하향 곡선.

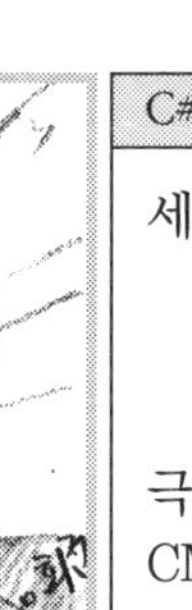

C# 13

세주 : 간호사! 간호사!

극부감
CMR 360° 회전

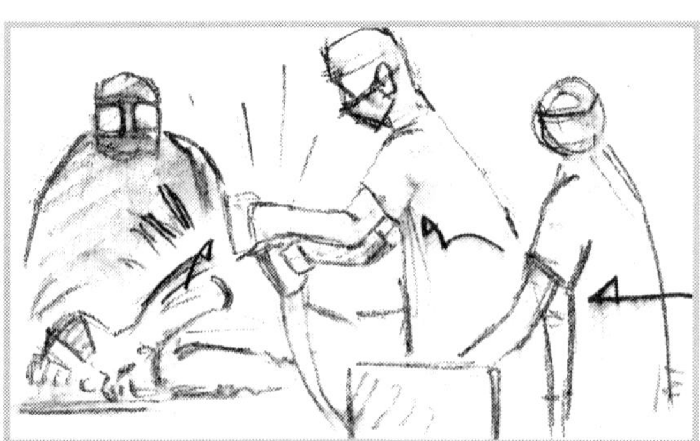

C# 14-0

간호사,
전극의 스위치를 넣고 카운터 쇼크를 건네준다.
해인의 가슴을 풀어헤쳐 쇼크기에 소생액을
바르고 가슴에 힘차게 댄다.
(S.E) 쿵쿵
해인의 몸은 쇼크기의 반동에 의해 들썩거려지지만
심장이 다시 뛸 기미는 보이지 않는다.
Side

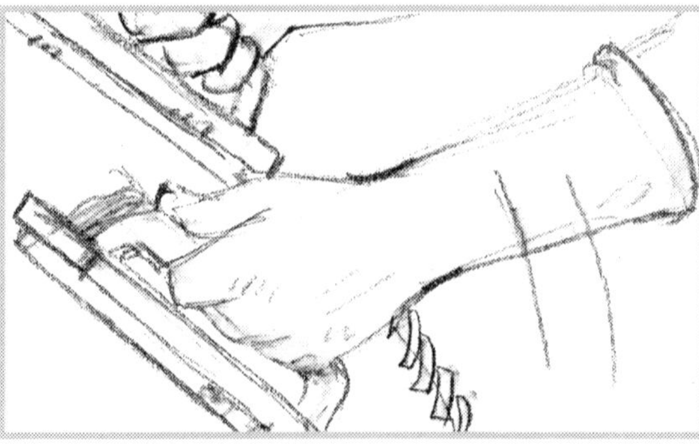

C# 14-1

소생액을 바르고 해인의 가슴에 힘차게 댄다.

C.U

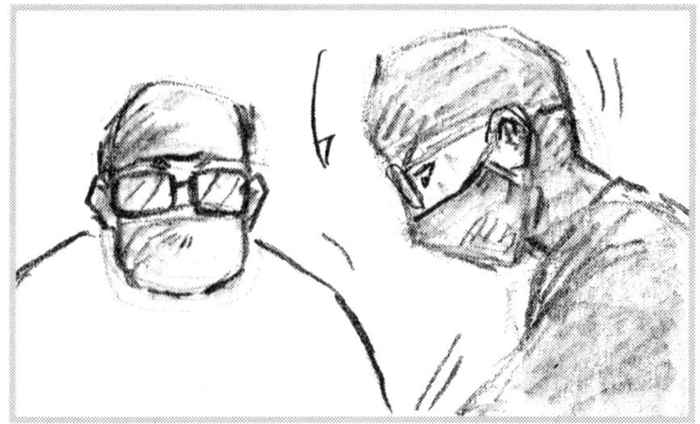

C# 15

세주 : 제발, 제발 해인아!
민호 : …

Focus In & Out : 세주 → 민호

<table>
<tr><td>S# 51-3</td><td>D</td><td>O : 수술실</td><td>Contents : 수술받다가 죽는 해인, 태아</td><td rowspan="2">Tone&Mood</td></tr>
<tr><td colspan="4">Energy :</td></tr>
</table>

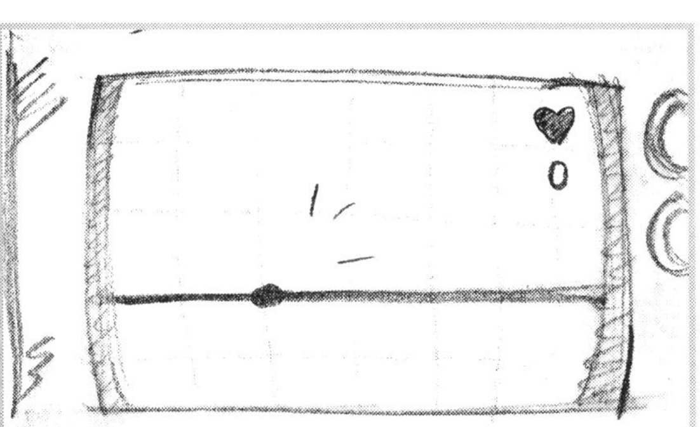

C# 16

심장박동수는 여전히 멈춰있고,
바이탈사인도 평행선을 그리며 삐~거린다.
(S.E) 삐~

C.U

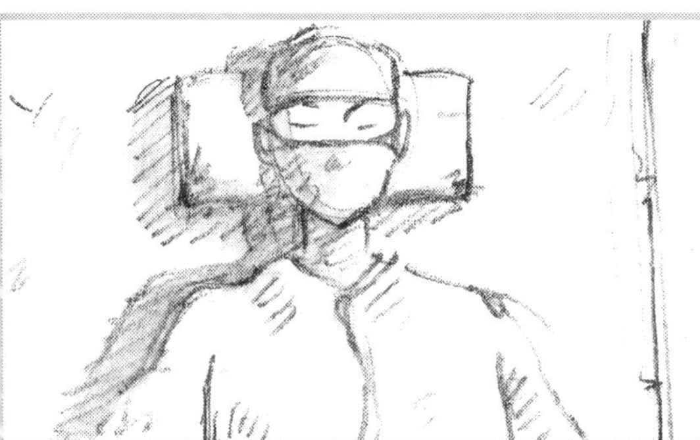

C# 17

이미 숨이 멈춰버린 채 해인.

B.S

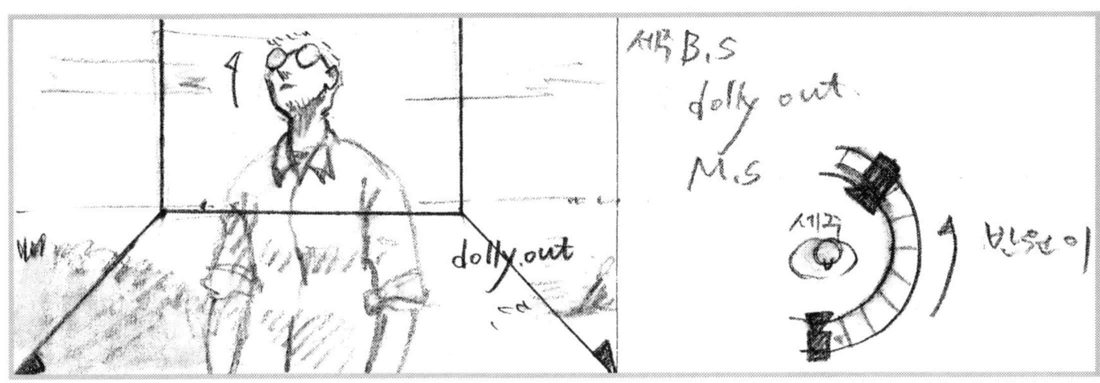

C# 1

순간 멍하니 허공을 쳐다보는 세주,
빙빙 도는 듯하다.

B.S → Dolly Out → M.S , 반원이동

X 반원이동 or 원형이동 (=> 원기둥회전)

울다. 울부짖는다. 무너져 내린다. 주저앉는다.
김보성이 무너져 내려앉는다. 와꾸 Wife 씬보
(더 샌님)

V 핸약기 使用 — 흐름 得.

Cry. crying. Sorrow.
· Solitary
· Solo
· Soul 슬픈 영혼이
휙 떠버스트 되다

<table>
<tr><td>S# 53</td><td>D</td><td>S : 세주집 거실</td><td>Contents : 가려는 곤봉을 말리는 재림</td><td>Tone&Mood</td></tr>
<tr><td colspan="4">Energy :</td><td></td></tr>
</table>

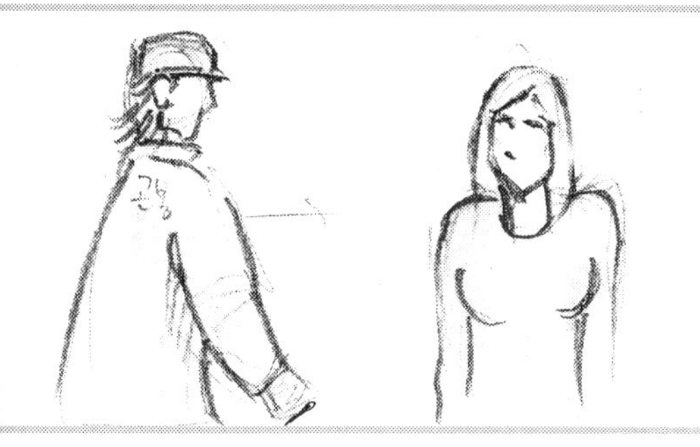

C# 1

〈곤봉 Frame In〉
옷을 입고 나가려는 곤봉, 설거지하던
재림이 물끄러미 바라본다.
재림 : 진짜 가요?
곤봉 : 아무도 연락이 안돼서. 급하게 해결할 일이 있어.
재림 : 해결은 무슨 해결! 사업하는 사람도 아니면서…
곤봉 : 같이 싸워줄 사람이 이제 사라져주니 심심해서
　　　어쩌지.
재림 : 숨어있기는 여기가 괜찮잖아요?
곤봉 : 오래 머무는 건 안좋아. 모두다 다칠 수 있어.
갑자기 불독의 얼굴이 생각나는지 몸을 부르르 떤다.
M.S → 2인
Side Dolly (Follow)

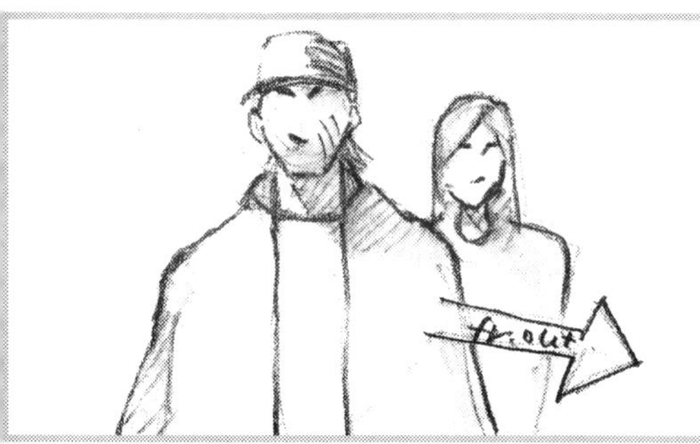

C# 2

곤봉 : (결심했다는 듯) 간다!
재림 : 아저씨! 아저씨!

곤봉 단독 정면 W.M.S , O.S 재림

〈곤봉 Frame Out〉

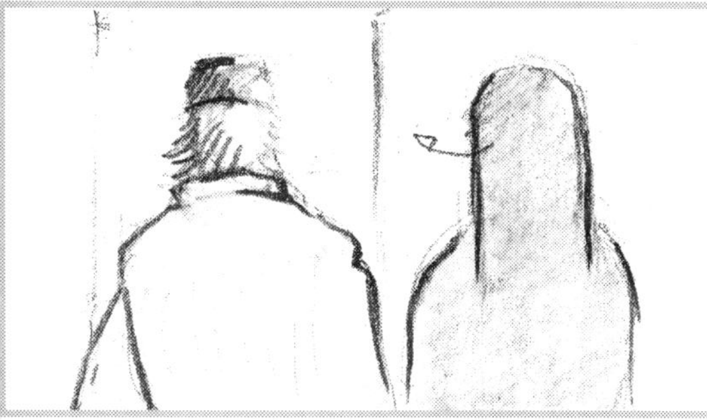

C# 3

하는데 문을 열고 가버리는

재림 O.S , 나간 문 M.S

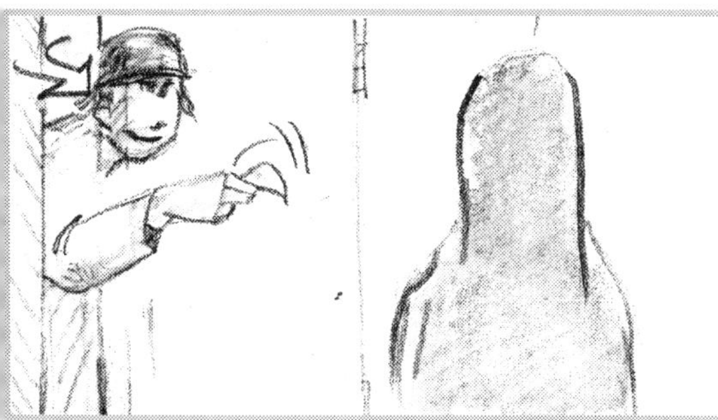

C# 3-1

잠시 후 다시 들어오는 곤봉
곤봉 : (지폐 보이며) 고마워.(나간다)

재림 O.S

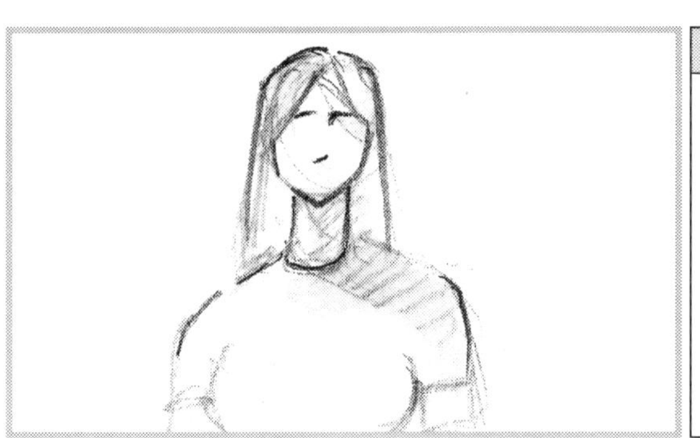

C# 4

재림 : … (혼자 소리로) 오,빠…

B.S

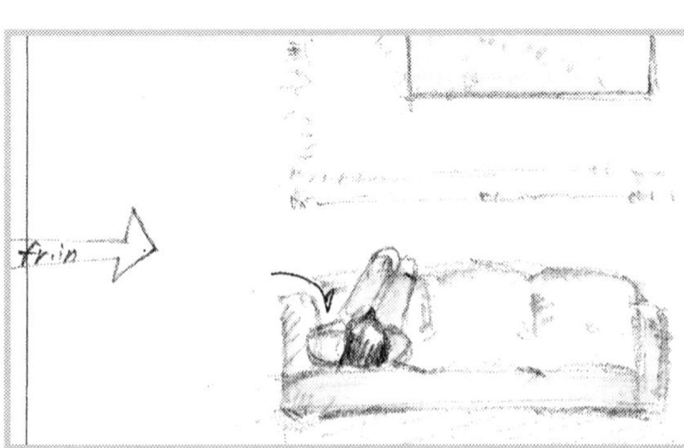

C# 5

재림, 큰 거실에 혼자 덩그러니 앉아있다.
우울하다.

〈재림 Frame In〉
부감

인형에게
재림 : 재밌어.
　　　너두 외롭지?
　　　으응. 외로와,

＊ 군중속의 고독
＊ 고독한 자의 한숨.

외로움
외로움) 3음.
그리움

<table>
<tr><td>S# 53-1</td><td>D</td><td>O : 민호의 집무실</td><td>Contents : 민호와 대화를 나누는 세주</td><td rowspan="2">Tone&Mood</td></tr>
<tr><td colspan="3">Energy :</td></tr>
</table>

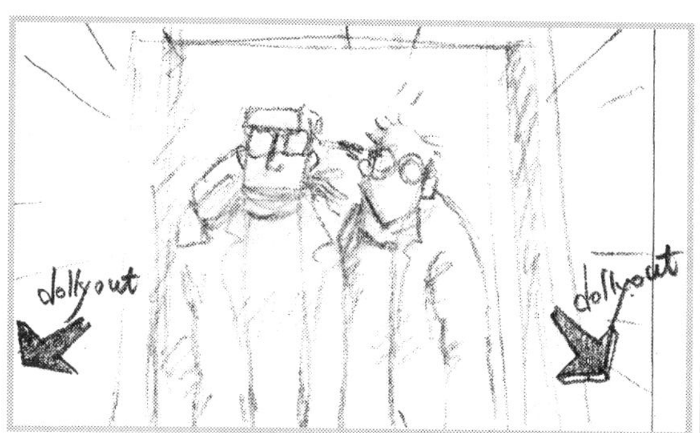

C# 1

세주의 선배 최민호와 백세주
(함께 찍은 기념사진도 보이고),

세주와 민호의 기념사진 C.U
Dolly Out → 2인 M.S
민호 : 세주 니 팔자도 참 희한하네. 어떻게 그 꼬마 아
　　　가씨랑 인연이 됐노. 아프리카 의료봉사 간다커
　　　더만… 보자, 이거 몇 살 차이고 이거.

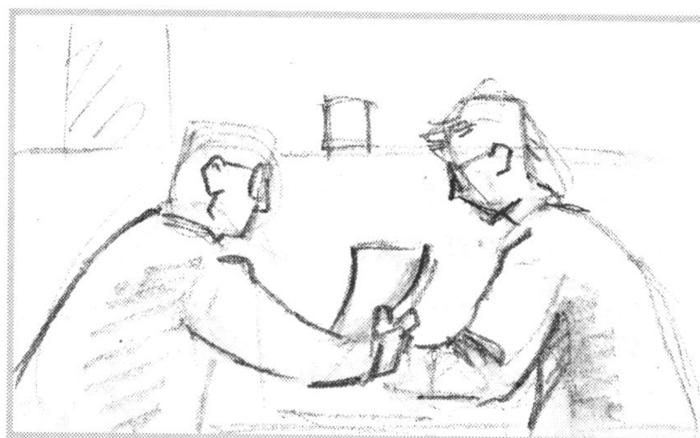

C# 1-1

책상에 카르테를 펼쳐놓고 이런저런 이야기를
나누고 있다.
세주 : 그게 아니라 난 단지 걱정이 돼서…
　　　그리고 아프리카는 꼭 갈 겁니다.

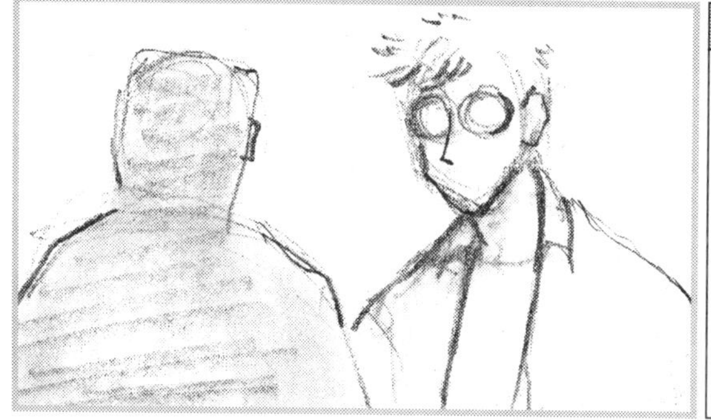

C# 2

민호 : 출소한지도 얼매 안돼는데, 니 몸걱정이
　　　나 해라. 그라고 그 아가씨는 잘 설득해서
　　　병원으로 데려오구.

세주 : …

민호 O.S , 세주 B.S

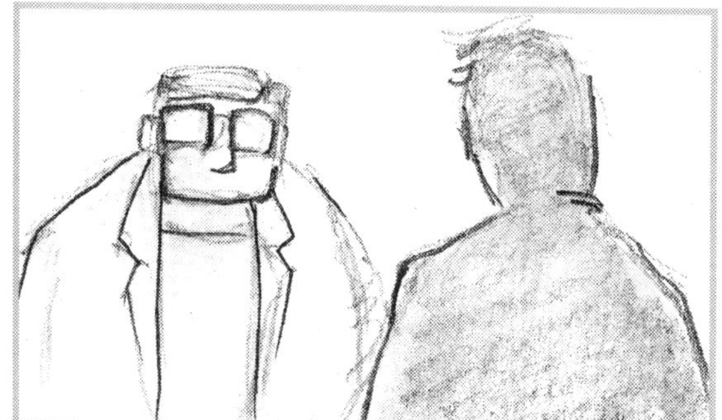

C# 3

민호 : 우리, 쐬주 한잔 해야지?

세주 O.S , 민호 B.S

<table>
<tr><td>S# 54</td><td>D</td><td>L : 상가주변 거리</td><td>Contents : 불독 일당을 만나는 곤봉</td><td rowspan="2">Tone&Mood</td></tr>
<tr><td colspan="3"></td><td>Energy :</td></tr>
</table>

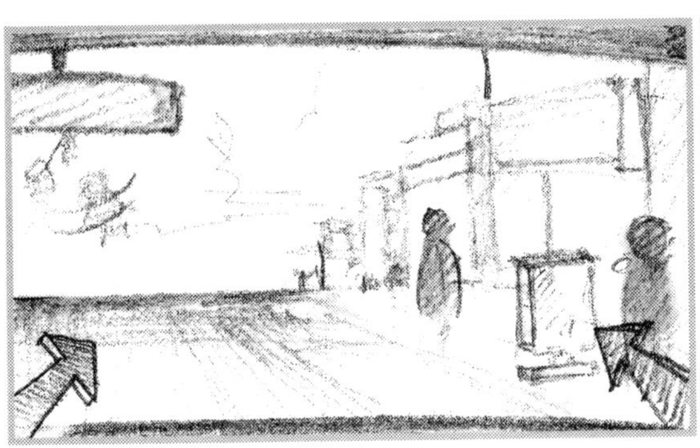

C# 1

달리는 차의 정면 시야
Stopping

P.O.V

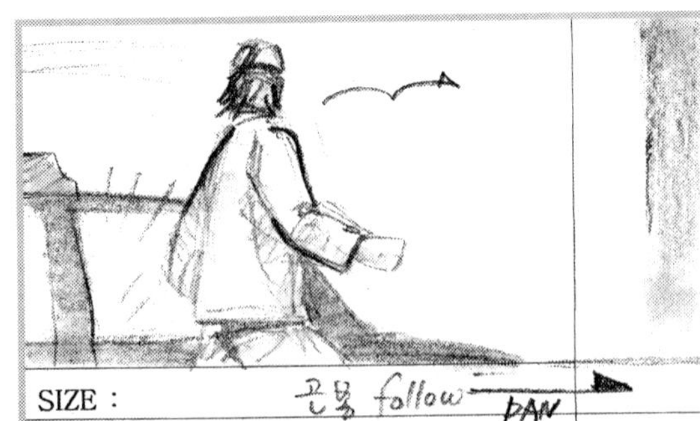

C# 2

택시에서 내리는 곤봉.
담배를 피며 걷는다.
상가 골목을 지나 다시 골
목으로 걷는 곤봉.

Panning
Side M.S

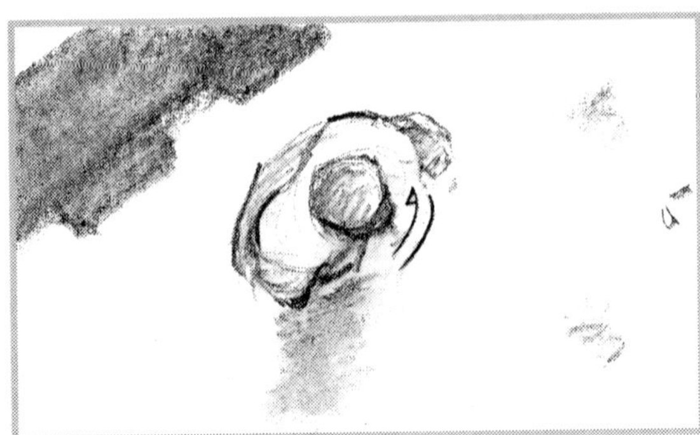

C# 3

사거리 앞, 주위를 두리번거린다.

부감
F.S

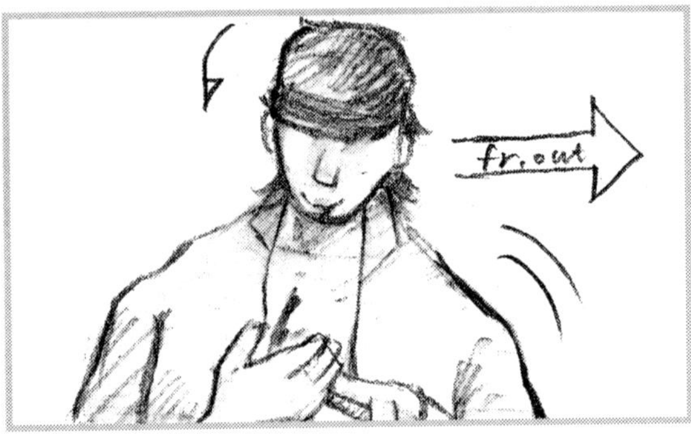

C# 4

손바닥을 펴서 침을 뱉고 손가락을 튀기면
튀긴 방향으로 걸어가는 곤봉.

B.S

<table>
<tr><td>S# 54</td><td>D</td><td>L : 상가주변 거리</td><td>Contents : 불독 일당을 만나는 곤봉
Energy :</td><td>Tone&Mood</td></tr>
</table>

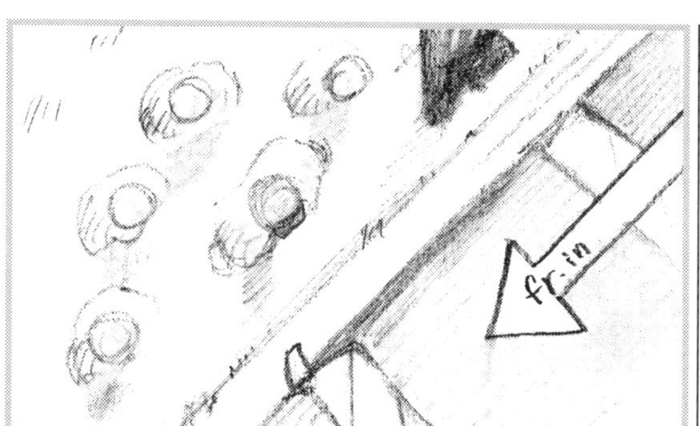

C# 5

횡단보도 앞에서 멈춰선다.
낮이라 한적한 도로, 신호가 바뀌면 차들이 멈추고.
곤봉, 파란불이 들어오길 기다리는데

부감
F.S

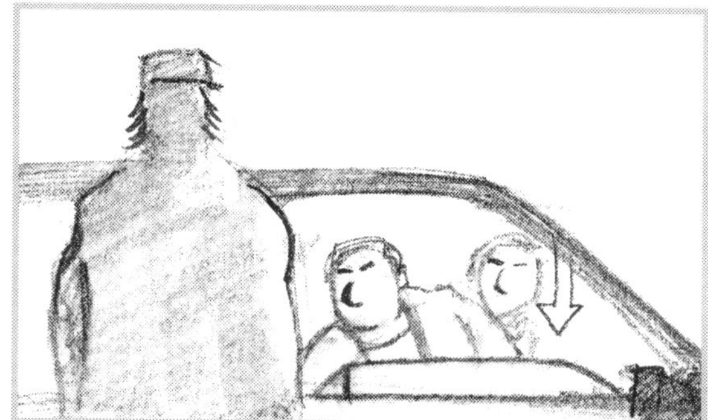

C# 6

차 안에서 낯익은 얼굴이 보인다.
무심코 쳐다보는데,
차 창문을 내리고 고개를 빼꼼히 내다보는 밤안개.
갑빠의 얼굴, 마주친다.

갑빠 : 곤봉아!

곤봉 O.S

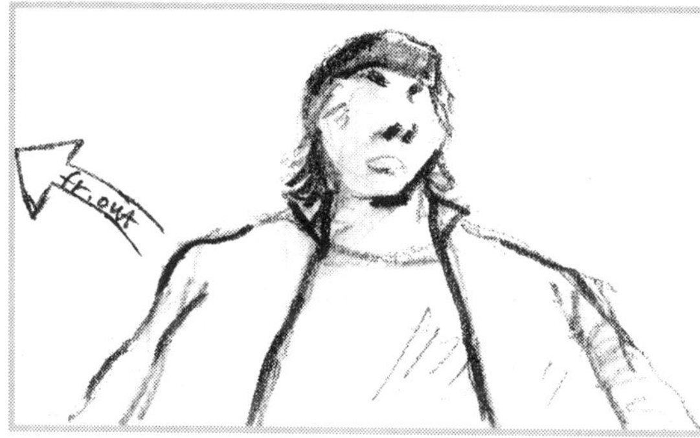

C# 7

갑자기 동공이 커지더니 경악하는 곤봉

B.S
〈Frame Out 곤봉〉

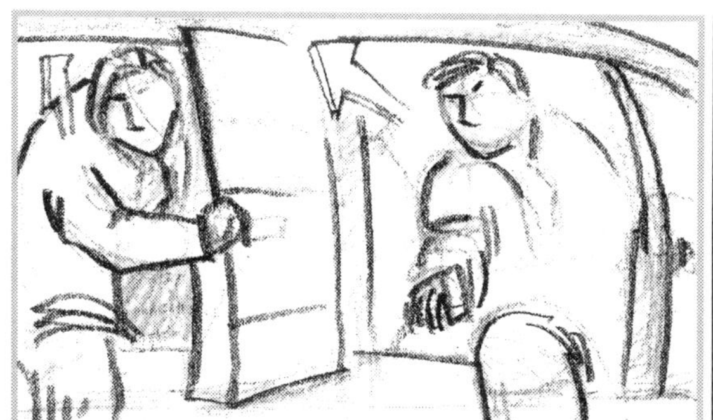

C# 8

불독 : 아하, 저 새끼 잡앗!

차에서 뛰어나오는,
밤안개 : 아아… 쓸새 똥개 훈련시키나잉…

M.S

<table>
<tr><td>S# 54</td><td>D</td><td>L : 상가주변 거리</td><td>Contents : 불독 일당을 만나는 곤봉</td><td rowspan="2">Tone&Mood</td></tr>
<tr><td colspan="3">Energy :</td></tr>
</table>

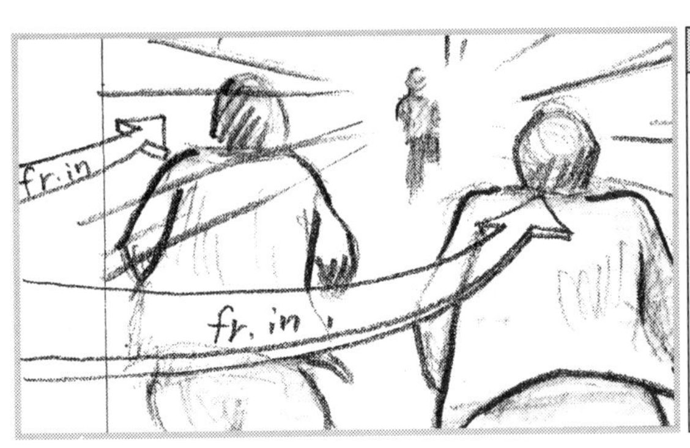

C# 9

곤봉, 도망간다.
뒷모습 M.S

〈Frame In 밤안개, 갑빠〉

360도 CMR 회전. CMR Moving의 속도감.

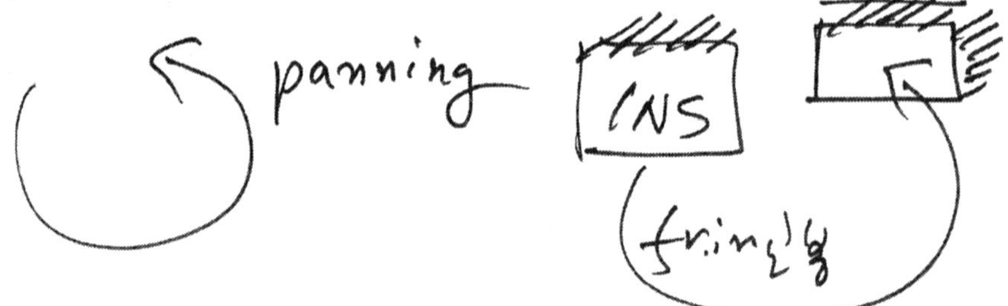

* 음악有? 속? ── 속도. 감정. 극대화? 가능?
다. 呼吸 (호흡) 体用.

* 心 터널 ── Lens (focus In & out)

<table>
<tr><td>S# 55</td><td>D</td><td>L : 상가</td><td>Contents : 상가안으로 도망친 곤봉</td><td rowspan="2">Tone&Mood</td></tr>
<tr><td colspan="4">Energy :</td></tr>
</table>

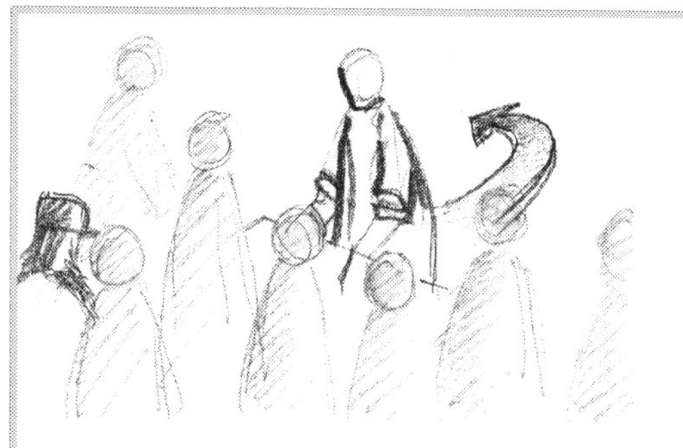

C# 1

야바위꾼이 약을 팔고 있는 중이다. 구경하는 사람들 속에 같은 꾼이 바람을 잡는다.

댜바위꾼 : 어디가서 이 물건 못 구해. 그렇다구 이게 수입품이냐, 천만의 말씀, 만만의 콩떡! 거시기가 운동장만한 아줌마 먹어봐, 야구장갑이 돼, 야구장갑만한 아줌마 먹어봐, 첫눈 첫발자국 밟듯이 뽀드득 뽀드득 아랫도리에서 소리가 저절로 나!

꾼1 : 그거 요즘 없어서 못 판다는 드득뽀 아니래여?

야바위꾼 : 아아, 벌써 장안에 소문이 쫘악~ 퍼졌어. 이 아저씨는 정보가 빠르네. 헐랭이 아자씨들 먹어봐, 들어갈 때마다 뽀드득 뽀드득이야, 이 제품으로 말할 것 같으면 저 강원도 두메산골에서 채집한 약초로 만든, 일명 '드득뽀' 신제품! 부부관계가 권태로운…

약간 부감 원형(바원형) 이동, Dolly, M.S

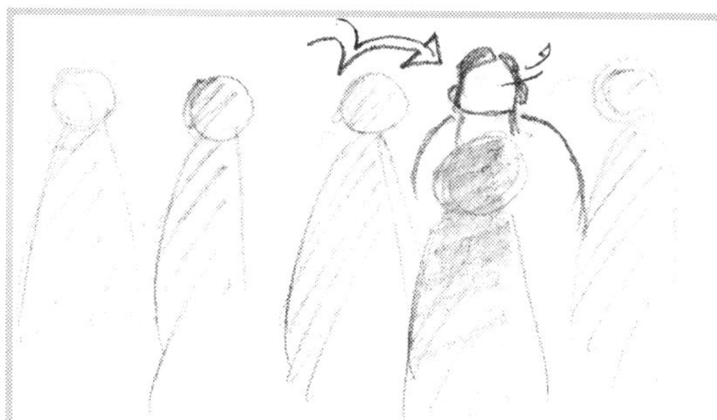

C# 2

곤봉 그 속에 숨어든다.
곤봉 가까스로 몸을 숨기는데, 갑빠가 나타나 두리번 거린다.

M.S

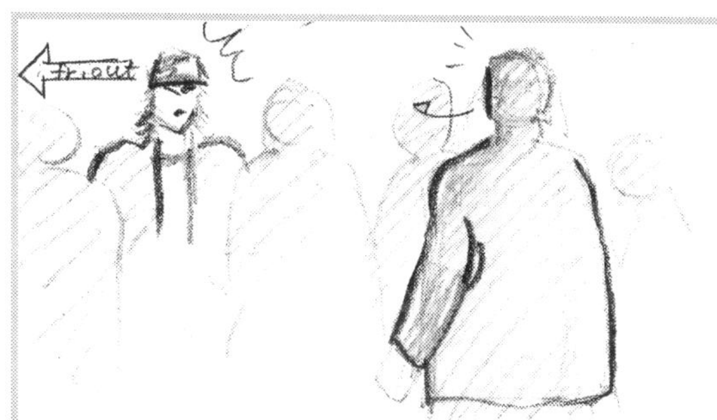

C# 3

곤봉, 돌아서는데 그를 발견한 갑빠,
다른 쪽으로 도망가는 곤봉

〈Frame Out 곤봉〉
갑빠 O.S , 곤봉 M.S (Seeting)

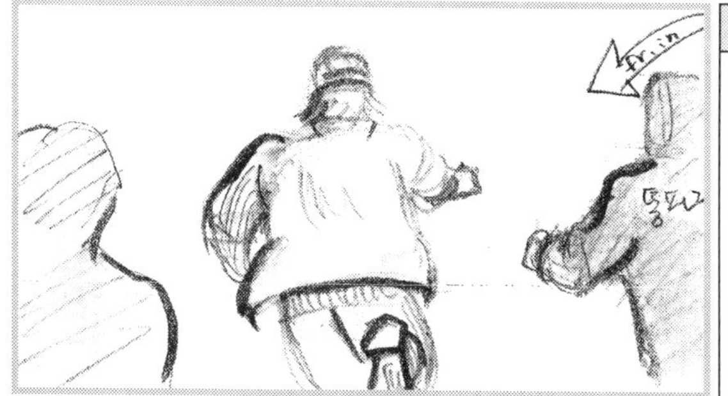

C# 4

곤봉이 빠져나간다.
〈Frame Out 곤봉〉

2인 M.S

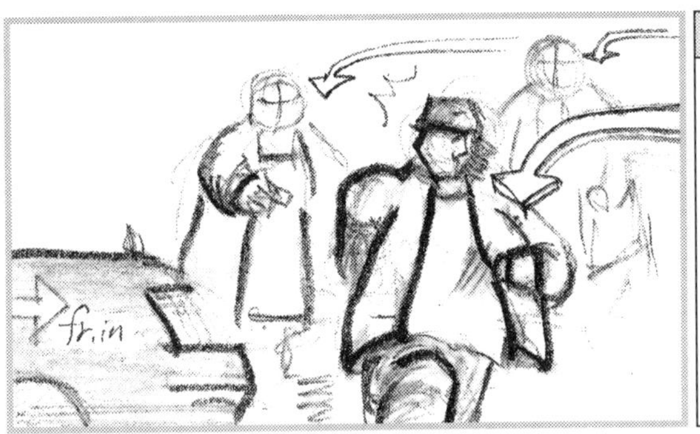

C# 5

밤안개와 갑빠, 이리저리 잘도 쫓아오고
불독의 차도 쫓아간다. 〈Frame In 불독차〉

곤봉 뒤에서 불독 일행들이 쫓아오는 소리
다시 죽어라고 도망치는 곤봉.

M.S

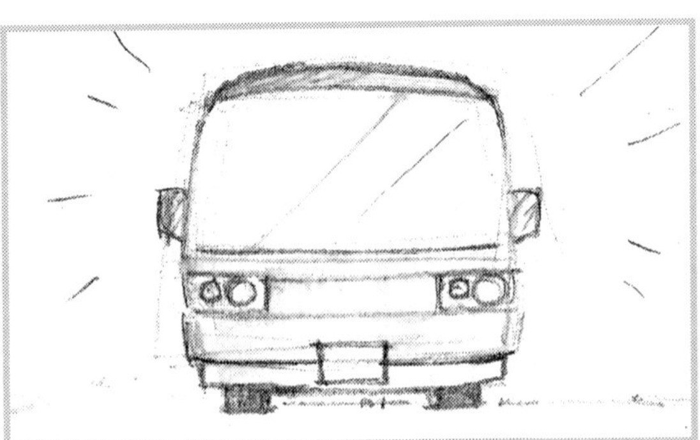

C# 6

골목을 나와 봉고차가 주차되어 있다.

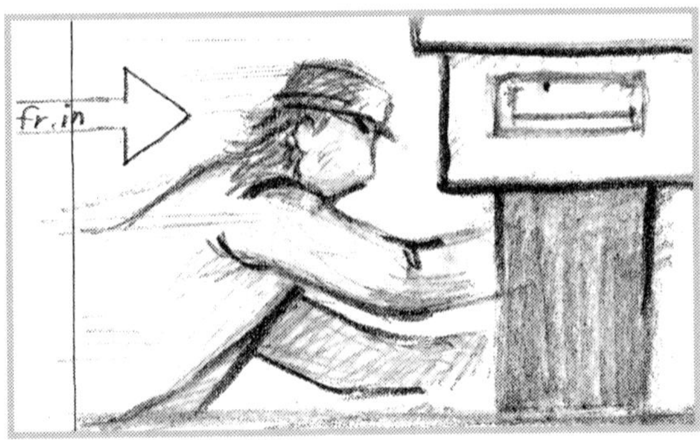

C# 7

차 밑으로 빨려 들어가듯이 슬라이딩 해
들어가는 곤봉.

〈Frame In 곤봉〉
Low AG.

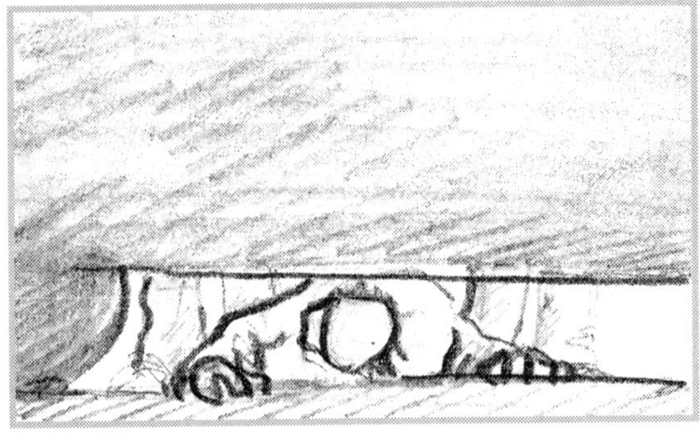

C# 8

사거리 중앙으로 뛰어나와 멈추는 불독 일행
안개 : 헥헥, 워얼래… 워디루 갔댜…?

차 밑에 누워있는 곤봉의 시야에 불독, 밤안개
등 4명의 다리만 보인다.

Low AG.

<table>
<tr><td>S# 55</td><td>D</td><td>L : 상가</td><td colspan="2">Contents : 상가안으로 도망친 곤봉</td><td>Tone&Mood</td></tr>
<tr><td></td><td></td><td></td><td colspan="2">Energy :</td><td></td></tr>
</table>

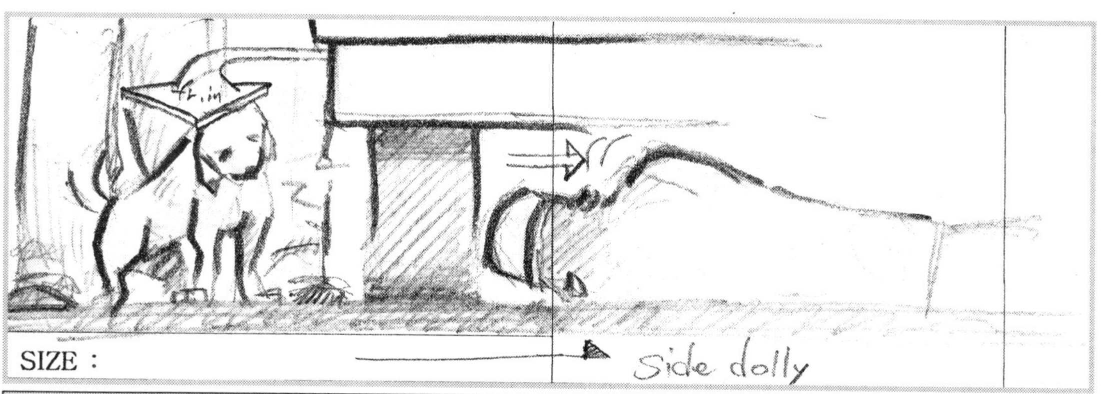

SIZE :

C# 9

이때 어슬렁거리던 똥개 한 마리가 봉고차 밑에 있던 곤봉을 향해 요란하게 짖어댄다.
강아지 : 멍! 멍! 멍!

강아지가 원망스러운 곤봉, 땀이 얼굴을 타고 흐른다. 갑빠 차 밑을 들여다 보려던 찰나.
안개 : 어이 갑빠! 쯧쯧쯧 갑빠야~ 이리와 니 성 여기 있다. 헤헤헤. 그놈 참 진짜 닮았네 갑빠야~
　　　갑빠 성 여기있다~ 무슨 개가 갑빠가 나왔냐… (곤봉 발견)

M.S
서서히 Dolly Side Moving

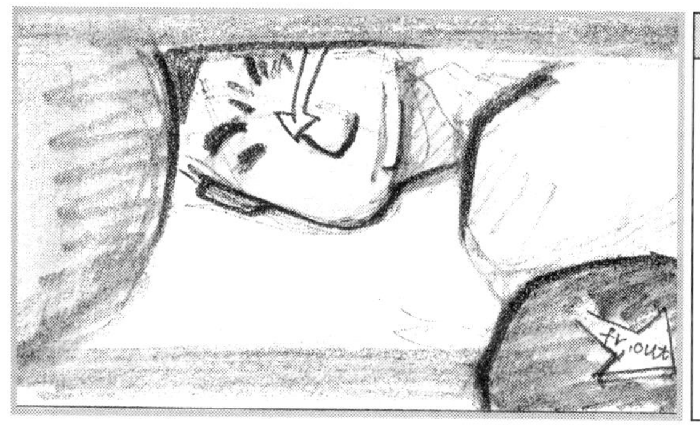

C# 10

갑빠 : 아이, 곤봉아!
곤봉 한숨을 내쉬며 조심스럽게 밖으로 나와
꼬리를 흔드는 똥개의 배를 냅다 걷어차고
강아지 '깨갱' 거리며 도망을 친다.
숨돌릴 새도 없는 홍곤봉은 맞은편 길로 달음박질 치
고, 갑빠도 소리를 지르며 쫓는다. 건물 쪽으로 무슨 생
각인지 맹렬히 뛰어가는 곤봉.
B.S
〈Frame Out 곤봉〉

S# 56	D	L : 상가건물 계단	Contents : 건물계단으로 도망친 곤봉	Tone&Mood
			Energy :	

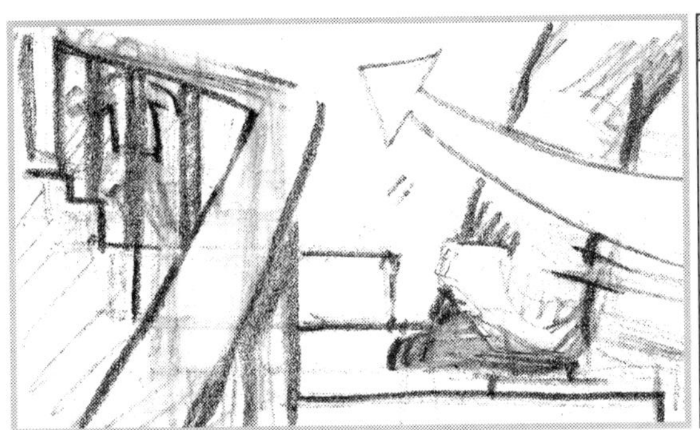

C# 1

곤봉, 계단을 뛰어 올라간다.
쉬지도 않고 단번에 올라간다.

M.S
앙각
Follow

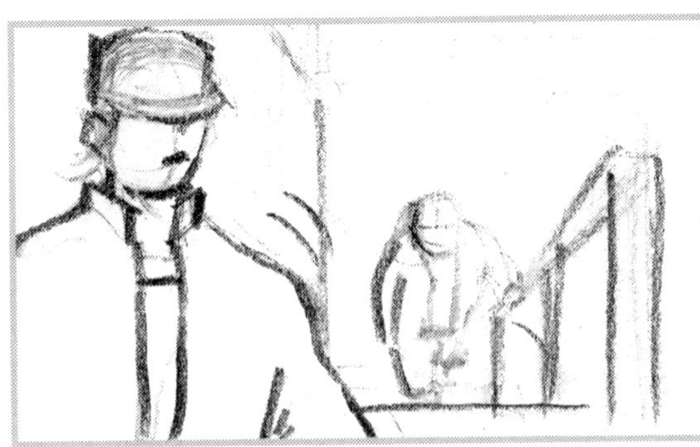

C# 2

옥상으로 나가서 옆 옥상으로 뛰어넘어 도망칠 요량
갑빠 뒤따라 뛰어 올라오고,

2인 M.S , 곤봉 O.S
부감

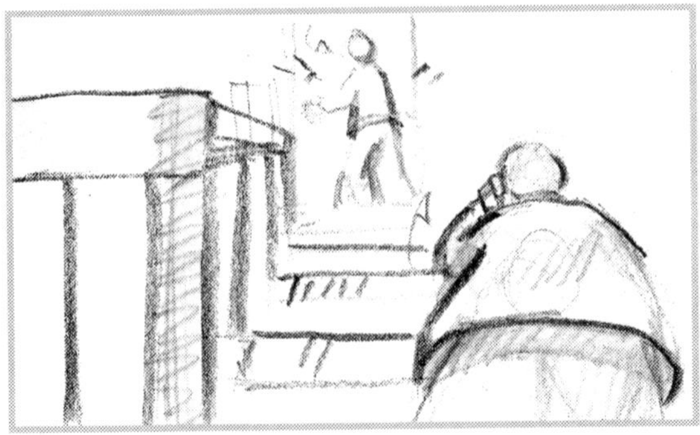

C# 3

곤봉은 옥상 문고리를 잡는다.
문이 잠겼다. 진퇴양난에 빠진 곤봉, 그런 그를
보고 갑빠가 멈춰선다. 엉덩이가 낀 바지를
조물락거리며 다가가는데 무선전화가 울린다.

갑빠 : 여보세요… 여보세요. 형님 잘 안들립니다.
M.S
앙각

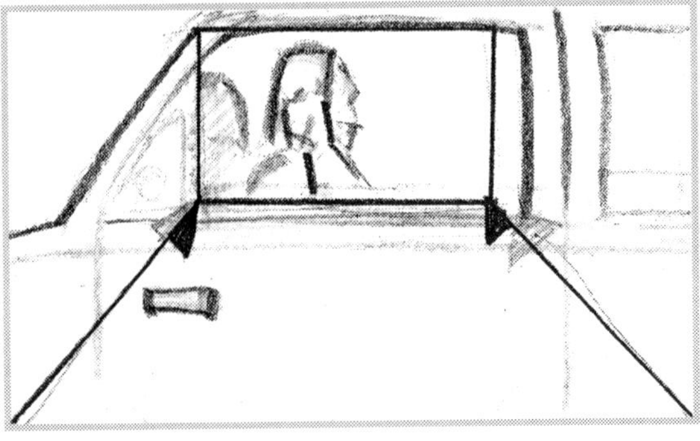

C# A (INS)

불독 : 야, 임마. 이건 그냥 핸드폰이 아니야.
　　　무전기라구, 핸드폰 무전기 다 되는 파워
　　　텔인데, 왜 안들려!

M.S → Dolly In → B.S

<table>
<tr><td>S# 56</td><td>D</td><td>L : 상가건물 계단</td><td>Contents : 건물계단으로 도망친 곤봉</td><td>Tone&Mood</td></tr>
<tr><td></td><td></td><td></td><td>Energy :</td><td></td></tr>
</table>

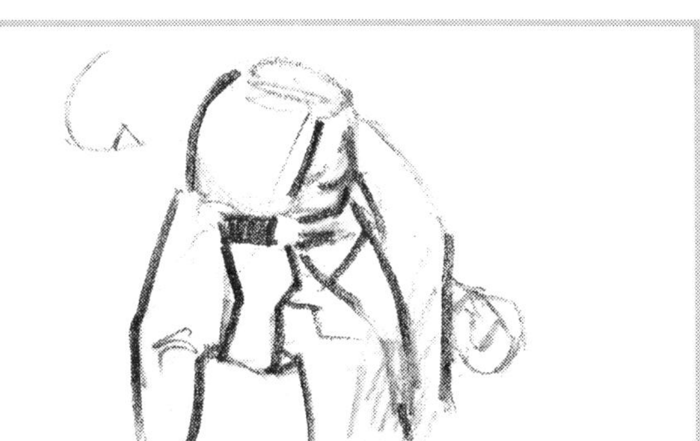

C# 4

갑빠 : (핸드폰을 파워텔로 바꿔받는다)예…
잘 터집니다. 형님, 제가 지금 열나게 뛰
었더니 귀가 멍멍해서요. 벨소리가 파워
텔인지 모르고 제 핸드폰을 받았습니다.

부감
M.S

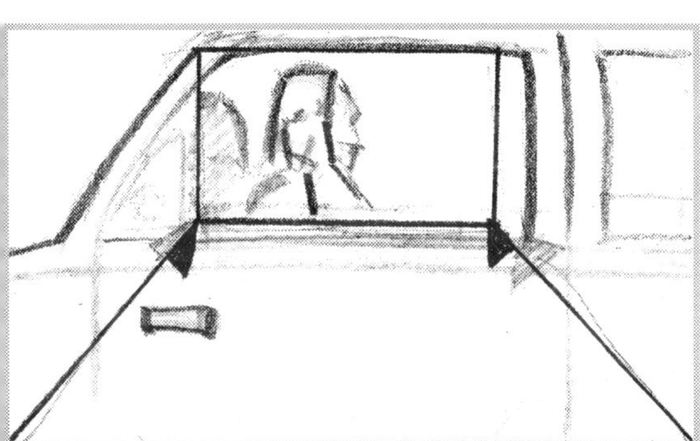

C# B (INS)

불독 : 내가 니 핸드폰 버리라고 했지.
잘 터지지도 않는 거 뭐하게 갖고 다녀!
그래 지금 어디냐?

B.S

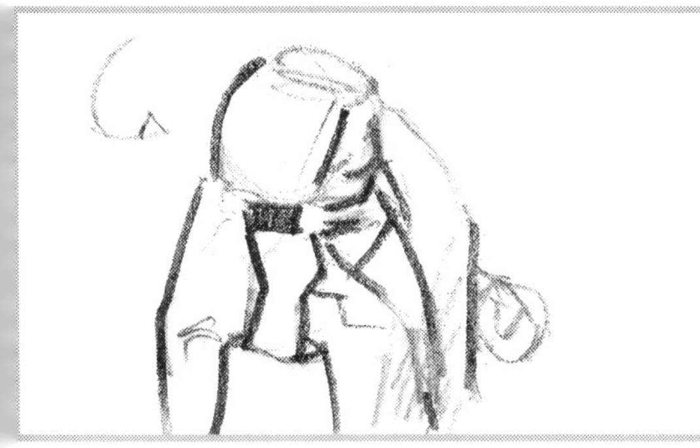

C# 5

갑빠 : 추적 중입니다.

부감
M.S

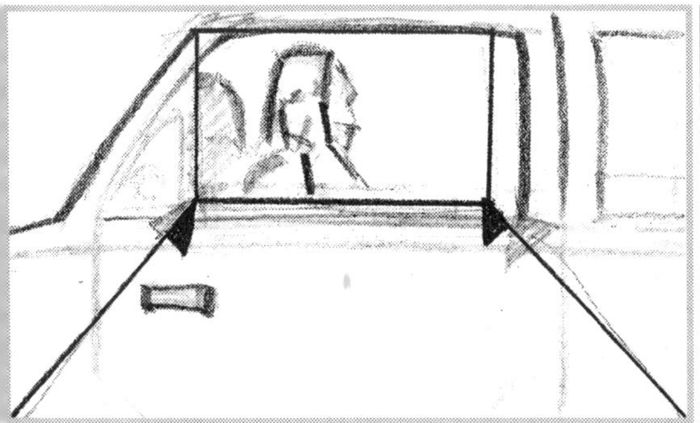

C# C (INS)

불독 : 그럼, 계속 추적해!

B.S

<table>
<tr><td>S# 56</td><td>D</td><td>L : 상가건물 계단</td><td>Contents : 건물계단으로 도망친 곤봉</td><td>Tone&Mood</td></tr>
<tr><td></td><td></td><td></td><td>Energy :</td><td></td></tr>
</table>

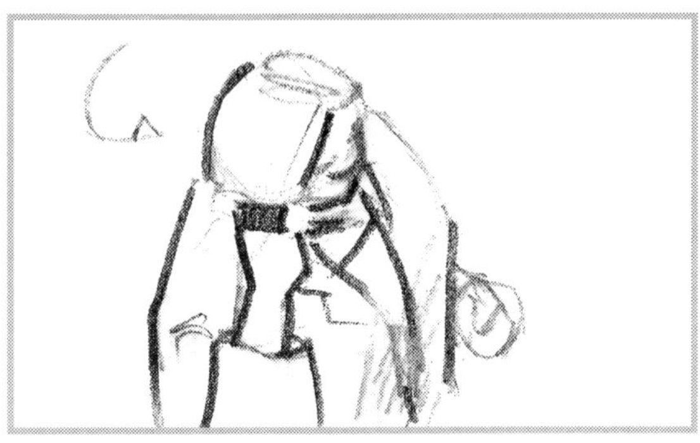

C# 6

갑빠 : 예, 형님의 갑빠… 아이… 씁새.

부감
M.S

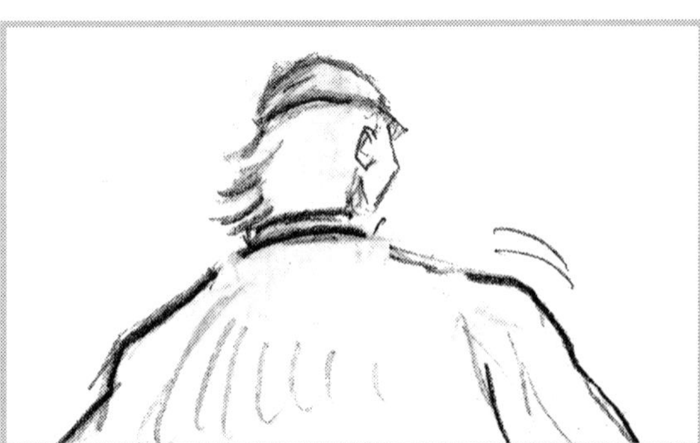

C# 7

다시 한번 거세게 문을 열려고 시도하지만
꿈쩍도 않는 옥상문

곤봉 B.S
앙각

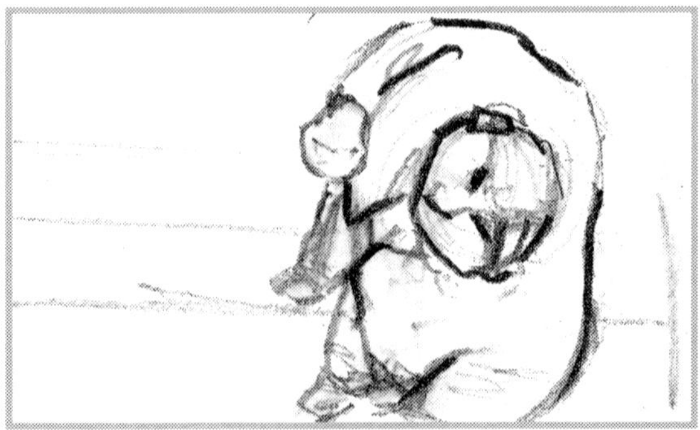

C# 8

갑빠 : 흐흐흐, 갈곳이 없어?

부감
B.S

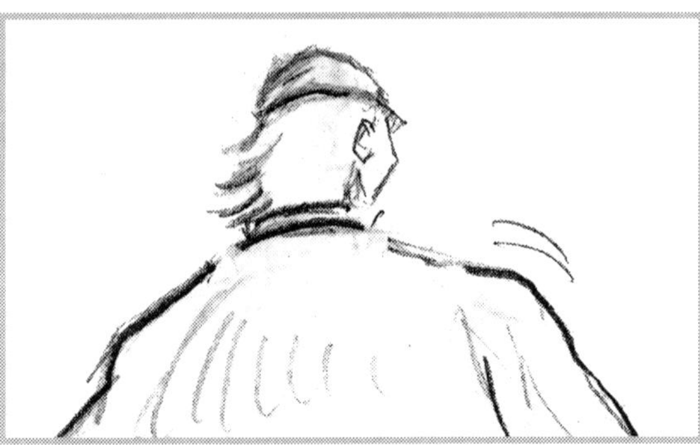

C# 9

돌아서는 곤봉, 돌아보니 만만한 갑빠.

곤봉 : 너 뭐야? 니가 왜 날 쫓아와?

B.S
앙각

<table>
<tr><td>S# 56</td><td>D</td><td>L : 상가건물 계단</td><td>Contents : 건물계단으로 도망친 곤봉</td><td rowspan="2">Tone&Mood</td></tr>
<tr><td colspan="3">Energy :</td></tr>
</table>

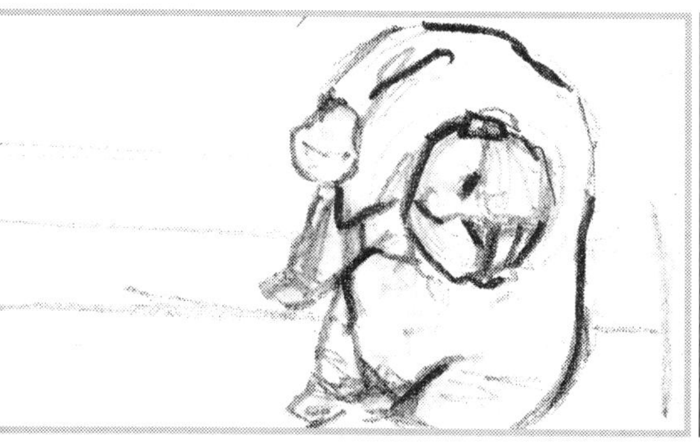

C# 10

갑빠 : 어…어, 이 씹새, 너 왜 그래?

B.S
부감

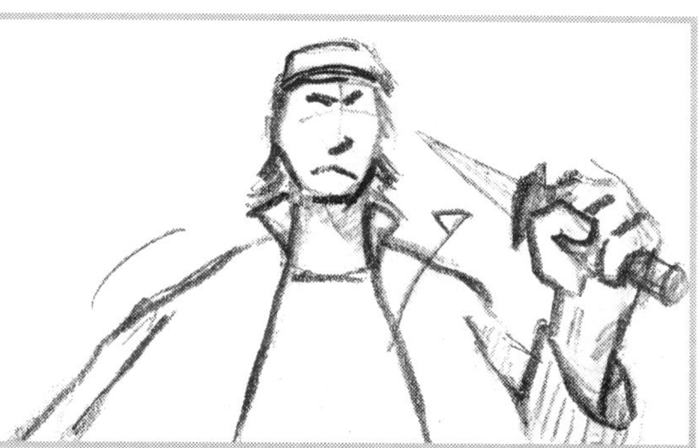

C# 11

곤봉 : 나가 무서운건 불독이지!
　　　 어리버리한 니가 아니야! (칼을 들었다)

B.S
앙각

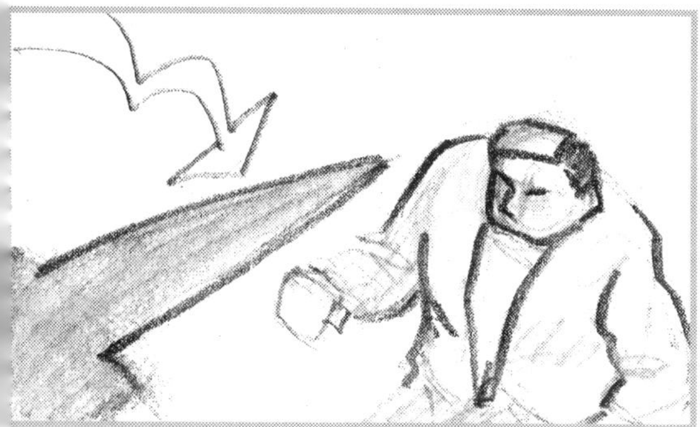

C# 12

〈Fr. In 칼〉
갑빠 : (슬슬 물러나며) 야, 나도 이제 넘버 포야!
너 갑자기 왜 그래 임마. 너 지금 넘버 포한테 쫓기는
거야. 씨방새야! 곤봉이 너, 옛날에 나한테 좆나 맞은거
기억안나?
곤봉 : (계단을 내려오며) 안 나…
갑빠 : 엇, 날텐데. 너랑 나랑은 동네 친구였으니
그때도 내가 봐 준건데…
곤봉 O.S , 갑빠 M.S , 부감

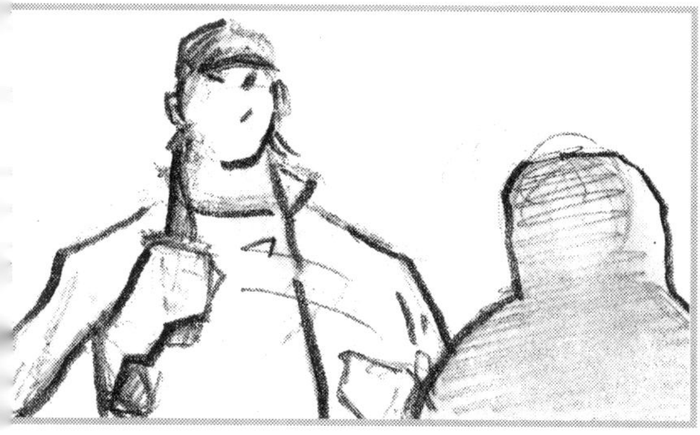

C# 13

곤봉 : 맞았던 건 기억이 죽어도 안 나.
　　　 쥐어 팬 건 기억나도. 오늘 너하고 나하고
　　　 보들보들한 똥이나 한번 눠보자.

앙각
갑빠 O.S , 곤봉 M.S

| S# 56 | C# 12-1 (12) | R# 174 | Weather 흐림 | S / O / O 흐리게깔앋 | M / D / E / N |

Work / Size — Hand Held M.S
Angle — high
Lens — 35mm
Film — 5248 (100t)
Filter — chocolate 1+81b
Video tape# — 6mm Capture.

Top / End

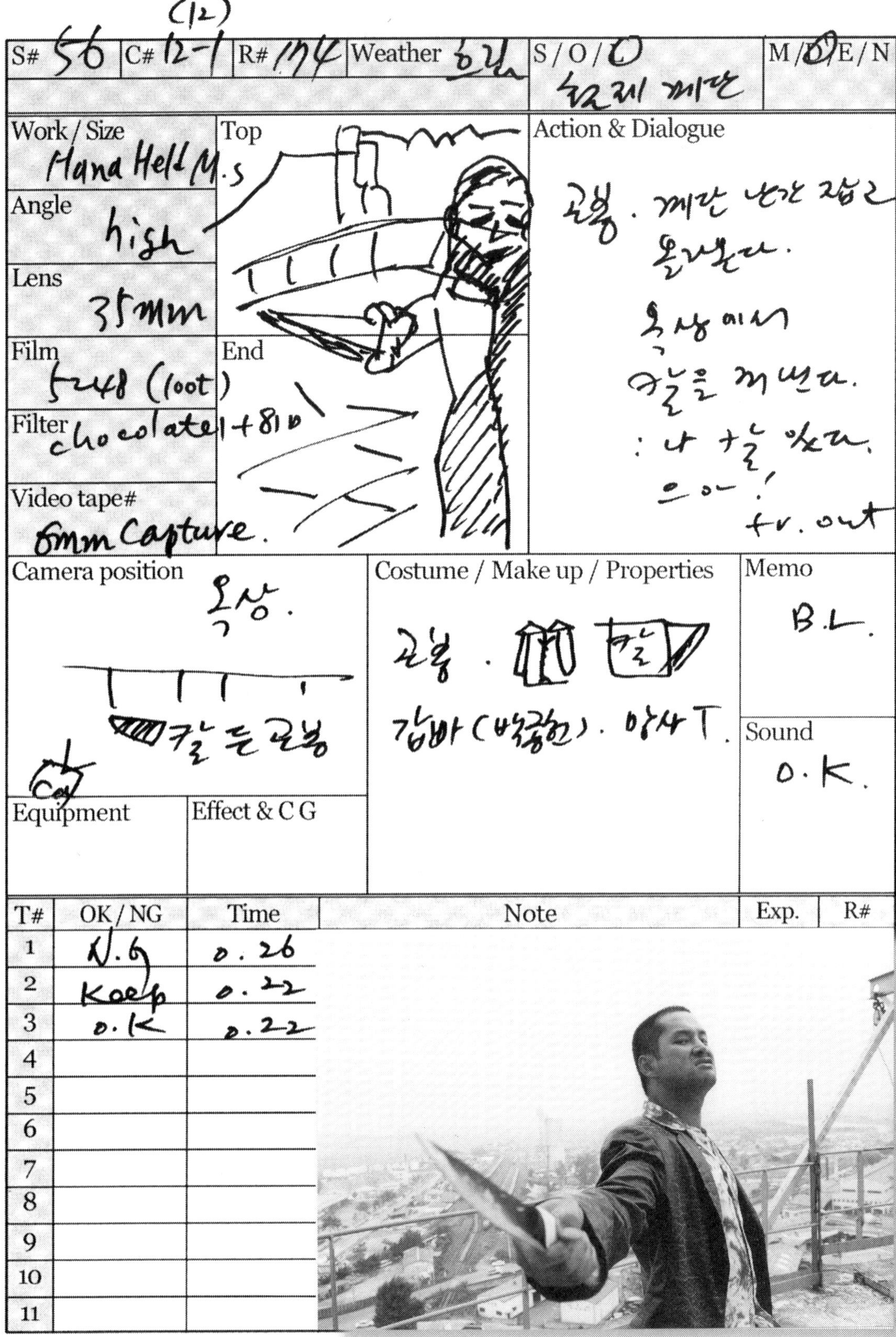

Action & Dialogue

교복 . 계단 낸려 잡으
올라왔다.
옥상에서
하늘을 쳐낸다.
: 나 +늘 싫다.
으으 !
fr. out

Camera position
옥상 .
거기 또 교복

Costume / Make up / Properties
교복 .
감바 (바람핀). 야4 T.

Memo
B.L.

Sound
O.K.

Equipment

Effect & C G

T#	OK / NG	Time	Note	Exp.	R#
1	N.G	0.26			
2	Koep	0.22			
3	O.K	0.22			
4					
5					
6					
7					
8					
9					
10					
11					

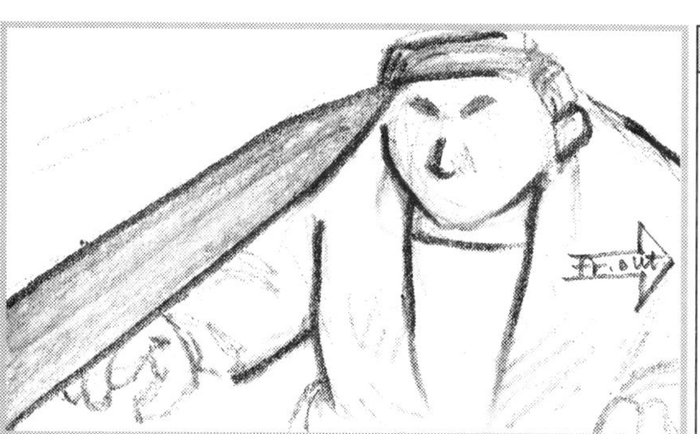

C# 14

곤봉 O.S , 갑빠 B.S , 부감
갑빠 : (도망칠 포즈로) 똥같은 소리하고 자빠졌네.
　　　나, 너 못봤다. 됐지? 나… 낼 중요한 약속 있어…

갑빠 조금씩 뒤로 물러서다가 계단 밑으로 뛰어가고,
갑빠 : (돌아서며, 미소) 잠깐! 나 낼 곗돈 타거든 (가다
다시 돌아서며, 인상) 따라오지마!
〈Frame Out 갑빠〉

o 높은 쇼트롱과 / 젤죽가 났늘에 보이길

o 시삔로 대항출재 — 옥상 (View)
　　　　　　　　* 계속 같은 블럭.

? 군 성포즘 .

? over action (comedy)

? Run & Run away .

? 망5로 Lens . 倍 (200mm . zoom)

o 앤 / 눈늘 / 때 — 3大 요소 .
　↓　　↓　　↓
Run　emotion　action

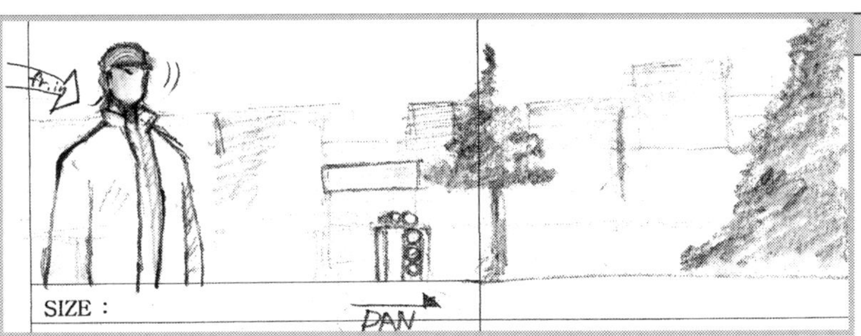

C# 1

⟨Frame In⟩
M.S
180° PAN 하면, 곤봉 In 돼
있다.

뛰던 걸음 죽이고 주변을 살피며 터벅터벅 걸어오는 곤봉. 다 해진 신발이 걸을 때마다 찍찍거리며 물이 조금씩 배어나오고, 만두가게 앞을 지나가는데,

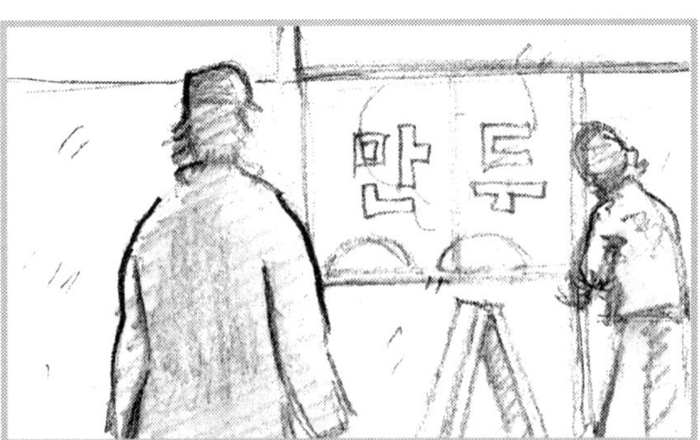

C# 1-1

허연 김을 솟으며 익어가고 있는 하얀 만두, 입맛을 쩝쩝다시는 곤봉

곤봉 : 저 놈들 그 놈들 아녀, 어휴, 양아치 새끼들…
깍두기 일당이 아줌마를 둘러싸고 있다.

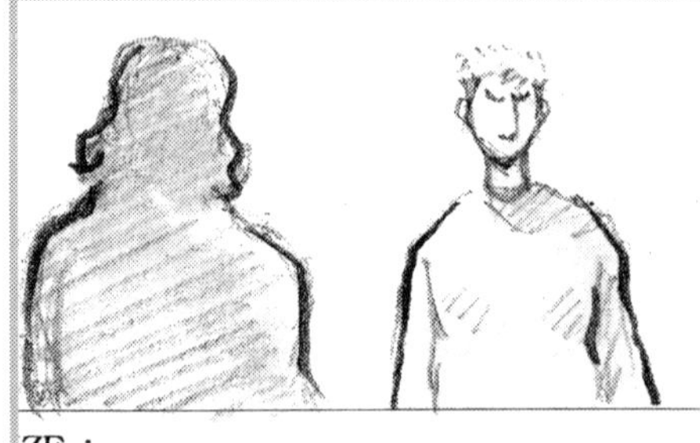

C# 2

깍두기 일당이 아줌마를 둘러싸고 있다.

아줌마 O.S , 깍두기 M.S
Side 이동
2인 M.S

고추 : 야, 이 아줌마가 시방 우리 안사추를 물로 보는겨?
아줌마를 툭툭 건드리며 주위를 둘러보는데
아줌마 : 아니 누가 그 유명한 안사추를 물로 봐야…
깍두기 : 아이구 이게 누구십니까? 곤봉 형님 아닙니껴? 야들아 인사 올려라.
보디들 : 형님.
곤봉 : 수고들 많구먼…
깍두기 : 형님, 이 아주마이가 글쎄…
곤봉 : 아그들아, 이 형님이 지금 심신이 피로허다.

<table>
<tr><td>S# 57</td><td>D</td><td>L : 거리, 만두집</td><td>Contents : 깍두기파를 만나는 곤봉
Energy :</td><td>Tone&Mood</td></tr>
</table>

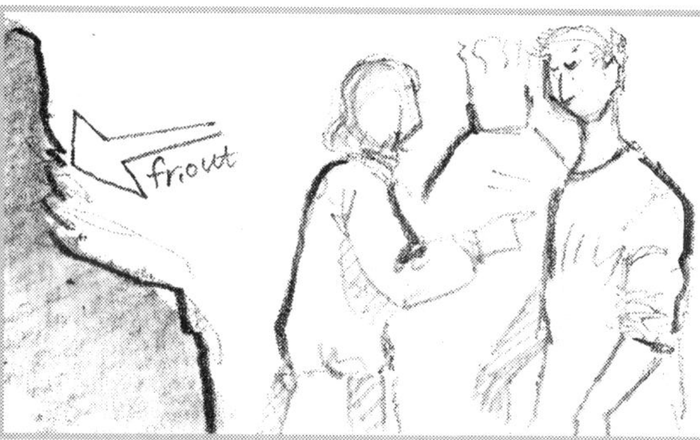

C# 3

깍두기 : 아, 예. 형님, 일보십쇼. 형님.
신경 끊고 가는 곤봉
무우 : 이보슈 아주메… 근게 쓰잘데기 없는 말 말구
　　　얼른 돈 줘.
하며 아줌마를 툭툭 민다. 화가 난 아줌마
2인 M.S , 후진 이동 〈Fr. In 보디들〉
곤봉 더블액션
〈Frame Out 곤봉〉

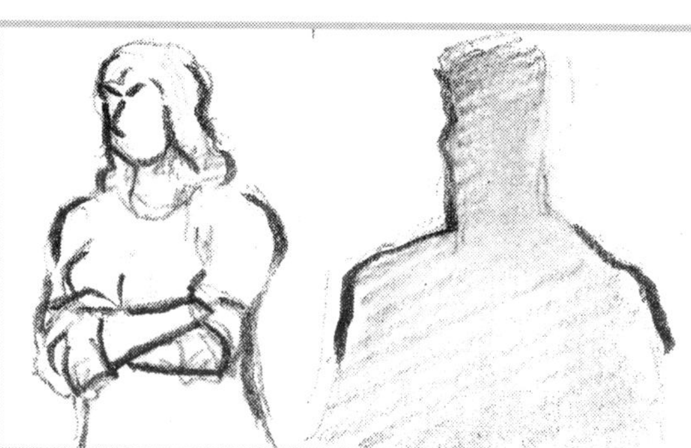

C# 4

아줌마 : 그려, 나 돈없어, 천천히 줄께.
아줌마 손을 흔들어 댄다.
깍두기 : 아예, 배째라 이거구만, 나 원 참…
배추 역시 아줌마에게 소리를 지른다.
배추 : 아주머니 우리 돈을 떼먹을 거여!
　　　워따메 환장하것네.
아줌마 : 장사도 안되는데,
　　　　그러면, 이 가게 팔아서 갚을까? 갚어!

one scene one shot
steady cam
actor Blocking

Real time

location

street

<table>
<tr><td>S# 57-2</td><td>D</td><td>L : 다른 편의점 앞</td><td>Contents : 냉동차 안에 숨은 곤봉</td><td rowspan="2">Tone&Mood</td></tr>
<tr><td colspan="3"></td><td>Energy :</td></tr>
</table>

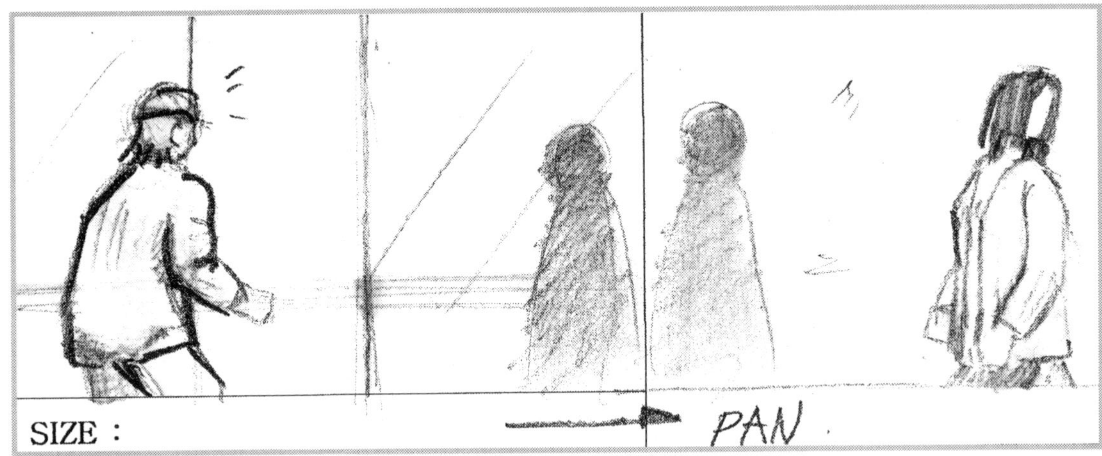

SIZE :

C# 1

다시 걸어가는 데 눈에 들어오는 불독.
〈곤봉 Frame In〉 Dolly Side(Follow), M.S

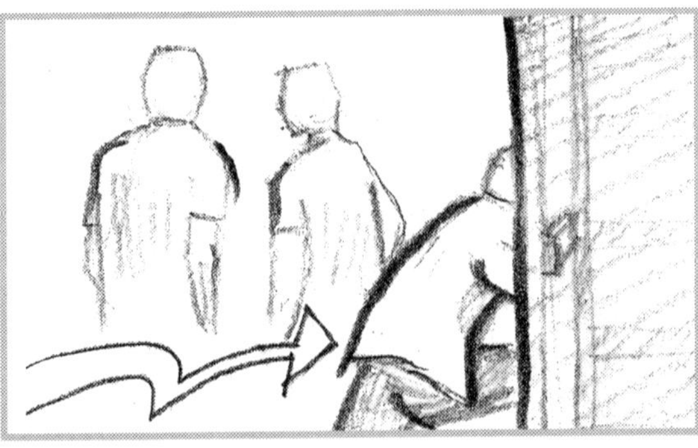

C# 2

당황한 곤봉.
그 옆으로 탑차의 문이 열리고, 냉동음식 판을
들고 편의점 안을 들어가는 탑차기사가 보인다.
편의점에서 판을 내려놓고 점장과 얘기하는 기
사를 보는 곤봉. 냅동 탑차 안으로 확 뛰어 들어
가는 곤봉.
〈Frame In 곤봉〉
180° PAN

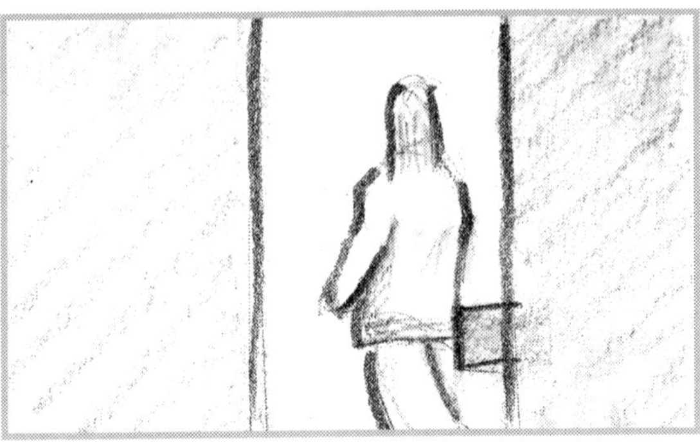

C# 3

불독의 모습이 보이자 확 숨는다.
아무것도 모르는 기사, 문을 닫고 잠궈 버린다.

CMR Lens 문, 닫히는 순간까지
앙각

| S# 57-5 | C# 3 | R# 93 | Weather Sunny | S / O / D | M / D / E / N |

로빙·라이브

탐문 안빵

| Work / Size | Top | Action & Dialogue |

mix. M.S.

Angle low

Lens 35mm

Film

Filter

Video tape#

End

답車오. 옷에천을걸
쓰려건다.

: 떱 떠게이야....

| Camera position | Costume / Make up / Properties | Memo |

로빙·르르를 복장
(흑·별)

열은 복장
(르르를)

Sound

| Equipment | Effect & C G |

T#	OK / NG	Time	Note	Exp.	R#
1	keep	0:11			
2	keep	0:12			
3	keep	0:16			
4	OK	0:16			
5					
6					
7					
8					
9					
10					
11					

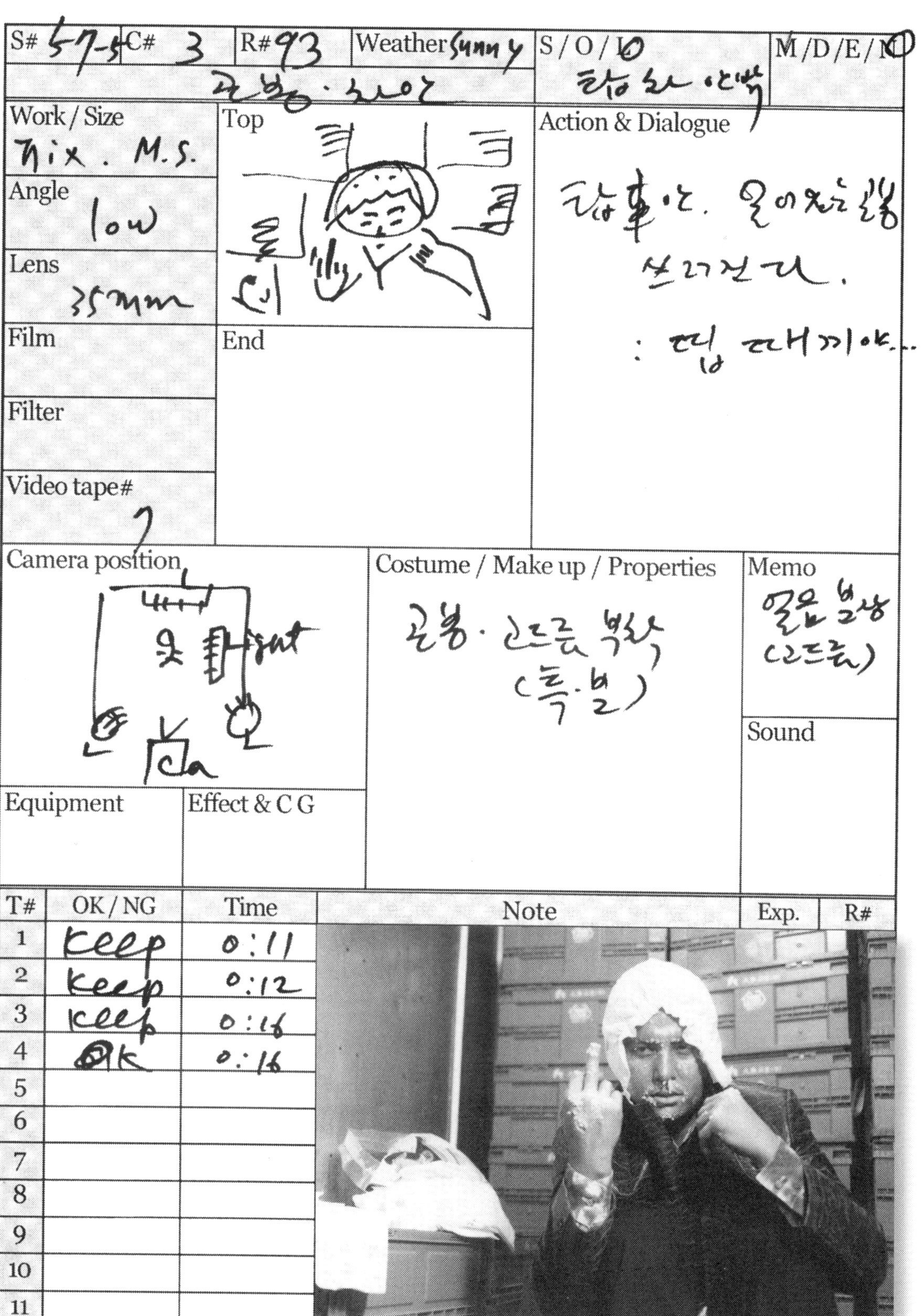

<table>
<tr><td>S# 57-3</td><td>D</td><td>O : 냉동탑차 안</td><td>Contents : 냉동차안에 갖힌 곤봉</td><td rowspan="2">Tone&Mood</td></tr>
<tr><td colspan="3">Energy :</td></tr>
</table>

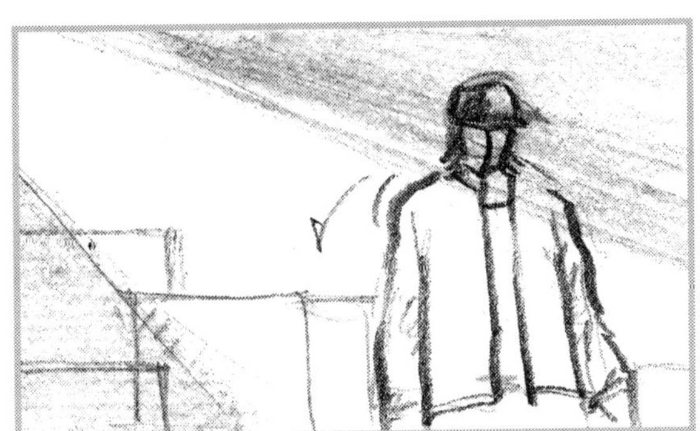

C# 1

어두컴컴한 냉동 차 안,
곤봉 : … (공허하다.)
이어 뒤로 쿠당탕 넘어지는 곤봉, 차 출발
차 계속 달리면서 덜컹거리고 있다.
차에 몸을 내맡긴 채 덜덜덜 떨고 있는 곤봉
눈썹과 수염에 서리가 내려있고
코에 고드름이 달려있다.
곤봉 : 이…렇게 죽는…구나! 니기미.
입에서 허연 연기가 뿜어져 나오고
옷을 여며보지만 더 춥다.
눈이 점점 감기는 모습.
부감 M.S – B.S (Blocking)
운전석 쪽에서 들어오는 빛

- Blue Tone ? 할로겐 lighting ?!
- 고드름 (특.별.)
✓ 과장? 빨라? comic situation ?!

이중성은 능청스럽게 ⅲ)
      어린아이처럼
(곰로봉 역할은 등장 받아야 한다.
    앞으로 등장 받을

※ 초사슴은 본성이 순수해야.
초사슴의 初性 : 하늘나라
      in the sky

<table>
<tr><td>S# 57-4</td><td>E</td><td>L : 유흥가 밤거리</td><td>Contents : 민호와 세주의 대화
Energy :</td><td>Tone&Mood</td></tr>
</table>

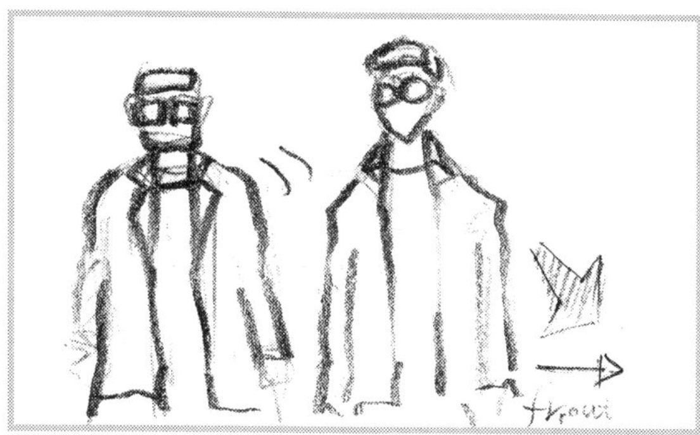

C# 1

Hand held, 2인 M.S
술이 만취한 인호, 부축 받으며 걸어오는데 오히려 세주가 멀쩡하다.
민호 : 야, 문디이자슥아, 내 니 맘 다 안다.
　　　이미 죽어서 이 세상 사람이 아닌 니 와이프, 꽃다운 나이에 차가운 땅속에 있으니… 오죽하면 니가 이렇게 술이 떡이 됐겠노. 아아… 내맘도 괴롭다카이. 하지만서도 세주야, 백세주야…
〈오른쪽으로 Frame out〉

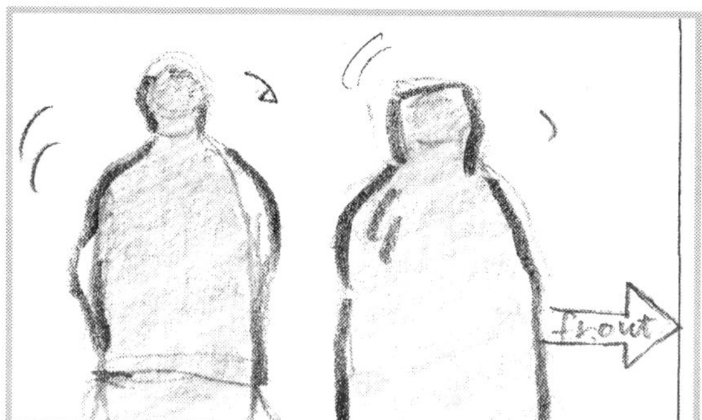

C# 2

(골목으로가 노상방뇨를 하며) 2인 O.S
민호 : 니 아프리카 가 꼬 의료봉사 칸다는 얘긴 하지마라.
　　　엉, 하지마. 그건 도피야. 현실 도핀기라, 니가 와 아프리카에 가노? 자랑스런 나의 조국, (모션을 취해가며) 대한미국! 짜자짜짝자! (두번) 니가 대한미국을 어떻게 버리노, 대한미국을…
세주 : 최선배, 대한미국이 아니라 대한민국이야.
민호 : 임마야! 내가 언제 대한미국이라 캤노.
　　　나 애국자야. 애국자라고.　　　〈Frame Out〉
세주 : 알았어요. 알았어. 지퍼 올리고 갑시다.

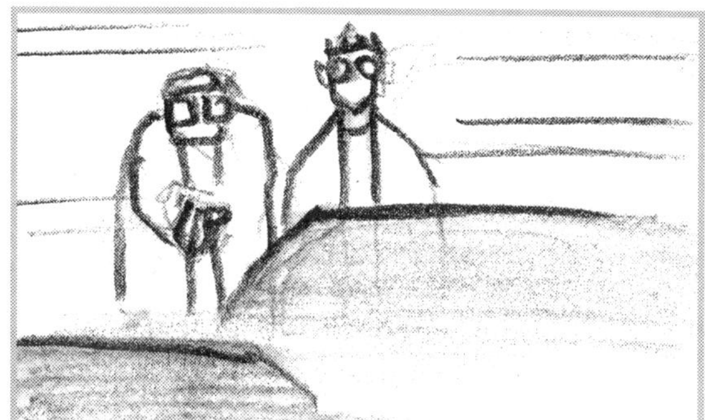

C# 3

대로변으로 나가는 두사람 2인 M.S
민호 : 근데, 바지가 와이리 축축하노?
세수 : 선배, 잡고 일을 보셔야지요.
민호 : 대한미국! 짜자자자짝! (두번)
세주 : 택시! 택시! 올림픽아파트 가죠?
　　　최선배 먼저 가요? 응?
민호 : 야, 백세주. 니 아프리카 가면 안돼~ 가면 안 된다고 이재림이 그 꼬마 아가씬 누가 지키라고…

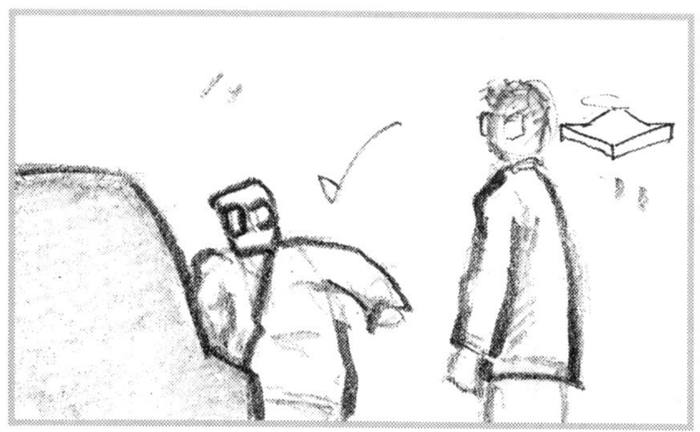

C# 4

세주 : 아저씨 출발하세요.

떠나는 택시를 보며 담배를 피워무는 세주

1인 B.S

S# 57-5	N	L : 탑차 밖	Contents : 냉동차에서 빠져나오는 곤봉	Tone&Mood
			Energy :	

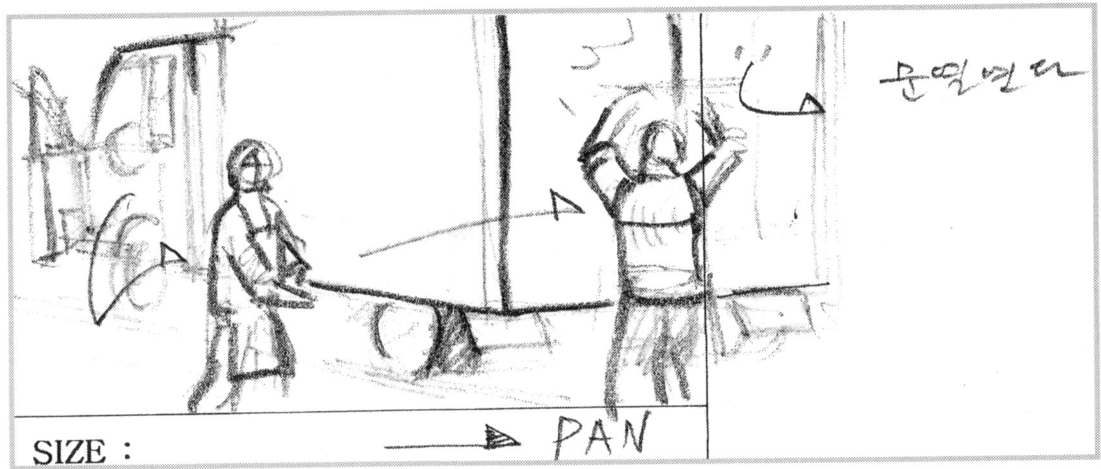

SIZE :

C# 1

M.S
PAN

앞에서 기사가 차에서 내린다. 휘파람을 불며 뒤로 가서 탑차 문을 여는 기사.

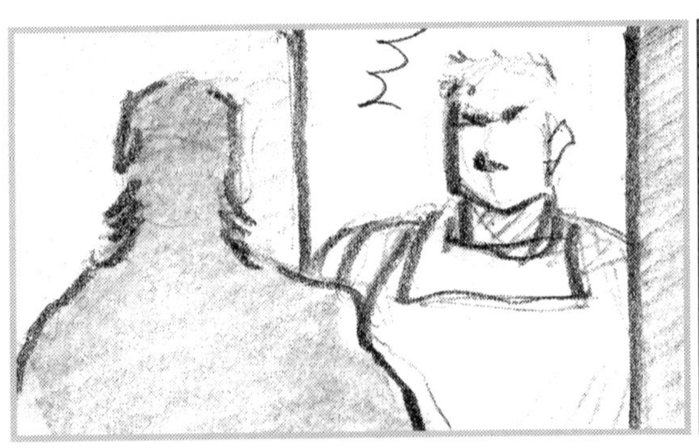

C# 2

힘있게 확 열어제치는데,
"왁"
바로 눈 앞에 웬 남자가 얼어 붙은 채 입을 쩌억 벌리고 있다.

기사 : 엄마야!
곤봉 O.S , 기사 B.S

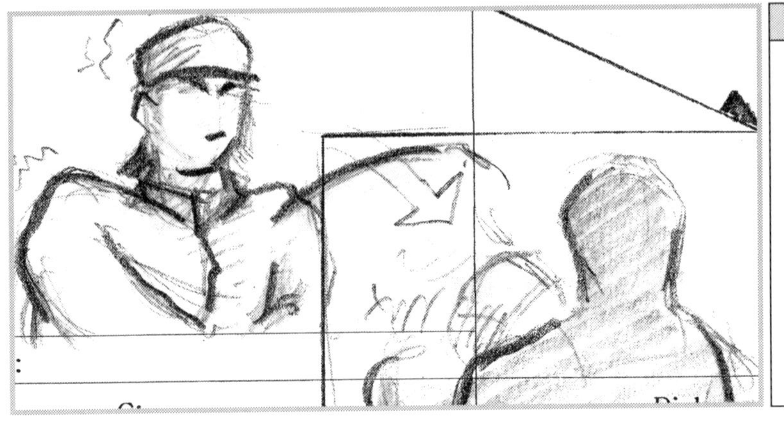

C# 3

곤봉 B.S
곤봉 : 헉! 헉!
얼어붙은 채
앞으로 넘어지는 곤봉
2인 B.S
기사가 확 끌어안는다.

기사 : 간 떨어질뻔 했네.

<table>
<tr><td>S# 58</td><td>N</td><td>O : 세주의 집 앞</td><td>Contents : 세주를 기다리는 재림</td><td rowspan="2">Tone&Mood</td></tr>
<tr><td colspan="3">Energy :</td></tr>
</table>

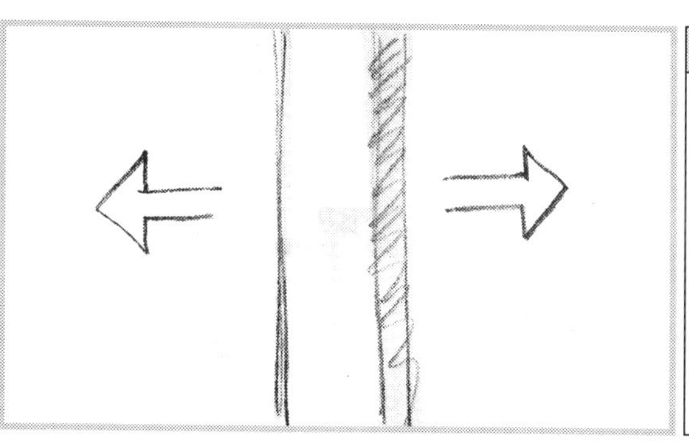

C# 1

엘리베이터 문이 열리고 세주가 나온다.

세주의 P.O.V
Hand held

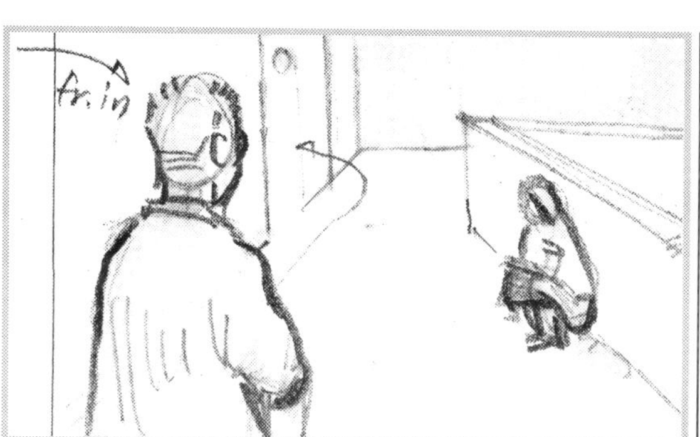

C# 1-1

재림이 집 앞에 풀썩 앉아있다. P.O.V
세주 (V.O) : 줘요, 약.
〈Fr.In〉세주 : 일단 들어와.
재림 : 오늘 아저씨 때문에 죽을 뻔 했어여.
세주 : (약을 꺼내며)이것 때문에? 이 약이 널 살리진 않아. (문을 연다)
재림 : 그 약병 주기나 해요.
품에 있던 약을 재림에게 주고, 재림은 째려보며 약병에서 약 두개를 꺼내 입에 넣는다.
재림 : 용건 끝났으니 가요.(간다)
세주 : 들어가서 얘기 좀 하자.
재림 : 나랑 아저씨랑 단둘이 같이 있자구?
세주 : 어차피 죽을 목숨이라메…

문을 열고 세주 들어가고, 재림이 꾸물거리자 문을 닫아버린다. 재림은 신경질로 문을 발로 꽝 차고, 문을 열고 들어간다.

<table>
<tr><td>S# 59</td><td>N</td><td>S : 세주집 거실</td><td>Contents : 재림을 설득하는 세주</td><td rowspan="2">Tone&Mood</td></tr>
<tr><td colspan="3">Energy :</td></tr>
</table>

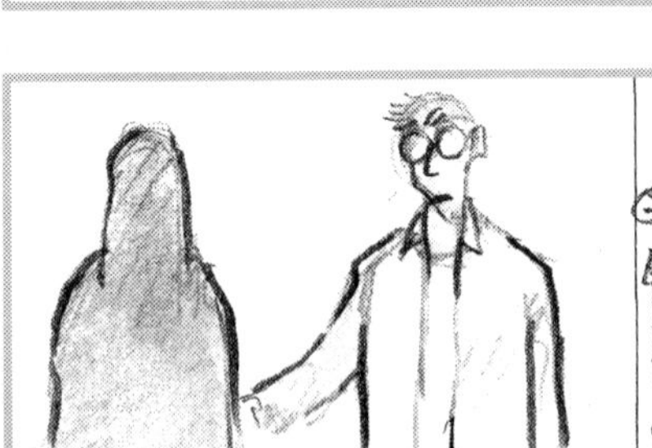

C# 1

재림 : 들어오라고 그래 놓고 문을 확 닫는게 어딨어?
세주 : 낼 나랑같이 병원에 가자.
재림 : 약을 먹든 죽을 먹든 아저씨가 왜 난리야!
세주 : 장기만 구할 수 있으면 니 병은 아무것도 아니다.
재림 : 남의 일이라고 쉽게 말하네요! 죄송해서 어쩌죠,
　　　　장기 하나에 줄을 선 저 같은 환자가 이 잘난 대
　　　　한민국에 13,000명이 넘는다는데…
부감 , PAN

SIZE :

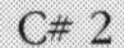

C# 2

재림 O.S , 세주 M.S
360° 회전, 서서히 Slowly
〈세주 Frame Out〉
세주 : 가망이 없는 건 아니잖아, 또…
재림 : 그러는 아저씬! 저 세상에서 아
저씨를 바라보는 부인께선 아저씨의
행동에 박수라도 치실까?

세주 : 이쯤 되면 말을 막하자는 거지…
재림 : 내 고통에 비하면 아저씨가 당하는 고통은 아무
것도 아니예요. 아저씬, 저에 비하면 차라리 행복한 거라니까.

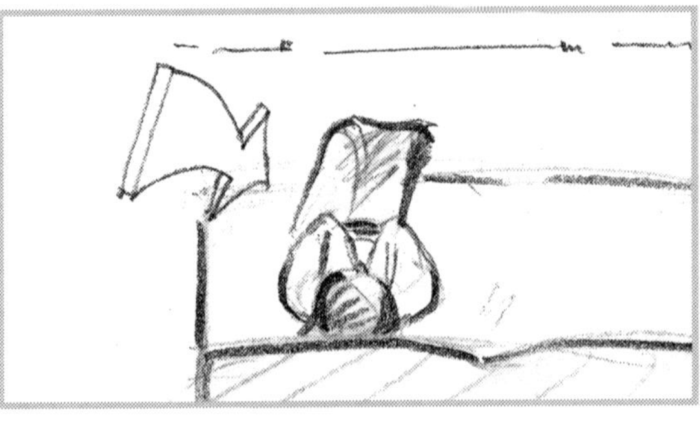

C# 3

세주 방으로 들어가고, 소파에 풀썩 주저앉는 재림

직부감
M.S

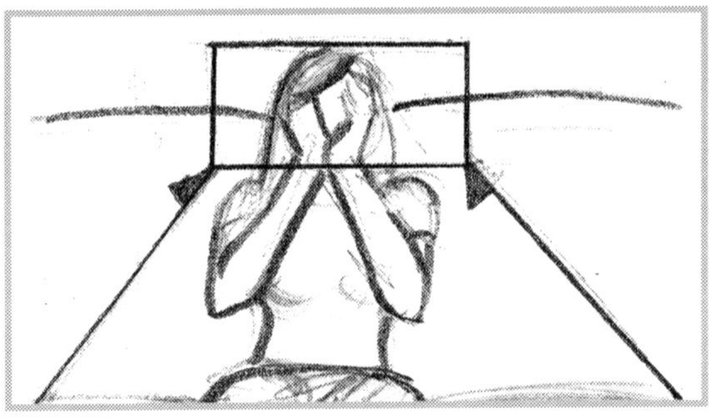

C# 4

손으로 얼굴을 감싸고 흐느낀다.

재림 M.S
Dolly In C.S → C.U　　　　　　　〈O.L〉

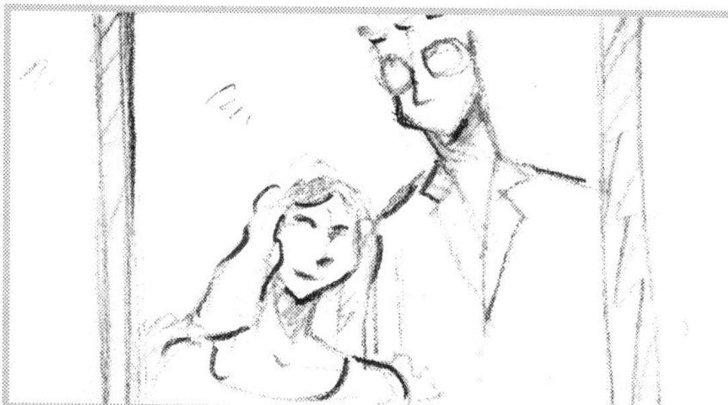

C# 1

S#59의 재림 C.U에서 dissolve-사진
빨간 노끈에 묶여있던 액자들이 벽에 걸려있다.
해인과 세주가 다정하게 포즈를 취한 웨딩마치
사진

O.L

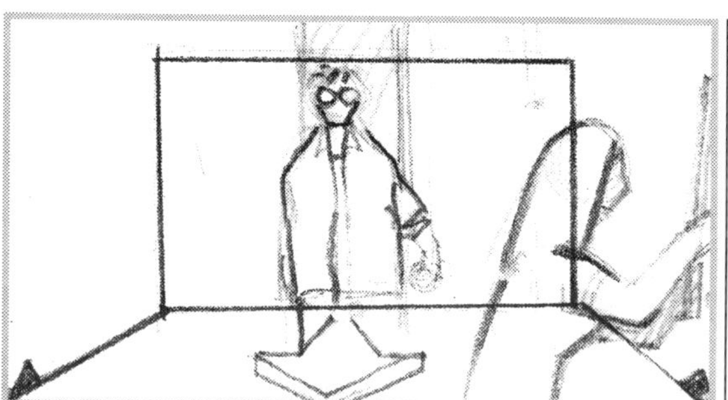

C# 2

벽에 걸린 액자때문에 분위기가 화사해진 거실
세주 방문을 열고 나온다.
벽에 걸린 액자들을 보는 세주, 표정이 경직된다.
세주 : 무슨 짓을 한거야? 왜 남의 물건에 함부로 손대!

세주 M.S – Dolly Out (후진 이동)

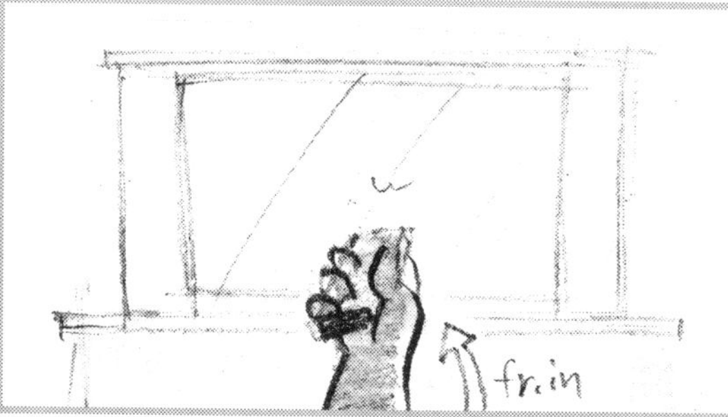

C# 3

소파에 앉아 리모콘으로 TV를 켜는 세주.
TV모니터에선 북미관계가 험악하다는 뉴스 앵
커의 보도와 함께 조지 W 부시와 김정일 위원장
의 자료화면이 펼쳐진다. 아나운서 V.O

리모콘 든 손 O.S
Frame In & Out (TV켜고 Out)

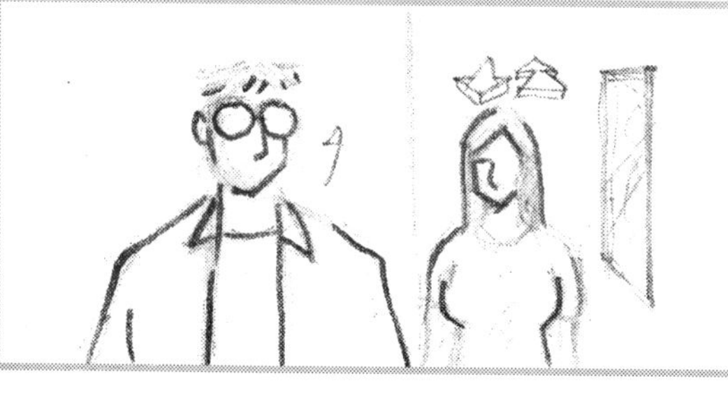

C# 4

세주 : 제자리에 다시 둬!
액자를 향해 걸어가는 그녀의 뒷모습을 무심코 바라보
는 세주. 재림도 액자를 잡고 세주를 쳐다본다. 세주는
액자속의 해인과 재림을 번갈아 바라본다.
재림 : 떼요?
세주 : 됐어… 그냥 둬.
재림 : 아무래도 걸어놓는게 낫죠. 봐요, 사진입자도 곱
고 얼마나 맑아요? 저녁 식사 차릴께요.

세주 : 됐어…	/재림 : 재워줬으니까 식사라도 대접해야지 맘이 편할 것 같아서.
세주 : 됐어, 하지마.	/ 재림 : 괜찮아요, 하고 싶어요.
세주 : 하지 말라니까.	/ 재림 : 그래도 제가 할 수 있는 건.

세주 : 하지마, 하지 말라구! 하지 말란 말이야. 왜 자꾸 날 괴롭혀! 다시 생각나게 하냐구!
재림 : 아저씨, 참 꿀꿀하다.
멍하니 세주를 보다가 울먹거리며 황급히 나간다.

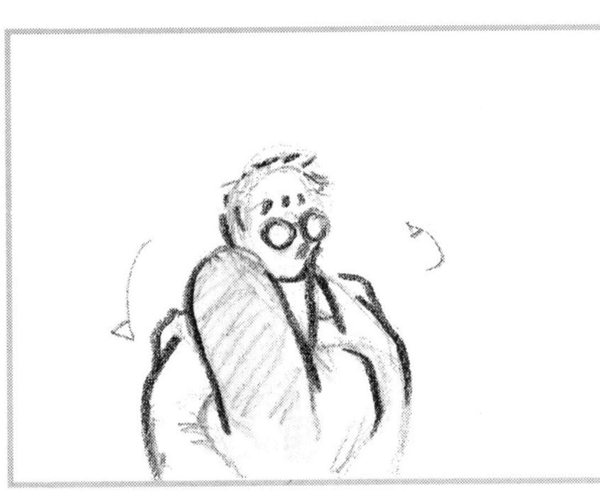

C# 5

덩그러니 서 있던
세주 : 미안하다…
재림은 밀고 나가려 하지만 세주가 막는다.
세주 : ……
참았던 울음을 터뜨리는 재림
재림 : 아저씨 나 좋아해요?
세주, 재림을 감싸 안아 어루만져 준다.
재림, 세주 뺨에 뺨을 비비고 볼에 입 맞춘다.

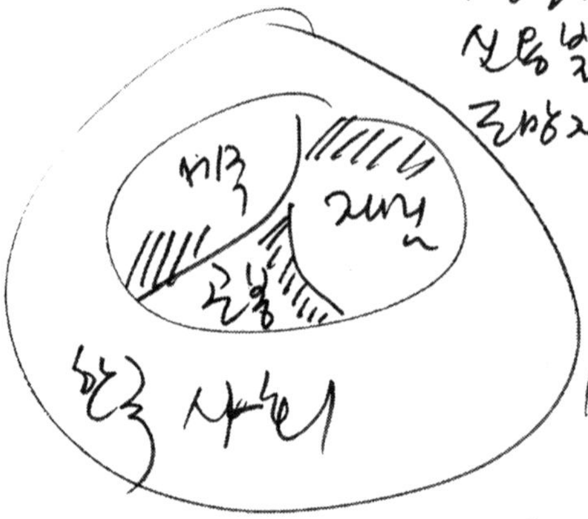

360° 원형이동

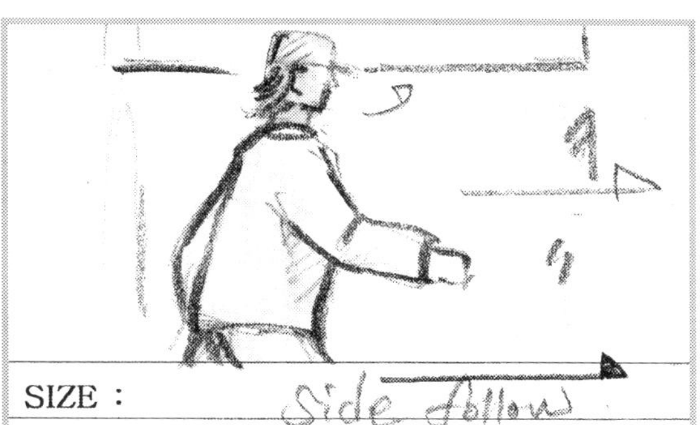

C# 1

상가 주변을 조심스럽게 배회하는 곤봉
세주의 집을 쳐다본다.

Side Follow
M.S

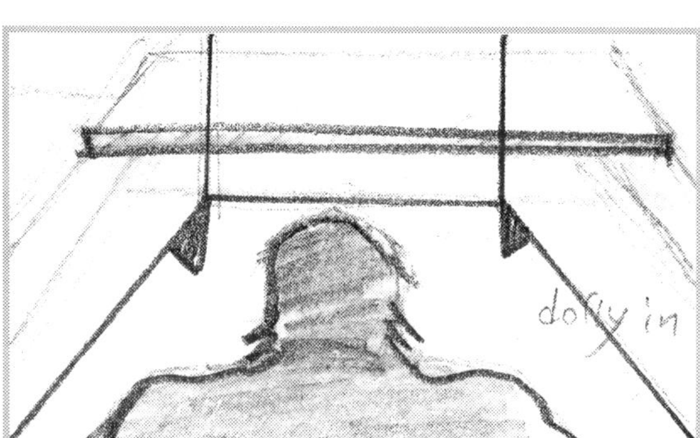

C# 2

몹시 지친 모습, 지나가는 행인들 속에

Dolly In
앙각
곤봉의 O.S , 세주집

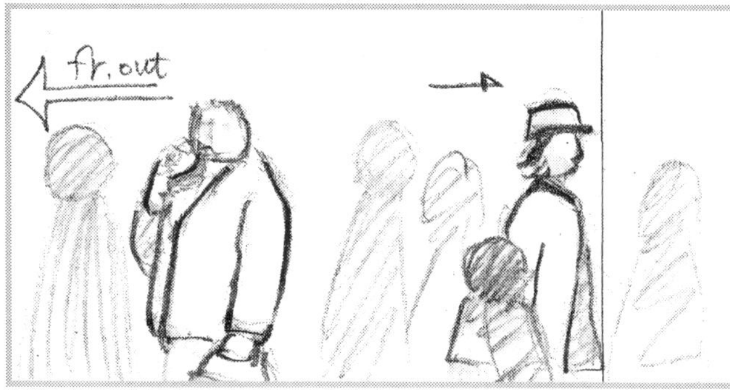

C# 3

햄버거 봉지를 든 갑빠가 보인다.
서로 보지 못하는 두 사람.

Side Follow
M.S
〈갑빠 Frame Out〉

<table>
<tr><td>S# 61</td><td>N</td><td>L : 차 안</td><td>Contents : 햄버거를 사온 갑빠
Energy :</td><td>Tone&Mood</td></tr>
</table>

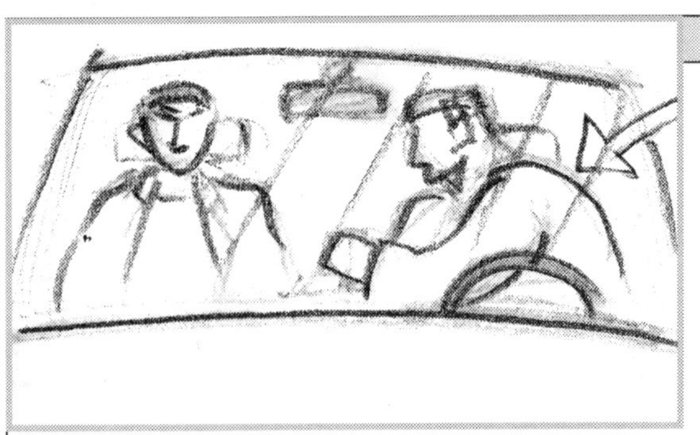

C# 1

차 안에서 불이 켜진 세주의 집을 감시하고 있는 밤안개.
갑빠 차 문을 연다.

갑빠 : 이거 드세요.
밤안개 : (햄버거를 보곤) 아이~ 씨발아 징말루!
　　　　 너 시키지 않은 짓 앵간이한다~ 너이!

갑빠 : 이거 맛이 죽이는데, 씹으면 쫀득~쫀득~
밤안개 : 아이, 내 승질 알아? 몰라? 알어 몰러~~ 난 질보다 양이여!
갑빠 : 난 질인디…
밤안개 : 긍게, 씨발아! 　　　　　　　　부감, 2인 M.S (앞면 차 유리 안에)
갑빠, 괜히 얻어터진다.

○ Ad lib ~ 아끼없우 맥중한.
연출태야. 　 ＊ 나이 시비 (흐흐시비)

즉흥연기의 신명.
개인기의 기량 발휘.

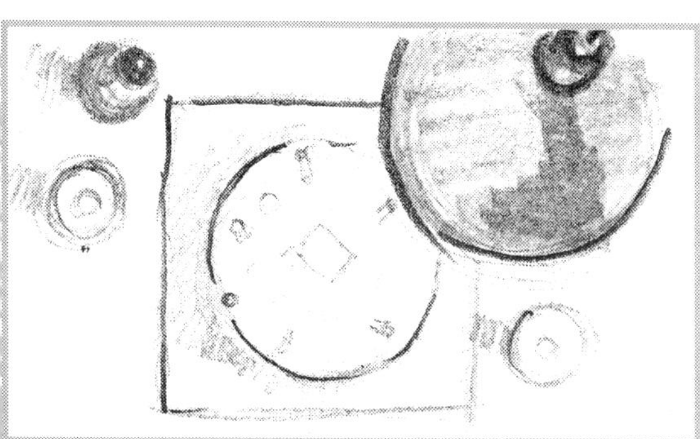

C# 1 (INS)

갓 전등과 케이크 위의 색깔 초가 거실을 밝히고 있다.

직부감

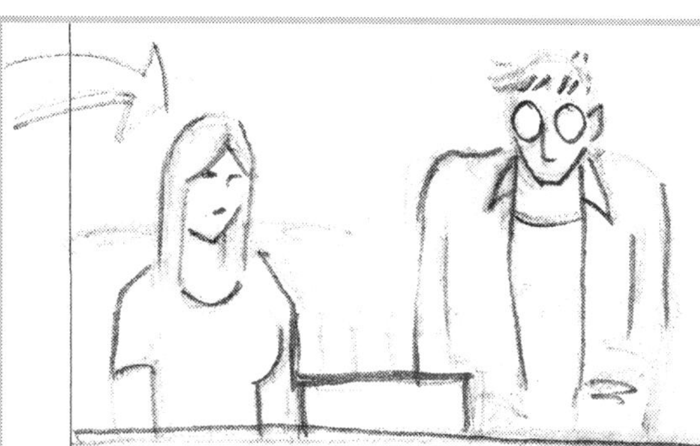

C# 2

세주 : 생일같은 중대한 행사는 미리 말해야한다.
　　　그래야 선물을 준비하지.
재림 : (세주 옆에 앉으며) 선물 같은 건 받아서 뭐해요.
　　　짐만 되게…
재림, 눈을 감고 소원을 빈다. 숨을 들이키고 촛불을 끄려는데 문이 확 열리고, 바깥의 바람이 들어와 촛불을 다 꺼버린다. 세주와 재림은 당황해 문쪽을 바라본다.
2인 M.S

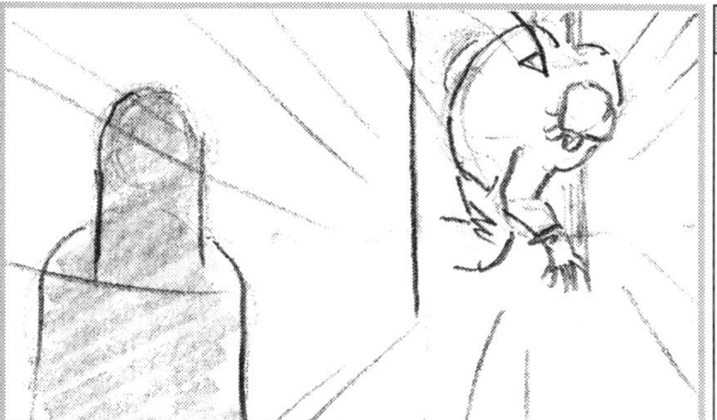

C# 3

머리가 삐쭉 선 초췌한 곤봉이 들어와 넘어진다.

재림 O.S , 곤봉 M.S

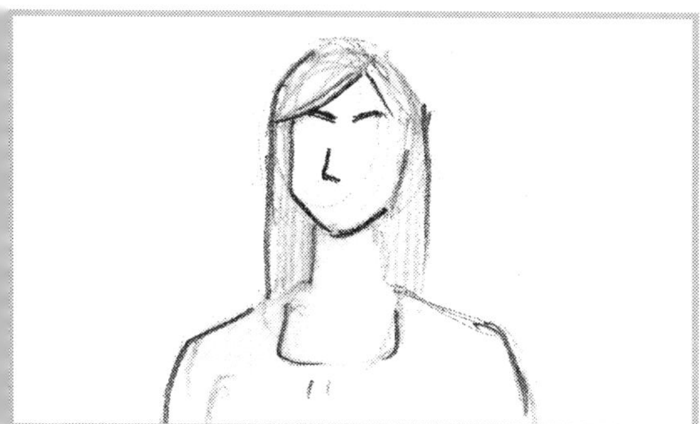

C# 4

재림 : 어머머, 어머나어머나!

B.S

<table>
<tr><td>S# 62</td><td>N</td><td>S : 세주집 거실</td><td>Contents : 재림의 생일파티를 하는 세 사람</td><td rowspan="2">Tone&Mood</td></tr>
<tr><td colspan="3"></td><td>Energy :</td></tr>
</table>

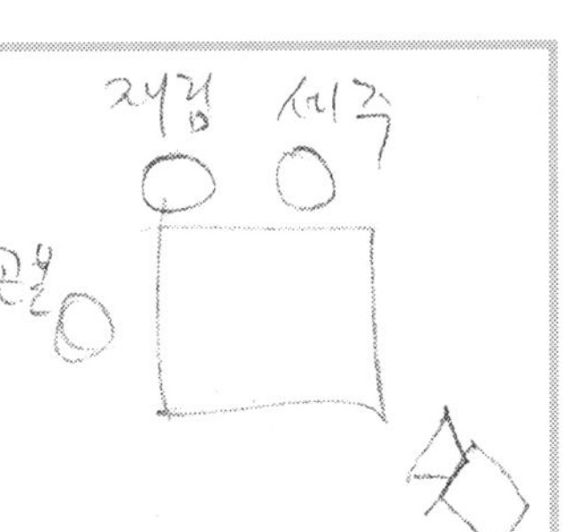

C# 5

곤봉 :
아~우~ 케이크!

B.S

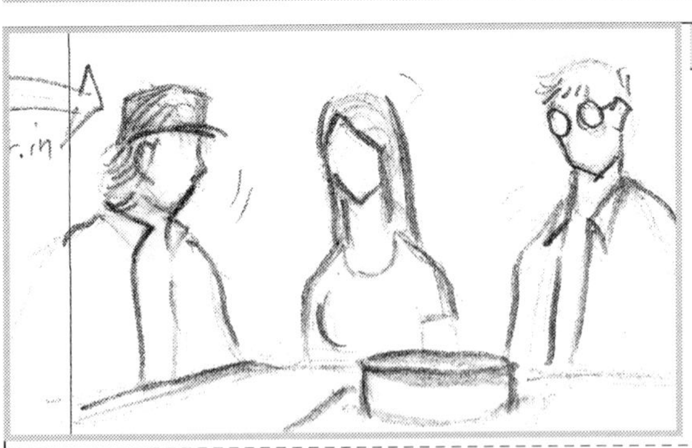

C# 6

세주 : 먹을 복은 있는 놈이구만! 집 나간 놈이 하루만에 들어오냐! 멍청한 놈!!
〈Frame In〉 곤봉 : 웬 케이크 인감?
세주 : 재림이 귀 빠진 날이다.
곤봉 : 어데보자. 이쁜 얼굴에 귀가 빠지믄 되겠는감!
재림 : 칫…
곤봉 케이크를 허겁지겁 먹다 목에 걸린다. 미처 초도 안 뺀 채 먹다가 켁켁 거리며 한바탕 소동.
세주 : 어떻게 된거냐?

3인 M.S

곤봉 : 혹시 네모 반듯한 놈들 안왔어여?
재림 : 네모 반듯?
곤봉 : 깍두기들…
재림 : 안 왔는데.

곤봉 : 오우, 해피~ 뻐스! 추카추카!
재림 : 맛있게 드세요.

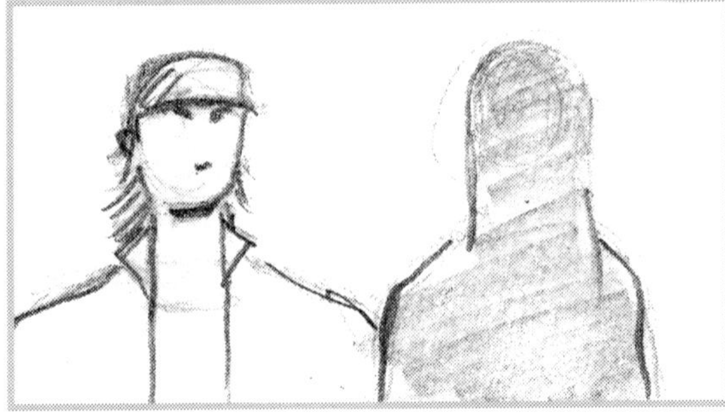

C# 7

곤봉 : 소원있으면 말해! 내가 다 들어줄게.

재림 O.S , 곤봉 B.S

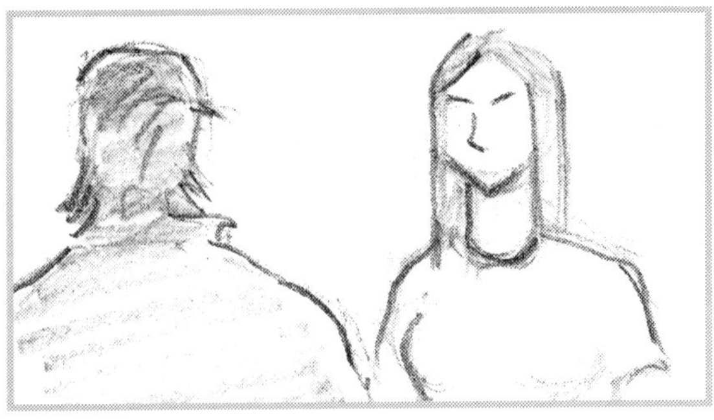

C# 8

재림 : 정말? 음… 그럼 우리 얘기 좀 할래요?

곤봉 O.S , 재림 B.S

| S# 62 | C# 6(3) | R# 254 | Weather Sunny | S / **O** / L | M / D / E / **N** |

Set 거실

Work / Size	fix . T.S.
Angle	Low
Lens	25mm
Film	5219 (500t)
Filter	NO.
Video tape#	13

Top

End — 재민 · 새롬 · 로봉 · 사당2각 · 일식

Action & Dialogue

최후의 만찬은?
재민 생일 즉흥party.

새 : 복은 복 없는 놈이구나
...

로 : 웬 케익?

새 : 재민이 귀빠진 날이다.
...

재민 : 우리 자살 릴레이 게임?!

Camera position — CA · TV

Equipment

Effect & C G

Costume / Make up / Properties

새롬. 꼬깔모자 (2개)
로봉.
재민.

Happy Heart?!
애드립 강조? 설희!!

Memo

Sound O.K.

T#	OK / NG	Time	Note	Exp.	R#
1	N.G	0:24			
2	NG	0:18			
3	NG	1:13			
4	NG	1:18			
5	O.K.	1:26			
6					
7					
8					
9					
10					
11					

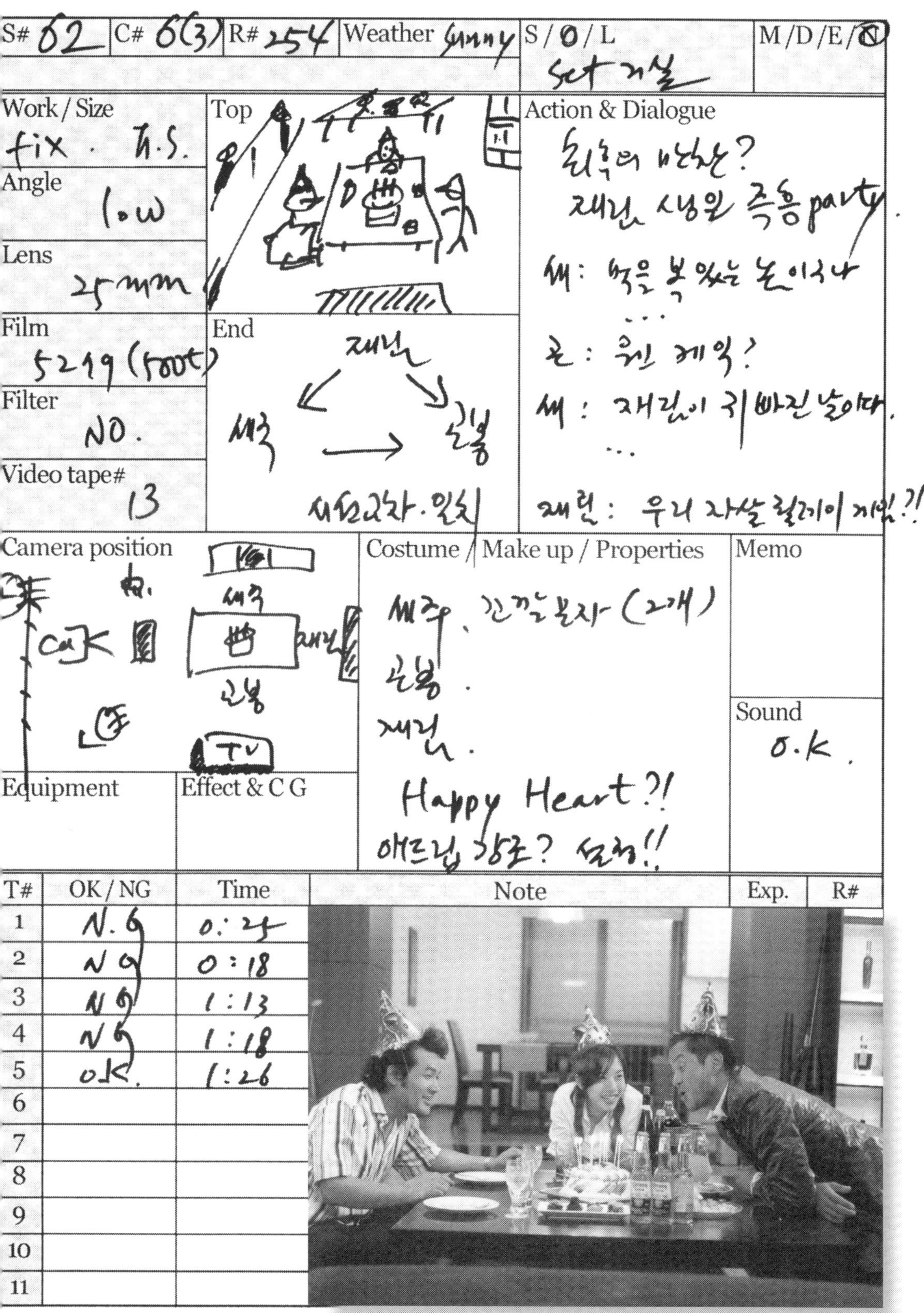

<table>
<tr><td>S# 62</td><td>N</td><td>S : 세주집 거실</td><td>Contents : 재림의 생일파티를 하는 세 사람</td><td rowspan="2">Tone&Mood</td></tr>
<tr><td colspan="3">Energy :</td></tr>
</table>

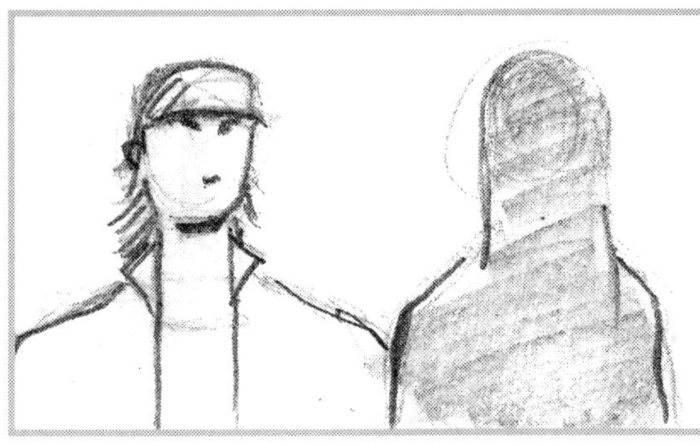

C# 9

곤봉 : 무신 야그?

재림 O.S , 곤봉 B.S

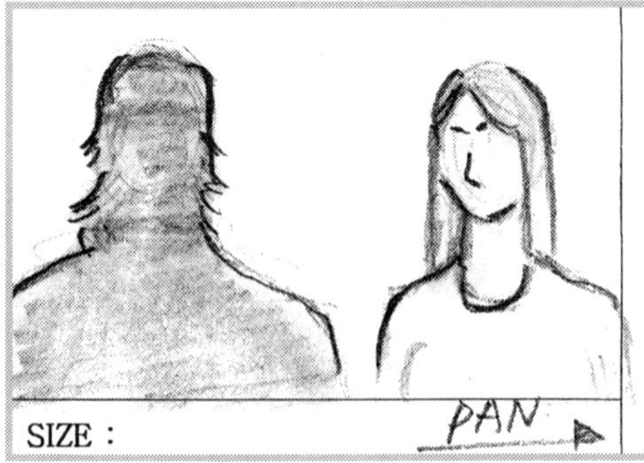
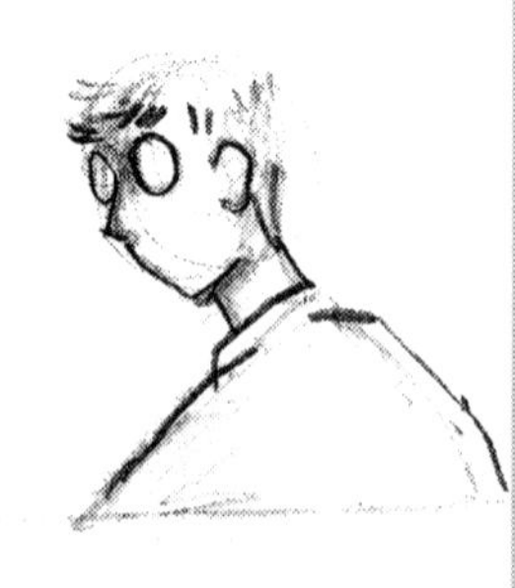

C# 10

재림 : 서로의 과거에 대해…
세주 : 과거 같은 건 묻지 말기로 하자!

곤봉 O.S , 재림 B.S
PAN → 세주 B.S

SIZE :

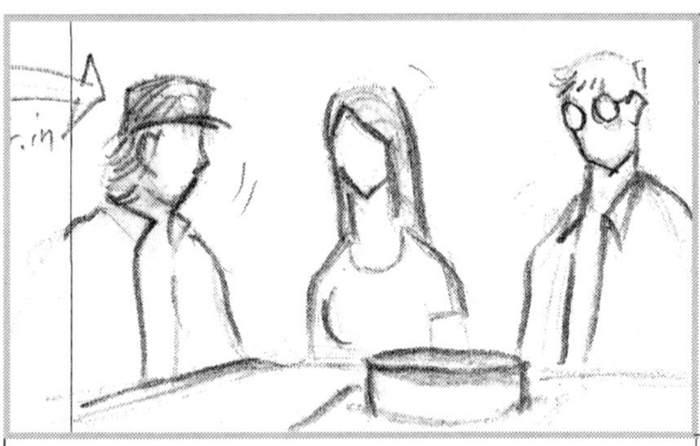

C# 11

재림 : (쭈뼛) 썰렁하네… 그럼 우리 릴레이 게임하면 어때요. 자살 릴레이?
곤봉 : 유치하게 놀긴! 좋아, 수면제 200개쯤 먹으면 한 방에 가겠지.
재림 : 수면제로는 자실이 안 돼요! 아스피린 200개라면 모를까.
곤봉 : 그래? 먹어봤어? 그럼 아스피린 200개 먹고 죽기!
재림 : 음 독버섯 먹기! 다음은 백세주 아저씨!

세주 : 됐어, 임마.
재림 : 안 하면 벌칙이에요.
곤봉 : 벌칙은 막춤추기, 어때?
재림 : 5, 4…
세주 : 안 한다니까…
재림 : 3, 2…
세주 : (어색하게) 북어 알 먹기.
재림 : 통과 !
곤봉 : 기찻길에 드러누워 기차 기다리기!
재림 : 문 걸어 잠그고 선풍기를 틀어놓고 자기!
곤봉 : 하하하,
세주 : 그만하자.

곤봉 : 막춤추시죠.
세주 : 아이 참, 한강에서 뛰어내리기.
곤봉 : 오케이, 63빌딩에서 번지점프하기!
재림 : 청산가리 먹기!
세주 : 산소도 너무 많이 마시면 죽을 수가 있어.
곤봉 : 아… 그거 참신한 방법이네.
재림 : 자, 빨리빨리.
곤봉 : 한강물에 빠지기.
재림 : 음…
곤봉 : 5, 4, 3…
재림 : 천천히 세요!
곤봉 : 2, 1… 땡! 으하하하, 막춤 되겠습다!　　　3인 M.S

<table>
<tr><td>S# 62</td><td>N</td><td>S : 세주집 거실</td><td>Contents : 재림의 생일파티를 하는 세 사람
Energy :</td><td>Tone&Mood</td></tr>
</table>

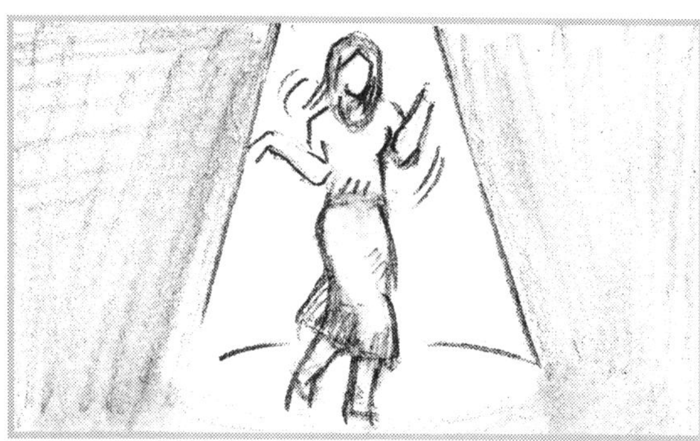

C# 12

재림, 일어나 서서히 몸이 움직이면 어디선가 뮤직이 흐르고, 재림은 막춤을 춘다. 조명이 어두워지면서 핀 조명만 들어온다. 각자 핀 조명을 받는다.

Tight한 F.S (W.S)

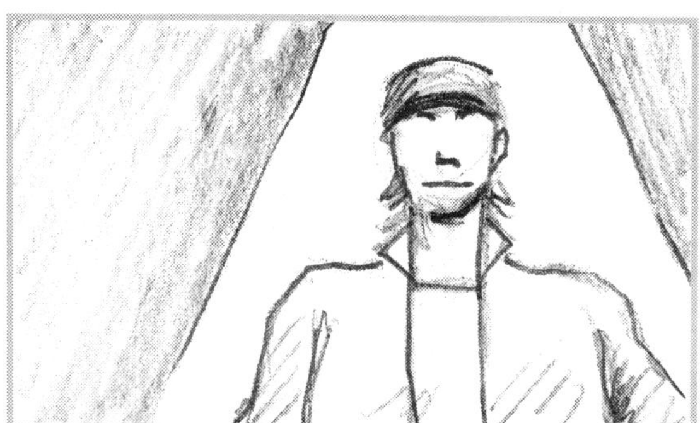

C# 13

즐거워하는 곤봉

B.S

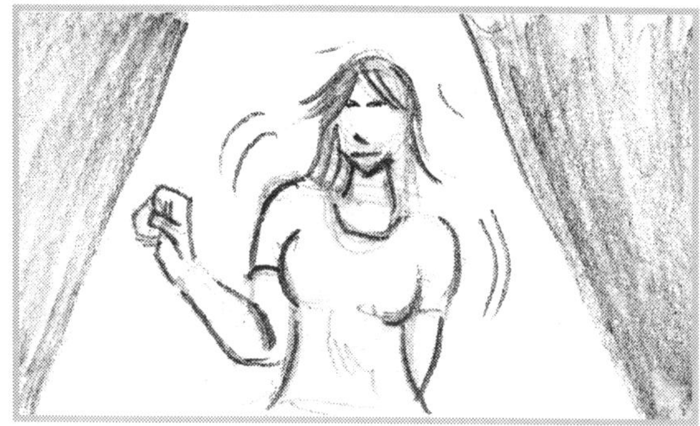

C# 14

재림이 몸이 풀리는지 아주 능숙하게 춤실력을 보여준다.

Tight한 W.S (F.S)

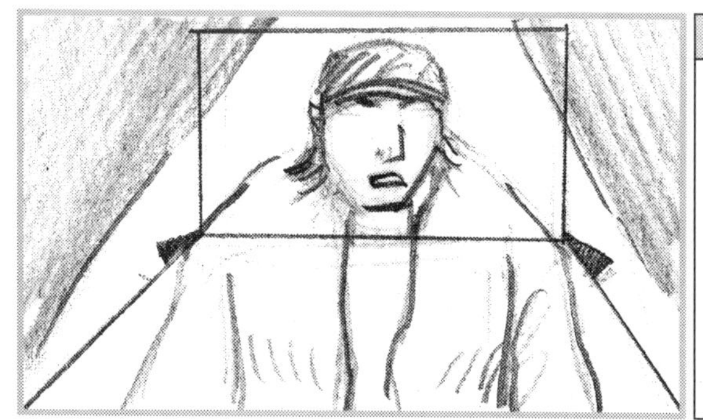

C# 15

곤봉의 눈에는 재림이가 프리마돈나로 보인다.

B.S → Dolly In → C.U

<table>
<tr><td>S# 62</td><td>N</td><td>S : 세주집 거실</td><td>Contents : 재림의 생일파티를 하는 세 사람</td><td rowspan="2">Tone&Mood</td></tr>
<tr><td colspan="3">Energy :</td></tr>
</table>

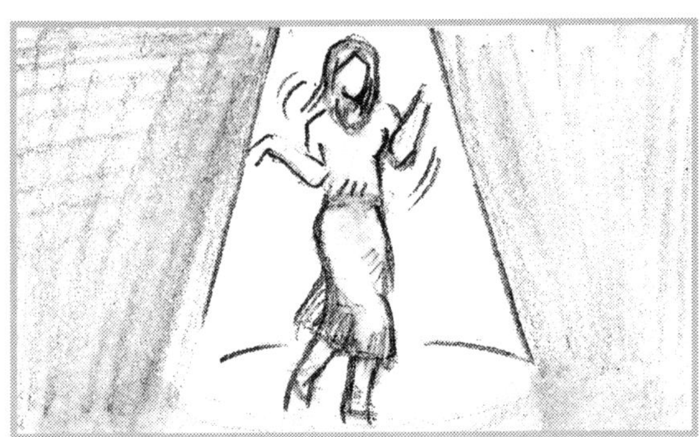

C# 16

여성미와 함께 박력이 넘치는 재림의 춤.
All that jazz dancer!

Tight한 F.S (W.S)

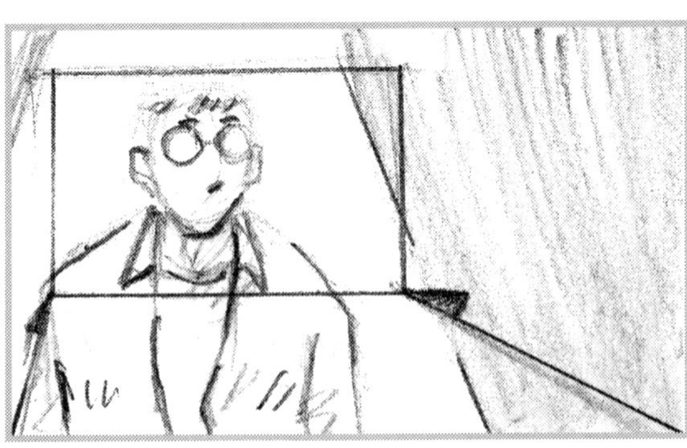

C# 17

세주 눈에도 재림이 프리마돈나로 보인다.

B.S → Dolly In → C.U

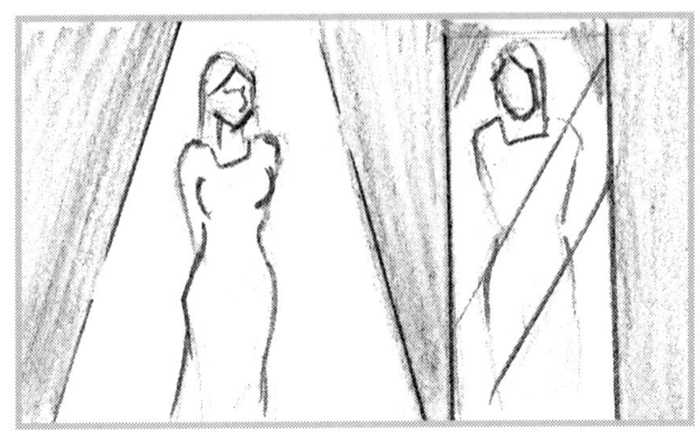

C# 18

전신 거울을 보며 재림도 자기 춤에 자기가 간다.
자뻑 스타일!

Tight한 F.S

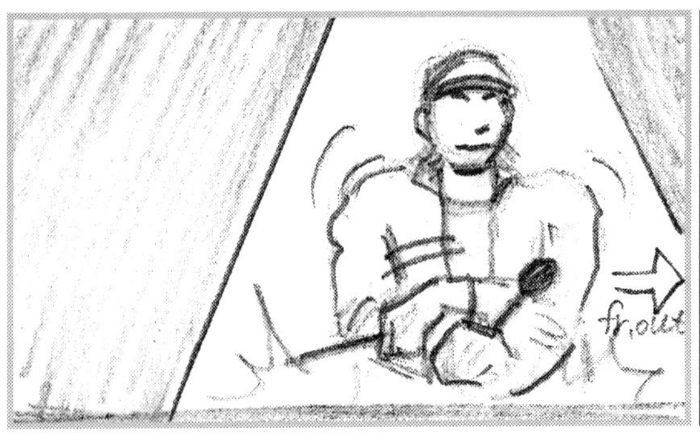

C# 19

곤봉, 어디선가 두드릴 것을 잡고 박자를 맞춰준다.
〈Frame Out 곤봉〉

W.S

<table>
<tr><td>S# 62</td><td>N</td><td>S : 세주집 거실</td><td>Contents : 재림의 생일파티를 하는 세 사람</td><td rowspan="2">Tone&Mood</td></tr>
<tr><td colspan="3"></td><td>Energy :</td></tr>
</table>

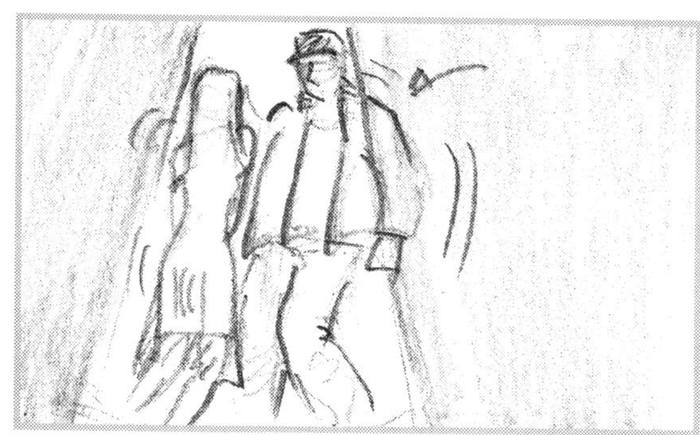

C# 20

이윽고
곤봉도 일어나 막춤을 춘다.

2인 F.S

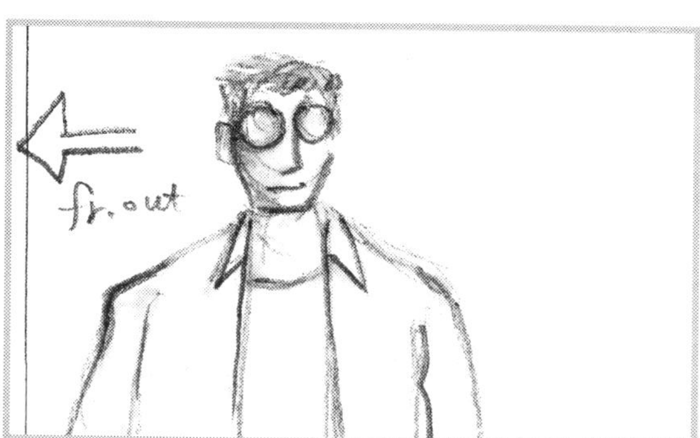

C# 21

가만히 빼고만 있던 세주
점잖은 척 하다가,
세주 : 으흠!

B.S
〈Frame Out 세주〉

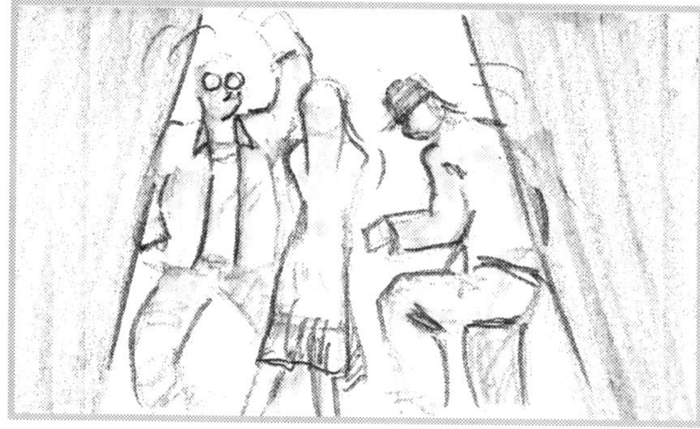

C# 22

세주, 가장 확실하게 고고춤부터 시작해서
디스코, 테크노 그리고 개성있는 막춤까지
춤의 레파토리를 확실하게 보여준다.
(세 사람 함께 춘다)
F.S
Slow / Fast Motion 혼용
CMR 역회전

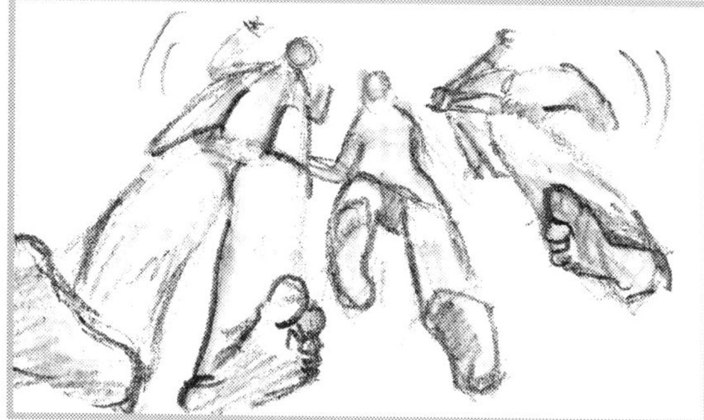

C# 23

음악은 그때마다 장르가 바뀌고,
즐겁게 이어지는 세 사람의 댄스파티

극앙각
대형 통유리
CMR 360° 회전

S# 62	C# 22	R# 270	Weather 흐림	S / ⓢ / L	M / D / E / ⓔ
	(10.11)			set 가슬	

Work / Size	Top	Action & Dialogue
crain		째라. 새측. 로봉.
Angle		Dance !
Lens 25mm		
Film 5277 (320t)	**End**	
Filter No		
Video tape#		

Camera position	PIN Light	Costume / Make up / Properties	Memo
King		새측. 두루마리휴지. 젖가락	
		로봉. 로보캅 style	**Sound** No.
		째란. 효리?	

Equipment crain	Effect & C G Gmog

T#	OK / NG	Time	Note	Exp.	R#
1	OK	1:34			
2	OK	1:59			
3					
4					
5					
6					
7					
8					
9					
10					
11					

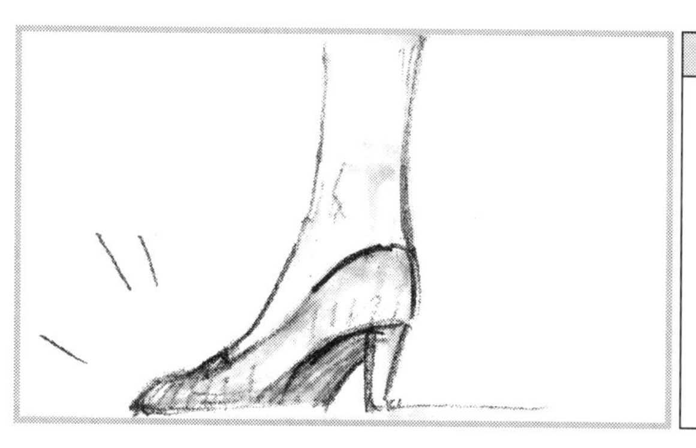

C# 24

재림의 발동작

발동작 C.U

〈O.L〉

*병마개 뚜껑을 한 쪽 눈에 꽂고 춤추는 곤봉, 재림을 쳐다본다.
 두루마리 휴지를 풀어 몸에 칭칭 감고 춤추는 세주, 곤봉을 본다.
 재림, 병뚜껑을 두 쪽 눈에 꽂고 춤춘다.

◉ 표현이기보다는
vision 같은 │ dance szq. │
          →

  1) 나혼이 18세놀이? Ⓧ
  ㄴ) 이벅사,
  3) 2속로은 ~~근속ㅓㅅ~~
     관광ㅓ스 숨ㄴㄱ.
  (4) 장식없는 술(처)스깐 ⊕.

  ㄴ 윤히 . 흚(안ㅕㄱ 앉음)
  ㅂ새 . 앉줄 . 바나리.
  중요 . 관냥감 . 써복.

<table>
<tr><td>S# 63</td><td>N</td><td>S : 세주집 거실</td><td>Contents : 전화거는 곤봉, 엿듣는 재림</td><td>Tone&Mood</td></tr>
<tr><td></td><td></td><td></td><td>Energy :</td><td></td></tr>
</table>

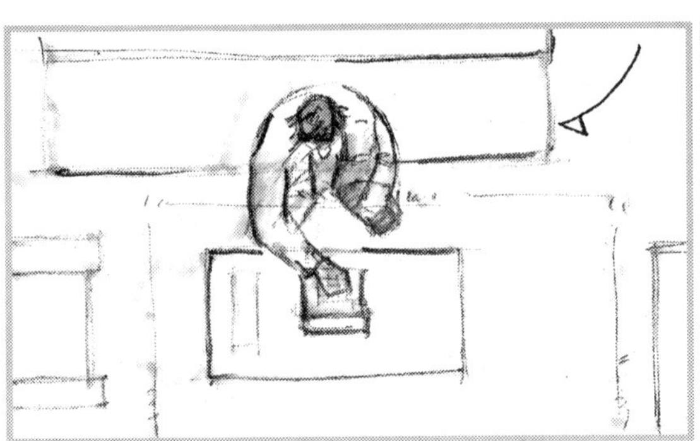

C# 1

파티는 끝나고 텅빈 거실-
밤벌레 소리 가득한 늦은 밤
슬그머니 나오는 곤봉, 전화기 앞으로 간다.

극부감

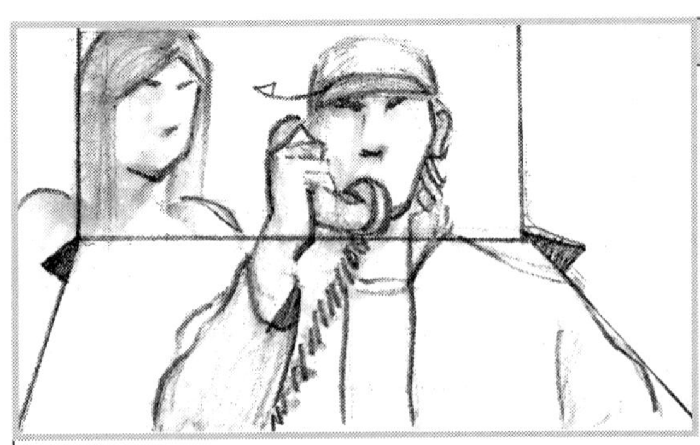

C# 2

M.S → Dolly In → C.U

Focus In & Out : 곤봉 → 재림

곤봉 :
나 곤봉이… 밥은 먹었수? 그러다가 병이라도 나면 어쩔려구… 엄마!
나 많이 보고 싶었지… 이럴때 아버지라도 살아

있었으면… 엄마! 그 놈의 밭일 좀 그만혀! 얼마나 번다고 그딴 일을 해… 제발 곤봉이가 하지말라는 건 하지 좀 마! 내가 엄마 땜에 잠 한번 제대로 못 자… 엄마, 짐 우는겨! 울지 좀 말라니까! 그 놈의 눈물 지긋지긋혀, 엄마가 믿는 아들 곤봉이가 있는데, 울지 좀 말라니까… 나? 좋은데 있잖아, 곧 관리부장으로 승진도 한다구… 그럼… 결혼할 여자도 생겼어, 그럼, 맘도 얼굴도 이쁘지, 어, 엉, 어, 엄마. 생명보험 증서 도착했어? 어, 어, 어, 어…

말을 잇지 못하고 차마 전화를 끊어버리는 곤봉.
〈Frame Out 재림〉

<table>
<tr><td>**S# 63**</td><td>N</td><td>S : 세주집 거실</td><td>Contents : 전화거는 곤봉, 엿듣는 재림</td><td rowspan="2">Tone&Mood</td></tr>
<tr><td colspan="4">Energy :</td></tr>
</table>

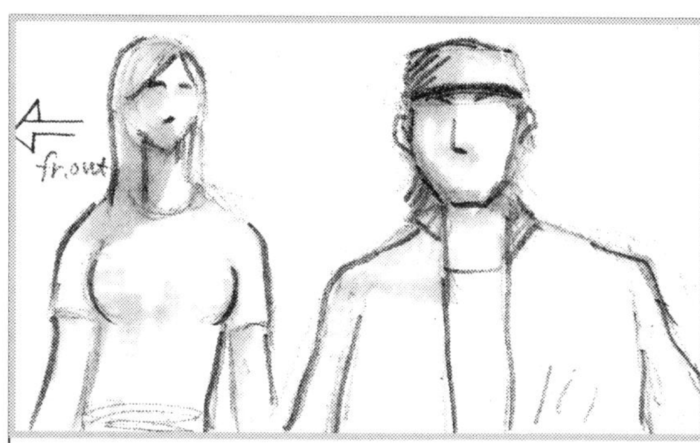

C# 3

저만치 물끄러미 바라보는 재림의 눈가에도 이슬
순간, 이상한 인기척, 그런 재림을 발견한 곤봉

Focus In & Out : 대사에 따라 이동

곤봉 혼자 남으면 반원이동
(B.S)

곤봉 : (버럭) 뭐하는 짓이야! 쥐새끼처럼! 왜 엿 들었어!
재림 : (당황) 엿들은 건 정말 죄송하게 됐는데요. 이것 보세요! 무슨 말을 그렇게 심하게 해요?
　　　그렇게 비밀스런 전화면 밖에 나가서 하던지 누가 전화에 관심이나 있데나 별일이야 정말!
곤봉 : 좁살만헌 기집에 뚫린 입이라고 지껄이네! 빌붙어 있기는 그 쪽도 매한가지 같은데 염병하기는!
재림 : 해도해도 너무 하네. 증말! (눈가에 그렁그렁) 왜 사사건건 시비조예요?
　　　제가 그렇게 재수없으면 이 집에서 나가면 되잖아요.
곤봉 : (버럭) 내가 왜 나가! 나가려면 너나 나가든지!
재림 : 그래요? 그럼 그렇게 하죠!
〈Frame Out 재림〉
순간, 현기증을 일으키며 비틀거리는 재림.
안간힘을 쓴다. 그런 재림을 물끄러미 바라보는 곤봉.
현관문을 박차고 나가는 재림.
남아있는 곤봉. 조금은 찜찜한지 엄지손가락을 물어뜯는다.

곤봉 O.S
재림 Fr. Out
반원이동
곤봉 1인 B.S

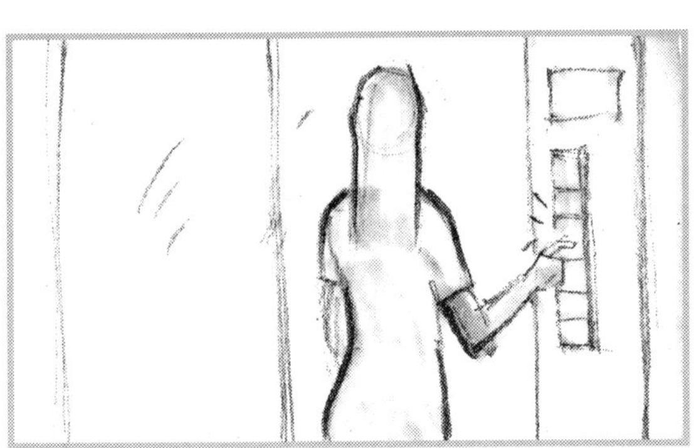

C# 1

재림, 분함과 서글픔이 교차하는 표정으로 기대어 있다.
앞으로 넘어온 긴 머리를 넘기다 아직 버튼을 누르지 않은 걸 알고 1층을 누른다.

M.S

재림 #5 곤봉의 갈등 곤(승)

emotion → ～～～ → 히비쌍곡선.

→ giving
← taking

· Tear 눈물속의 미소
· Smile 미소 속의 눈물기.

2층 갈등의 (춤)

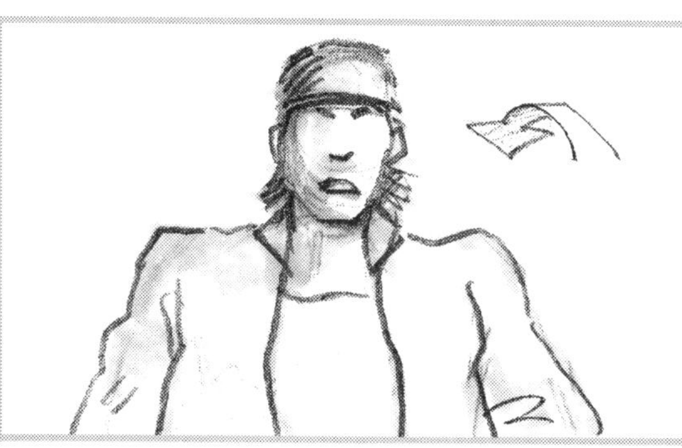

C# 1

양쪽 엄지 손가락을 번갈아 물어뜯는 곤봉의 표정 야릇하다.
'내가 왜 이럴까' 곤봉의 마음이 좁쌀처럼 술렁인다.
곤봉 : 에라, 가든지 말든지… 에라 모르겠다!
그대로 벌렁 소파 위로 드러 눕는다. 허벌래한 싸구려 츄리닝 바지 속으로 손을 넣어 털 하나를 꺼낸다.
눈앞까지 끌고와서 요리저리 쳐다보곤 불어 날린다.
곤봉 : 그래도 그 지지배 오늘이 귀빠진 날이라는데…
멀뚱멀뚱 하더니 이내 벌떡 일어난다.
곤봉 : (혼잣말로) 동네도 구질구질하고, 양아치 새끼들도 제법 보이던데… 가만들 안 두것지…

B.S
Follow (PAN) , M.S
〈Frame Out 곤봉〉

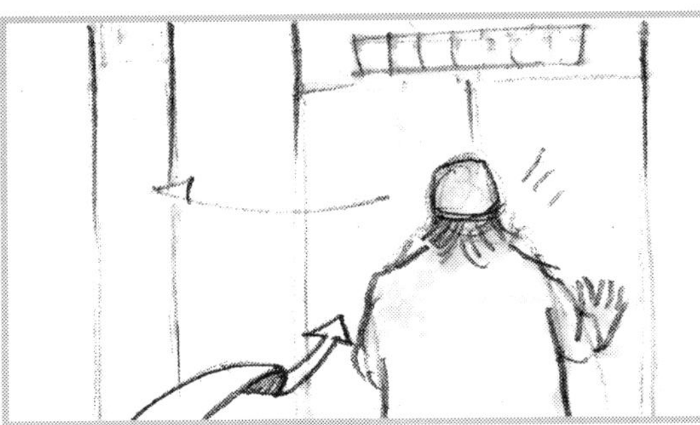

C# 1

〈Frame In 곤봉〉 M.S
빠른 걸음으로 도착한 곤봉
버튼을 눌러보지만 엘리베이터 막 출발했다.
문을 쿵쿵 두드려보다가.

P.O.V
Hand held

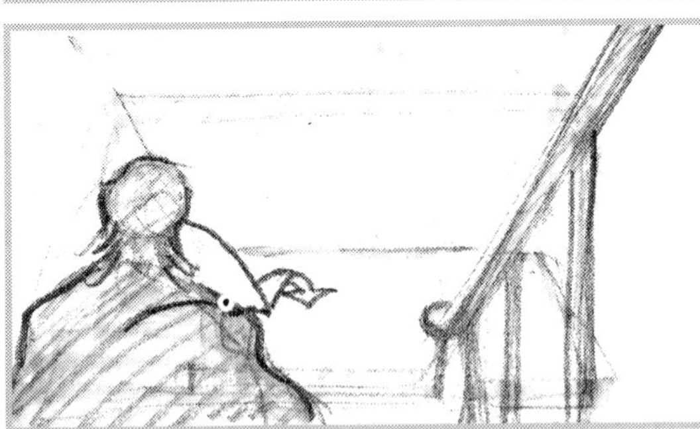

C# 2-0

비상계단으로 뛰어내려가는 곤봉

곤봉 : 이런 쓰벌! 이이그.

P.O.V
Hand held

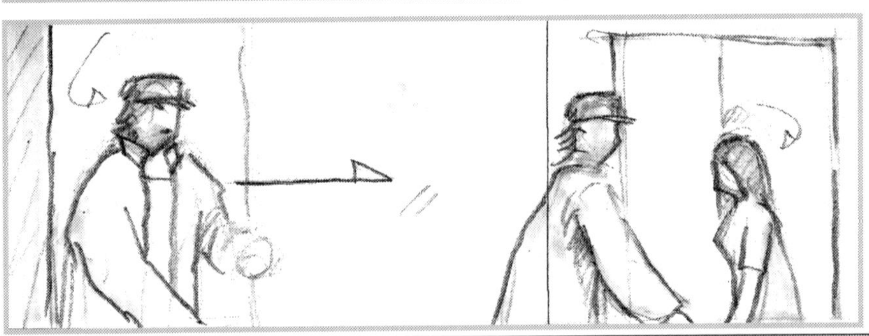

C# 2-1

"땡" 승강기가 1층에 멈추고 망설이던 재림 걸어나간다.
가는데 곤봉이 비상계단에서 뛰어 들어온다.
곤봉 : 헉헉.
재림 밀치고 가려는데, 막는 곤봉
곤봉 : 아까는 미안했어. 올라가.
재림 : 됐어. 아저씨한테 짐만 된것 같네요.
　　　안녕히 계세요.
곤봉 : 왠만하면 올라가자 쪽팔려 죽겠는데. 괜히 말 안
　　　듣고 나갔다간 큰일난다. 밤에는 자고로 귀신보
　　　다 무서운 것이 동네 양아치들이야. 생일날 이래
　　　서야 쓰겠어… 정 그렇다면 내가 나가던지…(고
　　　개돌려 한숨 쉬곤, 혼잣말로) 휴우~(주변을 살핀
　　　다) 으이구 쪽팔려~

그 말에 갑자기 참았던 울음을 터뜨리는 재림
울면서 곤봉의 가슴을 퍽퍽 친다.
재림 : 생일이라 엉엉… 축하받고 싶어서 엉엉…
곤봉 : 허 돌겠네…
귀엽다는 느낌이 강하게 온다.
세상에 태어나 처음 느끼는 감정…
곤봉, 재림의 어깨를 로보캅처럼 감싸쥐는데
경비실의 경비, 쳐다보다가 스르륵 창을 닫는다.
멋쩍은 곤봉, 엘리베이터 안으로 들어간다.

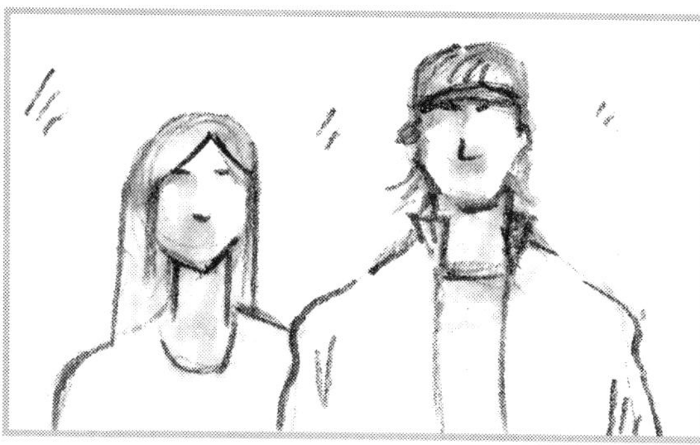

C# 1

울음을 멈추는 재림.
두 사람 눈이 마주친다.
재림, 힐끗거리다가 딸꾹거리며 울음을 참는데
재림 : 가긴 내가 어델가… 엉…어엉.
곤봉 : 미안해 죽겠네…
갑자기 곤봉의 볼에 키스를 하는 재림
놀라는 곤봉, 얼른 얼굴을 떼는데 쿵닥쿵닥~
재림의 볼에 로보캅처럼 입을 맞추는 곤봉
재림 눈을 감는다.
엘리베이터 계속해서 올라가고.
2인 B.S

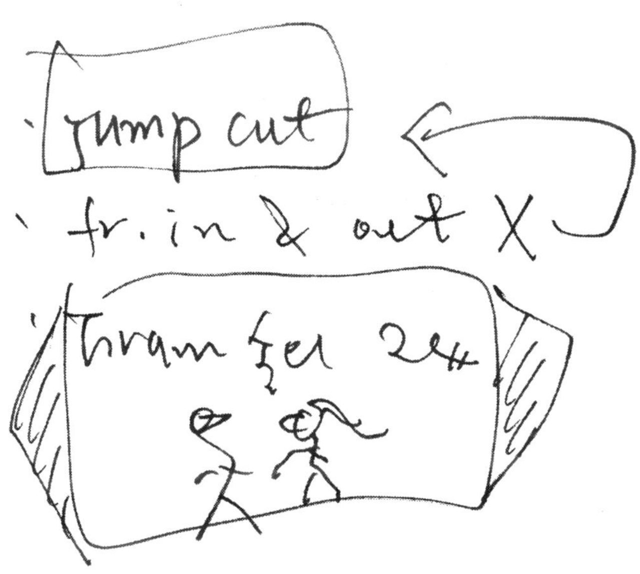

S# 67	N	L : 차 안	Contents : 곤봉을 감시하는 밤안개, 갑빠	Tone&Mood
			Energy :	

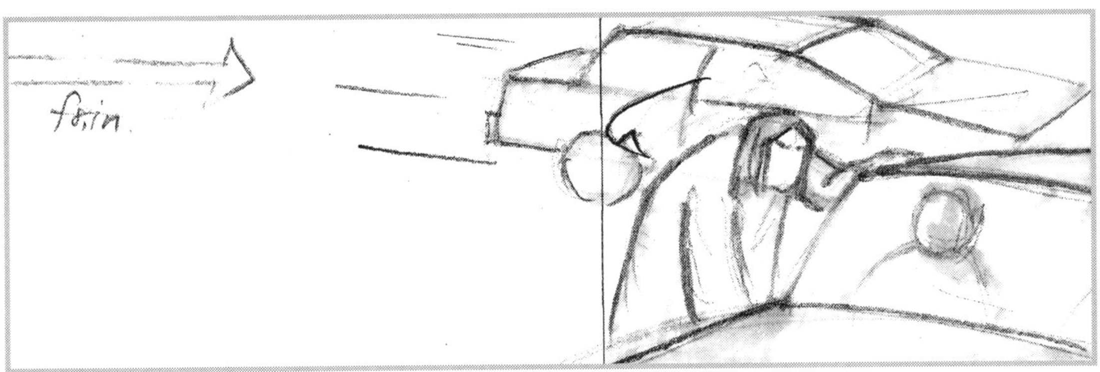

C# 1

졸고 있는 밤안개와 갑빠의 모습이 우스꽝스럽다.
저만치에서 헤드라이트를 뿜으며 차 한대 달려와 선다.
내리는 불독, 차 쪽으로 걸어온다.
곯아떨어진 밤안개와 갑빠.
순간 '딱' 하는 소리와 함께 벌떡 깨는 밤안개, 갑빠.

〈Fr.In 불독차〉

Follow (PAN)
M.S

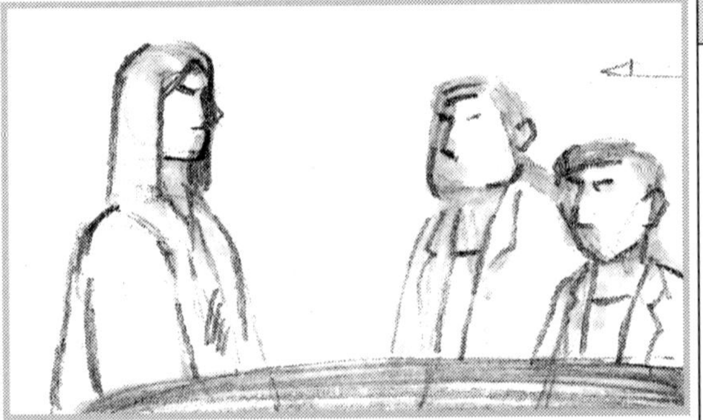

C# 2

불독을 보고 차에서 내리는 밤안개, 갑빠
불독 : 이런 병신 쪼다 지렁이 같은 새끼들 봤나!
　　　여기가 니들 안방이야? (또 한번의 가격)
밤안개 : (입가의 침을 닦으며)
　　　그게유, 경비가 심해서유~ 거시기.
불독 : (쥐어박으며) 무슨 경비?
밤안개 : 아파트… 경…비…유~
그대로 쪼인트 당하는 밤안개, 주저 앉는다.
불독 : 양아치 같은 새끼!
불독차 O.S , 3인 M.S

<table>
<tr><td>S# 68</td><td>N</td><td>S : 세주집 거실</td><td>Contents : 세주집에 쳐들어 온 불독 일당</td><td rowspan="2">Tone&Mood</td></tr>
<tr><td colspan="4">Energy :</td></tr>
</table>

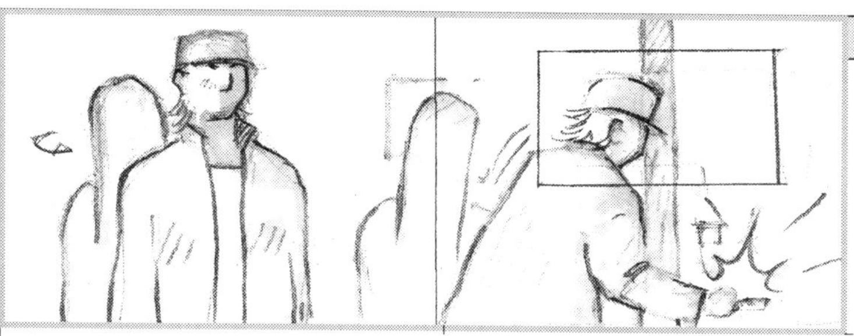

C# 1

잠시 어색한 곤봉과 재림.
이때 울리는 초인종. 동시에 문을 바라본다.
2인 Follow
PAN
M.S

재림 : 누구지?
(S.E) 딩동, 쿵쿵쿵
곤봉 : (불길한)… 안에 들어가 있어.
재림 : 싫어요. 나도 궁금해.
초인종 소리와 문드리는 소리 동시에 들린다.
재림 : (인터폰을 들고) 누구세요?
문이 잠기지 않은 것을 보는 곤봉
재림 : 예, 잠시만요.(인터폰을 끊는다.)
곤봉 : 누구래?
재림 : 관리인인가?

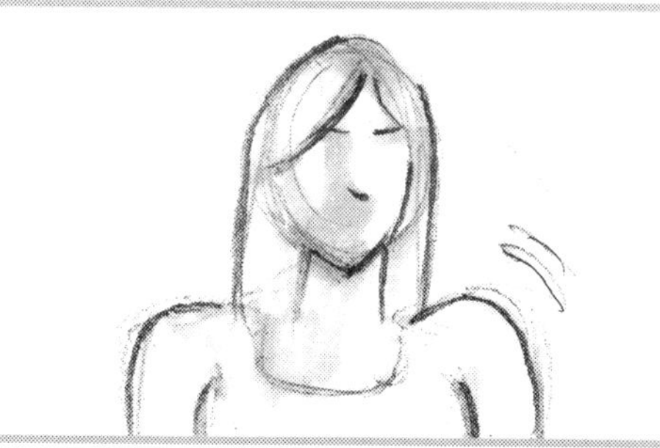

C# 2

문으로 걸어가는 재림의 다리를 곤봉이 확 잡는다.
곤봉 : 잠시만… 잠시만…
재림 : 왜 그래요!
곤봉 : 잠시만… 밤 11시가 다 되어가는 시간에 관리인이 왜 올라오지?
재림 : (안절부절) 시끄러워서 올라왔겠지.
곤봉은 재림을 세워놓고, 문 쪽으로 천천히 다가간다.
(S.E) 쾅쾅쾅

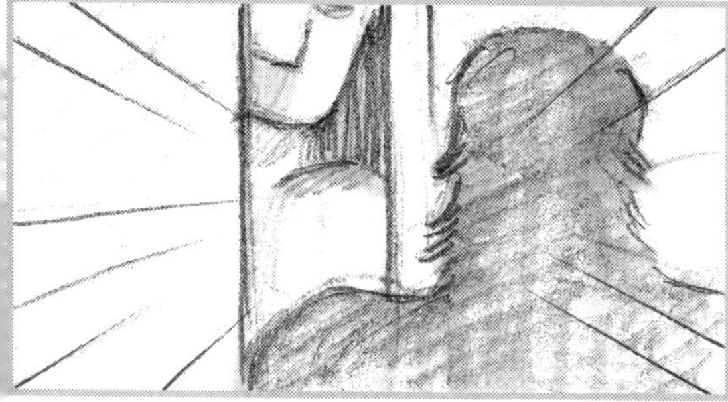

C# 3

(S.E) 쾅쾅쾅
다시 문 두드리는 소리 들리고 곤봉이 문을 잠그려는 찰나, 불독이 밖에서 문을 힘껏 연다.
있는 힘을 다해 문고리를 잡고 문을 닫기 위해 안간힘을 쓰는 곤봉.
곤봉 : 으윽… 빌어먹을 놈들…
재림, 안절부절 어쩔 줄 모른다. 불독 일행은 밖에서 문을 열고 들어오려 하고 그것을 막는 곤봉의 힘겨루기.문을 거의 닫으려다가 힘에 부치는 곤봉.

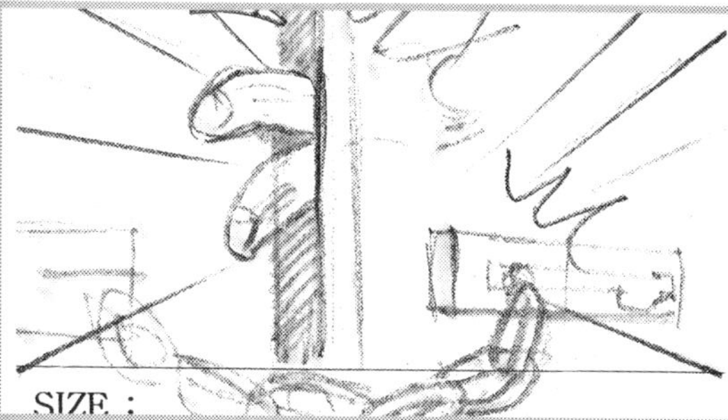

C# 4 (INS)

반동으로 문이 확 닫히려다가,
밖에 있던 밤안개가 손가락 걸려 문이 잠기지 않는다.
밤안개 손가락 때문에 잠기지 않는 문.
곤봉, 겨우 힘을 다해 도어체인을 걸고 뒤로 물러난다. 문을 부술 듯 두드리는 불독과 갑빠
C.U

SIZE :

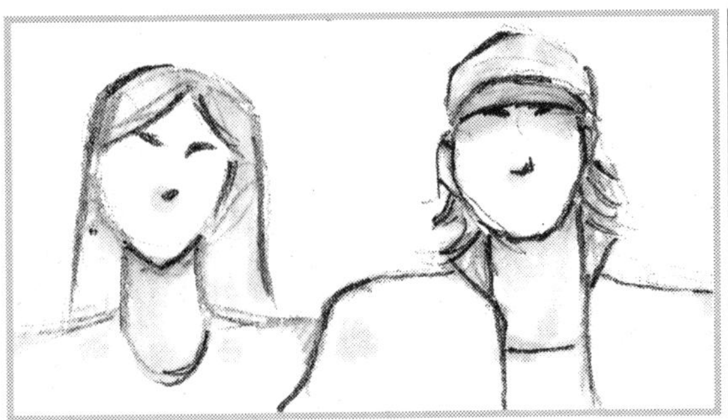

C# 5

곤봉 : 어서 피해! 어서.
재림 : 피할 곳이 어딨어, 무조건 문부터 막아요.

2인 B.S

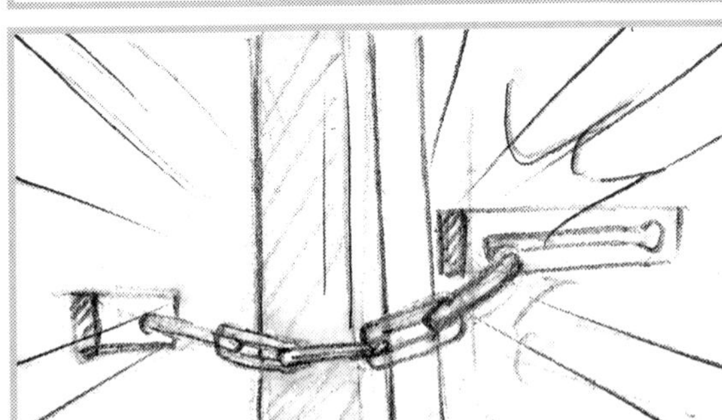

C# 6 (INS)

도어체인이 조금씩 너덜너덜해진다.

C.U

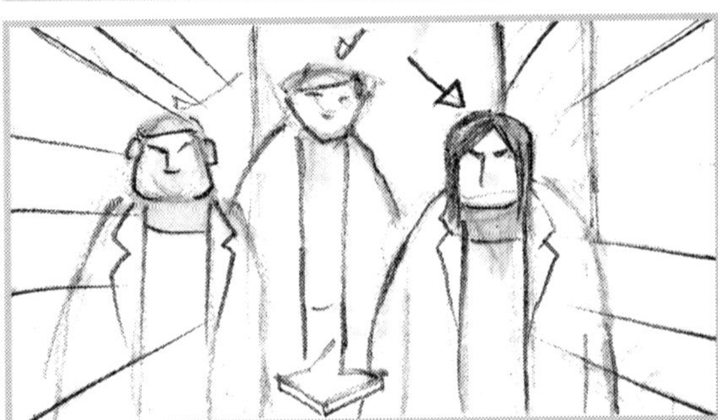

C# 7

도어체인이 박살나고 불독과 똘마니들이 들이 닥친다. 뛰어 든 불독 멈춘다.

후진이동

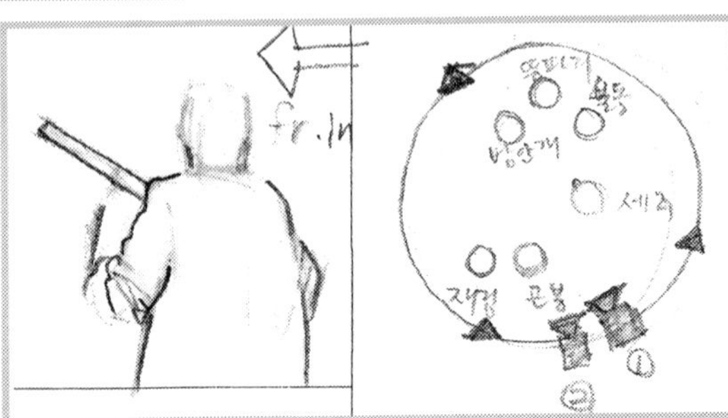

불독 : 좋다. 일단 나가주마. 하지만 여기서 한 발짝도 못 나올거다.
세주 : …
불독 : (뒤돌아) 가자!
밤안개 뒤돌아 서서 곤봉을 향해 담에 만나면 죽었다는 시늉을 해보이며 뒤따라 나간다.　　〈 2 〉

C# 8

*후진 후 360° 회전
〈Fr. In 세주〉 거총하고 서 있는
세주 : 움직이지마. 머리에 빵구나고 싶지 않으면…
곤봉과 재림의 뒤에서 총을 정확히 불독의 머리에 겨냥하고 서 있는 세주. 불독 뒤에 서 있는 갑빠, 손가락 아파 미칠 지경인 밤안개.
불독 : (냉정하게) 하하하! 총알이 없을텐데.
(S.E) "찰칵" 안전핀 제거하는 세주
세주 : 한방은 있다!
불독 : 우린 세 명인데 한방으로 당해낼 수 있을까!
세주 : 너만 쏜다.(안도하는 밤안개, 갑빠의 얼굴)
밤안개 : (불독의 귀에) 정말로 한방이 있을라나유?
불독 : 입 다물어.
갑빠 : 그래도 일단은 토까는 것이…　　〈 1 〉

| S# 68 | C# 8 (6-2) | R# 233 | Weather 흐림 | S / D / L　set 거실 | M / D / E / N |

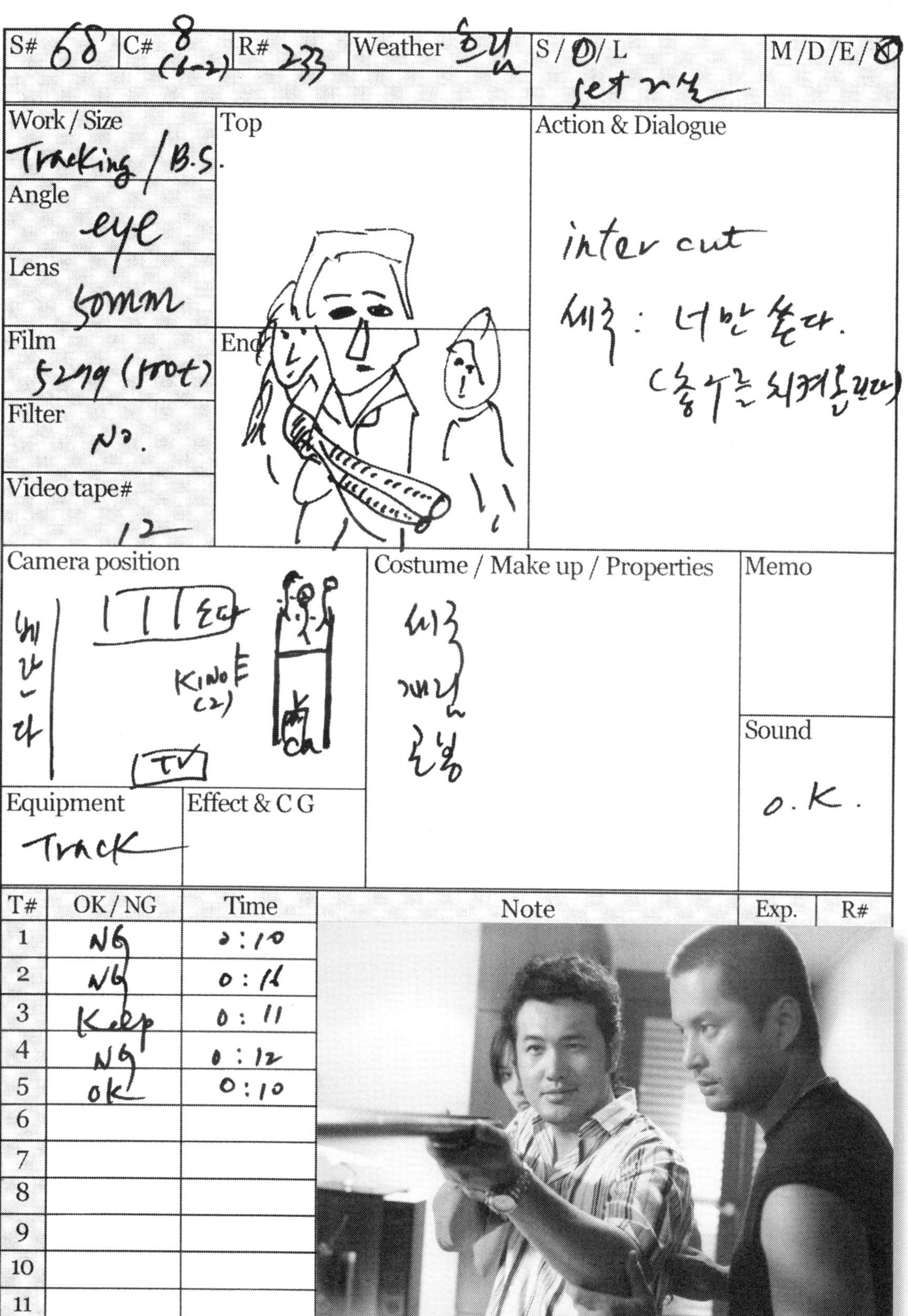

Work / Size	Top	Action & Dialogue
Tracking / B.S.		
Angle　eye		inter cut
Lens　50mm		세훈 : 너만 온다.
Film　5299 (500t)	End	(총구는 되겨온다)
Filter　No.		
Video tape#　12		

Camera position	Costume / Make up / Properties	Memo
KINO (2) TV	세훈 개량 군복	
		Sound　O.K.

| Equipment　Track | Effect & C G | |

T#	OK / NG	Time	Note	Exp.	R#
1	NG	2:10			
2	NG	0:16			
3	Keep	0:11			
4	NG	0:12			
5	OK	0:10			
6					
7					
8					
9					
10					
11					

<table>
<tr><td>S# 68</td><td>N</td><td>S : 세주집 거실</td><td>Contents : 세주집에 쳐들어 온 불독 일당
Energy :</td><td>Tone&Mood</td></tr>
</table>

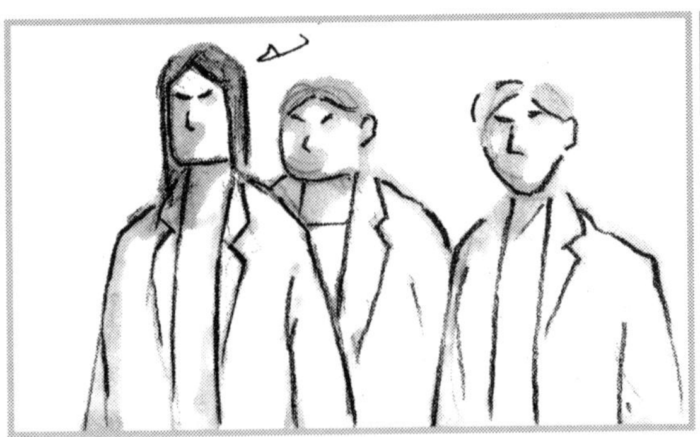

C# 9

휴~ 안도하고 돌아서 나오는 불독
불독 : 저 놈, 내 이상형인데…
(가슴에 손을 얹는 표정이 재미있다. 지갑에 센
티걸 사진을 보며)

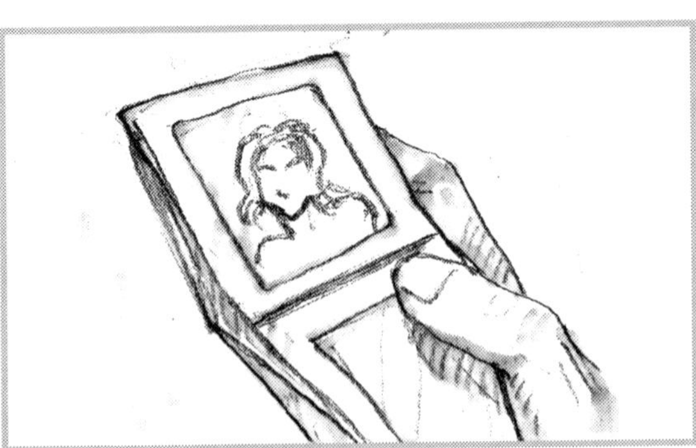

C# 10 (INS)

(지갑에 있는 센티걸 사진)
불독 : 미안해, 자기야~ 잠시 한눈 팔아서…

C.U

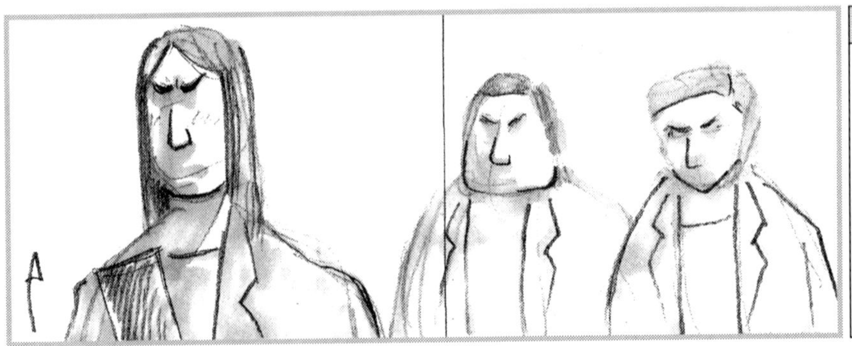

C# 11

사진을 보는 불독.

가재눈으로 보는
밤안개와 갑빠.

PAN

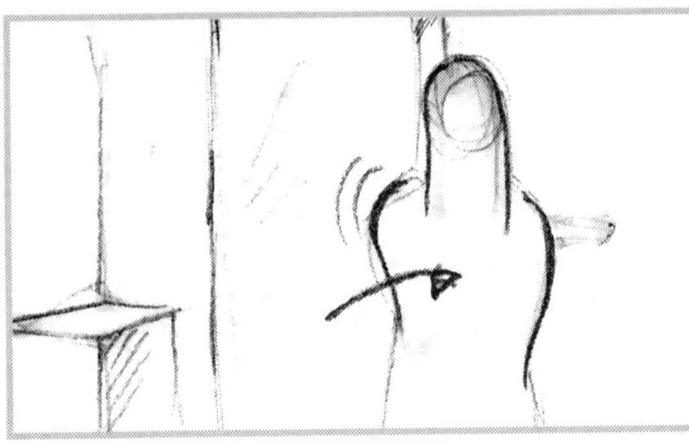

C# 12

재림 얼른 뛰어가서 문을 잠그면

M.S

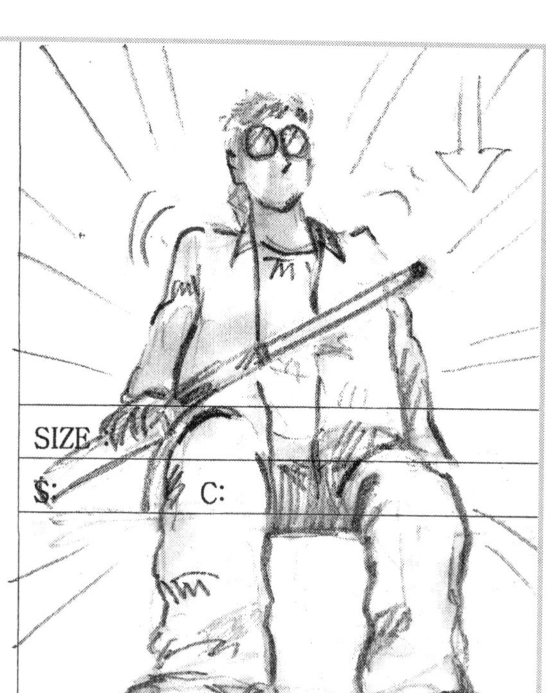

C# 13

긴장이 풀리면서 세주는 소파에 앉는다.

Tilt Up (다리 → 얼굴)
B.S

SIZE
S: C:

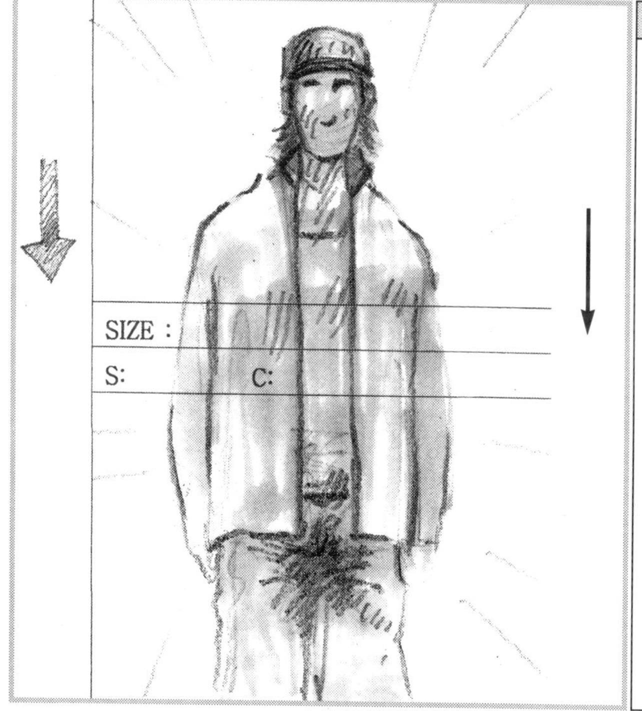

C# 14

곤봉은 선 채로 오줌을 쌌는지
아랫도리가 촉촉하다.

Tilt Down (얼굴 → 다리)
B.S

SIZE :
S: C:

<table>
<tr><td>S# 69</td><td>N</td><td>L : 상가 앞</td><td>Contents : 세주집 앞을 지키는 불독 일당</td><td>Tone&Mood</td></tr>
<tr><td></td><td></td><td></td><td>Energy :</td><td></td></tr>
</table>

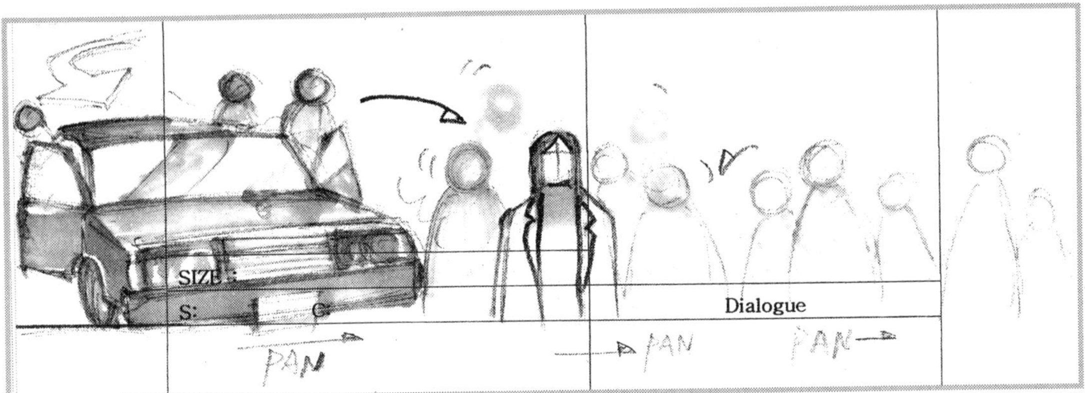

C# 1

불독 옆으로 양복을 입은 덩치들이 곳곳에 배치되어 있다.
라이트를 켠 차가 와서 덩치들 내린다.
점점 불어나는 숫자.
차 도착 PAN → 불독, 밤안개, 갑빠, 보디들 PAN → 보디들 PAN

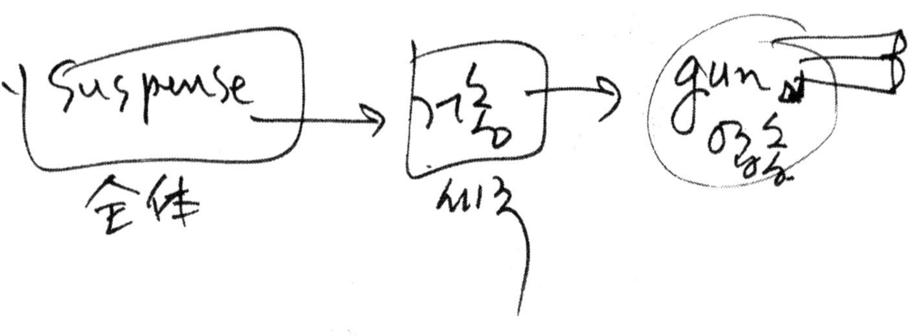

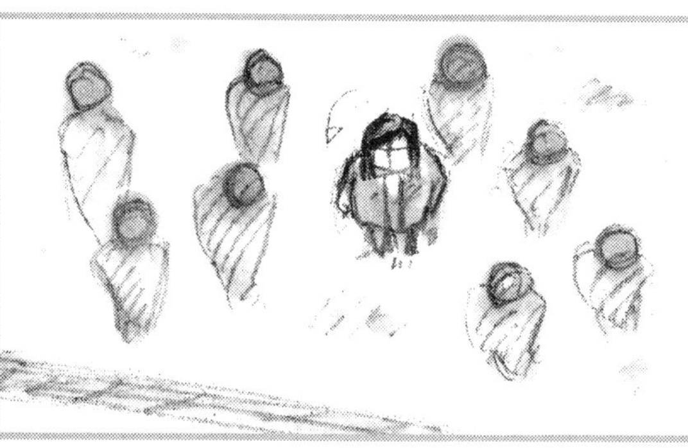

C# 1

베란다에서 내려다 보면,
곤봉을 감시하고 있는 불독 일당의 모습이 보인다.

F.S
부감

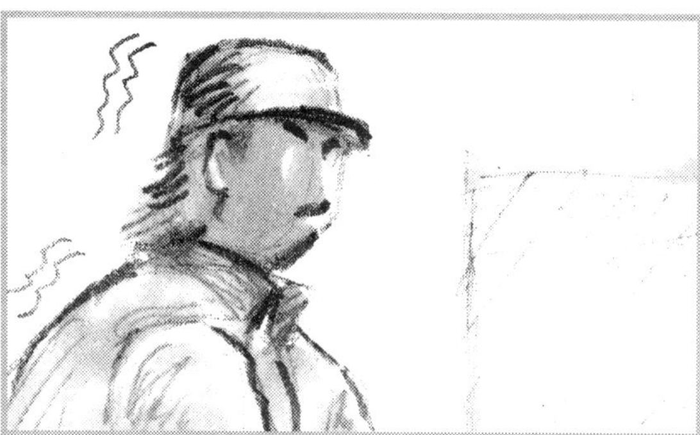

C# 2

불독의 동태를 몸을 숨긴 채 지켜보는
곤봉의 눈에는 불안과 공포로 신경이 곤두 서 있
는 표정이 역력하다.
한여름에 추운지 가끔씩 몸도 부르르 떤다.

B.S

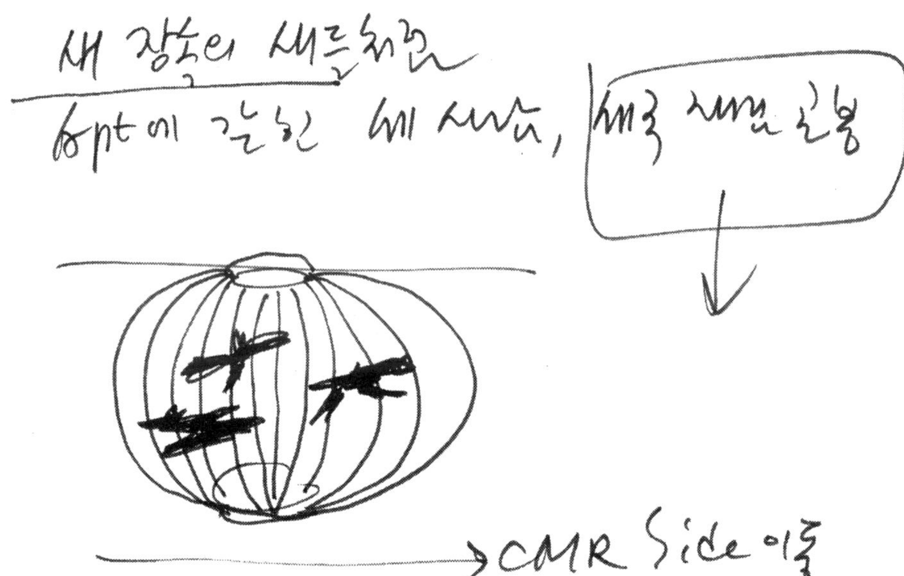

<table>
<tr><td>S# 70-1</td><td>N</td><td>S : 세주집 안방</td><td>Contents : 주사를 맞으며 곤봉 걱정하는 재림</td><td>Tone&Mood</td></tr>
<tr><td></td><td></td><td></td><td>Energy :</td><td></td></tr>
</table>

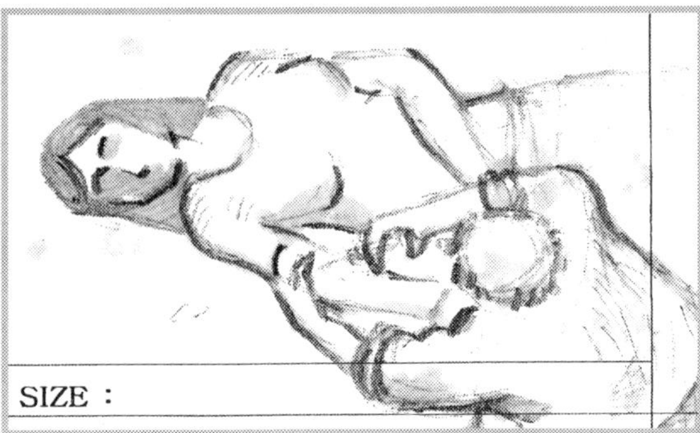

C# 1

침대에 누워 있는 재림
그녀의 팔에 세주가 정성스럽게 주사를
놓아준다.

2인 M.S
직부감

SIZE :

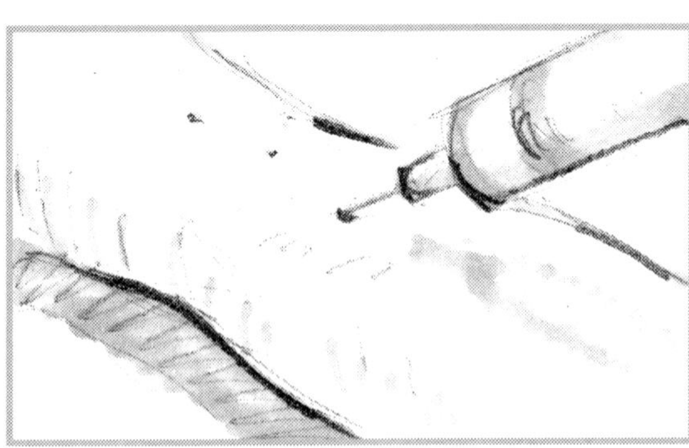

C# 2 (INS)

주사를 맞고 있는 재림의 팔

C.U

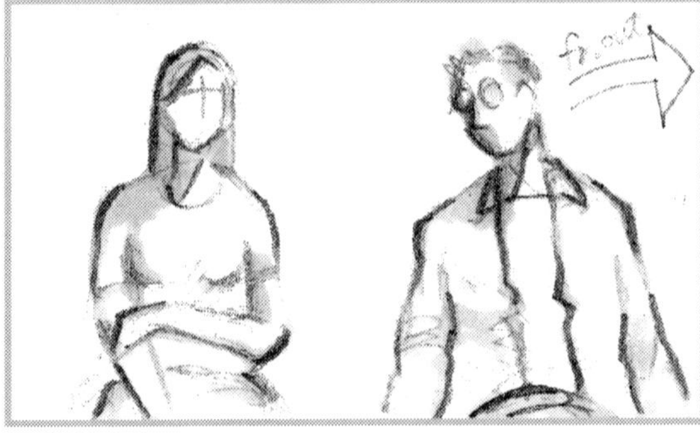

C# 3

이마를 짚어보고 열을 재보는 세주
세주 : 식은 땀이 많이 흐르네
재림 : 차라리 죽고 싶어, 속이 뒤집히는 것 같아.
세주 : 조금만 더 견뎌봐.
재림 : 지금도 충분히 고마워요.
　　　 그나저나 곤봉이 오빠 괜찮을까?
세주: 니 걱정이나 해라.
2인 Side M.S
〈Frame Out 세주〉

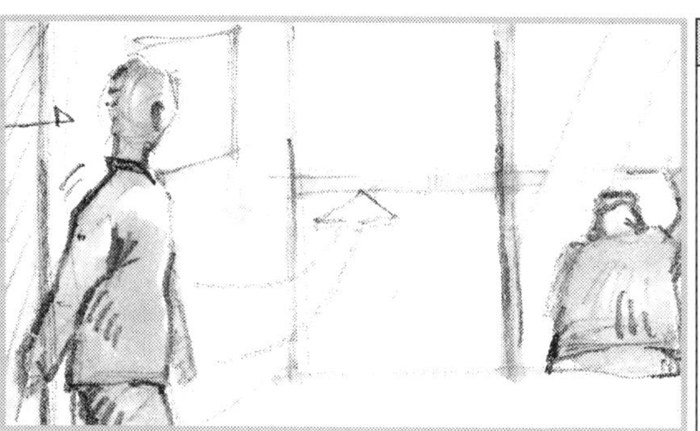

C# 1

거실로 걸어나오는 세주
베란다에 몸을 숨겨 아래를 살피는 곤봉의
뒷모습이 보인다.
〈Frame In 세주〉 테라스의 문을 여는 세주.

2인 M.S

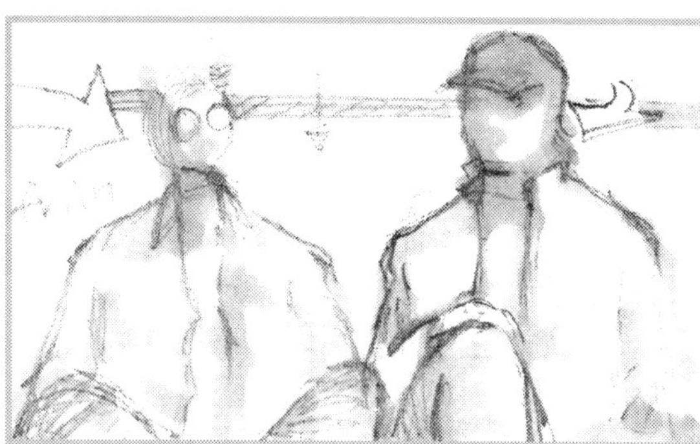

C# 2

〈Frame In 세주〉
곤봉, 쳐다본다.
곤봉 : 형님, 죄송하게 됐습니다. 저때문에…
이 인간 홍곤봉이가 정면승부를 해야하는데…
세주 : 안 피곤해?
곤봉 : 아니요, 괜찮아요! 형님 피곤하실 텐데 좀
주무세요…
세주 : 이 상황에 잠이 오냐?
곤봉 : 근데 재림이는 심각해요? 어때요?
세주 : 아니 아직 심각한 정도는 아니고…
2인 M.S

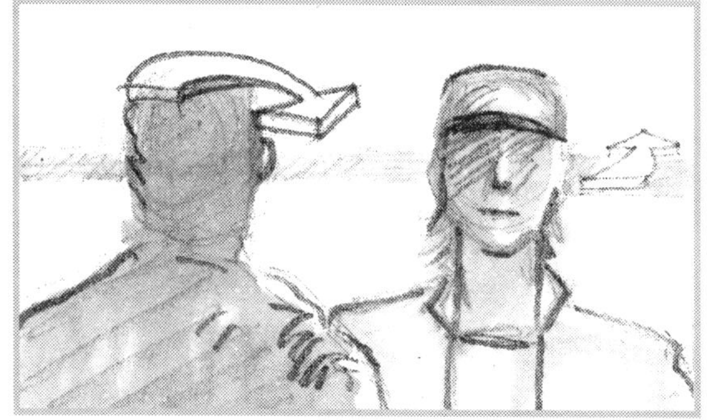

C# 3

곤봉 : 쟤는 집도 절도 없는 앤가, 친구도 없고
참 고약한 구석이 많은 애야. 그리고 계집애가
성질은 있어 가지고… 에힛.
세주 : 너는 임마.
곤봉 : (머뭇머뭇)…
세주 : 경찰 부를까?
곤봉 : 어떻게 믿어요? 소용없다는 것 형님이 더
잘 아시잖아요!
다시 베란다 밖으로 동태를 살피는 곤봉
곤봉의 뒷모습이 초라해 보인다.
착잡한 심정의 세주
세주 O.S , 곤봉 B.S

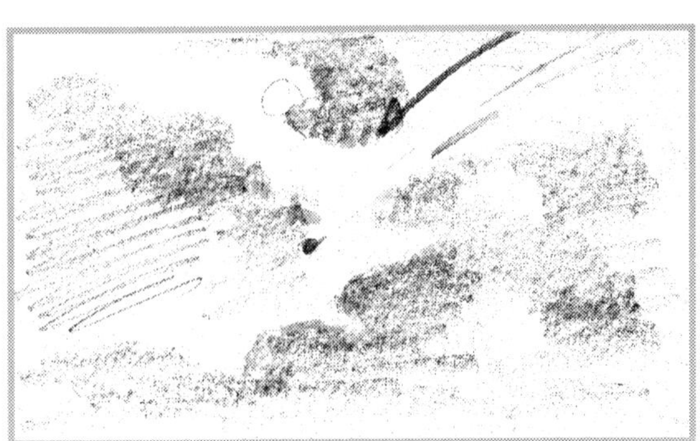

C# 1 (INS)

(이미지 컷)

달빛이 구름에 가려 어스름해진다.
이때, 휙 하고 떨어지는 유성 하나 (C.G)

· C.G. 매거든 · title (main).
(3D)   · 태이 + 1개늘 ·
              · 하늘 + 비행기 ·

· opital 재미늠
  ─ 킨효록 (김유빈)

<table>
<tr><td>S# 72-1</td><td>N</td><td>S : 세주집 안방
문 앞</td><td>Contents : 아픈 재림을 보며 괴로워하는 곤봉</td><td>Tone&Mood</td></tr>
<tr><td></td><td></td><td></td><td>Energy :</td><td></td></tr>
</table>

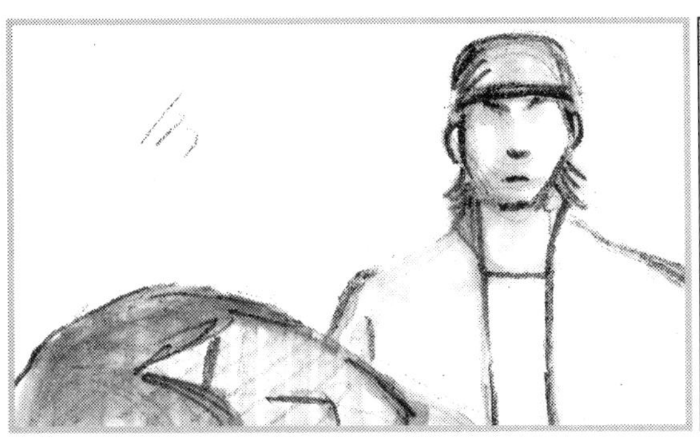

C# 1

뻘쭘하게 문 앞을 지키고 서 있는 곤봉,
재림의 고통에 마음이 아프다.

곤봉 : 씨…발…

재림 O.S , 곤봉 B.S
Focus In & Out : 재림 → 곤봉

· Flash Animation (2D)
　人物別 ⎰ 세주 - 안정.
　　　　　⎰ 곤봉 - 삭발.
　　　　　⎰ 재림 - 橫 品品.

☆ 곤봉 feeling ➝ 재림 속으로.

<table>
<tr><td>S# 72</td><td>N</td><td>S : 세주집 안방</td><td>Contents : 병으로 고통스러워하는 재림</td><td rowspan="2">Tone&Mood</td></tr>
<tr><td colspan="4">Energy :</td></tr>
</table>

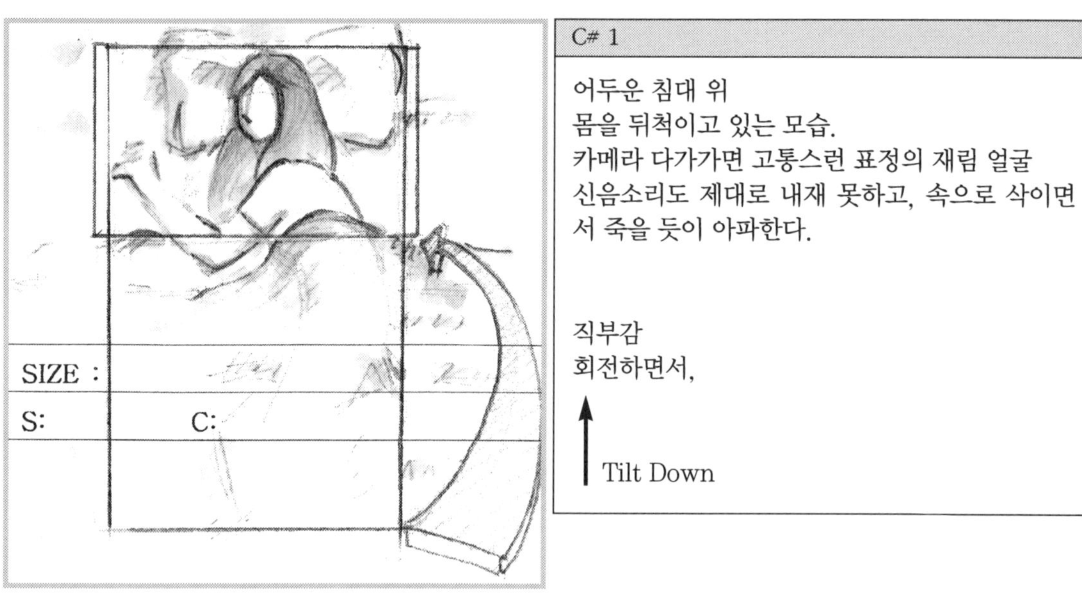

C# 1

어두운 침대 위
몸을 뒤척이고 있는 모습.
카메라 다가가면 고통스런 표정의 재림 얼굴
신음소리도 제대로 내재 못하고, 속으로 삭이면서 죽을 듯이 아파한다.

직부감
회전하면서,

Tilt Down

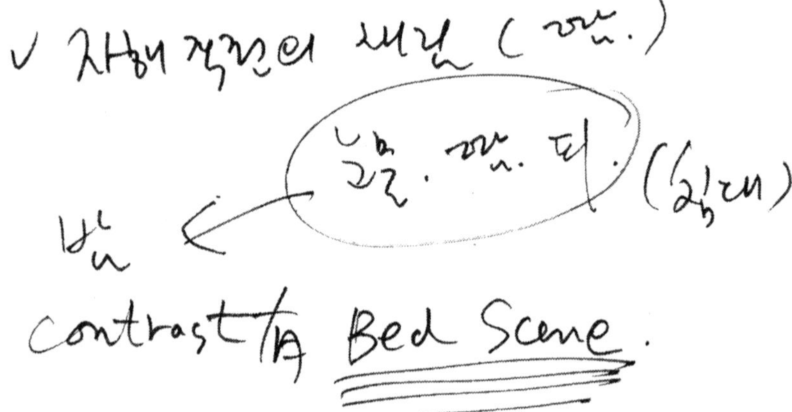

<table>
<tr><td>S# 73</td><td>N</td><td>L : 세주집 앞 거리</td><td>Contents : 세주집을 감시하는 불독 일당</td><td rowspan="2">Tone&Mood</td></tr>
<tr><td colspan="3">Energy :</td></tr>
</table>

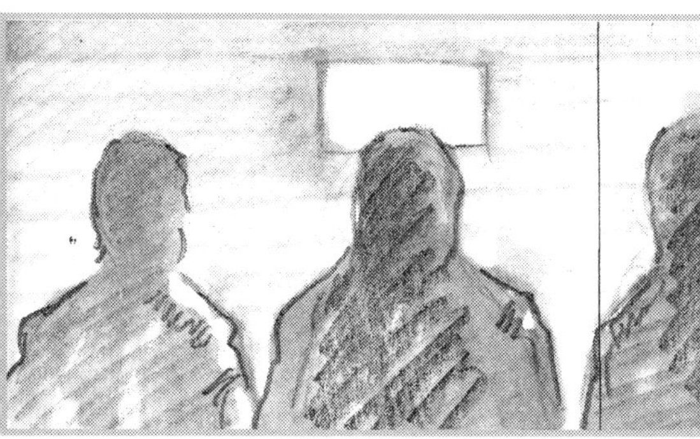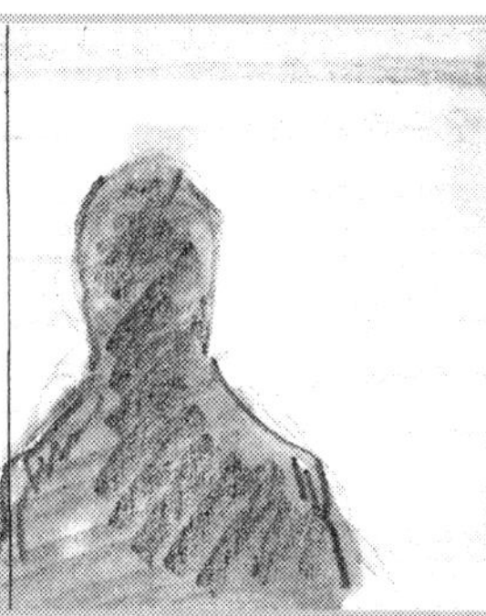

C# 1

드문드문 깔려있는
불독의 부하들.
불켜진 세주의 집 쪽으로 모
두의 시선이 쏠려있다.

Hand held

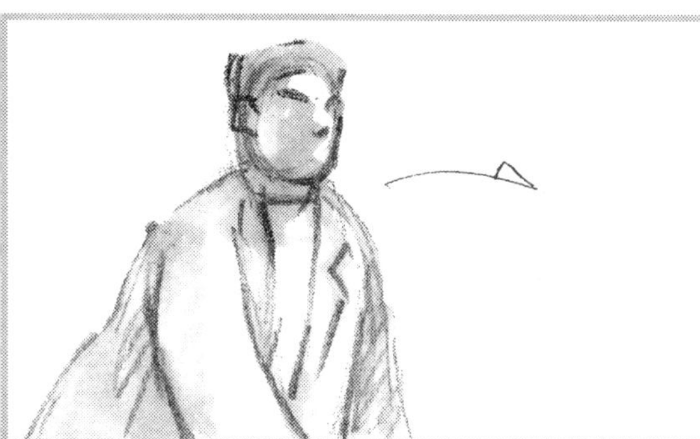

C# 2

Walking 부하1
어슬렁거리는 부하들

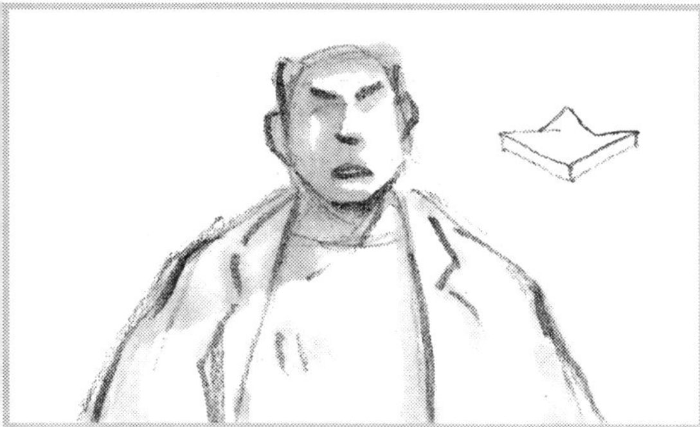

C# 3

Walking 부하2
어슬렁거리는 부하들

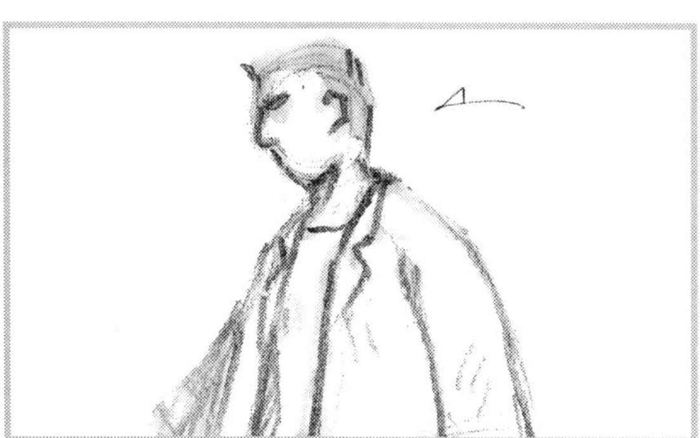

C# 4

Walking 부하3
어슬렁거리는 부하들

<table>
<tr><td>S# 73</td><td>N</td><td>L : 세주집 앞 거리</td><td>Contents : 세주집을 감시하는 불독 일당
Energy :</td><td>Tone&Mood</td></tr>
</table>

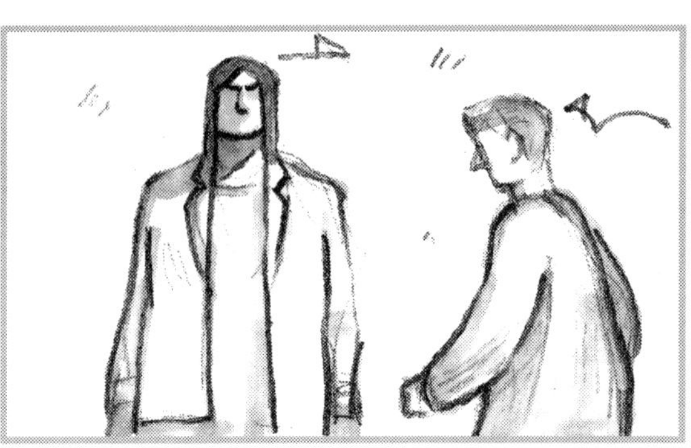

C# 5

밤안개 : 성님, 출출 안 허유?
　　　　이럴땐, 통닭에 맥주 한잔 캬~~ 으미
　　　　으미 씨발 졸라 좋겄네…

2인 M.S
Hand held

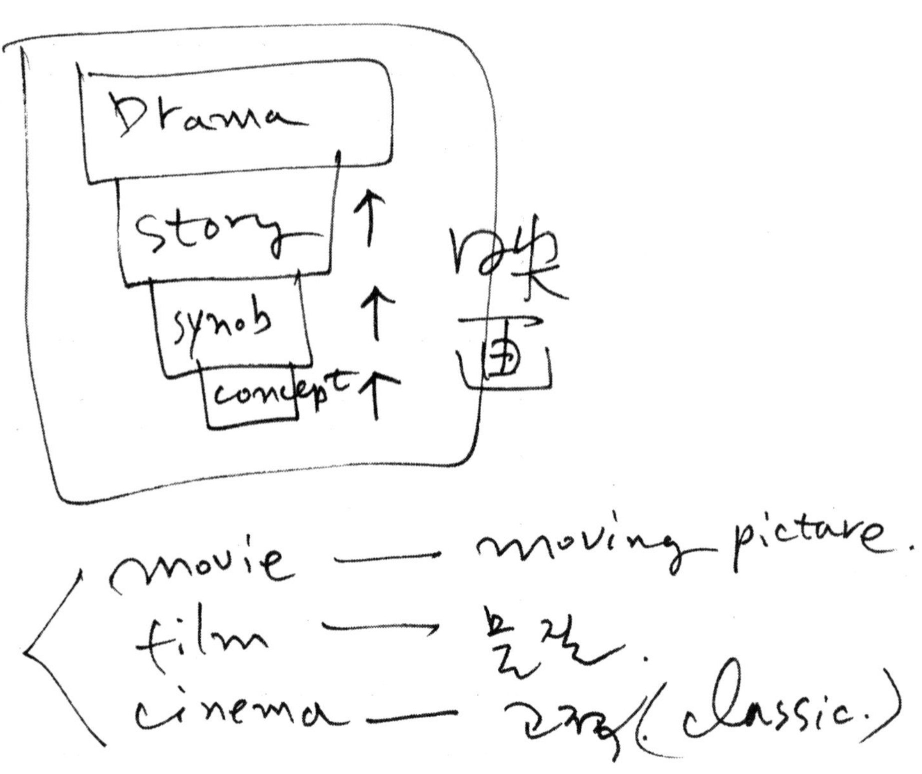

<table>
<tr><td>S# 74</td><td>N</td><td>O : 치킨 집</td><td>Contents : 여자들에게 무릎 갖다주는 깍두기</td><td rowspan="2">Tone&Mood</td></tr>
<tr><td colspan="3">Energy :</td></tr>
</table>

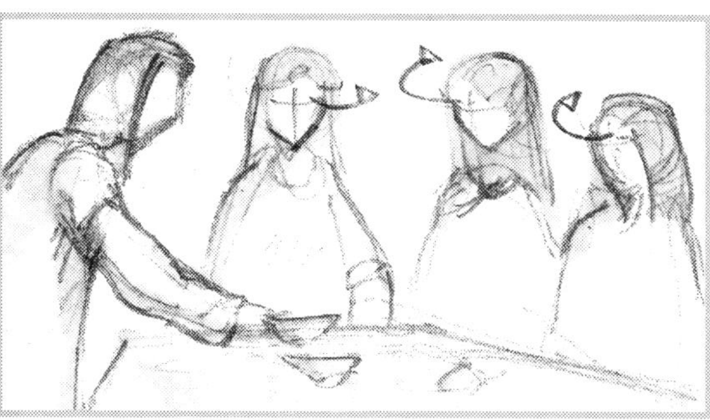

C# 1

창가쪽만 유난히 예쁜 아가씨 손님 1,2,3
치킨을 왁자지껄 먹고 있다.
여점원 깍두기를 두 접시 갖다준다.
아가씨1 : 우리 깍두기 안시켰는데요…
여점원 : 저 분이 드시라고 써비스로 주는 거예요.
아가씨 손님들 일제히 깍두기 쪽을 보다가
〈Frame In 여점원〉

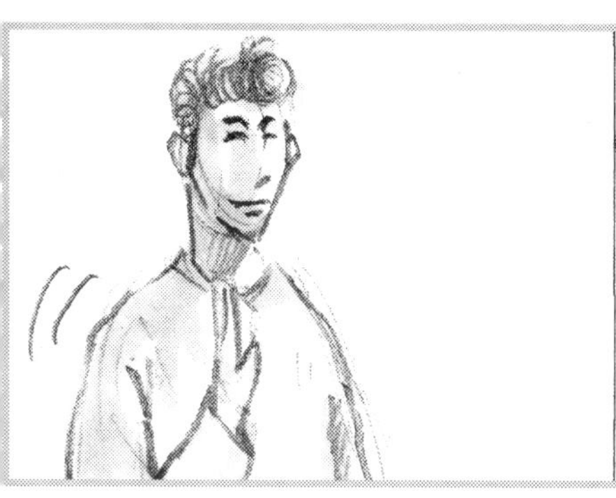
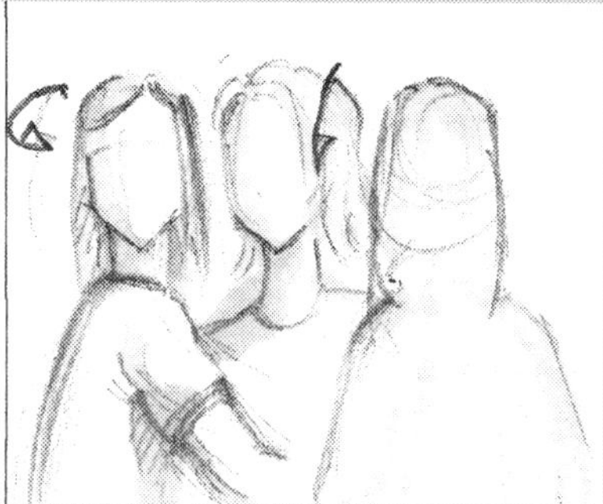

C# 2

깍두기가 윙크하며 눈
썹을 치켜뜨자 목례를
한다.

B.S → PAN
(깍두기 → 손님)

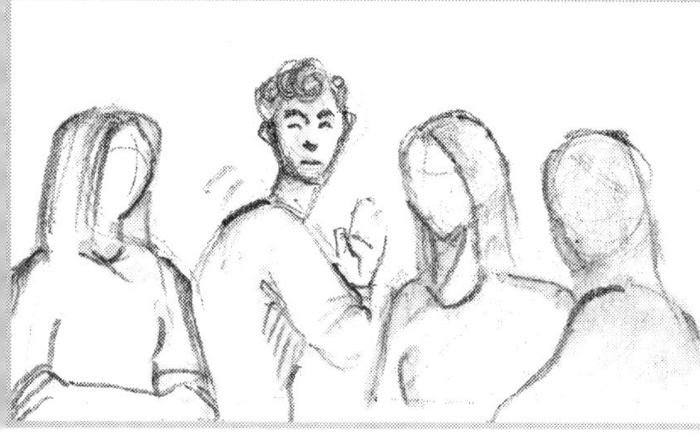

C# 3

깍두기 : 이뻐서 더 주는 거니까 깍두기 많이들 먹드라고.
아가씨2 : 이왕 줄려면 닭다리 주세요…
깍두기 : 닭다리?…
　　　　저 아가씨 그럼 닭다린 써비스 안될까잉?
여점원 : 써비스는 안되죠. 계산 하시면 몰라도…
깍두기 : 그래, 그럼 닭다리 4점만 테이블로 배달해주쇼.
아가씨2 : 깍두기 아저씨 참 멋지다.
깍두기 : 뭐 그 정도 가지고.
아가씨3 : 깍두기 아저씨, 우리 닭날개 먹으면 안돼요?
깍두기 : 닭날개? 뭐 안될 것까지야 있남.

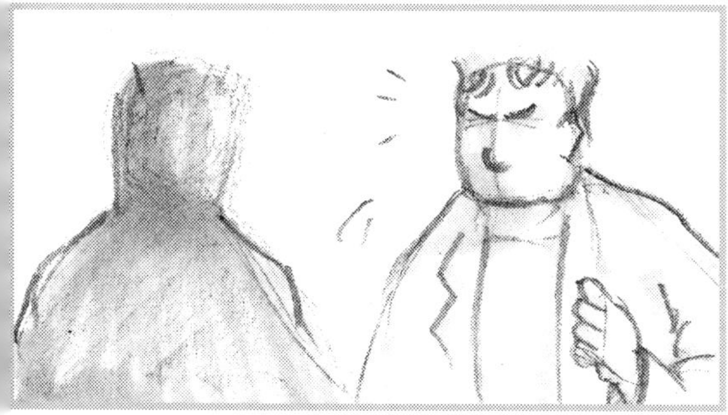

C# 4

무우 : 형님.
깍두기 : 왜? 더 이상은 안 되겠냐?
무우 : 저 가시내들 우릴 맹물로 보는거 아닙니까.
　　　우리 요즘에 돈을 버는 게 아니라 오히려 돈
　　　을 뜯긴다 아닙니까. 이러다 쪽박차겠습더.
　　　고추 형님도 떠나버리고…
깍두기 O.S , 무우 B.S

<table>
<tr><td>S# 74</td><td>N</td><td>O : 치킨 집</td><td>Contents : 여자들에게 무를 갖다주는 깍두기</td><td>Tone&Mood</td></tr>
<tr><td></td><td></td><td></td><td>Energy :</td><td></td></tr>
</table>

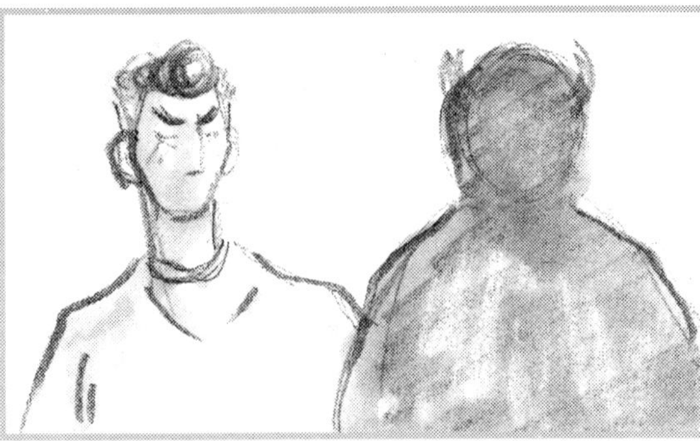

C# 5

깍두기 : 떠난 놈은 떠난 놈이고, 이까짓 거 가지
　　　　고 뭘 그러냐. 아가씨, 저 테이블로 닭
　　　　날개 4점 더 배달해 주쇼.
무우 : 행님!
깍두기 : 니들도 더 먹어. 어려운 때일수록
　　　　더 처먹어야 되는 거여.
무우 O.S , 깍두기 B.S

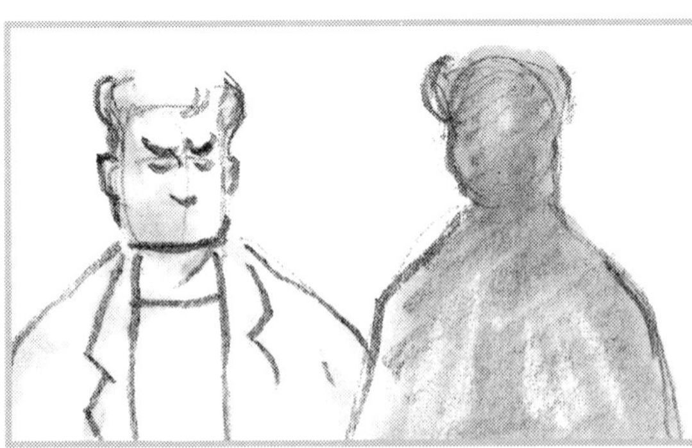

C# 6

배추 : 예, 형님의 배추. 아가씨, 나 주문!
깍두기 : 뭔데?
배추 : 아가씨, 저거 꼽배기 시켜줘요웅!
여점원 : 저건…?
(벽에 붙은 "Self Service"를 가리키며)
배추 : 조아, 난 저거!
배추 : B.S , 깍두기 O.S

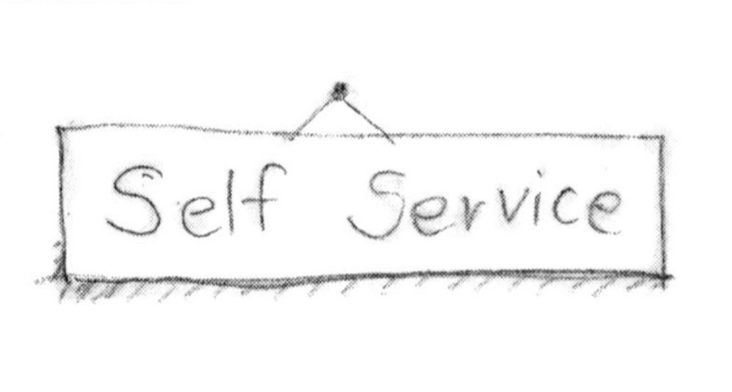

C# 7

벽에 붙은 글씨 "Self Service"

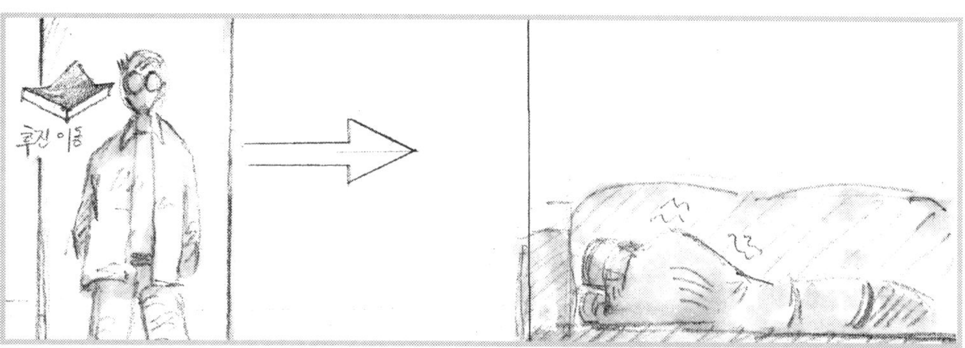

C# 1

좁처럼 잠이 오지 않는지 거실로 다시 나온 세주. 소파 위에서 부르르 떨며 잠들어있는 곤봉 세주, 욕실로 가는데 샤워 소리가 들린다.	Follow 후진이동 M.S Side Dolly

√ 참 박의 시점 (CMR angle)
  · point
  · line (슈팅아)
  · 래벽는 crain

√ 객관적 시점
  주반적 시점.) P.O.V의 혼용.

〈 觀客라의 同一化 (同期化) 中要 〉

〈 당대 시대흐름? POP Artist 효.우.永国!! 〉

<table>
<tr><td>S# 75-1</td><td>N</td><td>S : 세주집 욕실</td><td>Contents : 샤워기를 틀어놓고 아파하는 재림</td><td>Tone&Mood</td></tr>
<tr><td></td><td></td><td></td><td>Energy :</td><td></td></tr>
</table>

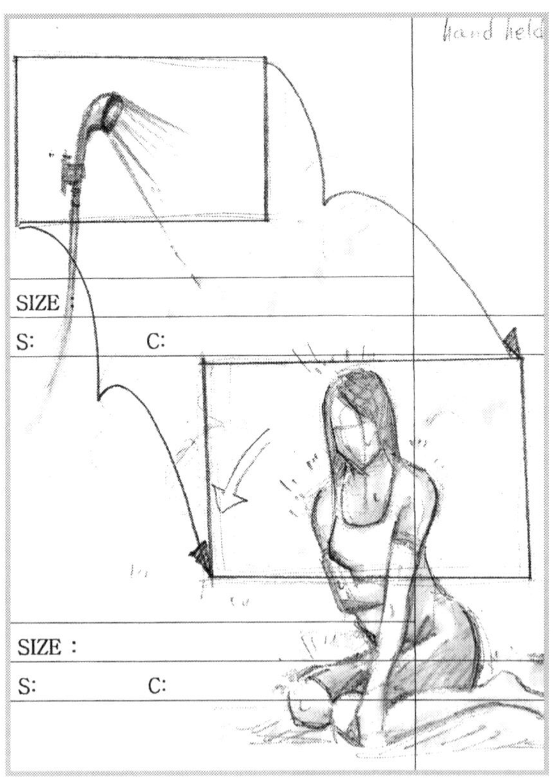

C# 1

샤워 물이 "쏴~" 하고 샤워기에서 물이 뿜어지고 그 소리에 맞춰 소리가 묻힐 만큼의 신음소리만 낸다.
(S.E) 쏴아아
재림 : 아흑… 아아아…

샤워기로 자신의 몸에 물을 뿌린다.
고통을 호소할 곳도 없이 신음소리를 내어보지만, 그러다 땅바닥에 주저앉고 고통은 거의 절정에 달한다.
죽을 듯한 표정
Hand held
Tilt Down (B.S → F.S)

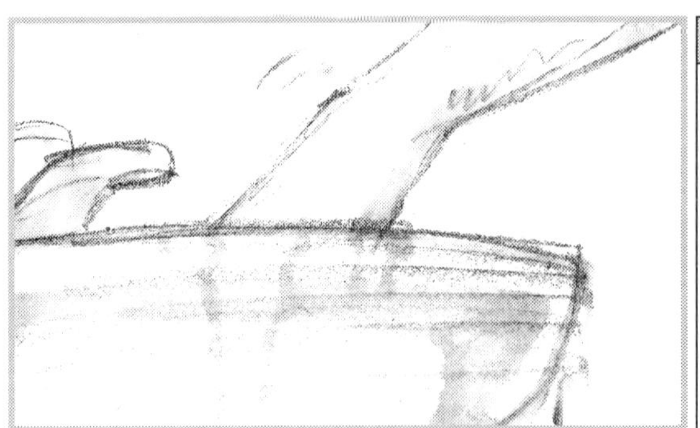

C# 2

아파하다 세면대 위에 손을 휘젓는 재림

C.U
Low AG.

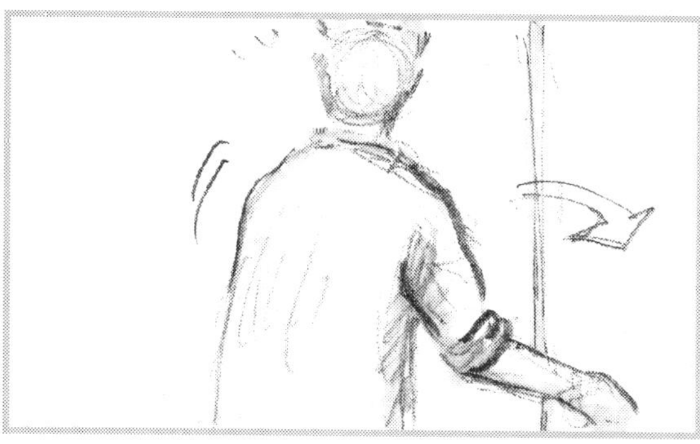

C# 1

문을 열려다가 다시 되돌아가려는데 이상한 직감

Hand held
Follow

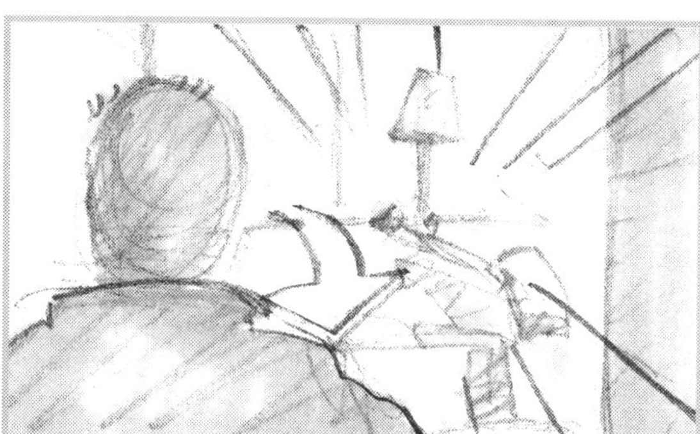

C# 2

안방문을 열어보니 이불이 침대 위에 마구 헝클어져 있다.

Hand held
Follow

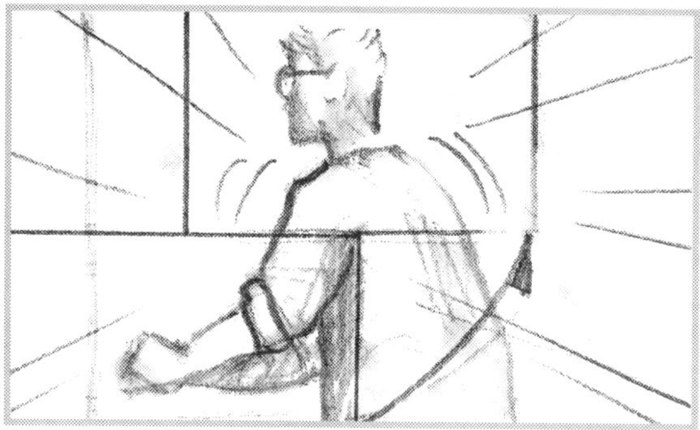

C# 3

얼른가서 욕실을 손잡이를 돌려보지만 문이 잠겨있고, 문을 두드린다.

세주 : 재림이 안에 있니?

인기척이 들리지 않는다.
이상한 불안감
B.S

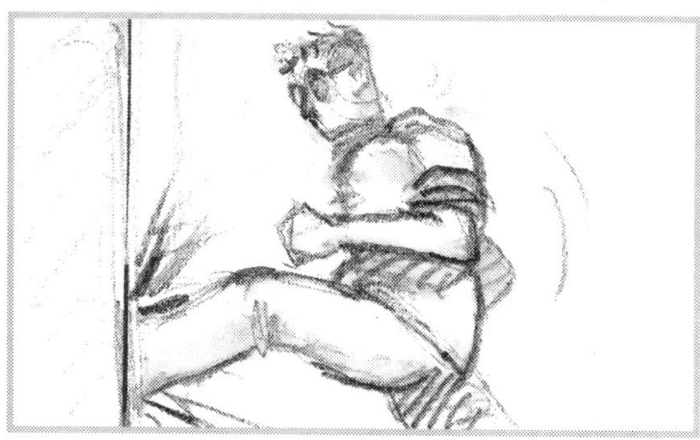

C# 4

다시 한번 문을 두드리고 안에서 아무런 반응이 없자 세주는 발로 문을 차서 들어간다.

M.S

<table>
<tr><td>S# 77</td><td>N</td><td>S : 세주집 욕실 안</td><td>Contents : 자살한 채림을 치료하는 세주, 곤봉</td><td rowspan="2">Tone&Mood</td></tr>
<tr><td colspan="3">Energy :</td></tr>
</table>

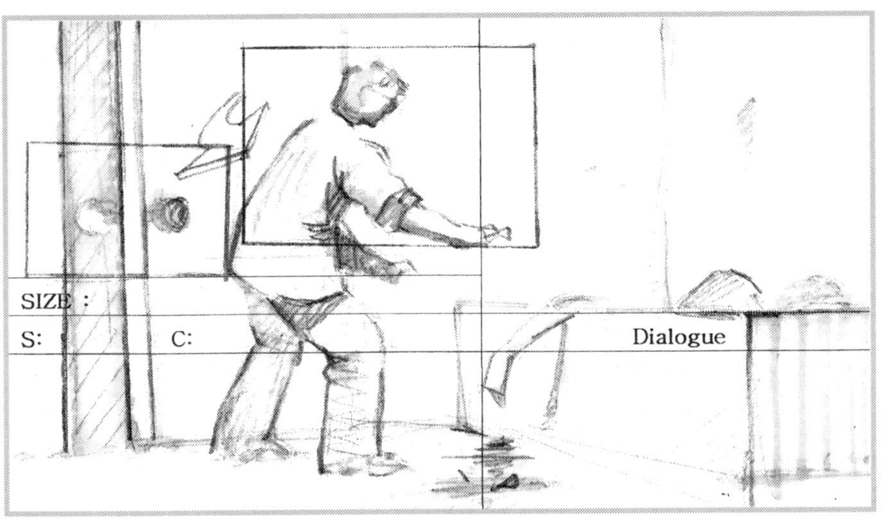

SIZE :

S:　　　C:　　　Dialogue

C# 1

욕조 안의 참혹한 광경. 하얀 블라우스의 채림.　　　Hand held
죽은 듯이 누워있고 밖으로 나온 손에선 붉은 피가 쏟아져 나온다.　　　Follow
그 광경을 본 세주는 다시 안방으로 뛰어가며 곤봉을 크게 부른다.

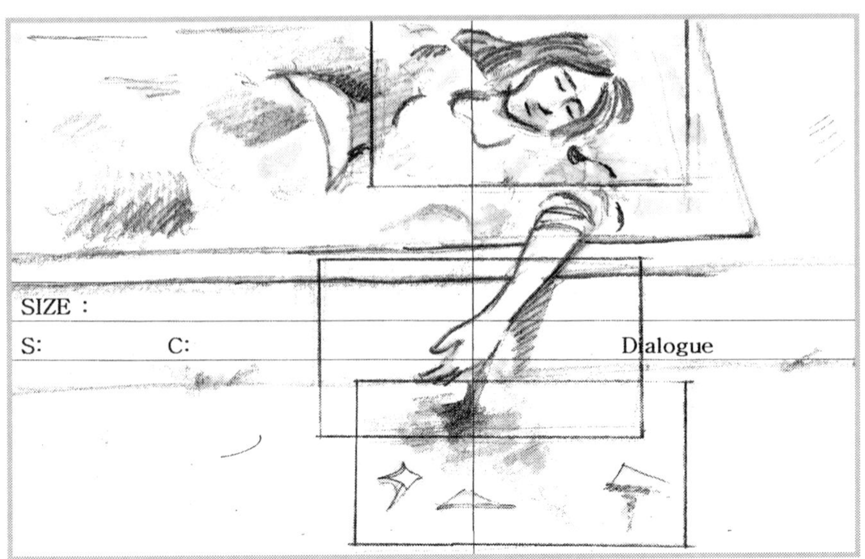

SIZE :

S:　　　C:　　　Dialogue

C# 2

욕실 바닥에는 깨진 유리조각이 피를 머금은 채 놓여 있고,　　　Hand held
채림이 입고 있는 블라우스는 욕조에 둥둥 떠 있다.

<table>
<tr><td>S# 77</td><td>N</td><td>S : 세주집 욕실 안</td><td>Contents : 자살한 채림을 치료하는 세주, 곤봉</td><td>Tone&Mood</td></tr>
<tr><td></td><td></td><td></td><td>Energy :</td><td></td></tr>
</table>

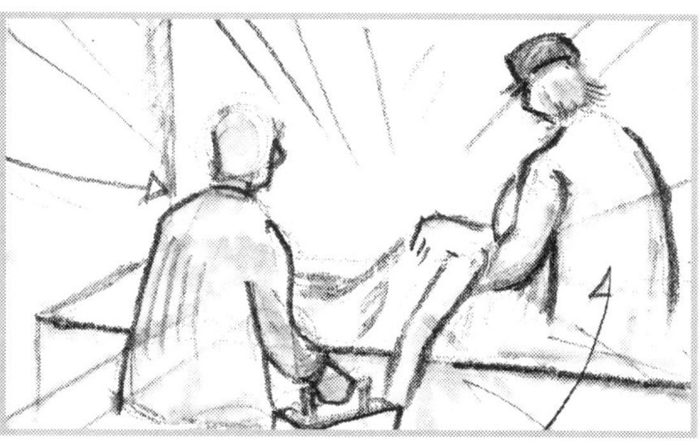

C# 3

세주는 나가서 의료가방을 들고 다시 들어오고,
곤봉도 뒤이어 들어온다.
곤봉 : 얘, 왜 이래요?
세주 : 야, 설명할 시간 없어! 어서 꺼내자!

Hand held

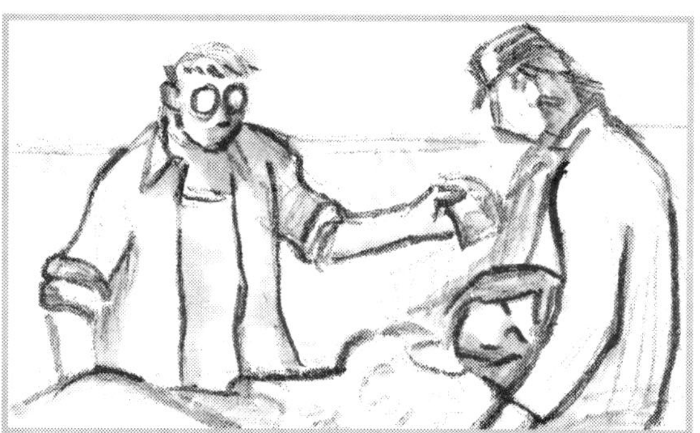

C# 4

욕조에서 재림을 꺼내 바닥에 눕힌 다음
세주는 뒷주머니에 있던 손수건을 꺼낸다.
세주 : 이걸로 팔뚝을 묶어, 최대한 압박해!

Hand held

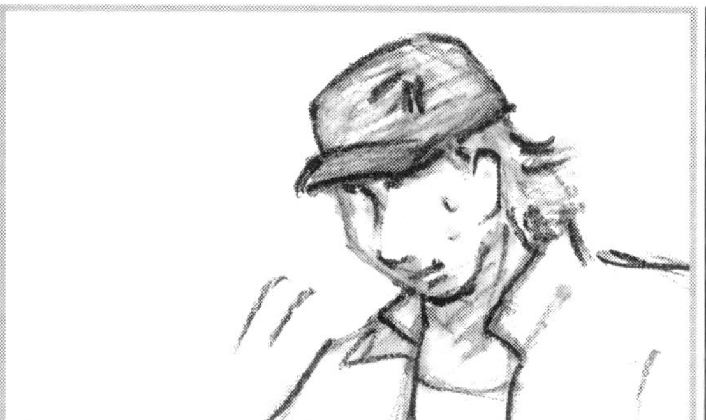

C# 5

곤봉 : 괜찮을까요? (눈이 충혈된다)
어안이 벙벙한 곤봉은 시키는대로 재림의 팔뚝
을 손수건으로 열심히 묶고,

C.S

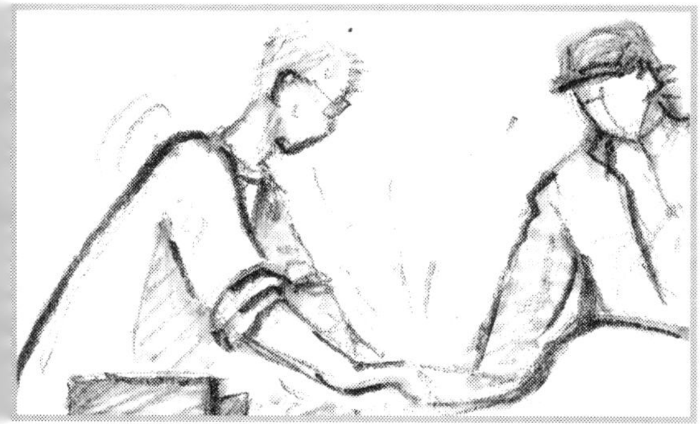

C# 6

세주는 가방을 열고 의료기구들을 늘어놓은 채
핀셋, 실과 바늘, 메스 등을 이용해 능숙하게
치료를 한다.
세주 : 제발! 제발!
감정을 억지로 참아가며 손목을 치료하는 세주
무슨 생각이 났는지 전화를 한다.
세주 : 민호선배! 나 백세주. 앰블런스 좀 보내줘요! 네!
Hand held , Quick PAN~

<table>
<tr><td>S# 78</td><td>N</td><td>L : 상가건물 앞</td><td>Contents : 응급차로 재림을 옮기는 세주, 곤봉</td><td rowspan="2">Tone&Mood</td></tr>
<tr><td colspan="3">Energy :</td></tr>
</table>

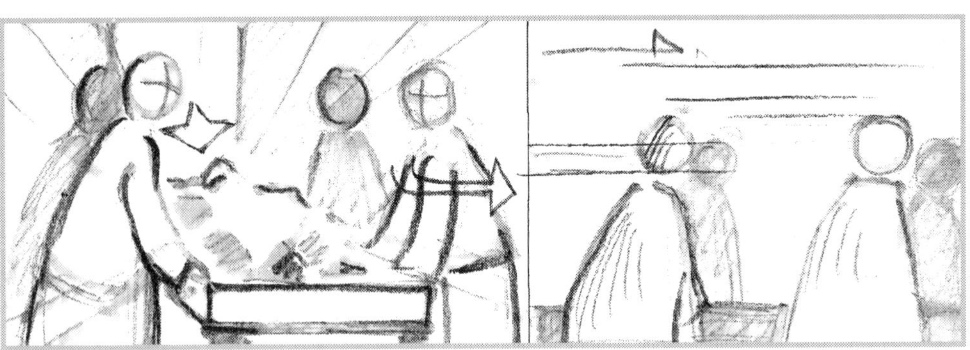

C# 1

(S.E) 싸이렌 소리

복장을 갖춘 의사 4명이 간이 침대에 재림을 눕혀 빠른 걸음으로 아파트에서 나온다.
Follow , PAN
M.S

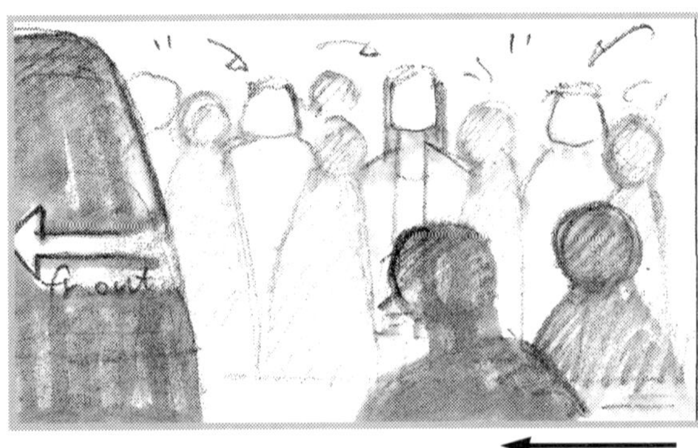

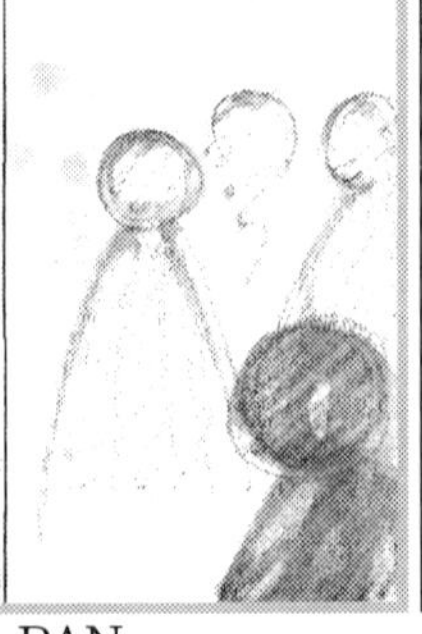

← PAN

C# 2

불독과 부하들, 싸이렌 소리
에 놀라서 나온 주민들이 서
로 에워싸며 광경을 지켜보
고 있다.

F.S
PAN
〈Frame Out 앰블런스〉

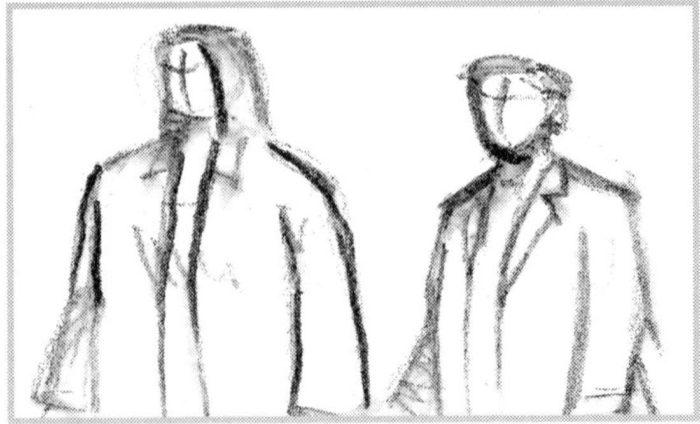

C# 3

앰블런스 떠나면 그 쪽을 지그시 바라보는
불독과 밤안개.

2인 M.S

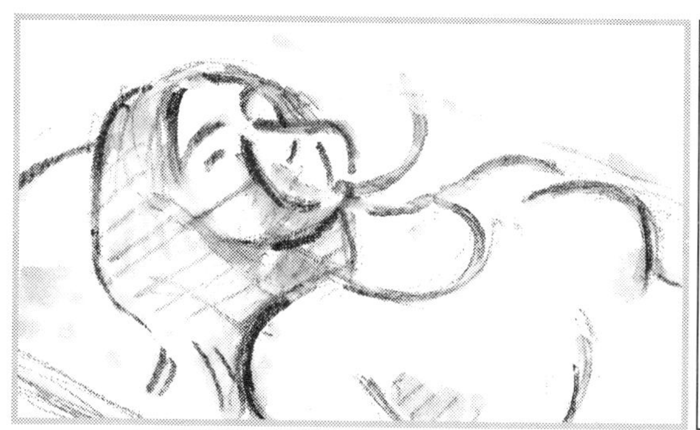

C# 1

의식을 잃고 레스피레이터를 장착한 채 침대에
누워있는 재림.

B.S
Hand held

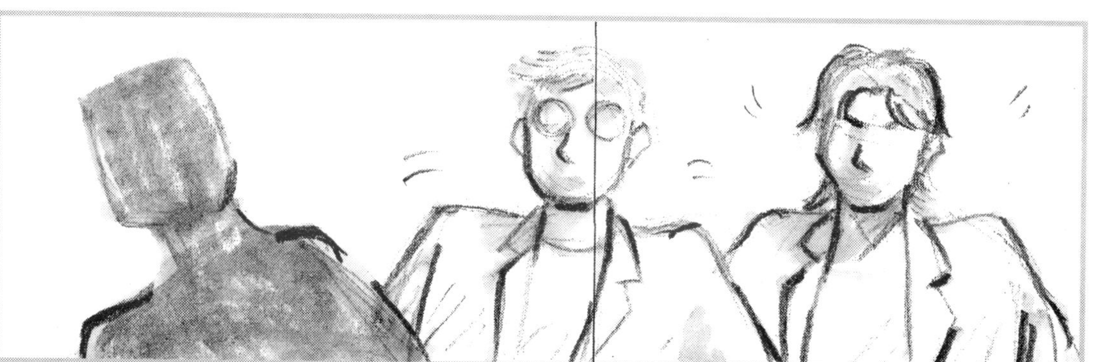

C# 2

남자 간호사 O.S
세주, 곤봉 B.S
PAN

남자 간호사가 열심히 응급처치를 하고 있고, 의사 복장을 한 세주와 곤봉은 간이의자에 몸을 의지하고 있다.
곤봉 : 미친년… 흐흑… 죽긴 왜 죽는다고 지랄!
재림의 모습에 착잡하기만 한 세주.

· Hand Held의 강조.
— moving.
— 現場 아노 (現場感..)

<table>
<tr><td>S# 8o</td><td>D</td><td>O : 대학병원 응급실</td><td>Contents : 헌혈하던 곤봉에게 불독 협박</td><td rowspan="2">Tone&Mood</td></tr>
<tr><td colspan="3"></td><td>Energy :</td></tr>
</table>

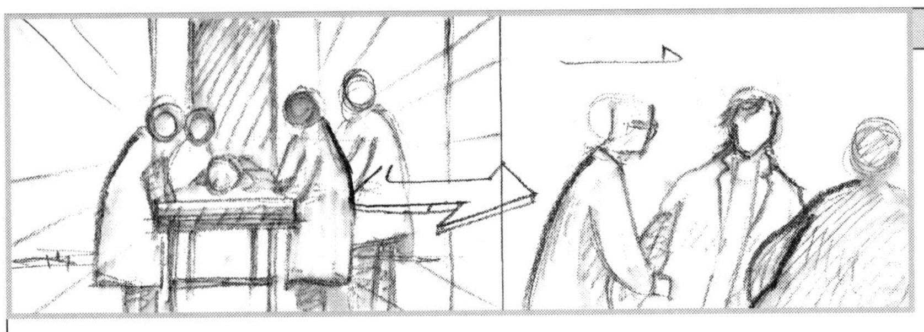

C# 1

Hand held
Follow
PAN
M.S

재림을 따라 응급실로 들어가는 세주와 곤봉 ⟶ PAN

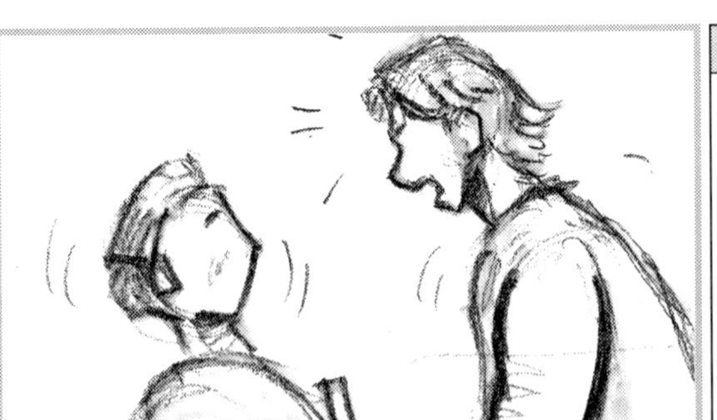

C# 2

곤봉은 간호사에게 헌혈하겠다고 한창 실랑이를 벌이다가
곤봉 : 내가 O형인데 내 피는 되잖아여. 예?!

간호사 졌다는 듯 곤봉의 피검사를 실시한다.

B.S
Hand held

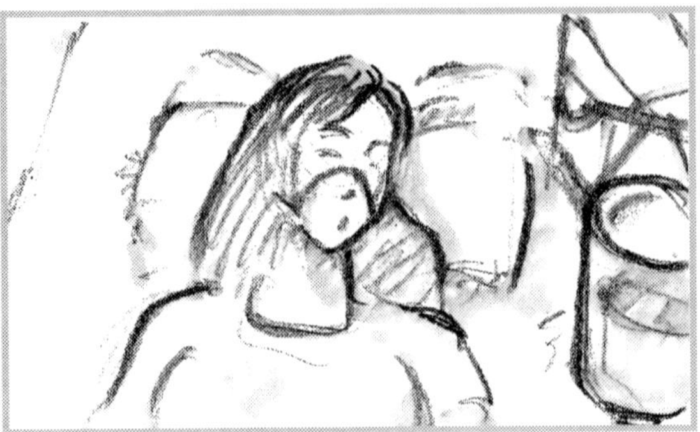

C# 3

재림은 링거액과 혈액튜브를 꽂고,

B.S
Hand held

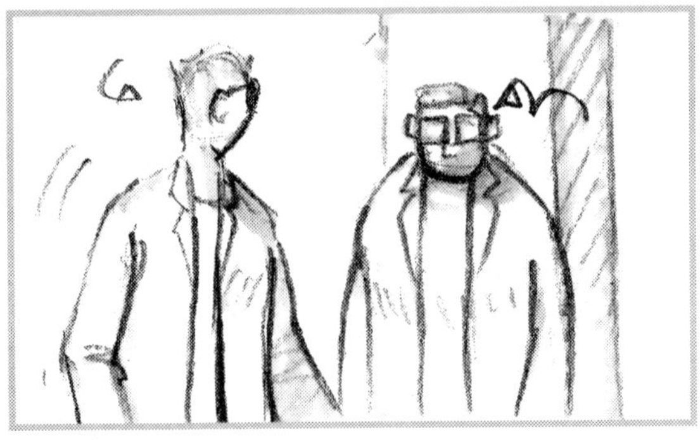

C# 4

응급실 문을 열고 민호가 들어온다.
민호 : 이게 우찌 된기야? 사고쳤구마…
세주 : 미안해요…
민호 : 세주 니보고 한 소리 아냐… 벌써 세번째 아이가.
세주 : 근데 이번은 자해한 거잖아요.
민호 : 하지만 워낙 상태가 안좋으니까…
　　　 간 신장 심장 다 안좋다 아이가…
2인 M.S , Hand held

<table><tr><td>S# 80</td><td>D</td><td>O : 대학병원 응급실</td><td>Contents : 헌혈하던 곤봉에게 불독 협박</td><td rowspan="2">Tone&Mood</td></tr><tr><td colspan="3">Energy :</td></tr></table>

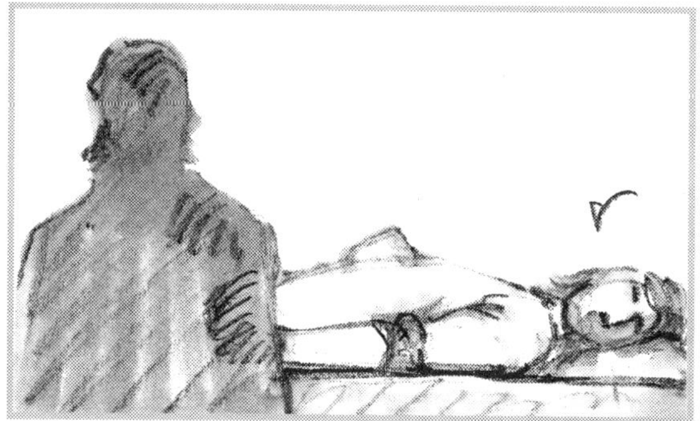

C# 5

곤봉, 민호와 세주를 본다.
태어나 처음으로 침대에 누워서
헌혈을 하고 있는 곤봉.
곤봉 : …

민호 O.S , 곤봉 M.S

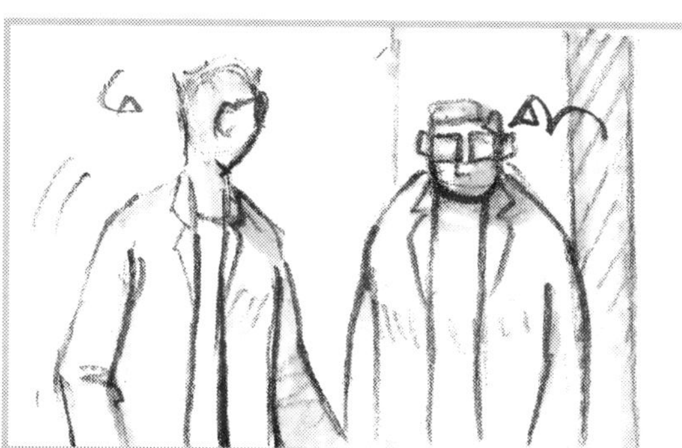

C# 6

세주, 민호와 함께 나간다.

곤봉의 P.O.V
2인 M.S

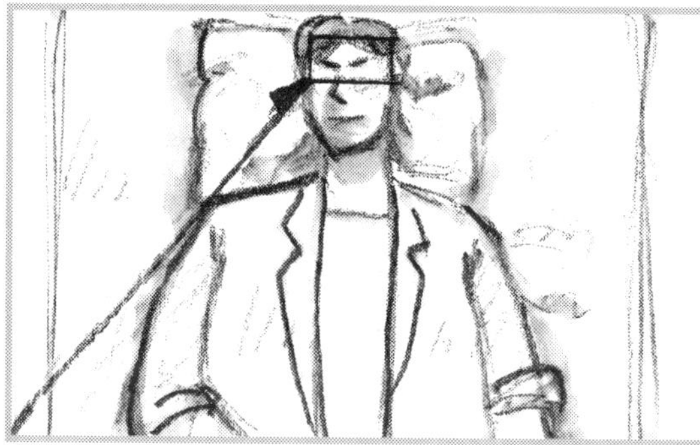

C# 7

눈물이 말라 하얀 눈자위가 충혈 되어 있지만
불독을 따돌리고 재림을 살렸다는 안도감에
더 없이 편안한 모습이다.
졸린지 눈을 서서히 감는 곤봉, 갑자기 주위가
어두워지는 느낌. 실눈을 해서 앞을 흐릿하게
바라본다. 그러다가 동공이 확 커지는 곤봉.
부감
M.S → Dolly In → C.U

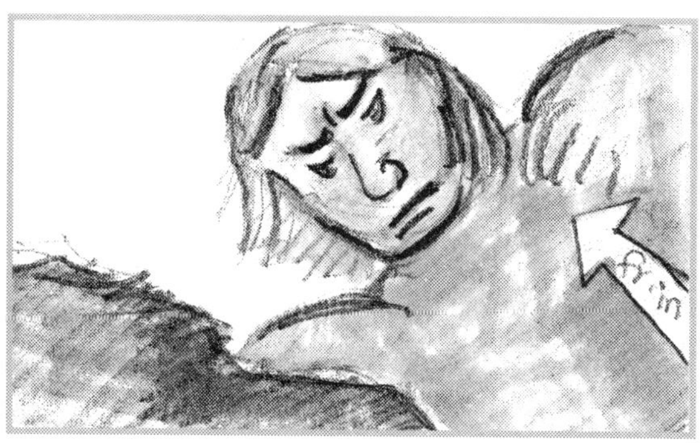

C# 8

〈Frame In 불독〉
누워있는 곤봉을 쳐다보고 있는 불독의 얼굴
곤봉은 너무 놀라 소리도 지르지 못한다.
불독 : (나직히) 무섭냐?
곤봉 : 어… 어…
불독 : 그래, 여긴 응급실이니깐 조용히 있어야지.
C.S
앙각

<table>
<tr><td>S# 80</td><td>D</td><td>O : 대학병원 응급실</td><td>Contents : 헌혈하던 곤봉에게 불독 협박</td><td>Tone&Mood</td></tr>
<tr><td></td><td></td><td></td><td>Energy :</td><td></td></tr>
</table>

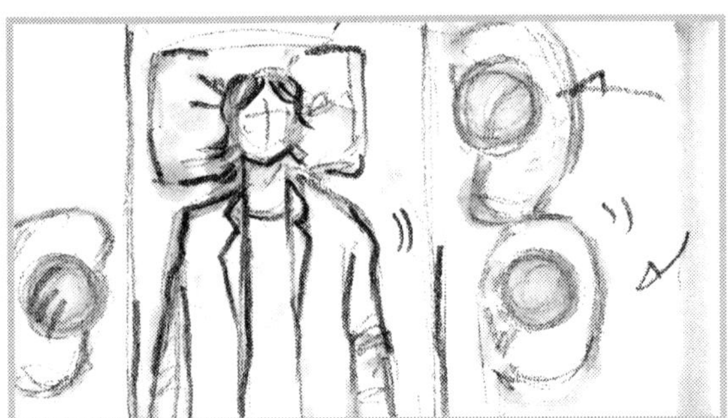

C# 9

곤봉, 마치 포박당한 사람처럼 침대에서
꼼짝도 못한다.

직부감

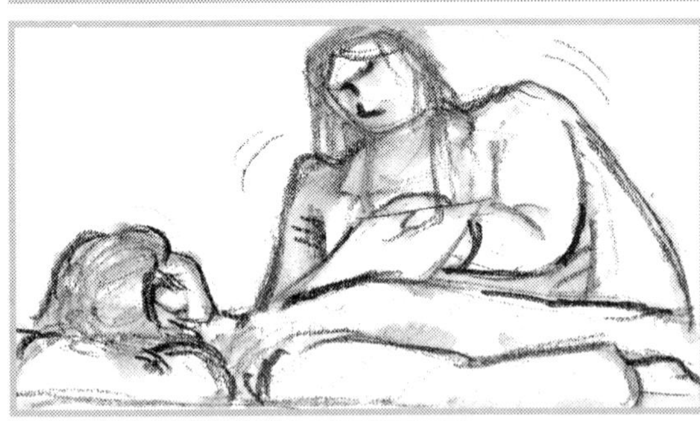

C# 10

불독 : (손을 들어 보이며) 이 손으로 당장 널 눌러서 죽이고
싶지만… 너 같은 애송이가 다른 곳도 아니고 병원침대에 누
워 있는데 그럴 수야 없지. (곤봉의 손을 잡는다)
애들을 시켜서 지금 죽여 버릴 수도 있는데
우리 행님이 니 낯짝을 보고 싶어 하신다.
(곤봉의 손을 서서히 꺾는다)
(손을 완전히 꺾는다. 옆에 있던 보디 인주를 대령하면 불독 문
서 서류를 꺼내 곤봉의 엄지 손가락으로 지장을 몇 번 찍는다)
니네 상가 건물을 우리 걸로 명의 변경 해줘야 할 것 아니냐.
어째 니네 조직은 니 명의로 상가 건물을 인수했냐? 하하하
(S.E) 두두둑
곤봉 : 으윽…
Side 2인 M.S

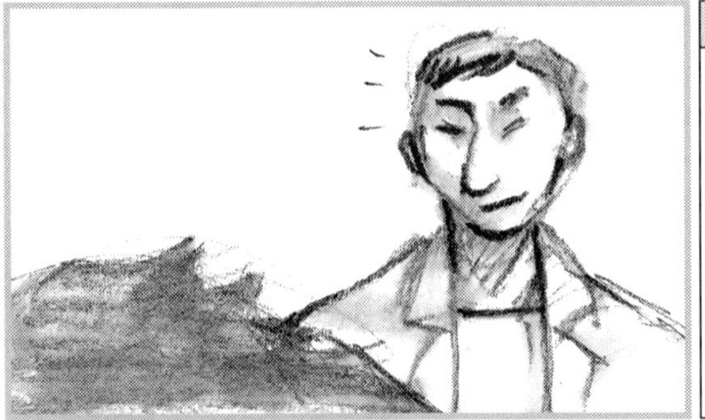

C# 11

밤안개, 곤봉을 보며 다친 손가락을 까딱거리며
음흉한 웃음을 짓는다.

곤봉 O.S , 밤안개 B.S
앙각

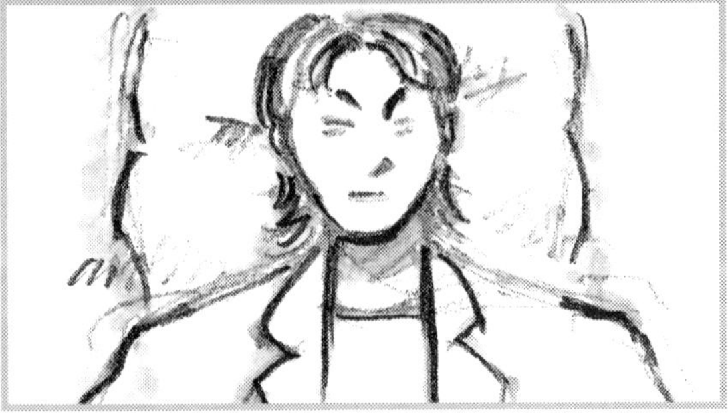

C# 12

고통스러워하는 곤봉

B.S
직부감

<table>
<tr><td>S# 80</td><td>D</td><td>O : 대학병원 응급실</td><td>Contents : 헌혈하던 곤봉에게 불독 협박</td><td rowspan="2">Tone&Mood</td></tr>
<tr><td colspan="3">Energy :</td></tr>
</table>

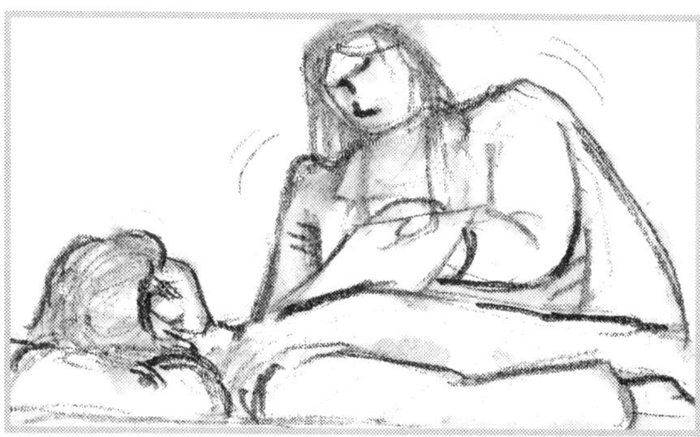

C# 13

〈Frame In 불독〉
불독 : 내일 다 부서진 니네 공장있지,
거기로 두시까지 나와.
뒤돌아서 가던 불독, 다시 곤봉의 앞에 선다.
불독 : 아, 까먹을 뻔했군. 너희 집에 오마니 뵌적 있다.
니놈이 마음먹기에 따라 얼마든지 효도할 수 있지."
곤봉 O.S , 불독 M.S
앙각   〈Frame Out 불독〉

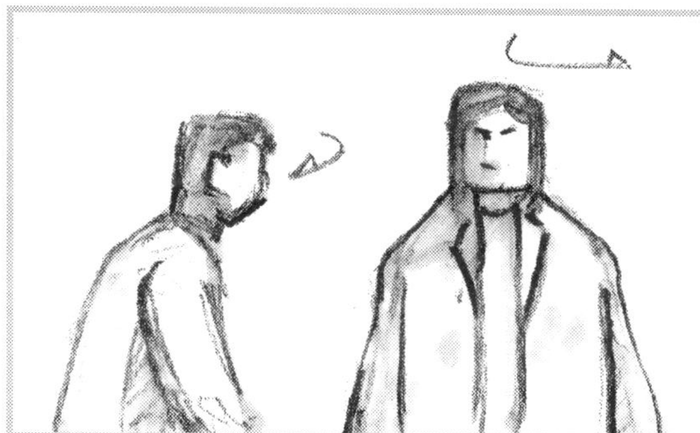

C# 14

밤안개 : 아니 이걸 냅두고 그냥 가유? 형님?

불독 : 생각은 있는 놈이겠지.

Side M.S

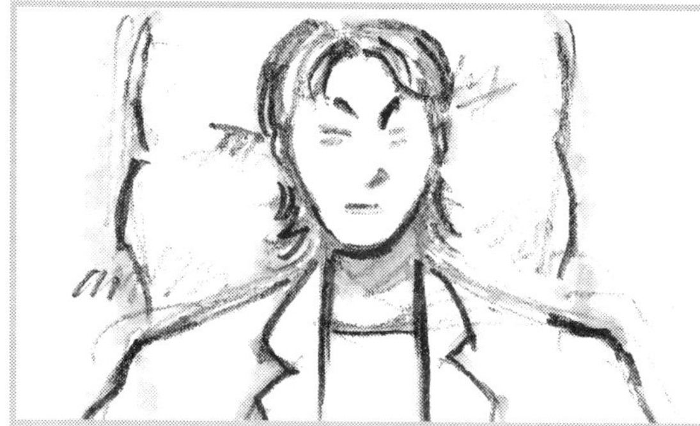

C# 15

손을 덜덜 떠는 곤봉

B.S
직부감

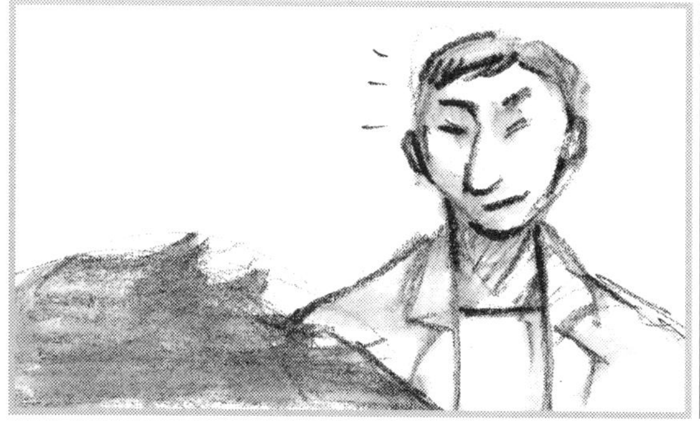

C# 16

갑빠 : 떨지마아양…

〈Frame In 갑빠〉
곤봉 O.S , 갑빠 B.S
앙각

<table>
<tr><td>S# 80</td><td>D</td><td>O : 대학병원 응급실</td><td>Contents : 헌혈하던 곤봉에게 불독 협박</td><td>Tone&Mood</td></tr>
<tr><td></td><td></td><td></td><td>Energy :</td><td></td></tr>
</table>

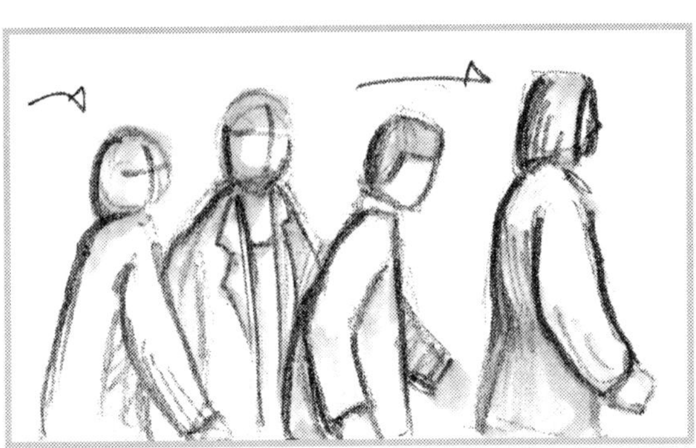

C# 17

불독 : 날도 뜨거운데 고생이 많다… 가자!

Side 4인 M.S

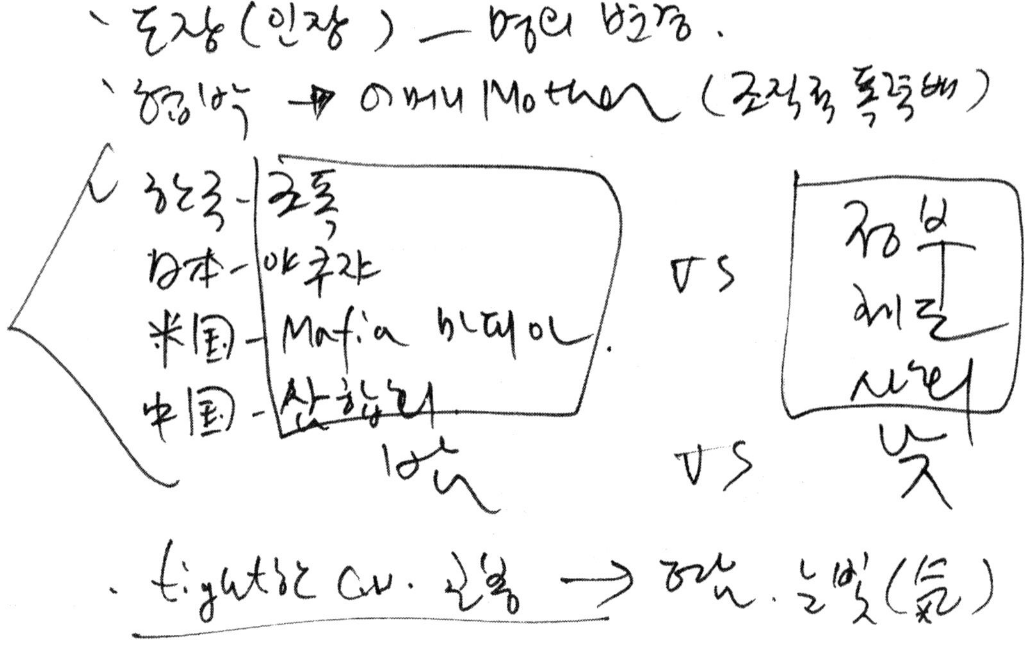

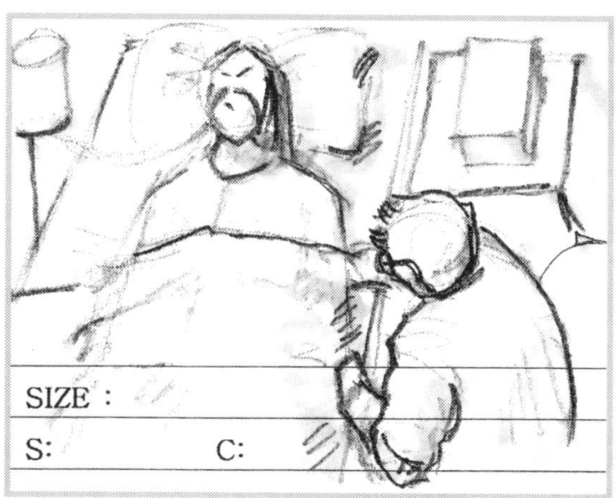

SIZE :

S:　　　　　C:

C# 1

산소호흡기를 끼고 자고 있는 재림
팔에는 각각 붕대와 수혈튜브가 꽂혀 있다.
세주 : 동맥은 뼈 사이에 있어. 수십 번 그어야 겨우 동
　　　맥이 나와! 담부턴 칼로 살과 뼈를 수십번 긋는
　　　고통을 견딜 수 있다면 손목을 그어. 아니면 세
　　　로로 긋던지.
세주 나가고.
부감
Crane Down

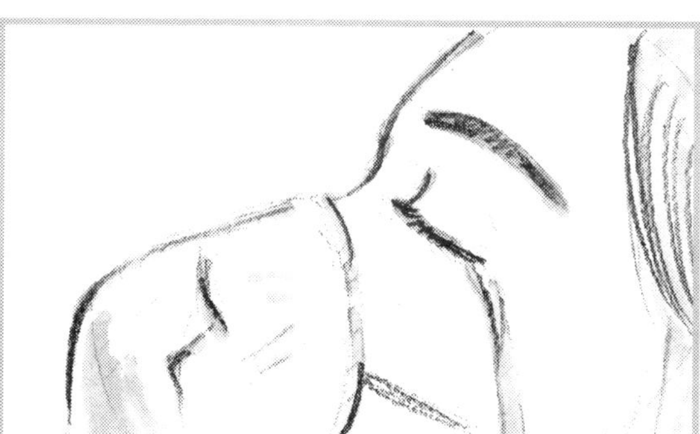

C# 2

재림의 눈에서 눈물이 흐른다.

C.U

① 눈물에서 시작하는 drama
② 이소. 웃음. 폭소 ~~oHoH~~ 로 이어지는 story.
③ 들러내기 / 비틀기.

<table>
<tr><td>S# 82</td><td>N</td><td>O : 병원 내 계단</td><td>Contents : 재림에게 장기이식 하겠다는 곤봉</td><td>Tone&Mood</td></tr>
<tr><td colspan="3"></td><td>Energy :</td><td></td></tr>
</table>

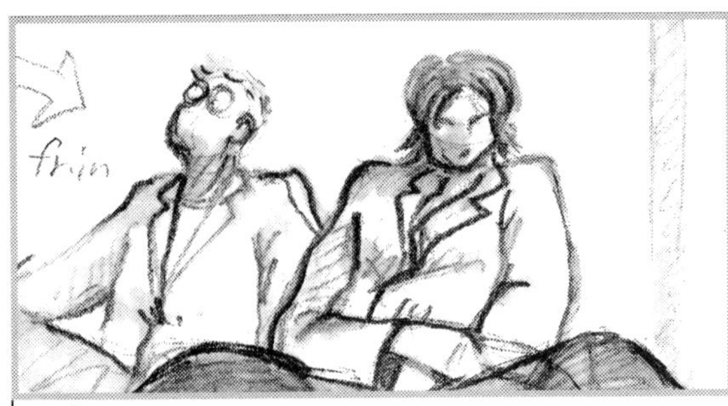

2인 M.S
앙각

C# 1

층 사이의 어두운 계단에 앉아 있는 곤봉.
솜으로 왼팔을 지혈하고 있다.
세주가 문을 열고 들어와 뒷계단에 앉자
곤봉은 지혈하던 솜을 버린다.
〈Frame In 세주〉
세주 : 가렵지 않아?
곤봉 : 담배 있어요?
세주 : 안 피잖아?
곤봉 : 안 폈었죠.
세주, 안주머니에서 담배를 꺼내

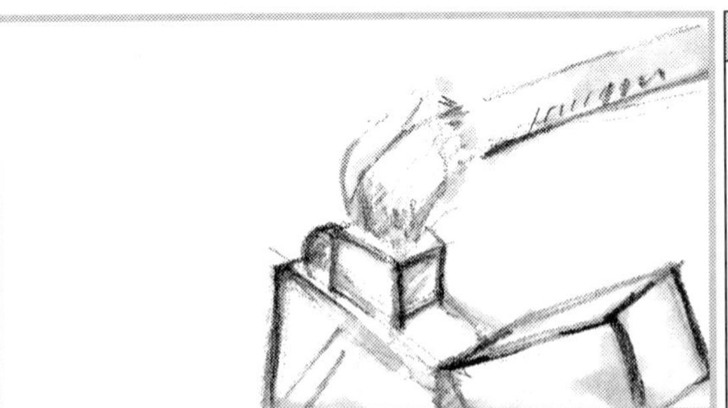

C# 2

곤봉에게 불을 붙여주고는 자기도 담배를 물고
불을 붙인다.
어둠 속에서 반짝이는 두 개의 담뱃불.
불 C.U

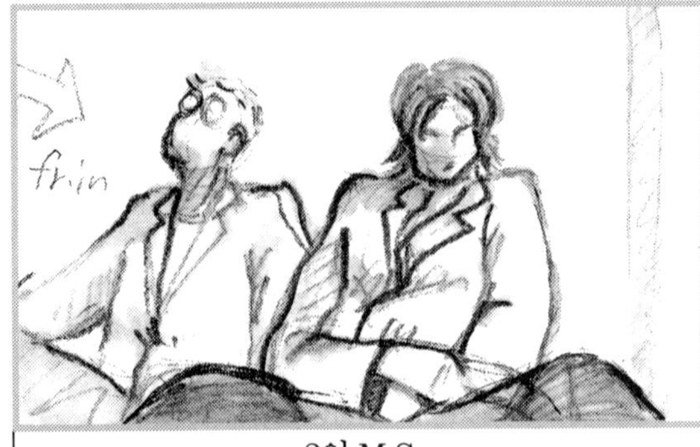

2인 M.S
앙각

C# 3

곤봉 : 쌈박질 하면서 피는 많이 봤지만 오늘처럼 무서
       운 피는 처음이여. 불독 만나서 한판 뜰 겁니다.
세주 : 무슨 소리야?
곤봉 : 더 이상 후회할 짓은 하고 싶지 않네요!
       어차피 배째라 그러고 한판 붙어 볼 겁니다.
세주 : 갑자기 왜그래?
곤봉 : (뜸을 들이다) 재림이… 장기가 필요한 것 같던
       데… 혹시 제 장기가 도움이 될 수도 있나요? 피
       를 수혈할 정도면 장기도 줄 수 있을 것 같은데.
세주 : 그 문제는 혈액형이 똑같다고 호락호락 되는 문
       제가 아니다.

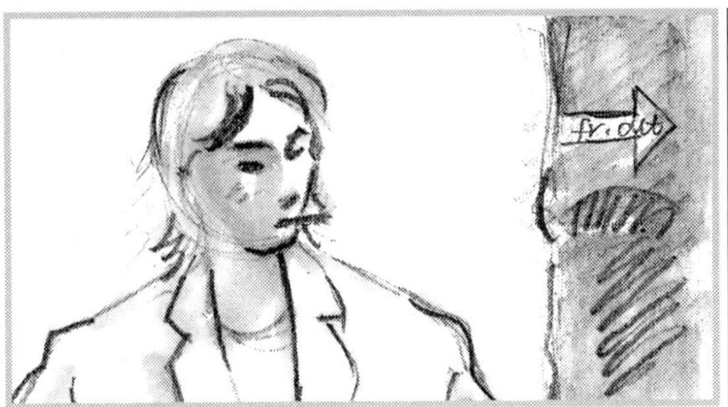

C# 4

세주, 자리를 털고 일어난다.
곤봉 : 지금까지는 소인배로 살아왔습니다.

세주 O.S , 곤봉 B.S
〈Frame Out 세주〉

<table>
<tr><td>S# 82</td><td>N</td><td>O : 병원 내 계단</td><td>Contents : 재림에게 장기이식 하겠다는 곤봉</td><td>Tone&Mood</td></tr>
<tr><td></td><td></td><td></td><td>Energy :</td><td></td></tr>
</table>

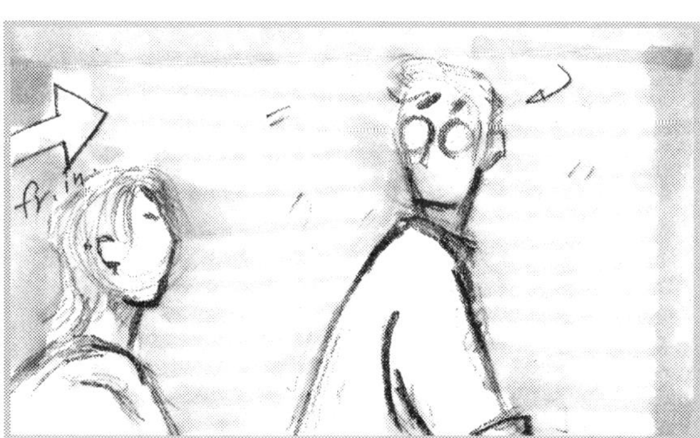

C# 5

세주를 따라 계단으로 올라가는 곤봉 〈Fr.In곤봉〉
곤봉 : 마지막으로 좋은 일 한번 하게 해 주십시오.
세주 : 쓸데 없는 소리. 서로 위험해.

2인 B.S

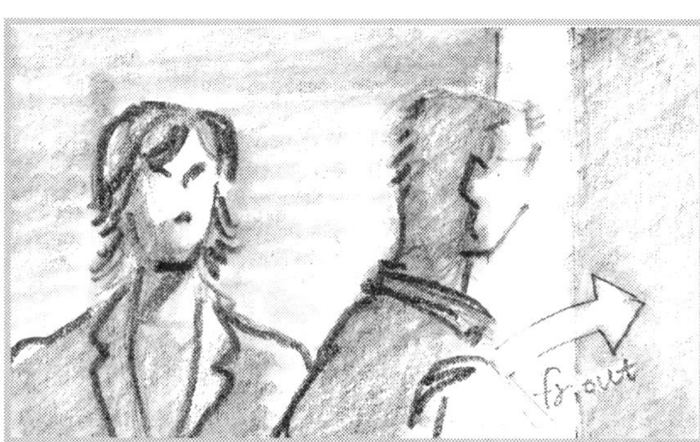

C# 6

곤봉 : 그 아이를 좋아하게 됐습니다.
문을 열고 나가려던 세주 멈춘다.
계단 안으로 들어오는 빛.
곤봉 : 이 홍곤봉이 살아생전 꼭 한번 해보고
　　　싶었던 겁니다.
세주 O.S , 곤봉 B.S
〈Frame Out 세주〉

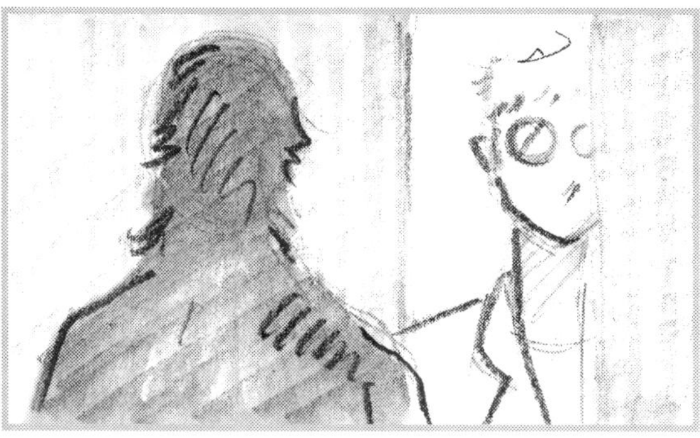

C# 7

뒤돌아 보는 세주, 문이 스르륵 닫힌다.

곤봉 O.S , 세주 B.S

<table>
<tr><td>S# 83</td><td>D</td><td>O : 대학병원
민호 집무실</td><td>Contents : 장기 이식 불가능을 알리는 세주</td><td>Tone&Mood</td></tr>
<tr><td></td><td></td><td></td><td>Energy :</td><td></td></tr>
</table>

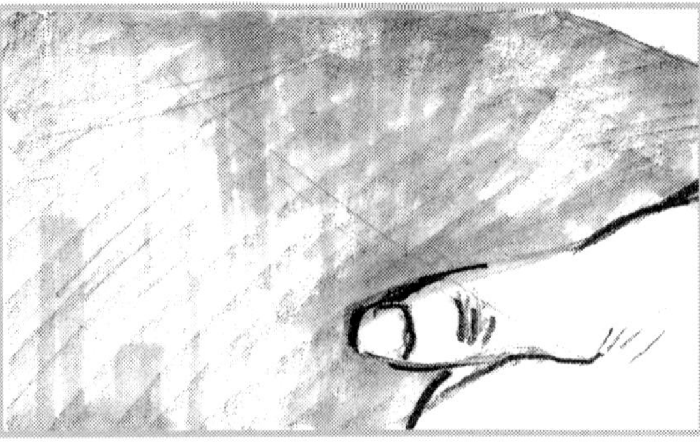

C# 1

세주와 민호가 곤봉의 HLA테스트 결과에 대해
조용히 이야기를 나누고 있다. 둘의 이야기 끝날
즈음, 곤봉이 문을 열고 들어온다. 〈Fr.In 곤봉〉
세주 : (머뭇거리다 헛기침을 하며) 미안하다. 유
　　　전자 구조 염색체가 틀려서 이물질 반응
　　　이 일어나 이식은 힘들겠다.
민호 : 이럴 땐 뭐라케야 되는기고? 참말로 안타
　　　깝게 됐심다. 맴만 접수했다캅시다.
곤봉 : 두 분 의사선생님, 구라는요, 그렇게 치는
　　　게 아닙니다. 눈을 똑바로 부릅뜨고 상대
　　　를 뚫어져라 봐야 상대가 눈치를 못 채는
　　　법이죠. 불독 만나러 갑니다. 제 장기가
　　　제대로 된 주인을 만날거라 믿고요. 꼭 돌
　　　아옵니다. 반드시.
엉겁결에 따라 인사를 하는 곤봉, 고개를 돌려
나가려다 "꽝" 유리문에 얼굴을 부딪히는 곤봉.
곤봉 : … 아우씨이.
민호 : 아이고, 괘안씁니까? 마이 아플낀데…
곤봉 황급히 문을 열고 나가고〈Fr.Out 곤봉〉
얼떨떨해진 세주 암말도 못한 채

C# 2 (INS)

HLA테스트 결과

C.U

<table>
<tr><td>S# 84</td><td>D</td><td>L : 중국집 밖</td><td>Contents : 스쿠터를 훔쳐서 가는 곤봉</td><td>Tone&Mood</td></tr>
<tr><td></td><td></td><td></td><td>Energy :</td><td></td></tr>
</table>

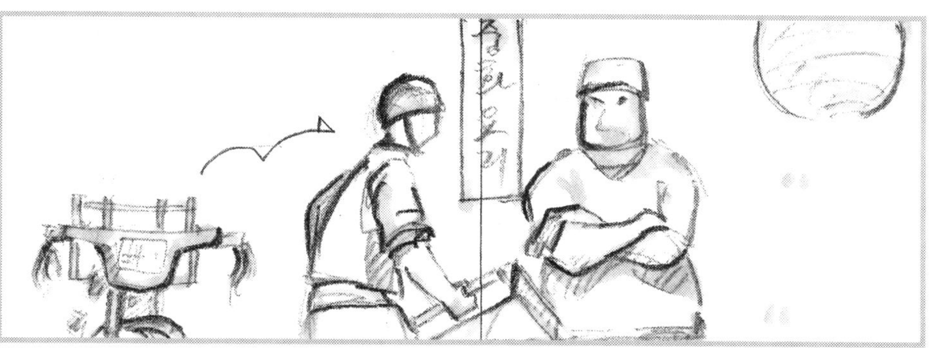

C# 1

2인 M.S
Follow

중국집 앞에 배달통이 달린 스쿠터 멈추고 철가방 내린다.
주인 : (비아냥) 또 놀다 오셨어? 굼벵이 같은 놈! 주유소에 얼른 짜장면 한 그릇!
철가방 : 좀 몰아서 한꺼번에 시키지. 허구헌 날 하나씩 시키고 지랄들이야! 씨벌 놈들!!
하는 소리와 함께 밖에서 부다당–달아나는 스쿠터. (S.E) 부르릉~

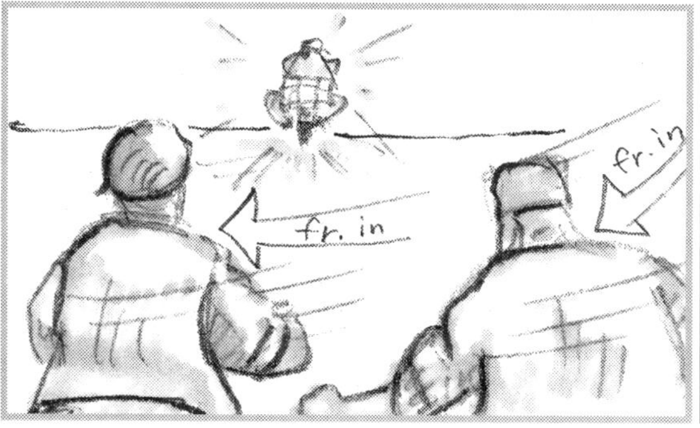

C# 2

〈Fr.In 주인, 철가방〉
놀라서 주인과 철가방 뛰어나간다.
저 멀리 스쿠터를 탄 채 달리고 있는 곤봉의
모습을 멀뚱 멀뚱 바라만 본다.
주인 : 어어… 저 새끼 봐라?!
철가방 : 아는 사람이에요?
주인 : 야 내가 저런 도둑놈 새낄 어떻게 알어!
곤봉 M.S

<table>
<tr><td>S# 85</td><td>D</td><td>L : 대학병원 뜰</td><td>Contents : 곤봉의 떠남을 알리는 세주</td><td rowspan="2">Tone&Mood</td></tr>
<tr><td colspan="3">Energy :</td></tr>
</table>

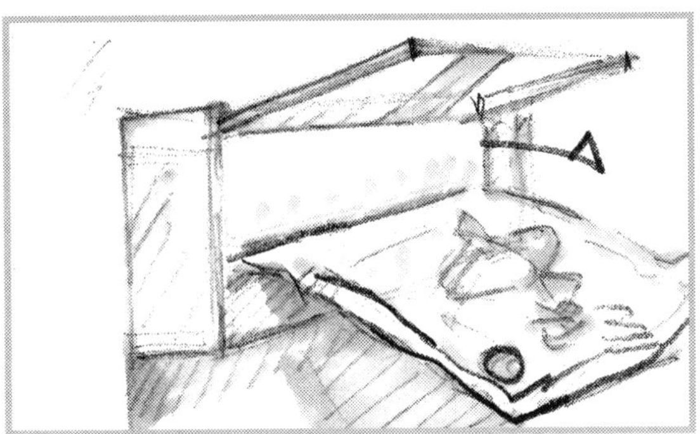

C# 1 (INS)

커피자판기.
자판기에선 계속 "지잉" "지잉" 소리를 내며
지폐를 뱉어낸다.

C.U

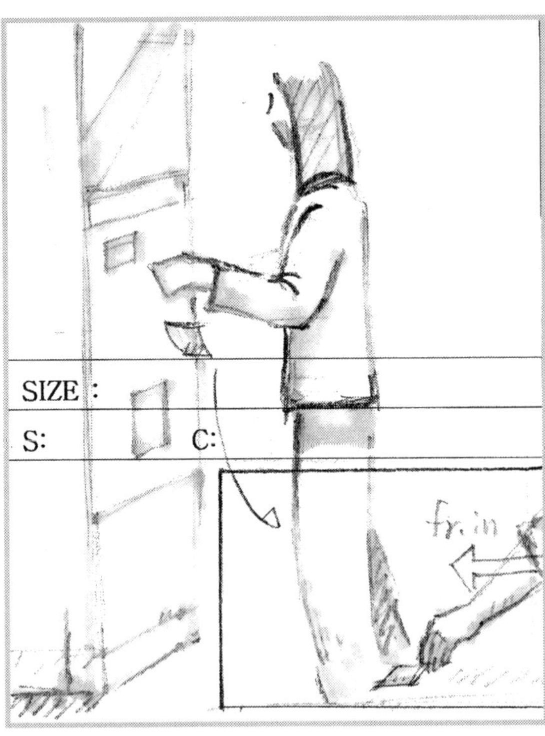

C# 2

오른손에 붕대를 감은 재림은 뱉어내기만 하는
자판기에 같은 지폐만 고집스럽게 집어 넣는다.
나오면 또 넣고, 그 행위를 몇번째 되풀이 한다.
다시 자판기는 지폐를 뱉어내고, 지폐가 땅에 떨
어진다. 지폐를 주워드는 세주.
〈Fr.In 세주의 손〉

Side M.S 재림

↓ Tilt Down
지폐를 주워드는 세주의 손

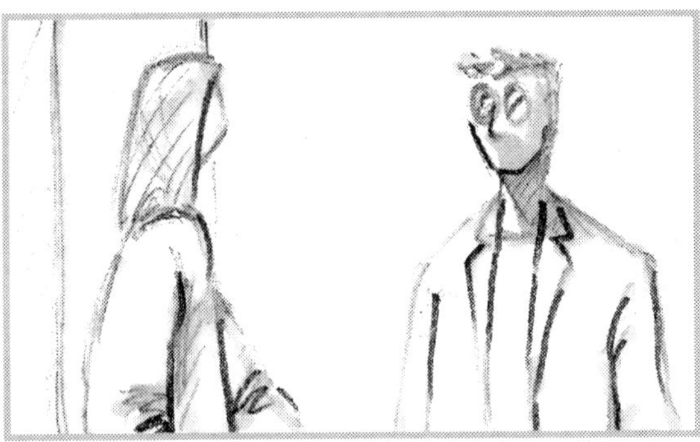

C# 3

세주 : 날씨가 좋지? 바람도 좋고…
      곤봉이 녀석 떠났다… 인사도 못하고
떠난다고.

2인 M.S

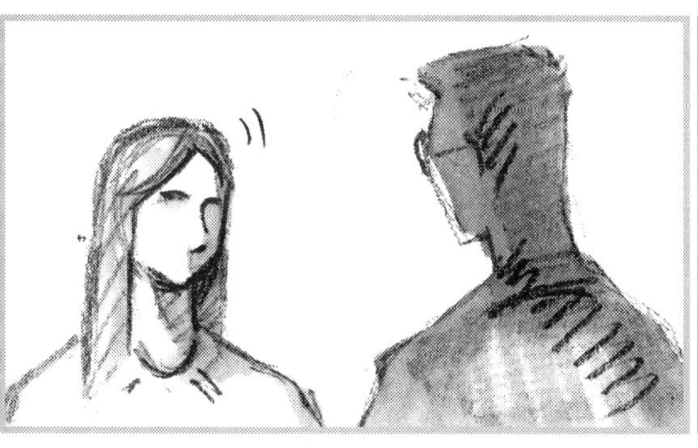

- 이별의 예감
- 음악 code
  재림의 테마 ⟹ 부족한 사랑
                   사랑 결핍.
- 부정의 싸움받는 티(해서)   여정 결핍.
  테이 났다.
- 가능상큼 melodrama   ⟩ 사이바랑
  사랑큼 melodrama   갈아야.

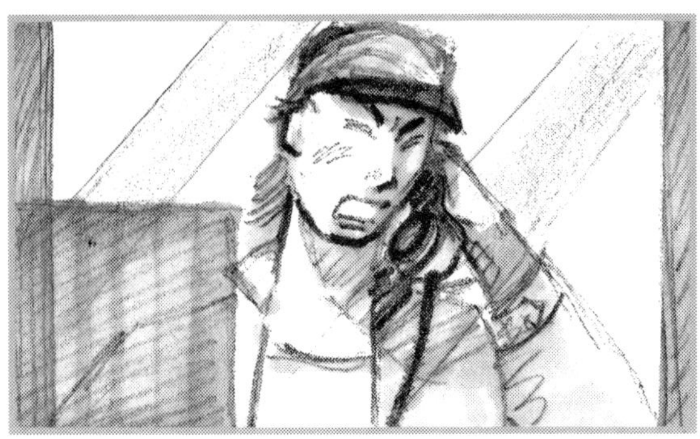

C# 1

전화박스 속에서 전화를 하고 있는 곤봉.
곤봉 : 호랑이 새끼도 죽어서 가죽을 남긴다는데 혼곤봉이 삼류건달이라도 이 세상에 장기 하나 쯤은 남기고 가야할 것 아닙니까! 장기만은 신선하게 지키겠습니다. 시집도 가고 애기고 낳고 꼭 잘 살아야된다고 재림이한테 전해주세요. 형님은 저한테 너무 좋은 사람이었어요. 그리고 제 수술… 형님이 꼭 해주세요.

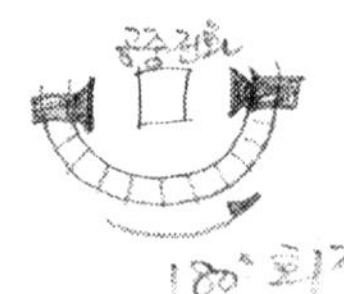

B.S
180° 반원이동

※ 곤봉의 Monologue
내면 고백. ──> 갱생의 길

⇒ 박탈하는 곤봉이여!
슬퍼하는 곤봉이.
커다란 시선을 흡수하는 곤봉. 흥곤봉.

→ 자신을 희생해가며 새롭게 태어나는 곤봉아.

∨ 갓점(핫점)을 집요하게 도착하는 카메라
    ─ 망원 Lens.

<table>
<tr><td>S# 87</td><td>D</td><td>O : 대학병원
민호 집무실</td><td>Contents : 곤봉의 전화를 받는 세주
Energy :</td><td>Tone&Mood</td></tr>
</table>

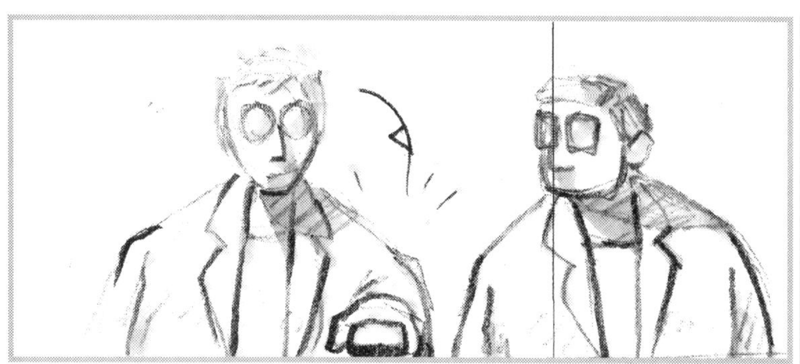

C# 1

세주 : 여보세요, 여보세요?
　　　　(끊는다)
민호 : 이제 어쩔 수 없는 기제?

B.S

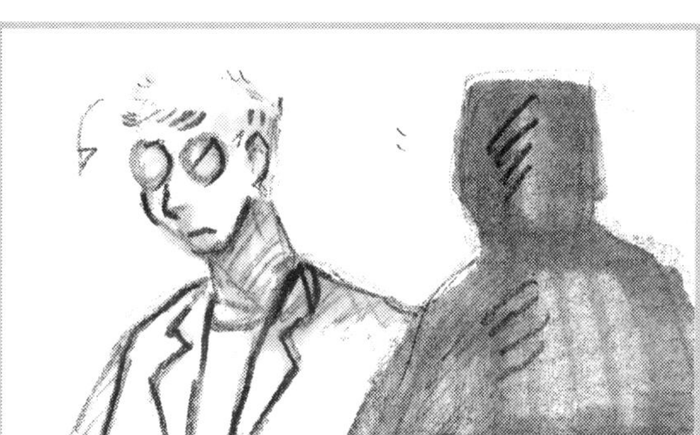

C# 2

세주 : (고개를 푹 숙인 채) 기다리는 수밖에!

민호 O.S , 세주 B.S

· Action 하는 것.
re-action 받는 것.

정正·反·合의 말술論.
(변증법적인 말술기법 구사)

S# 88	D	O : 빈 공장 아지트	Contents : 독대파 아지트에 찾아온 곤봉	Tone&Mood
			Energy :	

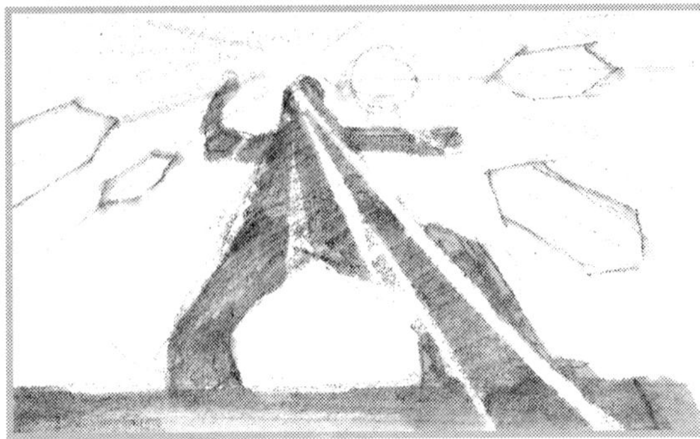

C# 1

빈 공장 주변, 높은 곳에서 기수련하는 불독.

O.S
앙각
Halation in & out (태양빛)
실루엣

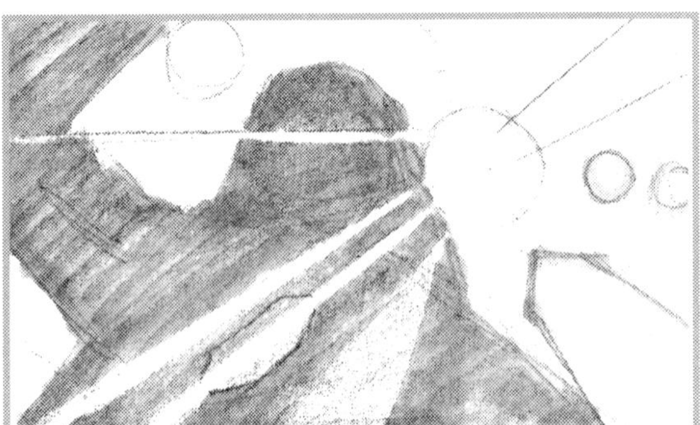

C# 2

불독 C.S

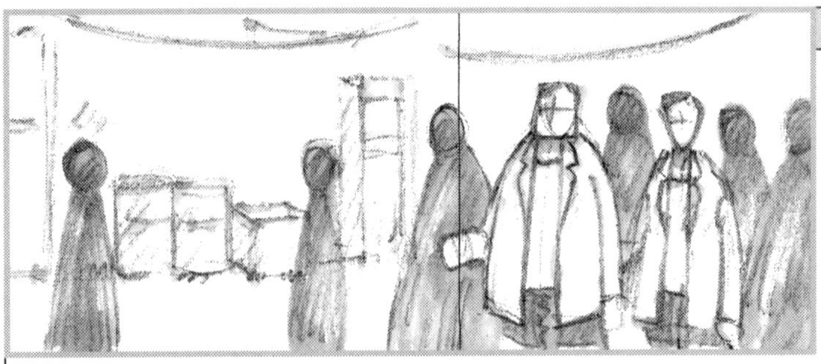

C# 3

〈길가쪽 광장〉
한쪽 벽에는 상자와 드럼통 쌓여 있고, 그것 말고는 전체적으로 휑한 분위기의 공장 안.
밤안개, 갑빠와 똘마니들이 쭉 둘러서 있다.

밤안개 : 지 발로 찾아오는 구만.⟶ PAN
갑빠 : 저 자식, 심상치않은데…

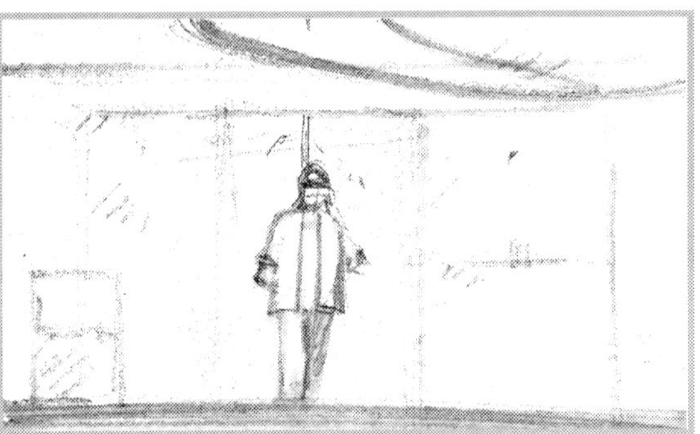

C# 4

멀리 보이는 곤봉. 자신있게 터벅터벅 걸어온다.

L.F.S

<table>
<tr><td>S# 88</td><td>D</td><td>O : 빈 공장 아지트</td><td>Contents : 독대파 아지트에 찾아온 곤봉</td><td rowspan="2">Tone&Mood</td></tr>
<tr><td colspan="3">Energy :</td></tr>
</table>

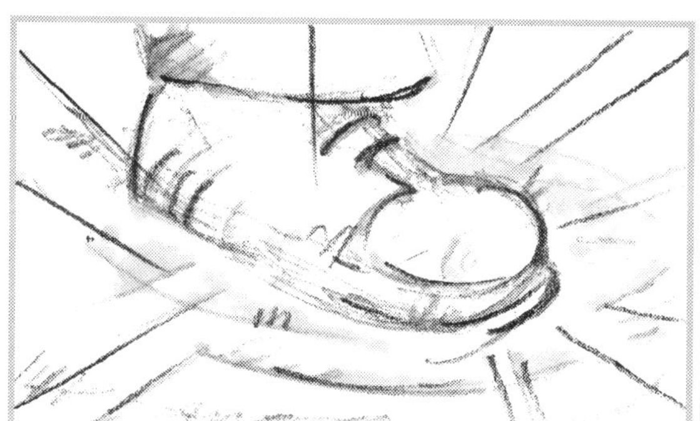

C# 5

바닥에 고인 물이, 곤봉에 의해서 쫙 흩어지고

고인물, 발 C.U

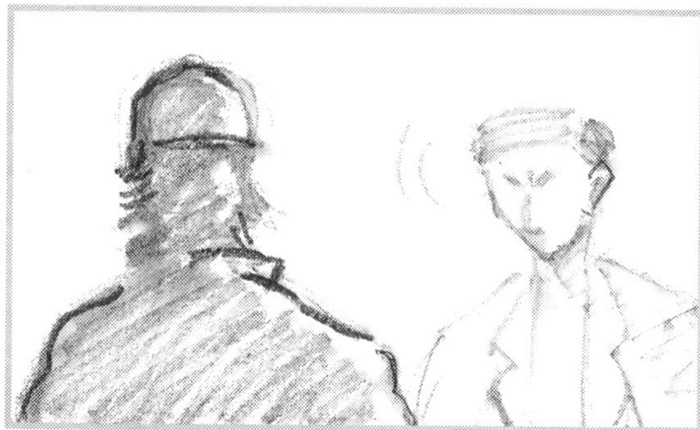

C# 6

밤안개, 곤봉 쪽으로 약간은 겁먹은 채 걸어나간
다. 손가락 깁스한 밤안개와 곤봉 마주치면,
밤안개 : 어이구~ 오느라 욕 봤네. 졸라 무섭지!
　　　　무서울껴~

곤봉 O.S , 밤안개 B.S

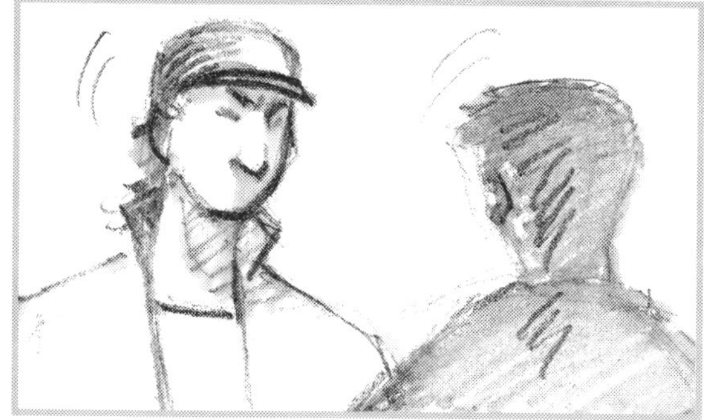

C# 7

곤봉 : 똥이다!

밤안개 O.S , 곤봉 B.S

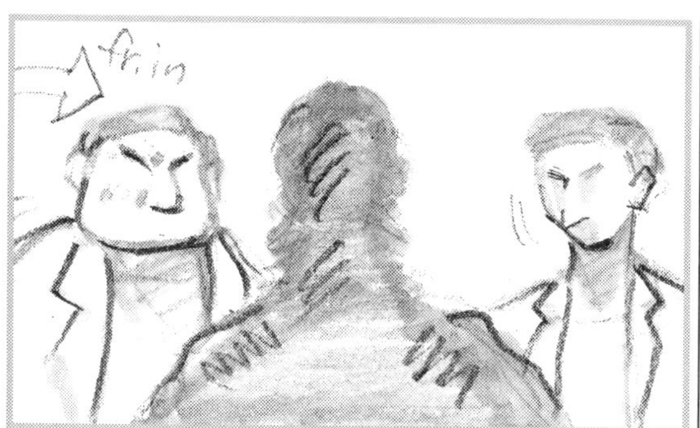

C# 8

밤안개 : 키아~ 이 입주댕이를 확 찢어 말어.
　　　　이걸 워째? 이걸 이걸.
갑빠 안으로 들어간다.

곤봉 O.S , 밤안개, 갑빠 B.S
〈Frame In 갑빠〉

<table>
<tr><td>S# 88</td><td>D</td><td>O : 빈 공장 아지트</td><td>Contents : 독대파 아지트에 찾아온 곤봉</td><td>Tone&Mood</td></tr>
<tr><td></td><td></td><td></td><td>Energy :</td><td></td></tr>
</table>

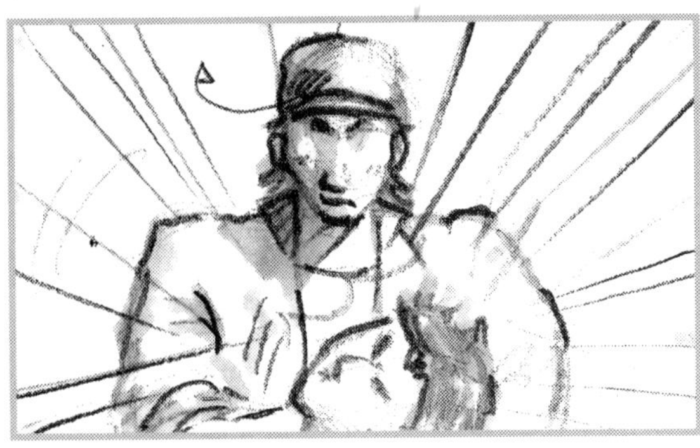

C# 9-0

곤봉 : 그러다가 갑자기 멀리 쳐다본다.
곤봉 : 엇, 저거!
밤안개 뭐야 하며 곤봉이 손짓하는 곳을 쳐다보
면 밤안개의 목을 확 꺾어버리는 곤봉.
밤안개 : 너 뒤져~~딱 놔~딱 놔~~~

밤안개 O.S , 곤봉 B.S
Hand held

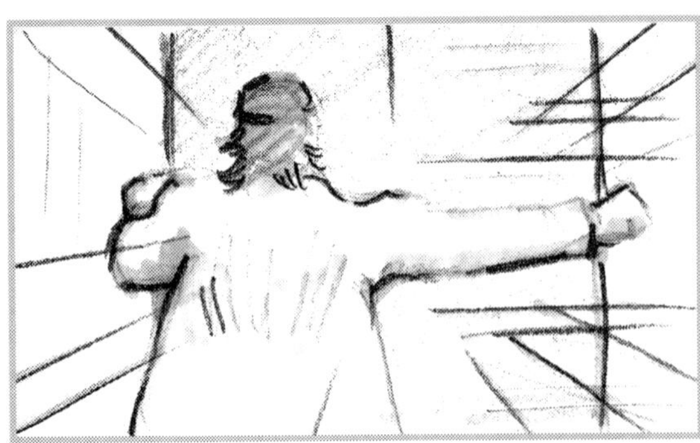

C# 9-1

공장 문을 "꽝" 열고 자신있게 앞으로 나서는 곤봉
(S.E) 꽝

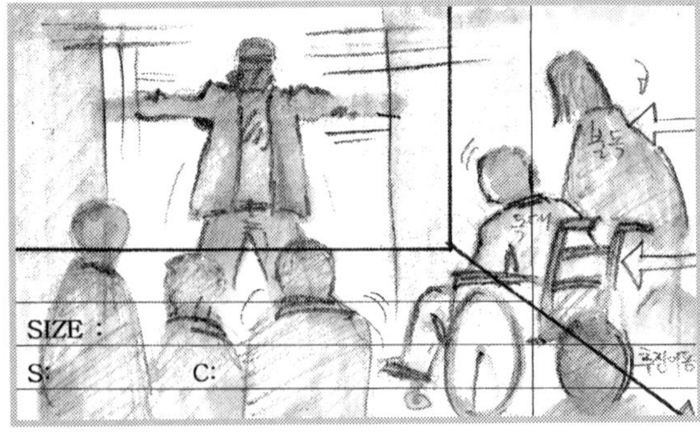

C# 10

공장 안
곤봉 : (외친다) 오랜간만이다. 개고기들!
독대 : 왔구나, 홍곤봉.
하반신 불구가 된 장독대, 휠체어에 의지한 채
앉아있다. 나타나는 불독.
불독 : 오늘이 네 놈 초상날인 줄 알고는 왔겠지!

곤봉 M.S

후진이동

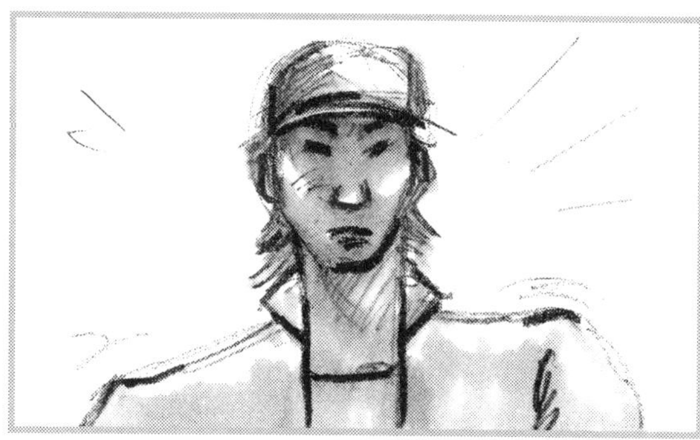

C# 11

곤봉 : 씨버럴 새끼! 내가 일부러 그런 것도 아니고 얼떨결에 그런 건데 아무튼 피해를 준 건 죄송하게 됐습니다.

B.S
Hand held

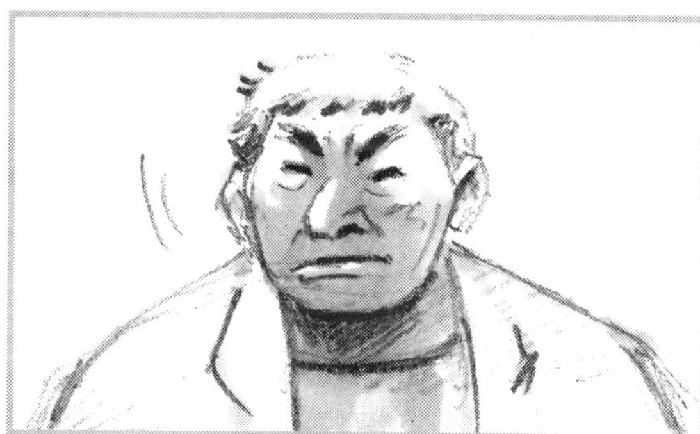

C# 12

독대 : 자식 뻔뻔하구만! 말 한마디로 끝날 문제는 아니지!

B.S
Hand held

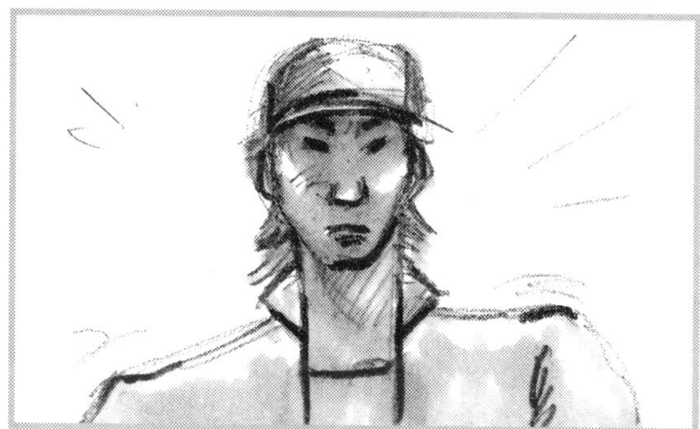

C# 13

곤봉 : 니기미 씨팔! 그렇게 우릴 밟았으면 됐지 뭐가 더 부족한 겨!

B.S
Hand held

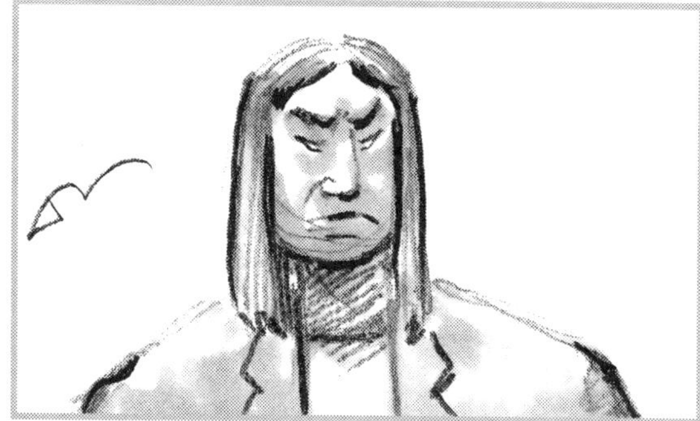

C# 14-0

불독 : 하하하! 죽을 각오를 단단히 하고 왔구나!
불독 곤봉에게 다가가서 발로 무릎을 강타하여 꿇린다.

B.S
Hand held

<table>
<tr><td>S# 88</td><td>D</td><td>O : 빈 공장 아지트</td><td>Contents : 독대파 아지트에 찾아온 곤봉</td><td>Tone&Mood</td></tr>
<tr><td colspan="3"></td><td>Energy :</td><td></td></tr>
</table>

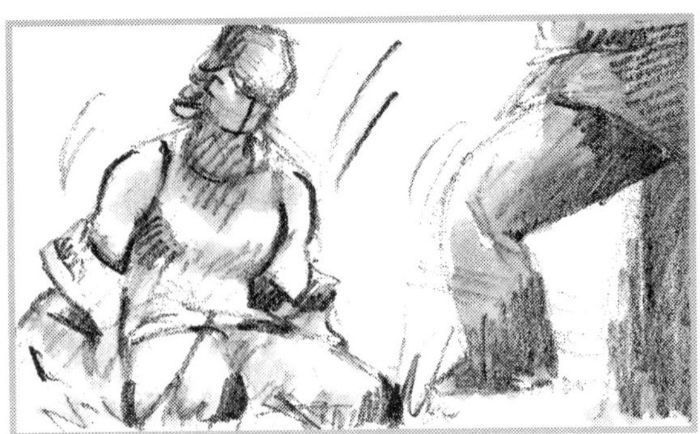

C# 14-1

일어서는 곤봉, 다시 꿇리는 불독,
일어서지만 다시 무릎을 차서 꿇린다.
그리고 웃통을 확 벗기는데,

Hand held

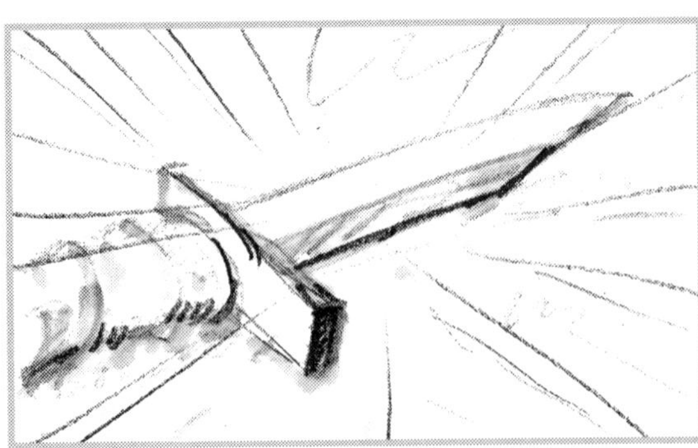

C# 15 (INS)

땅에 떨어지는 곤봉의 숨겨온 칼.

C.U

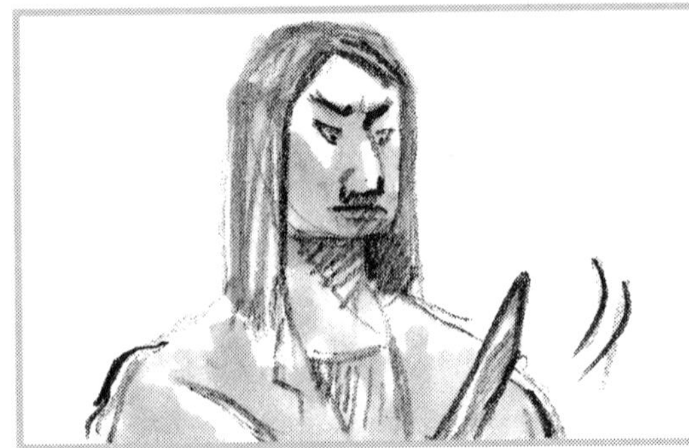

C# 16

난감해지는 곤봉의 표정 뒤로
칼을 주워드는 불독.
입가에 미소가 지어지는 불독.
불독 : 이리와.

B.S
Hand held

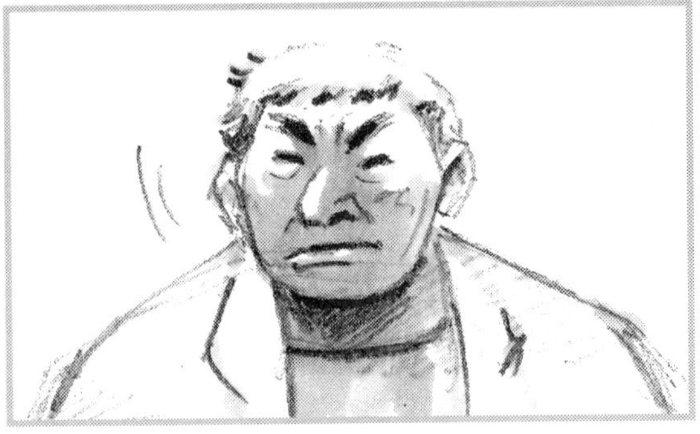

C# 17

독대 : 이곳에서 니 새끼가 살아남으면 널 보내
　　　주마. 하지만 오늘이 니 제삿날인줄 알엇!

(S.E) 땡
B.S
Hand held

S# 88	D	O : 빈 공장 아지트	Contents : 독대파 아지트에 찾아온 곤봉	Tone&Mood
			Energy :	

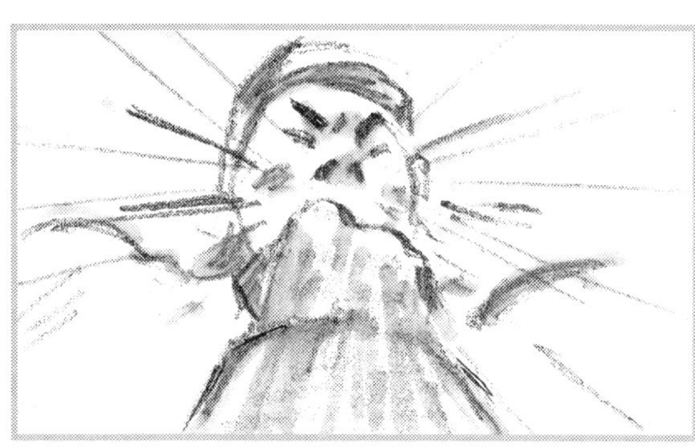

C# 18

(S.E) 땅
"땅" 소리와 함께 살기어린 불독의 손, 곤봉의
얼굴에 그대로 꽂힌다.

B.S
Hand held

S# 89	D	L : 대학병원 뒤뜰	Contents : 분주하게 병원으로 오는 세주 Energy :	Tone&Mood

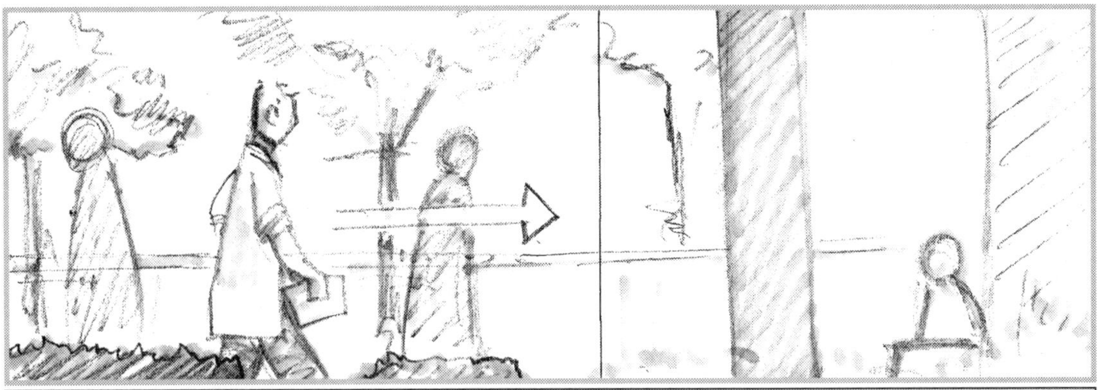

C# 1
세주, 병원 뜰을 지나서 분주하게 병동을 오고 간다. M.S Follow (PAN)

◎ Continuity. 연속성.

→ shot by shot.

cf. 내재율이 있는 감독의 Conti.

<table>
<tr><td>S# 90</td><td>D</td><td>O : 빈 공장 아지트</td><td>Contents : 불독에게 난타당하는 곤봉</td><td rowspan="2">Tone&Mood</td></tr>
<tr><td colspan="3">Energy :</td></tr>
</table>

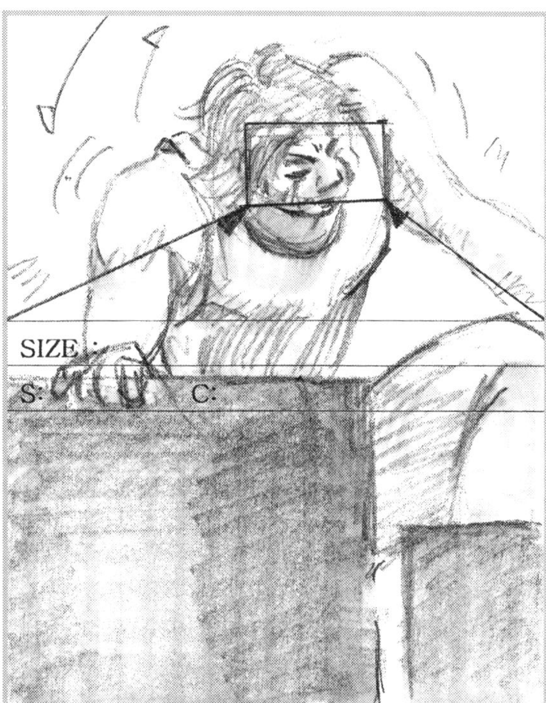

SIZE :
S: C:

C# 1

M/V in -
불독의 주먹을 맞은 곤봉, 반동 후 앞으로
쓰러진다.
곤봉 : 에이 씨발…
눈두덩이가 퉁퉁 부어 심하게 일그러진 곤봉의
얼굴에서 눈물이 쏟는다.

M.S
Hand held
B.S → Dolly In → C.U

C# 2

-재림의 이미지 컷 (생일날) -

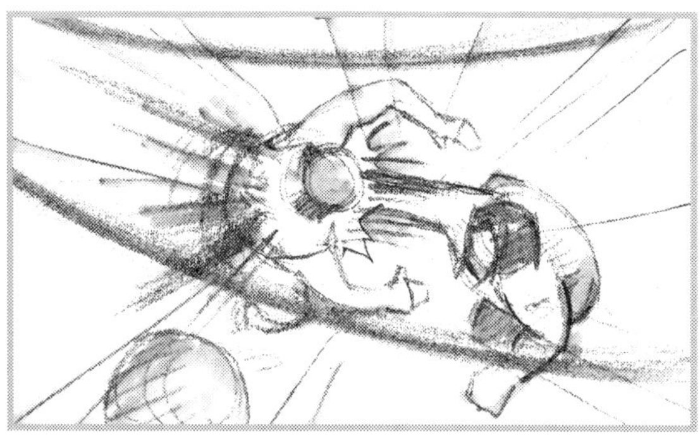

C# 3

곤봉 일어나지만 연타 당하고 겨우 견뎌보지만
복부를 강타 당하고 다시 쓰러진다.
곧바로 곤봉을 일으켜 세워 걸쳐놓는 불독,
쇳덩이 같은 주먹이 재차 날아온다.
공장을 쩌렁쩌렁 울리는 곤봉의 얻어터지는 소리.

직부감 Master Shot
Hand held

<table>
<tr><td>S# 90</td><td>D</td><td>O : 빈 공장 아지트</td><td>Contents : 불독에게 난타당하는 곤봉</td><td>Tone&Mood</td></tr>
<tr><td></td><td></td><td></td><td>Energy :</td><td></td></tr>
</table>

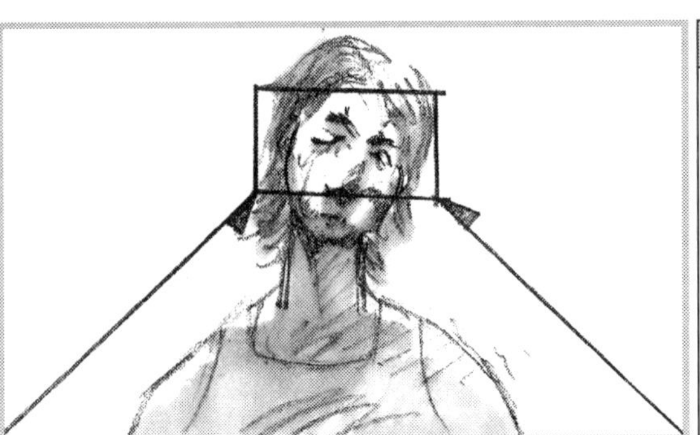

C# 4

이마가 찢어져 머리에서 피가 철철 흐르고,
코는 이미 부러진 상태. 한쪽 눈은 튀어 나올 듯
부어있고 입술과 입안이 완전히 헐어있다.
왼쪽 팔은 거의 못 쓰는 지경이다.
멍한 곤봉.
B.S → Dolly In → C.U

C# 5

−재림의 이미지 컷 (막춤 추는 재림) −

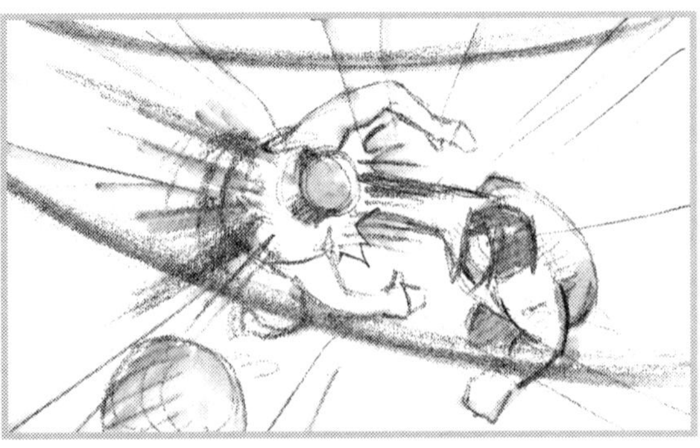

C# 6

쓰러졌다 다시 일어나는 곤봉. 불독이 달려들자
재빠르게 손을 휘둘러본다.
퉁퉁 부은 손으로 거리를 어림재서 손을 뻗지만
불독에게 미치지 못하고 불독은 다시 복부, 얼굴
을 차례대로 강타해서 곤봉을 눕힌다.
처절한 곤봉
직부감 Master Shot
Hand held

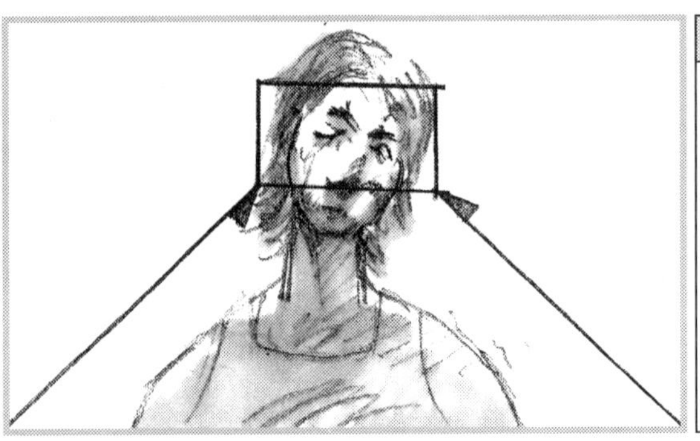

C# 7

불독에게 강타당해서 심하게 일그러진 얼굴

B.S → Dolly In → C.U

S# 90	C# 6(4)	R# 88	Weather Sunny	S / O / L	M / D / E / N

빈 광장 안

Work / Size	Top	Action & Dialogue
Dolly / BS→CG		
Angle		광장:사내는 때려지는바
low		
Lens		
85mm		난병에게
Film	End	두발째 있는
Filter		쓰러진 병 또상.
Video tape# 7		

Camera position	Costume / Make up / Properties	Memo
	군병 (2한병오상)	레버 image shot Insert
		Sound
	연출현장스틸컷.	O.K.
Equipment Track	Effect & C G	촬영기자, 촬영감독 그리 스텝들불들.

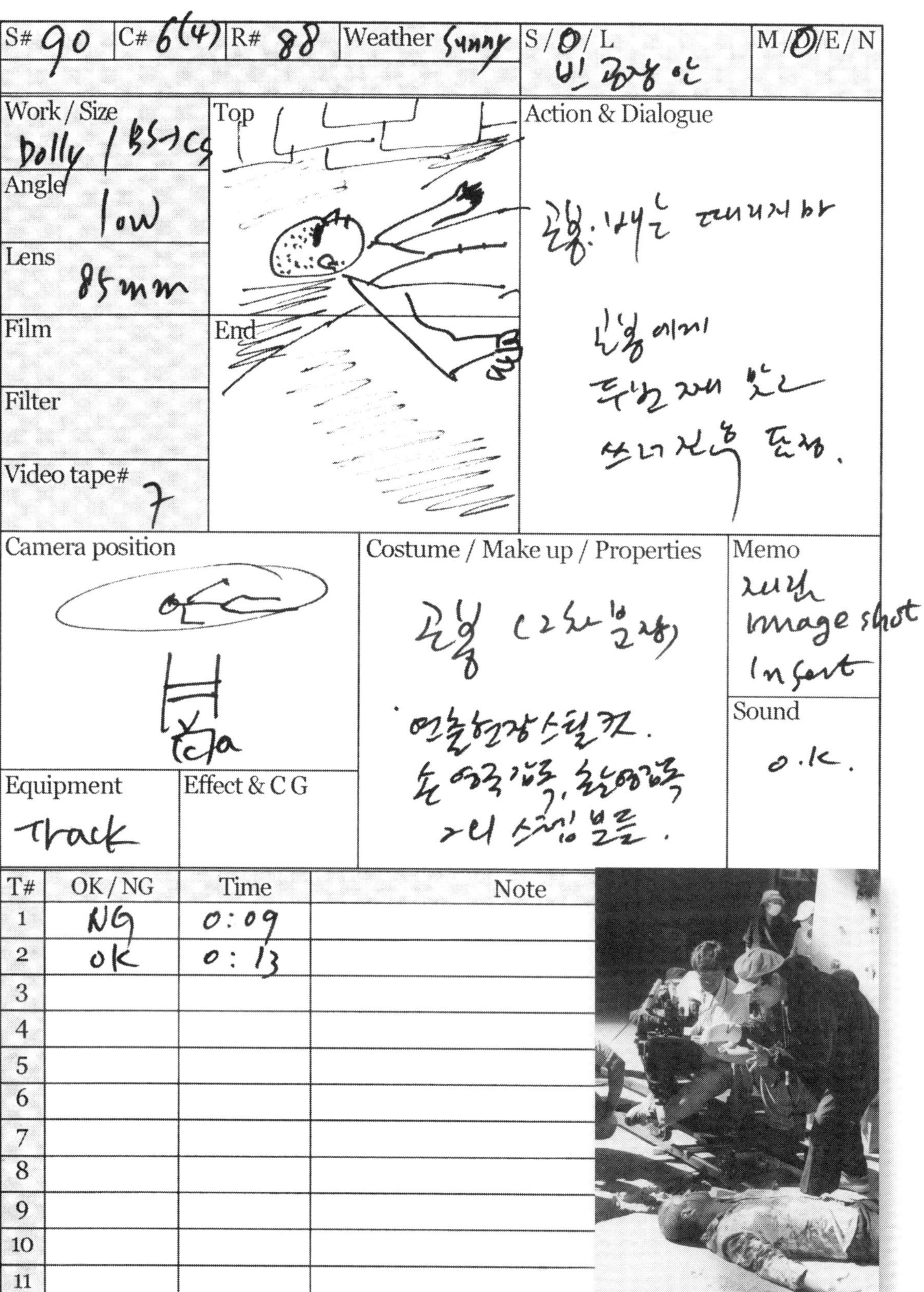

T#	OK / NG	Time	Note
1	NG	0:09	
2	OK	0:13	
3			
4			
5			
6			
7			
8			
9			
10			
11			

<table>
<tr><td>S# 90</td><td>D</td><td>O : 빈 공장 아지트</td><td>Contents : 불독에게 난타당하는 곤봉</td><td rowspan="2">Tone&Mood</td></tr>
<tr><td colspan="3">Energy :</td></tr>
</table>

C# 8

–재림의 이미지 컷 (장난치는 천진난만한 재림)–

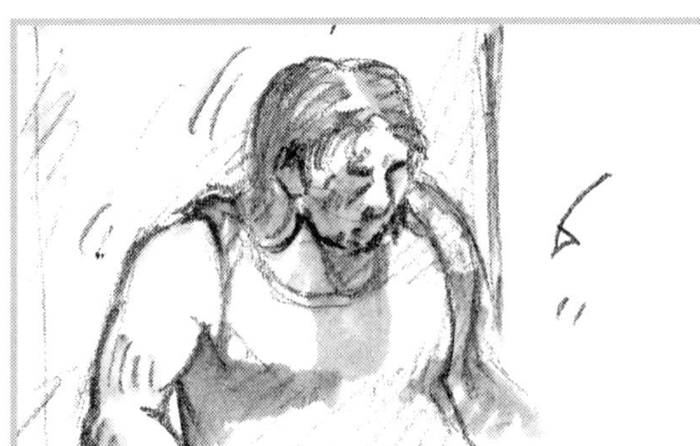

C# 9

불독에게 맞아서 쓰러지는 곤봉

B.S

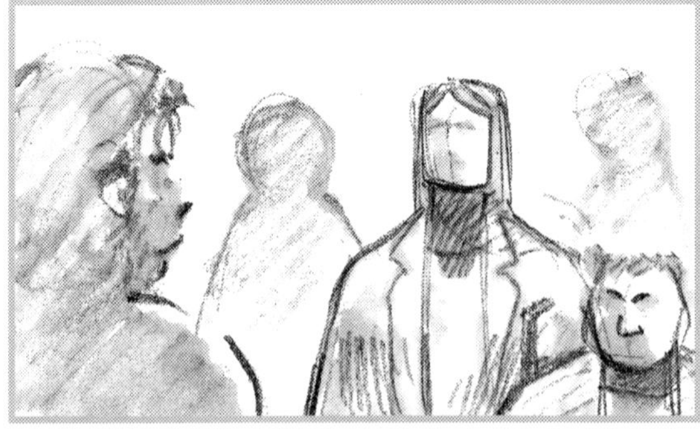

C# 10

침침한 곤봉의 눈에 맞은 편에서 불독과 장독대,
그리고 부하들 모두 음흉한 웃음을 짓는 것이
마치 오버랩처럼 보인다.
거의 의식을 잃은 표정의 곤봉.
곤봉을 비웃는 망치.
Focus in & out & in

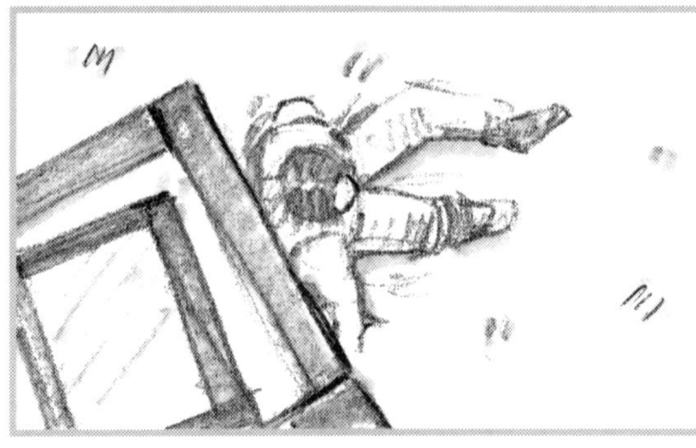

C# 11

의식 잃고 쓰러진 곤봉

M.S
직부감 360° 회전

<table>
<tr><td>S# 91</td><td>D</td><td>O : 병실</td><td>Contents : 입원한 재림을 찾아오는 여진</td><td rowspan="2">Tone&Mood</td></tr>
<tr><td colspan="3">Energy :</td></tr>
</table>

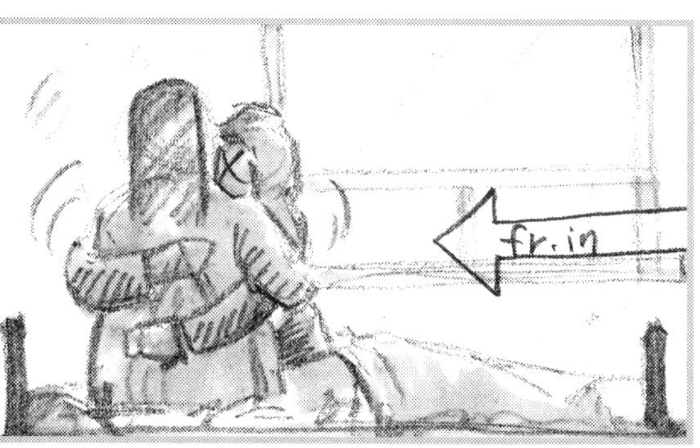

C# 1

화창한 햇빛이 쏟아지는 병실.
재림 병실 창가에 누워있다.
문이 열리고 여진이가 들어온다. 〈Fr.In 여진〉
재림 : 기집애…
여진 : …
눈에 눈물이 맺히고 여진과 포옹을 나누는 재림
2인 M.S

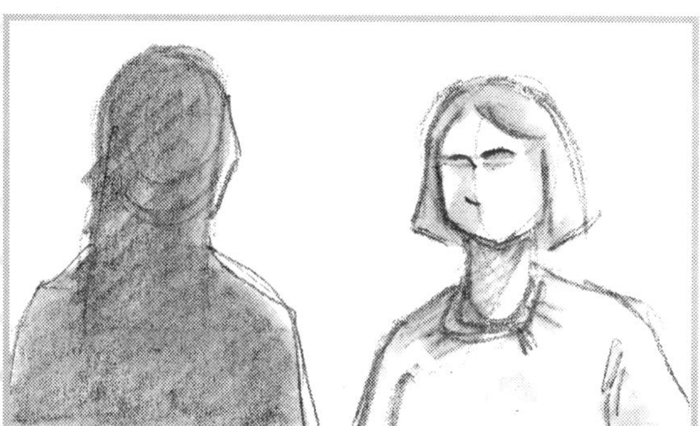

C# 2

여진 :재림아, 무섭니?

재림 O.S , 여진 B.S

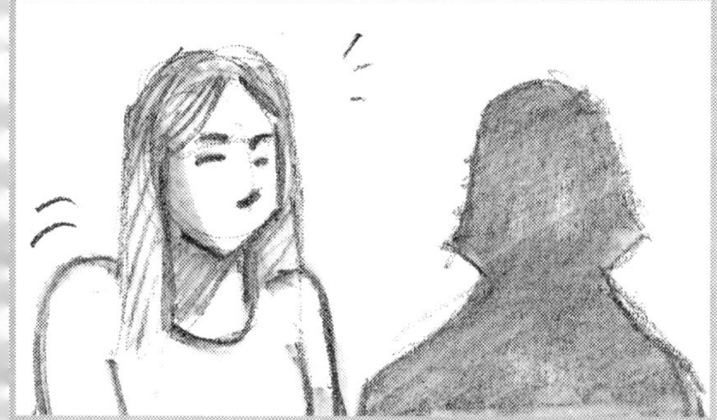

C# 3

재림 : 아니… 방가와서.

여진 O.S , 재림 B.S

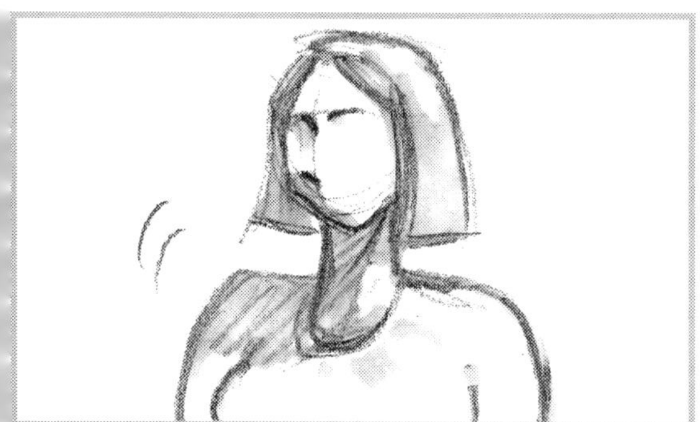

C# 4

여진 : 기집애…

여진 B.S

<table>
<tr><td>S# 92</td><td>D</td><td>O : 빈 공장 아지트</td><td>Contents : 난타당하는 곤봉을 엿보는 깍두기파</td><td>Tone&Mood</td></tr>
<tr><td></td><td></td><td></td><td>Energy :</td><td></td></tr>
</table>

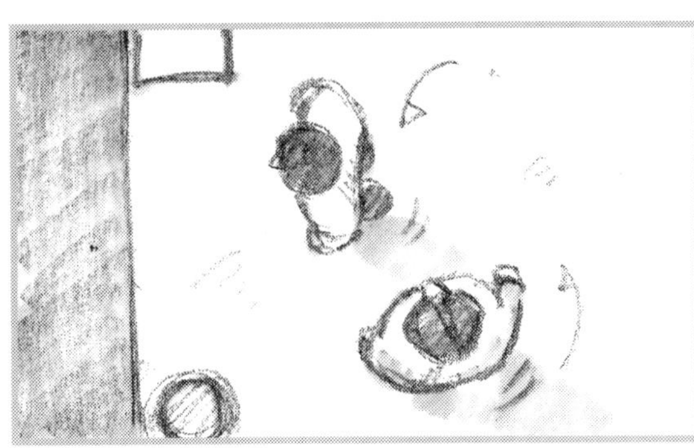

C# 1

철길에서 공장으로 오는 깍두기
빈 공장 아지트 주변을 가던 깍두기와 배추

M.S
직부감

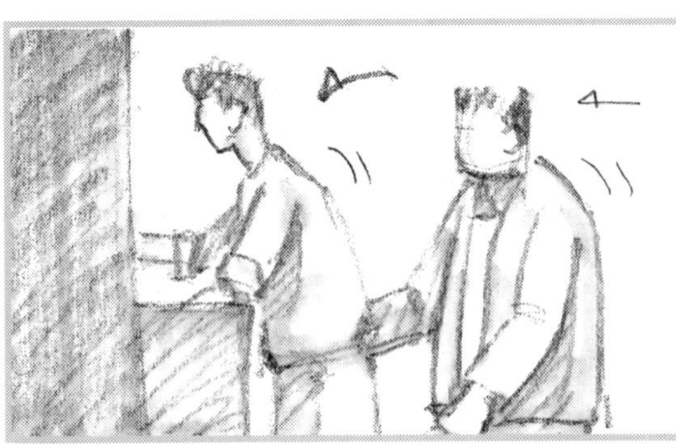

C# 2

깍두기와 배추, 공장 안을 살핀다.

M.S
Follow

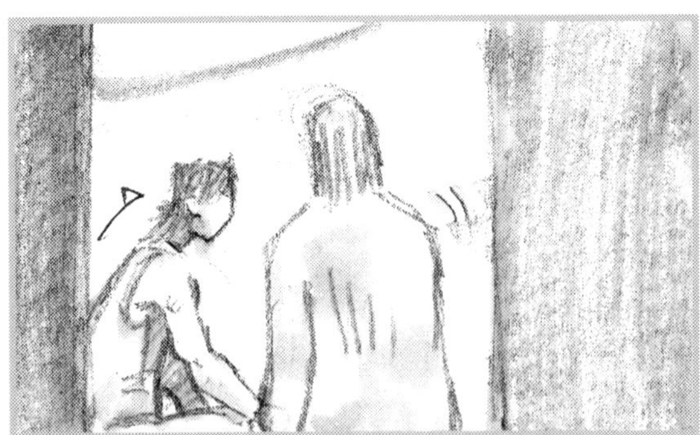

C# 3

불독 일어난다. 곤봉 일어나려다 무릎을 꿇으며
쓰러지고,

깍두기, 배추의 P.O.V

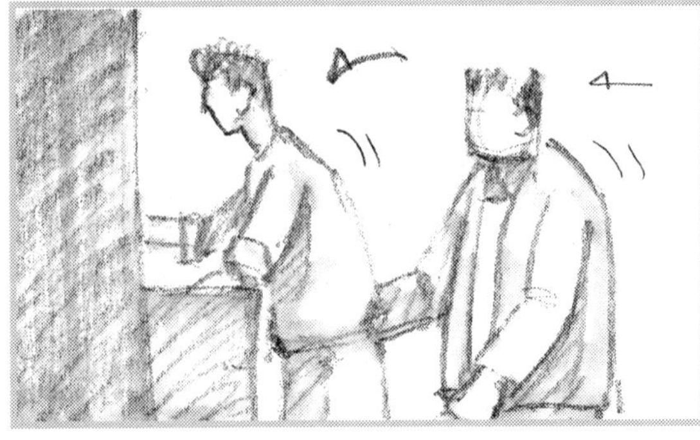

C# 4

깍두기 : 뭔 일 났다. 큰일났어.

M.S
Follow

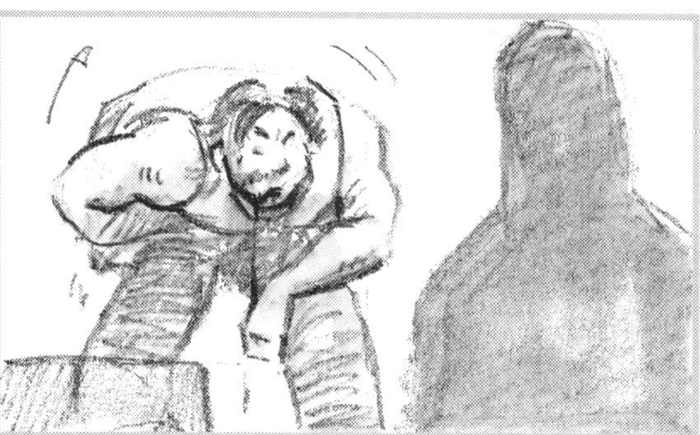

C# 5-0

불독이 다가서자 곤봉은 팔을 내민다.
곤봉, 초점없는 눈으로 쳐다보다 자기 힘으로
가까스로 일어나지만 불독의 주먹에 다시 쓰러진다.

불독 O.S , 곤봉 M.S
Hand held
Action / Reaction

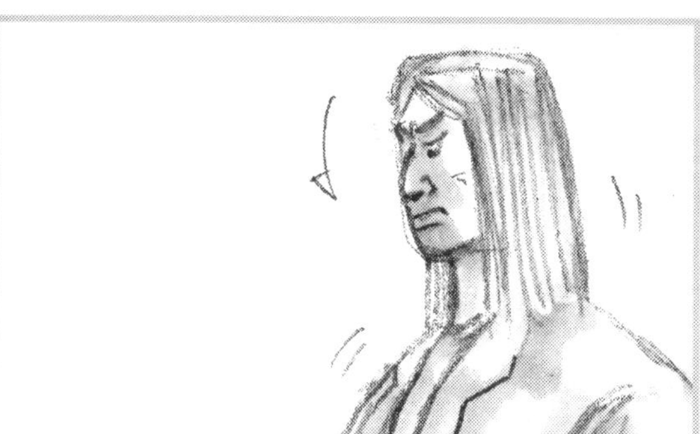

C# 5-1

불독 : 끈질긴 녀석이구만…
일어선 곤봉, 최대한 몸을 굽히고 복부를 보호한다. 이
미 전의를 상실해 마지막으로 취한 곤봉의 수비자세.
불독 다가와서 다시 곤봉을 퍽퍽 때리고,
곤봉은 허리를 최대한 낮추고 그 주먹을 다 받는다.
안면은 오픈된 채 복부만을 커버하는 곤봉.
B.S
(Hand held)

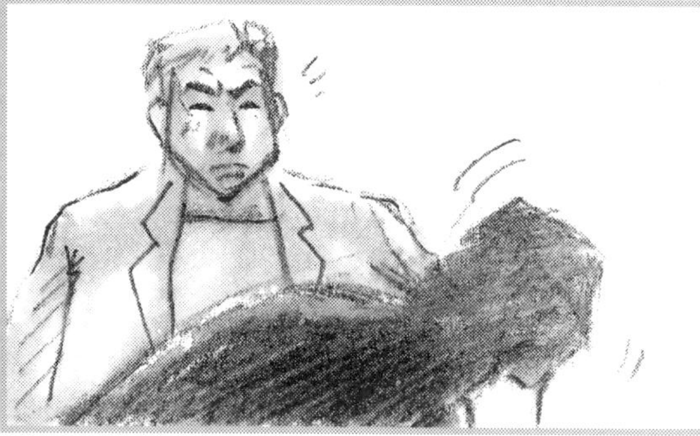

C# 5-2

갑빠, 곤봉의 맞는 모습이 너무 처참한지
양미간을 찡그리며 애처로워한다.
갑빠 : (독백) 저 새끼 저러다가 뒈지는 거 아냐.
　　　 불쌍한 놈…

B.S
Hand held

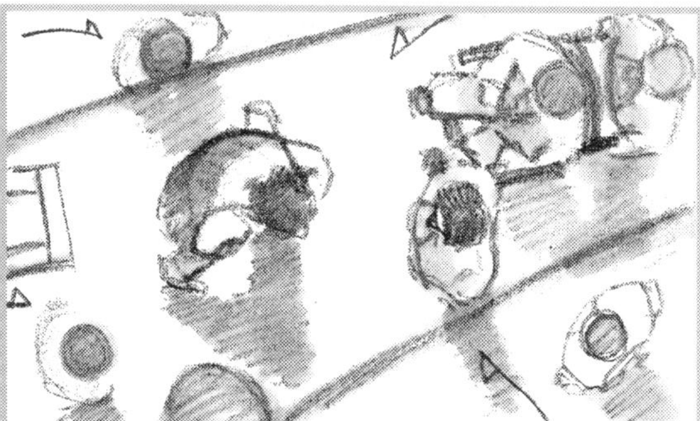

C# 6

독대와 부하들 모두 주위로 몰려든다.

직부감

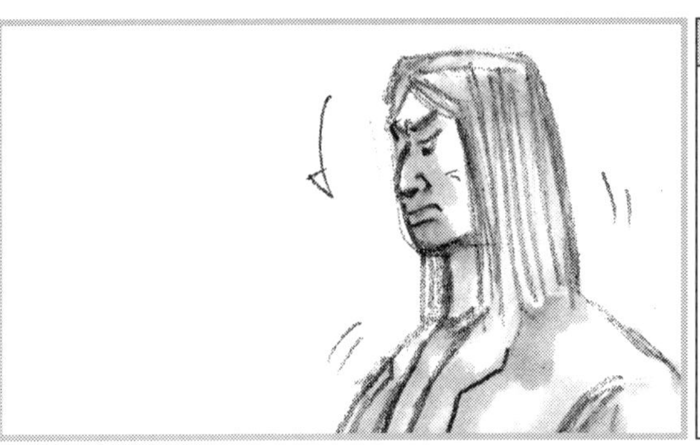

C# 7

때리다 지쳐 헉헉거리는 불독, 헉헉거린다.
독대를 힐끗 쳐다보고,

B.S
Hand held

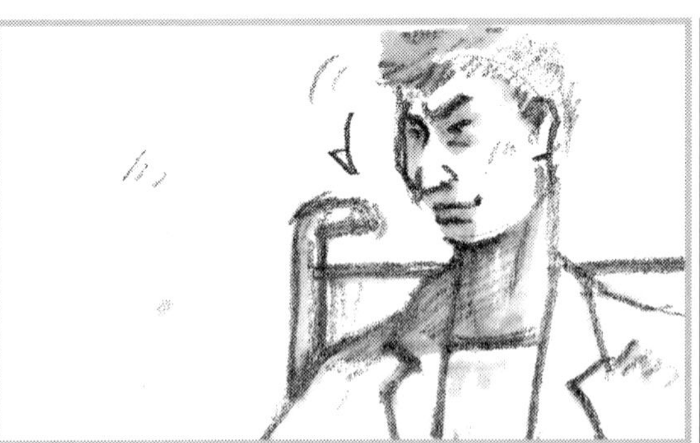

C# 8

독대 알 수 없는 미소와 함께 고개를 까딱거린다.

B.S

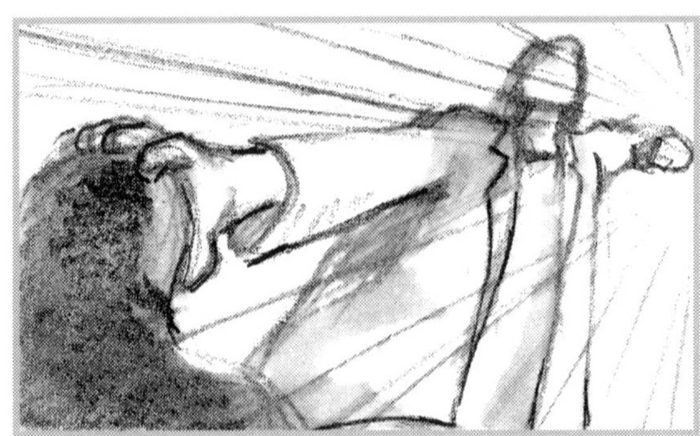

C# 9

뼈마디 맞추는 소리를 내며 다가가는 불독,
왼팔로 곤봉과의 거리를 잰다.
마지막 최후의 주먹을 날리고 곤봉 날 듯이
아래로 떨어진다.
앙각
Hand held

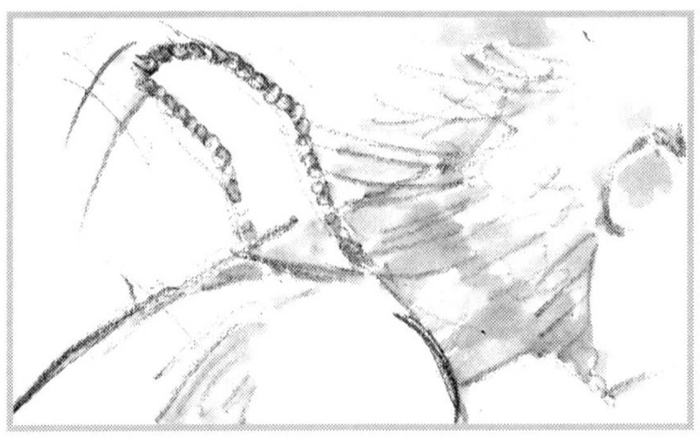

C# 10

목에 걸린 목걸이가 느린 그림으로 보여진다.

C.U
(*Slow)

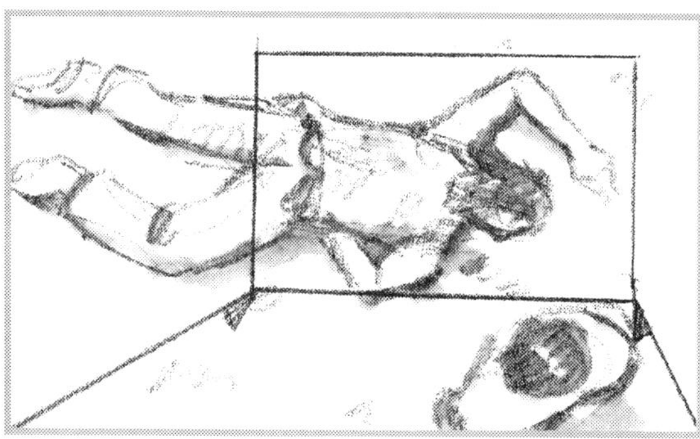

C# 11

바닥에 풀썩 쓰러지고, 미동도 않는 곤봉.

M.S
직부감
Zoom In

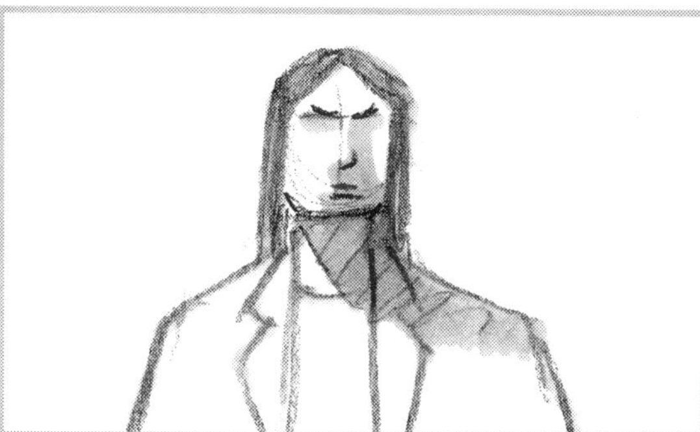

C# 12

불독 : 자, 이 새낀 시체나 다름없다. 시체 처리는
야밤에 한다. 묻어버려!

B.S

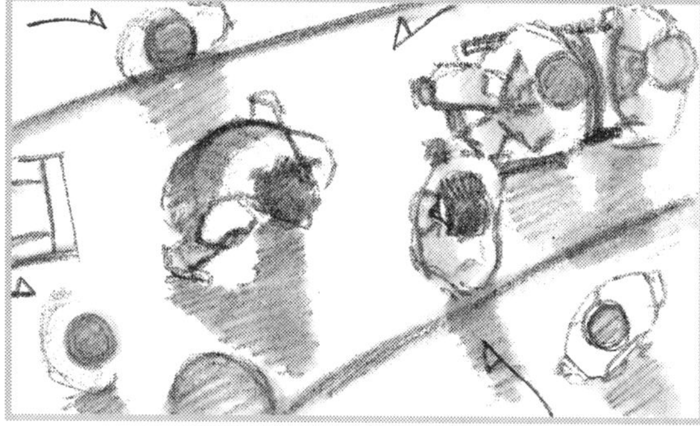

C# 13

부하들 : 예, 형님.

F.S
직부감

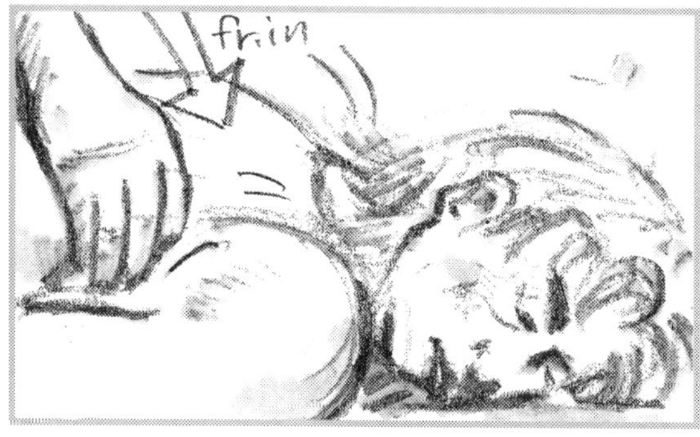

C# 14

죽은 줄 알았는데 어깨를 조금씩 들썩거리는 곤봉.
갑빠가 다가가 툭툭 친다.
실눈을 떴다 감았다만 반복하는 곤봉.
갑빠가 곤봉을 일으켜 세우려 하는데,
C.S
Low AG.
〈Frame In 갑빠의 손〉

<table>
<tr><td>S# 92</td><td>D</td><td>O : 빈 공장 아지트</td><td>Contents : 난타당하는 곤봉을 엿보는 깍두기파</td><td>Tone&Mood</td></tr>
<tr><td colspan="3"></td><td>Energy :</td><td></td></tr>
</table>

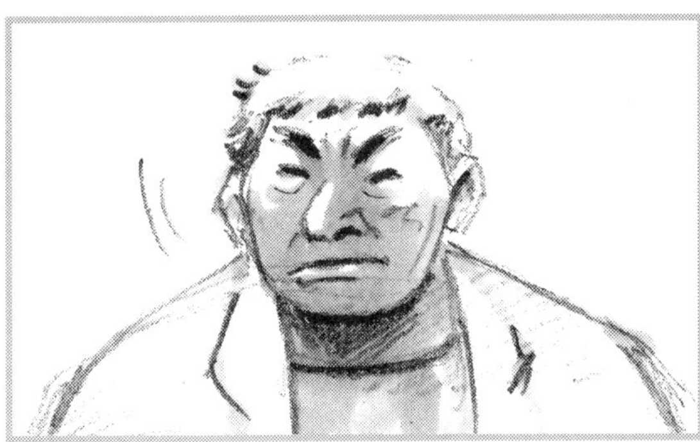

C# 15

독대 : 놔둬. 어차피 죽은 목숨이다.

B.S

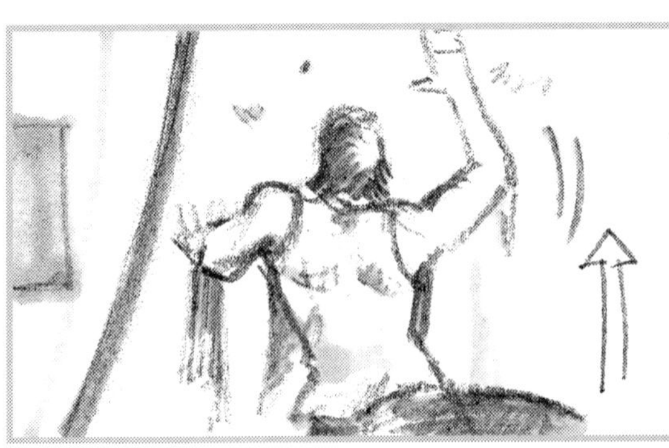

C# 16

곤봉이 쓰러져 기어가는 바닥에 피가 뚝뚝 흐르로, 의식을 잃은 채 의지 하나로 손을 조금씩 움직여 기어가는 모습이 숭고하다.

M.S
직부감

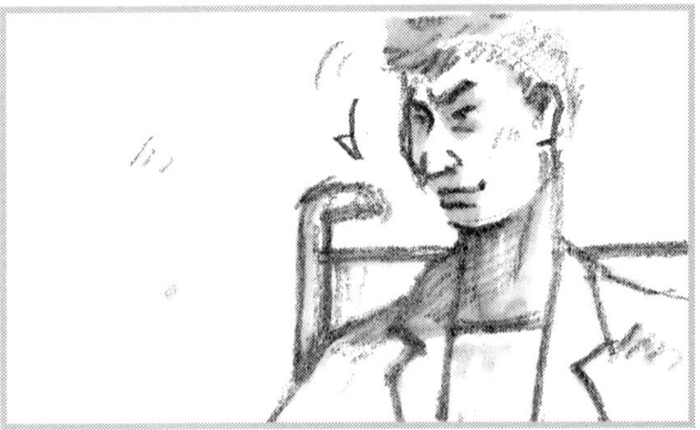

C# 17

독대, 쓴웃음을 지으며 쳐다보고 있고

B.S

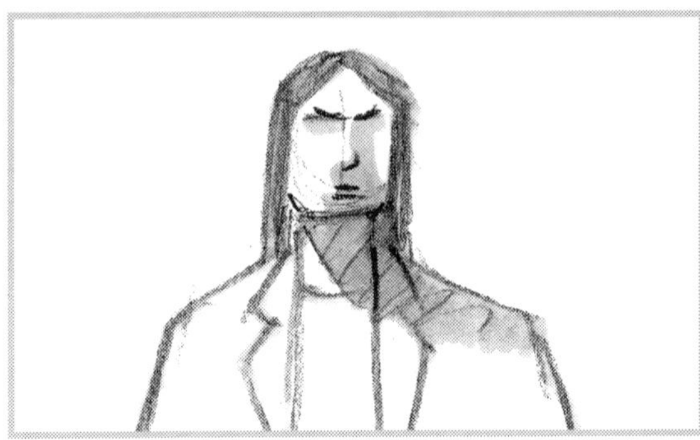

C# 18

불독 비웃는다.

B.S

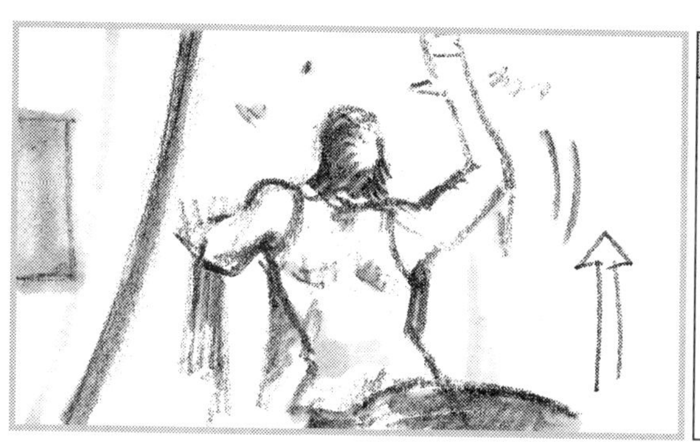

<table>
<tr><td>C# 19</td></tr>
</table>

쓰러지는 곤봉.

F.S
직부감

어린햇살 병체살화꼬 떠러고
순창빛 꺼물바다
사람이 그리를 마음
것고 부드러운 전약들은 주위본다

ㄱ 능류ㄴ(月春) · 映畵 감독, 배우.
화줄러니 2 한길쭘 감독
(영상, 인간군상의 MS4)

다시 걸고 다시 길에서
이글거리던 태양은
저 열력 위로

내 능류 '회색
아스팔트'

<table>
<tr><td>S# 93</td><td>D</td><td>L : 공장 밖 다른 곳</td><td>Contents : 쓰러져 있는 곤봉 발견하는 깍두기파</td><td rowspan="2">Tone&Mood</td></tr>
<tr><td colspan="4">Energy :</td></tr>
</table>

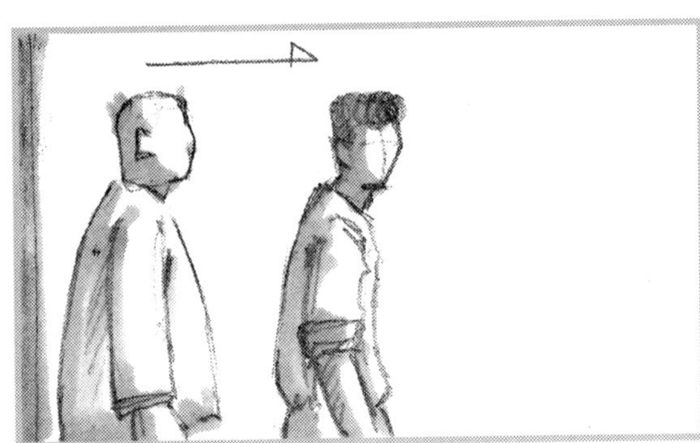

C# 1

망을 보고 있던 깍두기와 배추,
뒤뜰로 다가온다.

Side M.S
Follow

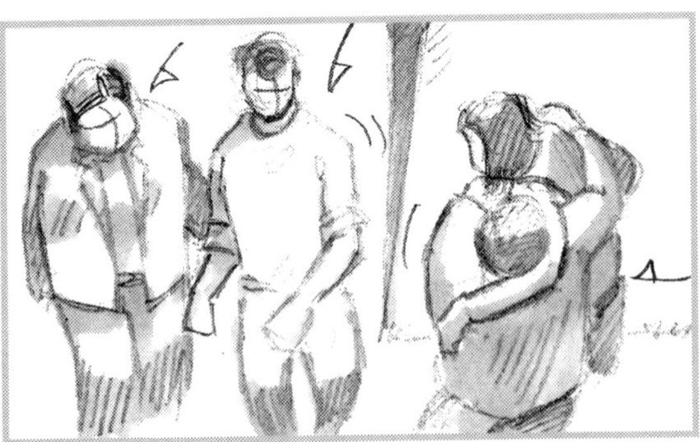

C# 2

곤봉을 일으켜서 부축해 나오는 갑빠와 만난다.

M.S
부감

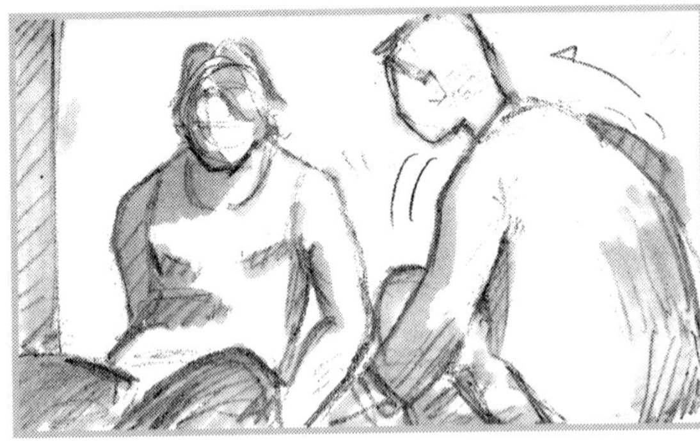

C# 3-0

곤봉 한쪽 구석에 뉘여 놓는 갑빠.
갑빠 : 불쌍한 새끼! 흐흑… 도망가려면 확실하
　　　게 도망을 가던가, 죽을려면 확실히 죽던
　　　가! 넌 왜 이리 어정쩡하냐…
곤봉, 미동도 없다.

2인 M.S

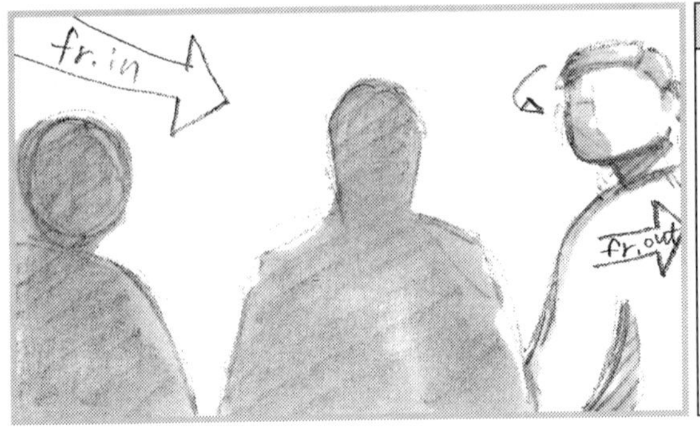

C# 3-1

〈Frame In 깍두기, 배추〉
깍두기 : 아이고 곤봉 행님, 니미 죽겠네.
　　　　으미 사람 죽겠네.
갑빠 : 빨리 가쇼. 죽어도 맘 편한 곳에서 죽게.
깍두기 : 그랴도 사람은 살리고 봐야지.

〈Frame Out 갑빠〉
M.S

<table>
<tr><td>S# 93</td><td>D</td><td>L : 공장 밖</td><td>Contents : 쓰러져 있는 곤봉 발견하는 깍두기파</td><td>Tone&Mood</td></tr>
<tr><td></td><td></td><td></td><td>Energy :</td><td></td></tr>
</table>

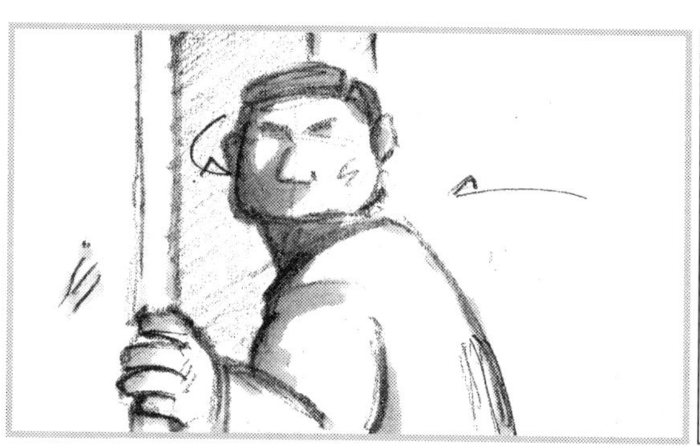

C# 4

다시 들어가려다가 곤봉을 돌아보는 갑빠.

B.S

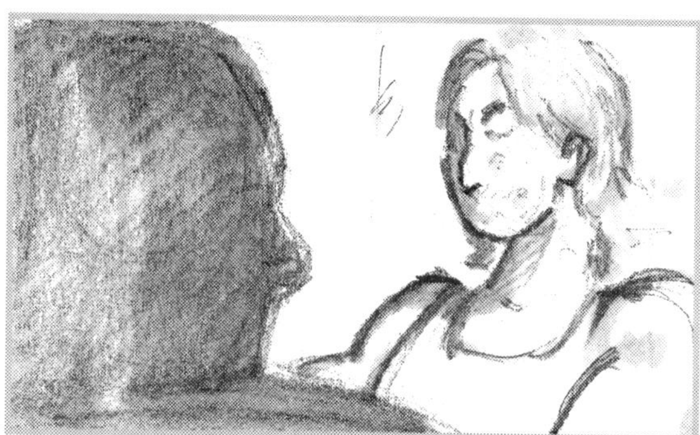

C# 5

곤봉 : (겨우) 고맙다. 갑빠…
　　　죽어도 니 놈 생각 많이… 하마… 으윽…

갑빠 O.S , 곤봉 B.S

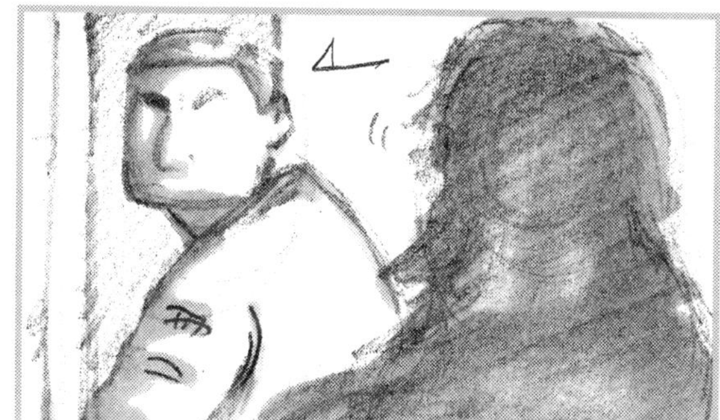

C# 6

갑빠 : 니미 씨벌 놈… 감동 주네… 흑…

곤봉 O.S , 갑빠 B.S
〈Frame Out 갑빠〉

<table>
<tr><td>S# 94</td><td>D</td><td>O : 깍두기 차안</td><td>Contents : 다친 곤봉을 태우고 가는 깍두기</td><td>Tone&Mood</td></tr>
<tr><td colspan="4">Energy :</td><td></td></tr>
</table>

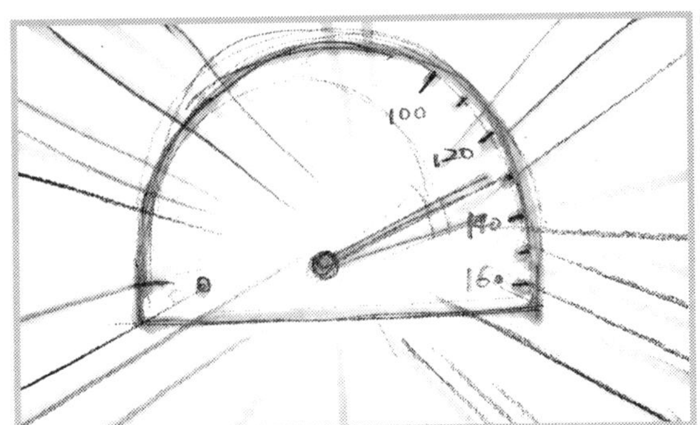

C# 1 (INS)

자동차 계기판의 속도 120km를 넘어간다.

C.U

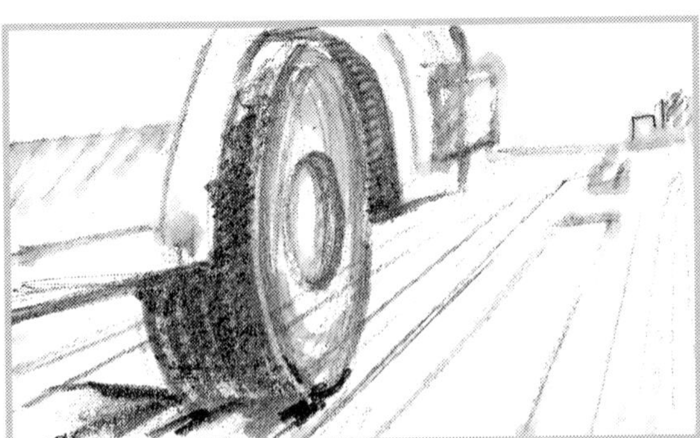

C# 2

차선을 빠른 속도로 달리는 자동차

C.U

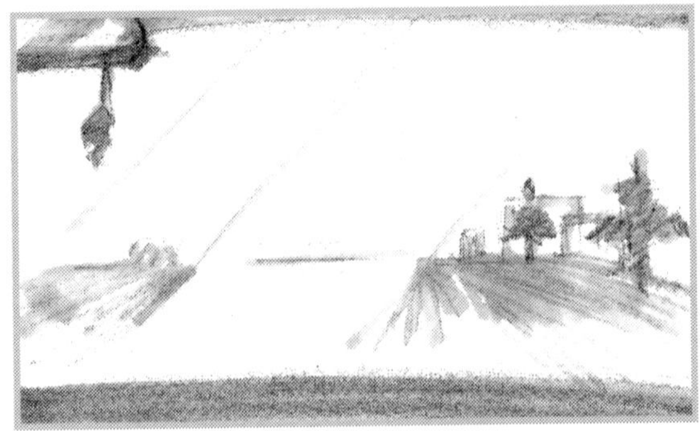

C# 3

달리는 자동차에서 보이는 도로 풍경

P.O.V

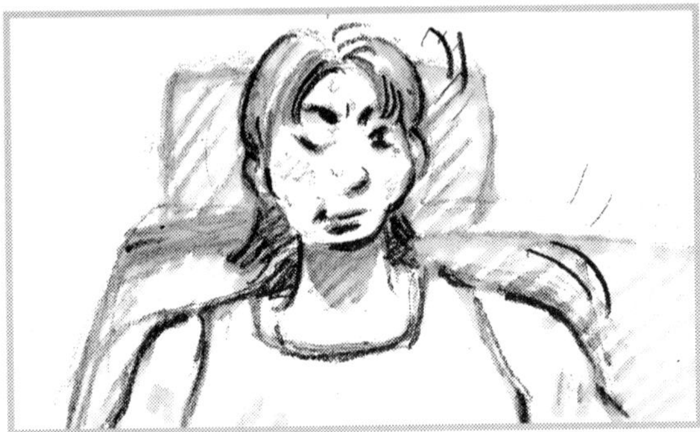

C# 4

서서히 감기는 눈을 떴다 감았다 하는 곤봉.

B.S

<table>
<tr><td>S# 94</td><td>D</td><td>O : 깍두기 차 안</td><td>Contents : 다친 곤봉을 태우고 가는 깍두기
Energy :</td><td>Tone&Mood</td></tr>
</table>

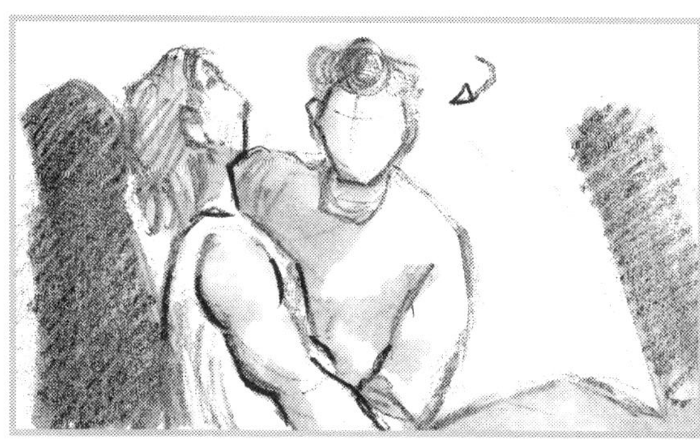

C# 5

상처는 손수건으로 계속 지혈을 하지만
피는 멈추지 않고 머리를 수 차례 맞은 충격으로
코에서 쌍코피가 줄줄 흐른다.
깍두기 : 이런 니기미!
　　　　여기서 어디로 꺾어야 돼여?
2인 M.S

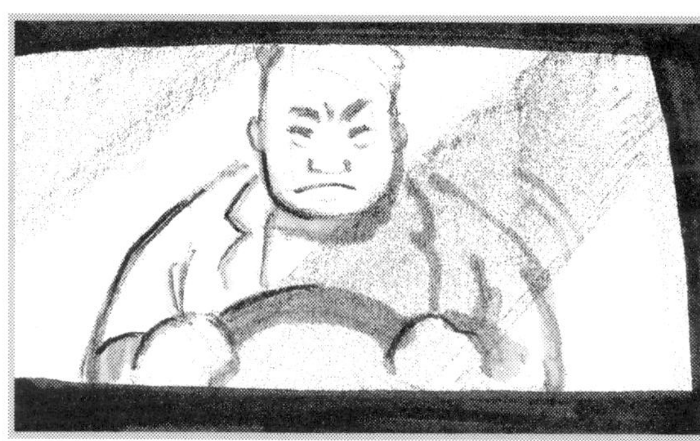

C# 6

운전을 하고 있는 배추.

CA. 차 밖
B.S

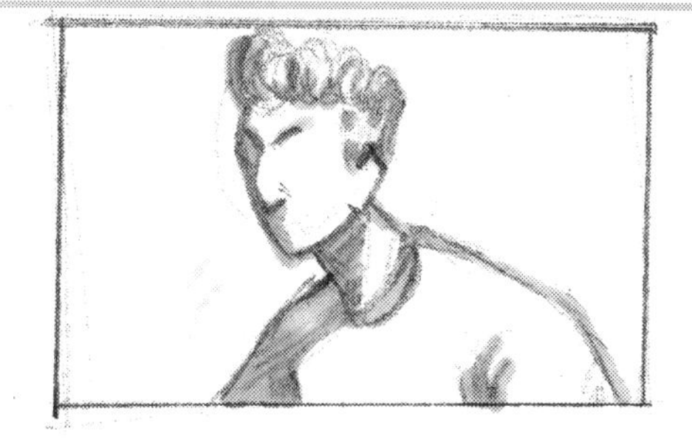

C# 7

깍두기 : 우여 좌여… 정신 좀 차리쇼. 행님…

CA. 차 밖
B.S

<table>
<tr><td>S# 95</td><td>D</td><td>L : 응급실 앞</td><td>Contents : 곤봉을 응급실로 데려온 깍두기</td><td rowspan="2">Tone&Mood</td></tr>
<tr><td colspan="3">Energy :</td></tr>
</table>

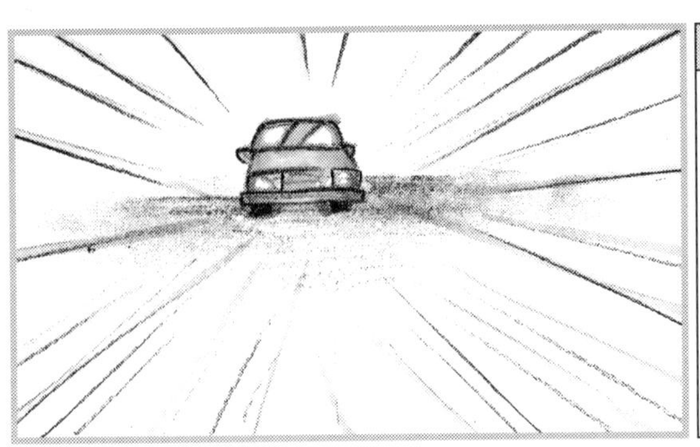

C# 1

급히 오는 깍두기의 차.

*차 안 시야컷 (P.O.V)

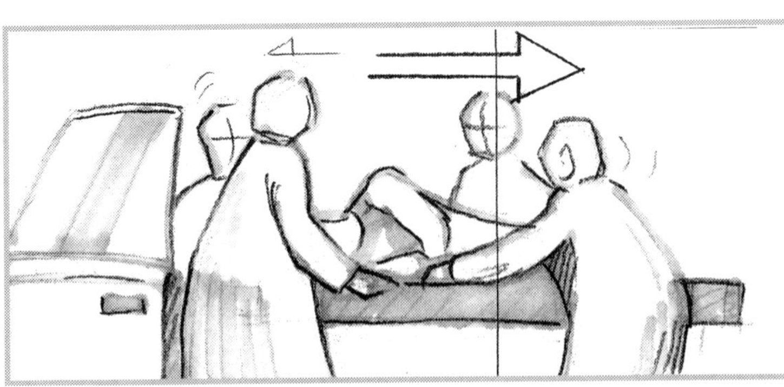

C# 2

내리는 깍두기, 곤봉을 부축하
는데 이동침대 뛰어온다.
깍두기 : 응급실 환잡니다!
곤봉을 눕혀 이동침대를 급하게
밀고 들어가는 응급실 인턴들.
쓰윽 빠지는 깍두기, 배추
Side Follow Dolly

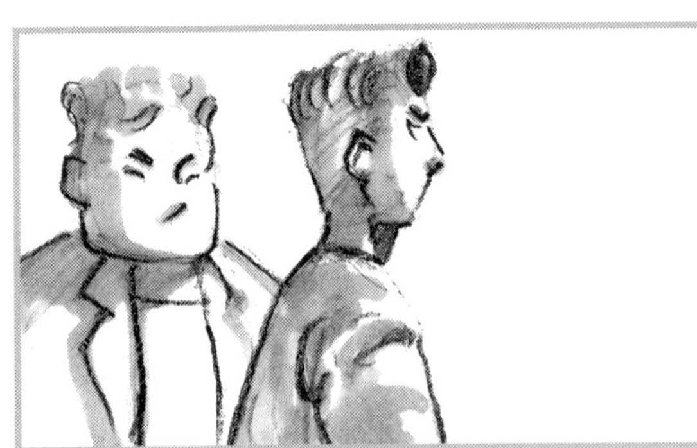

C# 3

깍두기 : 수고 혔다.
배추 : 아따 기분은 좋구마니라…

2인 B.S

<table><tr><td>S# 96</td><td>D</td><td>O : 수술실</td><td>Contents : 곤봉을 수술하는 세주</td><td rowspan="2">Tone&Mood</td></tr><tr><td colspan="3"></td><td>Energy :</td></tr></table>

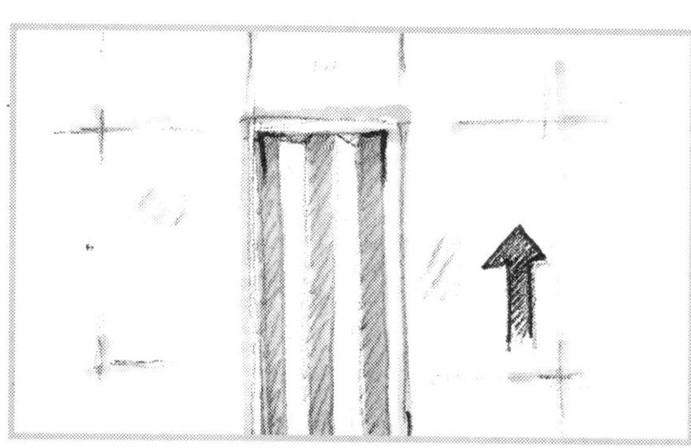

C# 1

침대 위를 환하게 비추는 조명이 켜진다.

CMR 극앙각
천정, 천정조명 (이동침대 타고서)

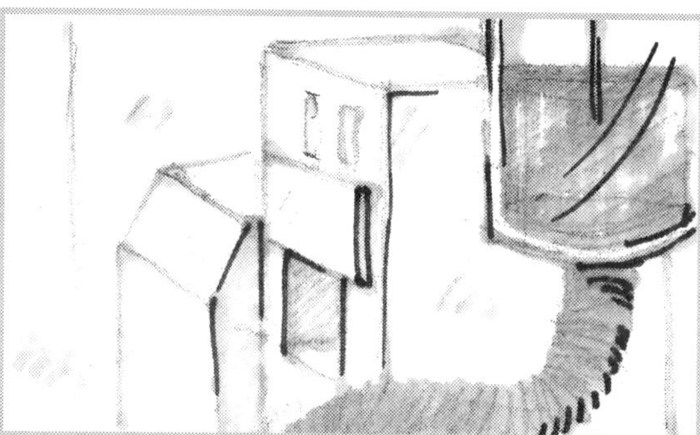

C# 2 (INS)

산소배관이 보이는 수술실

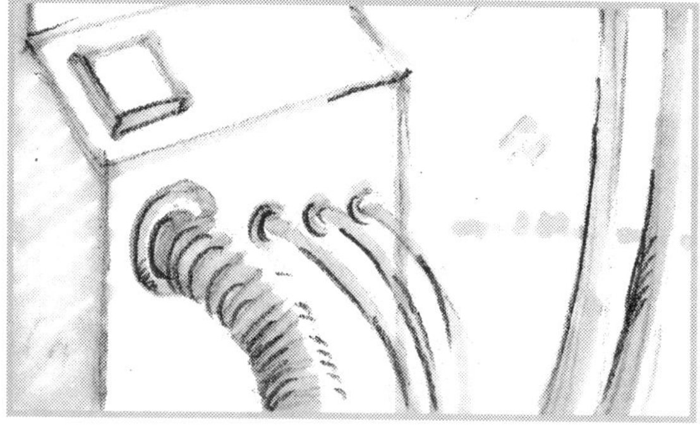

C# 3 (INS)

마취배관이 보이는 수술실

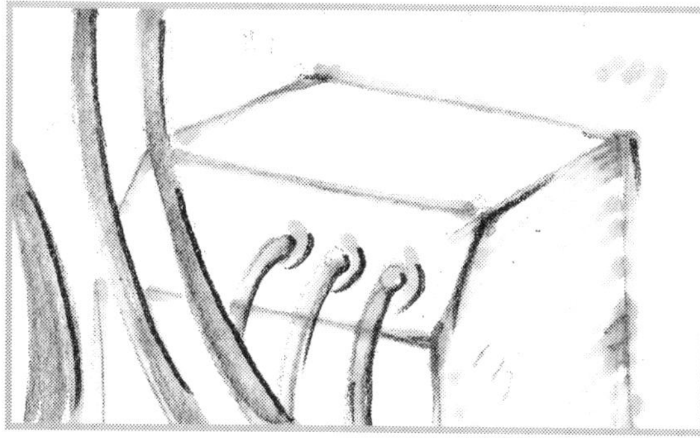

C# 4 (INS)

흡입배관이 보이는 수술실

<table>
<tr><td>S# 96</td><td>D</td><td>O : 수술실</td><td>Contents : 곤봉을 수술하는 세주</td><td rowspan="2">Tone&Mood</td></tr>
<tr><td colspan="3">Energy :</td></tr>
</table>

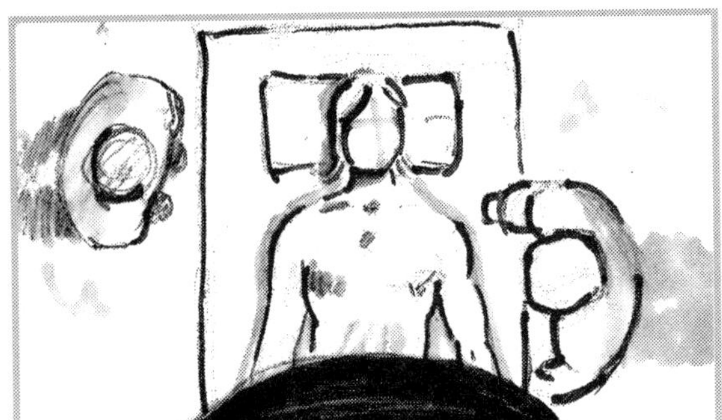

C# 5

집도의 : 메스…

극부감

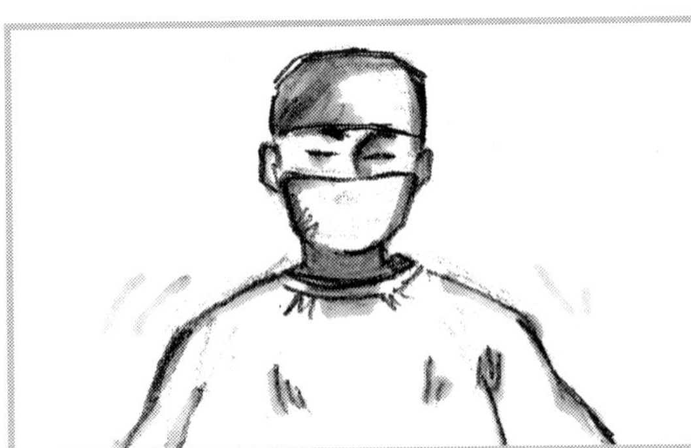

C# 6

의사 : 피가 너무 많이 고였습니다.

B.S

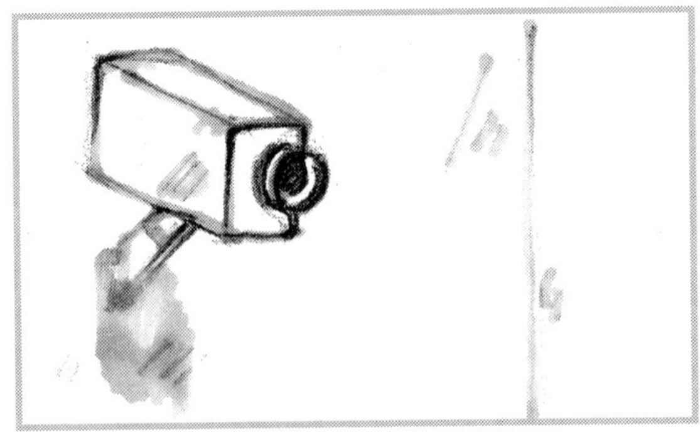

C# 7-0

수술실의 CC카메라

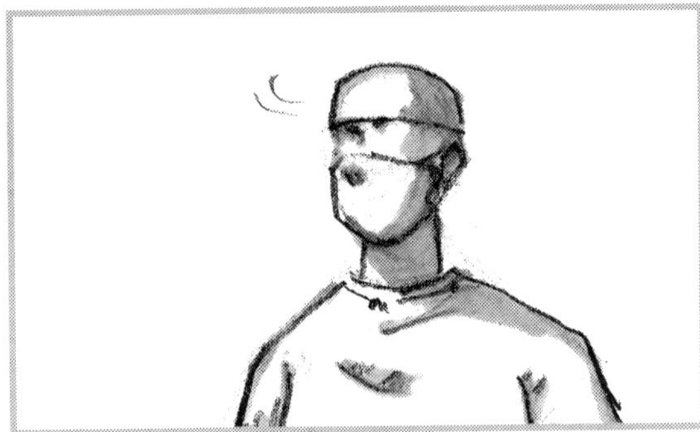

C# 7-1

집도의, CC카메라를 쳐다보더니 고개를
절레절레 흔든다.

B.S

<table>
<tr><td>S# 96</td><td>D</td><td>O : 수술실</td><td colspan="2">Contents : 곤봉을 수술하는 세주</td><td>Tone&Mood</td></tr>
<tr><td></td><td></td><td></td><td colspan="2">Energy :</td><td></td></tr>
</table>

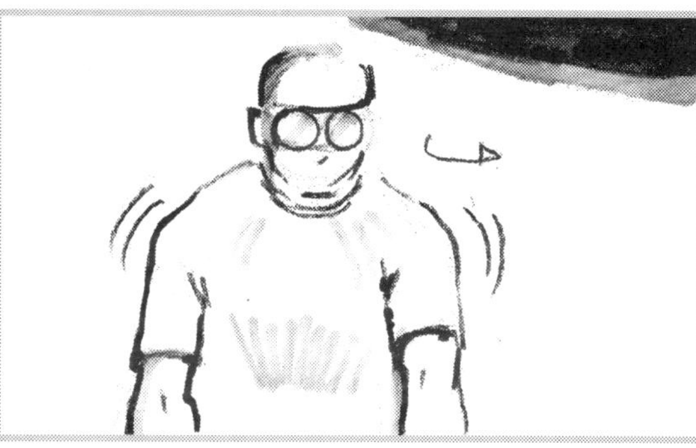

C# 8-0

이때 수술실 문을 열고
세주, 들어와서 집도의를 밀친다.
세주 : 개창기로 복강을 열어.
　　　먼저 흡입기로 고인 피부터 빨아냅시다.
집도의 : 무슨 짓이야, 이게.
세주 : (눈가가 촉촉해진다) 당신이 안하면 내가 한다.
집도의 : 이런…!
Hand held

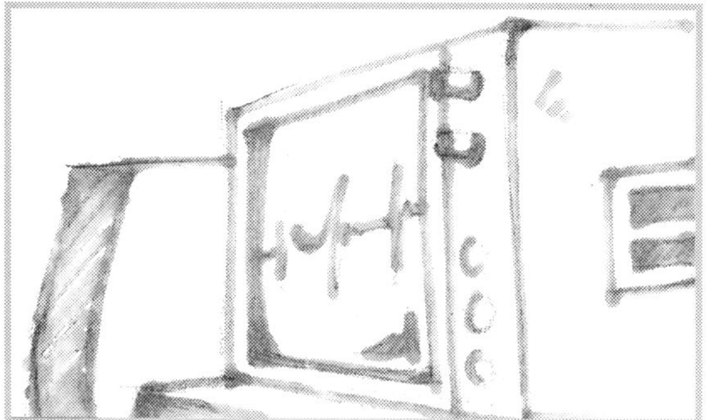

C# 8-1

세주 : 제발… 제발! 인공투석 실시!
마이크로 서저리에 눈을 대고 본격적으로 수술을 시작하는 세주.
간호사 : 펄스가 약해지고 있어요.
세주 : 링겔액, 수혈스피드 최대로 올려!
(심장감시장치, 혈압감시장치 바이탈 계속 하강)
세주 : 간좌엽 외측 부분을 드러낸다.
튜브 삽입하고 간장 적출한다.
땀과 눈물이 뒤범벅 된 얼굴을 닦는 세주.
Hand held

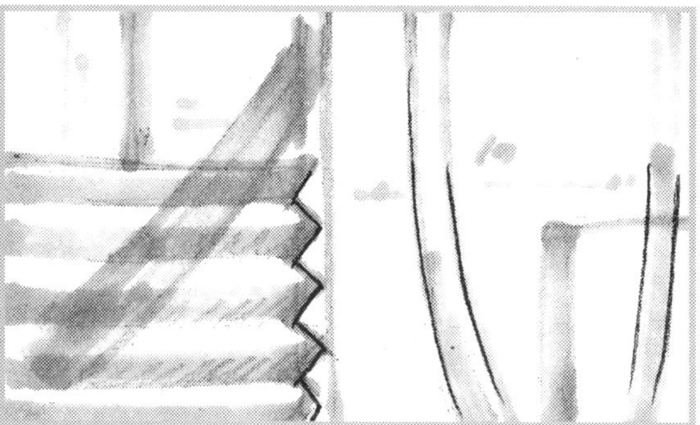

C# 9 (INS)

심장감시장치 바이탈 사인 계속 하락한다.

C# 10 (INS)

혈압감시장치의 바이탈 사인 계속 하락한다.

<table>
<tr><td>S# 97</td><td>D</td><td>O : 다른 수술실</td><td>Contents : 수술 준비 중인 재림
Energy :</td><td>Tone&Mood</td></tr>
</table>

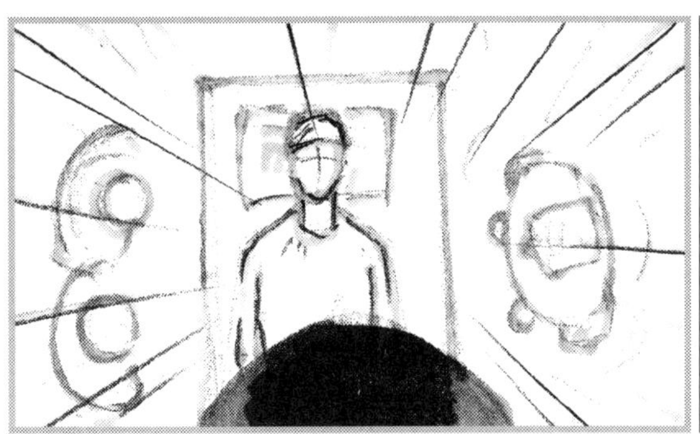

C# 1

재림의 장기이식 수술이 준비 중이다.
민호가 초조하다.

극부감

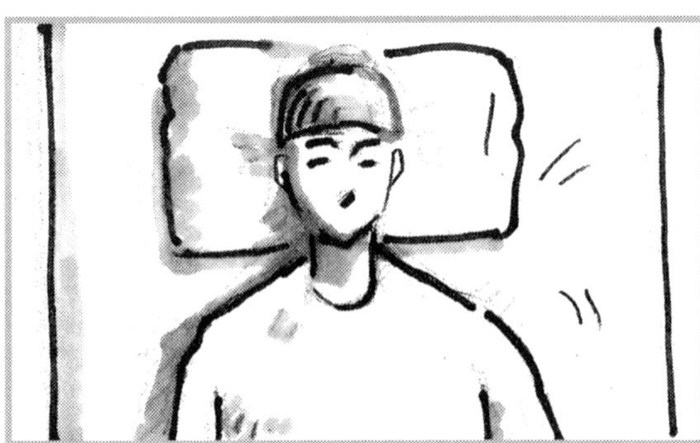

C# 2

수술 침대에 누워있는 재림의 모습
재림 : …

B.S
극부감

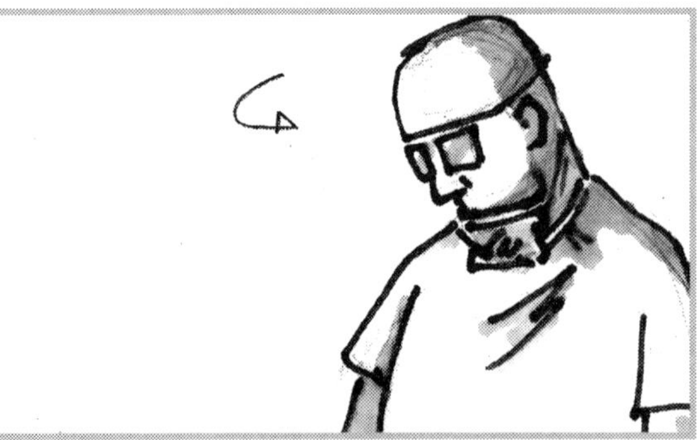

C# 3

민호 : 오늘따라 와 이리 정신이 없노.
　　　 마 미치겠네. 모가 이렇게 꼬이노…

B.S

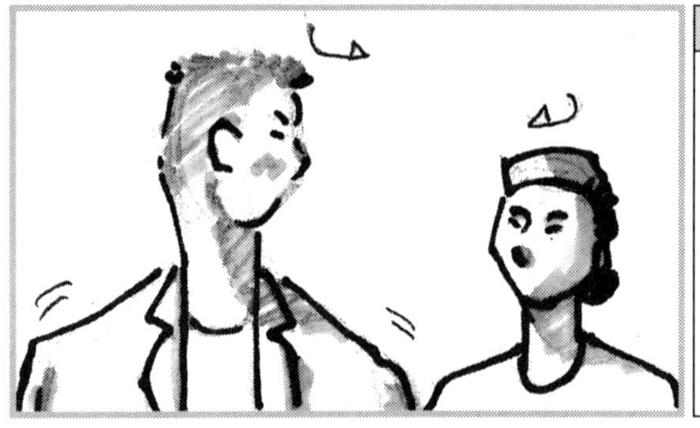

C# 4

인턴, 간호사 가재눈으로 쳐다본다.

2인 B.S

<table>
<tr><td>S# 98</td><td>D</td><td>O : 수술실</td><td>Contents : 재림의 병이 오진임을 알리는 민호
Energy :</td><td>Tone&Mood</td></tr>
</table>

C# 1

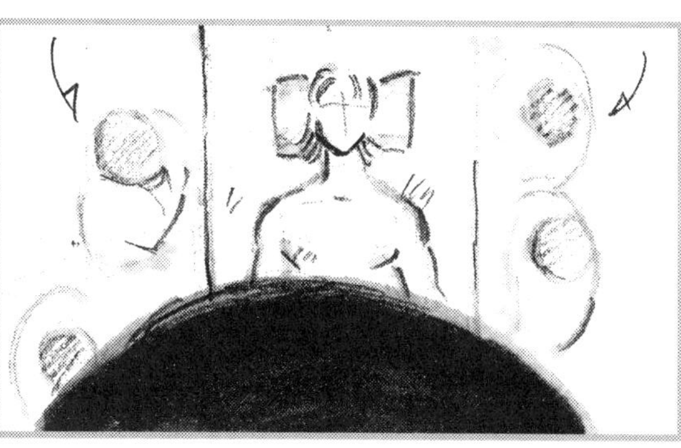

세주 그리고 집도의, 간호사들 다같이 긴장.
동시에 곤봉의 심장박동이 불규칙하다.

극부감

C# 2 (INS)

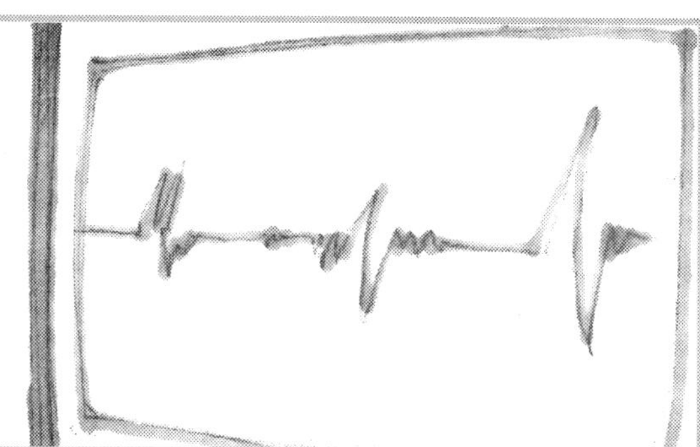

심박 바이탈이 불규칙선을 그리고 있다.

C# 3

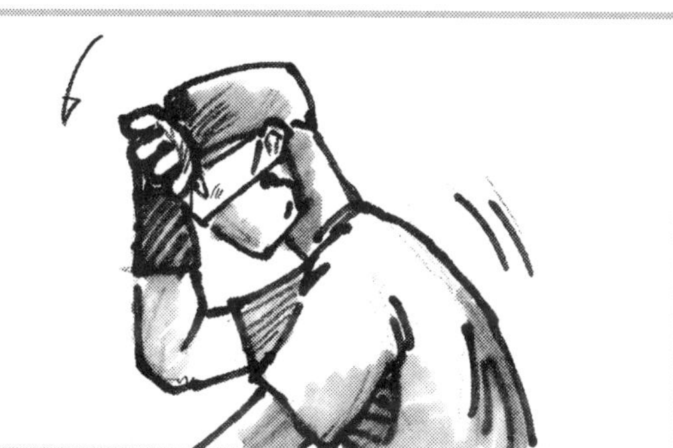

비틀거리는 세주, 몹시 탈진해 있는데…

Side B.S
Hand held

C# 4

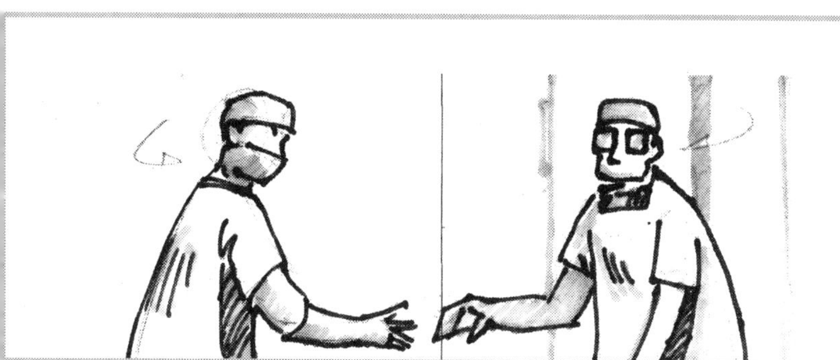

수술실을 박차고 들어
오는 민호
민호 : 큰일났데이!
집도의 : 무슨 일입니까?

PAN
M.S
Hand held

<table>
<tr><td>S# 98</td><td>D</td><td>O : 수술실</td><td>Contents : 재림의 병이 오진임을 알리는 민호</td><td>Tone&Mood</td></tr>
<tr><td></td><td></td><td></td><td>Energy :</td><td></td></tr>
</table>

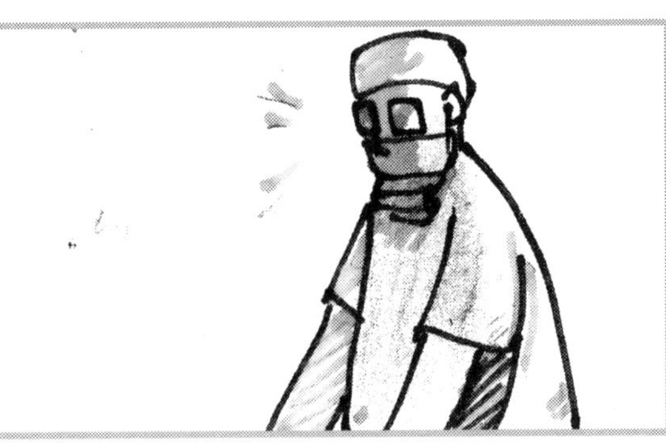

C# 5

민호 : 복부 절개한 결과, 이재림씨의 장기 상태가 양호합니다. 내가 의산데 나도모르겠다카이. 현재로선 이상이 없어예… 미치고 팔딱 뛰겠다카이. 마… 이미 회복됐다고 봐야 하겠습더.

M.S
Hand held

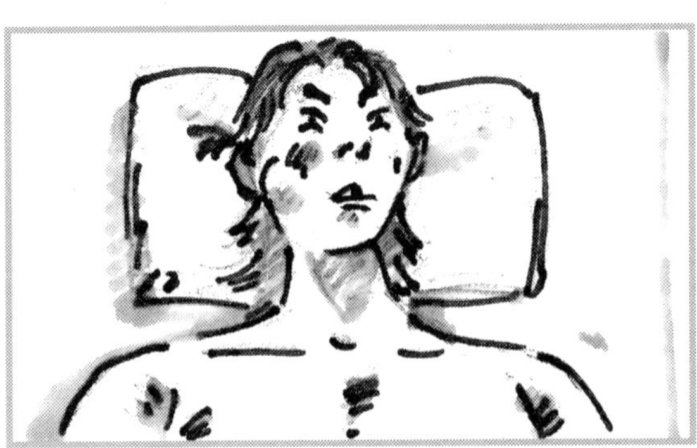

C# 6

두 눈을 부릅뜨는 곤봉의 황당무개한 표정

B.S
Hand held

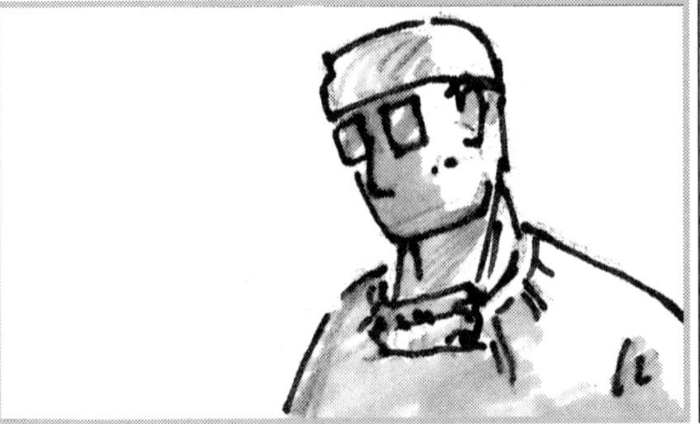

C# 7

민호 : 다른 병원에서 진단한 게 오진이었든지…

B.S
Hand held

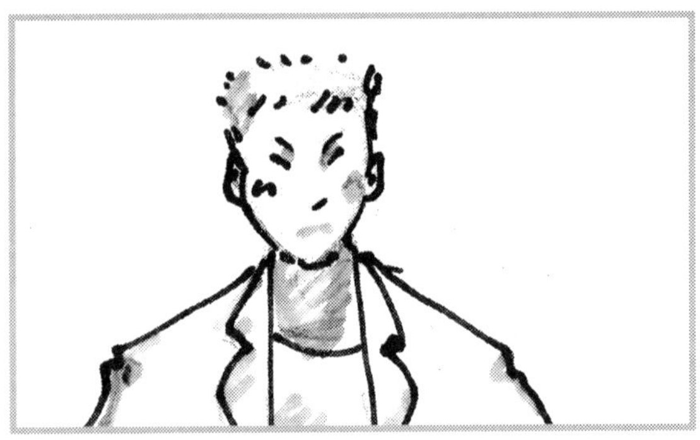

C# 8

인턴 : 차트 데이터가 교체됐던지…
　　　(민호에 뒤이어 들어온 인턴)

B.S
Hand held

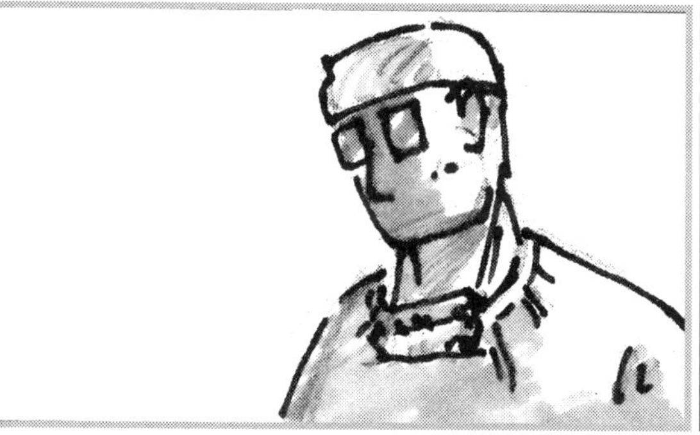

C# 9

민호 : 완전히 새 되쁘써요.
　　　간뎅이 아직 안 끄냈지요? 마, 일단 닫으
　　　이소.

B.S
Hand held

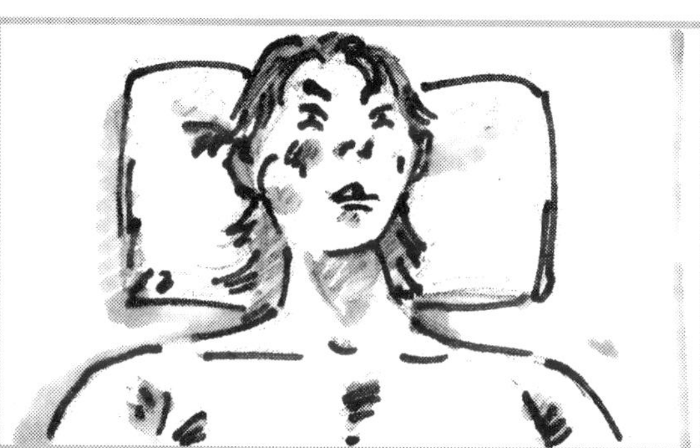

C# 10

곤봉, 양손을 휘저으며 배를 닫아주라는
필사의 제스처, 우습다.

B.S
Hand held

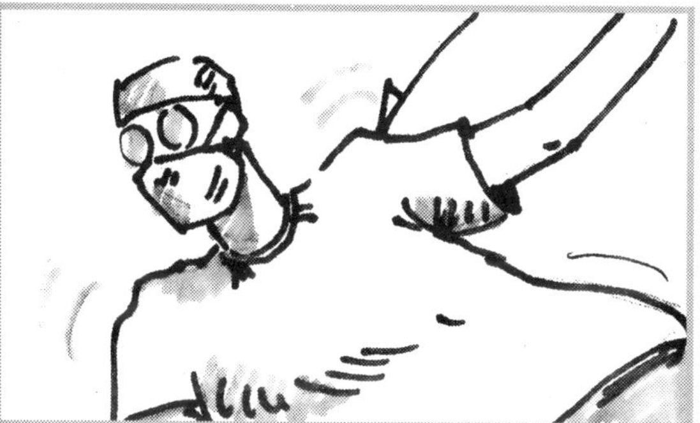

C# 11

현기증… 하얗게 부서지는 시선,
세주, 그대로 바닥으로 떨어진다!
집도의 (V.O) : 백 선생 왜 이래…!
민호 (V.O) : 아니, 이 사람아… 어어!!
백세주, 눈을 깜빡 깜빡거린다.
Hand held

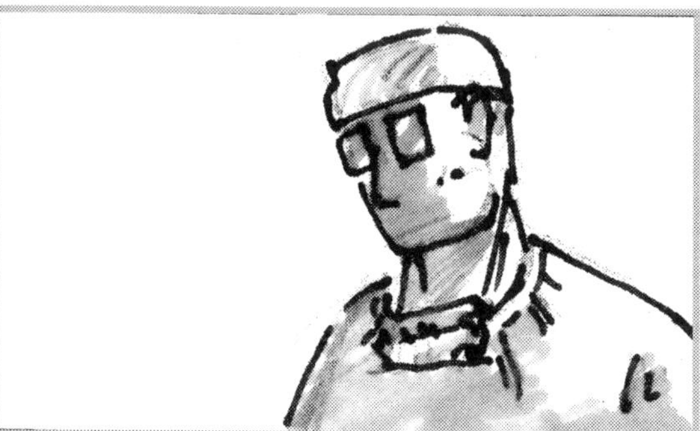

C# 12

민호 : 쇼크 받았나? 빈혈이가?

B.S
Hand held

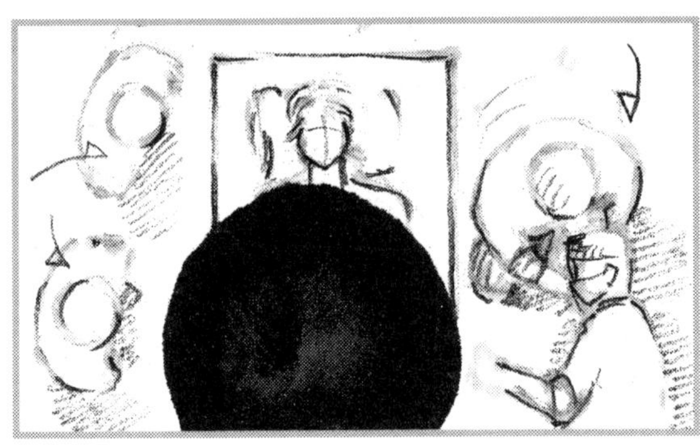

C# 13

〈점점 White IN〉

극부감
F.S

내친구들 ‥‥ 오직 映畵별이 있는데가 ‥‥‥
할리우드로 가는 점보 비행기는 사라져버렸다.
잊을 수 없는 기억 속에서
비 내려 절단한 통광로 일바닥
검색 걸을 깨닫을 올라 저기 빛창고로 들어가는 친구.
　　　　　　　　　　　　　　　　　〈Stairway to heaven〉

승강 철어 멱멱
좋아 해서 광연
당한 춤을 승편 자유공간님들
서기운 내홀아온 점점 떠나온다
時間은 時時로

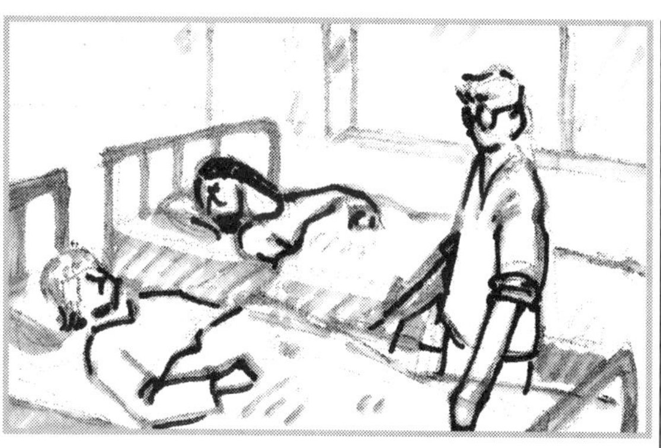

C# 1

각기 다른 침대에 나란히 잠들어 있는 곤봉과 재림, 그리고 서 있는 세주.
세주 : 어이~ 곤봉, 퇴원하면 의리로 한잔 하자! 내가 산다!
곤봉 : 근데 형님! 내꺼 확실하게 다시 집어 넣었죠?
세주 : (비몽사몽) 뭘?
곤봉 : 내~~간.
세주 : 그 간? 재림이한테 넣었지.
재림 : 그럼 난 쌍간이예요?
세주 : 어어… 아무튼… 의리로 좋은 일 했다!
F.S
부감

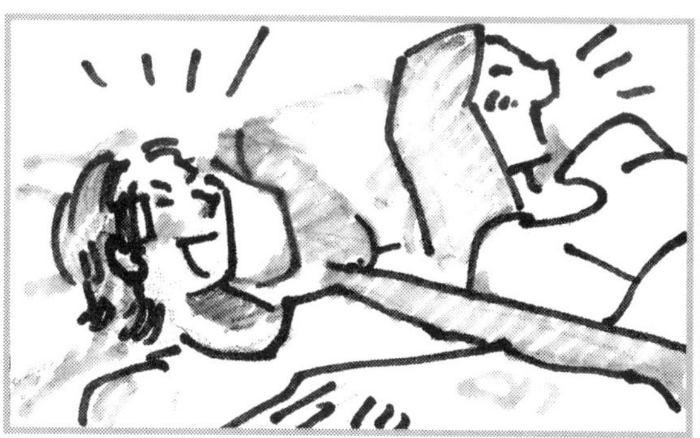

C# 2

경악하는 곤봉, 웃는 재림.
(… 경쾌한 음악과 함께…)

⟶ Quick PAN

∨ Africa로 간 세주야
재림이를 싸앙하는 곤봉아
너희들은 2003년 내 映畵의 살아있는 수호들이
었다.
내에없으니 싸앙은 깨달은
싸앙을 베푸는
봉사의 삶을 살아라.

∨ 나눔은 젊음고 芸術은 길다고 했다.

| S# 99 | C# 2 | R# 130 | Weather 흐림 | S / Ⓞ / L 강변 그림자 | M / Ⓓ / E / N |

Work / Size	Top		Action & Dialogue

Work / Size: Tracking / M.S.
Angle: low
Lens: 25mm
Film: 5277 (320t)
Filter: chocolate1 +81D
Video tape#: 9

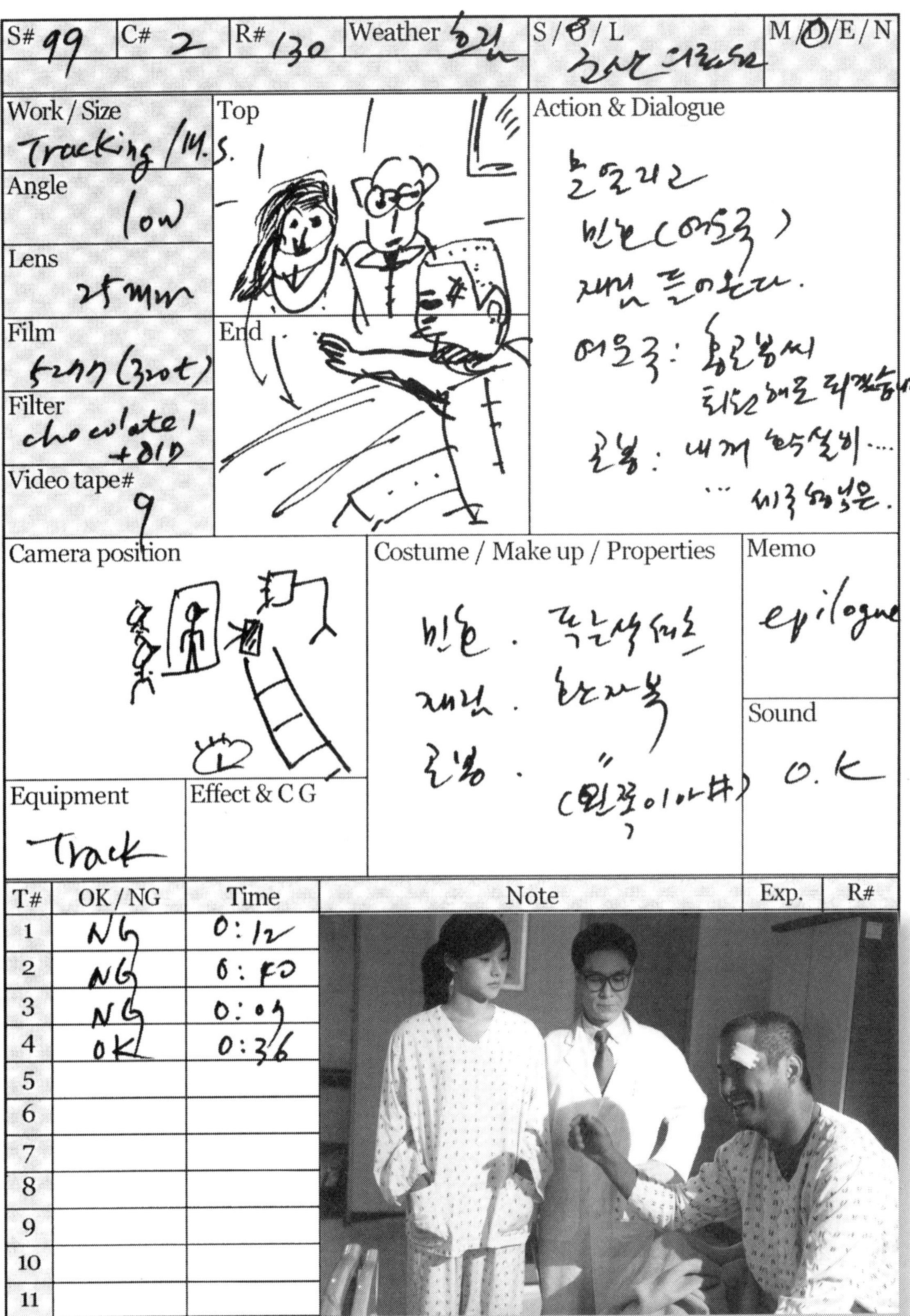

Action & Dialogue

흘으라고
빈난(여옥)
재빨 들어온다.
여옥 : 홍로봄씨
하신해로 리갔습…
로봄 : 내께 한소실비…
… 비공하있은

Camera position

Costume / Make up / Properties

빈난 . 죽눈생사요
재빈 . 환자복
로봄 . (원쪽이아#)

Memo: epilogue

Sound: O.K

Equipment: Track

Effect & C G

T#	OK / NG	Time	Note	Exp.	R#
1	NG	0:12			
2	NG	0:50			
3	NG	0:09			
4	OK	0:36			
5					
6					
7					
8					
9					
10					
11					

<table>
<tr><td>S# 100</td><td>D</td><td>L : 해안도로 차 안
/사진관, 바닷가, 터널</td><td colspan="2">Contents : 어딘가로 떠나는 세주, 곤봉, 재림</td><td>Tone&Mood</td></tr>
<tr><td colspan="3"></td><td colspan="2">Energy :</td><td></td></tr>
</table>

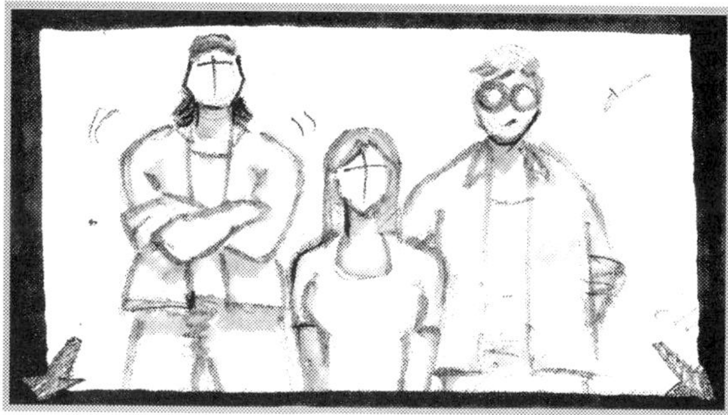

C# 1

(사진관)
기념사진 촬영을 하는 세 사람, 곤봉, 재림, 세주
사진이 찍히면 이미 현상인화되어 사진관 진열
장 액자사진으로 전환된다.
View finder 속 (Tight한 3인 M.S)
→ Stop Motion → 사진액자

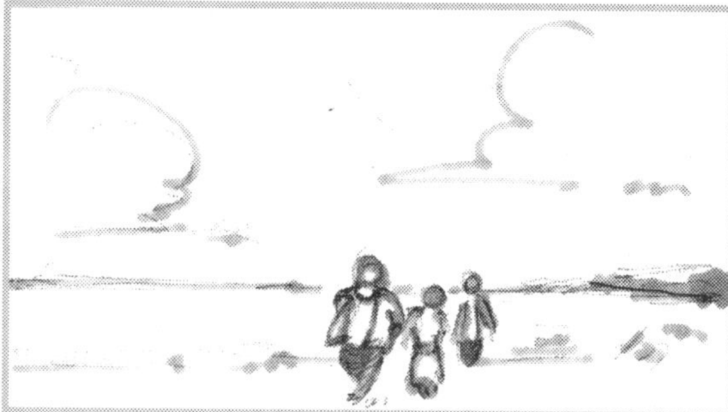

C# 2

하얗게 쏟아지는 찬란한 햇빛의 바닷가
끝없이 쭉 뻗은 해안선 뒤로 걸어오는 세 사람.
너무 즐겁게 카메라 앞으로 뛰어온다.

CMR Lens로 뛰어오는 세주, 곤봉, 재림
→ Stop Motion

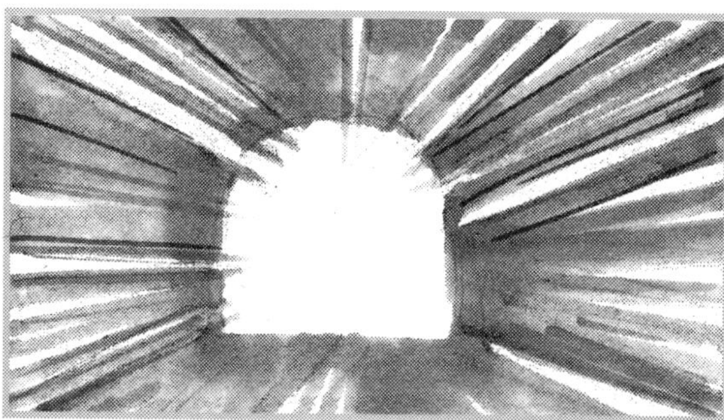

C# 3

터널 안에서 환한 밖으로 나오는 시야 Shot

P.O.V

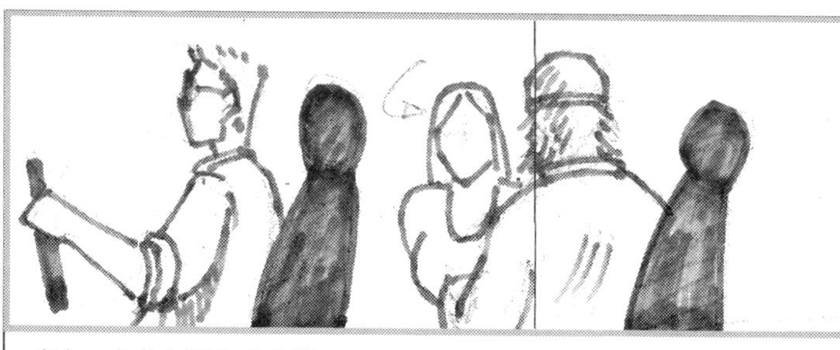

C# 4

곤봉과 재림이 동승한 승용차에 앉
아있다.
곤봉, 슬그머니 재림에게 자신의
금목걸이를 건넨다.

인 M.S
CMR 차유리 통해서

재림 : 어머나 금목걸이네!
곤봉 : 평생 간직해야 돼.
재림 : 어머나! 옵빠!! 오빠, 나 좋아하는 이유가 뭐야? 진짜루…
곤봉 : 너, 우리 엄마랑 꼭 닮았어!
재림 : 우와 정말!
곤봉 : (세주에게 엄마 사진을 주며) 그래, 엄청 닮았다니까! 백세주 형님, 그쵸!

S# 100A	C# 1	R# 14	Weather Sunny	S / D / L	M / D / E / N

Work / Size	Top	Action & Dialogue
hix · tight M.S.	viewfinder ↓	기념촬영하날 3 씬.
Angle high		해준 .
Lens 85mm		고봉 · 그런이너런
Film	End 사진의지	재연 . 보
Filter		
Video tape# 2		

Camera position	Costume / Make up / Properties	Memo
	· 하늘색참 썬그 으니때	해연은 사진 → 액자
	· 84씨 기꽃	
		Sound
Equipment	고봉 - 흰 셔츠 . 청바지	
Effect & C G 사진 → 액자	해준 - 하늘색 셔츠 . 흰바지	
	재연 - 흰색 남방스 . 치마.	

T#	OK / NG	Time	Note	Exp.	R#
1	NG	0 : 20			
2	OK	0 : 14			
3					
4					
5					
6					
7					
8					
9					
10					
11					

S# 100	C# 1 (2)	R# 20'	Weather Sunny	S / O / L		M / D / E / N

부안 격포

Work / Size	Top	Action & Dialogue

Work / Size: tight / HS

Angle: low

Lens: 25 mm

Film: 5248 (100t)

Filter: chocolate1 + 81D

Video tape#: 6mm capture

Top: (sketch)

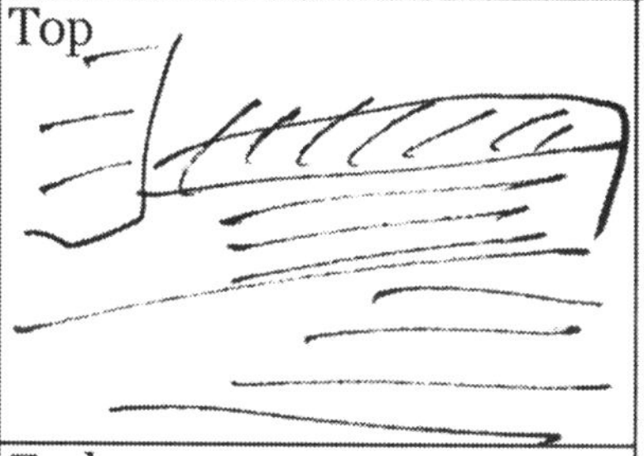

End: (sketch)

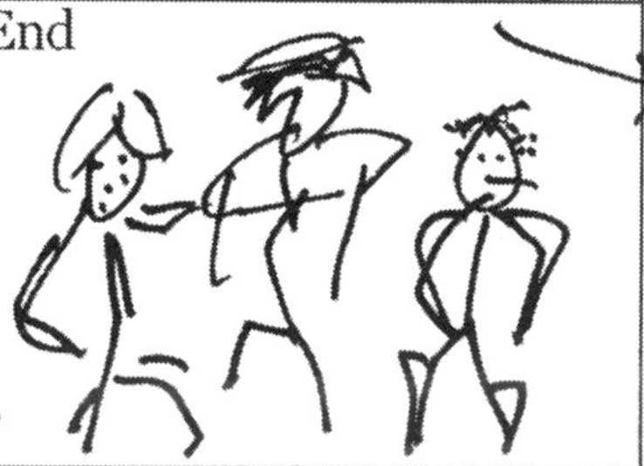

Action & Dialogue:
해숙. 재명. 근봉.
Ca 없는 Running
→ fr. out
slow → stop motion
Narration —

Camera position: (sketch)
근봉 → Ca
해숙 → 재명 →

Costume / Make up / Properties:
해숙
근봉) 흘림. 비치복.
재명

Memo: 비싸기 C.G 없이

Sound: O.K.

Equipment	Effect & C G

T#	OK / NG	Time	Note	Exp.	R#
1	NG	0:08			
2	NG	0:10			
3	NG	0:10			
4	keep	0:10			
5	OK	0:09			
6					
7					
8					
9					
10					
11					

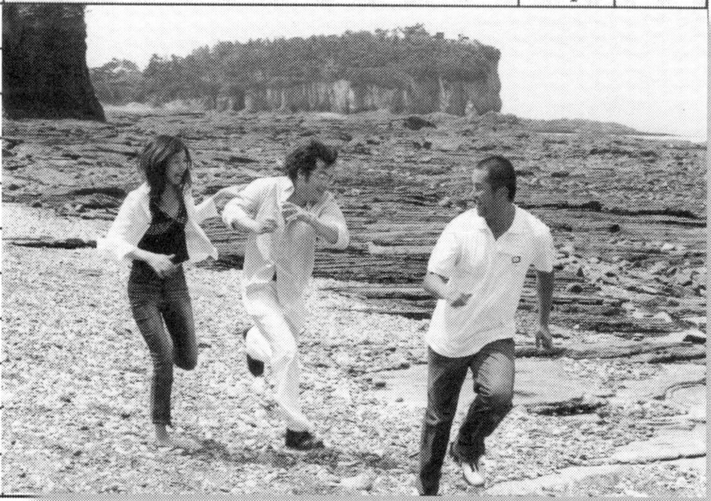

<table>
<tr><td>S# 100</td><td>D</td><td>L : 해안도로 차 안
/사진관, 바닷가, 터널</td><td>Contents : 어딘가로 떠나는 세주, 곤봉, 재림</td><td rowspan="2">Tone&Mood</td></tr>
<tr><td></td><td></td><td></td><td>Energy :</td></tr>
</table>

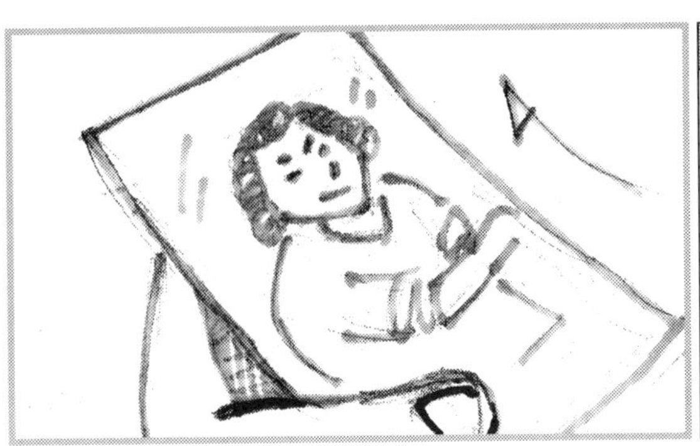

C# 5 (INS)

곤봉의 엄마 사진을 건네 받은 세주
세주 : 쏘옥 빼 닮았어. 붕어빵이야.

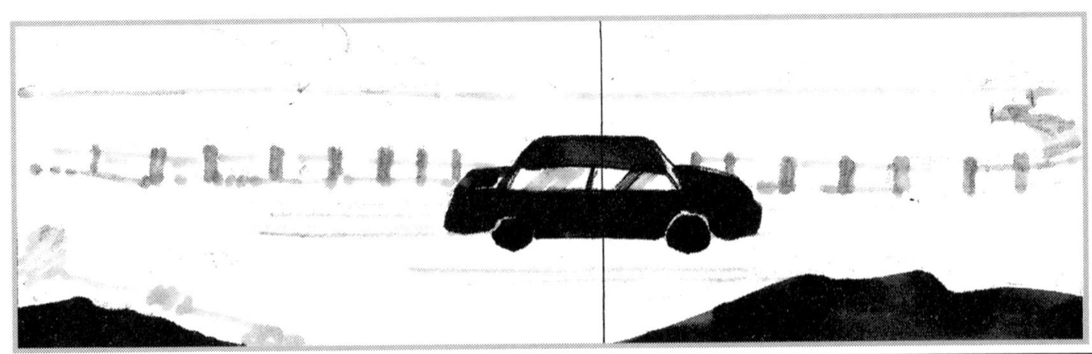

C# 6

테마 음악 리듬 속에 세주의 낡은 승용차 해안도로를 끼고 멀리 달려간다.
고장난 차, 범퍼에서 연기가 피어 오른다. 냉동탑차에서 내리는 깍두기.
깍두기 : 아이고~ 곤봉 형님, 어디가십니까? 아니 이 여자는?
무우, 배추 : 큰 형님, 이거 광어여? 우럭이여요?

The end

2003, 서울의 봄

8月 Crank-up

손영국 Son.JS.

* Ending Credit

– 뮤직비디오 후렴부에 수고하신 분들의 자막이
오르면서 재밌는 N.G 필름과 함께
횟집에서 일하는 깍두기, 무우, 배추의 모습이
코믹하게 Service 로 이어진다…

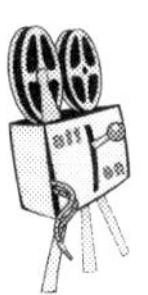

용어해설

장면 Scene

장면(Scene)은 커트(Shot)로 나누어진다. 그래서 많은 감정 쇼트가 필요하다.

감정 쇼트는 빅 클로즈업(B. CU 줌 렌즈나 200mm 렌즈가 적당하다), 클로즈업(C. U), 클로즈 쇼트(C. S), 바스트 쇼트(B. S 55mm 렌즈가 표현하기 용이하다.)

웨스트 쇼트(W. S)가 있고, 제스처나 동작을 포착하기에는 미디엄 쇼트(M. S), 풀 쇼트(F. S 35mm 렌즈를 주로 사용한다) 등이 있다. 먼 그림이나 전경, 인서트 쇼트는 롱 쇼트(L. S 16mm나 25mm 렌즈가 좋다), 익스트림 롱 쇼트(E. LS)를 주로 구사한다.

고감도 필름 Fast stock, fast film

빛에 매우 민감하고 입자가 굵은 필름. 기존 조명만을 사용해 촬영해야 하는 다큐멘터리 작품으로 종종 사용된다. 저감도 필름 참조.

고전적 편집 Classical cutting, decoupage classique

일련의 쇼트가 장면의 물리적 행동에 의해 보다 극적이고 정적인 측면에 의해 결정되는, 그리피드에 의해 발전된 편집 스타일. 일련의 쇼트는 논리적 요소뿐만 아니라 심리적 요소 속에서 사건의 해결을 묘사한다.

과잉노출 Overexposure

카메라 렌즈 구경을 통해 과다한 빛으로 들어오는 것으로, 이 경우 영상이 표백된다. 환상이나 악몽장면에서 사용된다.

광각렌즈, 단초점 렌즈 Wide angle lens, Short lens

표준렌즈보다 훨씬 넓은 지역을 찍을 수 있는 카메라 렌즈, 원근감이 과장되는 경향이 있으며 디프 포커스에 사용된다.

광학기기 Optical printer

영화의 특수효과를 만들어 내기 위해 사용되는 정말 인화기. 예를 들면 페이드, 디졸브, 다중노출 등등

교차편집 Cross cutting

두 장면의 쇼트들을 서로 바꿔가면서 편집하는 것. 상이한 곳에서 동시에 일어나고 있는 사건들을 나타내기 위해 사용한다.

구축 쇼트 Establishing shot

관객에게 다음에 나올 클로즈 쇼트의 의미 맥락을 제시하기 위한 쇼트이며, 일반적으로 한 정면의 도입부에 제시되는 익스트림 롱 쇼트나 롱 쇼트.

극영화 Feature, feature-length film

보통 한 시간 이상 2시간 이하로 극장에서 상영되는 영화.

극적 대비 Dominant contrast, 또는 dominant

확연한 시각상의 대비로 관객의 강력한 즉석반응을 일으키게 하는 영화영상의 범주로, 때때로 극적 대비는 음향이 될 수도 있는데 이때 영상은 종속적 대비로 작용한다.

기존 조명 Available lighting

실제 로케이션 하에 존재하는 자연광(태양)이나 인조광(전구)만을 이용한 조명, 실내 촬영시 기존 조명을 사용할 때에는 일반적으로 고감도 필름을 사용해야 한다.

다중노출 Multiple exposure

광학기기 optical printer에 의해 만들어지는 특수효과로 동시에 많은 영상이 겹쳐 나타난다.

단초점 렌즈 Short lens

광각렌즈 참조.

달리 쇼트, 트래킹 쇼트, 트러킹 쇼트
Dolly shot, tracking shot, trucking shot

이동차를 이용해 찍는 쇼트, 본래의 뜻은 카메라의 움직임을 부드럽게 하기 위한 선로의 설치를 의미한다. 오늘날은 카메라를 손으로 쥐고 부드럽게 움직이며 찍는 쇼트까지 달리 쇼트의 일종으로 간주한다.

대략적 각색 Loose adaptation

다른 매체(보통 문학)에 기초한 영화로 두 매체 사이의 표면적 유사성만이 있을 뿐임.

대본 Script, screenplay, scenario

대사와 행동 때로는 카메라 지시문까지 포함하고 있는 영화대본.

대응쇼트 Reaction shot

앞의 쇼트에 대한 배우의 반응을 포착한 쇼트 또는 편집.

대응 팬 Reaction pan

대응 쇼트와 흡사하나 편집을 이용하는 대신 배우의 반응을 포착하기 위한 카메라 패닝을 말함.

더빙 Dubbing

영상이 촬영된 후 음향을 삽입하는 것. 더빙은 영상과 일치될 수도 있고 일치되지 않을 수도 있다. 외화의 경우 종종 국내 상영을 위해 자국어로 더빙된다.

데쿠파즈 Decoupage

불어로 〈자르다〉라는 뜻.
극적 연기를 구성 쇼트 constituent shots로 분할시키는 것.

동기 음향 Synchronous sound

영상과 음향을 동시녹음 하거나, 완성 프린트에 동시녹음 한 것처럼 보이도록 하는 것. 동기 음향은 화면상의 분명한 출처로부터 나오는 소리이다.

동작선 Blocking

주어진 연기지역 내에서의 배우들의 움직임.

디졸브, 랩 디졸브 Dissolve, lap dissolve

영상의 이중 인화로 보통 중앙지점에서 한 쇼트가 서서히 페이드 아웃 되고 다음 쇼트가 서서히 페이드 인 되는 것.

디프 포커스 Deep focus

클로즈업에서 무한대에 이르기까지 모든 곳을 초점에 분명하게 맞출 수 있는 촬영기법.

래디컬 몽타주 Radical montage

소련의 영화감독 에이젠스타인이 주창한 편집방법으로 각각의 쇼트가 상징적 관계에 의해 연결되는 것.

러쉬 Rushes, dailies

전날 촬영된 필름 중 편집에 이용할 필름 푸티지. 보통 다음 촬영을 시작하기 전에 감독과 촬영기사가 서로 상의해 선택함.

러프 커트 Rough cut

편집자가 쇼트를 연결하기 전에 대충대충 잘라 놓은 필름조각. 일종의, 가공되지 않은 초벌 편집.

렌즈 Lens

카메라 안에 부착되어 빛을 집중 혹은 분산시켜 사진영상을 만들기 위한 유리 혹은 플라스틱, 기타 투명물질로서 둥글게 연마해 만든 것.

로우 앵글 쇼트 Low angle shot

낮은 곳에서 피사체를 찍는 쇼트.

로우 키 Low key

그림자의 분산 및 분위기성 광원을 중시하는 조명방법. 미스터리물, 스릴러물, 암울한 영화 film noir에서 가끔 사용된다.

롱 쇼트 Long shot

연극무대에서 관객의 시점으로 볼 때 프로시니엄 아치 안의 범위에 해당하는 프레임.

루즈 프레이밍 Loose framing

보통 원경촬영에 사영된다.
화면구성에 공간적 여유가 있기 때문에 배우들의 움직임이 자유로울 수 있다.

마르크시스트 Marxist

칼 마르크스의 경제, 사회, 철학적 이론을 묘사하는 사람. 이러한 가치를 반영하는 어떤 예술작품.

마스킹 Masking

영상의 한 부분을 차단함으로써 스크린의 종횡비율을 일시적으로 변형시키는 기법.

마스터 쇼트 Master shot

전경을 포착하는 롱 쇼트나 풀 쇼트. 마스터 쇼트 촬영 후 근접 쇼트를 찍어 편집할 때 편집자로 하여금 다양한 쇼트를 구사할 수 있도록 해준다.

망원렌즈 Telephoto lens, long lens

망원경처럼 먼 거리에 있는 피사체를 확대할 수 있는 렌즈. 원근감이 상실되는 단점이 있다.

매튜앙센 Metteur-en-scene

화면구성을 창조하는 예술가 혹은 기술자, 곧 감독을 말한다. 소재에 대한 자신의 비전을 갖지 못하고, 단지 기계적으로 연출하는 감독을 경멸적으로 지칭하는 데 사용하는 말.

매트 쇼트 Matte shot

별개의 두 쇼트를 하나로 인화해 결합하는 과정. 결과적으로는 마치 정상적으로 촬영한 것처럼 보이는 영상을 창출한다.
주로 사람과 공룡을 한 화면에 담는 것과 같은 특수효과에 사용된다.

모티브 Motif

한 영화를 통해 체계적으로 반복되는 교묘한 기교 또는 대상이나 주제를 나타내는 생각.

몽타주 Montage
시간이나 사건의 경과를 나타낼 때 사용하는 영상의 편집된 전환 장면들. 종종 디졸브나 다중노출을 사용한다. 유럽에서의 몽타주는 편집예술을 의미한다.

**미니어처, 미니어처 쇼트
Miniatures, 또는 model or miniature shots**
실물 크기의 환영을 제시하기 위해 촬영시 사용되는 축소 모델. 예를 들면 바다에서 배가 가라앉는 것, 거대한 공룡, 비행기 충돌 장면 등.

미디엄 쇼트 Medium shot
비교적 근접 쇼트로 꽤 세밀한 부분까지 포착한다. 인물의 미디엄 쇼트는 무릎 또는 허리 위의 신체를 잡는 것을 말한다. 프랑스 비평가들은 미국적 쇼트라는 뜻의 le plan americain 으로 부르는데, 그 이유는 이 쇼트가 고전적 미국영화에 많이 사용되기 때문이다.

미술감독 Art director, 또는 production designer
영화 세트를 디자인하고 그 설치를 감독하며, 때때로 실내장식과 전체적인 시각스타일을 책임 있는 사람.

미적 거리 Aesthetic distance
예술적 〈리얼리티〉와 외적 리얼리티를 구별하는 관객의 능력 · 극영화에서 사건의 허구를 관객이 알아차리는 것.

미키마우징 Mickeymousing
묘사적이며 화면동작에 상응하는 음악적 등기물을 창출하는 영화음악의 형태. 애니메이션에서 종종 사용된다.

믹스 Mix
각각의 음향 트랙에서 각자 녹음된 음을 마스터 트랙 위에 결합하는 과정.

밤 장면의 낮 촬영 Day-for-night shooting
영화영상에 야간이 배경임을 나타내기 위해 특수 필터를 이용하여 낮에 촬영되는 장면들.

배경투사 Process shot, 또는 rear projection
배경장면이 연기자 뒤에 설치된 반투명의 스크린 위에 투사되어 마치 연기자가 그 장소에 있는 것처럼 보이도록 만드는 기법.

버즈아이뷰 Bird's-eye view
바로 머리 위의 각도에서 장면을 포착한 쇼트.

보완 쇼트 Coverage, covering shots
기대했던 편집이 실패할 경우, 중간 삽입을 위해 사용할 수 있는 장면의 여준 쇼트. 보통 한 장면의 전반적 콘티뉴이티에 사용될 수 잇는 롱 쇼트.

보이스 오버 Voice-over
영상과 일치하지 않는 대사로서 등장인물의 생각이나 기억 등을 전달할 때 종종 사용된다.

붐 Boom, mike boom
연기자의 움직임을 제한하지 않고 음향을 동시녹음할 수 있도록 머리 위에 마이크를 매달아 놓은 막대.

뷰파인더 Viewfinder
연기범위 및 촬영될 동작선의 반경을 명확히 볼 수 있도록 카메라에 부착되어 있는 접안 렌즈.

블림프 Blimp
음향이 선명하게 녹음될 수 있도록 카메라 모터에서 나는 소음을 차단하기 위해 뒤집어씌운 카메라 방음장치 상자.

비네팅 Vignetting
영상의 가장자리를 부드럽고 희미하게 처리하는 기법.

**비동기 음향 Non-synchronous sound,
또는 commentative sound**
음향과 영상이 동시녹음되지 않거나, 영상과 분리된 음향, 예를 들면 음악은 영화에서 항상 비동기 음향이다.

사선 앵글 Oblique angle
카메라를 기울여 찍은 쇼트. 영상이 스크린에 투사될 때, 피사체가 대각선 위에 기울어진 것처럼 보인다.

사행적 기법 Aleatory techniques
우연성에 의존하는 기법. 사전에 영상에 대한 세부계획을 세우지 않고, 자신이 때때로 카메라맨이 되기도 하는 감독에 의해 즉석에서 촬영된다. 기록영화 혹은 즉흥적 상황에서 주로 사용한다.

상징 Symbol, symbolic
사물, 사건 혹은 영화적 기법이 표면적 의미 이상의 중요성을 가질 때 사용하는 형상적 고안물, 상징성의 사용여부는 항상 극적 맥락에 의해 결정된다.

생필름 Stock
인화되지 않은 필름. 빛에 매우 민감한 것(고감도 필름)과 비교적 민감하지 않은 것(저감도 필름)을 비롯한 많은 종류의 필름이 있다.

선택적 초점 Rack focusing, selective focusing
관객의 눈이 초점이 선명한 영사의 부분만을 좇도록 다른 초점 면은 포커스 아웃 시키는 수법.

세트업 Setup
특별한 장면을 찍기 위한 카메라 및 조명의 위치설정.

셀즈 Cels 또는 cells
그림의 심도와 양감을 나타내기 위해 애니메이터가 그림을 겹치는 데 사용하는 투명 플라스틱 판지.

소품 Prop
테이블, 권총, 책 등과 같이 영화제작에 필요한 유동적인 물품들.

소프트 포커스 Soft focus
특정한 곳을 제외한 다른 부분의 초점을 흐리게 하는 기법. 선명도를 약화시킴으로써 얼굴의 주름살을 없이 보이게 하는 매력적인 기법으로 사용될 수 있다.

쇼트 Shot
카메라가 찍기 시작한 순간부터 멈출 때까지 연속적으로 기록된 영사. 즉 편집되지 않은 필름조각.

스위스 팬 Swish pan
플래시 팬이나 짚 팬 zip pan이라고 한다. 카메라의 수평적 움직임을 빠르게 하기 때문에 피사체가 스크린 상에서 희미하게 보인다.

스타 비하클 Star vehicle
어떤 특정 배우의 재능 및 매력을 나타내기 위해 특별히 제작된 영화.

스타 시스템 Star system
영화에 대한 대중의 호응도를 높이기 위해 인기 있는 연기자를 개발해 내는 기법. 스타 시스템은 미국에서 시작되어 1910년대 중반 이래 미국 영화산업의 중추를 이루고 있다.

슬랩스틱 Slapstick
무성영화 시대에 미국에서 특히 인기가 있었던 코미디물의 한 형태로 엉덩방아찧기, 무언극, 우스꽝스런 충돌 등과 같은 필요 이상의 몸동작이 수반된다.

슬로우 모션 Slow motion
24프레임보다 빠른 속도로 촬영된 쇼트. 정상속도로 영사될 때 마치 꿈속에서 춤추듯 느리게 보인다.

시네마 베리테 또는 직접영화 Cinema verite, 또는 direct cinema
일어나는 사건 그대로 의도적 간섭 없이 사행적인 방법을 사용해 제작하는 다큐멘터리 영화의 제작방법. 이러한 영화는 항시 휴대 가능한 카메라와 음향장비 등 최소한의 장비로 만들어진다.

시네마스코프 Wide screen 또는 Cinema Scope, scope
영상의 가로 세로가 5:3 비율에 가까운 영화. 어떤 것은 스크린의 가로가 세로의 2.5배나 되는 것도 있다.

시적 영화 Poetic cinema
특히 1940년대 미국에서 제작된 전위영화를 지칭하는 데 사용함.

시점 쇼트 Point-of-view shot, 또는 pov shot, first person camera, subjective camera
배우의 시점에서 포착한 쇼트.

시퀀스 Sequence
상호연관적인 일정량의 장면으로 구성되어 작품의 클라이맥스로 이어지는 영화의 부정확한 구조단위.

시퀀스 쇼트 Sequence shot 또는 Plan-sequence
주로 복잡한 동작선 및 카메라 움직임을 싱글 테이크로 길게 포착하는 쇼트.

아웃테이크 Outtakes
영화의 최종 편집용으로 채택되지 않은 쇼트들. 쓰지 않는 필름 푸티지.

아이 레벨 쇼트 Eye-level shot
관찰자 눈 높이에 상응하는, 지면으로부터 대략 150~180cm 높이에서 찍는 쇼트.

애니메이션 Animation
무생물 혹은 그림을 한 프레임씩 앞의 것과 조금씩 다르게 찍어 개성화 하는 영화 제작의 한 형태. 이러한 영상이 1초당 24프레임의 정상속도로 투사될 때 물체 혹은 그림이 움직이는 것같이 보이며, 〈살아 있는 animated〉 것처럼 보인다.

어안렌즈 Fish-eye lens
영상이 극도로 왜곡되어 가장자리가 원으로 감싼 것처럼 보이는 최대치의 광각렌즈.

에프 스톱 F-stop
카메라 렌즈 구경의 크기 척도로서 빛의 입사량을 나타냄.

역동작 Reverse motion
일련의 영상을 반대로 끼운 필름으로 촬영함. 이것이 정상적으로 영사될 때 그 효과는 뒤로 움직이는 것처럼 보인다. 예를 들어 〈깨진 달걀이 원상복귀되는 것〉과 같은 영상.

역앵글 쇼트 Reverse angle shot
이전의 쇼트와 정반대인 180도 앵글에서 찍은 쇼트. 즉 카메라 위치가 처음과 정반대로 설치된다.

연속편집 Cutting to continuity
전부를 보이지 않고도 연기의 유연합을 유지할 수 있도록 쇼트를 배열하는 편집형태. 연속동작의 자연스러운 축약.

영화감독 Movie Director
영화감독은 영화의 궁극적인 표현양식 · 영상구조 · 작품성에 대한 책임과 연기자, 기술 스태프, 영화제작 보조자들의 지휘권을 가지는 사람이다. 작가 및 제작자와 함께 기획 단계에서 영화의 청사진을 수립하고, 야전군 총사령관처럼 제작 촬영단계에서 전권을 구사하는 영화감독은 독재성과 민주성을 적절히 겸비하는 현장운용 능력을 발휘함으로써, 편집 및 후반 사운드 창조작업에서도 감독의 예술세계에 맞는 개성적인 몽타주가 살아있는 영화를 탄생시키는 것이다. 물론 영화는 협동 예술이며 때로는 제작자가 실권을 장악하는 경우도 있지만, 그것은 제작 경영상의 경우에 국한되고, 일반적으로는 감독을 맡은 사람이 영화의 표현 형식과 작품 내용에 대해 책임과 함께 찬사나 비난을 받게 마련이다.
영화 역사적으로 보면, 1920년대부터 영화의 성공과 실패가 감독에게 달린 것으로 간주되었다. 독일의 감독 F.W. 무르나우(F.W. Murnau)나 프리츠 랑(Fritz Lang)은 그들의 영화에 출연하는 스타급 배우와 마찬가지로 대중적 인기가 높았다. 대형 영화사 시스템이 확립된 1930년대와 1940년대의 약 20년 동안에는 강력한 신념의 영화감독들이 생산 공장과 같은 영화제작 상황 속에서 악전고투했다. 프랭크 캐프라(Frank Capra), 하워드 호크스(Howard Hawks), 존 포드(John Ford) 등 개성이 강한 스타일리스트 영화감독들은 상당한 자유를 누렸지만, 그래도 개선되지 않은 여러 제작 악조건 속에서 감독의 영상예술성이나 몽타주 실험정신은 무참히 무너지고, 영화 기능공으로 추락하는 실패한 감독들도 있었다.
1950년대 프랑스 영화이론가들에 의해 제기된 '저작자 이론'은 이 대형 영화사 시대의 영화들을 연구 · 평가하는 훌륭한 방법의 하나였다. '저작자'라는 말은 1930년대 프랑스에서 예술 작품에 대한 권리를 두고 제기된 법정 투쟁에서 채용되었던 어구였다. 영화가 시나리오 작가, 감독, 제작자 가운데 누구에게 속하느냐 하는 문제가 제기된 이 법정 투쟁은, 영화의 가치에 대한 평가는 오로지 감독에게만 주어져야 한다는 여러 비평가나 이론가의 견해를 강화해 주는 계기가 되었다. 영화 저작권은 제작자의 몫만 있

는 것이 아니라, 영화감독도 순수한 작품 창작자로서 그 작품의 저작권자로 등극하게 되었다.
저작자 이론은 1960년대에 특히 큰 영향을 미쳤으며, 프랑스의 누벨바그나 영국과 미국에서 비슷한 영화운동이 일어나게 하는 데 어느 정도 기여했다. 스탠리 큐브릭(Stanley Kubrick), 존 카사베츠(John Cassavetes), 프랜시스 포드 코폴라(Francis Ford Coppola), 아서 펜(Arthur Penn) 등 개성 강한 영화감독들은 영화 스타일과 주제에 대해 비평가와 대중으로부터 아낌없는 찬사를 받았다. 여기에는 1950년대에 들어와 비대해진 대형 영화사 시스템이 몰락하면서 감독들의 개성적 표현에 대한 여지가 높아진 측면도 있었다. 오늘날 부각되고 있는 독립영화는 감독에게 전권을 부여함으로써 좋은 영화를 잉태시키는 계기를 마련하고 있다.

영화 배급자 Distributor
영화를 예약 받아 극장에 공급해 주는 영화배급 중개인.

예언적 카메라 위치 Anticipatory camera, anticipatory setup
행위가 있기 전에 그 움직임을 예고해 주는 카메라 위치. 예언적 카메라의 위치는 때때로 재난이나 운명을 암시한다.

오버 더 숄더 쇼트 Over-the shoulder-shot
대화장면에 주로 사용되는 미디엄 쇼트로 한 배우의 어깨 너머로 상대 배우의 얼굴이 찍힌다.

오픈 업 Open up
연극을 영화화함에 있어 사용하는 말. 무대의 정형성과 제한성을 극복하기 위해 다양한 야외촬영 및 장소이동 등으로 이야기를 전환시키는 것을 말함.

와이프 Wipe
한 영상을 밀어내면서 다른 영상이 나타나도록 하는 편집방법.

완성품 Final cut, 또는 release print
일반 관객들에게 개봉될 최종 완성품.

외브르 Oeuvre
불어로 〈작품〉이라는 뜻. 전체로 평가되는 한 예술가의 작품들.

우화 Allegory
정의, 종교, 사회 등 좀더 확실하게 표현해야 되는 관념에 대해 특성과 상황을 부여해 주는 상징적 기법. 독일영화에서 볼 수 있는 보편적 유형.

은유 Metaphor
직접적인 의미보다는 형식적인 의미에 치중하여 닮지 않은 두 요

소를 암시적으로 비유하는 것.

음화 Negative image
피사체의 명암을 반전시키는 것으로, 검은 부분은 희게, 흰 부분은 검게 된다.

3인 쇼트 Three-sot
세 사람의 연기자를 영상에 담는 미디엄 쇼트.

이중 노출 Double exposure
문자 그대로 서로 다른 두 개의 영상을 필름 위에 이중 인화하는 것. 다중 노출.

익스트림 롱 쇼트 Extreme long shot
원거리, 때때로 4분의 1마일 밖에서 촬영되는 야외촬영의 전경.

익스트림 클로즈업 Extreme closeup
사물이나 인물의 극히 미세함 묘사. 배우의 익스트림 클로즈업은 일반적으로 눈이나 입 부분만을 찍는 것을 말한다.

1차 편집 First cut
감독에 의한 맨 처음의 편집. 러프 커트라고도 한다.

작품성 Story values
각색된 작품의 대중성, 대본의 성숙도, 혹은 이 두 가지 전부에 존재할 수 있는 영화의 서술적 매력.

장르 Genre
미리 설정된 어떤 관습에 의해 구분되는 영화의 형태. 미국에 있어서의 일반적인 장르는 서부극, 뮤지컬, 스릴러물, 코미디 등이다. 문자상으로는 수백 개의 장르가 있다.

장시간 촬영, 롱 테이크 Lengthy take, long take
한 쇼트를 카메라 이동 없이 오랜 시간 촬영하는 것

재구축 쇼트 Re-establishing shot
한 장면 속에서 근접 쇼트의 실제 전후관계를 환기시키기 위해 맨 처음의 구축 쇼트로 되돌아오는 것.

전위 Avant-grade
불어로 최전선을 의미함. 관습에 얽매이지 않는 대담함과 모호성, 논쟁적 이슈, 고도의 개인적 관념에 의해 작업하는 소수의 예술가들.

전지적 시점 Omniscient point of view
문학에서는 독자들에게 필요한 모든 정보를 전달해 주는 , 전부를 알고 있는 해설자를 의미함. 대부분의 영화는 카메라에 의해 모든 것이 전지전능하게 묘사된다.

점프 커트 Jump-cut
쇼트의 비약적인 전환으로, 때로는 의도적으로 시간과 공간의 연속성을 파괴시킨다.

정지 프레임, 정지 쇼트 Freeze frame, freeze shot
한 화면을 대량으로 복사, 영사될 때 마치 정사진 같은 환영을 주는 쇼트.

제작자 Producer
영화제작비 때로는 제작방법까지 통제하는 개인이나 회사를 지칭하는 일반적인 용어. 제작자는 단독 또는 공동(작가, 배우, 감독)으로 영화사업에 관계할 수 있고, 제작기간 중에 발생되는 문제를 원활히 해결하기 위한 추진자로서의 기능을 행할 수 있다.

제작감독 Producer-director
최대의 창작 자유를 향유하기 위해 독자적으로 예산을 조달, 영화를 제작하는 사람.

조리개 Iris
빛의 투과량을 결정하는 개폐장치. 보통 조리개는 원형이나 타원형이며 구경 크기를 확장 또는 축소시킬 수 있다.

조연 Character roles
주연급보다 매력과 명성이 덜한 영화에서의 조역.

줌 렌즈, 줌 쇼트 Zoom lens, zoom shot
하나의 연속동작으로 광각에서부터 망원 쇼트에 이르기까지(또는 그 반대) 변화시키면서 촬영할 수 있는 다양한 초점 길이를 가진 렌즈. 관객들로 하여금 한 장면 속으로 급속하게 빨려 들어가게 하거나 뛰쳐나오게 한다.

초점 Focus
영상이 선명하게 나타나는 정도. 〈초점 밖 out of focus〉이란, 여상이 분명하게 선으로 나타나지 않고 흐릿하게 보이는 것을 말한다.

촬영기사
Cinematographer, 또는 director of photography.
한 쇼트의 조명 및 화면의 질에 대해 책임 있는 예술가 또는 기사.

촬영대본 Shooting script
영화대본을 개개의 쇼트로 구분한 것으로 때로는 기술적인 지시
사항을 명기한 대본. 제작 중에 감독과 스태프들이 사용한다.

촬영비 Shooting ratio
촬영에 사용된 필름양과 완성품에 소요된 필름양과의 비례치. 20
분의 1 촬영비란, 마지막 편집에 1피트를 사용하는 데에 20피트의
촬영 필름이 소요된 것을 말한다.

축자적 각색 Literal adaptation
대사나 연기는 거의 원전을 유지하면서, 편집, 화면구성 등과 같
은 특유의 영화적 기교를 첨가한 희곡에 기초한 영화.

충실한 각색 Faithful adaptation
다른 매체(일반적으로는 문학작품)를 기본으로 하여 원작의 진수
를 포착하며, 이에 상응하는 영화적 기법을 동원하여 만든 영화.

콘티뉴이티 Continuity
편집된 쇼트 사이의 일관성이라는 결합 원칙을 함축하고 있는 일
정의 논리. 콘티뉴이티에 의한 편집은 쇼트 간의 매끄러운 전환을
강조하는데, 이 속에는 시간과 공간이 자연스레 함축되어 있다.
좀더 복잡한 의미에서 고전적 편집이란 한 사건의 논리적이며 심
리적인 분석에 따라 쇼트를 연결하는 것이다. 급진적 몽타주에서
의 콘티뉴이티란, 시공간상의 문자 그대로 어떤 결합에 의해서라
기보다는 쇼트 간의 상징적 관념의 관계에 의해 결정된다. 콘티뉴
이티는 그것이 조각(쇼트들)으로 분할되기 이전에 현실세계의 시
공간적 연속성을 의미하기도 한다.

크레인 쇼트 Crane shot
거대한 기계팔이 달린 크레인이라는 특수장치로부터 찍는 쇼트. 크
레인은 촬영기사, 카메라를 싣고 어느 방향으로든지 움직일 수 있다.

클로즈업, 클로즈 쇼트 Closeup, close shot
프레임에서 여백이 없는 인물이나 사물의 상세한 장면. 배우의 클
로즈업은 일반적으로 그의 머리 부분만을 찍는 것을 말한다.

키 라이트 Key-light
쇼트의 촬영을 위한 주된 조명.

타이트 프레이밍 Tight framing
일반적으로 클로즈 쇼트를 지칭함. 화면구성은 신중하게 균형을
잡고 조화를 이루어야 하기 때문에 연기자가 거의 움직일 수 없다.

테이크 take
어떤 특정한 쇼트를 지칭함. 화면구성은 신중하게 균형을 잡고 조

화를 이루어야 하기 때문에 연기자가 거의 움직일 수 없다.

트래킹 쇼트, 트러킹 쇼트 Tracking shot, trucking shot
달리 쇼트.

**패스트 모션, 액셀러레이티드 모션 Fast motion,
accelerated motion**
만약 어떤 연기가 1초당 24프레임보다 느린 속도로 촬영되었다
면, 표준 24프레임으로 투사될 때 그 동작은 정상적인 것보다 빠
르게 움직일 것이며, 때로는 덜컹거리게 보이게 된다.

팬, 패닝 쇼트 Pan, panning shot
파노라마의 줄임말로 카메라를 수평으로 죄에서 우, 또는 우에서
좌로 움직이는 것을 말한다.

페르소나 Persona
〈마스크 mask〉라는 뜻의 라틴어. 이전에 맡았던 극중 역할과 종
종 실제 성격과도 부합되는 배우의 대중적 이미지. 페르소나는 성
격 설정의 형태로 이용된다.

페이드 아웃 Fade out
페이드 아웃은 정상적인 밝기로부터 점차 어두워져 영상이 서서
히 사라지는 것을 말한다. 페이드 인은 그 반대.

편집 Editing
한 쇼트(필름의 스트립)와 다른 쇼트를 서로 연결하는 것. 각각의
쇼트는 서로 다른 시간과 장소에서 대상을 묘사할 수 있다. 유럽
에서는 편집을 몽타주라 부른다.

편집촬영 Cutting in the camera, editing in the camera
필름의 낭비 없이 필요한 개개의 쇼트만을 촬영하는 것 편집자는
적절한 곳에서 쇼트를 연결시켜 주기만 하면 된다. 히치콕
Hitchcock이 즐겨 사용한 방법.

평행편집 Parallel editing
교차편집.

표현주의 Expressionism
현실세계에서 일반적으로 인식되는 시간, 공간을 왜곡시킨
영화 제작 형태. 사물과 인간의 핵심적 특성을 강조하는 반면
표면적 외관은 필요 이상으로 강조하지는 않는다. 전형적인
표현주의적 기법은 편린적 Fagmentary 편집, 다양한 쇼트,
극단적인 앵글과 조명효과, 왜곡 렌즈 및 특수효과의 사용 등
이다.

푸티지 Footage
촬영되어 인화된 필름의 척수.

풀 백 달리 Pull-back dolly
프레임 밖에 있는 피사체를 프레임 안으로 끌어들이기 위해 카메라를 뒤로 이동시키는 것.

풀 쇼트 Full shot
프레임의 위는 머리, 아래는 발을 포함해 인물을 프레임 안에 완전히 담는 롱 쇼트의 한 형태.

프레임 Frame
화면과 극장의 어둠 사이의 경계선, 프레임은 필름 스트립으로부터 한 장의 정사진에까지 적용된다.

플래시백 Flashback
과거를 제시하는 일련의 쇼트를 삽입, 현재시점 단절을 나타내는 편집기법.

플래시 팬 Flash pan

스위스 팬 swish pan.

플래시 포워드 Flash-forward
미래를 제시하는 쇼트를 삽입하여 현재가 중단됨을 나타내는 편집기법.

필름 규격 Gauge
밀리미터로 표시되는 필름 스트립의 폭. 규격이 클수록 영사의 질은 좋아진다. 가장 일반적인 필름 규격은 8mm, 16mm, 35mm, 70mm이다. 극장용 표준 규격은 35mm며 16mm는 대부분 대학이나 박물관에서 사용된다. 70mm는 많은 예산을 투입하는 대작 영화에서 사용된다.

필터 Filters
카메라에 들어오는 빛의 성질을 왜곡시킴으로써 이에 상응하는 영상효과를 창출함. 유리나 플라스틱으로 제작되며 렌즈 앞에 부착됨.

하이 앵글 쇼트 High contrast
높은 곳에서 피사체를 찍은 쇼트.

하이 콘트라스트 High contrast
거친 광선과 명암의 극적 대비를 강조하는 조명 스타일. 스릴러물과 멜로물에서 종종 사용된다.

하이 키 High-key
그림자가 거의 눈에 띄지 않도록 조명을 밝게 해주는 스타일. 코미디, 뮤지컬, 오락물 등에서 주로 사용함.

호미지 Homage
어떤 영화를 분석함에 있어 다른 영화나 영화감독, 영화 스타일을 직접 간접적으로 비교 제시하는 일. 영화비평에서 존경 및 애정의 찬사.

화면구성 Mise-en-scene
주어진 공간 안에서 시각적 무게와 동작을 배열하는 것. 연극에서의 공간은 항상 프로시니엄 아치로 제한된다. 하지만 영화에서의 영상을 둘러싸는 프레임에 의해 한정된다. 영화적 화면구성은 연기의 행위범위와 그것이 촬영되는 방법, 양자를 포함한다.